# 죄와 벌 2

이 도서의 국립중앙도서관 출판예정도서목록(CIP)은 서지정보유통지원시스템 홈페이지(http://seoji.nl.go.kr)와
국가자료종합목록 구축시스템(http://kolis-net.nl.go.kr)에서 이용하실 수 있습니다.
(CIP제어번호: CIP2020017000)

세계문학전집
189

Фёдор Достоевский : Преступление и Наказание

# 죄와 벌 2

표도르 도스토옙스키 장편소설

이문영 옮김

문학동네

## 일러두기

1. 번역 대본으로는 1972~1990년 소련과학아카데미의 레닌그라드 나우카 출판사에서 발간한 도스토옙스키 전집 30권 중 1973년에 발간된 6권을 사용했다. Преступление и Наказание, Фёдор Михайлович Достоевский, Полное собрание сочинений в тридцати томах, Издательство Наука(Ленинградское отделение), 1973.
2. 주석은 모두 옮긴이주이다.
3. 원서에서 러시아어가 아닌 다른 언어는 이탤릭체로 처리했고, 강조 부분은 고딕체로 처리했다.
4. 외래어 표기는 국립국어원 외래어 표기법을 참고하되 일부는 원지음과 관용에 따랐다.
5. 성서 인용은 공동번역성서에 따랐다.

## 차례

## 주요 등장인물

**로디온 로마노비치 라스콜니코프**(로쟈, 로젠카) … 휴학중인 법학 전공 대학생
**아브도티야 로마노브나 라스콜니코바**(두냐, 두네치카) … 라스콜니코프의 동생
**풀헤리야 알렉산드로브나 라스콜니코바** … 라스콜니코프의 어머니

**소피야 세묘노브나 마르멜라도바**(소냐, 소네치카) … 마르멜라도프의 딸
**카테리나 이바노브나** … 소냐의 계모
**세묜 자하로비치 마르멜라도프** … 소냐의 친아버지

**알료나 이바노브나** … 고리대금업을 하는 노파
**리자베타 이바노브나** … 알료나의 동생

**드미트리 프로코피치 브라주미힌**(라주미힌) … 라스콜니코프의 친구
**포르피리 페트로비치** … 라주미힌의 친척형, 예심판사

**표트르 페트로비치 루진** … 두냐의 약혼자
**안드레이 세묘노비치 레베자트니코프** … 루진의 옛 피후견인
**아르카디 이바노비치 스비드리가일로프** … 두냐가 가정교사로 일했던 집의 가장

**조시모프** … 라주미힌의 친구, 의사
**알렉산드르 그리고리예비치 자메토프** … 경찰서 서기관
**일리야 페트로비치** … 경찰부서장, '화약중위'
**니코딤 포미치** … 경찰서장

**나스타시야 페트로바**(나스텐카) … 라스콜니코프 집 하녀
**프라스코비야 파블로브나 자르니치나**(파셴카) … 라스콜니코프의 집주인
**아말리야 이바노브나 립페베흐젤** … 마르멜라도프 가족의 집주인
**니콜라이**(미콜라이, 미콜카) … 칠장이
**드미트리**(미트레이, 미티카) … 칠장이

# 제4부

## 1

'정말 아직도 꿈을 꾸는 걸까?' 라스콜니코프는 다시 그런 생각이 들었다. 그는 조심스럽고 미심쩍어하는 눈길로 뜻밖의 손님을 찬찬히 뜯어보았다.

"스비드리가일로프라고? 말도 안 돼! 그럴 리가!" 마침내 그는 의혹에 싸여 이렇게 소리내 말해버렸다.

손님은 그런 외침에도 전혀 놀라지 않는 것 같았다.

"두 가지 이유로 당신에게 왔소이다. 첫째로는 당신을 개인적으로 알고 싶어서요, 이미 오래전부터 당신에 대해 아주 흥미롭고 좋은 얘기를 많이 들었어요. 둘째로는, 당신이 꺼리지 않는다면, 당신 동생 아브도티야 로마노브나의 이해관계와 직접 관련되는 어떤 일에 당신 도움을 받을 수 있지 않을까 하는 바람 때문이오. 내가 누군가의 추천 없이 혼자 찾아간다면, 지금 그분은 아마 날 마당에도 들이지 않을 거요, 편견 때문이지요, 뭐, 그렇지만, 당신이 도와준다면 오히려 내 생각엔……"

"잘못 생각하셨어요." 라스콜니코프가 말을 잘랐다.

"하나 여쭤보겠소만, 그분들은 어제 막 도착했지요?"

라스콜니코프는 대답하지 않았다.

"어제라고 알고 있어요. 실은 나도 이틀 전에야 도착했지요. 음, 그 일과 관련해 당신에게 말하고 싶은 건 이거요, 로디온 로마노비치. 스스로를 변명하는 게 쓸데없단 생각도 들지만, 그래도 설명하게 해주시오. 그 모든 일에서 사실 내가 뭘 그렇게 특별히 잘못했단 말입니까? 그러니까 편견 없이, 이성적으로 판단해서 말이오."

라스콜니코프는 아무 말 없이 그를 계속 살펴보았다.

"자기 집에 머무는 의지할 데 없는 처자의 꽁무니를 쫓아다니고, '추잡한 제안으로 그녀를 모욕했다', 이건가요? (내가 알아서 앞서가는군요!) 정말이지 이것 하나만 생각해보시오, 나도 사람이올시다. 고로 *인간적인 것이라면 어떤 것도*……* 한마디로 나도 반할 수도 있고, 사랑에 빠질 수도 있다, 이거요(당연히 이건 이미 우리 의지대로 되는 일도 아니잖소), 그렇게 생각하면 아주 자연스럽게 모든 게 설명이 되지요. 문제의 핵심은 이거요. 내가 악한일까요, 아니면 나야말로 희생자일까요? 어떻게 내가 희생자가 되느냐고요? 상대에게 미국이나 스위스로 함께 도망치자고 제안했을 때, 어쩌면 나는 가장 정중한 감정을 품었을

* 고대 로마의 유명 희극작가인 테렌티우스의 작품 『고행자』에 나오는 명대사 '사람인 고로 인간적인 것이라면 어떤 것도 낯설지 않다'를 변형한 표현이다.

지도 모르지요, 게다가 서로의 행복을 꾸려보자고 생각했을 수도 있고요!…… 이성이란 욕망에 봉사하기 마련이니까요. 어쩌면 나는 나 자신을 훨씬 더 파멸시켰을지도 모르니, 너그럽게 생각해주시오!……"

"문제는 결코 그게 아닙니다." 라스콜니코프가 혐오감에 말을 잘랐다. "난 그냥 댁이 싫습니다, 당신이 옳든 그르든, 당신하고는 상종하고 싶지도 않으니 당장 나가세요, 나가요!……"

스비드리가일로프는 갑자기 껄껄거리며 웃었다.

"거참 당신도…… 당신도 참 만만치 않구려!" 그는 아예 대놓고 웃으며 말했다. "당신을 속여보자 생각했지요, 그런데 안 되는군요, 바로 정곡을 찌르다니!"

"그러면서 지금도 계속 속이려 드는군요."

"그게 어쨌단 말이오? 그게 뭐 어떻다고요?" 스비드리가일로프는 노골적으로 웃으며 같은 말을 되풀이했다. "사실 이건 이른바 *정정당당한 싸움*으로, 가장 흔히 허용되는 속임수지요!…… 하지만 그런데도 당신은 내 말을 끊었고요. 좌우간 다시 한번 확실히 말씀드리고 싶소이다. 만일 정원에서의 일만 아니었다면 어떤 불상사도 없었을 거요. 마르파 페트로브나는……"

"마르파 페트로브나도 당신이 죽인 거라고 하던데요?" 라스콜니코프가 거칠게 말을 끊었다.

"그것도 들으셨소? 하긴 어떻게 안 들었겠소만…… 뭐, 당신의 그 질문과 관련해서라면, 사실 어떻게 말씀드려야 할지 모르겠소이다, 비록 그 일과 관련해 내 양심은 무척이나 평온하지만 말이오. 그러니까 그 문제를 두고 내가 혹시 뭔가 두려워하고 있다고는 생각지 마시라는 거요. 그 모든 일은 완전히 순차적으로, 너무나 정확하게 일어났으니까요. 의학적 감정 결과 포도주를 거의 한 병이나 마시며 과식한 후에 곧바로 목욕을 해서 발생한 뇌졸중으로 밝혀졌어요, 그 외 다른 이유는 전혀 찾을 수 없었소이다…… 아니, 나도 얼마간은 스스로를 되돌아보았지요, 특히 이리로 오는 길에 기차간에서 말이오. 내가 그 모든 일에 일조한 건 아닐까…… 그 여자를 불행하게 했거나, 어떤 식으로든 정신적으로 자극을 줬거나, 뭐 그 비슷하게라도 한 건 아닐까? 하지만 절대 그럴 리 없다는 결론을 내렸소."

라스콜니코프는 웃기 시작했다.

"쓸데없는 걱정을 잘도 하시는군요!"

"왜 웃는 거요? 생각해보시오. 난 겨우 채찍으로 두 번 때렸을 뿐이고, 심지어 자국도 남지 않았는데…… 부디 날 파렴치한으로 여기지는 마시오. 내 입장에서도 그게 얼마나 추악한 일인지는 정확히 알고 있으니까, 뭐, 그 외에 다른 것도요. 하지만 실은 마르파 페트로브나 역시 어쩌면 내 그런, 말하자면 몰입을 반가워했을 거라는 사실도 난 확실히 알고 있지요. 그 여자는 당신 동생과 관련한 사건을 우려먹을 대로 우려먹었소. 마르파 페트로브나는 이미 사흘 동안이나 집에 틀어박혀 있어야 했지요. 시내에 들고 가 보여줄 만한 것도 없는데다 거기 사람들 모두 그 편지 때문에 그 여자에게 넌더리를 냈으니 말이오(편지를 읽어준 건 들으셨지요?). 그러던 차에 그 두 번의 채찍질이 갑자기 하늘에서 떨어지듯 한 거요! 그 여자가 처음 한 일은 마차에 말을 매어두라고 명령한 일이오!…… 여자들이란 겉으로 아무리 분개한 척해도 모욕당하는 걸 아주, 아주 즐기는 경우가 있다는 건 새삼 말할 필요가 없지요. 그건, 그런 경우는 누구에게나 있어요. 대체로 인간이란 모욕당하는 걸 아주, 아주 좋아하지요, 그렇게 생각해본 적 있소? 하지만 여자가 특히 그래요. 심지어 오로지 그걸 낙으로 삼는다고 말할 수도 있지요."

한순간 라스콜니코프는 자리를 박차고 나가 이 만남을 끝내버릴까 생각했다. 하지만 호기심도 좀 들고 계산속 같은 것도 있어서 순간 참아냈다.

"싸우는 걸 좋아하는군요?" 그가 건성으로 물었다.

"아니, 그다지 좋아하지 않소." 스비드리가일로프는 차분하게 대답했다. "마르파 페트로브나와는 거의 싸운 적이 없었소. 우린 정말 사이좋게 살았지요, 그녀는 나에게 늘 흡족해했어요. 우리가 함께한 칠 년 동안 내가 채찍을 쓴 건 딱 두 번뿐이었소(한 번 더 있긴 한데 좀 애매한 지라, 그 세번째 경우를 빼면 말이오). 첫번째는 우리가 결혼하고 두 달이 지나 시골에 내려간 직후였고, 그러고는 이번이 마지막이오. 당신은 나를 악한에 반동주의자에 농노제 옹호자라고 생각하셨겠지? 허허…… 말이 난 김에 말이지만, 혹시 기억하시오, 로디온 로마노비치, 몇 년 전쯤 은혜롭게도 우리 나라에 아직 표현의 자유가 보장되던 시절에 어떤 귀족이 온갖 신문잡지에서 전국적으로 망신을 당한 적이 있지요—성을 잊어버렸군!—기차간에서 어떤 독일 여자를 채찍으로 때려서요, 기억나시오?* 또 그때, 바로 그해였던 것 같은데, '세기의 추악한 행동'이 있었지요. (그러니까 「이집트의 밤」을 공개적으로 낭독한 사건 말이에요, 기억나시오? 검은 눈동자! 오, 우리 젊었던 황금 시절

* 1860년 러시아 지주가 기차에서 리가 출신 여자를 때린 사건이 있었고, 러시아 신문을 중심으로 그 행동을 옹호 또는 비난하는 논쟁이 뜨겁게 벌어졌다.

은 어디에! 어쩌고 하던 거 말이오.)* 그러니까 내 의견은 바로 이거요. 독일 여자를 때린 신사의 행동에 깊이 공감하는 건 아니오, 왜냐면 참으로 그런 짓은…… 공감할 게 뭐가 있겠소! 하지만 그렇다 해도 확실히 밝혀두지 않을 수 없군요, 가끔 그렇게 매를 부르는 '독일 여자'가 있기 마련이고, 내 생각엔 그런 경우 아무리 진보주의자라 해도 자기는 그러지 않으리라 호언장담할 수 있는 사람은 한 명도 없다, 이 말이오. 당시에는 이런 관점으로 사건을 바라본 사람이 아무도 없었지요, 이런 관점이야말로 진실로 인도적인데도 말이오, 그렇지 않소!"

이렇게 말하고는 스비드리가일로프는 갑자기 다시 크게 웃음을 터뜨렸다. 라스콜니코프는 이 사람이 단단히 작정을 하고서 뭔가 속셈을 품고 온 게 틀림없다고 느꼈다.

"며칠 동안 아무하고도 얘기를 나눈 적이 없나보군요?" 라스콜니코프가 물었다.

"거의 그랬소. 근데 뭔가요, 아무래도 당신은 내가 이렇게 원만한 사람인 데 놀란 모양이군요?"

"아니, 지나치게 원만한 사람이라 놀랐습니다."

"당신이 무례한 질문을 던지는데도 내가 화를 내지 않아 그러시오? 그래, 그런 거요? 그래요…… 대체 화낼 게 뭐 있겠소? 묻는 대로 대답할밖에." 그는 놀랄 만큼 순박한 표정을 지으며 덧붙여 말했다. "사실 난 어떤 것에도 특별히 관심을 갖지 않는 편이오, 정말이오." 그는 생각

---

* 1861년 한 여성이 푸시킨의 「이집트의 밤」을 공개낭독한 일을 두고 러시아에서 뜨거운 논쟁이 벌어졌다. '세기의 추악한 행동'은 이와 관련된 기사의 제목이고, 논쟁에서 낭독자의 검은 눈동자와 표정에 대한 기사 문장이 여러 번 인용되었다.

에 잠긴 얼굴로 말을 이었다. "지금은 특히 그래요, 어떤 것에도 관심이 없어요…… 하긴 내가 무슨 속셈이 있어 아첨한다고 생각할 수도 있겠군요, 더구나 동생분에게 볼일이 있다고 내 입으로 밝혔으니 말이오. 하지만 솔직히 말씀드리지요. 난 너무 따분하다오! 요 사흘간 특히 그래요, 그래서 당신을 만나는 게 기쁘기까지 했소…… 화내지 마시오, 로디온 로마노비치, 하지만 왠지 내 눈엔 정작 당신도 끔찍이도 이상해 보이는구려. 어쨌든 당신에겐 뭔가 있어요. 특히 지금, 그러니까 바로 이 순간이라기보다 요즘 대체로 그렇다는 말이오…… 자, 자, 그만하지요, 그만두겠소, 그러니 얼굴을 찌푸리진 마시오! 당신 생각처럼 내가 그렇게 곰 같은 사람은 아니올시다."

라스콜니코프는 그를 음울하게 바라보았다.

"곰하고는 완전히 거리가 먼 거 같은데요." 그는 말했다. "심지어 내가 보기에 당신은 출신이 아주 훌륭하거나, 최소한 경우에 맞춰 점잖게 행동할 줄도 아는 사람 같군요."

"사실 난 누가 어떻게 생각하든 별로 관심이 없소이다." 스비드리가일로프가 건조하고 자칫 거만하게 느껴질 수도 있는 어조로 대답했다. "그러니 잠깐 속물이 되어본들 어떻소, 그런 옷을 걸치는 게 우리 기후에 이렇게 딱인데 말이오, 그리고…… 그리고 천성적으로 그런 성향을 가진 사람이라면 특히 더 그렇고." 그가 다시 웃으며 이렇게 덧붙였다.

"하지만 듣기로는 당신은 여기에 아는 사람이 많다던데요. 소위 '연줄이 없지 않은' 사람이라고요. 그런데 왜 하필 납니까, 다른 목적이 있지 않고서야?"

"여기 아는 사람들이 있는 건 사실이오." 스비드리가일로프는 정작 중요한 질문에는 대답하지 않고 말을 받았다. "이미 마주쳤지요. 사흘째 어슬렁거리고 있으니 말이오. 내가 먼저 알아보기도 하고, 저쪽에서 먼저 알아보는 것 같기도 하고. 당연한 일이지요, 난 고상하게 차려입었고, 가난뱅이에 속하지도 않으니까. 정말이지 농노개혁도 우리를 비껴간 것 같아요. 숲과 물이 넉넉한 목초지가 있으니 수입도 줄지를 않고. 하지만…… 그자들에겐 가지 않을 거요. 진작부터 지긋지긋했어요. 사흘째 이리저리 다니면서도 아무에게도 알리지 않고 있지요…… 게다가 이 도시라니! 그러니까 우리 나라에 어떻게 이런 도시가 만들어졌을까요, 말씀 좀 해보시죠! 관청직원들과 온갖 부류의 신학생들의 도시지요! 사실, 팔 년 전쯤 내가 여기서 빈둥거릴 때만 해도 미처 알아차리지 못한 것이 여기 많았는데…… 지금은 오로지 해부학 하나에만 희망을 걸고 있지요, 정말이오!"

"해부학이라니 무슨 말입니까?"

"저 클럽이며 뒤소며 당신네들의 푸앵트니 하는 것들이며,* 어쩌면 진보까지도, 그런 것들은 뭐, 자기들끼리 잘해보라고 하지요." 역시 질문에는 아랑곳하지 않고 그가 말을 이어갔다. "게다가 누군들 사기도박꾼으로 살고 싶겠소?"

"사기도박도 했습니까?"

"안 했을 리가 있소? 팔 년쯤 전이던가, 최고 중의 최고가 모인 우리는 완전한 한패였지요. 함께 시간을 보냈소이다. 모두 예의바른 사람들이었는데, 시인도 있고, 재력가도 있었소. 사실 일반적으로 우리 러시

---

* 뒤소는 당시 페테르부르크에서 유명했던 프랑스 레스토랑의 주인, 푸앵트는 페테르부르크 옐라긴섬에 있던 최신식 유흥장이다.

아 사회에서 예의범절이 가장 훌륭한 사람은 몇 번 깨져본 경험이 있는 사람들이지. 그런 생각 해보셨소? 사실 나도 지금은 시골구석에 처박혀 있소만. 어쨌든 그때 네진 출신의 한 그리스놈이 빚 때문에 날 감옥에 처넣으려 했소. 그때 갑자기 마르파 페트로브나가 나타나서는 흥정을 하더니 내 몸값으로 은화 3만 루블을 치렀지요(난 다 해서 7만 루블의 빚을 지고 있었소). 난 그 여자와 결혼해 법적으로 맺어졌고, 그 여자는 나를 무슨 보물인 양 데리고 곧장 자기네 시골로 간 거요. 그 여자는 나보다 다섯 살이 많았소. 날 아주 사랑했지. 난 시골에서 칠 년 동안 나오지 않았소. 그런데 말이오, 그 여자가 나를 상대로 그 3만 루블에 대한 문서를 다른 사람 명의로 만들어서는 평생 쥐고 있었다, 이 말이오. 내가 조금이라도 거역할 생각을 품으면 바로 덫에 빠지는 거였지요! 그 여자라면 그랬을 거요! 정말이지 여자들에겐 이 모든 게 함께 공존할 수 있나보오."

"문서가 아니었다면, 냅다 도망쳤겠군요?"

"어떻게 대답해야 할지 모르겠군요. 그 서류가 날 구속한 적은 거의 없었소. 난 어디도 가고 싶지 않았고, 오히려 내가 따분해하는 걸 보고 마르파 페트로브나가 먼저 외국에 나가자고 두어 번 권하더군요. 하지만 뭐하러요! 전에도 외국에 다녀온 적이 있지만, 그때마다 구역질이 나곤 했는데. 그게 아니더라도 마침 노을이 물들기 시작할 때 나폴리만과 바다를 바라보노라면 어쩐지 서글퍼지더군요. 제일 싫은 건 뭔가에 정말로 서글퍼진다는 사실이오! 아니, 우리 나라에 있는 게 더 나아요. 여기서는 최소한 모든 걸 다른 사람 탓으로 돌리고, 자신을 정당화할 수 있으니 말이오. 어쩌면 곧 북극으로 탐험을 떠날지도 모르겠소,

왜냐면 *난 술버릇이 고약하고*, 그래서 마시고 싶지 않지만, 술 말고는 더이상 아무것도 남은 게 없으니 말이오. 시도는 해봤소이다. 그런데 베르크*가 일요일날 유수포프 공원에서 거대한 열기구를 타고 비행할 예정이라 일정 금액을 내고 함께 탈 동승자를 모집한다고 하던데, 그게 사실이오?"

"왜요, 날아가기라도 하시게요?"

"내가요? 아니오…… 그저……" 정말로 무슨 생각에 골몰한 듯 스비드리가일로프는 중얼거렸다.

'대체 이 사람은 뭐지, 진심이야, 뭐야?' 라스콜니코프는 생각했다.

"아니, 문서가 날 구속하진 않았소." 스비드리가일로프는 생각에 잠겨 말을 계속했다. "나 스스로 시골에서 나오지 않았던 거요. 사실 마르파 페트로브나가 내 영명축일에 그 문서를 돌려준 지가 벌써 일 년도 넘었소, 게다가 선물로 상당한 금액도 얹어줬지요. 그 여자는 돈이 아주 많았으니까. '내가 당신을 얼마나 믿는지 아시겠어요, 아르카디 이바노비치'라고 하면서. 맞아, 그렇게 표현했지요. 그렇게 말했다니 못 믿겠소? 아는지 모르겠지만 난 시골에서 제법 점잖은 주인이 되었소. 주위에서도 알아줄 정도였지요. 책도 주문해서 보았고. 마르파 페트로브나는 처음엔 그러라고 하더니, 나중엔 내가 지나치게 공부에 열중한다고 한걱정하더군요."

"당신은 마르파 페트로브나가 몹시 그리운 모양이군요?"

"내가요? 그럴지도 모르지. 맞아요, 그럴지도 몰라요. 말이 나온 김에

---

* 당시 페테르부르크에서 유원지 여러 개를 소유했던 재력가이자 비행가.

당신은 유령의 존재를 믿소?"

"무슨 유령 말입니까?"

"유령이 그냥 유령이지 무슨 유령이겠소!"

"그러는 당신은 믿나요?"

"아마도 그렇다고 할 수 있겠지요. *당신을 만족시키려면* 아니라고 해야겠지만…… 그러니까 내 말은 없는 건 아니라는……"

"뭐, 나타나기라도 합니까?"

스비드리가일로프는 왠지 묘한 얼굴로 그를 쳐다보았다.

"마르파 페트로브나가 다녀가곤 하오." 그는 입술을 일그러뜨려 묘한 미소를 지으면서 말했다.

"다녀가다니 그게 무슨 말입니까?"

"이미 세 번이나 왔었소. 처음 본 건 장례식을 치른 바로 그날, 묘지에서 돌아온 지 한 시간쯤 지나서였소. 내가 이리로 출발하기 전날 밤이었지. 두번째는 그저께 새벽 무렵 이리로 오던 길에, 말라야 비셰라 역에서였고. 세번째는 두 시간 전, 내가 묵고 있는 집, 내 방에서요. 혼자 있었지요."

"깨어 있을 때 말입니까?"

"완전히 깨어 있었소. 세 번 다 깨어 있었어요. 와서는 잠시 얘기를 하고 문으로 사라집디다. 항상 문으로 나가요. 심지어 소리도 나는 것 같고."

"어쩐지 당신에겐 그 비슷한 일이 반드시 일어날 거라고 생각했습니다!" 라스콜니코프는 느닷없이 이렇게 말했고, 동시에 자신이 이런 말을 한 것에 놀랐다. 그는 심하게 흥분해 있었다.

"그-렇습니까? 그렇게 생각했다고요?" 스비드리가일로프가 놀라서 물었다. "정말이오? 거봐요, 우리 사이엔 뭔가 공통점이 있다고 내가 말하지 않았소, 그렇지요?"

"그런 말을 하신 적은 없습니다!" 라스콜니코프가 격하게 흥분하며 대답했다.

"안 했던가?"

"안 했습니다!"

"한 줄 알았소. 아까 방에 들어와서 당신이 눈을 감고 누워 자는 척하는 걸 보자마자 스스로에게 말했지요. '이 사람이 바로 그 사람이로군!' 하고요."

"그게 무슨 말입니까? 바로 그 사람이라니? 그게 무슨 말이지요?" 라스콜니코프가 외쳤다.

"무슨 말이냐고요? 무슨 말인지 사실 나도 모르겠소……" 스비드리가일로프는 솔직히, 그리고 왠지 스스로도 혼란스러운 듯 중얼거렸다.

잠시 침묵이 흘렀다. 두 사람 모두 눈을 크게 뜨고 서로를 바라보았다.

"무슨 말도 안 되는 소리를!" 라스콜니코프는 화를 내며 소리를 질렀다. "그래, 그 여자가 와서는 대체 당신에게 뭐라고 하던가요?"

"그 여자가요? 상상해보시오, 너무 하잘것없는 얘기들이라 놀랄 거요. 난 그게 정말 화가 나기도 하오. 첫번째에는 방에 들어와서(짐작하겠지만 난 지쳐 있었소. 장례식을 치르며, 성직자들과 명복을 빌어주고, 그러고 나서 기도를 하고, 음식을 대접하고, 마침내 서재에 혼자 남아 시가를 피우며 생각에 잠겨 있었지요), 그러니까 문으로 들어와서는 '아르카디 이바노비치, 오늘 바쁘셔서 식당 시계 밥 주는 걸 잊으셨군요'라고 하더군요. 실제로 그 시계는 칠 년 내내 매주 내가 직접 감아주었고, 내가 잊기라도 하면 늘 그 여자가 그렇게 일깨워주곤 했었소. 그다음날, 난 이미 여기로 출발했지요. 새벽녘에 역사驛舍로 들어갔어요. 밤새 잠을 설쳐서 몸도 부서질 듯 아프고, 눈도 제대로 못 뜨겠고, 해서 커피를 시켰소. 근데 느닷없이 마르파 페트로브나가 카드 한 벌을 손에 들고 내 옆에 앉더군요. '아르카디 이바노비치, 길을 떠나시니 점을 보지 않으실래요?' 하면서 말이오. 사실 그 여자는 점을 곧잘 쳤다오. 흠, 점을 봐달라고 하지 않은 걸 스스로도 용서할 수가 없소! 너무 놀라서 도망갔지요, 사실 그때 출발을 알리는 종이 울리기도 했고 말이오. 오늘은 작은 식당에서 정말이지 쓰레기 같은 밥을 먹고, 속이 거북해서 앉아 있었소. 앉아서 담배를 피우고 있었지. 그때 갑자기 한껏 멋을 부린 마르파 페트로브나가 초록색 새 실크 드레스를 길게 끌며 다시 들어오더군요. '잘 지냈나요, 아르카디 이바노비치! 당신 취향에 이 드레스가 어떤가요? 아니시카는 이런 옷은 못 짓거든요'라면서요(아니시카는 시골 우리집에 있던 농노 출신의 재봉사요, 모스크바에서 배우기도 했고. 참한 아가씨지요). 내 앞에 서서 한 바퀴 빙그르르 돌아 보이더군요. 난 드레스를 구경하고 나서 그 여자 얼굴을 유심히 살펴보았소. '마르파 페트로브나, 이렇게 쓸데없는 일로 나타나다니, 고생을 사서 하고 싶은 모양이구려' 하고 말해줬지. '아이참, 여보, 당신을 살짝 괴롭히는 것도 안 되나요!'라더군요. 놀려주고 싶어서 '마르파 페트로브나, 나 결혼하고 싶어'라고 말했소. '당신이라면 그러고도 남겠죠, 아르카디 이바노비치. 부인 장례식을 치르기가 무섭게 결혼하겠다고 곧장 달려오다니 체통 좀 지키시죠. 그나마 옳은 선택이라면 몰라도. 난 알아요, 착한 사람들에겐 그 여자도, 당신도 웃음거리가 될 뿐이에요.' 그러고는 갑자기 홱 나가버렸소, 치맛자락이 사각거리는 소리까지 들리는 것 같더군. 대체 이게 말이 되는 일이오, 어떻소?"

"하지만 다 당신이 꾸며낸 얘기인지 누가 압니까?" 라스콜니코프는 대답했다.

"난 거짓말을 그리 하지 않소." 스비드리가일로프는 생각에 잠겨 질문이 무례하다는 것을 전혀 깨닫지 못한 듯 대답했다.

"그럼 예전에는, 그 일이 있기 전에는 한 번도 유령을 본 적이 없습니까?"

"아…… 아니요, 본 적 있군요. 살면서 딱 한 번, 육 년 전에. 필카라고, 우리집 농노였소. 그놈 장례식을 치른 직후였는데, 내가 깜빡 잊고 '필카, 파이프를 가져와' 하고 소리를 질렀지요. 그랬더니 들어와서 곧장 내 파이프들이 놓인 선반으로 가더군요. 난 앉아서 생각했소이다. '이런 식으로 내게 복수하는구나.' 왜냐면 그놈이 죽기 직전에 심하게 싸웠거든요. '어디 감히 구멍난 팔꿈치를 들이밀어. 저리 꺼져, 쓸모없는 놈!' 하고 말해줬지요. 그랬더니 몸을 돌리고 밖으로 나가서 그뒤로는 나타나지 않았어요. 그때 마르파 페트로브나에겐 말하지 않았소. 그놈 추도식을 치러줄까 생각도 했는데, 좀 남부끄럽더군요.."

"의사한테나 가보시죠."

"당신이 그렇게 말하지 않아도 내가 건강하지 않다는 건 알아요, 사실 어디가 안 좋은지는 모르겠지만 말이오. 그래도 당신보다는 내가 아마 다섯 배는 더 건강할 거요. 내가 당신에게 물어본 건 유령이 나타나는 걸 믿는지 안 믿는지가 아니오. 유령이 있다는 걸 믿는지 안 믿는지 물은 거지."

"아니, 절대로 믿지 않습니다!" 라스콜니코프는 악의라고 할 만한 감정까지 드러내며 소리쳤다.

"보통은 어떻게들 말하지?" 스비드리가일로프는 옆을 보며 고개를 약간 숙이고는 혼잣말하듯 중얼거렸다. "'넌 병자다, 그러니까 네게 나타난 것은 존재하지 않는 헛것일 뿐이다'라고들 하죠. 하지만 엄격히 말해서 그 말은 전혀 논리적이지 않소이다. 유령이 아픈 사람에게만 나타난다는 데는 동의하오. 하지만 사실 그건 그저 유령이 아픈 사람에게만 나타날 수 있다는 걸 증명할 뿐, 유령 자체가 없다는 건 아니지 않소이까."

"당연히 유령 같은 건 없습니다!" 라스콜니코프는 신경질을 내며 고집을 부렸다.

"없다고요? 그렇게 생각하시오?" 그를 찬찬히 바라보며 스비드리가일로프가 말을 이었다. "그럼 이렇게 생각해보면 어떻소. (좀 도와주시오.) '유령, 이것은 말하자면 다른 세계의 조각이자 편린이고, 그것의 시작이다. 건강한 사람에게는 물론 그런 게 보일 이유가 없다, 왜냐하면 건강한 사람은 누구보다 현세적이며, 그러니 완전함과 질서를 위해 오직 이곳의 삶만을 살아야 하니까. 하지만 조금이라도 아프면, 유기체 내의 정상적인 현세의 질서가 조금이라도 파괴되면, 바로 다른 세계의 가능성이 나타나기 시작하고, 많이 아플수록 다른 세계와의 접촉은 더 커지며, 그러다 사람이 완전히 죽게 되면 곧장 다른 세계로 옮겨진다'라고 말이오. 나는 오래전부터 이런 생각을 해왔소. 내세를 믿는다면,

이런 생각도 믿을 수 있지요."

"난 내세를 믿지 않아요." 라스콜니코프는 말했다.

스비드리가일로프는 생각에 잠긴 채 앉아 있었다.

"만약 거기에 거미나 그 비슷한 것밖에 없다면 어쩌지요." 그가 불쑥 말했다.

'미쳤구나.' 라스콜니코프는 생각했다.

"우리에게 영원성이란 늘 파악할 수 없는 어떤 이데아로, 뭔가 거창한, 거창한 것으로 표상되곤 해요! 하지만 대체 왜 그게 반드시 거창해야 하지? 상상해보시오, 그 모든 것 대신 느닷없이 시골 목욕탕처럼 연기에 까맣게 그을린 작은 방이 하나 있고, 구석마다 거미가 진을 치고 있는, 그게 영원성의 전부일 수도 있지 않소. 가끔 이런 종류의 생각이 떠오르곤 해요."

"대체, 대체 당신에겐 그것보다 좀더 위안이 되고 좀더 온당한 건 아무것도 떠오르지 않는 겁니까!" 라스콜니코프는 병적인 감정에 사로잡혀 소리질렀다.

"좀더 온당한 거라고요? 어쩌면 이것이야말로 온당한 것인지 어찌 알겠소. 그리고 난 일부러라도 꼭 그렇게 생각했을 게요, 아시겠소!" 스비드리가일로프가 애매한 미소를 띤 채 대답했다.

이 끔찍한 대답을 듣자 갑자기 어떤 한기가 라스콜니코프를 사로잡았다. 스비드리가일로프는 고개를 들고 그를 뚫어지게 쳐다보다가 갑자기 껄껄거렸다.

"거 한번 생각해보시오." 그는 소리쳤다. "삼십 분쯤 전만 해도 우리는 서로 본 적조차 없었고, 서로를 적으로 여기고 있는데다 우리 사이엔 해결되지 않은 일도 있소. 그런데도 그 일은 제쳐두고 이렇게 뜬구름 잡는 얘기나 하고 있지 않소이까! 자, 이러니 우리가 같은 들판에 열린 딸기라는 내 말이 맞지 않소?"

"제발 부탁인데." 라스콜니코프는 신경질적으로 말을 이었다. "어째서 절 방문하는 영광을 베푸셨는지 알 수 있도록 부디 어서 설명 좀 하시지요…… 그리고…… 그리고…… 난 서둘러야 합니다, 시간이 없어요, 나가봐야 한다고요."

"미안하군요, 미안해요. 당신 동생 아브도티야 로마노브나는 루진 씨, 즉 표트르 페트로비치와 결혼할 생각이시오?"

"어떻게 좀 내 동생에 대해서는 아무 질문도 하지 말고 그애 이름도 언급하지 않을 수는 없겠습니까? 도대체 이해할 수가 없군요, 당신이 정말 스비드리가일로프라면 어떻게 감히 내 앞에서 그애 이름을 입에 올릴 수가 있는 겁니까?"

"그럼 그분에 대해 말하러 왔는데 대체 어떻게 언급을 안 하겠소?"

"좋아요, 그럼 하시죠, 대신 빨리요!"

"내 아내의 친척인 그 루진이라는 사람을 당신이 단 삼십 분이라도 만나봤거나, 뭐든 확실하고 정확하게 그에 대해 들은 적이 있다면, 그 사람에 대해 이미 나름대로 견해를 갖고 있을 거라고 나는 확신하오. 그자는 아브도티야 로마노브나의 짝이 아니올시다. 내 생각에 이 일에서 아브도티야 로마노브나는 정말 너그럽게 아무 타산 없이 자신을 희생하려는 거요, 왜냐면…… 자기 가족을 위해서지요. 당신에 대해 들은 바를 종합해봤을 때, 아무런 손해가 가지 않는 선에서 이 결혼이 무산될 수 있다면, 당신 쪽에서도 대만족일 거란 생각이 들더군요. 당신을 이렇게 직접 알게 되니, 그렇다고 확신까지 들고요."

"당신 입장에서는 이 모든 게 아주 단순하군요. 실례지만, 참 뻔뻔도 하단 얘깁니다." 라스콜니코프는 말했다.

"그러니까 내가 내 잇속을 차리려고 이런 말을 한다는 거군요. 걱정 마시오, 로디온 로마노비치, 내가 내 이익을 챙기려 했다면, 이렇게 솔직히 속을 탁 털어놓지는 않았을 거요, 나도 그렇게 아주 바보는 아니란 말이오. 이 점과 관련해 내가 느끼는 이상한 심리 하나를 털어놓지요. 아까 아브도티야 로마노브나에 대한 내 사랑을 변명하면서 나 자신이 희생자라고 말했지요. 그런데 지금 나는 어떤 사랑도 느끼지 못해요, 아시겠소, 그 어-떤 사랑도 말이오, 그게 스스로도 아주 이상해요, 왜냐면 난 정말로 뭔가를 느꼈었거든요……"

"한가한데다 방탕해서겠지요." 라스콜니코프는 말을 잘랐다.

"실제로 난 방탕하고 무위도식하는 사람이오. 그런데 당신 동생분은 훌륭한 점이 너무 많아 도대체가 감동을 받지 않을 수 없었소. 하지만 이제 와보니 그 모든 게 다 부질없어요."

"그걸 오래전에 깨달았습니까?"

"느낀 거야 한참 전이지만, 결정적으로 확신한 건 그저께 페테르부르크에 도착한 바로 그 순간이었소. 하긴 모스크바에 있을 때만 해도 난 아브도티야 로마노브나를 손에 넣기 위해 루진 씨와 경쟁하러 가는 거라고 생각했지요."

"말을 끊어서 죄송합니다만, 제발 부탁 좀 하죠. 다 생략하고 날 만나러 온 목적으로 바로 넘어가면 안 되겠습니까. 난 서둘러야 합니다, 나가봐야 해요……"

"기꺼이 그렇게 하지요. 여기 와서 곧 어떤…… 여행을 떠나기로 결심하고, 사전에 필요한 조치를 취해야겠다고 생각했소. 아이들은 고모 집에 맡겼지요. 그애들은 부유해서 개인적으로 내가 필요하진 않아요. 난 그런 아비요! 난 마르파 페트로브나가 일 년 전에 선물해준 돈만 챙겼소. 그거면 충분해요. 미안하군요, 바로 용건으로 넘어가지요. 여행을 가기 전에, 아마도 갈 것 같은데, 루진 씨 일도 끝냈으면 하오. 내가 그자를 도저히 참을 수 없었던 건 아니지만, 어쨌든 내가 그때 마르파 페트로브나와 다툰 것도 그 사람 때문이었소, 그 여자가 이 결혼을 주선한 걸 알게 됐거든요. 지금 나는 당신 주선으로 아브도티야 로마노브나와 만날 수 있으면 좋겠소, 원한다면 당신도 계신 자리에서 그분에게 설명하고 싶소이다, 첫째로는 루진 씨로부터는 어떤 이익도 얻을 수 없을 뿐 아니라, 도리어 분명 손해를 입을 게 확실하다고 말이오. 그다음에 최근 있었던 그 모든 불쾌한 일에 대해 그분에게 용서를 구한 후, 만 루블을 드릴 테니 받아달라고 청하고 싶소, 그 돈이면 루진 씨와 헤어지는 게 더 쉬워질 테니 말이오, 그렇게만 할 수 있다면 그자와 헤어지는 걸 그분 역시 싫어하지는 않을 거라 확신하오."

"당신 정말로, 정말로 미쳤군요!" 라스콜니코프는 화가 났다기보다 너무 놀라서 소리를 질렀다. "어떻게 감히 그런 말을 할 수 있습니까!"

"당신이 그렇게 소리칠 줄 알았어요. 하지만 첫째로 나는 부자는 아니어도 만 루블 정도는 여유가 있소. 다시 말해서 나는 그 돈이 전혀, 전혀 필요하지 않다는 거요. 아브도티야 로마노브나가 받아주지 않는다면 아마도 난 훨씬 더 어리석게 그 돈을 써버리겠지요. 이게 첫번째 이유요. 둘째로 내 양심은 지극히 평온하오. 어떤 계산도 없이 제안하는 거니까 말이오. 믿든 안 믿든, 당신도, 그리고 아브도티야 로마노브나도 결국엔 알게 될 거요. 모든 건 존경해 마지않는 당신 동생에게 내가 정말로 다소간 불편과 불쾌함을 안겨주었기 때문이오. 그래서 진심으로 후회하며 마음으로 바라고 있는 거요. 죗값을 치르겠다거나 불쾌함을 돈으로 보상하겠다는 게 아니라, 그저 단지 그분에게 뭔가 보탬이 되는 일을 하고 싶을 뿐이고, 사실 나라고 나쁜 짓만 하란 법도 없지 않소. 만일 나의 제안에 백만 분의 일이라도 다른 꿍꿍이가 있다면, 이렇게 직접적으로 제안하지는 않았겠지요. 게다가 고작 만 루블을 제안하지도 않았을 거고, 겨우 5주 전에 그분에게 이보다 더 많은 돈을 제안했으니까. 게다가, 어쩌면 난 아주, 아주 빠른 시일 내에 한 아가씨와 결혼할지도 몰라요, 그러니 그것만으로도 당연히 내가 아브도티야 로마노브나를 두고 어떤 음모를 꾸민다는 의심은 모두 사라지는 거지요. 결론적으로 말하면, 루진 씨와 결혼해도 아브도티야 로마노브나는 그만큼의 돈을 받을 거요, 단지 다른 쪽에서 받는 것뿐이지…… 그러니 화내지 말고, 로디온 로마노비치, 침착하고 냉정하게 판단해주시오."

이 말을 하는 스비드리가일로프 자신이 극도로 냉정하고 침착했다.

"그만하세요." 라스콜니코프는 말했다. "어떤 경우건 이건 용서할 수 없이 파렴치한 짓입니다."

"절대 그렇지 않아요. 만일 그렇다면, 이 세상 사람들은 다른 사람에게 오로지 악한 일만 행할 수 있을 거요, 아니면 반대로 공허한 형식을 갖추느라 조금이라도 선한 일을 할 권리를 갖지 못하든가. 그건 어리석은 일이오. 예를 들어, 내가 죽으면서 유언으로 그 돈을 당신 동생에게 남긴다면, 과연 그때도 그분이 거절할까요?"

"당연히 그럴 겁니다."

"글쎄, 그럴 거 같진 않소만. 하여튼 아니라니 아니라고 칩시다. 그럴 거라고 치지요. 다만 만 루블은 때로 아주 근사한 거요. 어쨌든 아브도티야 로마노브나에게 내 말을 전해줬으면 하오."

"아니, 전하지 않을 겁니다."

"그런 경우에는 말이오, 로디온 로마노비치, 내가 직접 그분을 따로 만나려고 할 수밖에 없소이다, 다시 말해 그이를 괴롭히게 된다, 이 말이오."

"그럼 내가 전해주면 따로 만나려 하지 않을 겁니까?"

"사실 어떻게 말씀드려야 할지 모르겠군요. 한 번쯤은 꼭 만났으면 하니까."

"기대하지 마십시오."

"유감이로군. 하지만 당신은 날 모르잖소. 어쩌면 더 친해질지도 모르지요."

"당신은 우리가 더 친해질 거라 생각하는 겁니까?"

"그러지 못할 이유는 또 뭐요?" 스비드리가일로프가 미소 지으며 이렇게 말하고는 일어나 모자를 집어들었다. "결코 당신을 이렇게 괴롭힐 생각은 없었소, 이리로 오면서 별 기대도 안 했는데, 하긴 아까 아침에 당신 모습이 충격적이긴 했소만……"

"아까 아침에 어디서 날 본 겁니까?" 불안해하며 라스콜니코프가 물었다.

"우연히…… 여전히 난 당신에게 나와 비슷한 뭔가가 있는 것 같아요…… 하지만 걱정 마시오, 내가 그렇게 싫증나는 타입은 아니니까.

사기도박꾼들하고도 친하게 지냈고, 내 먼 친척이자 고관인 스비르베이 공작도 날 지겨워하지 않았고, 프릴루코바야 부인의 앨범엔 라파엘로의 마돈나에 대해 좀 끄적여주기도 했지요, 마르파 페트로브나와 칠 년을 두문불출하며 살아도 봤고, 왕년엔 센나야 광장 뱌젬스키의 집*에서 노숙도 해봤소, 그리고 베르크와 함께 열기구를 타고 날아갈지도 모르고 말이오."

"뭐, 좋습니다. 하나만 묻지요, 여행은 곧 떠나실 건가요?"

"무슨 여행이요?"

"왜, 그 '여행'을 간다고…… 당신이 직접 말했잖습니까?"

"여행이요? 아, 그렇지!…… 그랬지요, 내가 여행 얘기를 했지요…… 글쎄, 그게 너무 포괄적인 문제라서…… 그나저나 자신이 뭘 묻고 있는지 당신이 안다면!" 그는 이렇게 덧붙이고는 갑자기 크고 짧게 웃었다. "어쩌면 여행 대신 결혼을 할지도 모르오. 내게 신붓감을 중매해주고 있거든요."

"여기서요?"

"그렇소."

"그럴 틈이 있었나요?"

"하지만 아브도티야 로마노브나와는 한번 꼭 만나고 싶소이다. 진심으로 부탁드리오. 그럼 다음에 뵙지요…… 아, 참! 나 원, 이런 걸 잊다니! 로디온 로마노비치, 당신 동생에게 전해주시오, 마르파 페트로브나의 유언장에 그분에게 3천 루블을 주라고 쓰여 있다고 말이오. 이건 확

* 당시 페테르부르크의 최하층민이 머물던 싸구려 여인숙.

실한 사실이오. 마르파 페트로브나가 죽기 일주일 전에 그렇게 조치해 놓았어요, 내 앞에서 말이오. 이삼 주 후면 아브도티야 로마노브나가 그 돈도 받을 수 있을 거요."

"그게 사실입니까?"

"사실이오. 그렇게 전해주시오. 그럼, 소인은 이만. 난 사실 당신 집에서 그리 멀지 않은 곳에 묵고 있소."

스비드리가일로프는 방을 나서다 문간에서 라주미힌과 부딪쳤다.

## 2

이미 여덟시에 가까운 시각이었다. 두 사람은 루진보다 먼저 도착하기 위해 바칼레예프 여관으로 걸음을 재촉했다.

"근데 그 사람은 대체 누구야?" 거리로 나오자마자 라주미힌이 물었다.

"그 사람이 바로 지주 스비드리가일로프야, 내 동생이 가정교사로 일하다 모욕당한 집 가장 말이야. 그 사람이 좋아한다고 쫓아다니는 바람에 그 집에서 나왔지, 그 사람 부인인 마르파 페트로브나가 쫓아냈거든. 나중에 이 마르파 페트로브나가 두냐에게 용서를 구했는데, 얼마 전 갑자기 죽어버렸어. 아까 그 여자 이야기를 했지. 이유는 모르겠지만 난 그 사람이 몹시 두려워. 부인 장례식이 끝나자마자 이리로 왔다는군. 아주 이상한데다, 뭔가 작정한 것 같아…… 뭔가 아는 것 같고…… 그 사람에게서 두냐를 지켜줘야 해…… 내가 네게 하고 싶었던 말이기도 하고, 듣고 있어?"

"지켜준다고! 대체 그 작자가 아브도티야 로마노브나에게 무슨 해코지를 할 수 있지? 어쨌든 고마워, 로자, 내게 그렇게 말해주니…… 그래, 함께 지켜주자!…… 그 사람, 어디 사는데?"

"몰라."

"왜 안 물어봤어? 에이, 아깝다! 하지만 알아내고 말 테다!"

"너 그 사람 봤어?" 잠시 침묵한 후에 라스콜니코프가 물었다.

"그럼, 봤지. 확실히 봤어."

"정확히 본 거야? 똑똑히 봤어?" 라스콜니코프는 고집스럽게 물었다.

"그럼, 똑똑히 기억해. 천 명 중에서도 알아볼 수 있어. 나는 사람 얼굴을 잘 기억하거든."

다시 두 사람 모두 입을 다물었다.

"흠…… 그래……" 라스콜니코프는 중얼거렸다. "있잖아…… 그런 생각이 들어…… 계속 드는 생각이…… 이건 어쩌면 환상일지도 몰라."

"대체 뭐라는 거냐? 난 널 잘 이해를 못하겠다."

"너희 다 그렇게 말했잖아." 라스콜니코프는 입을 일그러뜨리고 웃으며 말을 이었다. "내가 미쳤다고. 이제 나도 그런 것 같아, 어쩌면 난 정말 미쳤고, 환영을 본 것뿐인지도 몰라!"

"대체 그게 무슨 소리야?"

"사실 누가 알겠어! 어쩌면 난 정말로 미쳤고, 요즘 일어난 모든 일이 다, 다 어쩌면 단지 상상 속에서 일어난 일인지……"

"어휴, 로자! 너 다시 정신이 혼란해졌구나!…… 대체 그자가 뭐라고

한 거야, 왜 온 거래?"

라스콜니코프는 대답하지 않았고, 라주미힌은 잠시 생각에 잠겼다.

"자, 내 보고나 들어봐." 그가 말하기 시작했다. "너한테 들렀더니 자고 있더라. 그래서 그분들과 식사를 하고 나서 포르피리 형에게 갔지. 자메토프는 아직도 거기 있더군. 말을 꺼내려 했는데 도무지 나오질 않더라고. 아무리 해도 제대로 말을 꺼낼 수가 없는 거야. 그 인간들, 내 말을 이해하지도, 그럴 수도 없다는 듯이 굴면서도 전혀 당황하지 않더라. 내가 포르피리 형을 창문으로 끌고 가서 말을 시작했는데, 역시 웬지 잘 안 되는 거야. 형도 딴청을 피우고 나도 딴청을 피우고. 결국 난 형의 면상에 주먹을 들어올리고는 아주 박살을 내주겠다고 말했지, 친척끼리 하듯이 말이야. 형은 그냥 날 쳐다보기만 하더라고. 침을 탁 뱉어주고 나왔어, 그게 다야. 아주 한심하지. 자메토프하고는 한 마디도 안 했어. 그런데 봐봐. 내가 일을 망쳤다는 생각도 들긴 했지만, 계단을 내려오면서 이런 생각이 들더라, 문득 떠오르더라고. 너랑 내가 왜 이렇게 마음을 쓰는 거지? 정말 이 일에 네게 위험한 거나, 뭐라도 있다면 그러는 게 당연하겠지. 하지만 사실 그런 게 뭐가 있어! 이 일과 넌 아무 상관 없으니 그냥 침이나 탁 뱉어주면 되는 거야. 나중에 그놈들을 비웃어주자고, 내가 너라면 그놈들을 오히려 더 골려주겠어. 나중에 그 인간들, 얼마나 창피하겠냐! 침이나 뱉어줘. 나중에 패줄 수도 있을 거야, 하지만 지금은 그냥 웃어주자고!"

"물론 그렇지!" 라스콜니코프는 대답했다. '하지만 내일이면 넌 무슨 말을 하게 될까?' 그는 속으로 생각했다. 지금까지 한 번도 '라주미힌이 알게 되면 어떻게 생각할까?' 하는 생각이 들지 않았다니 이상한 일이다. 이런 생각을 하면서 라스콜니코프는 그를 뚫어지게 쳐다보았다. 포르피리를 찾아갔다면서 라주미힌이 방금 해준 얘기에 그는 별로 흥미를 느끼지 못했다. 그때 이후로 얼마나 많은 일이 있었던가!……

그들은 복도에서 루진과 맞닥뜨렸다. 그는 정확히 여덟시에 나타나 방을 찾고 있었고, 그렇게 세 사람은 서로를 쳐다보지도, 인사를 나누지도 않은 채 함께 방으로 들어갔다. 젊은 사람들이 앞장을 섰고, 표트르 페트로비치는 예의를 차리느라 현관에서 외투를 벗으며 꾸물거렸다. 풀헤리야 알렉산드로브나가 그를 맞으러 바로 문간으로 나왔다. 두냐는 오빠와 인사를 나눴다.

표트르 페트로비치는 안으로 들어와서는 두 배는 더 점잔을 빼면서도 꽤 살갑게 여자들과 인사를 나눴다. 하지만 아직 어찌해야 할지 몰라 좀 헷갈리는 눈치였다. 풀헤리야 알렉산드로브나 역시 당황한 듯 서두르며 즉시 모두를 사모바르가 끓고 있는 원탁에 앉혔다. 두냐와 루진이 탁자 양쪽 끝에 서로 마주보고 앉았다. 라주미힌과 라스콜니코프는 풀헤리야 알렉산드로브나 맞은편으로 가 앉았다. 라주미힌이 루진 옆이었고, 라스콜니코프는 동생 옆이었다.

잠시 침묵이 흘렀다. 표트르 페트로비치는 서두르는 기색 없이 향수 냄새가 풍기는 얇은 마직 손수건을 꺼내어 코를 풀었는데, 그 모습은 마치 선행을 베풀고도 자신의 품위가 다소간 손상당한 데 대해 해명을 요구하기로 단단히 작정한 사람 같았다. 이미 그는 입구에서부터 외투를 벗지 말고 여길 나가 엄중하고도 인상적으로 두 여자에게 벌을 내릴까, 그렇게 해서 그들이 단번에 모든 걸 느끼도록 해줄까, 하고 생각했다. 하지만 결정을 내리지 못했다. 게다가 그는 분명치 못한 걸 싫어하는 사람이라, 여기서 확실히 해야 할 필요도 있었다. 만일 자신의 명령을 이렇게 싹 무시했다면 뭔가가 있다는 의미니까, 우선 알아보는 게 좋겠다고 생각한 것이다. 벌이야 언제든 줄 수 있고, 게다가 그의 처분에 달렸으니 말이다.

"여행이 순조로우셨기를 바랍니다만?" 그는 풀헤리야 알렉산드로브나에게 의례적인 말을 건넸다.

"덕분에요, 표트르 페트로비치."

"매우 다행입니다. 아브도티야 로마노브나도 피곤하진 않으신지요?"

"저야 젊고 튼튼하니 피곤하지 않지만, 엄마는 아주 고생하셨어요." 두네치카가 대답했다.

"어쩌겠습니까, 우리 나라의 철도가 좀 길어야 말이지요. 이른바 '어머니 러시아'는 거대하니까요…… 어제 어서 빨리 뵐 수 있기를 몹시 바랐지만, 아무리 해도 그럴 수가 없었습니다. 하지만 모든 일이 별문제 없이 순조로웠기를 바랍니다만?"

"아, 아니에요, 표트르 페트로비치, 우리는 너무나 낙담했답니다." 풀헤리야 알렉산드로브나는 독특한 억양으로 서둘러 말을 꺼냈다. "어제 하느님이 드미트리 프로코피치를 보내주시지 않았다면, 우리는 말 그대로 그냥 끝장이었을 거예요. 바로 저분이 드미트리 프로코피치 라주미힌 씨랍니다." 그를 루진에게 소개하며 그녀가 덧붙였다.

"알다마다요, 감사하게도…… 어제." 루진은 적의에 찬 표정으로 라주미힌을 곁눈질하며 중얼거리고는 얼굴을 찌푸리며 입을 다물었다. 대체로 표트르 페트로비치는 사람들 사이에 있을 때 겉으로는 몹시 친절하게 굴거나, 친절하다는 평가를 받기를 바라 마지않지만, 조금이라도 자기 마음에 들지 않으면 바로 자신의 방식을 잃고, 모임에 허물없이 생기를 불어넣는 신사 역할을 하기보다는, 꿔다 놓은 보릿자루처럼 변해버리는 부류의 사람에 속했다. 다시 모두들 침묵했다. 라스콜니코프는 고집스럽게 입을 다물었고, 아브도티야 로마노브나는 때가 될 때까지 침묵을 깨고 싶지 않았으며, 라주미힌은 할말이 없어서였는데, 그래서 풀헤리야 알렉산드로브나는 다시 불안해지기 시작했다.

"마르파 페트로브나가 죽었어요, 들으셨어요?" 그녀는 자신의 주무기에 의지해 말을 시작했다.

"물론이에요, 들었습니다. 제일 먼저 들었지요, 더구나 아르카디 이바노비치 스비드리가일로프가 부인의 장례식을 치르자마자 페테르부르크로 서둘러 떠났다는 것도 두 분께 알려드리러 지금 이렇게 온 겁니다. 적어도 제가 들은 가장 정확한 소식에 따르면 그렇습니다."

"페테르부르크요? 여기로요?" 두네치카가 불안해하며 묻고는, 어머니와 서로 눈길을 주고받았다.

"확실히 그렇습니다, 게다가 서둘러 떠난 것이나 대략 앞서의 정황을 고려해보면, 물론 목적이 없지 않겠지요."

"세상에! 정말이지 그 사람은 여기서도 두네치카를 가만히 내버려두지 않을 모양이군요?" 풀헤리야 알렉산드로브나가 비명을 질렀다.

"제 생각에는 어머님도 그렇고, 아브도티야 로마노브나도 그렇고, 별로 걱정하실 건 없습니다, 물론 두 분이 그 사람과 어떤 식으로든 관계를 맺길 원하지 않으신다면요. 저로 말씀드리자면, 사태를 예의 주시하고 있으며, 현재 그가 어디 묵고 있는지 알아보는 중입니다……"

"아, 표트르 페트로비치, 당신이 지금 날 얼마나 놀라게 했는지 믿지 못할 거예요!" 풀헤리야 알렉산드로브나는 말을 이었다. "그 사람을 딱 두 번 봤을 뿐이지만, 끔찍한, 끔찍한 사람 같았어요! 난 고인이 된 마르파 페트로브나가 죽은 게 그 사람 때문이라고 확신한답니다."

"그 점이라면 그렇게 단정지을 수는 없습니다. 제가 정확히 들은 이야기가 있어요. 어쩌면 그가 일이 빨리 진행되는 데 일조했을 수도 있다는 점, 다시 말해서 그녀에게 모욕을 주어 정신적으로 영향을 미쳤을 수도 있다는 점에 대해서는 왈가왈부하지 않겠습니다. 하지만 행동이라든가, 전체적으로 그 인물의 정신적 특성에 관해서라면, 말씀에 동의합니다. 그자가 지금 부자인지, 마르파 페트로브나가 그에게 대체 무얼 남겼는지는 모릅니다. 아주 조속한 시일 내에 알게 되겠지요. 하지만 그자가 여기 페테르부르크에서 돈푼이라도 좀 갖게 되면, 당연히 바로 옛날 버릇이 나올 겁니다. 정말 방탕하고, 비슷한 부류의 어떤 사람보다도 죄악으로 타락한 인간이니까요! 저는 팔 년 전 불행히도 그를 너무도 사랑해서 빚을 대신 갚아준 마르파 페트로브나가 또다른 일 하나에서도 그를 위해 애써주었다고 추정할 만한 상당한 근거를 가지고 있습니다. 흉악하고 기괴하다 말할 수 있는 살인 사건을 포함한 형사 사건 하나가 오로지 그녀의 노력과 희생으로 조기에 무마되었지요, 그 사건 정도면 그는 실제로, 실제로 시베리아 유형에 처해졌을지도 모릅니다. 알고 싶으시다면, 자, 그는 바로 이런 사람입니다."

"오, 세상에!" 풀헤리야 알렉산드로브나가 소리를 질렀다. 라스콜니코프는 주의깊게 듣고 있었다.

"그 일에 대해 정확한 정보를 갖고 있다는 말씀이 사실이세요?" 두냐가 엄격한 말투로 힘주어 물었다.

"저는 고인이 된 마르파 페트로브나로부터 비밀스럽게 직접 들은 것만을 말하고 있습니다. 법률적 관점에서 그 사건에 몹시도 모호한 점이 있었다는 사실은 지적해야겠군요. 여기에 레슬리흐라는 여자가 살았습니다, 아마 지금도 살고 있을 겁니다, 외국 여자인데다, 소소하게 고리대금업도 하고 다른 일도 했지요. 스비드리가일로프 씨는 이 레슬리흐라는 여자와 오래전부터 아주 가깝고 비밀스러운 모종의 관계를 갖고 있었어요. 그 여자 집에는 조카인 듯싶은 먼 친척 아이가 살았는데, 열다섯 살인가 열네 살인가밖에 안 되는, 듣지도 말하지도 못하는 여자아이였습니다, 레슬리흐는 이 아이를 너무나 미워해서 사사건건 구박했지요. 심지어는 비인간적으로 때리기도 했고요. 어느 날 이 소녀가 다락방에서 목을 맨 채로 발견되었습니다. 자살로 판명이 났지요. 일반적인 절차에 따라 그렇게 사건이 마무리되었는데, 나중에 밀고가 들어왔어요, 소녀가…… 스비드리가일로프에게 잔인하게 능욕당했다고 말입니다. 사실 모든 게 모호했어요, 밀고를 한 사람은 또다른 독일 여자였는데, 역시 소문이 좀 있는 여자라서 믿을 만하지 않았거든요. 결국 요점은 마르파 페트로브나의 노력과 돈 덕택에 밀고는 없던 일이 되었다는 겁니다. 모든 건 소문으로 그쳤죠. 하지만 그 소문은 의미심장한 것이었습니다. 아브도티야 로마노브나, 그 집에서 지내실 때, 아직 농노법이 적용되던 육 년 전쯤 필립이라는 사람이 고문으로 죽은 사연을 당신도 물론 들으셨겠지요."

"전 반대로 그 필립이라는 사람이 스스로 목을 맸다고 들었는데요."

"정확하게는 그렇지요, 하지만 스비드리가일로프 씨의 끊임없는 구박과 매질이 그걸 강요했거나, 더 정확히 말하면 그런 강요된 죽음을 택하게끔 몰아붙인 거나 다름없습니다."

"그건 모르겠고요." 두냐는 건조하게 대답했다. "단지 아주 이상한 이야기를 하나 들었어요, 그 필립이라는 사람이 우울증 기미가 있었고, 철학자연했던데다, 사람들 말로는 '지나치게 책을 읽었다'고 하고, 그가 목을 맨 것도 스비드리가일로프 씨의 매질보다는 조롱 때문이었다고요. 제가 그 집에 있을 때 스비드리가일로프 씨는 사람들과 잘 지냈고, 사람들은 그 사람을 사랑하기까지 했어요, 필립이 죽은 일로 그 사람을 비난한 건 사실이지만요."

"아브도티야 로마노브나, 당신 어째 갑자기 그 사람을 옹호하고 싶어지신 거 같군요." 애매한 미소로 입을 일그러뜨리며 루진이 지적했다. "사실 그자는 여성에게는 유혹적이고 교묘한 인간입니다, 그렇게 미심쩍게 죽은 마르파 페트로브나가 그 비참한 사례지요. 그자가 틀림없이 곧 새로운 시도를 할 거라는 점을 고려해, 난 당신과 당신 어머니께 충고로 도움을 드리고 싶었을 뿐입니다. 내 입장을 말씀드리자면, 난 그자가 분명 다시 채무자감옥*으로 사라질 거라고 굳게 확신합니다. 마르파 페트로브나는 아이들을 생각해서 그게 뭐든 결코 그의 앞으로 남겨놓을 생각을 한 적이 없었고, 뭔가 남겼더라도 분명 딱 필요한 만큼, 잠시 쓸 정도의 얼마 안 되는 돈만 남겼을 겁니다, 그러니 그 작자의 버릇대로라면 일 년도 부족하겠죠."

"표트르 페트로비치, 부탁드려요." 두냐가 말했다. "스비드리가일로

* 제정 러시아 시기 빚을 상환할 능력이 없는 채무자를 가둬두었던 감옥을 말한다. 채권자가 채무를 독촉하는 최후 수단으로 자주 활용되었고, 평생 빚에 시달렸던 도스토옙스키는 채무자감옥을 줄곧 두려워했다.

프 씨 얘기는 그만두지요. 우울해지네요."

"그 사람, 방금 나한테 왔다 갔어." 처음으로 침묵을 깨고 라스콜니코프가 불쑥 말했다.

사방에서 비명이 터져나왔고, 모두가 그를 바라보았다. 표트르 페트로비치마저도 흥분했다.

"한 시간 반쯤 전에 자고 있는데 들어와서는 날 깨우고 자기소개를 하더군." 라스콜니코프는 말을 이었다. "꽤 거침없고 명랑한 사람이었어, 그리고 나하고 친해지기를 무척이나 바라고 있었고. 무엇보다 두냐, 너와 무척 만나고 싶어하며 방법을 찾더구나, 너와 만날 수 있도록 중간에서 역할을 해달라고 내게 부탁하더라. 네게 제안할 게 하나 있대. 그게 뭔지 내게 알려줬지. 그 얘기 말고도 마르파 페트로브나가 죽기 일주일 전에 두냐 네게 유언으로 3천 루블을 남겼다는 것과, 네가 그 돈을 아주 가까운 시일 내에 받게 된다는 것도 확실히 알려줬고."

"하느님 감사합니다!" 풀헤리야 알렉산드로브나는 이렇게 외치고, 성호를 그었다. "그분을 위해 기도드려라, 두냐, 기도해!"

"그건 실제로 사실입니다." 루진에게서 이런 말이 불쑥 튀어나왔다.

"그래서, 그다음엔 뭐래?" 두네치카가 서둘렀다.

"그다음에 자기는 부자가 아니고, 모든 재산은 현재 고모 집에 있는 아이들 몫이 될 거라고 했어. 그러고는 우리집에서 멀지 않은 곳에 묵고 있다고 했고, 어디인지는, 몰라, 안 물어봤거든……"

"그런데 대체 그 사람이 두냐에게 뭘, 뭘 제안하고 싶다니?" 풀헤리야 알렉산드로브나가 몹시 놀라며 물었다. "네게 얘기하든?"

"네, 말했어요."

"대체 뭐라디?"

"나중에 말씀드릴게요." 라스콜니코프는 입을 다물고 차를 마시기 시작했다.

표트르 페트로비치는 시계를 꺼내 들여다보았다.

"일이 있어 가봐야겠습니다, 그리고 이렇게 방해해서도 안 될 테고요." 그는 약간 화가 난 듯한 모습으로 이렇게 덧붙이고 자리에서 일어서려 했다.

"그냥 계세요, 표트르 페트로비치." 두냐가 말했다. "원래 저녁 내내 머무를 생각이셨잖아요. 더구나 엄마와 의논하고 싶은 게 있다고 편지에 직접 쓰셨고요."

"그건 맞습니다, 아브도티야 로마노브나." 표트르 페트로비치가 힘주어 말하고 다시 의자에 앉았지만, 여전히 모자는 손에 든 채였다. "난 정말로 함께 의논하고 싶었습니다, 당신하고도, 또 대단히 존경하는 당신 어머니하고도요, 더구나 아주 중요한 점에 대해서 말이죠. 하지만 당신 오빠가 내가 있는 데서 스비드리가일로프 씨의 제안에 대해 의논할 수 없는 것처럼, 나 역시 다른 사람이 있는 데서는…… 몇 가지 아주, 아주 중요한 점에 대해서…… 의논하고 싶지 않고, 할 수도 없군요. 게다가 중요하고도 너무나 간곡한 내 청을 들어주시지도 않았고……"

루진은 짐짓 침통한 표정으로 거만하게 입을 다물었다.

"우리가 만날 때 오빠가 없었으면 한다는 당신의 청이 이루어지지 않은 것은 오로지 제가 고집했기 때문이에요." 두냐가 말했다, "당신은 오빠에게 모욕을 당했다고 쓰셨지요. 전 이 문제를 당장 해명해야 하며, 두 분이 반드시 화해해야 한다고 생각해요. 만일 로쟈 오빠가 정말로 당신을 모욕했다면, 오빠는 당신에게 마땅히 용서를 구해야 하고, 또 그럴 거예요."

표트르 페트로비치는 바로 거드름을 피우기 시작했다.

"아브도티야 로마노브나, 아무리 호의를 갖고 있어도 결코 잊을 수 없는 모욕이란 게 있습니다. 모든 일에는 넘어서면 위험한 선이 있는 법이죠. 일단 넘어서면 되돌아갈 수 없으니까요."

"제 말은 그런 뜻이 아니에요, 표트르 페트로비치." 두냐는 조금 초조해하며 말을 가로챘다. "지금 이 모든 일이 가능한 한 빨리 해명되어 잘 해결되느냐 아니냐에 우리의 미래가 전부 달려 있다는 점을 잘 헤아려 주세요. 그렇게 말고는 달리 생각할 수 없다고, 단도직입적으로 말씀드리고 싶어요, 그리고 당신이 절 조금이라도 아끼신다면, 힘드시겠지만 오늘로 이 모든 이야기를 끝내야 해요. 다시 한번 말씀드릴게요, 만일 오빠가 잘못한 거라면, 오빠는 용서를 구할 거예요."

"문제를 그렇게 설정하시다니 놀랍군요, 아브도티야 로마노브나." 루진은 점점 더 화를 냈다. "당신을 존중하고, 그러니까, 당신을 숭배하더라도, 동시에 나는 당신 가족 중 누군가를 전혀, 조금도 사랑하지 않을 수도 있는 겁니다. 당신 손길이 주는 행복을 원한다 해도 동의할 수 없는 의무까지 같이 받아들일 수는 없습니다……"

"아아, 그렇게 쉽게 화 좀 내지 마세요, 표트르 페트로비치." 두냐는 감정적으로 말을 끊었다. "제가 늘 그렇게 생각했고, 앞으로도 그렇게 생각하고 싶은 지혜롭고 고귀한 분이 되어주세요. 전 당신에게 커다란 약속을 했고, 전 당신 약혼녀예요. 이 일에서는 저를 믿어주시고, 제게 공정하게 판단할 능력이 있다는 걸 믿어주세요. 제가 판관의 역할을 자임한 건, 당신에게도 그렇지만 오빠에게도 아주 놀라운 일이에요. 당신 편지를 받고 오늘 우리가 만날 때 꼭 와달라고 오빠에게 청하면서도 제가 어떤 생각을 하고 있는지는 전혀 말해주지 않았어요. 만일 두 분이 화해하지 않는다면, 제가 당신인지 오빠인지, 두 사람 중 한 명을 선택해야 한다는 걸 헤아려주세요. 오빠도 그리고 당신 쪽에서도 문제를 그렇게 만들어버렸으니까요. 전 선택에서 실수하고 싶지 않고, 그래서도 안 되지요. 당신을 위해서는 오빠와 인연을 끊어야 해요. 오빠를 위해서는 당신과 헤어져야 하고요. 저는 이제 확실히 알고 싶고, 그럴 수 있어요. 오빠가 내 오빠가 맞나? 또 당신에 대해서도요. 내가 당신에게 소중한 사람일까, 당신은 날 존중할까, 당신이 내 남편이 될 사람일까?"

"아브도티야 로마노브나." 루진은 불쾌한 듯 말했다. "당신 말씀은 지나치게 의미심장하게 들리는군요, 더 나아가 내가 당신과의 관계에서 차지하는 위치를 고려한다면, 심지어 모욕적이기까지 하다고 말씀드릴 수 있겠습니다. 나와…… 오만불손한 젊은이를 나란히 놓고 모욕적이고 괴상한 비교를 하는 건 이미 말할 것도 없고, 말씀을 듣자 하니 나와 한 약속을 파기할 가능성마저 용인하시는군요. '당신이냐, 오빠냐?'라고 말씀하시는데, 그러니까, 그건 그 자체로 내가 당신에게 얼마나 별것 아닌 존재인지를 보여주는 겁니다…… 우리 사이에 존재하는 관계와…… 약속들을 고려할 때 이건 용납할 수 없습니다."

"어떻게 그런 말을!" 두냐가 발끈했다. "전 당신의 의미를 지금까지 살면서 제게 소중했던 모든 것, 지금까지 제 삶 전체를 이뤄온 모든 것과 나란히 두고 있는데, 그런데도 당신은 제가 당신에게 별 가치를 두지 않는다고 버럭 화를 내시는군요!"

라스콜니코프는 아무 말 없이 신랄한 미소를 지었다. 라주미힌은 온통 얼굴을 찌푸렸다. 하지만 표트르 페트로비치는 반박을 받아들이지 않았다. 오히려 마치 즐기는 것처럼 한 마디 한 마디 점점 더 트집을 잡으며 화를 냈다.

"미래 인생의 동반자인 남편에 대한 사랑은 오빠에 대한 사랑을 넘어서야 하는 겁니다." 그는 훈계조로 말했다. "어떤 경우든 난 당신 오빠와 나란히 설 수 없어요…… 비록 아까 내가 당신 오빠가 있는 데서는 왜 여길 왔는지 모든 것을 설명하고 싶지도 않고 그럴 수도 없노라고 주장했지만, 그럼에도 불구하고 이제는 존경해 마지않는 당신 어머니로부터 몹시 중대하고 내게는 모욕적인 한 가지 지점에 대해 필요한 해명을 들어야겠군요. 아드님이," 그는 풀헤리야 알렉산드로브나를 향해 말했다. "어제 라숫킨 씨('아닌가…… 비슷한 이름인 거 같은데? 죄송합니다, 성함을 완전히 잊었네요.' 그는 라주미힌에게 정중하게 머리를 숙였다)가 계신 데서 제 생각을 왜곡해 절 모욕했습니다, 그 생각이란 언젠가 커피를 마시며 개인적으로 대화를 나누던 중에 어머님께 드린 말씀인데, 다름 아니라 제가 보기에는 이미 인생의 쓴맛을 경험한 가난한 처자와 결혼하는 것이 유복하게 자란 처자와 하는 것보다 도덕적인 면에서 더 유익하기 때문에 결혼관계에도 더 이롭다고 했던 그 말 말입니다. 아드님은 제가 교활한 의도를 가지고 있다고 저를 비난하고 고의로 말의 의미를 졸렬하게 과장했는데, 제 생각에 그건 당신이 손수 쓰신 서신 때문인 것 같습니다. 풀헤리야 알렉산드로브나, 당신이 오해를 풀어주시고, 그럼으로써 저를 충분히 안심시켜주신다면 다행으로 여기겠습니다. 로디온 로마노비치에게 보내신 편지에서 제 말을 대체 어떤 용어로 전달하셨는지 알려주시겠습니까?"

"난 기억이 안 나요." 풀헤리야 알렉산드로브나는 안절부절못했다. "하지만 내가 이해한 대로 전했어요. 로쟈가 당신에게 어떻게 전했는지는 모르겠네요…… 어쩌면 저애가 뭔가 과장했을지도 모르고요."

"당신의 암시가 없었다면 과장할 수 없었겠지요."

"표트르 페트로비치." 풀헤리야 알렉산드로브나는 품위 있게 말했다. "나와 두냐가 여기 있다는 사실 자체가 우리가 당신 말을 전혀 나쁜 쪽으로 받아들이지 않았다는 증거예요."

"말씀 잘하셨어요, 엄마!" 두냐가 맞장구를 쳤다.

"그러니까 이번에도 제 잘못이라는 거군요!" 루진이 화를 냈다.

"이거 보세요, 표트르 페트로비치, 당신은 계속 로디온을 비난하시는데, 정작 당신도 얼마 전 편지에서 저애에 대해 사실이 아닌 말을 쓰셨잖아요." 용기를 얻은 풀헤리아 알렉산드로브나가 덧붙여 말했다.

"저는 어떤 거짓도 쓴 기억이 없습니다."

"당신은 그렇게 썼소." 루진 쪽으로 몸을 돌리지도 않은 채 라스콜니코프는 거칠게 말을 시작했다. "어제 내가 돈을 건네준 사람은 사실 마차에 치인 남자의 부인인데, 그게 아니라 그 딸에게 줬다고요. (난 그날 저녁까지 그 딸을 한 번도 본 적이 없어요.) 당신은 나와 가족 사이에 불화를 일으키려고 그렇게 쓴 거요, 게다가 그럴 목적으로 잘 알지도 못하는 아가씨의 행실에 대해 추잡한 표현을 덧붙였지. 그 모든 건 거짓이고, 비열한 짓이오."

"실례지만," 증오로 부들부들 떨면서 루진이 대답했다. "내가 편지에서 당신의 자질과 행동에 대해 늘어놓은 건, 우리가 만났을 때 어땠는지, 어떤 인상을 줬는지 써달라고 당신 동생과 어머니가 청하셨기에 그 부탁을 들어드리느라 그런 것뿐입니다. 또 내 편지의 내용과 관련해서라면, 거기서 단 한 줄이라도 틀린 말을 찾아낼 수 있습니까? 그러니까 당신이 돈을 허비하지도 않았고, 그 집에는 불행하긴 해도 부도덕한 사람은 없었다고 과연 말할 수 있느냐고요?"

"내 생각에 당신은, 당신의 모든 장점을 긁어모아도 당신이 돌을 던지고 있는 그 불쌍한 아가씨의 새끼손가락에도 못 미칠 사람이오."

"그러니까 당신은 감히 당신 어머니와 동생이 있는 곳에 그 여자를 데려올 수도 있다는 말씀입니까?"

"알고 싶다면야, 난 벌써 그렇게 했습니다. 오늘 그녀를 어머니와 두냐와 나란히 앉혔단 말이오."

"로쟈!" 풀헤리야 알렉산드로브나가 외쳤다.

두네치카는 얼굴을 붉혔다. 라주미힌은 눈살을 찌푸렸다. 루진은 신랄하고 거만한 미소를 지었다.

"직접 보셨지요, 아브도티야 로마노브나," 그는 말했다. "이런데 무슨 화해가 가능하겠습니까? 이제 이 일은 영원히 끝났고 다 해명되었다 봐야겠지요. 가족끼리 만나는 기쁨과 비밀스러운 대화를 방해하고 싶지 않으니 전 이만 물러가겠습니다. (그는 의자에서 일어나 모자를 집어들었다.) 하지만 떠나기 전에 감히 말씀드리자면, 앞으로는 이와 같은 만남을, 그러니까 이런 타협을 피할 수 있기를 바랍니다. 존경해 마지않는 풀헤리야 알렉산드로브나, 당신에게 특히 당부드리고 싶군요, 제 편지가 그 누구도 아닌 당신에게 쓴 것이니 더더욱 그러합니다."

풀헤리야 알렉산드로브나는 슬쩍 화가 났다.

"당신은 우리를 완전히 자기 손아귀에 쥔 것처럼 구는구려, 표트르 페트로비치. 당신의 요청을 들어드리지 않은 이유는 두냐가 설명해줬잖아요. 그애는 좋은 의도로 그런 거라오. 게다가 당신은 마치 명령하듯이 편지에 썼어요. 정말로 우리가 당신이 원하는 걸 모두 명령으로 여겨야 하나요? 하지만 반대로 난 이렇게 말해주고 싶구려, 당신은 지금 우리에게 특히 자상하고 관대해야 한다고요, 왜냐면 우린 당신만 믿고 모든 걸 버리고서 여기 왔으니까요, 그러니까 당신이 그러지 않아도 우린 이미 당신 손안에 있는 거나 마찬가지라고요."

"완전히 옳은 말씀은 아니지요, 풀헤리야 알렉산드로브나, 특히나 마르파 페트로브나가 남긴 3천 루블이 공표된 지금 같은 순간에는요, 그리고 제게 말씀하시는 어투가 바뀌신 걸 보니 마침 아주 잘됐다고 생각하시는 것 같군요." 그는 가시 돋친 말투로 덧붙였다.

"그렇게 말씀하시는 걸 보니, 당신이 정말로 우리가 의지할 데 없는 처지인 걸 계산에 넣고 있었다고 여겨도 되겠군요." 두냐가 화가 나서 질책했다.

"하지만 적어도 지금은 그렇게 여길 수 없겠지요, 특히, 당신 오빠가 아르카디 이바노비치 스비드리가일로프에게 전권을 위임받아 비밀스러운 제안을 알려주는 걸 방해하고 싶지는 않습니다, 보니까 그건 당신에게 중대한, 어쩌면 아주 기분좋은 의미가 될 수도 있겠군요."

"아이고 맙소사!" 풀헤리야 알렉산드로브나가 탄식했다.

라주미힌은 의자에 가만히 앉아 있을 수가 없었다.

"동생아, 이래도 넌 부끄럽지 않으냐?" 라스콜니코프가 물었다.

"부끄러워, 로쟈 오빠." 두냐가 말했다. "표트르 페트로비치, 당장 나가세요!" 분노로 창백해진 그녀가 그를 향해 말했다.

표트르 페트로비치는 이런 결말을 전혀 예상하지 못한 듯했다. 그는 자기 자신과 자신의 권력, 그리고 의지할 곳 없는 자기 희생자들의 처지를 지나치게 낙관한 것이다. 지금도 믿기지 않았다. 그의 얼굴이 창백해지고, 입술이 떨리기 시작했다.

"아브도티야 로마노브나, 만일 내가 지금 저 문을 나서면, 그렇게 떠나고 나면, 잘 생각하세요, 그때는 정말로 절대 돌아오지 않을 겁니다. 곰곰이 잘 생각하세요! 내 뜻은 확고합니다."

"어쩌면 이렇게 뻔뻔스러울 수가!" 두냐는 자리에서 벌떡 일어나며 외쳤다. "당신이 다시 돌아오길 바라지도 않아요!"

"뭐라고요? 어떻게 이-럴-수-가!" 루진은 마지막 순간까지도 이런 결말을 도저히 믿을 수 없었고, 그래서 이제 완전히 갈피를 잃어버린 채 소리쳤다. "그러니까, 그렇단 말이군! 하지만 아시는지요, 아브도티야 로마노브나, 난 항의할 수도 있어요."

"무슨 권리로 그애에게 그렇게 말하는 거죠!" 흥분한 풀헤리야 알렉산드로브나가 끼어들었다. "뭘 가지고 항의할 수 있다는 거예요? 당신이 무슨 권리로요? 세상에, 내가 댁 같은 사람에게 우리 두냐를 줄 거 같아? 가요, 우리 곁에서 완전히 사라지라고요! 옳지 못한 일을 하려 했으니 다 우리 잘못이다, 무엇보다 내 잘못이 크다……"

"하지만, 풀헤리야 알렉산드로브나." 루진은 미친 듯이 흥분했다. "그런 약속들로 날 옭아매놓고 이제 와서 거부하다니…… 그러니까 결국…… 그러니까 결국 날 끌어들인 건 비용을 치르게 하려고……"

이 마지막 주장은 표트르 페트로비치의 성격에 딱 맞는 것이었고,

분노로 창백해지고도 애써 자제하고 있던 라스콜니코프는 더이상 참지 못하고 갑자기 크게 웃음을 터뜨렸다. 하지만 풀헤리야 알렉산드로브나는 제정신을 잃었다.

"비용이라고? 대체 무슨 비용? 설마 우리 짐가방을 말하는 건 아니겠죠? 아니, 그건 차장이 당신한테 공짜로 날라다준 거잖아요. 맙소사, 게다가 우리가 자기를 옭아맸다니! 표트르 페트로비치, 정신 좀 차려요, 우리가 아니라 당신이 우리 팔다리를 옭아맨 거지!"

"됐어요, 엄마, 제발 그만하세요!" 아브도티야 로마노브나가 간청했다. "표트르 페트로비치, 부탁이에요, 가세요!"

"갈 겁니다, 하지만 마지막으로 한마디만 하지요!" 그는 이미 거의 완전히 자제력을 잃고 말았다. "당신 어머니는 까맣게 잊으신 모양이군요, 내가 당신을 택하기로 결심한 것이, 당신 평판과 관련된 소문이 시내 구석구석까지 퍼진 후라는 걸 말이죠. 당신을 위해 사람들의 평판도 무시하고 당신 명예를 회복시켰으니, 정말이지, 당연히 나는 아주아주 많은 보상을 바랄 수도 있었고, 심지어는 감사를 요구할 수도 있었거늘…… 이제야 눈이 뜨이는군요! 내가 사람들의 말을 무시해가며 정말 너무도 경솔하게 행동했다는 것을 이제는 잘 알겠습니다……"

"네놈은 대가리가 두 개라도 되냐, 엉!" 라주미힌은 의자에서 벌떡 일어나 한판 혼내줄 기세로 고함을 질렀다.

"이 비열하고 나쁜 사람!" 두냐가 말했다.

"아무 말도 하지 마! 꼼짝도 하지 말고!" 라주미힌을 제지하며 라스콜니코프가 소리쳤다. 그러고는 루진의 바로 코앞까지 다가갔다.

"당장 나가시오!" 그는 조용한 목소리로 또박또박 말했다. "더는 아무 말도 하지 말고, 안 그러면……"

표트르 페트로비치는 증오로 일그러진 창백한 얼굴로 몇 초간 그를 노려보다가 몸을 돌려 방을 나갔는데, 물론 그가 라스콜니코프에게 품은 악의에 찬 증오는 어느 누구도 남에게 품기 힘들 정도의 것이었다. 루진은 모든 게 오직 그, 그의 탓이라고 여겼다. 놀랍게도 이미 계단을 내려가면서도 여전히 그는 어쩌면 일이 아직 완전히 끝장난 게 아니고, 심지어 여자들하고만 관련된 문제라면 '충분히, 충분히' 회복 가능하다고 상상했다.

## 3

중요한 점은 그야말로 마지막 순간까지도 그가 이 같은 결말을 전혀 예상하지 못했다는 것이다. 그는 가난하고 의지할 데 없는 두 여자가 자기 손아귀에서 벗어날 수 있으리라고는 상상조차 못한 채 마지막까지 허세를 부린 것이다. 그렇게 확신한 것은 많은 부분 그의 허영심과, 자아도취라는 말이 딱 맞을 정도의 자만심 때문이었다. 별 볼 일 없는 신분에서 자수성가한 표트르 페트로비치는 자신에게 병적으로 감탄하는 버릇이 있었고, 자신의 머리와 능력을 높이 평가했으며, 심지어 가끔 혼자 있을 때면 거울에 비친 자기 얼굴에 넋을 잃기도 했다. 하지만 이 세상에서 그가 무엇보다 사랑하고 존중하는 것은 갖은 수단과 노력으로 얻은 자신의 돈이었다. 돈은 그를 그보다 높이 있던 모든 것과 동등하게 만들어주었다.

방금 두냐에게 그녀에 대한 나쁜 소문에도 불구하고 그녀를 택하기로 결심했다고 쓰라리게 상기시켰을 때, 표트르 페트로비치는 전적으로 진심이었고, 그런 '배은망덕함'에 깊은 분노까지 느꼈다. 하지만 마르파 페트로브나가 직접 공개적으로 부인하기도 한데다 시내의 모든 사람이 소문을 믿지 않고 두냐를 열렬히 옹호했기 때문에, 사실은 그도 두냐에게 구혼할 당시 이미 모든 소문이 엉터리라는 걸 완전히 확신하고 있었다. 그러니 당시에도 이미 모든 걸 알고 있었다는 사실을 지금 스스로도 부인할 수는 없었다. 그럼에도 그는 여전히 두냐를 자신과 동등한 위치로 끌어올리려 한 자신의 결단력을 높이 평가했고, 그것을 영웅적인 행동으로 여겼다. 방금 그 점을 두냐에게 토로한 일 역시 이미 여러 번 혼자 감탄해가며 비밀스럽게 간직해오던 생각을 발설한 것이었기에, 어째서 다른 사람들이 그의 영웅적인 행동에 감탄해주지 않는지 도통 이해할 수 없었다. 라스콜니코프를 방문했을 당시에도 그는 자신이 베푼 은혜의 결실을 거두고 온갖 달콤한 찬사를 들을 만반의 준비를 하고서 은인의 심정으로 방에 들어갔던 것이다. 그러니 지금 계단을 내려오며 자신이 너무나 모욕당했고, 제대로 인정받지 못했다고 느낀 것은 그에게는 당연한 일이다.

한편 그는 두냐가 꼭 필요했다. 그녀를 포기한다는 것은 그로서는 생각할 수 없는 일이었다. 그는 이미 오래전부터 벌써 몇 년 동안이나 결혼이라는 감미로운 꿈을 꾸면서, 차곡차곡 돈을 모으며 기다렸다. 마음속 아주 깊은 곳에서 내밀하게, 몸가짐이 바르고 가난하고(반드시 가난해야 한다), 아주 젊고, 대단히 아름답고 고상하고 교양 있고, 그러면서도 지독히 많은 불행을 겪어 잔뜩 겁을 집어먹은 나머지 그에게 간절히 매달리는 그런 여자, 그래서 평생 그를 구세주로 여기고, 그를 공경하고, 그에게 복종하며 감탄하는, 오직 그에게만 그렇게 대하는 여자를 황홀하게 꿈꿔왔다. 일을 마치고 돌아와 조용히 쉬면서 이 유혹적이고 달뜬 주제로 얼마나 많은 장면과 얼마나 많은 달콤한 사건을 머릿속에 그려보았는지 모른다! 그 오랜 꿈이 이제 막 이루어지려던 참이었다. 아브도티야 로마노브나의 아름다움과 교양은 놀라울 정도였다. 의지할 데 없는 그녀의 처지도 그를 극도로 자극했다. 심지어 어떤 점에서는 그가 꿈꿔온 것 이상이었다. 자존심 강하고, 개성과 미덕이 있고, 교양과 지적 수준이 자신보다 나은(그도 느끼고 있었다) 아가씨가 나타났고, 그런 존재가 그의 영웅적 행동에 평생 노예처럼 감사하면서 공경하는 마음으로 그 앞에 몸을 낮출 것이며, 그는 무한히, 그리고 완전히 군림하게 될 것이었다!…… 공교롭게도 얼마 전 그는 오랜 숙고와 기다림 끝에 마침내 출세를 위한 경로를 바꿔 활동의 폭을 좀더 넓히기로, 동시에 이미 오래전부터 탐욕스럽게 꿈꿔온 더 높은 사회에 서서히 발을 들여놓기로 완전히 마음을 굳힌 차였다…… 한마디로 페테르부르크에서 승부를 걸어보기로 결심한 것이다. 여자를 통해 '아주, 아주' 많은 걸 얻을 수 있다는 사실을 그는 알고 있었다. 매혹적이고 덕과 교양이 있는 여성의 매력은 놀랄 만큼 아름답게 그의 길을 치장해주고, 사람들을 끌어모으며 후광이 되어주었을 텐데…… 그 모든 것이 무너져버렸다! 방금 일어난 갑작스럽고 추악한 결별은 그에게 날벼락 같은 일이었다. 무슨 추악한 장난이나, 말도 안 되는 엉터리 같았다! 단지 아주 조금 거드름을 피웠을 뿐이다. 심지어 하고 싶은 말도 다 하지 못했고, 너무 열중해 그저 쓸데없는 소리를 좀 했을 뿐인데, 이렇게 심각한 결과를 초래하다니! 마지막으로 사실 그는 이미 두냐를 자기식으로 사랑하고, 공상 속에서 이미 그녀 위에 군림하고 있었던 것이다. 그런데 갑자기!…… 아니다! 반드시 내일, 내일, 이 모든 것을 되돌리고 수습하고 바로잡아야 하며, 중요한 것은 그 오만불손한 풋내기, 모든 것의 원흉인 그 애송이부터 없애버려야 한다는 점이다. 고통스러운 느낌과 함께 왠지 저도 모르게 라주미힌도 함께 떠올랐다…… 하지만 그 문제는 금방 안심할 수 있었다. '그 녀석을 그자와 나란히 두다니, 당치도 않아!' 실제로 그가 심각하게 두려워한 누군가는 바로 스비드리가일로프였다…… 한마디로, 해결해야 할 성가신 일들이 많이 생긴 것이다. ……………………………………………………………………………………………………………………………………………

"아니에요, 제가, 제가 누구보다 잘못이 커요!" 두네치카는 어머니를 껴안고 입을 맞추며 말했다. "제가 저 사람 돈에 홀린 거예요, 하지만 맹세해, 오빠. 저 사람이 저렇게 형편없는 사람인 줄은 꿈에도 몰랐어. 진작에 알았더라면, 무슨 일이 있어도 그러지 않았을 거야! 날 비난하지 마, 오빠!"

"하느님이 구해주셨어! 하느님이 구해주신 거야!" 풀헤리야 알렉산드로브나는 무슨 일이 일어난 건지 아직 제대로 파악하지 못한 듯하면서도, 거의 무의식적으로 이렇게 중얼거렸다.

모두가 기뻐했고, 오 분 후에는 웃기도 했다. 단지 두냐만이 일어난 일을 이따금 떠올리며 창백해진 얼굴로 눈썹을 찌푸리곤 했다. 풀헤리야 알렉산드로브나는 자기도 기뻐하게 되리라고는 상상도 못했다. 아침까지만 하더라도 루진과 결별하는 일을 끔찍한 재앙으로 여겼으니까. 반면 라주미힌은 환희에 차 있었다. 아직 감히 이 기쁨을 온전히 표현할 수는 없었지만, 열병에 걸린 사람처럼 온몸이 떨렸는데, 5푸트는 됨직한 추가 심장에서 떨어져나간 것 같았다. 이제 그는 자신의 온 생애를 바쳐 그들에게 봉사할 자격을 갖게 된 것이다…… 그래, 이제 무슨 일이 생길지 모르지 않는가! 그러면서도 그는 한층 더 겁을 내며 앞서가는 생각을 쫓아버렸고, 그런 상상을 두려워했다. 오직 라스콜니코프만이 음울하고, 심지어 멍한 듯한 모습으로 여전히 같은 자리에 앉아 있었다. 루진을 쫓아내라고 누구보다 고집했으면서 방금 일어난 일에 누구보다 관심이 없는 듯했다. 자연히 두냐는 오빠가 여전히 자신에게 몹시 화가 나 있다고 생각하게 되었고, 풀헤리야 알렉산드로브나는 겁먹은 표정으로 아들의 기색을 살폈다.

"그런데 스비드리가일로프가 오빠에게 뭐라고 했어?" 두냐가 그에게 다가갔다.

"아, 그래, 맞다!" 풀헤리야 알렉산드로브나가 외쳤다.

라스콜니코프는 고개를 들었다.

"네게 만 루블을 꼭 주고 싶대, 그리고 내가 동석한 자리에서 너를 한번 만나고 싶다더라."

"만난다고! 세상에, 무슨 말도 안 되는 소리야!" 풀헤리야 알렉산드로브나가 소리쳤다. "게다가 어떻게 감히 저애에게 돈을 줄 생각을 한다니!"

그후 라스콜니코프는 (다분히 건조하게) 자신이 스비드리가일로프와 나눈 대화를 전해주었는데, 어떤 얘기를 나누는 것도 혐오스러워서, 또 꼭 필요한 얘기를 제외하고는 대화가 쓸데없는 데로 빠지지 않도록 마르파 페트로브나의 유령에 대한 이야기는 생략했다.

"그래서 오빠는 뭐라고 대답했어?" 두냐가 물었다.

"처음엔 네게 아무 말도 안 전하겠다고 했지. 그랬더니 그럼 무슨 수를 써서든 직접 만날 방도를 찾겠다더라. 너에게 품었던 열정은 변덕 같은 것이어서 지금은 너한테 아무 느낌도 없다고 우기더라고…… 근데도 네가 루진과 결혼하는 건 원치 않아…… 대체로 말이 앞뒤가 안 맞더군."

"로쟈 오빠는 그 사람을 어떻게 생각해? 어때 보였어?"

"솔직히 말해서 도통 이해가 안 돼. 만 루블을 제안했으면서, 자기는 부자가 아니라고 하고. 어딘가로 떠나고 싶다고 선언해놓고는 십 분 후에는 그런 말을 했다는 사실도 잊고 말이야. 또 불쑥 결혼하고 싶다고, 벌써 신붓감을 소개받고 있다고도 하더라…… 물론 그자에겐 목적이 있을 거야, 십중팔구 나쁜 거겠지. 하지만 만일 네게 나쁜 의도를 가지고 있다면, 일을 이렇게 바보같이 처리할까 또 좀 이상하기도 하고…… 당연히 난 널 대신해서 그 돈을 일언지하에 거절했지만. 대체로 아주 이상해 보였어, 그리고…… 심지어…… 여러 가지 징후로 보아 미친 것 같기도 해. 하지만 잘못 봤을 수도 있지. 그냥 일종의 속임수일 수도 있고. 마르파 페트로브나의 죽음이 그 사람에게 영향을 끼친 것 같아……"

"하느님, 그분 영혼에 안식을 주소서!" 풀헤리야 알렉산드로브나가 탄식했다. "영원히, 영원히 그분을 위해 신께 기도드릴 거야! 그 3천 루블이 없었다면 지금 우린 어떻게 됐을까, 두냐! 세상에, 꼭 하늘에서 뚝 떨어진 것만 같구나! 아, 로쟈, 정말 오늘 아침까지만 해도 우리한테 남은 돈은 겨우 3루블밖에 없었단다, 나하고 두네치카는 서둘러 시계를 전당 잡혀야겠다는 생각뿐이었어, 그 사람이 먼저 짐작해주지 않는 한 그쪽에다가는 절대 빌리지 않으려고 했거든."

두냐는 스비드리가일로프의 제안에 어쩐지 지나치리만큼 충격을 받은 것 같았다. 그녀는 생각에 잠긴 채 여전히 그 자리에 서 있었다.

"그 사람은 뭔가 끔찍한 일을 생각해낸 거야!" 그녀는 몸서리치며 혼잣말하듯 속삭였다.

라스콜니코프는 그 극심한 공포를 눈치챘다.

"어쩐지 앞으로 그 사람을 몇 번 더 봐야 할 것 같아." 그는 두냐에게 말했다.

"감시합시다! 제가 그 사람을 찾아낼게요!" 라주미힌이 힘차게 외쳤다. "눈을 떼지 않겠어요! 로쟈가 제게 허락했습니다. 아까 '동생을 지켜달라고' 제게 직접 말했어요. 허락해주시겠습니까, 아브도티야 로마노브나?"

두냐는 미소 지으며 그에게 손을 내밀었지만, 얼굴에서 근심이 사라지지는 않았다. 풀헤리야 알렉산드로브나는 겁먹은 얼굴로 딸을 쳐다보았다. 하지만 3천 루블이 그녀를 안심시킨 것 같았다.

십오 분 후에는 모두들 아주 활기차게 대화를 나눴다. 대화에 끼지는 않았지만 라스콜니코프마저도 얼마 동안은 귀기울여 이야기를 들었다. 라주미힌이 일장연설을 시작했다.

"어째서, 어째서 두 분이 떠나셔야 한단 말입니까!" 그는 기뻐서 어쩔 줄 모르며 환희에 찬 연설을 쏟아냈다. "그런 작은 도시에서 뭘 하시겠단 말씀입니까? 중요한 것은 여러분 모두가 여기 함께 있다는 사실이고, 서로가 서로에게 필요하다는 점입니다, 정말이지 얼마나 서로에게 필요한 존재입니까, 제 생각을 헤아려주세요! 부디, 잠깐만이라도…… 절 친구로, 동반자로 여겨주세요, 제가 장담하지요, 함께 멋진 사업을 계획할 수 있거든요. 들어보세요, 여러분께 상세히 모두 다 설명해드릴게요, 계획 전체를요! 아까 아침에, 아직 아무 일도 안 일어났을 때 이런 생각이 떠올랐어요…… 그게 뭐냐 하면 바로 이겁니다. 제게는 삼촌이 한 분 계세요. (소개시켜드릴게요. 아주 호인이시고, 진짜 존경할 만한 노인이지요!) 이 삼촌에게 천 루블의 여윳돈이 있는데, 당신은 연금으로 사시기 때문에 딱히 필요가 없어요. 저보고 6부 이자만 내고 그 천 루블을 빌려가라고 이 년째 어찌나 졸라대시는지. 제가 보기에 그분은 그냥 절 돕고 싶어서 그러시는 것 같아요. 작년엔 그 돈이 필요하지 않았지만, 올해는 그분이 오시기만 학수고대해왔죠, 빌려쓰기로 결정했거든요. 그 돈에다 두 분의 3천 루블 중 천 루블만 보태면 사업을 시작하기에 충분한 돈이 돼요, 그렇게 힘을 합치는 겁니다. 그럼 우리가 그 돈으로 대체 무슨 일을 할 수 있을까요?"

이 대목에서 라주미힌은 자신의 계획을 펼쳐 보였고, 우리네 모든 서적상들과 출판업자들은 대부분 자기 상품의 의미에 대해 그리 아는 게 없는, 그러니까 대개 형편없는 출판인이라는 사실과, 반면 훌륭한 출판물의 경우 대체로 수지가 맞을 뿐 아니라, 때로는 상당한 이문을 남기기도 한다는 사실을 많은 점을 들어 설명했다. 유럽 3개국의 언어를 제법 잘하는 라주미힌은 이미 이 년간 다른 사람의 출판사에서 일하면서 출판일을 꿈꿔왔는데, 그럼에도 엿새 전쯤 라스콜니코프에게 자신의 독일어가 '서투르다'라고 말한 것은 친구가 번역 일거리 절반을 맡아 선금 3루블을 가져가도록 설득하기 위해서였다. 즉, 그때 그는 거짓말을 한 것이고, 라스콜니코프도 그가 거짓말한 것을 알고 있었다.

"우리에게 가장 중요한 수단 중 하나인 자기자본이 생겼는데 어째서, 어째서 이 기회를 놓쳐야 한단 말입니까?" 라주미힌이 열을 올렸다. "물론 많은 노력이 필요하지요, 하지만 한번 열심히 해봅시다, 어머니와 아브도티야 로마노브나, 저, 로디온, 이렇게 함께 말입니다…… 어떤 출판물들은 현재 상당한 이익을 내고 있어요! 이 사업에서 가장 기본적인 건 대체 뭘 번역해야 할지 아는 겁니다. 번역도 하고, 책도 내고, 공부도 하고, 모든 것을 함께합시다. 경험이 있으니 이제 제가 도움이 될 거예요. 출판일로 여기저기 뛰어다닌 지 벌써 곧 이 년이 되어가니 모든 사정을 속속들이 알고 있답니다. 대단한 사람들만 하는 일이 아니에요, 믿어주세요! 게다가 어째서, 어째서 굴러들어온 행운을 걷어찹니까! 또 저는 번역해서 출판한다는 기획 하나만으로도 권당 백 루블은 받아낼 수 있을 만한 저작을 두세 권쯤 알아놓고 비밀스럽게 간직해왔습니다, 그 저작 중 하나는 5백 루블을 준다 해도 기획을 팔지 않을 정도죠. 여러분, 어떻게 생각하십니까, 제가 누군가에게 이런 걸 알려준다면 아마 무슨 저런 얼간이가 다 있나! 의심할 겁니다. 사업과 관련해서 인쇄소나 종이, 판매처럼 성가신 실무는 제게 맡겨주십쇼! 골목골목 훤히 꿰고 있어요! 작게 시작해서 큰 걸 이룹시다, 최소한 그걸로 먹고살 수는 있어요, 그리고 어쨌든 본전은 건질 겁니다."

두냐가 눈을 반짝였다.

"말씀하신 게 전 무척 마음에 들어요, 드미트리 프로코피치." 그녀가 말했다.

"난 물론 그런 일에 대해 아무것도 아는 게 없지만." 풀헤리야 알렉산드로브나가 의견을 말했다. "어쩌면 좋을 것도 같구나, 역시 하느님만이 아시겠지. 새로운 일은 어쨌든 알 수 없는 법이니까. 물론 우린 여기 남아야 해, 당분간만이라도……"

그녀는 로쟈를 바라보았다.

"오빠는 어떻게 생각해?" 두냐가 말했다.

"아주 좋은 구상이라고 생각해." 그는 대답했다. "물론 회사를 세우는 걸 꿈꾸기에는 좀 이르지만, 사실 책 대여섯 권 정도 출판하는 건 확실히 성공할 수 있어. 꼭 나와야 할 책을 나도 한 권은 알고 있지. 저 친구가 일을 잘 끌고 갈 수 있을지에 대해서라면 의심할 필요도 없어. 그쪽 일을 잘 아니까…… 하지만 좀더 시간을 두고 의논은 해봐야겠지……"

"만세!" 라주미힌이 소리를 질렀다. "그럼 이제 잠깐만, 여기 이 건물에 빈집이 하나 있어요, 주인도 같고요. 따로 독립된 집이라 이 여관하고는 통하지도 않고, 가구도 딸려 있고, 가격도 적당하고, 헛간 같긴 해도 방이 세 개지요. 일단 그 집을 빌리세요. 내일 제가 어머님 시계를 저당 잡혀 돈을 빌려오면, 그걸로 모든 게 해결될 겁니다. 중요한 건 세 사람 모두 함께 살 수 있다는 거예요, 로쟈가 두 분과 함께 산단 말이지요…… 아니, 너 대체 어디 가는 거야, 로쟈?"

"세상에, 로쟈, 벌써 가려고?" 풀헤리야 알렉산드로브나가 너무 놀라 물었다.

"그것도 이런 순간에!" 라주미힌이 외쳤다.

두냐는 믿을 수 없을 정도로 놀라 오빠를 쳐다보았다. 그는 손에 모자를 들고 있었다. 나가려는 것이다.

"꼭 날 땅에 묻거나, 영원히 이별하려는 사람들 같군요." 어쩐지 기묘한 모습으로 그가 말했다.

웃는 것 같았지만, 웃는 게 아닌 것 같기도 했다.

"하긴 누가 알겠어, 어쩌면 마지막으로 보는 건지도." 그는 무심코 이렇게 덧붙였다.

속으로 생각한 말이었지만, 그만 자기도 모르게 소리내어 말해버린 것이다.

"대체 너 무슨 일이냐!" 어머니는 비명을 질렀다.

"로자 오빠, 어딜 가려고?" 두냐가 이상하다는 듯 물었다.

"그냥, 정말 가봐야 해." 그는 무슨 말을 해야 할지 망설이는 것처럼 혼란스러운 얼굴로 대답했다. 하지만 창백한 그의 얼굴에는 단호한 결심이 서려 있었다.

"이리로 오면서…… 말씀드리고 싶었어요…… 어머니께 말씀드리려고 했어요…… 그리고 두냐 너한테도, 당분간 떨어져 있는 게 좋겠어요. 제 상태가 좋지 않아요, 마음이 편치 않아요…… 나중에 올게요, 올 수 있게 되면…… 제가 먼저 찾아뵐게요. 전 두 사람을 기억하고 사랑해요…… 절 내버려두세요! 혼자 놔두세요! 이미 전부터 그렇게 결심했어요…… 그렇게 확실히 결심했어요…… 제게 무슨 일이 있든, 파멸하든 아니든, 혼자 있고 싶어요. 절 아예 잊어주세요. 그게 나아요…… 절 찾지 마세요. 필요하면 제가 직접 오거나…… 두 사람을 부를 테니까요. 어쩌면 모든 게 예전처럼 될 수도 있어요!…… 하지만 지금은, 절 사랑하신다면 단념해주세요…… 안 그러면 두 사람을 증오하게 될 거예요, 그런 느낌이 들어요…… 안녕히 계세요!"

"하느님 맙소사!" 풀헤리야 알렉산드로브나가 비명을 질렀다.

어머니도, 동생도 끔찍하게 놀랐다. 라주미힌도 마찬가지였다.

"로자, 로자! 우리랑 화해하고, 예전처럼 지내자꾸나!" 불쌍한 어머니는 소리 높여 말했다.

그는 천천히 문 쪽으로 몸을 돌려 천천히 방에서 나갔다. 두냐가 그의 뒤를 쫓아갔다.

"오빠! 엄마에게 이게 무슨 짓이야!" 그녀는 분노가 타오르는 눈길로 이렇게 속삭였다.

그는 고통스럽게 동생을 바라보았다.

"아무것도 아냐, 내가 올게, 자주 올게!" 그는 무슨 말이 하고 싶은지조차 제대로 의식하지 못하는 사람처럼 속삭이듯 중얼거리고는 방을 나갔다.

"무정하고 못된 이기주의자!" 두냐가 소리를 질렀다.

"저 친구는 무정한 게 아니라 미친 거예요! 돌았다고요! 정말 모르시겠어요? 그렇다면 당신이 무정한 겁니다!……" 라주미힌은 그녀의 팔을 꽉 움켜쥐고, 귀에 입을 가까이 대고서 격하게 속삭였다.

"금방 돌아올게요!" 그는 죽은 사람처럼 하얗게 질린 풀헤리야 알렉산드로브나를 향해 외치고는 방 밖으로 달려나갔다.

라스콜니코프는 복도 끝에서 그를 기다리고 있었다.

"네가 달려나올 줄 알았어." 그가 말했다. "돌아가서 두 사람과 함께 있어줘…… 내일도 둘 곁에 있어줘…… 언제나 그렇게 말이야. 어쩌면…… 내가 올 수도 있어…… 그럴 수 있다면. 잘 있어!"

그러고는 손도 내밀지 않고 그에게서 몸을 돌려 걸어갔다.

"대체 어딜 가는 거냐? 너 왜 그래? 대체 무슨 일이야? 정말 어떻게 이럴 수 있어!……" 라주미힌은 도무지 어찌할 바를 몰라 이렇게 중얼거렸다.

라스콜니코프가 다시 멈춰 섰다.

"처음이자 마지막으로 말하는 거야. 절대로 나에 대해 아무것도 묻지 마. 너에게 대답해줄 말은 없어…… 날 찾아오지 마. 어쩌면 내가 이리로 올 수도 있어…… 날 내버려둬, 하지만 두 사람은…… 내버려두지 마. 내 말 알겠어?"

복도는 어두웠다. 그들은 램프 옆에 서 있었다. 잠시 동안 그들은 아무 말 없이 서로를 바라보았다. 라주미힌은 이 순간을 평생 잊지 못했다. 라스콜니코프의 집요한 시선이 매 순간 더 강렬하게 활활 타오르며 그의 영혼과 의식을 꿰뚫는 것 같았다. 라주미힌은 문득 몸을 떨었다. 뭔가 이상한 것이 그들 사이를 관통한 느낌이 들었다…… 어떤 생각이 마치 암시처럼 스쳐지나갔다. 두 사람 모두 끔찍하고 추악한 뭔가를 갑자기 이해하게 된 것이다…… 라주미힌은 죽은 사람처럼 창백해졌다.

"이제 알겠어?……" 라스콜니코프는 고통으로 일그러진 얼굴로 불쑥 말했다. "돌아가, 두 사람에게 가봐." 그는 갑자기 이렇게 덧붙이고는 빠르게 몸을 돌려 건물 밖으로 나갔다……

그날 저녁 풀헤리야 알렉산드로브나의 방에서 어떤 일이 있었는지, 라주미힌이 그들에게 돌아가서 어떻게 그들을 진정시켰는지, 로쟈가 아프니 쉬게 해줘야 한다고, 로쟈는 반드시 올 거라고, 매일 들를 거라고, 그는 아주, 아주 망가져서 자극하면 안 된다고, 라주미힌 자신이 그를 지켜볼 것이고, 최고로 훌륭한 의사를 구해 죄다 진찰하게 하겠노라고 얼마나 그들에게 맹세하고 또 맹세했는지 지금 하나하나 이야기하지는 않겠다…… 한마디로 이날 밤부터 라주미힌은 그들에게 아들이자 오빠가 된 것이다.

## 4

한편 라스콜니코프는 곧장 소냐가 살고 있는 운하 위쪽 건물로 갔다. 3층짜리 오래된 녹색 건물이었다. 그는 수위를 찾아 그에게서 재봉사 카페르나우모프가 어디 사는지 대충 알아냈다. 마당 한구석에서 좁고 어두운 계단 입구를 찾아내서는 결국 2층까지 올라가, 마당 쪽에서 2층을 빙 둘러 뻗은 복도로 나왔다. 카페르나우모프의 집 쪽 입구가 어딘지 몰라 어둠 속에서 헤매고 있는데, 갑자기 세 발짝 정도 떨어진 곳에서 문이 하나 열렸다. 그는 반사적으로 그 문을 잡았다.

"거기 누구세요?" 불안하게 묻는 여자의 목소리가 들렸다.

"접니다…… 당신에게 볼일이 있어서요." 라스콜니코프는 이렇게 대답하고 비좁은 현관으로 들어섰다. 거기, 찌그러진 의자 위 구부러진 구리 촛대에 초가 세워져 있었다.

"당신이군요! 세상에!" 소냐는 약하게 비명을 지르며 못박힌 듯 그 자리에 우뚝 섰다.

"당신 방은 어디지요? 이리로 가면 되나요?"

라스콜니코프는 그녀를 쳐다보지 않으려 애쓰며 서둘러 방으로 들어갔다.

잠시 후 소냐도 양초를 들고 방으로 들어왔는데, 초를 세워놓고 그의 앞에 선 그녀는 무척 당황해 말로 표현할 수 없을 정도로 온통 흥분한 상태였고, 그의 느닷없는 방문에 몹시 놀란 것 같았다. 갑자기 그녀의 창백한 얼굴이 붉게 물들고, 눈에는 눈물까지 어렸다…… 속이 울렁거리기도 하고 부끄럽기도 하고 달콤하기도 했다…… 라스콜니코프는 빠르게 몸을 돌려 탁자 옆 의자에 앉았다. 그는 한눈에 방을 파악할 수 있었다.

크지만 천장이 몹시 낮은 이 방은, 카페르나우모프 가족이 유일하게 세를 놓은 방으로, 그 가족네로 통하는 왼쪽 벽에 난 문은 잠겨 있었다. 그 맞은편 오른쪽 벽에도 문이 하나 더 있었는데, 늘 단단히 잠겨 있었다. 거기에는 아예 다른 사람이 사는 옆집이 있고 호수도 달랐다. 소냐의 방은 마치 헛간 같았고, 심하게 삐뚤어진 사각형 모양이어서 뭔가 기형적인 느낌을 주었다. 운하 쪽으로 난 창 세 개가 달린 벽이 방을 비스듬히 가르고 있어서 한쪽 구석이 심한 예각을 이루며 깊숙이 들어가 있었고, 그래서 약한 불빛 아래서는 사물이 제대로 분간조차 되지 않았다. 반면 다른 쪽 구석은 보기 흉할 정도로 지나치게 둔각을 이루고 있었다. 이 커다란 방 전체에 가구라곤 거의 없었다. 오른쪽 구석에 침대가 놓여 있었다. 그 근처 문 가까이에 의자가 하나 있었다. 침대가 놓인 벽 쪽, 옆집으로 통하는 문 바로 옆에는 파란 식탁보가 덮인, 얇은 판자로 된 평범한 탁자가 놓여 있었다. 탁자 근처에는 등나무 의자 두 개가 있었다. 그 외 맞은편 벽, 예각을 이룬 구석 가까이에 자그마하고 평범한 나무 서랍장이 마치 공터에 버려진 것처럼 서 있었다. 방에 있는 것이라곤 이게 다였다. 낡아 해진 누르스름한 벽지가 구석구석 검게 변색

되어 있었다. 분명 겨울이면 습기가 차고 탄산가스가 배어서일 것이다. 가난이 눈에 보였다. 심지어 침대 옆에 커튼도 없었다.

소냐는 그렇게 유심히, 그리고 거침없이 자기 방을 살펴보는 손님을 아무 말 없이 바라보다가 결국 두려움에 떨기 시작했는데, 그 모습은 마치 재판관이나 자기 운명을 결정할 사람 앞에 서 있는 사람 같았다.

"제가 늦었지요…… 열한시인가요?" 그는 여전히 그녀를 향해 눈을 들지 못한 채 물었다.

"네." 소냐가 중얼거렸다. "아, 그래요, 맞아요!" 그녀는 마치 여기서 탈출구라도 찾은 듯 갑자기 허둥대기 시작했다. "방금 주인집에서 시계가 쳤어요…… 제가 직접 들었어요…… 맞아요."

"마지막으로 온 겁니다." 라스콜니코프는 지금 처음 찾아왔으면서도 음울한 얼굴로 이렇게 말했다. "전 어쩌면 더이상 당신을 볼 수 없을지 몰라요……"

"저…… 떠나시는 건가요?"

"모르겠어요…… 모든 건 내일……"

"그럼 내일 카테리나 이바노브나 집에 안 오실 건가요?" 소냐의 목소리가 떨렸다.

"모르겠어요. 모든 건 내일 아침에…… 문제는 그게 아닙니다. 말씀드릴 게 하나 있어서 왔어요."

그는 생각에 잠긴 눈길을 그녀를 향해 들어올렸고, 문득 자신은 앉아 있는데 그녀는 여전히 자기 앞에 서 있다는 사실을 깨달았다.

"왜 서 있어요? 앉아요." 그는 갑자기 달라진 말투로 조용하고 다정하게 말했다.

그녀가 앉았다. 그는 연민이 어린 듯한 다정한 눈길로 잠시 그녀를 바라보았다.

"너무 말랐네요! 손은 또 어떻고요! 속이 다 비치는군요. 꼭 죽은 사람 손가락 같아요."

그는 그녀의 손을 잡았다. 소냐는 희미하게 미소 지었다.

"전 항상 이랬어요." 그녀가 말했다.

"집에서 살 때도요?"

"네."

"하긴, 물론 그랬겠지요!" 그는 띄엄띄엄 말을 이었고, 얼굴 표정과 목소리가 다시 한번 확 변했다. 그가 한번 더 주위를 둘러보았다.

"이 방은 카페르나우모프에게 빌린 건가요?"

"네……"

"그 사람들은 저기 문 뒤에 사나요?"

"네…… 그분들 방도 똑같아요."

"모두 한 방에서 살아요?"

"한 방에 살아요."

"밤에 당신 방에 있으면 무섭겠어요." 그는 음울하게 말했다.

"주인집 가족분들은 아주 좋은 분들이고, 무척 친절하세요." 소냐는 이렇게 대답했지만, 여전히 정신이 없는 듯 제대로 판단하지 못하는 것 같았다. "가구 일체랑, 다…… 모두 다 주인집 거예요. 아주 선량한 분들이고, 아이들도 제 방에 자주 오곤 해요……"

"그 사람들 말을 더듬는다면서요?"

"네…… 주인분은 말도 더듬고 다리도 저세요. 부인도 그런데요……

부인은 말을 더듬는 게 아니라, 발음을 다 안 하시는 거 같아요. 마음씨가 고운 분이에요, 무척요. 주인분은 전에 문지기셨대요. 아이들이 일곱 명이죠…… 제일 큰 아들만 말을 더듬고, 다른 애들은 그냥 아픈 거지…… 말을 더듬지는 않아요…… 그런데 그분들에 대해서 어떻게 아세요?" 그녀는 조금 놀라 덧붙였다.

"당신 아버지가 그때 다 얘기해주셨어요. 당신 얘기도 다 해주셨죠…… 당신이 여섯시에 나갔다가 여덟시 넘어 돌아왔다는 것도, 또 카테리나 이바노브나가 당신 침대 옆에서 무릎을 꿇고 있었다는 것도요."

소냐는 당황했다.

"오늘 그분을 뵌 거 같아요." 그녀는 망설이며 속삭였다.

"누구를요?"

"아버지요. 아홉시 좀 넘어서 이 근처 골목길을 따라 걷고 있는데, 앞에 아버지 같은 분이 걸어가고 있었어요. 꼭 아버지 같았어요. 진짜 전 카테리나 이바노브나에게 가볼 생각까지 했어요……"

"산책하던 길이었나요?"

"네." 소냐는 다시 당황해서 눈을 내리깔고 띄엄띄엄 속삭였다.

"아버지 집에 살 때 카테리나 이바노브나가 당신에게 손찌검도 할 뻔했다면서요?"

"아, 아니에요, 당신은 대체, 그게 무슨 말씀이세요, 아니에요!" 소냐는 소스라치게 놀라며 그를 쳐다보았다.

"그렇게 그분을 사랑하세요?"

"그분을요? 그럼요, 다-앙-연하지요!" 소냐는 고통스러운 듯 갑자기 두 손을 꼭 맞잡고, 애처롭게 말을 길게 끌면서 대답했다. "아! 당신이 그분을…… 만일 당신이 아신다면. 그분은 정말 완전히 어린애 같아요…… 사실 아예 정신이 나가셨고요…… 슬픔 때문에요. 하지만 얼마나 똑똑하셨다고요…… 얼마나 너그럽고…… 얼마나 좋은 분인데요! 당신은 아무것도, 아무것도 모르시면서…… 아!"

소냐는 흥분과 고통으로 손을 쥐어짜며 필사적으로 말했다. 그녀의 창백한 두 뺨이 다시 달아올랐고, 눈동자에는 고통이 어렸다. 마음이 아주 많이 상해서, 뭔가 몹시 표현하고, 말하고, 감싸주고 싶어하는 것 같았다. 이런 표현이 가능하다면, 채워질 수 없는 연민이 갑자기 그녀 얼굴 전체에 떠올랐다.

"손찌검을 했다고요! 대체 그게 무슨 말씀이세요! 세상에, 때렸다니요! 또 그랬다 한들 대체 그게 뭐 어떻다고요! 뭐, 그게 어때서요? 당신은 아무것도, 아무것도 모르시면서…… 얼마나 불쌍한 분인데, 아, 얼마나 불쌍한 분인데요! 더구나 몸도 아프시고…… 그분은 정의를 원해요…… 깨끗한 분이세요. 그분은 모든 것에 정의가 있어야 한다고 믿고, 그러길 요구하시지요…… 아무리 괴롭혀도 정의롭지 않은 일이라면 안 하실 거예요. 세상사 모든 일이 왜 정의롭지 못한지 이해가 안 되니 화가 나시는 거예요…… 어린애 같다니까요, 어린애요! 그분은 정의로워요, 정의롭다고요!"

"그럼 당신은 어떻게 되는 거지요?"

소냐는 무슨 말인지 모르겠다는 듯 쳐다보았다.

"사실상 가족들이 당신에게 남겨졌어요. 사실 전에도 모두 당신 몫이었죠, 고인조차 술값을 얻으려고 당신에게 다녀갔고요. 자, 이젠 어떻게 되는 거죠?"

"모르겠어요." 소냐가 슬프게 말했다.

"가족들은 거기 계속 살게 될까요?"

"모르겠어요, 그 집에 있긴 있어야 하는데요. 다만 들어보니 오늘 주인아주머니가 나가줬으면 한다고 말했다네요, 카테리나 이바노브나 본인도 한시도 더 있지 않겠다고 하시고요."

"대체 그분은 뭘 믿고 그렇게 허세를 부린답니까? 당신을 믿고 그러는 건가요?"

"아, 아니에요, 그렇게 말하지 마세요!…… 우리는 한 가족이고, 힘을 합쳐 살고 있다고요." 갑자기 소냐는 다시 흥분하며 화를 내기까지 했는데, 만일 카나리아라든가 다른 어떤 작은 새가 화를 낸다면 꼭 그런 모습일 터였다. "정말이지 그분이 어떻게 사시겠어요? 대체 어떻게, 어떻게 사시냐고요?" 그녀는 열을 올리며 흥분해서 물었다. "그분이 오늘 얼마나, 얼마나 우셨다고요! 정신이 오락가락하세요, 그걸 모르시겠어요? 오락가락하신다고요. 어린애처럼, 내일 모든 일이 제대로 될지, 음식도 그렇고, 하며 전부 다 걱정하시면서…… 손을 쥐어짜고 피를 토하며 우시다가, 절망한 듯 갑자기 벽에 머리를 찧기 시작하셨어요. 그러다 다시 위안을 얻어 당신만 믿으며 기대하시는 거예요. 이제 당신이 자기를 도와줄 거라고, 그럼 자기가 어디서라도 돈을 조금 빌려 저하고 같이 고향으로 내려갈 거라고, 가서 귀족집 처자들을 위한 기숙학교를 열어 절 사감으로 앉히겠다고, 그럼 우리에게 완전히 새롭고 멋진 삶이 시작될 거라면서 제게 입을 맞추고 껴안고 위로하시는데, 정말 그렇게 믿으세요! 그런 환상을 정말 믿고 계세요! 그런데 어떻게 그분에게 아니라고 할 수 있겠어요? 오늘 하루종일 직접 씻고, 닦고, 깁고, 그 약한 힘으로 손수 들통을 방까지 끌고 오셔서는 숨을 헐떡이며 침대에 쓰러지셨어요. 아침에 그분과 함께 폴레치카와 레나 신발을 사러 시장에 들렀답니다, 애들 신발이 다 떨어졌거든요, 다만 계산을 해보니 돈이 모자랐어요, 아주 많이 모자랐죠, 그분이 얼마나 예쁜 구두를 골랐는지 몰라요, 당신은 모르시겠지만 그분에겐 취향이 있거든요…… 거기 상점에서 상인들도 있는데 돈이 모자란다고 그렇게 우시는 거예요…… 아, 바라보고 있자니 어찌나 가엾던지요."

"뭐, 그 말을 들으니 당신이…… 이렇게 사는 것도 이해가 되는군요." 라스콜니코프는 씁쓸한 미소를 지으며 말했다.

"그럼 당신은 가엾지 않나요? 가엾지 않아요?" 소냐는 다시 목소리를 높였다. "전 알아요, 정작 당신도, 당신도, 아무것도 모르시면서도 마지막 남은 돈을 내주셨잖아요. 그러니 만일 당신이 모든 걸 아셨다면, 오, 하느님! 제가 얼마나, 얼마나 많이 그분을 울게 만들었는데요! 지난주에도 그랬어요! 오, 나란 애는! 아버지가 돌아가시기 고작 일주일 전에요. 제가 못되게 굴었어요! 게다가 얼마나, 얼마나 자주 그랬는데요. 아, 요즘 종일 그 생각이 떠올라 얼마나 괴로운지 모르겠어요!"

소냐는 기억을 떠올리는 것이 고통스러운지, 이렇게 말하며 두 손을 비비고 쥐어짰다.

"당신이 못됐다고요?"

"네, 전, 전 그래요! 그때 제가 집에 오니까," 그녀는 울며 말을 이었다. "돌아가신 아버지가 말씀하셨어요. '책을 읽어다오, 소냐, 머리가 좀 아프구나, 읽어다오…… 여기 이 책이야.' 아버지는 책을 한 권 갖고 계셨는데, 안드레이 세묘니치, 그러니까 거기 사는 레베쟈트니코프에게 빌린 거였어요. 아버지는 늘 그런 재미난 책을 빌려오곤 하셨죠. 하지만 전 '가봐야 해요'라고 말했어요. 그냥 내키지 않았거든요. 전 그저 카테리나 이바노브나에게 옷깃을 보여드리려고 집에 들른 거라서요. 상인 리자베타가 싼값에 옷깃과 덧소매를 가져다주었는데, 새거에다 예쁘고 무늬도 있는 거였죠. 한데 카테리나 이바노브나가 무척 마음에 들어하시면서, 그걸 걸치고 거울에 모습을 비춰보시고는 아주, 아주 좋아하면서 말씀하셨어요. '이것들을 내게 줄래, 소냐, 부탁이다'라고요. 부탁이다라고 하며 청하신 걸 보면, 그게 그렇게 갖고 싶으셨던 거예요. 하지만 그걸 하고 어딜 가시겠어요? 그저 예전에 행복했던 시간을 떠올리신 거죠! 거울에 비친 자기 모습을 보고 감탄하신 거예요. 벌써 몇 년 동안이나 변변한, 변변한 드레스 하나, 변변한 물건 하나 가져보신 적 없었으니까요! 그분은 절대 누구에게도, 어떤 것도 부탁하지 않을 분이세요. 자존심이 강해서 마지막 남은 것을 먼저 내어줄 분이라고요. 그런데 그런 분이 부탁을 하셨으니, 정말 마음에 드신 거죠! 하지만 전 드리는 게 아깝기도 하고 해서 '어디다 쓰시게요, 카테리나 이바노브나?'라고 말한 거예요. '어디다 쓰시게요'라고, 그렇게 말했다고요. 정말이지 그분께 그런 말은 해선 안 되는 거였는데! 그분은 그저 저를 바라만 보셨죠. 제가 거절한 게 몹시 괴로워서요. 보고 있자니 얼마나 안됐던지…… 옷깃 때문이 아니라, 제가 거절한 게 괴로우셨던 거예요, 알 수 있었죠. 아, 지금 모든 걸 되돌릴 수 있다면, 모든 걸 바꿀 수 있다면, 예전에 한 그 모든 말을…… 오, 내가…… 뭐하러 이런 말을!…… 당신하곤 아무 상관 없는 일인데요!"

"그 리자베타란 상인과 아는 사이였나요?"

"네…… 그런데 당신도 아세요?" 소냐는 조금 놀라며 되물었다.

"카테리나 이바노브나는 결핵에 걸렸어요, 악성이에요. 곧 죽을 겁니다." 라스콜니코프는 잠시 침묵했다가 소냐의 질문에는 대답하지 않고 이렇게 말했다.

"오, 아니에요, 아니에요, 아니에요!" 소냐는 아니라고 말해달라며 애원하듯이, 무의식적으로 그의 두 팔을 꽉 잡았다.

"사실 죽는 게 더 나아요."

"아니에요, 더 낫다니요, 더 낫다니요, 절대 그렇지 않아요!" 그녀는 놀라 무의식적으로 같은 말을 되풀이했다.

"아이들은요? 당신이 맡지 않는다면, 그땐 아이들을 어디에 맡길 건가요?"

"오, 정말 모르겠어요!" 소냐는 절망에 빠진 듯 소리를 지르고 머리를 감싸안았다. 그런 생각은 이미 그녀 스스로도 수없이 많이 한 듯했고, 그는 단지 다시 한번 일깨웠을 뿐이다.

"카테리나 이바노브나가 아직 살아 있다 해도 만일 당신이 병이 나서 병원에 가게 되면, 그땐 그럼 어떻게 될까요?" 그는 무자비하게 몰아붙였다.

"아, 당신, 무슨, 무슨 말씀이세요! 그런 일은 절대 있을 수 없어요!" 무섭도록 놀라 소냐의 얼굴이 일그러졌다.

"어떻게 있을 수 없단 말입니까?" 라스콜니코프는 잔인하게 미소 지으며 말을 이었다. "당신이라고 안심할 수 있는 건 아니잖아요? 그럼 가족들은 어떻게 될까요? 온 식구가 거리에 나앉겠지요, 어머니는 기침을 해대며 구걸하다가 오늘처럼 어디 벽에라도 머리를 찧고, 동생들은 울고…… 그러다 그분은 거기 쓰러져 경찰서로 실려가고 병원에서 죽겠지요, 그럼 동생들은……"

"오, 아니에요!…… 하느님이 그렇게 되도록 내버려두지 않으실 거예요!" 마침내 소냐의 짓눌린 가슴속에서 말이 터져나왔다. 그녀는 마치 모든 게 그에게 달려 있다는 듯, 애원하는 눈길로 그를 바라보며 말없이 간절하게 두 손을 모은 채 그의 말을 듣고 있었다.

라스콜니코프는 일어나 방안을 서성이기 시작했다. 일 분 정도가 흘렀다. 소냐는 팔과 고개를 축 늘어뜨린 채, 극심한 번민 속에 우두커니 서 있었다.

"돈을 모을 수는 없나요? 만일을 대비해서 따로 떼어둔다든가요?" 그가 갑자기 그녀 앞에 멈춰 서며 물었다.

"없어요." 소냐가 속삭였다.

"당연히 안 되겠지요! 시도는 해봤나요?" 그는 거의 비웃다시피 덧붙였다.

"해봤어요."

"그러다 나가떨어졌겠지요! 하긴, 당연해요! 물어볼 것도 없지!"

그러고는 다시 방안을 서성이기 시작했다. 또다시 일 분쯤 흘렀다.

"매일 손님을 받는 건 아니지요?"

소냐는 아까보다 더 당황했고, 다시 얼굴을 확 붉혔다.

"네." 그녀는 고통스러울 정도로 애쓰며 간신히 속삭였다.

"폴레치카도 분명 똑같이 될 거예요." 그가 불쑥 말했다.

"아니에요! 아니에요! 그럴 리 없어요, 아니에요!" 갑자기 칼에라도 찔린 듯 그녀는 절망에 빠져 크게 외쳤다. "하느님이, 그렇게 끔찍한 일은 하느님이 허락하지 않으실 거예요!……"

"다른 사람들에게는 허락하시더군요."

"아니, 아니에요! 하느님이 그애를 보호하실 거예요, 하느님이!……" 그녀는 어쩔 줄 몰라하며 같은 말을 반복했다.

"어쩌면 하느님이란 아예 존재하지 않는지도 모르지요." 라스콜니코프는 어떤 가학적인 기쁨마저 느끼며 이렇게 대답한 후, 한번 크게 웃고는 그녀를 바라보았다.

소냐의 얼굴이 갑자기 무섭게 변했다. 얼굴에 경련이 일었다. 형언할 수 없는 원망이 담긴 눈길로 그를 쳐다보았고, 뭔가 말하고 싶은 것 같았지만, 결국 아무 말도 하지 못한 채 그저 손으로 얼굴을 가리고는 갑자기 몹시도 서럽게 흐느껴 울기 시작했다.

"카테리나 이바노브나가 정신이 오락가락한다고 하셨지요. 정작 당신이 그러네요." 잠시 아무 말이 없던 그가 말했다.

오 분 정도 시간이 흘렀다. 그는 아무 말 없이 그녀를 외면한 채, 여전히 앞뒤로 방을 서성이고 있었다. 마침내 그녀에게 다가갔다. 그의 눈동자가 빛났다. 그는 그녀의 어깨를 양손으로 잡고 흐느끼는 얼굴을 정면으로 바라보았다. 그의 눈길은 메말랐고, 타는 듯 날카로웠으며, 입술은 심하게 떨렸다…… 갑자기 그는 재빨리 몸을 숙여 바닥에 엎드리더니 그녀의 발에 입을 맞췄다. 소냐는 공포에 질려 미친 사람을 피하듯이 그에게서 한 발짝 물러났다. 정말로 그는 완전히 미친 사람처럼 보였다.

"뭐하시는 거예요, 이게 무슨 짓이에요? 저 같은 사람에게!" 그녀는 하얗게 질린 채 중얼거렸고, 그녀의 심장이 갑자기 아프도록 죄어들었다.

그는 곧 일어났다.

"난 당신에게 절을 한 게 아니야, 난 모든 인류의 고통에 절을 한 거야."* 그는 어쩐지 기이한 모습으로 이렇게 말하고는 창 쪽으로 다가갔다. "들어봐." 잠시 후 그는 그녀에게 다시 돌아와서는 덧붙였다. "방금 전에 난 어떤 무례한 작자에게 당신 손가락 하나만큼의 가치도 없다고 말해줬어…… 그리고 오늘 내가 내 누이에게 당신과 나란히 앉는 영광을 누리게 해주었다고도 말했지."

"아니, 그분들께 그렇게 말씀하셨다고요! 동생분이 계신 데서요?" 소냐는 너무 놀라 비명을 질렀다. "저랑 나란히 앉았다고요! 영광이라고요! 정말이지 전…… 수치스러운 여자예요…… 전 크나큰, 크나큰 죄인이라고요! 아, 어떻게 그런 말을 하실 수가!"

"내가 당신에 대해 그렇게 말한 건 수치와 죄가 아닌, 당신의 크나큰 고통 때문이야. 당신이 크나큰 죄인이란 말은, 그래, 맞아." 그는 거의 희열까지 느끼며 덧붙였다. "당신이 죄인인 이유는 무엇보다 자신을 헛되이 죽이고 배반했기 때문이야. 이게 어떻게 끔찍하지 않을 수 있겠어! 자신이 그렇게 증오하는 더러운 삶을 살면서, 동시에 그런다 한들 누구에게도 도움이 되지 못하고, 누군가를 어떤 것으로부터도 구원할 수 없다는 걸 스스로 알고 있는데(눈만 똑바로 뜬다면 말이야), 어떻게 끔찍하지 않을 수 있겠어! 자, 이제 말해봐." 그는 극도로 흥분해 말했

* 지금까지 소냐에게 존댓말을 쓰던 로쟈가 여기서부터 갑자기 반말을 쓰기 시작한다.

다. "어떻게 당신 안에서는 그런 치욕과 그런 비천함이 서로 상반되는 성스러운 감정들과 공존할 수 있지? 강물에 몸을 던져 단번에 끝내버리는 게 정녕 더 옳지 않을까, 그게 천 번은 더 옳고 이치에 맞지 않을까!"

"그럼 저들은 어떡하라고요?" 소냐는 고통스럽게 그를 바라보며 힘없이 물었지만, 그의 제안이 전혀 놀랍지는 않은 듯했다. 라스콜니코프는 이상하다는 듯 그녀를 쳐다보았다.

그는 그녀의 눈빛 하나로 모든 걸 읽어낼 수 있었다. 아마 그녀 스스로도 실제로 이미 그런 생각을 했을 것이다. 어쩌면 절망에 빠져서는 어떻게 하면 단번에 끝내버릴 수 있을지 수도 없이 진지하게 생각하고 또 생각했을지도 모르고, 너무나 진지하게 생각했기 때문에 지금 그의 제안에 거의 놀라지도 않은 것이다. 심지어 그의 말이 잔인하다는 것도 깨닫지 못했다. (그녀는 그의 비난이 지닌 의미나, 자신의 치욕에 대한 그의 독특한 견해 역시 알아차리지 못했고, 그렇다는 걸 그도 알 수 있었다.) 하지만 그는 이미 오래전부터 수치스럽고 치욕적인 자신의 처지를 떠올릴 때마다 그녀가 얼마나 끔찍하게 고통스러워하고 괴로워했을지 완전히 이해할 수 있었다. 대체 무엇이, 그 무엇이 단숨에 끝내버리고자 하는 그녀의 결심을 지금까지 막아낼 수 있었을까? 그는 생각해보았다. 그러고서야 그는 고아나 마찬가지인 그 가엾고 어린 동생들, 그리고 반쯤 미쳐 벽에 머리를 찧어대는 불쌍한 폐병 환자 카테리나 이바노브나가 그녀에게 어떤 의미인지 완전히 이해할 수 있었다.

하지만 그럼에도 불구하고 타고난 성품도 그렇고 어쨌든 교육도 받은 만큼, 어떤 경우든 그녀가 이런 상태로 계속 남을 수 없다는 것 역시 확실했다. 여전히 그에게는 한 가지 의문이 있었다. 그녀가 물에 뛰어들 수 없었다면, 벌써 그렇게 충분히 오래 그런 처지에 머물러 있으면서 어떻게 미치지도 않았을까? 물론 소냐의 처지는 우연한 사회적 현상으로, 불행하게도 결코 유일하지도 예외적이지도 않다는 사실을 그는 알고 있었다. 하지만 바로 이 우연성이, 그녀의 그런 교양이, 그녀가 살아온 삶 전체가 그녀가 혐오스러운 그 길에 첫발을 내딛자마자 바로 그녀를 죽일 수도 있었다. 대체 무엇이 그녀를 지탱해주었는가? 타락은 아니지 않은가? 사실 그 치욕이 그녀를 단지 기계적으로만 건드렸다는 것은 분명했다. 진정한 의미의 타락은 단 한 방울도 그녀 마음에 스며들지 않았다. 그는 그것을 알 수 있었다. 그녀가 그의 앞에 이렇게 실제로 살아 서 있으니까……

'소냐에겐 세 가지 길이 있다,' 그는 생각했다. '운하에 몸을 던지거나, 정신병원에 가거나, 아니면…… 아니면 결국 이성이 흐려지고 감정이 무뎌진 채 타락에 몸을 던지는 거지.' 마지막 생각이 그에게는 무엇보다 혐오스러웠다. 하지만 그는 이미 회의론자가 되었고, 젊고 추상적이고 따라서 냉정했기에, 마지막 결과가, 다시 말해 타락의 가능성이 무엇보다 높다는 것을 믿지 않을 수 없었다.

'하지만 과연 이게 진실일까,' 그는 마음속으로 절규했다. '과연 여전히 순결한 영혼을 간직한 이 피조물조차 뻔히 알면서도 결국엔 그 더럽고 냄새나는 구덩이로 끌려들어가게 될까? 설마 그 끌림이 벌써 시작된 건 아닐까, 정말 단지 그래서, 이미 죄악이 그다지 혐오스럽지 않아서 지금까지 그녀가 견딜 수 있었던 건 아닐까? 아니다, 아니야, 그럴 리 없다!' 방금 전에 소냐가 그랬듯이 그는 절규했다. '아니야, 지금까지 그녀가 운하에 몸을 던지지 않도록 지탱해준 건 죄에 대한 생각이야, 그리고 그들, 그들이고…… 하지만 그녀가 지금까지도 미치지 않은 건…… 하긴 그녀가 아직 미치지 않았다고 대체 누가 말할 수 있을까? 과연 그녀는 정상적인 사고를 하고 있을까? 정상적인 사고를 한다면 과연 그녀처럼 말할 수 있을까? 과연 그녀처럼 판단할 수 있을까? 위험하다고 말해주는데도 손을 내젓고 귀를 막고서는 자신이 이미 빠져버린 파멸 위, 바로 그 악취 나는 구덩이 위에 그냥 앉아 있을 수 있을까? 설마 뭔가 기적을 기다리는 것은 아닐까? 분명히 그렇다. 어쩌면 이 모든 게 미쳤다는 증거는 아닐까?'

그는 집요하게 이 생각에 매달렸다. 이 결론이 다른 어떤 것보다 마음에 들기까지 했다. 그는 더욱더 집중해서 그녀를 유심히 살피기 시작했다.

"그러니까 당신은 하느님께 간절히 기도하겠군, 소냐?" 그는 그녀에게 물었다.

소냐는 아무 말도 하지 않았고, 그는 그녀 옆에 서서 대답을 기다렸다.

"하느님이 안 계셨다면 제가 어떻게 됐겠어요?" 그녀는 갑자기 눈을 반짝이면서 설핏 고개를 들어 그를 보며 빠르고 힘차게 속삭인 후, 그의 손을 꼭 쥐었다.

'그래, 역시 그렇군!' 그는 생각했다.

"그럼 그 대신 하느님은 당신에게 뭘 해주시지?" 그는 계속 캐물었다.

소냐는 대답할 말이 없다는 듯 오래도록 아무 말도 하지 않았다. 그녀의 연약한 가슴이 흥분으로 온통 떨렸다.

"아무 말도 마세요! 묻지 마세요! 당신은 그럴 자격이 없어요!……" 그녀는 엄격하고 분노에 찬 눈빛으로 그를 바라보며 갑자기 소리쳤다.

'역시 그렇군! 역시 그래!' 그는 고집스럽게 속으로 되뇌었다.

"하느님은 모든 걸 해주세요!" 그녀는 다시 눈을 떨구며 빠르게 속삭였다.

'바로 이게 결론이야! 이걸로 결론이 다 설명된다!' 그는 탐욕스러울 정도로 호기심에 차 그녀를 살피며 마음속으로 이렇게 단정지었다.

새롭고 기묘하고 거의 병적이기까지 한 감정으로, 이 창백하고 여위고 균형잡히지 않은 뾰족한 얼굴을, 그토록 열정적이고 준엄하고 힘찬 감정으로 반짝일 수 있는 이 온순하고 푸른 눈을, 분노와 격분으로 여전히 떨고 있는 이 작은 몸을 찬찬히 바라보고 있자니, 모든 것이 점점 더 이상하고 불가사의하게만 느껴졌다. '유로지비*다! 유로지비!' 그는 속으로 되뇌었다.

서랍장 위에 책이 한 권 놓여 있었다. 그는 앞뒤로 서성일 때마다 매번 그 책을 눈여겨보고 있었다. 그러다 이제야 책을 집어 들여다보았다. 러시아어로 번역된 신약성경이었다. 책은 오래되어 낡았고, 가죽 장정이 되어 있었다.

"이건 어디서 났지?" 그는 방 한쪽 구석에서 그녀에게 소리쳤다. 그녀는 여전히 같은 자리, 탁자에서 세 걸음 떨어진 곳에 서 있었다.

"누가 가져다줬어요." 그녀는 내키지 않는 듯 그를 쳐다보지도 않고

---

* '바보'나 '미친 사람'을 뜻하는 '유로트'에서 유래한 말로, '바보 현자' 또는 '미친 현자'라는 뜻이다. 러시아 정교 전통에서는 주로 세속적인 가치를 버리고 선행을 숨기고서 고행과 모욕을 감수하며 떠도는 수행자를 일컫는다.

대답했다.

"누가?"

"리자베타가요, 제가 부탁했거든요."

'리자베타라고! 이상한 일이다!' 그는 생각했다. 어쩐지 그에게는 소냐의 모든 것이 매 순간 더 이상하고 더 기적적인 것처럼 느껴졌다. 그는 책을 촛불 근처로 가져가 책장을 넘기기 시작했다.

"나사로에 대한 이야기는 어디 있지?" 그는 불쑥 물었다.

소냐는 고집스럽게 바닥을 내려보며 대답하지 않았다. 탁자 옆에 조금 비스듬히 서 있기만 했다.

"나사로의 부활 이야기는 어디 있어? 찾아줘, 소냐."

소냐는 그를 곁눈질했다.

"거기 말고요…… 네번째 복음서에 있어요……" 소냐는 그에게 다가가지도 않은 채 냉랭한 목소리로 속삭였다.

"찾아서 읽어줘." 그는 이렇게 말하고는 자리에 앉아, 탁자에 팔꿈치를 괴고 한 손으로 머리를 받친 채 들을 준비를 하고서 음울하니 옆으로 시선을 고정시켰다.

'3주쯤 뒤면 7베르스타 떨어진 곳*에서, 어서 오십쇼! 하겠지. 상황이 훨씬 더 나빠지지 않는다면 아마 나도 거기 있을 테고.' 그는 속으로 중얼거렸다.

소냐는 라스콜니코프의 이상한 부탁을 미심쩍은 얼굴로 듣고는 망설이며 탁자로 다가왔다. 그러면서도 책을 집어들었다.

---

* 센나야 광장에서 7베르스타쯤 떨어진 우델나야에는 유명한 정신병원이 있었다.

"정말 읽어본 적 없으세요?" 그녀는 탁자 너머로 그를 힐끗 바라보고는 물었다. 그녀의 목소리가 한층 더 엄격하고도 엄격해졌다.

"오래전에 읽었지…… 학교 다닐 때. 읽어줘!"

"성당에서 들어본 적은 없어요?"

"난…… 안 나갔어. 당신은 자주 가나?"

"아-아니요." 소냐가 속삭였다.

라스콜니코프가 미소 지었다.

"알 만하군…… 그럼 내일 아버지 장례식에도 안 갈 건가?"

"갈 거예요. 지난주에도 갔어요…… 추도 미사를 드렸거든요."

"누구?"

"리자베타요. 도끼로 살해됐어요."

그의 신경이 점점 더 예민해졌다. 머리가 빙빙 돌기 시작했다.

"리자베타와 친했나?"

"네…… 정의로운 분이셨어요…… 제게 다녀가곤 했죠…… 가끔요…… 더 자주 올 순 없었거든요. 성경을 함께 읽고…… 이야기를 나누었어요. 그녀는 하느님을 뵈옵게 될 거예요."

그에게는 이 문어체의 말투가 이상스레 들렸고, 또 새로운 사실도 알게 되었다. 소냐와 리자베타가 비밀스럽게 만나왔으며, 둘 다 유로지비라는 사실 말이다.

'여기 있다가는 누구든 유로지비가 되겠군! 전염되겠어!' 그는 생각했다. "읽어줘!" 그는 고집을 부리며 신경질적으로 불쑥 외쳤다.

소냐는 여전히 주저하고 있었다. 심장이 뛰었다. 어쩐지 그에게 읽어줄 엄두가 나지 않았다. 그는 거의 고통스러운 심정으로 이 '불쌍한 미친 여자'를 바라보았다.

"당신에게 왜 읽어줘야 하죠? 믿지도 않으시잖아요?……" 그녀가 괴로워하며 나직이 속삭였다.

"읽어줘! 그래주면 좋겠어!" 그는 고집을 부렸다. "리자베타에겐 읽어줬다면서!"

소냐는 책을 펼치고 읽을 부분을 찾았다. 손이 떨렸고 목소리를 내는 것도 힘들었다. 두 번을 시도했지만, 첫음절도 채 소리내어 읽지 못했다.

"베다니아 동네에 나사로라는 병자가 있었다……"* 그녀는 마침내 간신히 소리내 읽었지만, 세번째 단어부터 갑자기 목소리가 울리기 시작하더니, 너무 팽팽히 당겨진 현처럼 뚝 끊어져버렸다. 숨이 막히고 가슴이 짓눌리는 것 같았다.

라스콜니코프는 어째서 소냐가 그에게 읽어주기를 주저하는지 어느 정도는 이해할 수 있었고, 이해하면 할수록 더 거칠고 성마르게 읽어달라고 고집을 피웠다. 그녀가 자신을 전부 드러내 보이는 것이 지금 얼마나 힘든 일인지 그는 지나칠 정도로 잘 이해하고 있었다. 그녀가 아직 가족과 살던 어린 시절, 불행한 아버지와 슬픔으로 미쳐버린 계모 곁에서 배를 곯는 아이들과 추악한 비명소리, 호된 질책에 둘러싸여 있던 바로 그때부터 시작된, 어쩌면 이미 오래된 그녀의 진짜 비밀은 사실 바로 이런 감정으로 이루어졌을지도 모른다는 점을 그는 이해했다. 하지만 동시에, 지금 그녀가 성경을 읽어주려 하면서 뭔가 근심하고 몹시

* 소냐가 낭독하는 구절은 『요한의 복음서』 11장 1절에서 45절까지다.

두려워하고 있지만, 모든 근심과 두려움에도 불구하고, 그녀 스스로도 고통스러울 정도로, 또 그가 들을 수 있도록 바로 그에게, '나중에 결과가 어떻게 될지라도!' 반드시 지금 읽어주고 싶어한다는 것을 그는 이제, 그리고 확실히 알게 되었다…… 그 사실을 그녀의 눈에서 읽어냈고, 그녀의 환희에 찬 흥분 상태에서 알 수 있었다…… 그녀는 자신을 이겨내고, 첫 구절을 읽을 때 목소리를 끊어버린 목의 경련을 눌러가며 『요한의 복음서』 11장을 계속 읽어나갔다. 그렇게 19절에 이르렀다.

"많은 유대인들이 오빠의 죽음을 슬퍼하고 있는 마르타와 마리아를 위로하러 와 있었다. 예수께서 오신다는 소식을 듣고 마르타는 마중을 나갔다. 그동안 마리아는 집안에 있었다. 마르타는 예수께 이렇게 말하였다. '주님, 주님께서 여기에 계셨더라면 제 오빠는 죽지 않았을 것입니다. 그러나 지금이라도 주님께서 구하시기만 하면 무엇이든지 하느님께서 다 이루어주실 줄 압니다.'"

이 대목에 이르러 그녀는 또다시 목소리가 떨려 끊길 것을 예감하고는, 부끄러워하며 또 한번 멈췄다……

"'네 오빠는 다시 살아날 것이다.' 예수께서 이렇게 말씀하시자 마르타는 '마지막날 부활 때에 다시 살아나리라는 것은 저도 알고 있습니다' 하고 말하였다. 예수께서 '나는 부활이요 생명이니 나를 믿는 사람은 죽더라도 살겠고 또 살아서 믿는 사람은 영원히 죽지 않을 것이다. 너는 이것을 믿느냐?' 하고 물으셨다. 마르타는."

(소냐는 고통스러운 듯 숨을 고르며, 마치 모두가 듣고 있는 가운데 고백이라도 하는 것처럼 또박또박 힘을 주어 읽었다.)

"'예, 주님, 주님께서는 이 세상에 오시기로 약속된 그리스도이시며 하느님의 아드님이신 것을 믿습니다' 하고 대답하였다."

그녀는 잠시 멈추고 재빨리 눈을 들어올려 그를 쳐다보려다가, 곧 자신을 억누르고 계속 읽기 시작했다. 라스콜니코프는 몸을 돌리지도 않고 탁자에 팔꿈치를 괸 채 옆을 보고 앉아 미동도 없이 듣고 있었다. 32절에 이르렀다.

"마리아는 예수께서 계신 곳에 찾아가 뵙고 그 앞에 엎드려 '주님, 주님께서 여기에 계셨더라면 제 오빠가 죽지 않았을 것입니다' 하고 말하였다. 예수께서 마리아뿐만 아니라 같이 따라온 유대인들까지 우는 것을 보시고 비통한 마음이 북받쳐 올랐다. '그를 어디에 묻었느냐?' 하고 예수께서 물으시자 그들이 '주님, 오셔서 보십시오' 하고 대답하였다. 예수께서는 눈물을 흘리셨다. 그래서 유대인들은 '저것 보시오. 나사로를 무척 사랑했던가 봅니다' 하고 말하였다. 또 그들 가운데에는 '소경의 눈을 뜨게 한 사람이 나사로를 죽지 않게 할 수가 없었단 말인가?' 하는 사람도 있었다."

라스콜니코프는 흥분해서 몸을 돌려 그녀를 바라보았다. 그래, 정말 그렇다! 이미 그녀는 정말로, 진짜 열병에 걸린 사람처럼 온몸을 떨고 있었다. 그는 이걸 기다리고 있었다. 가장 위대하며 누구도 들어본 적 없는 기적의 말씀에 다가갈수록 그녀는 엄청난 승리감에 사로잡혔다. 그녀의 목소리가 금속처럼 낭랑하게 울려퍼졌다. 승리감과 기쁨이 배어나오면서 목소리가 단단해졌다. 눈앞이 아득해지며 문장들이 뒤엉켰지만, 읽고 있는 부분은 이미 다 외우고 있었다. '소경의 눈을 뜨게 한 사람이…… 할 수가 없었단 말인가'라는 마지막 절에서 그녀는 목소리를 낮추어, 믿지 못하는 자들, 눈먼 유대인들, 이제 일 분 후면 벼락 맞은 듯 쓰러져 통곡하며 믿음을 가지게 될 그들의 의심과 질책과 비방을 격렬하고도 열정적으로 전달했다…… '그리고 이 사람도, 이 사람도, 마찬가지로 눈이 멀어 믿지 못하는 이 사람도 이제 듣고 믿게 될 거야, 그래, 맞아! 지금 당장, 이제라도 곧.' 그녀는 이렇게 꿈꾸며 기쁨에 찬 기대로 몸을 떨었다.

"예수께서는 다시 비통한 심정에 잠겨 무덤으로 가셨다. 그 무덤은 동굴로 되어 있었고 입구는 돌로 막혀 있었다. 예수께서 '돌을 치워라' 하시자 죽은 사람의 누이 마르타가 '주님, 그가 죽은 지 나흘이나 되어서 벌써 냄새가 납니다' 하고 말씀드렸다."

그녀는 나흘이라는 단어를 힘주어 강하게 읽었다.*

"예수께서 마르타에게 '네가 믿기만 하면 하느님의 영광을 보게 되리라고 내가 말하지 않았느냐?' 하시자 사람들이 돌을 치웠다. 예수께서는 하늘을 우러러보시며 이렇게 기도하셨다. '아버지, 제 청을 들어주셔서 감사합니다. 그리고 언제나 제 청을 들어주시는 것을 저는 잘 압니다. 그러나 이제 저는 여기 둘러선 사람들로 하여금 아버지께서 저를 보내주셨다는 것을 믿게 하려고 이 말을 합니다.' 말씀을 마치시고 '나사로야, 나오너라' 하고 큰소리로 외치시자 죽었던 사람이 밖으로 나왔는데,"

(그녀는 자기 눈으로 직접 보는 것처럼 차갑게 질려 몸을 떨면서 환희에 찬 커다란 목소리로 읽어나갔다.)

"손발은 베로 묶여 있었고 얼굴은 수건으로 감겨 있었다. 예수께서

---

* 소냐가 라스콜니코프에게 나사로의 부활에 대해 읽어준 이날은 그가 살인을 저지른 지 나흘째 되는 날이기도 하다.

사람들에게 '그를 풀어주어 가게 하여라' 하고 말씀하셨다.

마리아를 찾아왔다가 예수께서 하신 일을 본 많은 유대인들이 예수를 믿게 되었다."

그녀는 더이상 읽지 않았고 더 읽을 수도 없어서 성경을 덮고 의자에서 벌떡 일어났다.

"나사로의 부활에 대한 이야기는 이게 다예요." 그녀는 무뚝뚝하고 냉랭한 목소리로 속삭이고는, 부끄러운 듯 감히 그에게 눈길을 주지 못한 채 옆으로 몸을 돌리고 미동도 없이 서 있었다. 열병에 걸린 듯한 떨림은 아직도 계속되고 있었다. 구부러진 촛대 위 타다 남은 양초가 이 적빈의 방에서 영원의 책을 읽으며 기이하게 가까워진 살인자와 창녀를 어렴풋이 비추며 이미 오래전부터 꺼져가고 있었다. 오 분 정도, 아니 그 이상의 시간이 흘렀다.

"할말이 있어서 왔어." 라스콜니코프는 얼굴을 찌푸린 채 커다란 목소리로 불쑥 말을 꺼내고는 일어나 소냐에게 다가갔다. 소냐는 잠자코 그를 향해 눈을 들어올렸다. 그의 눈길은 몹시 단호했고, 어떤 사나운 결의가 서려 있었다.

"오늘 난 가족을 버렸어." 그가 말했다. "어머니와 동생을 말이야. 이제 그들에게 가지 않을 거야. 모든 인연을 끊어버렸어."

"왜요?" 소냐는 몹시 놀라 물었다. 스스로에게도 분명치는 않았지만, 아까 그의 어머니와 동생을 만난 일은 그녀에게 각별한 인상을 남겼다. 결별 소식을 들으며 그녀는 공포에 가까운 감정을 느꼈다.

"내겐 이제 당신밖에 없어." 그는 덧붙였다. "나와 같이 가…… 그래서 당신에게 온 거야. 우린 둘 다 저주받은 사람들이니 같이 가는 거야!"

그의 눈이 번득였다. '미친 사람 같아!' 이번엔 소냐가 이렇게 생각했다.

"가다니 어디로요?" 소냐는 두려움에 휩싸여 물었고, 자기도 모르게 한 발 뒤로 물러났다.

"나라고 어찌 알겠어? 다만 같은 길을 가야 한다는 건 알아, 그건 확실히 알고 있어. 그뿐이야. 우린 목적이 같아!"

그녀는 그를 바라보았지만 아무것도 이해할 수 없었다. 단지 그가 지독히, 한없이 불행하다는 것만은 알 수 있었다.

"당신이 저들에게 뭐라고 말한다 해도, 그들 중 누구도 아무것도 이해 못할 거야." 그가 계속했다. "하지만 난 이해해. 내겐 당신이 필요해, 그래서 당신에게 온 것이기도 해."

"도대체 무슨 말씀이세요……" 소냐가 속삭였다.

"나중에 알게 될 거야. 사실 당신도 똑같은 짓을 했잖아? 당신도 선을 넘었어…… 넘을 수 있었어. 당신은 자기 몸에 손을 댔고, 삶을 파멸시켰어…… 자기 삶을 말이야(뭐든 마찬가지지!). 정신과 이성으로 살아갈 수 있다 해도, 결국 센나야 광장*에서 삶을 마치겠지! 하지만 당신은 견딜 수 없을 거야, 만일 혼자 남는다면 나처럼 미쳐버릴 거라고, 지금도 이미 미친 거나 다름없지. 그러니까 우리는 함께 가야 해. 같은 길로! 가자!"

"왜 이러세요? 왜 그런 말씀을 하시는 거예요!" 소냐는 그의 말에 이상하게도 격하게 흥분하며 말했다.

---

* 당시 센나야 광장은 빈민의 삶을 상징하는 장소로, 선술집이나 매춘굴이 즐비했다.

"왜냐고? 왜냐면 이대로 있을 수는 없으니까. 그게 이유야! 하느님이 허락하지 않으실 거라고 어린애처럼 울며 소리칠 게 아니라, 결국에 가서는 신중하게 똑바로 판단해야 하니까! 내일이라도 정말로 당신이 병원으로 실려가면 어쩔 거야? 제정신이 아닌데다 결핵에 걸린 사람이야 곧 죽겠지만, 아이들은? 과연 폴레치카가 몸을 망치지 않을까? 제 어미가 동냥질을 내보낸 아이들이 여기 거리마다 널려 있는 게 정말로 안 보이나고? 난 그 어미들이 어디에 사는지, 어떤 상황인지 알아본 적이 있어. 그런 곳에선 아이들이 아이들로 남아 있을 수 없지. 거기선 일곱 살짜리도 타락하고 도둑질을 해. 무릇 아이들이란 예수의 형상을 하고 있어, '하늘 나라는 이런 사람들의 것'*인데도 말이지. 예수는 아이들을 아끼고 사랑하라고 명하셨어, 그들은 인류의 미래니까……"

"대체 어쩌라고요, 어떻게 하라는 거예요?" 소냐는 히스테릭하게 울부짖고 두 손을 쥐어짜면서 같은 말을 되풀이했다.

"어떻게 하느냐고? 부숴야 할 건 단번에 영원히 부숴버리는 거지, 단지 그뿐이야. 그리고 스스로 고통을 짊어지는 거야! 왜? 모르겠어? 나중에 알게 될 거야…… 자유와 권력, 하지만 중요한 건 권력이야! 떨고 있는 모든 피조물 위에, 모든 개미 위에 군림할 권력!…… 그게 바로 목적이야! 이걸 기억해둬! 이건 당신에게 보내는 나의 작별인사야! 어쩌면 당신과 이야기하는 것도 이게 마지막일지 몰라. 만일 내가 내일 오지 않는다면, 당신이 직접 모든 것을 듣게 된다면, 그때 지금 이 말들을 떠올려봐. 살다보면 언젠가, 나중에 몇 년쯤 지나면 이 말이 무슨 뜻

---

* 『마태오의 복음서』 19장 14절.

이었는지 알게 될 거야. 만일 내가 내일 오게 되면, 리자베타를 누가 죽였는지 말해주지. 잘 있어!"

소냐는 소스라치게 놀라 온몸을 떨었다.

"그럼 당신, 누가 죽였는지 정말 알고 계세요?" 그녀는 공포로 얼어붙은 채 몹시 놀란 얼굴로 그를 바라보며 물었다.

"알고 있으니 말해줄게…… 당신에게, 오직 당신에게만! 난 당신을 선택했어. 당신에게 용서를 구하러 오는 게 아냐, 그냥 말해주겠다는 거지. 난 오래전에 당신을 선택했어, 그걸 당신에게 말하겠다고 말이야, 당신 아버지가 당신에 대해 말해준 그때 이미, 리자베타가 살아 있던 그때, 그렇게 결정했지. 갈게. 손을 내밀지는 마. 내일 봐!"

그는 방을 나갔다. 소냐는 미친 사람을 보듯 그를 바라보았다. 하지만 그녀 역시 정신이 나간 것 같았고, 스스로도 그렇게 느껴졌다. 머리가 빙빙 돌았다. '세상에! 리자베타를 누가 죽였는지 저분이 어떻게 알지? 그 말들은 무슨 뜻이었을까? 무섭다!' 하지만 그럼에도 그 생각은 머릿속에 떠오르지 않았다. 절대로! 절대로!…… '오, 저 사람은 분명 지독하게 불행한 거야!…… 저 사람은 어머니와 누이를 버렸어. 왜 그랬을까? 무슨 일이 있었던 걸까? 무슨 생각일까? 나한테 한 말은 무슨 뜻일까? 내 발에 입을 맞추고 말했지…… 이미 나 없이는 살 수 없다고 했어(그래, 분명히 그렇게 말했어)…… 오, 하느님!'

소냐는 열에 들떠 헛소리를 하며 온 밤을 보냈다. 가끔씩 벌떡 일어나 울거나 손을 쥐어짜다가는 다시 열에 들떠 잠에 빠져들었고, 꿈에서 폴레치카, 카테리나 이바노브나, 리자베타, 복음서를 읽는 모습과 그 사람…… 창백하고 눈동자가 이글거리는 그 사람을 보았다…… 그가 그녀의 발에 입을 맞추고, 울고 있다…… 오, 하느님!

오른편 문, 즉 소냐의 셋방과 게르트루다 카를로브나 레슬리흐의 집을 나누는 바로 그 문 뒤편에는 둘 사이에 낀 방이 하나 있는데, 오래전부터 비어 있는 이 방은 레슬리흐 부인 집에 딸린 방으로, 그녀는 이 방을 세놓으려고 광고를 정문에 내걸고, 운하 쪽으로 난 창문 유리에도 종이로 붙여놓았다. 소냐는 오래전부터 으레 이 방엔 아무도 살지 않는다고 여겼다. 하지만 그동안 내내, 그 빈방 문 옆에서 스비드리가일로프 씨가 몸을 숨긴 채 서서 엿듣고 있었다. 라스콜니코프가 나가자 그는 잠시 서서 뭔가 생각하더니, 발뒤꿈치를 들고 빈방과 나란히 붙은 자기 방으로 돌아와 의자를 집어서는 소냐 방으로 통하는 문 바로 옆에 소리나지 않게 가져다놓았다. 그들의 대화가 흥미진진하고 의미심장하고, 대단히, 대단히 마음에 들어서, 다음번에는, 예를 들어 내일이라도, 한 시간 내내 서 있는 불편을 다시 겪는 일 없이 모든 면에서 충분히 만족하게끔 보다 편안한 자세로 들을 수 있게 의자를 옮겨놓은 것이다.

## 5

다음날 아침 열한시 정각에 라스콜니코프가 ○○구역 건물 예심판사실로 들어가 포르피리 페트로비치에게 자신이 방문했음을 보고해달라고 청했을 때, 그는 그렇게 오랫동안 들어오라는 말이 없는 데 놀랐다. 이름을 부를 때까지 못해도 십 분은 걸렸다. 그의 예상대로라면 당장 자신에게 달려들어야 옳았다. 대기실에 서 있는 동안 사람들이 그의 곁을 오가며 지나쳤지만, 그의 존재는 안중에도 없는 듯했다. 사무실로 보이는 옆방에 서기 몇 사람이 앉아 뭔가 쓰고 있었지만, 그들 중 누구도 라스콜니코프가 누구고 어떤 사람인지 짐작조차 못하는 것이 분명했다. 그는 불안하고 의심스러운 눈길로 관찰하며 주위를 살폈다. 자기 주변에 호송병이라도 있는 건 아닐까, 자기가 어디로 도망가지 않을까 감시하는 임무를 띠고 비밀스럽게 지켜보는 사람은 없을까? 하지만 그 비슷한 낌새조차 없었다. 그저 자질구레한 일에 매달려 있는 사무관들과 몇몇 사람들이 보일 뿐, 아무도 그에겐 관심이 없었다. 그가 지금 당장 아무데나 가버린다 해도 마찬가지일 것 같았다. 만일 어제의 그 알 수 없는 사람이, 유령처럼 갑자기 땅에서 솟아난 듯한 그 사람이 정말로 모든 걸 알고 모든 걸 보았다면, 라스콜니코프, 그가 지금 이렇게 평온하게 서서 기다리도록 내버려뒀겠는가? 마음속에서 이런 생각이 점점 더 확고하게 굳어갔다. 게다가 그가 제 발로 나타날 생각이 들 때까지 열한시가 되도록 여기서 그냥 기다리고 있었겠는가? 그 사람이 아직 아무것도 고발하지 않았거나, 아니면…… 아니면 그냥 그 사람 역시 아무것도 모르고 눈으로 직접 본 것도 없다는(하긴 어떻게 볼 수 있었겠는가?), 그러니까 어제 라스콜니코프 자신에게 일어난 그 모든 일 또한 초조하고 병적인 상상으로 부풀려진 환영에 불과하다는 얘기다. 이런 추측은 벌써 어제, 극심한 불안과 절망에 빠져 있던 때에 이미 그의 머릿속에 확고하게 자리잡기 시작했다. 지금 이렇게 모든 것을 고쳐 생각하고 새로운 전투에 임할 태세를 갖추면서도 그는 문득 자신이 떨고 있는 것을 느꼈고, 자기가 증오스러운 포르피리 페트로비치 앞에서 두려움에 떨 거라고 생각하니 분노마저 끓어올랐다. 가장 끔찍한 일은 그 사람과 다시 만나야 한다는 것이었다. 그는 그 사람을 헤아릴 수 없을 만큼 무한히 증오했고, 그러한 증오 때문에 어떤 식으로든 자신을 드러낼까 두렵기조차 했다. 분노가 너무 강했기에 떨림도 바로 멈췄다. 그는 냉정하고 대담한 모습으로 들어갈 태세를 갖췄고, 가능한 한 침묵하면서 더 많이 살피고 들어보자고, 또 무슨 일이 있어도 최소한 이번만은 병적으로 흥분하는 자신의 성정을 이겨보자고 스스로 다짐했다. 바로 그 순간 포르피리 페트로비치가 그를 불렀다.

그 시각 포르피리 페트로비치는 자신의 사무실에 혼자 있었다. 사무실은 크지도 작지도 않은 방이었다. 방에는 방수포를 씌운 소파 앞에 커다란 탁자가 놓여 있고, 사무용 책상이 있고, 구석에 벽장이 놓여 있고 의자 몇 개가 있었다. 모두 잘 닦아 광을 낸 노란색 나무로 만든 관청용 가구였다. 구석 뒤편, 칸막이라 부르는 게 더 적당할 만한 벽에 나 있는 문은 잠겨 있었다. 그러니까 저 칸막이 뒤로 다른 방들이 더 있는 게 틀림없었다. 라스콜니코프가 들어왔을 때 포르피리 페트로비치는 방금 자신이 들어온 그 문을 닫았고, 그들은 단둘이 남았다. 겉보기에 그는 자신을 찾아온 손님을 아주 명랑하고 친절한 모습으로 맞았지만, 고작 몇 분이 지나 벌써 라스콜니코프는 몇 가지 정황으로 미루어 그가 당황하고 있음을 눈치챘다. 마치 갑자기 뭔가 갈팡질팡하거나 아주 외떨어지고 비밀스러운 곳에서 누군가와 맞닥뜨린 사람 같았다.

"여어, 선생! 당신이로군요…… 이런 외진 곳엘 다……" 포르피리는 그에게 양손을 내밀며 말을 시작했다. "자, 앉으시지요, 노형! 그런데 당신을 선생이나…… 노형이라고 불러도 괜찮을지 모르겠군요. 그럼

*너무 친하게 구는 건가요?* 너무 허물없이 군다고 여기지는 마십쇼…… 자, 여기, 소파에 앉으시지요."

라스콜니코프는 그에게서 눈을 떼지 않으면서 자리에 앉았다.

'이런 외진 곳에'라는 표현을 쓴 점이나 허물없는 태도에 사과한 것, '*너무 친하게*'라며 프랑스어를 쓴 점이나 그 외 다른 것들, 이런 것은 전부 전형적으로 나타나는 특징이다. '하지만 내게 두 손을 내밀었다가 한 손도 제대로 잡기 전에 바로 거두어버렸어.' 그는 의심스러운 생각이 들었다. 두 사람 모두 서로를 살폈지만, 눈이 마주치자마자 둘 다 번개처럼 재빨리 서로에게서 시선을 거둬버렸다.

"그 서류를 가져왔습니다…… 시계 건으로…… 여기 있습니다. 이렇게 쓰는 게 맞는지 모르겠네요, 아니면 다시 써야 할까요?"

"뭐라고요? 서류요? 그렇죠, 그래요…… 걱정할 거 없습니다, 이렇게 쓰는 게 맞습니다." 포르피리 페트로비치는 어딘가 서둘러 갈 데가 있는 것처럼 말하고는, 이 말을 하고서 벌써 종이를 집어들어 훑어보고 있었다. "네, 맞습니다. 더 필요한 건 아무것도 없어요." 그는 여전히 빠른 말투로 확인해주고는 서류를 탁자에 내려놓았다. 그러고 나서 잠시 후 이미 화제를 돌리면서 서류를 다시 탁자에서 집어들어 자신의 사무용 책상에 옮겨놓았다.

"어제 제가 그…… 살해된 노파를 어떻게 알게 됐는지…… 제게 형식을 갖춰…… 물어보고 싶다고 말씀하신 것 같은데요?" 라스콜니코프는 다시 말을 꺼내려 했다. '흥, 뭐하려고 그런 것 같다는 말을 끼워넣었을까?' 하는 생각이 번개처럼 스치고 지나갔다. '그런 것 같다는 말을 끼워넣은 걸 가지고 대체 뭘 이렇게 걱정하는 거지?' 마음속에 또다른 생각이 바로 번개처럼 스쳐갔다.

그러자 문득 그는 포르피리와 단 한 번 접촉한 것만으로도, 고작 두 마디 말을 나누고 고작 두 번 눈길을 교환한 것만으로도 벌써 쓸데없는 의심이 순식간에 터무니없을 정도로 자라났음을…… 그리고 그것이 지독하게 위험하다는 것을 느꼈다. 신경이 예민해지고 흥분이 커져만 갔다. '큰일이다! 큰일이야!…… 또 말실수를 하겠구나.'

"네-네-네! 걱정 마세요! 서두를 필요 없습니다, 없고말고요." 포르피리 페트로비치는 중얼거렸고, 별다른 목적도 없이 탁사 근처를 앞뒤로 서성이다가, 달려들듯이 창문으로, 책상으로, 다시 탁자로 오락가락하는가 하면, 라스콜니코프의 의심 섞인 눈초리를 피하다가 갑자기 한 자리에 멈춰 서서 그를 정면으로 뚫어져라 바라보기도 했다. 그런 그의 작고 뚱뚱하고 동글동글한 몸은 이리저리 굴러다니다 사방 벽과 구석에 부딪쳐 바로 튕겨나오는 공처럼 몹시 이상해 보였다.

"시간은 충분합니다, 충분해요!…… 그런데 담배 피우나요? 담배 있으세요? 자, 여기 궐련이 있습니다……" 그는 손님에게 궐련을 권하며 말을 이었다. "저기 말입니다, 당신을 이리로 모시긴 했지만, 사실 내 거처는 저 칸막이 뒤에 있어요…… 관청에서 준 거죠, 지금은 임시로 사택에서 지내지만요. 여기는 좀 수리할 필요가 있었거든요. 이제 거의 다 끝났어요…… 관사라니, 거참, 영광스러운 일이지요, 안 그렇습니까? 어떻게 생각하세요?"

"네, 영광스러운 일이네요." 라스콜니코프는 거의 비웃는 듯한 눈길로 그를 쳐다보며 대답했다.

"영광스러운 일이에요, 영광스러운 일이지요……" 포르피리 페트로비치는 문득 전혀 다른 생각에 잠긴 듯 같은 말을 반복했다. "그래요! 영광스러운 일이에요!" 갑자기 그는 라스콜니코프에게 눈길을 던지고는 그에게서 두어 걸음 떨어진 곳에 멈춰 섰고, 마지막에 가서는 거의 소리를 지르다시피 했다. 관사를 받는 게 영광스러운 일이라고 얼간이처럼 몇 번이나 반복하며 속물처럼 과하게 말하는 것은, 그가 지금 자신의 손님에게 집요하게 던지고 있는 진지하고 생각에 잠긴 알 수 없는 눈길과는 너무나 어울리지 않았다.

하지만 이것이 라스콜니코프의 적의를 한층 더 끓어오르게 했고, 이제 그는 다분히 부주의하고 빈정거림이 담긴 도전적인 태도를 도저히 억누를 수 없었다.

"저기 말입니다." 라스콜니코프는 건방질 정도로 대담하게 그를 바라보며 불쑥 물었는데, 그런 자신의 대담함에 쾌감이라도 느끼는 듯했다. "장차 예심판사가 될 모든 사람에게는, 이런 법률적 규칙, 법률적 방식이 존재하는 것 같더군요. 처음엔 멀리서부터, 쓸데없는 거나 진지하더라도 전혀 상관없는 데서 출발하는 겁니다, 말하자면 심문받는 사람의 기운을 돋워주거나, 더 정확히 말해 그 사람의 주의를 다른 데로 돌려 방심하게 만든 다음, 갑자기 전혀 예상치 못한 방식으로 아주 치명적이고 위험한 질문을 꺼내 그 사람의 정수리를 쾅 내리쳐 혼을 빼놓는 거지요. 그렇지 않습니까? 모든 규칙과 지침서에 지금까지도 이 점이 금과옥조로 언급되고 있는 것 같던데요?"

"그러니까, 그러니까…… 거, 당신 생각으로는 내가 관사 이야기로 당신에게 그러고 있다는 거군요…… 그런가요?" 포르피리 페트로비치는 이렇게 말하고는 눈을 가늘게 뜨고 한 번 깜빡였다. 무언가 유쾌하고 교활한 표정이 그의 얼굴을 스쳐지나갔고, 이마의 주름이 확 펴지고 눈이 가늘어지면서 얼굴 윤곽이 쫙 펴지는가 싶더니, 갑자기 그가 온몸을 요동치듯 흔들며 신경질적인 웃음을 터뜨리고는 라스콜니코프의 눈을 똑바로 쳐다보며 그렇게 한참을 웃어댔다. 라스콜니코프도 자신을 어느 정도 억눌러가며 웃어보려 했다. 하지만 라스콜니코프도 웃는 걸 보고는 포르피리가 얼굴이 거의 시뻘게질 정도로 배를 잡고 웃어대자, 돌연 라스콜니코프의 혐오감이 모든 신중함을 넘어서버렸다. 그는 웃음을 거두고 얼굴을 찌푸린 채, 무슨 속셈이라도 있는 건지 멈출 줄 모르고 계속 웃어대는 포르리피에게서 눈을 떼지 않고 오래도록 증오스럽게 노려보았다. 하지만 조심성이 없기로는 양쪽 다 마찬가지였다. 포르피리 페트로비치는 자신의 웃음을 증오스럽게 받아들이는 손님을 마치 눈앞에서 조롱이라도 하는 듯했으며, 게다가 이런 상황에 당황하는 기색조차 별로 없었다. 이 점이 라스콜니코프에겐 아주 의미심장하게 느껴졌다. 분명 포르피리 페트로비치는 방금 전에도 전혀 당황하지 않았으며, 어쩌면 오히려 함정에 빠진 것은 라스콜니코프 자신일지도 모른다는 사실을 그는 깨달았다. 여기엔 그가 모르는 뭔가가, 어떤 목적이 분명히 있는 것이다. 어쩌면 모든 것이 미리 준비되어 지금 당장이라도 나타나 덤벼들지 모른다……

그는 곧장 바로 용건으로 돌아가려 자리에서 일어나 모자를 집어들었다.

"포르피리 페트로비치." 그는 단호하게, 그러나 몹시 신경질적으로 입을 열었다. "당신은 어제 내게 심문받으러 와주기 바란다는 입장을 밝혔지요. (그는 심문이라는 단어를 특별히 고집했다.) 그래서 이렇게 왔습니다, 그러니 만일 필요한 게 있다면 물어보세요, 그게 아니라면 가보겠습니다. 시간이 없어요, 볼일이 있거든요…… 말에 깔려 죽은 그 관리의 장례식에 가봐야 합니다, 그 사람에 대해서는 당신도…… 역시 알고 계시지요……" 그는 이렇게 덧붙이고는 이런 말을 덧붙인 데 이내 화가 나서 한층 더 짜증이 났다. "이 모든 게 지긋지긋합니다, 듣고 계십니까, 이미 오래전부터…… 내가 병이 난 건 부분적으로는 이 일 때문이기도 합니다…… 한마디로." 병에 대한 언급은 더더욱 부적절했다는 느낌에 그는 거의 소리를 지르다시피 말했다. "한마디로 말해서, 물어보시든지 아니면 가게 해주시죠, 당장 말입니다…… 하지만 물어볼 거라면 반드시 형식을 갖추어주십시오! 그러지 않으면 용납하지 않겠습니다. 그러니 이만 가보겠습니다, 지금 우리 두 사람은 더이상 볼일이 없으니까요."

"아이고! 대체 그게 무슨 말씀이세요! 당신에게 뭘 물어본단 말입니까." 포르피리 페트로비치는 순식간에 웃음을 뚝 그치고는, 금세 말투와 표정을 싹 바꾸고 갑자기 꽥꽥대기 시작했다. "그러니 제발 진정하세요." 그는 다시 사방으로 이리저리 몸을 던지다가 불쑥 라스콜니코프를 자리에 앉히기도 하며 번잡스럽게 움직여댔다. "시간은 충분합니다, 충분해요, 그리고 다 별거 아닙니다! 오히려 당신이 마침내 우리에게 와줘서 무척 기쁩니다…… 난 당신을 손님으로 대하고 있어요. 이 빌어먹을 웃음은, 로디온 로마노비치, 노형이 날 용서해주세요. 로디온 로마노비치가 맞지요? 부칭이 그랬던 것 같은데?…… 내가 신경이 예민한 사람이다보니 당신 지적이 너무 날카로워 그만 웃고 말았어요. 사실 어떤 때는 꼭 탄성고무처럼 몸을 흔들어대며 그렇게 반시간이나 웃기도 해요…… 웃음이 헤퍼서 말이지요. 이런 체질 때문에 행여 마비라도 올까 걱정이라니까요. 자, 앉지 않고 뭐하세요?…… 자, 노형, 안 앉으면 화가 나셨다고 생각할 겁니다……"

라스콜니코프는 여전히 화가 나서 얼굴을 찌푸린 채 아무 말 없이 이야기를 들으며 그를 지켜보았다. 앉긴 했지만 손에서 모자를 놓지는 않았다.

"노형, 한 가지 말씀드리죠, 로디온 로마노비치, 나에 대해, 말하자면 내 성격을 설명하자는 겁니다." 포르피리 페트로비치는 조금 전처럼 손님과 눈이 마주치길 피하듯 공연히 방을 이리저리 서성이며 말을 이었다. "아시다시피 난 독신에 그닥 사교적이지도 않고 유명하지도 않아요, 게다가 이미 볼장 다 본 사람이지요, 손발도 굳어버렸고…… 한물갔다 이겁니다, 그리고…… 그리고…… 로디온 로마노비치, 당신도 눈치챘는지 모르지만, 우리, 그러니까 우리 러시아에서, 특히 우리 페테르부르크 사람들의 모임에선 말입니다, 아직은 서로를 잘 모르지만 소위 말해 서로를 존중하는 똑똑한 사람 둘이 만났다 칩시다, 지금 당신과 나처럼 말이에요, 그 사람들은 반시간 내내 아무리 애써도 대화 주제를 찾아낼 수 없다 이겁니다. 상대를 앞에 두고 뻣뻣하게 굳어가지고서는 서로 당황한 채 앉아 있는 겁니다. 모든 사람에게는 대화 주제가 있기 마련인데도요, 가령 부인들도 그렇고…… 예를 들어 상류층의 사교계 사람들도 그렇고, 항상 화제란 게 있는 법이거든요. *관례적으로 그렇지요*, 하지만 우리 같은 중류층 사람들은 모두들 당황하기만 하고 대화를 할 줄 모릅니다…… 그러니까 생각만 하지요. 노형, 왜 이런 일이 일어날까요? 사회에 대한 관심이 없어서인지, 아니면 우리가 너무 정직해서 서로 속이기를 바라지 않아서인지 영 알 수가 없네요. 안 그렇습니까? 당신은 어떻게 생각하세요? 아, 그 모자 좀 옆에 내려놓으세요, 꼭 금방이라도 가려는 사람 같아서 사실 보기에 좀 거북하네요…… 반대로 난 아주 기쁩니다……"

라스콜니코프는 입을 꾹 다문 채 심각하고 찌푸린 얼굴로 실없고 지리멸렬한 포르피리의 수다를 듣다가 모자를 내려놓았다. '대체 이 사람은 정말 뭐지, 엉터리 같은 수다로 내 주의를 돌릴 작정인가?'

"당신에게 커피를 권하지는 않겠습니다, 그럴 자리가 아니니까요. 하지만 기분전환도 할 겸 친구와 잠깐 오 분쯤 앉아 있지 못할 이유는 없겠지요." 포르피리는 쉴새없이 지껄여댔다. "아시다시피 직무라는 게 다…… 저기, 노형, 내가 이렇게 계속 왔다갔다한다고 화내지는 마십쇼. 죄송합니다만 노형, 당신을 화나게 할까봐 정말 아주 겁이 나네요, 하지만 이런 동작이 나한테는 꼭 필요하거든요. 계속 앉아만 있으니 오 분이라도 움직여주면 금세 기분이 썩 좋아지지요…… 치질이 있어서요…… 계속 체조를 해서 고칠 작정이에요. 저쪽에서는 5등문관과 4등문관, 심지어 3등문관도 줄넘기를 열심히 한다더군요. 바로 그게 우리 시대의 과학 같은 거니까요…… 그렇지요…… 그건 그렇고 여기 이곳의 직무나 심문, 그 모든 형식적인 것과 관련해서는…… 노형, 방금 직접 심문을 언급하셨으니 말인데…… 그러니까 거, 사실 이 심문이라는 것이, 로디온 로마노비치, 때로는 심문받는 사람보다 심문하는 당사자를 더 헷갈리게 만들지요…… 여기에 대해서는, 방금 노형이 완전히 타당하고 재치 있는 지적을 했어요. (라스콜니코프는 그 비슷한 것도 지적한 적이 없었다.) 헤매게 되지요! 그렇습니다, 헤매게 돼요! 똑같은 말을, 똑같은 말을 마치 북처럼 중언부언하지요! 개혁이 진행중이라 명칭만이라도 바꿔보려 하고 있어요, 헤헤헤! 우리의 법률적 방식에 대해서는, 당신이 재치 있게 표현했듯이, 정말 완전히 전적으로 당신에게 동의합니다. 거, 한번 말씀해보세요, 아무리 우둔하기 짝이 없는 농부라도 대체 누가, 어떤 피고가 그걸 모르겠습니까, 그러니까 가령 처음엔 상관없는 질문들을 퍼부어 방심하게 해놓고서는 (당신의 적절한 표현에 따르자면 말입니다) 느닷없이 도끼뿔로 바로 정수리를 내리쳐 혼을 빼놓는다는 걸, 헤헤헤! 당신이 적절히 사용한 표현대로 바로 정수리를요, 헤헤! 그러니까 당신은 내가 관사 얘기로 당신에게 그렇게 하려 들었다고 진짜 그렇게 생각했군요…… 헤헤! 비꼬기를 좋아하는 양반이셔. 뭐, 그만하지요! 아, 맞다, 그건 그렇고, 말이 말을 부르고 생각이 생각을 불러내는군요. 방금 형식도 언급하셨지요, 거 뭐냐, 심문이 갖춰야 할 형식에 대해서요…… 하지만 형식을 따른다는 게 대체 뭡니까! 아시다시피 형식이란 대부분의 경우 아무것도 아닙니다. 어떤 경우엔 그냥 친구처럼 허물없이 말하는 게 더 이롭기도 해요. 형식이란 절대 도망가는 게 아니니, 그 점에선 걱정일랑 붙들어 매놓으십쇼. 좀 물어봅시다, 본질적으로 형식이란 게 뭘까요? 어디서든 형식으로 예심판사를 압박해서는 안 됩니다. 사실 예심판사의 일이란 게, 말하자면 나름대로 자유로운 예술이랄까, 뭐 그 비슷한 거라서요…… 헤헤헤!……"

포르피리 페트로비치는 잠시 숨을 돌렸다. 그는 그렇게 지치지도 않고서 무의미하고 실없는 말들을 퍼붓다가 갑자기 알 수 없는 말을 뱉고, 그러다 금세 다시 말도 안 되는 얘기로 새곤 했다. 줄곧 바닥을 보면서 오른팔은 등뒤로 넘기고 왼팔은 끊임없이 흔들어대며, 매번 자신이 하는 말에 놀랍도록 어울리지 않는 갖가지 동작을 취했고, 살진 다리를 점점 더 빠르게 번갈아 놀리며 아예 방안에서 거의 뛰다시피 했다. 라스콜니코프는 문득 그가 방에서 뛰면서 두어 번 문 옆에 잠깐 멈춰 뭔가 엿듣는 것 같다는 느낌을 받았다…… '이자가 뭔가를 기다리고 있나?'

"하지만 사실 당신 말이 전적으로 옳습니다." 포르피리는 명랑하고 아주 소박한 모습으로 라스콜니코프를 바라보며 다시 말을 받았다. (그 때문에 그는 흠칫 몸을 떨며 순간 마음을 단단히 먹었다.) "법률적 형식을 그렇게 재치 있게 비웃으신 건 사실 옳아요, 헤헤! 참으로 심오한 우리의 이 심리적 방법들은 (물론 일부지만) 지극히 가소로운 것이지요, 그래요, 어쩌면 쓸모없기도 해요, 형식에 너무 얽매이는 경우에는 말입니다. 맞습니다…… 다시 형식에 대해 말씀드리죠. 자, 내가 맡은 어떤 사건에서 내가 이 사람 또는 저 사람, 아니면 제삼자를 소위 범인으로 여긴다면, 아니 더 정확하게 말해서 범인으로 의심한다면…… 당신은 법률가가 되려고 준비하고 계시지요, 로디온 로마노비치?"

"그래요, 준비했었지요……"

"자, 그러니까 당신에게 이건, 말하자면 장래를 위한 작은 사례가 될 수도 있겠군요. 그러니 내가 감히 당신을 가르치려 든다고 생각하지는 마십쇼. 더구나 당신은 범죄에 대해 멋진 논문까지 발표하신 분 아닙니까! 그러니까, 가르치려는 게 아니라 사실의 차원에서 감히 한 가지 예를 제시하고자 하는 겁니다. 자, 예를 들어 내가 이 사람이나 저 사람, 또는 제삼자를 범인으로 생각한다 칩시다, 여기서 한번 물어보지요, 내가 그자에게 불리한 단서를 갖고 있다 한들 뭐하러 때가 되기도 전에 그 사람을 괴롭히겠습니까? 예를 들어, 서둘러 체포해야 하는 경우도 있긴 하지만, 그것과 성격이 다른 경우도 실제로 있는 법이지요. 그러니 그 사람이 잠시 시내를 활보하도록 내버려두지 않을 이유가 있을까요, 헤헤! 아니, 보아하니 잘 이해가 안 가시는 모양이군요, 자, 더 분명하게 설명해드리지요. 예를 들어, 내가 그 사람을 너무 일찍 잡아넣는다면, 말하자면 그로 인해 그자가 도덕적으로 지탱해나갈 수 있게 해주는 꼴이 될 수도 있어요, 헤헤! 웃는 겁니까? (라스콜니코프는 웃을 생각조차 하지 못했다. 입술을 깨물고 활활 타오르는 눈길을 포르피리 페트로비치의 눈에서 떼지 않은 채 앉아 있을 뿐이었다.) 하지만 정말로 사실이 그렇습니다, 어떤 사람에게는 특히 그렇지요, 그래서 사람은 천차만별이라도 모두에 적용되는 건 하나예요. 당신은 방금 증거라고 했지요. 그래요, 증거가 있다 칩시다, 하지만 노형, 사실 대부분 증거란 양날의 칼 같은 거고, 난 한갓 예심판사, 그러니까, 고백하건대 약한 인간이라 이겁니다. 난 소위 말해 수학처럼 선명한 심리審理를 제시하고, 2×2=4와 같은 증거를 확보하고 싶어요! 직접적이고 논쟁의 여지가 없는 그런 증거요! 그런데 저놈이 한 짓이라고 확신한다 해도 범인을 섣불리 잡아넣는다면, 그건 어쩌면 그놈의 정체를 더 파헤칠 수 있는 방법을 스스로 포기하는 꼴이 될 수도 있습니다, 왜냐? 말하자면 범인의 상황을 내가 결정해주는 꼴이 되니까요, 말하자면 심리학적으로 그놈을 규정해주고 안심시켜줘서 그놈이 나를 피해 자기 껍질 속으로 도망쳐버리게 해준다는 겁니다. 자기가 체포된다는 걸 마침내 이해하게 되는 거지요. 알마강 전투가 끝난 직후 세바스토폴의 똑똑한 양반들은 이제 곧 적이 정면공격을 펼쳐 세바스토폴을 바로 함락시킬까봐 굉장히 두려워했다더군요. 그런데 적들이 정공법으로 포위를 택해 첫번째 참호열을 파는 걸 보고는 그 똑똑한 양반들은 엄청 기뻐하며 안심했다고들 해요.* 정공법대로 포위로 함락시키려면 최소한 두 달은 질질 끌 테니까요. 또 웃으시는군요, 역시 안 믿으시나요? 물론 당신도 옳아요. 옳습니다, 옳아요! 이 모든 게 특수한 경우에 불과하니, 당신 생각에 동의합니다. 제시된 경우는 사실 특수한 거죠! 하지만, 선량하신 로디온 로마노비치, 주의해서 살펴보아야 할 점이 바로 여기에 있습니다. 모든 법률적 형식과 규칙을 적용하고 고려해 책에 기록해둘 법한, 그 자체로 보편적인 경우란 결코 존재하지 않아요, 왜냐하면 모든 사건은, 예를 들어 모든 범죄는 그것이 현실에서 발생하는 즉시 완전히 특수한 경우가 되어버리기 때문입니다. 그래요, 가끔은 전과는 전혀 다른 그런 사건이 돼버리지요. 가끔은 이런 유의 아주 우스꽝스러운 사태가 벌어집니다. 내가 어떤 사람을 완전히 혼자 내버려둔다고 칩시다. 잡아들이지도 괴롭히지도 않아요, 다만 내가 모든 걸 속속들이 알고 있고, 밤이나 낮이나 그자의 뒤를 쫓으며 끊임없이 감시한다는 걸 그자가 시시각각 알 수 있게, 아니면 최소한 그럴 거라고 의심하게 만드는 겁니다. 그렇게 자신이 내 손아귀 안에서 영원히 의심하고 두려워하게 되리라 의식하게 만들면, 정말로 장담하건대, 그자는 머리가 어질어질해져서 자기 발로 직접 찾아오게 됩니다, 사실이 그렇습니다, 어쩌면 그 이상의 행동을 할 수도 있고요, 2×2 같은 거 말이에요, 말하자면 수학적 형태를

* 크림전쟁 세바스토폴 포위전을 가리킨다. 1854년 9월 알마강 전투 직후 영프 연합군이 크림반도의 세바스토폴을 포위했고, 그 상태는 11개월간 지속되었다.

갖추게 되는 겁니다. 유쾌한 일이지요. 무식한 농부에게도 이런 일이 일어날 수 있는데, 하물며 우리 형제들, 현대적인 똑똑한 양반들, 특정한 방면으로 발달한 사람들이야 말해 뭐하겠습니까! 그러니, 사랑스러운 친구, 사람이 어떤 방면으로 발달했는지 아는 게 굉장히 중요합니다. 신경, 신경 말입니다, 당신은 그걸 잊으셨어요! 요즘엔 모두들 병적이고 배배 말라비틀어져 신경질을 내지요!…… 짜증도 그래요, 다들 어찌나 짜증을 부려대는지! 그래서 말인데, 이건 그야말로 일종의 광맥 같은 겁니다! 그러니 그자가 아무런 구속도 받지 않고 시내를 활보하고 다닌다 한들 내가 불안할 게 뭐가 있겠습니까! 내버려두는 거지요, 당분간 그렇게 돌아다니라고요, 그러라지요. 그런다 한들 그자가 내 제물이고, 나에게서 어디로도 도망갈 수 없다는 걸 잘 알고 있는데요! 대체 어디로 도망간단 말입니까, 헤헤! 외국으로요? 외국으로는 폴란드놈이나 도망가는 거지 그자는 아니에요, 내가 쫓고 있는데다, 조치도 취해놓았으니까요. 아니면 우리 나라 첩첩산중으로라도 도망갈까요? 거기엔 농부들이, 진짜배기 러시아 무지렁이들이 살고 있어요. 현대적으로 발달한 사람은 우리 나라 농부 같은 그런 이방인과 사느니 차라리 감옥에 있는 게 낫다 생각할 겁니다, 헤헤! 하지만 이런 건 다 중요하지 않아요, 표면적인 얘기지요. 도망친다는 게 뭡니까! 그건 형식적인 겁니다. 중요한 건 그게 아니에요. 그자가 내게서 도망칠 수 없는 건 단지 도망칠 곳이 없어서만은 아닙니다. 그자는 내게서 심리적으로 도망칠 수 없어요, 헤헤! 표현이 정말 좋지 않습니까! 어디 도망갈 데가 있다 하더라도 자연의 법칙상 그자는 내게서 도망칠 수 없어요. 촛불 앞의 나방을 보신 적 있죠? 자, 그자도 딱 그렇게 되는 겁니다, 나

방이 촛불 옆을 맴돌듯이 내 주위를 계속 맴도는 거죠. 자유가 그렇지 않게 돼요, 생각이 많아지고 갈팡질팡하면서, 거미줄에라도 걸린 듯 스스로 온통 뒤엉켜 자신을 죽도록 괴롭히게 됩니다!…… 그뿐만이 아니에요. 뭔가 수학적인 것, 2×2 같은 걸 손수 마련해 옵니다. 난 그냥 말미만 좀 길게 주면 되는 거죠…… 그럼 계속해서 점점 반경을 줄이고 줄이며 내 주위를 계속 맴돌다가는 턱! 하고 걸립니다. 곧장 입으로 날아들면 꿀떡 삼키면 그만이니, 정말 너무나 유쾌한 노릇이지요, 헤헤헤! 못 믿으시겠어요?"

라스콜니코프는 아무 대답도 하지 않았고, 여전히 아까처럼 긴장한 표정으로 포르피리의 얼굴을 빤히 들여다보며 창백하게 질린 채 미동도 없이 앉아 있었다.

'멋진 강의로군!' 오싹해지는 것을 느끼며 그는 생각했다. '이미 어제처럼 고양이가 쥐를 데리고 노는 차원도 아니야. 내 앞에서 괜히 자기 힘을 과시하는 건 아닐 테고…… 괜히 암시를 하는 것도 아니겠지. 그러기엔 훨씬 더 똑똑하니까! 이러는 데는 다른 목적이 있어, 대체 뭘까? 어이, 이 친구야, 날 겁주고 속이려 하다니 쓸데없는 짓이야! 네겐 증거가 없고, 어제 그 사람도 존재하지 않아! 그냥 날 혼란스럽게 하고 먼저 자극하다 그 상태에서 쿵 하고 내려치고 싶은 게로군, 하지만 그렇게 헛소리를 늘어놓다가는 된통 당하게 될 거야, 된통! 그런데 대체 왜, 대체 왜 내게 이렇게 암시를 주는 거지?…… 내 신경이 병적으로 예민하다는 걸 계산한 걸까?…… 아니, 이 친구야, 그렇게 헛소리를 늘어놓다가는 된통 당하게 될 거다, 설사 네가 뭔가 준비했다 해도…… 자, 뭘 준비해놨는지 한번 보자고.'

그리고 그는 알 수 없는 끔찍한 파국에 대비하면서 온 힘을 다해 마음을 다잡았다. 시간이 흐를수록 포르피리에게 달려들어 바로 그 자리에서 목을 졸라버리고 싶은 충동을 느꼈다. 여기 들어서면서부터 그는 그런 적의가 두려웠다. 입술이 바짝바짝 타들어가고, 심장이 두근거리고, 입가에 침이 바싹 말라붙는 것이 느껴졌다. 하지만 그래도 침묵하기로, 때가 될 때까지 말을 아끼기로 결심했다. 자신이 처한 상황에서는 그것이 최상의 전술임을 알고 있었는데, 자신이 입을 잘못 놀리는 일도 없을 뿐만 아니라, 오히려 침묵으로 적을 자극함으로써 상대가 입을 잘못 놀리게 할 수도 있기 때문이다. 최소한 그는 그러길 바랐다.

"아니, 보아하니 안 믿는군요, 여전히 내가 순진한 농담이나 끌어댄다고 생각하시나보네요." 포르피리는 점점 더 쾌활해지고 만족감에 차 연신 헤헤거리면서 다시 방을 맴돌기 시작하며 말을 받았다. "물론 당신이 옳아요. 내 꼬락서니 역시 하느님이 이렇게 만들어놓으시는 바람에 다른 사람들에겐 우스운 생각만 불러일으키고 맙니다. 어릿광대지요. 하지만 당신에게 말하고 싶은 건 바로 이겁니다, 다시 한번 되풀이하자면, 로디온 로마노비치, 늙은이 주제에 미안하지만, 노형, 당신은 아직 젊어요, 말하자면 젊음이 막 피어날 때죠, 그러니 모든 젊은이가 그렇듯 인간의 이성을 무엇보다 높이 평가하겠지요. 발랄하고 예리한 머리와 이성의 추상적인 논증이 당신을 유혹할 겁니다. 그러니까, 내가 군사적인 사건과 관련해 판단할 수 있는 한에서, 가령, 예전 오스트리아의 황실군사위원회가 꼭 그랬어요. 그들은 종이 위에서는 나폴레옹도 박살내 포로로 잡아들이고, 자기들 서재에서야 아주 기발한 방법으로 계산해 적을 곤경에 처넣었지만, 아시다시피 마크 장군은 자신의 군대 전체와 함께 항복하게 되지요, 헤헤헤![*] 노형, 압니다, 알아요, 로디온 로마노비치, 문관 주제에 모든 예를 전쟁사에서 끌어온다고 날 비웃으시는군요. 하지만 어쩝니까, 그게 내 약점인 것을요, 군사와 관련된 것을 좋아하거든요, 온갖 종류의 군 전황 보고를 읽는 게 너무 좋습니다…… 직업을 완전히 잘못 선택한 거죠. 사실 나 같은 사람은 군대에 말뚝을 박았어야 했는데. 아마 나폴레옹까지는 아니어도 뭐 소령 정도는 됐을 겁니다, 헤헤헤! 자, 그럼 이제 친애하는 당신에게, 그러니까 그 특수한 경우와 관련된 모든 진실을 자세히 말씀드리지요. 현실과 본성은 말입니다, 노형, 중요한 겁니다, 때로는 대단히 통찰력 있는 생각도 쓸모없게 만들어버리지요! 거참, 늙은이의 말을 좀 들어보세요, 진지하게 말하는 겁니다, 로디온 로마노비치(이 말을 하는 순간 서른다섯 살의 포르피리 페트로비치는 정말로 갑자기 폭삭 늙어버린 것 같았다. 심지어 목소리마저 변하고 어쩐지 등도 확 굽어버린 듯했다). 게다가 난 솔직한 사람입니다…… 내가 솔직한가요, 아닌가요? 당신 생각은 어때요? 내가 보기엔 충분히 그런 것 같은데. 이런 걸 당신에게 공짜로 알려주고 더구나 대가도 바라지 않잖아요, 헤헤! 자, 그럼 계속하지요. 내 생각에 번뜩이는 재치란 근사한 겁니다. 말하자면 자연의 아름다움이자 삶의 위안이고, 어떤 마법이라도 부릴 수 있어요. 그러니 보잘것없는 예심판사가 어디 감히 다른 경우를 짐작이나 하겠습니까, 더구나 역시 인간인지라 늘 그렇듯이 자기 환상에 푹 빠져 있는 자라면요! 그런데 본성이라는 것이 불쌍한 예심판사를 곤경에서 구해주니,

* 1805년 마크 장군이 이끌던 오스트리아 군대가 울름 전투에서 나폴레옹의 군대에 항복한 사건을 말한다.

이거 정말 큰일이지 않습니까! (당신이 아주 재치 있고 절묘하게 표현한 것처럼) '모든 장애를 넘어서려는' 젊은이는 자기 재치에 푹 빠져 이 점은 생각조차 못합니다. 그가 거짓말을 한다 칩시다, 다시 말해 특수한 경우에 해당하는 한 사람이 *몰래* 멋지게, 아주 교활한 방법으로 거짓말을 한다고 말이죠. 승리감에 젖어 자기 재치의 열매를 달콤하게 즐기는 것 같더니, 웬걸, 쿵! 하고 기절해 쓰러지는 겁니다, 그것도 무척이나 흥미롭고 무척이나 난감한 장면에서 말이지요. 병이 있거나 아니면 방안 공기가 숨막혀서거나 뭐 어쨌든 말입니다! 어쨌든 꼬투리를 잡힌 겁니다! 비할 바 없이 기막히게 거짓말을 했지만, 본성은 계산에 넣질 못한 겁니다. 교활하다는 게 고작 여기까지인 거죠! 또다른 경우는 자기 재치에 푹 빠져서 까불대며 자기를 의심하는 사람을 놀려주기 시작합니다, 일부러 장난치듯 창백해지는데, 그게 정말 지나치게 자연스러워서, 지나치게 진짜에 가까워서 다시 꼬투리를 잡힙니다! 처음엔 속일 수도 있겠지만, 상대도 바보가 아니니만큼 밤새 곰곰이 생각하게 되거든요. 글쎄 매번 그 모양인 거죠! 그뿐인 줄 아십니까. 자기가 먼저 앞서나가, 묻지도 않은 곳에 쓸데없이 얼굴을 들이밀고는 쉴새없이 말하기 시작합니다, 차라리 입다물고 있어야 할 것들에 대해 이런저런 암시를 흘려가면서 말이죠, 헤헤! 자기가 먼저 와서 묻기 시작해요. 왜 날 이렇게 오랫동안 잡아가지 않는 거냐? 하고 말이에요, 헤헤헤! 게다가 이런 일은 가장 재기가 뛰어난 사람에게도 일어날 수 있어요. 심리학자라든가, 문학가처럼 말입니다! 본성이라는 거울은, 그 거울은 정말 투명하게 비춰주지요! 그걸 들여다보면서 감탄해보시라, 그겁니다! 그런데 왜 그렇게 창백해지셨나요, 로디온 로마노비치, 답답한가요, 창문을 활짝 열까요?"

"오, 부디 걱정하지 마시죠." 라스콜니코프는 이렇게 외치고는 갑자기 크게 웃음을 터뜨렸다. "걱정 안 하셔도 됩니다!"

포르피리는 그의 맞은편에 멈춰 서서 잠깐 기다리다가 갑자기 그를 따라 크게 웃기 시작했다. 라스콜니코프는 그야말로 발작 같은 웃음을 별안간 뚝 그치고는 소파에서 벌떡 일어났다.

"포르피리 페트로비치!" 그는 다리가 떨려 서 있기도 힘들었지만, 커다란 목소리로 또박또박 말했다. "드디어 확실히 알겠군요, 당신이 노파와 동생 리자베타 살인 사건으로 나에게 큰 혐의를 두고 있다는 걸요. 내 입장을 밝히자면, 이미 오래전부터 이 모든 게 정말 지긋지긋했습니다. 나를 합법적으로 추적할 권리가 있다고 여긴다면, 추적하세요. 체포하려거든 체포하시고요. 하지만 면전에서 날 비웃고 괴롭히는 건 용납하지 않겠습니다."

갑자기 그의 입술이 떨리고, 눈은 광기로 이글거렸으며, 지금까지 억눌러온 목소리가 크게 울리기 시작했다.

"용납하지 않겠습니다!" 그는 주먹으로 있는 힘껏 탁자를 내리치며 갑자기 고함을 쳤다. "듣고 있습니까, 포르피리 페트로비치? 용납하지 않겠다고요!"

"아이고, 맙소사, 왜 또 이러십니까!" 포르피리 페트로비치는 몹시 놀란 듯한 모습으로 비명을 질렀다. "노형! 로디온 로마노비치! 로디멘키! 하느님 맙소사! 대체 왜 이러세요?"

"용납하지 않겠단 말이오!" 라스콜니코프는 다시 한번 고함을 지르려 했다.

"노형, 좀 조용히 하세요! 사람들이 듣고 달려오겠어요! 그럼 그땐 뭐라고 합니까, 생각을 좀 하세요!" 포르피리 페트로비치는 라스콜니코프의 얼굴에 얼굴을 바짝 들이대고 겁에 질려 속삭였다.

"용납하지 않겠어, 용납 안 해!" 라스콜니코프는 기계적으로 반복했지만, 그의 목소리 역시 갑자기 완전히 속삭이듯 변했다.

포르피리는 황급히 몸을 돌리고 창문을 열기 위해 달려갔다.

"환기를 시켜야겠어, 신선한 공기로! 물이라도 마셔보면 어떨까요, 친구, 정말 발작이 일어났군요!" 그는 물을 가져오라고 하려고 문으로 달려가려 했지만, 마침 구석에 물이 담긴 유리병이 있었다.

"노형, 좀 마셔봐요." 그는 물병을 들고 달려들며 속삭였다. "아마 도움이 될 겁니다……" 포르피리 페트로비치의 놀라움과 관심이 너무나 자연스러워서, 라스콜니코프는 입을 다물고 강렬한 호기심으로 그를 찬찬히 살피기 시작했다. 하지만 물을 받아들지는 않았다.

"로디온 로마노비치! 친애하는 친구! 장담컨대, 당신 정말 이러다 미치기라도 하겠어요, 허참! 허어! 좀 마시라니까요! 조금이라도 마셔보세요!"

포르피리는 물이 든 잔을 그의 손에 억지로 들려주었다. 라스콜니코프는 반사적으로 잔을 입술로 들어올리려다가 정신을 차리고는 혐오스럽다는 표정으로 책상에 놓아버렸다.

"맞아요, 우리 경찰서에서도 발작이 일어난 적이 있었죠! 친구, 이러면 예전의 병이 다시 재발할 겁니다." 포르피리 페트로비치는 친구처럼 관심을 가지고 꽥꽥댔지만, 왠지 훨씬 당황한 모습이었다. "아이고! 어쩌려고 이렇게 자신을 돌보지 않는 겁니까? 어제 드미트리 프로코피치도 내게 왔다갔어요. 내 성격이 독하고 더럽다는 거 십분 동의합니다, 동의해요, 하지만 그렇다고 그런 결론을 들고 오다니!…… 아이고! 어제 당신이 가고 나서 그애가 왔죠, 함께 밥을 먹고 얘기를 하고 또 하고, 난 두 손 두 발 다 들었어요. 뭐, 생각해보니…… 아, 이런! 혹시 당신이 보낸 겁니까? 자, 좀 앉으세요, 노형, 제발 좀 앉으십쇼!"

"아닙니다, 내가 시킨 게 아니에요! 하지만 그 친구가 당신에게 다녀갔다는 것과 그런 이유는 알고 있었습니다." 라스콜니코프는 거칠게 대답했다.

"알았다고요?"

"알았어요. 그래서 뭐 어쨌다는 겁니까?"

"어쩌긴요, 뭐, 로디온 로마노비치, 그것보다, 노형, 나는 당신의 업적에 대해 더 많이 알고 있어요. 전부 다 알지요! 당신이 캄캄한 한밤중에 셋집을 구하러 다닌 것도, 종을 울려댄 것도, 피에 대해 물어본 것도, 일하던 사람들과 수위들 혼을 빼놓은 것도 다 알고 있어요. 그 당시 당신의 정신 상태를 이해합니다…… 그렇다 해도 그러다간 정말 미쳐버릴 거예요, 장담합니다! 머리가 돌아버릴 거라고요! 당신 마음속엔 너무나 강한 분노가 들끓고 있어요, 고결한 분노가 말입니다, 모욕을 받았기 때문이죠, 처음엔 운명에게, 나중엔 경찰서에서, 그래서 당신은, 말하자면 모두들 어서 털어놓게 하려고, 그래서 단숨에 모든 걸 끝내려고 이리저리 몸부림치며 다닌 겁니다, 왜냐면 이런 어리석은 일들과 그 모든 의심에 넌더리가 났으니까요. 그렇지 않습니까? 내가 당신 기분을 맞혔지요?…… 다만 당신이 그러면 당신 자신뿐만 아니라, 우리 라주미힌도 돌아버립니다. 당신도 알겠지만 그러기엔 그애는 지나치게 착한 놈이에요. 당신에겐 병이 있고 그애는 착하니 그 병이 그애에게 전염될 수도 있어요…… 노형, 마음이 진정되면 말해드리죠…… 자, 앉으세요, 노형, 제발 부탁입니다! 부디 좀 쉬어요, 얼굴이 말이 아닙니다. 자, 앉으세요."

라스콜니코프는 앉았다. 떨림은 사라졌지만 온몸에서 열이 났다. 그는 경악을 금치 못한 채, 놀라서 다정하게 자신을 보살피는 포르피리 페트로비치의 말을 긴장해서 듣고 있었다. 하지만 이상하게도 그의 말을 믿고 싶은 기분이 들면서도, 단 한 마디도 믿을 수 없었다. 그는 셋집에 대한 포르피리의 예상치 못한 이야기에 완전히 충격에 휩싸였다. '어떻게 이럴 수가, 그러니까, 이 사람이 셋집 사건에 대해 알고 있단 말인가?' 갑자기 이런 생각이 들었다. '게다가 그걸 자기 입으로 말해주다니!'

"그래요, 우리가 다룬 재판 중에 심리학적으로 거의 똑같은 사건이 있었어요, 마찬가지로 병적인 경우였지요." 포르피리는 빠른 어조로 말을 이었다. "그 사람도 자기가 살인 사건의 범인이라고 주장했어요. 어떻게나 고집을 부리던지요. 온갖 환각을 끌어들여 증거로 제시하고 상황을 자세히 설명해서, 모든 것을, 모두를 헷갈리고 혼란스럽게 만들었지요, 그런데 왜 그랬을까요? 지극히 우연한 계기로 그 사람이 살인의 부분적인 원인이 되었던 겁니다, 하지만 그저 일부에 지나지 않았는데, 자신이 살인자에게 동기를 부여했다는 사실을 알고는 괴로워하다 의식이 흐려지면서 자기가 살인자일지도 모른다는 생각을 하기 시작했고, 완전히 삐끗해서 그렇게 확신해버린 겁니다! 결국 원로원에서 사건을 면밀히 조사했고 이 불쌍한 사람에게 죄가 없다는 게 드러나 보호소로 넘겨졌어요. 원로원에 고마울 노릇이죠! 아이고, 나 원 참, 세상에! 대체 그게 뭐하는 짓입니까, 노형? 그러니 그렇게 밤마다 종을 울리고, 피에 대해 묻고 돌아다니며 자기 신경을 자극하다보면 또 열병에 걸릴 수도 있다 이겁니다! 난 일을 하면서 그런 심리를 연구해왔어요. 정말 때로 사람은 그런 감정에 유혹당해 창문이나 종루에서 뛰어내리고 싶어지지요. 종을 울리는 것도 마찬가지고요…… 병이에요, 병, 로디온 로마노비치! 처음부터 당신은 자기 병을 지나치게 무시했어요. 경험 있는 의사와 상담이라도 했으면 좋았을 텐데. 당신네 그 뚱뚱한 의사는 대체 뭘 한 겁니까!…… 당신은 정신이 온전치 않아요! 당신에게 일어나는 그 모든 일은 그저 단 하나, 당신이 제정신이 아니기 때문이지요!……"

한순간 라스콜니코프 주위의 모든 것이 빙글빙글 도는 것 같았다.

'과연, 과연.' 이런 생각이 떠올랐다. '이자는 지금도 거짓말을 하는 걸까? 있을 수 없는 일이야, 있을 수 없어!' 이런 생각이 자신을 얼마나 미치도록 격분시킬지 예감하며, 그렇게 광분해 정말 미쳐버릴지도 모른다는 느낌에, 그는 이 생각을 떨쳐버리려 애썼다.

"정신이 나가서 그런 게 아니었어요, 제정신이었습니다!" 그는 포르피리의 술수를 간파해내기 위해 생각에 온 힘을 집중하며 소리쳤다. "제정신이었어요, 제정신이었다고요! 듣고 있습니까?"

"네, 알겠어요, 듣고 있어요! 당신은 어제도 제정신이라고 말했지요, 정신이 나간 게 아니라고 특히 강조하기까지 했어요! 당신이 무슨 말을 하든 다 이해합니다! 허참!…… 그렇더라도 내 말 좀 들어보세요, 로디온 로마노비치, 부디 이 상황 하나만이라도요, 친절하신 양반. 당신이 실제로 정말 죄를 지었거나, 그 저주스러운 사건에 어떻게든 연루됐다면, 당신 스스로 그 모든 걸 정신이 나가서가 아니라 반대로 멀쩡한 정신으로 했다고 강조하겠습니까? 당치도 않아요. 더구나 그렇게 힘주어, 그렇게 완강히, 힘주어 주장하겠느냐고요, 자, 그게 가능할까요, 가능해요, 그게 말이 됩니까? 내 생각엔 오히려 완전히 반대입니다. 만일 당신이 뭔가 켕기는 게 있다면, 분명 제정신이 아니었다고, 바로 그렇게 주장했어야 합니다! 그렇지 않습니까? 네?"

이 질문에는 교활한 데가 있었다. 라스콜니코프는 자기 쪽으로 몸을 숙이고 있는 포르피리를 피해 소파 등받이 쪽으로 깊숙이 물러난 다음, 의혹에 찬 눈길로 아무 말 없이 뚫어져라 그를 바라보았다.

"라주미힌과 관련된 것도 그렇습니다, 다시 말해 어제 그애가 자기가 알아서 말하러 왔는지, 아니면 당신 사주로 그랬는지 역시 마찬가지 아닙니까? 당신은, 당신이 시켰다는 걸 숨기고, 그애가 알아서 한 일이라고 말했어야 했어요! 하지만 당신은 그것도 감추지 않아요! 당신은 바로 당신이 시켜서 그런 거라고 주장하고 있잖습니까!"

라스콜니코프는 결코 그런 주장을 한 적이 없었다. 등골이 오싹했다.

"계속 거짓말을 하는군요." 그는 병적인 미소로 입술을 일그러뜨리고 천천히 힘없이 말했다. "당신은 내 패를 다 알고 있고, 내가 무슨 대답을 할지 미리 알고 있다고 다시 한번 과시하고 싶은 겁니다." 이미 자신이 무슨 말을 해야 할지 가늠해보지도 않는다는 사실을 느끼며 그는 말했다. "날 겁주고 싶은 거예요…… 아니면 그저 비웃는 거든가……"

이렇게 말하며 그는 계속해서 상대를 뚫어지게 쳐다보았고, 갑자기 한없는 적의가 또다시 그의 눈에 번뜩였다.

"계속 거짓말을 하고 있군요!" 그는 소리쳤다. "숨기지 않아도 되는 것은 가능한 한 숨기지 않는 게 범인에게 가장 좋은 도피법이라는 걸 당신도 아주 잘 알지 않습니까. 난 당신을 안 믿어요!"

"정말 경솔하군요!" 포르피리가 히죽거렸다. "노형, 당신은 정말 다루기 어려운 사람이야. 편집증 같은 게 당신 속에 버티고 앉아 있어요. 그렇게 날 못 믿겠어요? 하지만 말씀드리죠, 당신은 이미 믿고 있어요, 이미 4분의 1아르신은 믿게 됐지요, 1아르신 다 믿을 수 있게 해드리죠, 그건 진심으로 당신을 사랑하고, 진심으로 당신이 잘되길 바라기 때문입니다."

라스콜니코프의 입술이 떨리기 시작했다.

"그래요, 그러길 바라면서, 마지막으로 말씀드리죠." 그는 다정하게 라스콜니코프의 팔꿈치 약간 위쪽을 살짝 잡고서 말을 이었다. "마지막으로 말씀드리지요. 자신의 병을 잘 살피세요. 게다가 지금은 가족들도 와 계시잖습니까. 그분들 생각도 하셔야죠. 그분들이 편안하도록 상냥하게 대해줘야 할 분이 그저 놀래키기만 하니……"

"그게 당신이랑 무슨 상관입니까? 그리고 그걸 어떻게 아는 겁니까? 왜 그렇게 관심이 많은 거요? 그러니까 당신은 내 뒤를 쫓고 있고 그걸 내게 과시하고 싶은 거지요?"

"노형! 사실 다 당신한테서, 당신한테 직접 알아낸 겁니다! 내게도, 그리고 다른 사람들에게도 당신이 먼저 나서서 모조리 말해주고 있으면서도 흥분해서 눈치조차 못 채는군요. 어제 라주미힌, 그러니까 드미트리 프로코피치한테서도 세세하니 흥미로운 것들을 많이 알아낼 수 있었어요. 아니, 지금 또 내 말을 끊는군요, 하지만 말해야겠습니다, 그

번뜩이는 재치에도 불구하고 그놈의 의심 때문에 당신은 사물에 대한 정상적인 판단력마저 잃었어요. 자, 이를테면 다시 그 얘기입니다만, 종만 해도 그렇습니다. 그렇게 귀중한 사실을, 그런 증거를(정말 완벽한 증거지요!) 당신에게 기꺼이 말해주지 않았습니까, 예심판사인 내가 말입니다! 그런데도 거기서 뭔가 느껴지는 게 없습니까? 내가 당신을 조금이라도 의심했다면 그렇게 행동했겠습니까? 반대로 처음엔 당신의 의심이 무뎌지게, 내가 그 사실을 이미 안다는 걸 모르게 했어야지요. 그렇게 당신 신경을 반대편에 쏠리게 했다가, (당신 표현에 따르자면) 느닷없이 도끼뿔로 정수리를 내리치듯 혼을 빼놓았어야지요. '선생, 밤 열시경, 또는 열한시가 다 된 시각에 살해된 노파의 집에서 뭘 했지요? 어째서 종을 울렸습니까? 피에 대해서는 왜 물어봤습니까? 어째서 수위들 정신을 빼놓고 경찰서로 가자는 둥, 경찰서 중위에게 가자는 둥 하며 불러낸 겁니까?' 내가 눈곱만큼이라도 당신에게 의심을 품었다면 바로 그렇게 했어야 합니다. 모든 형식을 갖추어서 당신 진술을 확보하고, 집을 수색하고, 그래요, 어쩌면 당신을 체포했을 수도 있지요…… 그러지 않았다는 건, 그건 당신을 의심하지 않는다는 뜻입니다! 되풀이해서 말하지만, 당신은 정상적인 판단력을 상실했어요, 그러니 아무것도 못 보는 거죠!"

라스콜니코프는 온몸을 부들부들 떨었고, 포르피리 페트로비치도 그걸 아주 분명히 알 수 있었다.

"당신은 계속 거짓말을 하고 있어요!" 그는 외쳤다. "당신 목적이 뭔지는 모르지만, 계속 거짓말을 하고 있어…… 방금 전 당신은 그런 의미로 말하지 않았어요, 절대로 내가 잘못 들은 게 아닙니다…… 거짓말을 하고 있단 말입니다!"

"내가 거짓말을 한다고요?" 포르피리는 이렇게 말을 받았는데, 보아하니 열받은 것 같았지만, 아주 명랑하고 비웃는 듯한 표정을 유지하면서 라스콜니코프가 자신에 대해 어떻게 생각하든 전혀 아랑곳하지 않는 것 같았다. "내가 거짓말을 해요?…… 자, 방금 내가 당신에게 어떻게 행동했습니까, (예심판사인 내가 말입니다.) 직접 그 모든 심리학을 끌어다주며 당신이 스스로를 방어할 온갖 수단을 직접 암시해주고 알려주지 않았습니까? '병 때문이다, 제정신이 아니다, 모욕을 당해서 그렇다, 우울증과 경찰서 사람들 때문이다' 기타 등등요. 그렇지 않습니까? 헤헤헤! 말 나온 김에 말씀드리죠, 하긴 이것들은 이 모든 심리적 방어수단이나 변명, 핑계는 지극히 근거가 부족한 것으로, 양날의 칼 같은 겁니다. '병이 나서 제정신이 아니었고, 환각과 헛것을 보았고, 기억이 안 납니다'라고 늘 말하는 법이지요, 하지만, 노형, 병이 나 정신이 혼미할 때는 도대체 왜 다른 것도 아니고 꼭 그런 헛것이 보일까요? 다른 게 보일 수도 있잖아요? 그렇지 않습니까? 헤헤헤헤!"

라스콜니코프는 경멸의 눈빛으로 오만하게 그를 쳐다보았다.

"한마디로," 그는 몸을 일으켜 포르피리를 조금 밀어내며 커다란 목소리로 고집스럽게 말했다. "한마디로, 내가 알고 싶은 건 이겁니다. 당신은 내가 혐의에서 완전히 자유롭다고 인정하는 겁니까, 아닙니까? 말해보세요, 포르피리 페트로비치, 확실히, 최종적으로, 지금 당장, 어서 말해보시라고요!"

"그런 임무를 내리시다니! 당신도 거참!" 포르피리는 아주 명랑하고 교활하고 조금도 걱정하지 않는 듯한 표정으로 외쳤다. "왜 그걸 알려고 합니까, 왜 그렇게 많은 걸 알려 하세요, 아직 당신을 괴롭힐 생각은 조금도 안 하고 있는데요! 정말이지 꼭 어린애 같군요. 손에 불을 쥐여 달라는 격이에요! 그리고 왜 그렇게 불안해하시죠? 왜 이렇게 자청해서 우리에게 졸라댑니까, 무슨 이유로요? 네? 헤헤헤!"

"다시 말씀드리죠." 라스콜니코프는 격분해서 소리질렀다. "더는 참을 수 없습니다……"

"뭘요? 말 안 해주는 걸요?" 포르피리가 말을 가로챘다.

"날 조롱하지 마십시오! 싫습니다!…… 싫다고 하지 않습니까!…… 참을 수도 없고, 참고 싶지도 않아요!…… 듣고 있습니까! 듣고 있냐고요!" 그는 다시 한번 주먹으로 탁자를 내리치며 외쳤다.

"좀 조용히 하세요, 조용히! 다 듣겠어요! 진지하게 경고하는데, 조심하시오. 농담 아닙니다!" 포르피리가 속삭이듯 말했는데, 지금 그의 얼굴엔 종전의 아낙 같은 선량함이나 놀란 표정은 이미 사라지고 없었다. 오히려 지금 그는 모든 비밀과 모호함을 단숨에 부숴버릴 듯, 눈썹을 찌푸리고 엄격하게, 말 그대로 명령했다. 그러나 단지 찰나에 불과했다. 당황한 라스콜니코프는 돌연 진짜로 미칠 듯한 흥분 상태에 빠졌다. 하지만 이상한 일이었다. 발작하듯 맹렬한 광기에 휩싸였으면서도 그는 조용히 하라는 명령에 다시 순종했다.

"날 괴롭히도록 내버려두지 않을 거요!" 그는 갑자기 아까처럼 속삭이기 시작했지만, 명령에 복종하지 않을 수 없는 자신을 순간 고통스럽고 증오스럽게 자각했고, 그로 인해 한층 더 미칠 것 같았다. "나를 체포하시오, 내 집을 수색하시오, 하지만 형식을 갖춰서 하시오, 날 가지고 장난하지 말란 말입니다! 감히……"

"형식은 걱정하지 마시라니까요." 포르피리는 아까처럼 교활하게 비웃는 표정으로, 심지어 재미있어하면서 즐기듯 라스콜니코프를 바라보며 말을 가로챘다. "노형, 난 지금 당신을 편하게 초대한 겁니다, 완전히 친구처럼요!"

"당신의 우정 따위는 원하지 않아요, 그깟 거 침이라도 뱉어드리지! 아시겠어요? 자, 난 이제 모자를 집어들고 가겠습니다. 자, 체포할 생각이라면 이제 뭐라고 할 셈이지?"

그는 모자를 움켜쥐고 문 쪽으로 걸어갔다.

"그런데 깜짝 놀랄 만한 선물 하나 구경하지 않으시겠습니까?" 포르피리는 다시 한번 라스콜니코프의 팔꿈치 조금 위쪽을 잡고서 문 옆에 멈춰 세우며 히죽거렸다. 그는 갈수록 더 명랑해지고 까불거리는 것처럼 보였고, 이것이 결정적으로 라스콜니코프를 격분시켰다.

"깜짝 선물이라니요? 그게 뭡니까?" 그는 우뚝 멈춰 서서 소스라치게 놀란 얼굴로 포르피리를 쳐다보며 물었다.

"깜짝 선물이 저기 내 방 문 뒤에 앉아 있지요, 헤헤헤!" (그는 관사로 통하는 칸막이 같은 벽에 난 닫힌 문을 손가락으로 가리켰다.) "도망가지 못하도록 자물쇠로 잠가놓았어요."

"뭡니까? 어디 말이에요? 뭐요?……" 라스콜니코프는 문으로 다가가 열어보려 했지만, 잠겨 있었다.

"잠가놨다니까요, 열쇠는 여기 있어요!"

그러고는 정말로 주머니에서 열쇠를 꺼내 보여주었다.

"다 거짓말이야!" 더는 참지 못하고 라스콜니코프가 울부짖기 시작했다. "거짓말이야, 이 저주받을 어릿광대 같으니라고!" 문 쪽으로 뒷걸음질치기는 했지만 겁먹은 기색이라고는 조금도 없는 포르피리에게 그가 달려들었다.

"난 전부 다, 다 알고 있어!" 그는 포르피리에게 덤벼들었다. "네놈은 거짓말을 하며 날 조롱하는 거야, 내가 정체를 드러내도록……"

"노형, 이미 더는 드러낼 정체도 없지 않습니까, 로디온 로마노비치. 정말 잔뜩 흥분하셨군요. 소리치지 마세요, 사람을 부르겠습니다!"

"거짓말이야, 아무 일도 없을 거면서! 사람들을 불러봐! 네놈은 내가 아프다는 걸 알고, 날 미치도록 자극해서 스스로 정체를 폭로하게 만들려는 거야, 그게 네 목적이지! 아니, 그딴 짓 말고 증거를 내놔! 난 다 알아! 네놈에겐 증거가 없어, 단지 허술하고 보잘것없는 추측만 할 뿐이지, 자메토프처럼 말이야!…… 네놈은 내 성격을 알고 있어, 날 미치도록 흥분시킨 다음, 난데없이 신부들이나 위원들을 불러들여 내 혼을 빼놓으려는 거야…… 그 작자들을 기다리고 있나? 엉? 뭘 기다리는 거냐고? 어디 있어? 내놔!"

"이 판국에 무슨 위원 타령입니까, 노형! 상상력도 대단하십니다그려! 이런 식이라면 당신 말대로 형식을 갖춰 일을 처리하는 것도 불가능하겠군요, 이봐요, 당신은 일을 잘 몰라요…… 하지만 형식은 도망가지 않으니 직접 알게 될 거요!……" 포르피리는 문 쪽으로 귀를 기울이며 중얼거렸다.

이때 정말로 문 바로 옆방에서 소란스러운 소리가 들렸다.

"아, 오는군!" 라스콜니코프는 외쳤다. "네놈이 저들을 불렀어!…… 네놈은 저 사람들을 기다린 거야! 다 계산해두었겠지…… 자, 싹 다 이리로 데려와. 위원이든 증인이든, 원하는 건 뭐든지…… 어서! 난 준비됐어! 준비됐다고!……"

그러나 이때 이상한 일이 벌어졌는데, 일의 통상적인 흐름에 비춰볼 때 너무 뜻밖의 일인지라, 당연히 라스콜니코프도, 포르피리 페트로비치도 그런 결말은 전혀 예상치 못했다.

## 6

나중에 이 순간을 기억할 때 라스콜니코프에게는 모든 것이 다음과 같은 모습으로 떠올랐다.

문 뒤편에서 들리던 소음이 갑자기 확 커지더니 문이 조금 열렸다.

"뭐야?" 포르피리 페트로비치가 화를 내며 소리쳤다. "내가 미리 일러뒀을 텐데……"

잠시 아무 대답이 없었지만, 문 뒤에 몇 사람이 서서 누군가를 미는 것 같았다.

"거기 대체 무슨 일이야?" 포르피리 페트로비치는 불안해하며 되풀이해 물었다.

"죄수를 데려왔어요, 니콜라이요!" 누군가의 목소리가 들렸다.

"안 돼! 저리 데려가! 기다리라고 해!…… 그놈이 왜 여길 기어들어와! 뭐가 이렇게 어수선한 거야!" 포르피리는 문으로 달려들며 외쳤다.

"근데 이 사람이……" 같은 목소리가 또 뭐라 말하려다가 돌연 잠잠해졌다.

이 초도 채 지나지 않아 진짜 싸움이 벌어졌다. 갑자기 누군가가 어떤 사람을 억지로 밀쳐내는가 싶더니, 그 뒤를 이어 얼굴이 아주 창백한 사내가 포르피리 페트로비치의 사무실로 쑥 발을 내디뎠다.

이 남자의 모습은 한눈에 보기에도 아주 이상했다. 앞을 똑바로 바라보고 있었지만, 아무도 보지 않는 것 같았다. 눈에는 단호함이 번득였지만, 동시에 얼굴은 꼭 사형장에 끌려온 듯했고 죽은 사람처럼 온통 창백했다. 완전히 하얗게 질린 입술은 희미하게 떨리고 있었다.

그는 아직 아주 젊었으며, 평민 같은 옷차림에 키는 보통이었고, 약간 여윈 체격에 머리를 둥글게 잘랐는데 뚜렷한 이목구비는 초췌해 보였다. 엉겁결에 그에게 떠밀린 사람이 제일 먼저 그 뒤를 따라 방으로 달려들어와서는 용케 그의 어깨를 잡았다. 호송병이었다. 하지만 니콜라이는 팔을 빼내 다시 한번 그에게서 빠져나갔다.

호기심을 느낀 몇몇 사람이 문으로 몰려들었다. 그들 중 어떤 사람들은 안으로 들어오려고 용을 썼다. 지금 묘사한 이 모든 일은 거의 순식간에 일어났다.

"데려가, 아직 일러! 부를 때까지 기다리라고!…… 대체 왜 이렇게 빨리 저놈을 데려온 거냐?" 포르피리 페트로비치는 머리끝까지 화가 나 어찌할 바를 모르며 중얼거렸다. 그런데 갑자기 니콜라이가 무릎을 꿇었다.

"너, 뭐야?" 포르피리가 기겁하며 고함을 질렀다.

"죄를 지었어요! 제가 저지른 짓입니다! 제가 죽였어요!" 니콜라이는 숨을 조금 헐떡이며, 그러나 충분히 커다란 목소리로 불쑥 말했다.

모두 망연자실한 가운데, 십 초 정도 침묵이 흘렀다. 호송병마저도 한 발 움찔 물러나 더는 니콜라이에게 다가가려 하지 않고 반사적으로 문 쪽으로 뒷걸음쳐서는 꼼짝 않고 서 있었다.

"그게 무슨 소리야?" 퍼뜩 정신을 차리며 포르피리 페트로비치가 외쳤다.

"제가…… 살인자입니다……" 니콜라이는 잠시 침묵했다가 같은 말을 반복했다.

"어떻게…… 네놈이…… 어떻게…… 누굴 죽였단 말이지?"

포르피리 페트로비치는 당황한 것 같았다.

니콜라이는 다시 한번 잠깐 침묵했다.

"알료나 이바노브나와 그 동생 리자베타 이바노브나를, 제가…… 죽였습니다…… 도끼로요. 제정신이 아니었습니다……" 그는 이렇게 불쑥 덧붙인 다음 다시 입을 다물었다. 여전히 무릎을 꿇고 있었다.

포르피리 페트로비치는 잠시 서서 곰곰 생각하는가 싶더니, 갑자기 다시 퍼뜩 정신을 차리고 손을 내저어 청한 적 없는 목격자들을 쫓아냈다. 그들은 순식간에 사라졌고, 문이 닫혔다. 그러자 그는 구석에 선 채 놀라서 니콜라이를 바라보고 있는 라스콜니코프를 보고 그에게 가려다 갑자기 멈춰 서서, 그를 보다가 곧 니콜라이에게로 눈길을 돌렸고 다시 라스콜니코프를 보다가 또 니콜라이를 보더니, 갑자기 뭐에 홀린 사람처럼 다시 니콜라이에게 덤벼들었다.

"제정신이 아니었다니, 네놈이 먼저 선수를 치려는 거냐?" 그는 거의 악에 받쳐서 그에게 소리질렀다. "네놈이 제정신이었는지 아닌지 아직 묻지도 않았다…… 말해봐. 네놈이 죽였다고?"

"제가 죽였어요…… 진술할게요……" 니콜라이가 말했다.

"에-에잇! 그래, 뭘로 죽였어?"

"도끼로요. 미리 준비해뒀어요."

"에잇, 서두르기는! 혼자서?"

니콜라이는 질문을 이해하지 못했다.

"혼자서 죽였냐고?"

"혼자서 그랬어요. 미티카는 죄가 없어요, 전혀 상관 없어요."

"미티카에 대해서도 서두를 거 없어! 에-에잇!……

그럼 어째서 그런 거지, 왜 그때 계단에서 뛰어내려왔느냔 말이야? 수위들이 너희 둘을 봤다던데?"

"관심을 돌리려고 그랬어요…… 그래서 그때…… 미티카랑 달려나갔어요." 니콜라이는 미리 할말을 준비한 듯 황급히 대답했다.

"내 그렇게 말할 줄 알았다!" 포르피리는 악에 받쳐 외쳤다. "저놈이 하는 말은 자기 얘기가 아니야!" 그는 혼잣말처럼 중얼대다가 갑자기 다시금 라스콜니코프의 존재를 깨달았다.

니콜라이에게 너무 정신이 팔려 한순간 심지어 라스콜니코프에 대해서도 잊은 모양이다. 그제야 문득 정신을 차리고는 당황하기까지 한 것이다……

"로디온 로마노비치, 노형! 죄송합니다." 그는 라스콜니코프에게 달려들었다. "이래서는 안 되는데. 자…… 당신은 이제 볼일이 없으시니…… 나도 그렇고…… 보시다시피 깜짝 놀랄 일이라!…… 자!……"

그러고는 라스콜니코프의 팔을 잡고 문을 가리켰다.

"보아하니 이런 일이 벌어지리라고는 예상 못하셨나봅니다?" 물론 아직 아무것도 확신할 수 없었지만, 이미 상당히 기운을 회복한 라스콜니코프가 말했다.

"네, 당신도 예상 못했나보군요, 노형. 아니, 저 손 떨리는 것 좀 보게!"

"그러는 당신도 떨고 있군요, 포르피리 페트로비치."

"네, 떨리네요. 워낙 예상 못한 일이라!……"

그들은 이미 문가에 서 있었다. 포르피리는 라스콜니코프가 나가주길 안절부절못하며 기다렸다.

"그런데 깜짝 선물은 안 보여주는 겁니까?" 라스콜니코프가 불쑥 말했다.

"아직 입속에서 이를 덜덜 떨면서도 그리 말씀하십니다그려, 헤헤! 참 비꼬기 좋아하는 분이셔! 자, 다음에 봅시다."

"내 생각엔 이대로 안녕인 거 같은데요!"

"하느님이 인도하시는 대로 되겠지요, 하느님이 인도하시는 대로!" 포르피리는 일그러진 미소를 지으며 중얼거렸다.

라스콜니코프는 사무실을 지나며 많은 사람들이 자신을 유심히 쳐다보는 것을 눈치챘다. 현관에 모인 사람들 가운데서 그는 그 건물의 수위 두 명, 그가 그날 밤 경찰서로 가자고 불러냈던 그들을 알아볼 수 있었다. 그들은 뭔가를 기다리며 서 있었다. 계단으로 막 나서려는데 갑자기 뒤에서 포르피리 페트로비치의 목소리가 다시 들렸다. 몸을 돌리자 그가 온통 숨을 헐떡이며 자신을 쫓아오는 것이 보였다.

"하나만 더요, 로디온 로마노비치. 그 밖의 다른 모든 일이야 하느님이 이끄시는 대로 되겠지만, 그래도 형식을 갖춰 뭔가 물어볼 일이 생길지도 모르겠습니다…… 그러니 그때 또 뵙죠, 그럽시다."

그러고 나서 포르피리는 미소를 지으며 그의 앞에 멈춰 섰다.

"그럽시다." 포르피리가 다시 한번 덧붙였다.

그는 뭔가 또 하고 싶은 말이 있는데, 차마 꺼내지 못하는 것 같았다.

"포르피리 페트로비치, 방금 전 일은, 죄송합니다…… 제가 좀 흥분을 해서." 이미 완전히 기운을 차린 라스콜니코프는 거드름을 피우고 싶은 욕망을 억누르지 못하고 말을 시작하려 했다.

"괜찮습니다, 괜찮아요……" 포르피리는 기쁜 듯 말을 받았다. "나도 마찬가지입니다…… 독한 성격이라, 미안합니다, 용서하십시오! 자, 그럼 또 봅시다. 하느님이 인도하신다면 반드시, 반드시 그렇게 되겠지요!……"

"그러면 서로를 완전히 알게 될까요?" 라스콜니코프가 말을 받았다.

"서로 완전히 알게 될 겁니다." 포르피리 페트로비치는 맞장구를 치고는, 눈을 가늘게 뜨고 아주 진지한 표정으로 그를 쳐다보았다. "이제 영명축일 잔치에 가시는 거지요?"

"장례식입니다."

"아참, 그렇지, 장례식이지! 건강 조심하세요, 건강이요……"

"제 쪽에서는 무엇을 빌어드려야 할지 모르겠군요!" 이미 계단을 내려가기 시작한 라스콜니코프가 갑자기 다시 포르피리에게 몸을 돌리며 말을 받았다. "더 큰 성공을 빌어드리죠, 그런데 보시다시피 당신 일이란 게 참으로 희극적이다보니!"

"희극적이라니, 뭐가요?" 역시 자리를 뜨려고 몸을 돌리려던 포르피리 페트로비치가 바로 솔깃해하며 귀를 기울였다.

"뻔한 거 아닙니까, 미콜카가 자백하기 전까지 당신은 분명 그 가엾은 사람을 못살게 괴롭혔겠지요, 심리학적으로, 당신 방식으로 말이에요. 틀림없이 밤이나 낮이나 '네가 살인자다, 네가 살인자야……' 이렇게 들이댔을 겁니다. 그런데 정작 이제 그 사람이 자백을 하니, 당신은 다시 그 사람을 뼈 마디마디가 노골노골해지도록 괴롭히기 시작하는군요. '거짓말이야, 넌 살인자가 아니야! 네가 그랬을 리 없어! 네가 하는 말은 네 얘기가 아니야!' 이러면서요. 자, 이러니 어떻게 희극적이지 않다 하겠습니까?"

"헤헤헤! 내가 방금 니콜라이에게 '저놈이 하는 말은 자기 얘기가 아니야'라고 한 걸 들으셨군요?"

"어떻게 안 듣겠어요?"

"헤헤! 재치가 넘치십니다, 넘쳐요. 모든 걸 알아차리시니! 정말 익살스러운 지성이로군요! 그것도 가장 희극적인 지점을 걸고넘어지시다니…… 헤헤! 작가 중에 그런 방면으로 최고인 사람이 고골이라고들 하지요?"

"네, 고골이 그렇지요."

"그래요, 고골이 그렇습니다…… 그럼 다시 만날 때까지 잘 지내십쇼."

"잘 지내세요……"

라스콜니코프는 곧장 집으로 돌아왔다. 너무나 혼란스럽고 당혹스러워 집에 돌아와 소파에 몸을 던지고도 십오 분가량 아무것도 하지 않고서 그저 잠깐이라도 생각에 집중해보려 애쓰며 그냥 앉아 쉬었다. 니콜라이에 대해서는 생각조차 못했기에, 큰 충격을 받은 것이다. 니콜라이의 고백에는 설명되지 않는 놀라운 뭔가가 있었고, 그것은 지금으로서는 그가 도저히 이해할 수 없는 것이었다. 하지만 니콜라이의 자백은 실제 일어난 사실이었다. 이 사실이 어떤 결과를 가져올지는 이내 분명해졌다. 거짓은 드러나지 않을 수 없으며, 그때가 되면 그들은 다시 그에게 달려들 것이다. 하지만 최소한 그때까지 그는 자유로우며, 위험을 피할 수는 없을 테니 그동안 자신을 위해 뭐든 반드시 해놓아야 한다.

하지만 얼마나 위험한 걸까? 상황이 명확해지기 시작했다. 방금 전에 포르피리와 있던 모든 일을 대강 대략적으로 떠올려보면서 그는 공포로 다시 한번 몸을 떨지 않을 수 없었다. 물론 아직 포르피리의 목적을 전부 알아내진 못했고, 방금 전 그의 속셈도 전부 이해하지는 못했다. 하지만 그가 벌이고 있는 판이 부분적이나마 드러났고, 포르피리가 이 판에서 움직이는 '패'가 그에게 얼마나 끔찍한 것인지를 그보다 더 잘 이해할 수 있는 사람은 당연히 아무도 없었다. 조금만 더 나갔다면 그는 자신을 사실상 완전히 드러낼 수도 있었다. 첫눈에 그를 꿰뚫어보고 제대로 간파한 포르피리는 그의 병적인 성격을 알아보고, 비록 너무 단호하기는 했지만, 그래도 그에 거의 합당하게 행동했다. 라스콜니코프가 방금 전에도 이미 톡톡히 창피를 맛보긴 했지만, 그럼에도 아직 증거라 할 만한 건 내주지 않았다는 점에는 논쟁의 여지가 없다. 이 모든 건 아직 상대적일 뿐이다. 하지만 과연 그런가, 모든 게 그가 지금 이해한 그대로인가? 착각하고 있는 건 아닐까? 오늘 포르피리는 과연 어떤 결론에 도달했을까? 그는 정말로 오늘 뭔가를 준비해놓았던 걸까? 그렇다면 대체 그건 뭘까? 정말로 그는 뭔가 기다리고 있던 걸까, 아닐까? 니콜라이 때문에 예기치 못한 파국에 이르지 않았다면, 오늘 그들은 대체 어떻게 헤어졌을까?

포르피리는 자신의 패를 거의 다 보여주었다. 물론 모험을 한 것이겠지만 그래도 보여주었고(라스콜니코프에게는 줄곧 그렇게 느껴졌다), 만일 정말로 그에게 뭔가 더 있었다면 그것도 보여주었을 것이다. 그 '깜짝 선물'이란 뭘까? 그냥 조롱이었나? 뭔가 의미가 있었던 걸까, 아닐까? 그 속에 기소할 만한 결정적인 증거 같은 것이 숨어 있던 건 아닐까? 어제 그 사람인가? 그 사람은 대체 어디로 사라져버렸나? 오늘 그는 어디 있었을까? 만일 포르피리에게 뭔가 결정적인 게 있다면 그건 물론 어제 그 사람과 관련된 거겠지……

그는 고개를 아래로 떨구고는 무릎에 팔을 괴고 두 손으로 얼굴을 감싼 채 소파에 앉아 있었다. 여전히 온몸이 신경질적으로 떨렸다. 마침내 그는 일어나 모자를 들고 잠시 생각한 다음 문 쪽으로 향했다.

어쩐지 최소한 오늘만은 거의 확실하게 안전하다 여겨도 되겠다는 예감이 들었다. 갑자기 마음속에 기쁨이라 할 만한 감정이 느껴졌다. 어서 빨리 카테리나 이바노브나에게 가고 싶었다. 물론 장례식에는 늦었지만, 추도식에는 시간에 맞춰 갈 수 있을 테고, 거기 가면 이제 소냐를 보게 될 것이다.

그는 멈춰서 잠시 생각했고, 입술에는 고통스러운 미소가 번졌다.

"오늘이야! 오늘!" 그는 혼잣말로 반복했다. "그래, 오늘이야! 그래야 해……"

문을 열려는 순간 갑자기 문이 저절로 열렸다. 그는 흠칫 몸을 떨며 뒤로 껑충 물러났다. 문이 천천히, 조용히 열리더니 갑자기 누군가의 모습이 나타났다. 땅에서 솟은 듯했던 어제 그 사람이다.

그 사람은 문지방에 멈춰 서서 아무 말 없이 라스콜니코프를 바라보다가 방안으로 걸음을 내디뎠다. 어제와 똑같이, 똑같은 모습에, 똑같은 옷을 입고 있었지만, 표정과 눈빛은 사뭇 달랐다. 지금은 어쩐지 슬퍼 보였고, 잠깐 멈춰 서더니 깊은 한숨을 내쉬었다. 손바닥을 뺨에 가져다 대고 고개를 갸웃하기만 하면, 영락없이 아낙네 같았을 것이다.

"무슨 일입니까?" 라스콜니코프는 죽은 사람처럼 창백하게 질려 물었다.

그 사람은 잠시 침묵하더니 느닷없이 거의 바닥에 닿도록 몸을 깊이 숙여 절을 했다. 최소한 오른쪽 손가락은 바닥에 닿았을 정도였다.

"뭐하는 겁니까?" 라스콜니코프가 소리쳤다.

"잘못했습니다." 그 사람이 조용히 말했다.

"뭘 말입니까?"

"나쁜 생각을 품었어요."

두 사람은 서로를 바라보았다.

"화가 났어요. 그때 당신이 와서 술기운인지는 몰라도 수위들에게 경찰서에 가자고 하고 피에 대해서 물어보는데도, 취한 사람이라고 당신을 그냥 내버려두는 게 화가 났어요. 너무 화가 나서 잠도 못 잤습니다. 그래서 주소를 기억해내고는 어제 여기 와서 물어본 겁니다……"

"누가 왔다고요?" 순간적으로 기억을 더듬으며 라스콜로니코프가 말을 가로챘다.

"그러니까 제가요, 당신을 화나게 했지요."

"그럼 당신은 그 집에서 온 거요?"

"네, 그때 거기 정문 옆에서 그 사람들하고 같이 서 있었는데, 기억 안 나세요? 저희는 오래전부터 거기서 수공업일을 하고 있습니다. 모피 다듬는 일을 하는 소시민인데, 그 집에서 작업을 하고 있어요…… 무엇보다 화가 난 건……"

그러자 갑자기 라스콜니코프에게 그저께 정문 근처에서 있었던 일이 전부 선명하게 떠올랐다. 그때 거기에 수위 말고도 남자가 몇 명 더 있었고, 여자들도 있었던 게 생각났다. 그는 자신을 곧장 경찰서로 데려가자고 주장했던 사람의 목소리를 떠올렸다. 말한 사람의 얼굴이 기억나지 않으니, 지금은 알아볼 수도 없지만, 그때 자기가 그에게 뭔가 대답까지 하며 몸을 돌렸던 것이 기억났다……

그러니까 바로 이렇게 어제의 그 모든 공포가 해결된 것이다. 이렇게 아무것도 아닌 일로 하마터면 정말 파멸할 수도, 스스로를 파멸시킬 수도 있었다는 생각이 다른 어떤 것보다도 끔찍했다. 그러니까 셋집을 빌리려고 한 것과 피에 대해 얘기를 나눈 것 말고는 이 사람이 해줄 수 있는 얘기는 아무것도 없는 셈이다. 그러니까 포르피리 역시 아무것도, 아무것도 없으며, 그런 헛소리 말고는 아무런 증거도 없고, 양날의 칼 같은 심리학을 제외하고는 결정적인 것은 아무것도 없다는 얘기다. 그러니 만일 더이상 어떤 증거도 나타나지 않는다면(이제 더는 나타나서는 안 된다, 안 돼, 안 돼!), 그러면…… 그러면 그들이 그에게 무슨 짓을 할 수 있단 말인가? 체포한다 한들 결정적으로 무엇으로 그의 정체를 폭로할 수 있단 말인가? 그렇다면 포르피리도 겨우 지금에서야, 고작 방금 전에야 셋집에 대해 알게 된 것이고, 그전까진 몰랐던 것이다.

"제가 다녀간 일을 오늘 포르피리에게 말한 사람이…… 당신이군요?" 그는 갑작스러운 생각에 충격을 받아 외쳤다.

"포르피리요?"

"예심판사 말입니다."

"제가 말했습니다. 그때 수위들이 안 가길래 제가 갔지요."

"오늘요?"

"당신이 오기 바로 전에요. 그래서 그 사람이 당신을 얼마나 괴롭히는지 다 들었어요, 전부 다요."

"어디서요? 뭘 말입니까? 언제요?"

"바로 거기서요, 그 사람 방 칸막이 뒤에 쭉 앉아 있었거든요."

"뭐라고요? 그럼 당신이 바로 그 깜짝 선물이었단 말입니까? 어떻게 이런 일이 있을 수 있지? 말도 안 돼!"

"제가 보니," 소시민이 말을 시작했다. "수위들은 제 말을 듣고도 가려고 하지를 않더라고요, 너무 늦었다느니, 어쩌면 제때 안 왔다고 경찰서에서 화를 낼지도 모른다느니 하면서요, 덕분에 화가 치밀어 잠도 못 잘 지경이었어요, 그래서 직접 알아보기 시작했습니다. 어제 알아내서 오늘 갔습니다. 첫번째 갔을 때는 그 사람이 없더라고요. 한 시간쯤 있다 갔더니 부르지를 않고요, 세번째 가서야 들여보내 주더라고요. 있던 일을 그대로 다 보고했더니 그 사람이 방에서 겅중겅중 뛰고 자기 가슴을 주먹으로 치면서 이렇게 말했어요. '이 날강도 같은 놈들, 너희 지금 나랑 뭐하자는 거야? 그런 일을 진작 알았더라면 호송병이랑 함께 가서 그자를 잡아들였을 텐데!' 그러더니 밖으로 뛰쳐나가서는 누군가를 불러와 구석에서 쑥덕거리다가, 다시 제게 이것저것 물으며 욕을 퍼붓기 시작했어요, 엄청 혼내더군요. 제가 그 사람에게 낱낱이 고했습니다, 어제 내 말을 듣고 당신이 감히 아무 대답도 못하더라, 날 알아보지도 못하더라고요. 그랬더니 그 사람이 다시 겅중겅중 뛰어다니며 자기 가슴을 연신 치고, 화를 내다가 뛰어다니다가 하더니만, 당신이 왔다고 알려주니까, 자, 칸막이 너머로 가서 무슨 소리를 듣더라도 꼼짝 말고 앉아 있어, 이렇게 말하고는 제게 손수 의자를 가져다주고는 거기 가둬버렸지요. 어쩌면 널 부를지도 몰라, 그러면서요. 그런데 사람들이 니콜라이를 데려오니까, 당신이 간 뒤 저도 내보냈습니다. 널 또 소환해서 다시 물어볼 것이다, 그러면서요……"

"근데 당신이 있는 데서 니콜라이에게 캐묻던가요?"

"당신을 내보내고 저도 바로 내보냈어요, 그러고는 니콜라이를 심문하기 시작했지요."

소시민은 잠시 말을 멈췄다가 갑자기 또 손이 바닥에 닿도록 절을 했다.

"모함을 하고 나쁜 마음을 품었던 걸 용서해주십시오."

"하느님이 용서하실 겁니다." 라스콜니코프는 대답했고, 소시민은 그가 이렇게 말하자마자 이번엔 땅에 닿을 정도는 아니었지만 허리께까지 푹 숙여 절을 한 뒤 천천히 몸을 돌려 방에서 나갔다. '모든 건 양날의 칼이다, 이제 모든 게 양날의 칼이야.' 라스콜니코프는 이렇게 되뇌고는 그 어느 때보다 활기찬 모습으로 방에서 나갔다.

"이제 다시 싸워보자." 그는 계단을 내려가며 적의에 찬 냉소를 머금고 말했다. 하지만 적의는 자기 자신을 향한 것이었다. 그는 자신의 '소심함'을 떠올리고는 경멸과 수치심을 느꼈다.

# 제5부

## 1

두네치카와 풀헤리야 알렉산드로브나와 함께 운명적인 해명의 시간을 가진 다음날 아침, 표트르 페트로비치는 마치 술에서 깬 것 같은 느낌이 들었다. 가장 불쾌했던 것은, 어제까지만 해도 환상에 가까운, 그래서 이미 일어나긴 했지만 여전히 있을 수 없는 일로 여겼던 사건을, 이제는 돌이킬 수 없이 끝나버린 사실이라고 차츰 받아들일 수밖에 없었다는 점이다. 상처 입은 자존심이 시커먼 뱀처럼 밤새 그의 심장을 빨아댔다. 침대에서 일어나자마자 표트르 페트로비치는 거울부터 들여다보았다. 밤새 울화가 독처럼 퍼진 건 아닐까? 싶어 겁이 났던 것이다. 하지만 그 점에서는 아직 아무 탈이 없었으며, 최근 살이 조금 오른 고상하고 뽀얀 자기 얼굴을 본 표트르 페트로비치는 순간 위안을 얻었고, 어딘가 다른 곳에서, 그렇다, 어쩌면 더 순결한 약혼녀를 찾을 수 있을 거라는 확신에 차기까지 했다. 하지만 이내 정신을 차리고는 옆으로 세게 침을 탁 뱉었고, 그 모습을 보고 동거인인 젊은 친구 안드레이 세묘노비치 레베쟈트니코프는 아무 말 없이 냉소를 지었다. 표트르 페트로비치는 그것을 눈치채자마자 그 미소를 이 젊은 친구에 대한 마음속 장부에 달아두었다. 최근에 그는 이 친구와 관련해 이미 많은 것을 장부에 달아두었다. 문득 어제의 결말을 안드레이 세묘노비치에게 어제 괜히 말해줬다는 생각이 들자 악감정은 두 배가 되었다. 흥분하고 화가 나서 지나치게 마음을 털어놓은 것, 그것이 그가 어제 저지른 두 번째 실수였다…… 이뿐만 아니라 공교롭게도 오늘 아침에는 모든 일에서 불쾌한 소식이 꼬리에 꼬리를 물었다. 원로원에서도 그가 공들여온 일이 성사되지 않았다는 소식이 기다리고 있었다. 곧 있을 결혼에 대비해 세를 얻고 자기 돈을 들여 꾸미고 있던 집의 주인이 특히 속을 썩였다. 집주인은 돈을 많이 모은 독일인 수공업자였는데, 이제 막 치른 계약을 절대로 물러주려 하지 않았고, 표트르 페트로비치가 거의 새거나 다름없이 꾸며놓은 집을 돌려준다는데도 계약서에 적힌 위약금을 전부 요구했다. 가구점도 마찬가지여서, 사기는 했지만 아직 집으로 옮기지도 않은 가구의 선금으로 지불한 금액 중 단 1루블도 돌려주려 하지 않았다. '가구 때문에 일부러 결혼할 수는 없지 않느냔 말이다!' 표트르 페트로비치는 속으로 이를 부득부득 갈았고, 동시에 머릿속에 다시 한번 필사적인 희망이 어른거렸다. '과연 정말로 이 모든 일이 돌이킬 수 없이 완전히 끝장난 걸까? 정말로 다시 한번 시도해볼 수는 없을까?' 두네치카에 대한 생각이 다시 유혹하듯 그의 심장을 콕콕 찔러댔다. 그는 고통스럽게 이 순간을 견뎌냈는데, 만일 지금 소원을 비는 것만으로 라스콜니코프를 죽일 수 있었다면 당연히 표트르 페트로비치는 지체 없이 그렇게 소원을 빌었을 것이다.

'그것 말고도, 내가 두 사람에게 한푼도 안 준 것도 실수였어.' 그는 침통한 심정으로 레베쟈트니코프의 좁아터진 방으로 돌아가며 생각했다. '제길, 뭐 때문에 그렇게 유대인처럼 굴었을까? 다른 계산이 있었던 것도 아닌데! 그저 실컷 고생 좀 시켜서 마치 하느님 보듯 날 보게 할 생각이었을 뿐인데, 그런데 떠나버리다니!…… 쳇!…… 그래, 내가 만일 그동안 가령, 지참금이나 선물 명목으로 크노프 상점이나 영국 상점에서* 갖가지 보석함, 휴대용 화장품 가방, 홍옥수, 옷감 같은 온갖 잡동사니를 사라고 1천5백 루블이라도 줬다면 일이 더 깔끔하게, 그리고…… 확실히 처리되었을 텐데! 이제 와서 그렇게 쉽게 날 거절하지도 못했을 테고! 거절하게 되면 받은 선물이나 돈은 꼭 돌려줘야 한다고 생각하는 족속이긴 하지만, 돌려주기 힘들뿐더러 아까울 거 아냐! 게다가 양심에도 걸렸을 거야. 지금껏 그렇게 돈을 아끼지 않고 세심하게 대해준 사람을 어떻게 갑자기 몰아내겠어?…… 흠! 내가 실수했다!' 그러고는 표트르 페트로비치는 다시 한번 이를 득득 갈며 자신이 멍청했음을 인정했다. 물론 속으로 말이다.

이런 결론에 도달한 그는 집을 나설 때보다 심기가 두 배는 더 사나워지고 화가 난 상태로 돌아왔다. 카테리나 이바노브나의 방에서 추도식 준비가 한창인 것이 잠깐 호기심을 끌기는 했다. 이미 어제 이 추도식에 대해 듣긴 들었다. 자기도 초대받은 것 같은 기억도 났다. 하지만

* 크노프는 넵스키 거리에 있던 잡화점의 주인이다. 영국 상점은 말라야 밀리온나야 거리에 있던 잡화점으로, 갖가지 외국 상품을 주로 취급했다.

자기 문제로 바빠 다른 일은 전부 아무 관심 없이 지나친 터였다. 카테리나 이바노브나가 집을 비운 사이(그녀는 묘지에 있었다) 음식이 차려지는 식탁 근처에서 분주하게 움직이고 있는 립페베흐젤 부인에게 서둘러 물어본 결과, 추도식이 성대하게 진행될 것이고 거의 모든 세입자가 초대받았는데, 그들 중에는 심지어 고인을 모르는 사람도 있고, 카테리나 이바노브나와 싸운 적이 있음에도 불구하고 안드레이 세묘노비치 레베쟈트니코프마저 초대받았으며, 마지막으로 표트르 페트로비치 자신 역시 초대받았을 뿐 아니라, 모든 세입자 중 가장 중요한 손님이다시피 하기 때문에 와주기를 조바심 내며 몹시 기대하고 있다는 사실을 알게 되었다. 아말리야 이바노브나 역시 예전의 그 모든 불쾌한 일에도 불구하고 대단히 정중하게 초대를 받았기 때문에 지금 거의 쾌감까지 느끼면서 주인 행세를 하며 부산을 떨고 있었고, 한술 더 떠서 상복이긴 하지만 새로 지은 실크 드레스로 한껏 멋을 내고서 자태를 뽐내고 있었다. 이 모든 사실과 정보를 통해 표트르 페트로비치는 어떤 생각을 떠올렸고, 그 생각에 잠긴 채 자기 방, 즉 안드레이 세묘노비치 레베쟈트니코프의 방으로 갔다. 문제는 초대받은 사람들 중에 라스콜니코프도 있다는 걸 역시 알게 됐다는 데 있었다.

어쩐 일인지 안드레이 세묘노비치는 오늘 아침 줄곧 집에 있었다. 표트르 페트로비치는 이 사람과 기묘하면서도 또 어떤 점에서는 당연하기도 한 관계를 맺고 있었다. 표트르 페트로비치는 그의 방에 살게 된 거의 바로 그날부터 지나치게 그를 경멸하고 미워했지만, 동시에 그를 좀 두려워하는 것 같기도 했다. 페테르부르크에 도착한 후 표트르 페트로비치가 그의 집에 머문 것은, 물론 돈을 아끼려는 인색함이 아마 가장 큰 이유일 테지만, 단지 그것 때문만이 아니라 다른 이유도 있었다. 아직 지방에 있을 때 예전 자신의 피후견인이던 안드레이 세묘노비치에 대해 들은 적이 있었는데, 그가 가장 선도적인 청년 진보주의자 중 하나이며, 심지어 어떤 흥미롭고 전설적인 단체에서 상당한 역할을 하고 있다는 얘기였다. 이 사실에 표트르 페트로비치는 충격을 받았다. 이미 오래전부터 표트르 페트로비치는 모든 것을 알고, 모두를 경멸하며, 모두를 폭로하는 바로 그런 강력한 단체들을 특별하지만 아주 막연한 공포를 느끼며 두려워해왔다. 물론 아직 지방에 있었기 때문에 이런 유에 대한 정확한 개념을 대략적으로라도 스스로 정립할 수는 없었다. 모두들 그런 것처럼 그 역시, 특히 페테르부르크에 무슨 진보주의자니 허무주의자니 폭로자니 하는 것들이 존재한다는 말을 듣긴 했지만, 많은 사람들이 그러듯이 그런 명칭의 의미와 가치를 터무니없을 정도로 과장하고 왜곡해서 받아들였다. 지난 몇 년간 그가 무엇보다 두려워한 것은 폭로였는데, 이것이야말로 그가 늘상 느끼는 과장된 불안의 가장 주된 근거였으며, 자신의 활동 영역을 페테르부르크로 옮기겠다는 꿈을 갖게 된 후로는 특히 그랬다. 이런 관계로 그는 어린아이들이 때로 놀라 겁을 먹듯이 소위 말해 놀라 겁을 먹고 있었던 것이다. 몇 년 전 지방에서 출세를 위한 길을 막 꾸려나가던 당시, 그는 그때까지 자신이 추종해왔고 후원도 받았던 현의 유력인사가 가혹한 폭로를 당한 경우를 두 번 목격했다. 첫번째 경우는 폭로당한 인사가 톡톡히 망신을 당하는 선에서 끝났지만, 두번째는 꽤나 성가신 결과로 번질 뻔했다. 바로 그런 이유로 표트르 페트로비치는 페테르부르크에 오자마자 곧장 뭐가 문제인지 알아보고, 필요하다면 만일을 대비해 미리 선수를 쳐 '우리 젊은 세대'에게 아첨을 해놓아야겠다고 결심한 것이다. 그런 경우에 대비해 그는 안드레이 세묘노비치에게 기대를 걸고 있었고, 당장 라스콜니코프를 방문했을 때도 다른 사람이 말한 유명한 구절을 대충이나마 읊을 수 있게 미리 익혀놓았다……

물론 그는 안드레이 세묘노비치가 극도로 속물이고 우둔한 사람이라는 걸 금방 알아챌 수 있었다. 하지만 이것이 표트르 페트로비치의 생각을 조금이라도 돌려놓거나 용기를 북돋아주지는 못했다. 심지어 모든 진보주의자가 다들 이렇게 멍청하다고 확신하게 되었다 해도 그의 불안은 사그라들지 않았을 것이다. 사실 그 모든 학설, 사상, 체계(안드레이 세묘노비치는 이것들로 그에게 덤벼들었다)에는 아무런 관심도 없었다. 그에게는 자기만의 목적이 있었다. 그저 어서 빨리, 지체 없이 알아내야만 했다. 거기서 무슨 일이 어떻게 벌어지고 있는가? 그 사람들은 힘이 있나, 없나? 그가 실제로 두려워할 만한 뭔가가 있을까, 없을까? 만일 그가 여기서 뭔가를 도모한다면 그들은 폭로할까, 폭로하지 않을까? 만일 폭로한다면 대체 뭘 가지고 할까, 그리고 지금은 무엇을 폭로하고 있을까? 그뿐만이 아니다. 만일 그들에게 정말로 힘이 있다면 어떻게든 그들에게 아첨해서 좀 속여먹을 수는 없을까? 그래도 될까, 안 될까? 이를테면 바로 그들을 수단으로 삼아 출세를 도모해볼 수는 없을까? 한마디로 수백 가지 질문이 그의 앞에 놓여 있는 것이다.

안드레이 세묘노비치는 체액이 부족해서 임파선 종양을 앓는 사람으로, 어디 관청에선가 근무한 적이 있고, 키가 작고 이상할 정도로 색이 옅은 금발이었으며, 커틀릿 모양의 구레나룻을 기르고 있었는데 이 수염을 몹시 자랑스러워했다. 이외에도 그는 거의 항상 눈병을 앓고 있었다. 마음은 꽤 여렸지만 말을 아주 자신만만하게 해서 때로는 극도로 건방져 보이기도 했는데, 이것이 그의 겉모습과 대조를 이뤄 거의 항상 사람들의 웃음을 자아냈다. 그래도 아말리야 이바노브나 집에서는 꽤 존경받는 세입자에 속했는데, 이유인즉슨 술을 많이 마시지도 않았고 방세도 제때 지불했기 때문이다. 이 모든 자질에도 불구하고 안드레이 세묘노비치는 정말로 좀 멍청했다. 그가 진보와 '우리 젊은 세대'에 합류한 것은 열정 때문이었다. 그는 속물, 병약한 조산아, 모든 걸 어설프게 배운 고집쟁이로 이루어진 헤아릴 수 없이 많고 다양한 무리 중 한 사람으로, 이들은 한창 유행하는 사상에 순식간에 딱 들러붙어 그것을 금세 저속하게 만들고, 이따금은 자기들이 아주 진실한 마음으로 봉사하는 것마저 전부 순식간에 희화해버리곤 하는 자들이었다.

한편 레베쟈트니코프가 아주 착한 사람이긴 했지만, 그 역시 자신의 동거인이자 예전 후견인인 표트르 페트로비치를 견디는 게 점점 힘들어지기 시작했다. 이 상황은 어찌된 일인지 우연히도 서로 쌍방간에 일어났다. 아무리 우둔하다 해도 안드레이 세묘노비치는 표트르 페트로비치가 자기를 속이고 있고 남몰래 경멸하고 있으며, '사람이 보기와는 영 다르다'는 걸 조금씩 알아차리게 되었다. 그가 푸리에의 체계와 다윈의 이론을 설명해주려 했지만, 표트르 페트로비치는 특히 요즘 들어 왠지 지나치게 냉소적인 태도로 이런 이야기를 듣기 시작했고, 아주 최근에는 욕까지 하기 시작했다. 레베쟈트니코프가 저속하고 우둔한 사람일 뿐만 아니라 어쩌면 거짓말쟁이일 수도 있으며, 자기네 단체에서 상당한 연줄을 갖고 있기는커녕 제삼자의 말을 주워듣는 형편에 불과하다는 사실을 표트르 페트로비치가 본능적으로 꿰뚫어보기 시작했다는 게 문제였다. 이뿐만이 아니었다. 지나치게 횡설수설하는 것으로 보아 어쩌면 자기가 선전하는 일도 제대로 알지 못하는 것 같으니, 정말이지 어딜 봐서 그가 폭로자가 된단 말인가! 말이 나온 김에 잠깐 지적하자면, 표트르 페트로비치는 이 일주일 반 동안 (특히 초반에) 안드레이 세묘노비치가 해대는 괴상망측하기 이를 데 없는 칭찬들을 기꺼이 받아들였는데, 다시 말해 반박하지 않고 잠자코 있었는데, 그 칭찬이란 그가 장차 메샨스카야 거리 어딘가에 새로운 코뮌이 조속히 건설되도록* 기꺼이 도와줄 사람입네 하는 식이었다. 또 가령 두네치카가 결혼한 달 만에 정부情夫를 두려 한대도 기꺼이 방해하지 않을 사람입네 하는 식이었다. 또 장차 태어날 아이들도 기꺼이 세례를 받지 않게 할 사람입네 어쩌네 해댔다. 전부 이런 식이었다. 표트르 페트로비치는 언제나처럼 자신에게 부여된 그런 자질에 반박하지 않았고, 그렇게라도 자신을 칭찬하도록 내버려두었다. 그 정도로 그는 칭찬이라면 뭐든 사족을 못 쓰는 사람이었다.

무슨 이유에서인지 이날 아침 표트르 페트로비치는 5부 이자가 붙은 채권 몇 장을 교환해와서는 탁자에 앉아 지폐와 채권 다발을 세고 있었다. 돈을 가져본 적이 별로 없는 안드레이 세묘노비치는 방안을 서성이며 이 돈다발을 무심하게, 심지어 멸시하는 눈길로 쳐다보는 척했다. 표트르 페트로비치는 예컨대 안드레이 세묘노비치가 이런 돈을 실제로 무심히 쳐다볼 수 있으리라고는 결코 믿지 않았을 것이다. 반면 안드레이 세묘노비치는 실제로 표트르 페트로비치도 자신을 그렇게

---

* 푸리에 유의 공상적 사회주의와 체르니셰프스키의 『무엇을 할 것인가』의 영향으로, 당시 러시아에는 진보적 젊은이들의 공동체가 우후죽순 생겨났다.

생각할 수도 있으며, 더 나아가 어쩌면 늘어놓은 지폐 다발로 자신이 아무것도 아니라는 사실과 두 사람 사이에 커다란 간극이 존재한다는 사실을 상기시켜 젊은 친구를 자극하고 조롱하며 기쁨을 느낄지도 모른다는 생각에 씁쓸해졌다.

안드레이 세묘노비치는 그 앞에서 자기가 좋아하는 주제인 새롭고 독특한 '코뮌' 설립에 대해 이야기를 늘어놓으려다가, 그가 이번엔 전에 없이 신경질적이고 부주의하다는 사실을 발견했다. 주판알을 튕기는 사이사이 표트르 페트로비치가 뱉어내는 짤막한 반박과 지적에는 아주 명백한 조롱과 의도적인 무례함이 배어 있었다. 하지만 '박애적인' 안드레이 세묘노비치는 표트르 페트로비치의 기분을 어제 있던 두네치카와의 결별 탓으로 돌렸고, 어서 빨리 자기 주제를 끄집어내고 싶은 욕망에 불탔다. 그는 그 일과 관련해 존경스러운 친구에게 위로가 되면서, 앞으로의 발전에 '의심의 여지 없이' 보탬이 될 만한, 진보적이고 선전할 가치가 있는 의견을 가지고 있었다.

"거기 그…… 과부네서 여는 추도식은 뭐지?" 가장 흥미로운 대목에서 안드레이 세묘노비치의 말을 가로채며 표트르 페트로비치가 느닷없이 물었다.

"꼭 모르는 것처럼 말씀하시네요. 어제 그 주제로 얘기하다가 그 모든 의식儀式에 대한 제 사상까지 풀어 설명해드렸잖아요…… 게다가 그 과부가 당신도 초대했다고 들었는데요. 어제 직접 그 여자하고 얘기하시고선……"

"돈 한푼 없는 그 멍청한 여자가 역시나 멍청한…… 라스콜니코프에게서 받은 돈을 몽땅 추도식에 처박을지 정말 몰랐어. 방금 지나오다가 깜짝 놀랐다니까. 그렇게나 준비를 하다니, 술도 있고!…… 몇 명씩이나 초대도 하고, 대체 뭐하는 짓거린지 모르겠군!" 무슨 속셈이라도 있는지, 표트르 페트로비치는 대화를 그쪽으로 유도하며 계속 꼬치꼬치 캐물었다. "뭐라고? 나도 초대했다고?" 그는 고개를 치켜들며 불쑥 이렇게 덧붙였다. "그게 대체 언제였지? 기억이 안 나는데. 아무튼 난 안 가. 거기 가서 뭐 어쩌라고? 난 어제 지나는 길에 그 여자에게 관리의 가난한 미망인으로서 일시적인 보조금 형식으로 연금을 받을 수 있을지 모른다고 말해준 것뿐이야. 설마 그것 때문에 날 초대한 건 아니겠지? 헤헤!"

"저도 안 갈 생각이에요." 레베쟈트니코프가 말했다.

"당연하지! 자기 손으로 때려놓고선. 양심에 찔릴 만하지, 헤헤헤!"

"누가 때렸다고 그러세요? 누구를요?" 레베쟈트니코프는 갑자기 당황하며 얼굴까지 빨게졌다.

"자네가, 카테리나 이바노브나를, 한 달 전에 그랬잖아! 어제 들었다고…… 바로 그게 자네들의 신념이란 거지!…… 그러니 여성 문제도 엉망이 된 거야. 헤헤헤!"

그러고는 표트르 페트로비치는 기분이 좀 나아진 듯 다시 주판을 튕기기 시작했다.

"다 터무니없는 중상모략이에요!" 그 이야기가 나오는 것을 언제나 두려워하는 레베쟈트니코프가 발끈했다. "전혀 그런 게 아니었어요! 그건 다른 문제예요…… 잘못 들으신 겁니다. 헛소문이에요! 전 그때 단지 방어한 것뿐이에요. 그 여자가 먼저 손톱을 세우고 달려들었다고요…… 그 여자가 내 구레나룻을 죄다 잡아뜯었다니까요…… 모든 사람이 자신의 인격을 보호하도록 허용되었으면 합니다. 게다가 누구든 폭력을 행사하는 건 용납할 수 없어요…… 원칙적으로요. 그건 거의 전제주의나 마찬가지니까요. 제가 어떻게 했어야 했나요. 그 여자 앞에 그냥 서 있어야 했을까요? 전 그 여자를 단지 밀쳐냈을 뿐입니다."

"헤헤헤!" 루진은 계속 심술궂게 웃었다.

"화가 나고 심사가 뒤틀리니까 저한테 시비를 거시는군요…… 그건 말도 안 되는 헛소리고, 여성 문제와는 아무, 아무 상관도 없어요! 당신은 잘못 이해하고 계세요. 전 심지어 이렇게 생각해왔어요, 만일 여성이 남성과 모든 점에서, 힘에서조차 동등하다고 여긴다면(이미 그렇다고들 주장하지요), 그러니까 이런 점에서도 평등해야 한다고 말입니다. 물론 본질적으로 그런 문제가 있어서는 안 된다는 생각이 나중에 들기는 했어요, 주먹다짐 같은 건 있어서는 안 되니까요, 그리고 미래의 사회에서 주먹다짐은 상상할 수 없는 거고요…… 또 주먹다짐에서 평등을 찾는다는 건 당연히 이상한 얘기지요. 저도 그렇게 멍청하지는 않습니다…… 어쨌든 주먹다짐이 있긴 하니까…… 그러니까 나중엔 없어진다 해도 지금은 아직 있으니까…… 쳇! 제기랄! 당신하고 있으면 횡설수설하게 된다니까요! 전 그런 불쾌한 일이 있었기 때문에 추도식에 가지 않으려는 게 아닙니다. 그저 원칙에 따라 안 가는 겁니다, 추도식이라는 추악한 편견에 가담하고 싶지 않아서요, 단지 그뿐입니다! 하긴 그냥 비웃어줄 거라면 갈 수도 있겠죠…… 그런데 사제들이 안 온다니 유감이군요. 만약 온다면 반드시 갈 텐데."

"그러니까 남의 잔치에 가서 침을 뱉겠단 말이군, 초대해준 사람들에게도 마찬가지로 말이야. 그런가?"

"꼭 침을 뱉겠다는 게 아니라 항의하겠다는 겁니다. 유익한 목적으로요. 간접적으로 발전과 선전을 도모할 수 있고요. 인간은 누구나 발전시키고 선전할 의무가 있어요, 어쩌면 과격할수록 좋을지도 모르죠. 사상의 씨앗을 뿌린다고 할 수 있어요…… 이 씨앗에서 사실이 자라납니다. 그 사람들에게 모욕이 될 게 뭐가 있습니까? 처음엔 모욕당했다고 여길 수도 있겠지만, 나중에는 제가 이익을 가져다주었다는 걸 그들도 알게 될 겁니다. 테레비예바라는 여자가 있었는데(지금은 코뮌에 몸담고 있지요), 집을 뛰쳐나와서…… 어떤 남자에게 몸을 맡기고는, 편견 속에 살고 싶지 않으니 자유결혼을 하겠다고 어머니와 아버지께 편지를 썼는데, 우리 중에서도 이게 아버지 세대에겐 지나치게 가혹한 일 아니냐, 부모님이 마음을 다치지 않도록 좀 살살 쓸 수도 있지 않았느냐 하고 그 여자를 비난하려는 사람이 있었어요. 전 그 모든 게 헛소리라고 생각합니다, 살살 대할 필요는 전혀 없어요, 오히려, 반대로, 바로 항의해야지요. 바렌츠라는 여자는 남편과 칠 년을 살다가, 두 아이도 버리고서 편지로 단칼에 남편과 인연을 끊어버렸습니다. '당신과는 행복할 수 없다는 걸 알았어요. 코뮌이라는 다른 방식의 사회조직이 존재한다는 걸 숨기고 날 속이다니 당신을 절대 용서하지 않을 거예요. 얼마 전 어떤 관대한 사람을 통해 이 모든 걸 알게 됐고, 그 남자에게 몸을 맡겼고 그 사람과 함께 코뮌을 일궈나갈 거예요. 솔직하게 말하는 건 당신을 속이는 게 명예롭지 못하다고 여기기 때문이에요. 당신이 원하는 대로 사세요. 하지만 내 마음을 돌릴 수 있다고는 기대하지 마세요, 너무 늦었으니까요. 행복하길 바랄게요.' 그런 종류의 편지는 바로 이렇게 쓰는 겁니다!"

"한데 그 테레비예바라는 여자가, 자네가 그때 세번째 자유결혼 상태라고 했던 바로 그 여자 아닌가?"

"제대로 따지자면 다해서 겨우 두번째지요! 하긴, 네번째라 한들, 열다섯번째라 한들 다 헛소리지만! 제가 부모님이 돌아가신 걸 안타깝게 여길 때가 있다면 그건 당연히 지금입니다. 그분들이 아직 살아 계셨다면 항의를 해서 얼마나 그분들 속을 태웠을지, 몇 번이나 꿈꾸어보곤 했으니까요! 일부러라도 그렇게 했을 텐데⋯⋯ 이건 뭐, '썰려나간 빵조각' 신세니, 칫! 부모님께 보여드렸을 텐데! 그분들을 놀라 자빠지게 해드렸을 텐데! 정말이지 아무도 안 계셔서 유감입니다!"

"놀라 자빠지게 한다고? 헤헤! 뭐, 그건 자네 마음대로 하든가." 표트르 페트로비치가 말을 가로챘다. "그건 그렇고, 자네, 저 돌아가신 양반의 딸을 잘 알지, 그 빼빼 마른 아가씨 말이야! 사람들이 그 아가씨에 대해 말하는 게 정말 사실인가, 응?"

"대체 뭐가 말입니까? 제 생각엔, 그러니까 제 개인적인 신념에 따르면, 그건 여자에게는 가장 정상적인 상태이기도 합니다. 왜 아니겠습니까? 다시 말해 *구분하자는 겁니다*. 물론 현재 사회에서 그게 완전히 정상은 아니지요, 왜냐면 강요된 거니까요, 하지만 미래엔 완전히 정상적인 게 될 겁니다, 자유로울 테니까요. 사실 지금도 그녀는 권리를 가졌어요. 고통을 받긴 했지만 그건 그녀의 자산, 소위 말해 충분히 그녀 마음대로 처분할 권리가 있는 자본인 거죠. 물론 미래 사회에서는 자산이 필요 없을 겁니다. 하지만 그녀의 역할은 조화롭고 이성적인 조건 아래 다른 의미를 갖게 되겠지요. 소피아 세묘노브나 개인과 관련해서라면, 현재 저는 그녀의 행동을 사회조직에 대한 힘찬 항의의 구현으로 보고 있으며, 이러한 이유로 그녀를 깊이 존경하고 있습니다. 그녀를 보고 있노라면 기쁘기까지 합니다!"

"그런데 그 아가씨를 이 집에서 쫓아내는 데 자네도 한몫했다고 하던데!"

레베쟈트니코프는 아예 길길이 날뛰었다.

"그것 역시 헛소문입니다!" 그가 울부짖었다. "결코, 결코 그런 게 아니었어요! 절대 그렇지 않단 말입니다! 그건 다 그때 카테리나 이바노브나가 아무것도 모르면서 꾸며댄 거라고요! 전 결코 소피야 세묘노브나에게 집적거리지 않았어요! 전 그저 아무 사심 없이, 그녀를 정신적으로 발전시키고 저항심을 북돋아주려 애썼을 뿐이에요…… 제겐 단지 항의가 필요했을 뿐이고, 소피야 세묘노브나 스스로가 더는 여기 이 집에 머무를 수 없었던 겁니다!"

"코뮌으로 불러내기라도 하셨나, 엉?"

"계속 비웃으시지만, 아무 소용 없다는 걸 지적하고 싶군요. 당신은 아무것도 이해 못하고 계세요! 코뮌에 그런 역할은 없습니다. 코뮌은 그런 역할을 없애기 위해 만드는 것이기도 합니다. 코뮌에서는 그런 역할이 현재의 본질 자체를 싹 바꿀 거고, 그래서 여기서는 어리석은 것이 거기서는 현명한 것이 되고, 현재 이곳 상황에서 부자연스러운 것이 거기서는 완전히 자연스러운 일이 될 겁니다. 모든 것은 인간이 어떤 상황과 어떤 환경에 처해 있느냐에 달렸습니다. 모든 것이 환경에 달려 있고, 인간 자체는 아무것도 아닙니다. 제가 소피야 세묘노브나와 지금도 사이좋게 지낸다는 점이야말로, 그녀가 저를 적이나 자기를 모욕한 사람으로 여긴 적이 한 번도 없다는 증거가 되겠군요. 맞습니다! 지금 저는 그녀를 코뮌에 끌어들이려 하고 있어요, 하지만 전혀, 전혀 다른 이유에서일 뿐입니다! 뭐가 우스우시죠? 우리는 단지 우리만의 독자적인 코뮌을 예전보다 더 광범위한 기반 위에서 꾸려가고자 할 뿐입니다. 우리는 우리 신념을 더 멀리 끌고 갔어요. 우리는 더 많은 걸 부정합니다! 도브롤류보프*가 무덤에서 벌떡 일어난다면, 전 그 사람하고도 논쟁할 겁니다. 벨린스키**는 추방해버렸을걸요! 당분간 전 소피야 세묘노브나를 계속 발전시킬 겁니다. 그녀는 아주 고운, 아주 고운 성품을 가졌어요!"

"그러니까 그 고운 성품까지 이용해먹겠다, 그건가? 헤헤!"

"아니요, 아닙니다! 오, 아니에요! 그 반대라고요!"

"그러니까 반대라는 거군! 헤헤헤! 말로야 뭘 못해!"

"좀 믿어주세요! 제가 뭣 때문에 당신 앞에서 숨기려 하겠습니까, 말씀 좀 해보시죠? 오히려 정작 저 자신도 이상할 정도입니다. 저와 함께 있으면 그녀는 왠지 힘이 잔뜩 들어가 겁을 집어먹고 숫처녀처럼 부끄러워하거든요!"

"당연히 그러니까 자네가 발전시켜주고 있잖나…… 헤헤! 그 모든 부끄러움이 다 어리석은 거라고 그 아가씨에게 증명해주고 있잖아?……"

"절대 아니에요! 절대 아닙니다! 오, 어쩌면 그렇게 천박하게, 심지어 어쩌면 그렇게 어리석게, 죄송합니다만, 발전이란 말을 이해하시는 겁

* 19세기 러시아 문학비평가이자 혁명적 민주주의 진영의 지도자.

** 19세기 러시아 문학비평가. 러시아 근대문학 비평의 초석을 놓은 사람이자, 러시아 인텔리겐차의 아버지로 평가받는다.

니까! 당신은 아-무것도 이해 못하시는군요! 오, 맙소사, 당신은 어쩌면 그렇게 아직도…… 준비가 안 돼 있나요! 우리는 여성의 자유를 추구하는데, 당신 머릿속엔 그저…… 순결이나 여성의 수치심에 대한 문제는 그 자체로 무익하고 심지어 편견에 사로잡힌 것이니 전혀 개의치 않지만, 그녀와 있을 때는 그녀의 순결을 전적으로, 전적으로 존중합니다, 왜냐면 그건 전부 그녀의 의지이고, 그녀의 권리니까요. 물론 그녀가 먼저 저한테 '난 당신을 갖고 싶어요'라고 한다면, 아주 운이 좋구나, 그런 생각이 들겠지요, 그 아가씨가 제 맘에 쏙 드니까요. 하지만 현재로서는, 적어도 현재로서는 그녀를 저보다 더 정중하고 예의바르게 대하며, 그녀의 장점을 저보다 더 존중하는 사람은 당연히 결코 아무도 없습니다…… 저는 기다리면서 기대하고 있어요. 단지 그뿐입니다!"

"차라리 뭐라도 선물해주지 그래. 자네가 그런 건 생각조차 못했을 거라는 데 내기를 걸지."

"말씀드렸지만 당신은 저-언혀 이해 못하시는군요! 물론 그녀의 상황이 그렇긴 하지만 그건 다른 문제예요! 전혀 다른 문제입니다! 당신은 그녀를 그저 경멸할 뿐이에요. 당신은 경멸해 마땅하다고 잘못 판단한 사실들만 보면서, 인간이라는 존재를 박애적 관점에서 보기를 이미 거부하고 계십니다. 그녀가 어떤 성품을 지녔는지 당신은 아직 모르시잖아요! 단지 너무나 화가 나는 건, 최근 그녀가 왠지 책 읽는 걸 아예 그만두고 제게서 더이상 책을 빌려가지 않는다는 사실이에요. 전에는 빌려갔거든요. 또 한 가지 안타까운 건 저항할 수 있는 그 모든 에너지와 결단력에도 불구하고, 이미 그녀는 그걸 한 번 증명해 보였는데도요, 아직도 여전히 그녀에게는 자립심이, 다시 말해 독립성이 부족한 것 같고 부정 정신도 부족하다는 점입니다, 어떤 편견과…… 어리석음을 완전히 떨쳐버리기에는 말이죠. 어떤 문제들은 아주 잘 이해하는데도요. 예를 들어, 그녀는 손에 키스하는 문제, 그러니까 남자가 여자 손에 키스하는 건 남자가 여자를 불평등한 관계로 여겨 모욕하는 거라는 점을 훌륭하게 이해했어요. 우리 단체에서 이 문제를 토론에 부친 적이 있어서, 제가 바로 그녀에게 얘기해줬거든요. 프랑스 노동자조합 얘기도 주의깊게 듣더군요. 요즘은 미래 사회에서 남의 방에 자유롭게 들어가는 문제*에 대해 설명해주고 있습니다."

"그건 또 뭔가?"

"최근 이런 문제를 토론에 부쳤지요. 코뮌의 회원이, 그게 남자든 여자든, 다른 회원의 방에 아무때나 드나들 권리가 있느냐 하는 문제입니다…… 그럴 권리가 있다고 결론이 났지요……"

"근데 마침 그때 그 남자, 혹은 그 여자가 불가피한 욕구를 채우는 중이면 어쩌나, 헤헤!"

안드레이 세묘노비치는 화까지 내고 말았다.

"당신은 줄곧 그 얘기만, 그 빌어먹을 '욕구' 얘기만 하시는군요!" 그가 증오에 가득차 외쳤다. "쳇, 그때 당신에게 체계를 설명하면서 그 빌어먹을 욕구를 섣부르게 언급한 게 얼마나 울화통이 터지고 화가 나는지 모르겠네요! 제기랄! 당신 같은 사람들에겐 늘 그게 걸림돌이에요, 무슨 일인지 알아보기도 전에 먼저 조롱부터 하니까요! 그런데다 자기

* 체르니솁스키의 소설 『무엇을 할 것인가』에서 언급된 내용을 희화화하고 있다.

들이 옳은 줄 알죠! 뻐기기나 하고! 쳇! 제가 몇 번이나 주장했는지 모릅니다, 이 문제를 초보자에게 설명하는 건 맨 마지막에, 그 사람이 체계에 확신을 가졌을 때, 그 사람이 충분히 계발되어 방향성을 갖게 된 다음에나 가능하다고요. 게다가 말씀 좀 해보시지요, 시궁창이라 해서 뭐 그렇게 창피스럽거나 경멸할 것만 있겠습니까? 전 제일 먼저 나서서 어떤 시궁창이라도 청소할 준비가 되어 있습니다! 여기에 자기희생 따위는 없어요! 여기엔 단지 노동이, 고귀하고 사회에 유익한 활동이 있을 뿐이죠, 다른 어떤 활동 못지않은 가치를 지닌, 아니 이를테면 라파엘로나 푸시킨 같은 이들의 활동보다 훨씬 더 값어치 있는 일이에요, 왜냐면 더 유익하니까요!"

"게다가 더 고상하지, 더 고상해, 헤헤헤!"

"'더 고상하다'라는 게 뭡니까? 인간 활동을 정의한다는 의미에서라면 전 그런 표현을 이해할 수 없어요. '더 고상하다'거나 '더 관대하다'거나 하는 모든 말은 다 헛소리고 어리석으며 낡고 편견에 가득찬 것들로, 전 그걸 부정합니다! 인류에 유익한 것은 모두 고상하기도 합니다! 전 오로지 유익하다!라는 단어 하나만 이해합니다. 맘대로 헤헤거리세요, 하지만 사실이 그렇습니다!"

표트르 페트로비치는 엄청나게 웃어댔다. 그는 이미 셈을 마치고 돈도 잘 넣어두었다. 하지만 어째서인지 일부는 그대로 탁자에 남겨둔 채였다. 이 '시궁창 문제'는, 정말 저속하기 짝이 없는데도, 벌써 여러 번 표트르 페트로비치와 그의 젊은 친구 사이에서 불화와 반목의 원인이 되었다. 가장 어처구니없는 점은 안드레이 세묘노비치가 진심으로 화를 냈다는 것이다. 반면 루진은 이런 상황을 즐겼고, 지금은 특히 레베쟈트니코프를 골려주고 싶어했다.

"당신은 어제 낭패를 당한 일로 심사가 뒤틀려 트집을 잡으시는 거예요." 대체로 레베쟈트니코프는 자신의 온갖 '독립심'과 '항의'에도 불구하고 왠지 표트르 페트로비치에게는 감히 반기를 들지 못했고, 그 앞에서는 여전히 지난 세월 몸에 밴 고분고분한 태도를 계속 지켜왔는데, 그런 레베쟈트니코프의 입에서도 결국 이런 말이 튀어나오고 말았다.

"됐으니까 대답이나 하나 해주지 그래." 거만한 태도로 짜증을 내며 표트르 페트로비치가 말을 잘랐다. "해줄 수 있겠나…… 아니, 이렇게 말하는 게 낫겠군. 방금 전에 언급한 그 젊은 아가씨와 정말로 그렇게 가까운 사이라면, 지금 잠깐 여기 이 방으로 와달라고 부탁할 수 있겠나? 보아하니 다들 묘지에서 돌아온 것 같던데…… 올라가는 소리가 들리더군…… 그녀를, 그 아가씨를 좀 만났으면 해서."

"당신이 무슨 일로요?" 레베쟈트니코프가 놀라서 물었다.

"그냥, 그럴 일이 있어. 오늘이나 내일쯤 난 여기서 나갈 거야, 그래서 그 아가씨에게 알려줬으면 하는 게 있어…… 그건 그렇고 내가 그 아가씨에게 설명하는 동안 자네도 여기 좀 있어주게. 그러는 게 더 낫겠군. 안 그러면 자네가 무슨 생각을 할지 누가 알겠나."

"전 결코 아무 생각도 하지 않을 겁니다…… 그냥 여쭤본 것뿐이에요, 볼일이 있다고 하신다면야 불러오는 것쯤 일도 아니죠. 금방 다녀올게요. 그리고 절대 방해되지 않을 테니 마음 턱 놓으셔도 됩니다."

오 분쯤 지나 레베쟈트니코프는 정말로 소네치카와 함께 돌아왔다. 그녀는 너무 놀라 늘 그렇듯이 겁먹은 얼굴로 들어왔다. 그녀는 이런 경우 항상 겁을 먹었고, 낯선 사람과 낯선 만남을 매우 두려워했으며,

전에, 아직 어릴 때부터도 그랬지만 지금은 더더욱 그랬다…… 표트르 페트로비치는 '친절하고 정중하게' 그녀를 맞았지만 어딘가 쾌활하면서도 허물없는 태도가 엿보였는데, 표트르 페트로비치의 견해에 따르면 이는 자기처럼 존경할 만하고 점잖은 사람이 이렇게 어리고 또 어떤 의미에서 흥미로운 존재를 대할 때에 걸맞은 태도였다. 그는 서둘러 그녀의 '용기를 북돋아주고' 탁자 맞은편 의자에 앉혔다. 소냐는 앉아서 주위를 두리번거렸다. 레베쟈트니코프를 쳐다봤다가 탁자 위에 놓인 돈을 보고는 갑자기 다시 표트르 페트로비치를 바라보며 마치 못이라도 박힌 듯 그에게서 더이상 눈을 떼지 않았다. 레베쟈트니코프는 문 쪽으로 향했다. 표트르 페트로비치가 몸을 일으키며 소냐에게 그냥 앉아 있으라고 손짓하고는 레베쟈트니코프를 문 옆에 멈춰 세웠다.

"그 라스콜니코프라는 사람은 거기 있던가? 왔던가?" 그가 속삭이며 물었다.

"라스콜니코프요? 거기 있던데요. 근데 왜 그러시죠? 네, 거기 있어요…… 막 들어오는 걸 봤어요…… 왜 그러세요?"

"그럼 특별히 부탁하네만 우리와 함께 여기 남아주게, 날 저…… 아가씨와 단둘이 남겨두지 말란 말이야. 별일 아니지만 무슨 말을 해댈지 누가 알겠나. 난 라스콜니코프가 저쪽에 말을 옮기기를 원치 않아…… 무슨 말인지 알겠나?"

"아, 알겠습니다, 알겠어요!" 레베쟈트니코프는 순간적으로 눈치챘다. "그래요, 그럴 만도 해요…… 물론 제 개인적인 생각으로는 당신이 지나치게 걱정을 하는 경향이 있긴 하지만…… 그래도 그럴 만합니다. 남아 있지요. 방해하지 않고 여기 창문 옆에 서 있겠습니다…… 제가 보기에도 당신이 그럴 만해요……"

표트르 페트로비치는 소파로 돌아와 소냐와 마주앉아서는 그녀를 유심히 바라보더니, 갑자기 몹시 위엄 있고 약간은 엄격해 보이기까지 하는 표정을 지었다. '허튼 생각은 하지도 마, 이 아가씨야'라고 말하는 듯한 표정이었다. 소냐는 결국 당황하고 말았다.

"소피야 세묘노브나, 먼저 너무나 존경하는 당신 어머니께 사죄의 말씀을 전해주시겠습니까…… 아마 그렇지요? 카테리나 이바노브나가 당신에게 어머니 대신인 것 맞지요?" 표트르 페트로비치가 아주 위엄 있게, 하지만 꽤 상냥하게 말을 꺼냈다. 무척 우호적인 의도를 지닌 것처럼 보였다.

"네, 맞아요, 그래요. 어머니 대신이세요." 소냐는 겁을 먹고 황급히 대답했다.

"자, 그러면 어머니께 죄송하다고 전해주세요, 당신 어머니의 친절한 초대에도 불구하고 부득이한 사정으로 불참하게 되었다고, 댁의 잔치에…… 그러니까 추도식에 갈 수가 없다고 말입니다."

"그렇군요. 그렇게 말씀드릴게요. 당장요." 소네치카가 이렇게 말하고 황급히 의자에서 일어났다.

"아직 안 끝났는데요." 표트르 페트로비치는 그녀의 소박하고 격식을 차릴 줄 모르는 태도에 미소 지으며 상대를 제지했다. "친애하는 소피야 세묘노브나, 만일 제가 그렇게 사소하고 저에게만 관련된 일을 가지고 당신 같은 분을 몸소 와주십사 귀찮게 한 거라 여기신다면, 당신은 절 잘 모르시는 겁니다. 다른 이유가 있어요."

소냐는 급히 자리에 앉았다. 탁자에서 치우지 않은 회색과 무지개색 지폐들이 다시 눈에 어른거렸지만, 그녀는 재빨리 거기서 얼굴을 거두고 표트르 페트로비치를 올려다보았다. 문득 다른 사람의 돈을 쳐다보는 것이, 특히 자기 같은 사람이 그러는 것이 지독히 무례한 일로 여겨졌던 것이다. 그녀는 표트르 페트로비치가 왼손에 들고 있는 손잡이 달린 금테 안경과 왼손 가운뎃손가락에 낀 노란 보석이 박힌 커다랗고 묵직하고 아주 예쁜 반지에 시선을 고정했다가 갑자기 눈을 돌렸다가 하면서 어디에 눈을 두어야 할지 몰라 당황하다, 결국 다시 표트르 페트로비치의 눈을 정면으로 응시했다. 아까보다 한층 더 위엄 있는 표정으로 잠시 침묵하던 표트르 페트로비치가 말을 계속했다.

"어제 우연히 지나다가 불행한 일을 당하신 카테리나 이바노브나와 두어 마디 나누게 되었어요. 두어 마디 말로도 그분이, 이렇게 표현해도 된다면, 부자연스러운 상태라는 걸 충분히 알 수 있었습니다……"

"네…… 부자연스러운 상태세요." 소냐가 황급히 맞장구를 쳤다.

"아니면 더 간단하고 알기 쉽게 말해서, 편찮으신 거지요."

"네, 더 간단히, 알기 쉽…… 그래요, 편찮으세요."

"그렇지요. 그래서 말인데, 그분이 불행한 운명을 피할 수 없으리라 예견하게 되니 인도적인 감정과 또-또-또, 말하자면 연민의 감정이 솟아나 제 입장에서 뭐라도 보탬이 됐으면 하고 바라게 되었습니다. 보아하니 가난하기 짝이 없는 그 가족이 현재 오로지 당신 한 분에게만 목을 매고 있나보던데요."

"한 가지 여쭤봐도 될까요." 갑자기 소냐가 벌떡 일어났다. "어제 어머니께 연금을 받을 수 있다고 말씀하셨나요? 연금을 받을 수 있게 당신이 여기저기 알아보고 다니신다고 어제부터 제게 말씀하시더라고요. 정말인가요?"

"절대 아닙니다, 어떤 의미에서는 말도 안 되는 얘기고요. 전 단지 근무중 사망한 관리의 미망인을 위한 일시적인 원조에 대해 운을 뗐을 뿐입니다. 그것도 연줄이 있어야 가능하고요. 하지만 돌아가신 당신 부친께서는 근무기간을 다 채우지도 않았을뿐더러 마지막엔 근무라곤 전혀 안 하신 것 같던데요. 한마디로 희망이 있다 하더라도 아주 희박할뿐더러, 사실 이 경우엔 원조를 받을 어떤 권리도 없으며, 심지어 반대로…… 그런데 어머님은 벌써 연금까지 생각하셨군요, 헤헤헤! 빠르기도 하시지!"

"네, 연금에 대해서는…… 남을 잘 믿고 선하시거든요. 선하셔서 뭐든 다 믿으세요, 그리고…… 그리고…… 그리고…… 정신이 온전치 못하셔서…… 그래요…… 죄송합니다." 소냐는 이렇게 말하고는 다시 일어나 가려고 했다.

"잠깐만요, 제 말, 아직 안 끝났는데요."

"네, 안 끝나셨군요." 소냐가 중얼거렸다.

"그러니 앉으시지요."

소냐는 잔뜩 당황해서 세번째로 다시 자리에 앉았다.

"불쌍한 어린것들이 딸린 그분의 처지를 보고 있자니, 이미 말씀드렸듯이 뭐라도 힘이 닿는 한 도움이 됐으면 해서요, 그러니까 힘이 닿는 한 말입니다, 그 이상은 아니고요. 이를테면 그분께 도움이 되도록 성금을 거두거나 아니면, 그러니까 복권이나…… 그 비슷한 뭐라도 마련한다든가요. 이런 경우는 항상 친한 사람이나, 상관없는 사이라도 어쨌든 돕고 싶어하는 사람들이 나서기 마련이지요. 바로 이 점을 당신에게 알려드리고 싶었습니다. 그런 거라면 가능하거든요."

"네, 좋은 일이에요…… 하느님께서 이 일로 당신을……" 소냐는 표트르 페트로비치를 뚫어져라 쳐다보며 더듬거렸다.

"가능합니다, 하지만…… 그건 다음에…… 그러니까 오늘이라도 시작할 수 있겠지요. 저녁때 만나서 의논을, 그러니까 기본적인 것을 정합시다. 일곱시쯤 여기 저한테 들러주세요. 바라건대, 안드레이 세묘노비치도 우리와 함께해줄 겁니다…… 그런데…… 여기엔 한 가지 미리 면밀히 언급해두어야 할 점이 있습니다. 소피야 세묘노브나, 그것 때문에 당신을 여기까지 오시라고 귀찮게 한 겁니다. 바로 뭐냐 하면, 제 생각엔 절대로 카테리나 이바노브나 손에 돈을 맡기면 안 됩니다, 그건 위험해요. 오늘 추도식이 바로 그 증거지요. 다시 말해 내일 먹을 빵 껍질 하나 없으면서…… 그러니까 뭐, 신발도 없고 아무것도 없으면서, 오늘은 자메이카산 럼주에 심지어 마데이라산 포도주에 또-또-또 커피까지 사들이시는 것 같더군요. 지나가다 봤습니다. 내일이면 또다시 모든 게, 마지막 빵 한 조각까지 당신 몫으로 떨어지겠지요. 정말 말도 안 되는 짓입니다. 그러니 제 개인적인 견해에 따르면 성금을 거두는 일도 불행한 미망인이, 다시 말해 돈에 대해 모르도록, 이를테면 오직 당신만 알도록 진행되어야 한다는 얘기입니다. 제 말이 맞지 않습니까?"

"모르겠어요. 어머니는 오늘만 그러신 거예요…… 평생에 한 번이니까요…… 아버지를 정말로 잘 추모하고 싶어하세요, 예를 갖추고 싶으신 거죠. 추억하면서요…… 그분은 아주 똑똑한 분이세요. 하지만 그래도 편하실 대로 하세요, 전 정말로, 정말로, 정말로…… 다들 당신에게…… 하느님이 당신을…… 아버지 없는 아이들도……"

소냐는 말을 채 맺지 못하고 울음을 터뜨렸다.

"그럼 됐습니다. 자, 그럼 그렇게 알고 계시고요. 우선 지금은 당신 어머니를 위해 개인적으로 힘닿는 대로 마련한 이 돈을 받아주십시오. 부디, 부디 이 일로 제 이름이 언급되는 일이 없기를 바랍니다. 자, 여기요…… 말하자면 저도 형편상 더는 어렵군요……"

그러고는 표트르 페트로비치는 10루블짜리 지폐를 찬찬히 펴서 소냐에게 내밀었다. 소냐는 돈을 받고 새빨개진 얼굴로 벌떡 일어나 뭔가 중얼거리다가 황급히 몸을 숙여 인사를 했다. 표트르 페트로비치는 의기양양하게 그녀를 문까지 배웅했다. 아주 흥분하고 진이 빠진 그녀는 마침내 방을 뛰쳐나가 극도로 당황한 모습으로 카테리나 이바노브나에게 돌아갔다.

이런 장면이 펼쳐지는 내내 안드레이 세묘노비치는 대화를 중단시키지 않기 위해 창가에 서 있거나 방안을 서성거렸다. 소냐가 나가자 그는 표트르 페트로비치에게 불쑥 다가가 엄숙하게 손을 내밀었다.

"전 모든 걸 듣고, 모든 걸 보았습니다." 그는 마지막 단어에 특히 힘을 주어 말했다. "이건 고귀한 일입니다, 다시 말해 박애적이라 말씀드리고 싶네요! 당신은 감사받길 원하지 않았어요, 제가 봤어요! 솔직히 말해 원칙적으로 저는 개인적 자선에 공감하지 않습니다, 왜냐면 그건 악을 철저히 근절하지 못할 뿐 아니라 오히려 더 키우니까요, 그럼에도 불구하고 당신 행동을 기꺼운 마음으로 지켜보았다고 고백하지 않을 수 없네요. 그래요, 그래, 당신 행동이 마음에 듭니다."

"에이, 별거 아닐세!" 조금 흥분한 표트르 페트로비치는 어쩐지 레베쟈트니코프를 유심히 살피며 이렇게 중얼거렸다.

"아닙니다, 별거 아니라니요! 당신처럼 어제 일로 그렇게 모욕받고 분노한 사람이 동시에 다른 사람의 불행도 배려할 줄 알다니요. 그런 사람이라면…… 그가 한 행동이 사회적인 오류를 범한다 하더라도, 그럼에도 불구하고…… 존경받을 가치가 있습니다! 전 당신이 그런 행동을 하실 줄은 정말 몰랐습니다, 표트르 페트로비치, 더구나 당신의 사고방식을 고려하면 말이지요, 오! 당신의 사고방식이 얼마나 당신을 방해하는지요! 예를 들어, 어제 일이 틀어져 당신이 얼마나 심란해하고 있습니까." 사람 좋은 안드레이 세묘노비치는 표트르 페트로비치에게 다시 한번 강한 호감을 느끼며 감탄했다. "당신에게 그 결혼이, 그 합법적인 결혼이 왜, 왜 꼭 필요합니까, 너무나 고결하고 친절한 표트르 페트로비치? 당신에게 결혼의 그 합법성이 왜 꼭 필요하지요? 자, 원하신다면 절 한 대 치세요, 하지만 전 기쁩니다, 기뻐요, 당신이 결혼에 실패해서, 당신이 자유로워져서, 당신이 인류를 위해 아직 완전히 파멸한 게 아니라서 기쁩니다…… 아시겠어요. 제 의견을 말한 겁니다!"

"그건 자네들이 말하는 자유결혼으로 뿔을 달기도 싫고* 남의 아이를 키우고 싶지도 않아서지, 바로 그게 내게 합법적인 결혼이 필요한 이유라네." 루진은 아무 대답이라도 하려고 이렇게 말했다. 그는 뭔가에 몹시 정신이 팔려 딴생각에 빠져 있었다.

"아이라고요? 아이 문제를 건드리신 겁니까?" 안드레이 세묘노비치는 진군나팔 소리를 들은 군마처럼 몸을 부르르 떨었다. "아이들은 사

---

* '뿔을 달다'는 아내가 부정을 저지르는 것을 가리키는 관용구다.

회적인 문제면서 가장 중요한 문제지요, 동의합니다. 하지만 아이 문제는 다른 방식으로 해결할 수 있어요. 어떤 사람들은 가족을 암시하는 온갖 문제와 마찬가지로 아이 문제를 완전히 부정하기도 하지요. 아이 문제는 나중에 이야기하고 지금은 뿔에 대해 짚고 넘어가겠습니다! 그 문제에 제가 약하다는 건 인정합니다. 그 추악하고 경기병이나 쓸 법한 푸시킨적인 표현은 미래의 어휘에선 생각조차 할 수 없어요. 뿔이란 게 대체 뭡니까? 오, 대체 무슨 망상인지! 무슨 뿔이요? 왜 하필 뿔입니까? 그 무슨 헛소리란 말입니까! 반면 자유결혼엔 그런 건 있을 수조차 없어요! 뿔은 모든 합법적 결혼의 당연한 결과일 뿐이에요, 말하자면 뿔은 합법적 결혼을 바로잡고 거기에 항의하는 것이며, 그런 의미에서 조금도 치욕적일 게 없습니다…… 말도 안 되는 가정이지만, 만약 제가 언젠가 합법적 결혼을 하게 된다면, 저는 당신이 말하는 그 저주받을 뿔에 오히려 기뻐할 겁니다. 그렇게 된다면 제 아내에게 이렇게 말하겠어요. '동지여, 지금까지는 당신을 사랑하기만 했지만, 이제는 당신을 존경해, 왜냐면 당신은 항의할 줄 아는 여자니까!'라고요. 비웃는 겁니까? 그건 당신이 편견에서 벗어날 수 없기 때문이에요! 제기랄, 합법적인 결혼에서 기만당하면 대체 왜 불쾌한지는 저도 잘 알고 있습니다. 하지만 그건 이쪽저쪽 모두에게 굴욕적인 비열한 현실의 비열한 결과일 뿐이에요. 반면 자유결혼에서처럼 뿔이 공개적인 게 되면, 그땐 이미 그건 존재하지도 생각할 수도 없는 게 되고, 뿔이라는 명칭 자체가 사라지지요. 오히려 당신 부인은 당신을 자기 행복을 거스르지 않을 사람으로, 새로운 남편이 생겼다고 자기에게 복수하는 일이 없을 정도로 발전된 사람으로 여김으로써 자기가 당신을 얼마나 존경하는지 증명해

보이는 셈이 되는 거죠. 제기랄, 가끔 전 꿈꾼다니까요, 제가 시집을 간다면, 쳇! 아니지, 제가 장가를 간다면(자유결혼이든, 합법적 결혼이든 상관없어요), 아마 직접 아내에게 정부를 데려다줄 거예요, 만일 아내가 오랫동안 정부를 만들지 않는다면 말이죠. 전 그녀에게 이렇게 말할 겁니다. '동지여, 난 당신을 사랑하지만 무엇보다 당신이 나를 존경해줬으면 해. 자, 여기 있어!' 제 말이 맞지 않습니까, 그렇지 않나요?……"

표트르 페트로비치는 그의 말을 들으며 히죽거렸지만, 딱히 집중하지는 않았다. 심지어 제대로 듣지도 않았다. 그는 사실 뭔가 다른 생각에 골몰해 있었고, 결국 레베쟈트니코프도 이 점을 눈치챘다. 표트르 페트로비치는 심지어 흥분해서는 손을 비비며 생각에 잠겼다. 나중에 안드레이 세묘노비치는 이 모든 것을 헤아려 기억해냈다……

## 2

어쩌다가 카테리나 이바노브나의 헝클어진 머릿속에 이 말도 안 되는 추도식 생각이 떠올랐는지 그 이유를 정확히 설명하기는 힘들 것이다. 사실 마르멜라도프의 장례식 비용으로 라스콜니코프에게서 받은 20루블 남짓한 돈에서 10루블 가까이 되는 돈을 추도식에 써버렸다. 어쩌면 카테리나 이바노브나는 모든 세입자와 특히 아말리야 이바노브나에게, 고인이 '절대로 그들보다 못한 사람이 아니었을 뿐만 아니라 어쩌면 훨씬 더 나은 사람'이었고, 그래서 그들 중 누구도 고인 앞에 '코를 치켜들고' 다닐 자격이 없음을 알게 해주기 위해, '격식을 갖춰'

추모의 예를 다하는 일을 고인에 대한 자신의 의무로 여겼는지도 모른다. 어쩌면 여기에는 가난한 사람 특유의 자존심이 가장 큰 영향을 미쳤을지도 모를 일인데, 그놈의 자존심 때문에 많은 가난한 사람들이 단지 '다른 사람들보다 빠지지 않겠다고', 어떻게든 다른 사람들에게 '손가락질 당하지 않겠다고', 우리 관습상 누구나 의무적으로 치르는 몇몇 사회적 의식에 마지막 힘을 다해 모아놓은 마지막 한푼까지 다 써버리곤 하는 것이다. 카테리나 이바노브나에겐 세상 모두에게 버림받은 듯한 바로 지금, 바로 이 순간, '형편없고 추악한 세입자' 모두에게, 그녀가 '사는 법도 알고, 손님을 대접할 줄도 알' 뿐 아니라, 절대 이런 신세로 살도록 자라지도 않았고, '고상하고, 심지어 귀족적이라고까지 말할 수 있는 대령 가정'에서 자랐으며, 직접 마루를 쓸고 밤마다 아이들의 걸레 같은 옷을 빨면서 살 사람이 결코 아니었다는 것을 보여주고 싶은 마음도 분명 한몫했을 것이다. 자존심과 허영심이 이렇게 발작적으로 터지는 일은 더없이 가난하고 주눅든 사람들에게 종종 있는 일로, 때로 그들은 분풀이하듯 절제하지 못하고 돈을 써버린다. 한술 더 떠 카테리나 이바노브나는 주눅든 사람에 속하지도 않았다. 상황이 그녀를 아예 죽일 수는 있어도, 정신적으로 그녀를 주눅들게 하는 것, 즉 겁을 주어 그녀의 의지를 굴복시키는 것은 불가능했다. 게다가 그녀의 정신이 온전치 못하다고 한 소네치카의 말은 분명 근거가 있었다. 사실 확실히, 완전히 그렇다고 아직은 말할 수 없지만, 실제로 최근 일 년 동안 그녀의 가엾은 머리는 시달릴 대로 시달려 부분적으로라도 손상을 입지 않을 수 없었을 것이다. 의사들의 말처럼 급격하게 진전된 결핵 역시 지적 착란을 촉진하기 마련이다.

술은 수가 많지도, 종류가 다양하지도 않았고, 마데이라산 포도주도 없었다. 과장된 것이었으나, 술이 있기는 했다. 보드카와 럼, 리스본산 포도주가 있었는데, 모두 품질은 아주 조악했지만 양은 충분했다. 음식은 쿠티야 외에 서너 가지 요리(그중에는 블린도 있었다)가 있었는데 모두 아말리야 이바노브나의 부엌에서 만들어 나른 것이었으며, 이외에도 식후에 마실 차와 펀치를 제공하기 위해 사모바르 두 개를 한꺼번에 가져다놓았다. 카테리나 이바노브나의 지휘 아래, 왜 립페베흐젤 부인의 집에 세들어 사는지 아무도 모르는 어떤 볼품없는 폴란드인 세입자가 장 보는 일을 도왔는데, 그는 즉시 카테리나 이바노브나의 심부름꾼으로 파견되어 어제 온종일, 그리고 오늘 아침 내내 혀를 쑥 빼물고서 부리나케 뛰어다녔고, 그 모습을 남의 눈에 띄게 하려고 유난히 애쓰는 것 같았다. 그는 매번 별것도 아닌 일로 끊임없이 카테리나 이바노브나에게 달려갔고, 심지어 고스티니 드보르*에서 그녀를 찾는답시고 연방 '파니 호룬지나'**를 외치며 뛰어다녀서, 처음엔 이 '친절하고 관대한' 분 아니면 큰 낭패를 봤을 거라고 하던 그녀도 결국엔 넌덜머리를 내고 말았다. 카테리나 이바노브나는 처음엔 온갖 사람을 휘황찬란한 최상의 색으로 치장하고, 사람에 따라서는 민망해할 정도로 과찬을 해대며 있지도 않은 갖가지 상황을 만들어 붙여 칭찬하면서, 자신도 그게 사실이라고 정말 진심으로 완전히 믿다가도, 갑자기 단번에 실망해서 칭찬을 멈추고는, 고작 몇 시간 전만 해도 말 그대로 숭배하던 사

* 넵스키 거리 한복판에 있던 제정 러시아 당시의 최대 상가.

** 중위 계급 군인의 부인을 정중히 부르는 폴란드어 pani porucznik를 러시아식으로 발음한 것.

람에게 침을 뱉고 떼밀어 내쫓아버리는 성격이었다. 천성적으로 잘 웃고 명랑하고 온순한 성격을 타고났지만, 끊임없는 불행과 실패 때문에, 그녀는 모두가 평화롭고 기쁘게 살기를, 또 그렇지 않은 삶이란 감히 있을 수 없다고 맹렬히 바라고 요구하게 되었기에, 살면서 겪는 아주 가벼운 불협화음이나 아주 작은 불운에도 미친 듯이 흥분하고, 가장 찬란한 희망과 공상을 펼치다가도 다음 순간, 순식간에 운명을 저주하며 손에 잡히는 건 뭐든지 잡아찢고 내다꽂으며, 벽에 머리를 찧어대곤 했다. 무슨 바람이 불었는지 카테리나 이바노브나는 갑자기 평소와 달리 아말리야 이바노브나 역시 각별히 인정하고 존중했는데, 그것은 오로지 이 추도식이 성사되었다는 사실과 아말리야 이바노브나가 온갖 궂은 일을 마다하지 않겠다고 진정으로 결심했다는 사실 때문이었을 것이다. 그녀는 상을 차리고, 테이블보와 식기 등을 제공해주고, 자신의 부엌에서 요리하는 것을 도맡았다. 카테리나 이바노브나는 묘지로 떠나면서 그녀에게 전권을 위임하고 마음대로 하게 내버려두었다. 정말로 모든 것이 훌륭하게 준비되었다. 식탁은 아주 깨끗이 차려졌고, 식기, 포크, 나이프, 술잔과 컵, 찻잔 모두, 물론 이집 저집 세입자들에게 모아온 것이라 모양과 크기가 제각각이었지만, 모든 것이 정해진 시각에 제자리에 놓였으며, 일을 훌륭하게 해냈다고 느낀 아말리야 이바노브나는 새로운 상장喪章이 달린 부인용 모자와 검은 드레스로 잔뜩 치장한 채, 일종의 자긍심까지 느끼며 묘지에서 돌아온 사람들을 맞았다. 자긍심을 가질 만도 했건만 어쩐지 카테리나 이바노브나는 이것이 영 못마땅했다. '이 아말리야 이바노브나가 없었다면 식탁은 감히 차리지도 못했을걸, 하고 생각하나봐, 세상에!' 새 상장이 달린 모자도 마음에 들지 않았다. '도대체 저 멍청한 독일 여자는, 자기가 집주인이라고, 가난한 세입자가 불쌍해 도와주기로 했다고 뻐기는 거야, 뭐야? 불쌍해서라고! 천만의 말씀! 대령이신데다 현지사나 다름없었던, 이 카테리나 이바노브나의 아버지 집에서는 어떤 때는 40인분의 식탁을 차리기도 했다고, 아말리야 이바노브나, 아니 류드비고브나라고 하는 게 낫겠군, 저런 여자는 그 집 부엌에도 들이질 않았을 거야……' 하지만 카테리나 이바노브나는 오늘 반드시 아말리야 이바노브나의 콧대를 꺾어놔야겠다고, 그러지 않으면 그녀가 스스로에 대해 어떤 헛꿈을 꿀지도 모르니 진짜 자기 위치를 일깨워줘야겠다고 단단히 마음먹었으면서도, 때가 될 때까지는 자기 감정을 드러내지 않기로 결심하고, 일단 그저 그녀를 차갑게만 대했다. 다른 불쾌한 일 역시 부분적으로 카테리나 이바노브나의 화를 돋웠다. 장례식에 초대받은 세입자들 중 장례식에 참석한 사람이라고는, 시간에 맞춰 묘지에도 달려와준 폴란드인 빼고는 거의 아무도 없었다. 반면 추도식, 그러니까 음식을 차려놓은 곳에는 그중에서도 가장 별 볼 일 없고 가난한 사람들이 대부분 제대로 갖춰 입지도 않고, 그러니까 다들 무슨 쓰레기 같은 몰골로 나타난 것이다. 그들 중 좀더 나이가 지긋하고 점잖은 사람들은 일부러 입이라도 맞춘 듯 하나같이 불참했다. 예를 들어 모든 세입자 중 가장 점잖다고 할 수 있을 표트르 페트로비치 루진도 나타나지 않았는데, 사실 벌써 어제저녁에 카테리나 이바노브나는 대단히 고상하고 너그러운 이 사람이 엄청난 연줄과 재산을 가진 분이고, 그녀의 첫 남편의 옛친구이며 그녀 아버지 집에도 출입했던 사람이고, 모든 수단을 동원해 그녀가 상당한 액수의 연금을 받을 수 있게끔 해주겠다 약속했노라고 이미 온갖 사람에게, 즉 아말리야 이바노브나, 폴레치카, 소냐 그리고 폴란드인에게 떠벌려댔던 것이다. 여기서 한 가지 짚고 갈 것은, 카테리나 이바노브나가 누군가의 연줄과 재산을 두고 칭찬했다 한들 그건 어떤 이해관계나 개인적 타산이 있어서가 아니라 아무 사심 없이, 말하자면 마음에서 우러나와서, 그저 칭찬이 주는 만족감, 칭찬받는 사람에게 좀더 나은 가치를 부여해주는 데서 오는 만족감 하나 때문에 그런다는 점이다. 루진의 뒤를 이어, 분명 '그를 모범으로 삼은' 건지 '그 추잡하고 파렴치한 레베쟈트니코프'도 나타나지 않았다. '대체 그놈은 자기가 뭐라도 되는 줄 아나보지? 그냥 불쌍해서 부른 건데, 게다가 표트르 페트로비치와 한방을 쓰고 있는데다 아는 사이니까 초대하지 않으면 그분이 거북하실까봐 그런 것뿐인데.' '노처녀' 딸을 데리고 사는 한 거만한 부인 역시 나타나지 않았는데, 그들은 아말리야 이바노브나 집에 살기 시작한 지 고작 2주 정도밖에 안 됐지만, 특히 고인이 술에 취해 집에 돌아왔을 때 마르멜라도프네 방에서 올라오는 소음과 고함에 대해 이미 여러 번 불평했고, 그 사실을 카테리나 이바노브나가 이미 알고 있는 것은 물론 아말리야 이바노브나 때문이었는데, 그녀가 카테리나 이바노브나와 욕하며 싸울 때 온 가족을 내쫓아버리겠다고 을러대면서 그들이 '발끔치도 못 따라갈 고상한 세입자들'을 괴롭힌다고 목이 터져라 외쳐댔던 것이다. 카테리나 이바노브나는 '자기가 발끔치도 못 따라갈' 그 부인과 딸을 오늘 일부러라도 초대해야겠다고 마음먹었는데, 지금껏 우연히 마주칠 때면 거만하게 몸을 홱 돌리곤 하던 그 여자에게 자기 가족이 '남들보다 더 고상하게 생각하고 느끼며 나쁜 일을 마음에 담아두지 않고 초대하는 사람'이라는 것과 카테리나 이바노브나가 이런 신세로 사는 데 익숙한 사람이 아니라는 것을 알려주기 위해서였다. 식사를 하면서 그들에게 이 점을 반드시 설명해주고, 마찬가지로 돌아가신 아버지가 현지사나 다름없었다는 점도 알려준 다음, 또 만났을 때 홱 돌아설 필요가 없으며 그런 행동은 몹시 어리석은 짓이라고 간접적으로 지적해줄 작정이었다. 뚱뚱한 육군 중령(사실은 퇴역한 2등대위)도 역시 오지 않았지만, 그는 어제 아침부터 아직까지 '술에 뻗어' 있는 것으로 밝혀졌다. 한마디로 나타난 사람이라고는 폴란드인, 그리고 기름에 찌든 연미복을 입고 역겨운 냄새를 풍기는, 여드름투성이의 못생기고 주변머리 없는 관청사무원 정도였다. 그뒤를 이어 귀머거리에 아예 장님이나 다름없는 한 노인이 나타났는데, 한때 우체국엔가 근무했고, 뭣 때문인지는 몰라도 누군가가 아주 오래전부터 아말리야 이바노브나의 집에서 거두고 있는 사람이었다. 또 퇴역한 육군 중위가 술에 취해 나타났는데, 사실 그는 군량을 관리했던 사람으로, 그야말로 예의 없이 큰 소리로 킬킬거리며, 더군다나, '상상해보시라', 조끼도 입지 않고 등장한 것이다! 심지어 어떤 사람은 카테리나 이바노브나에게 인사도 하지 않고 곧장 식탁에 가 앉았고, 마침내 어떤 놈의 인사人士는 옷이 없었는지 실내용 가운 차림으로 나타났지만, 정말이지 이건 너무나 예의에 어긋나는지라 아말리야 이바노브나와 폴란드인이 간신히 쫓아낼 수 있었다. 한편 폴란드인은 또다른 폴란드인 두 명을 데려왔는데, 아말리야 이바노브나 집에 한 번도 기거한 적 없고, 지금껏 이 셋집에서 전혀 본 적도 없는 사람들이었다. 이 모든 것이 극도로 불쾌하게 카테리나 이바노브나의 화를 돋웠다. '이럴 거라면 대체 누굴 위해 이걸 다 차렸을까?' 그렇지 않아도 온 방을 차지한 식탁에 자리를 만들기 위해 정작 자기 아이들은 거기 앉히지도 못하고 방 뒷구석 궤짝 위에 음식을 차려주고 아이 둘을 걸상 하나에 앉혀야 했으며, 폴레치카는 누나로서 이애들을 돌보고 먹이면서 '귀족집 자제답게' 동생들의 코를 닦아주어야 했다. 한마디로 상황이 이렇다보니 카테리나 이바노브나는 어쩔 수 없이 두 배는 근엄하게, 거만하기까지 한 태도로 모두를 맞을 수밖에 없었다. 어떤 사람들에게는 특히 엄하게 훑어보며 거만하게 식탁에 앉으라고 권했다. 그녀는 무슨 이유에선지 사람들이 오지 않은 게 다 아말리야 이바노브나 책임이라고 여기고는 갑자기 그녀를 몹시 홀대하기 시작했고, 상대방도 이 사실을 바로 눈치채고는 극도로 기분이 상했다. 이런 출발이 좋은 결말을 예고해줄 리 없었다. 마침내 모두 자리에 앉았다.

사람들이 막 묘지에서 돌아왔을 때쯤 라스콜니코프가 방에 들어섰다. 카테리나 이바노브나는 그를 격하게 반겼는데, 첫째로 모든 손님 중 그가 유일하게 '교육받은 손님'이자 '다 알다시피 이 년 후 여기 대학에서 교수직을 맡기 위해 준비중인 분'이기 때문이고, 둘째로는 그가 장례식에 무척 참석하고 싶었지만 그럴 수 없었다고 그녀에게 즉시 정중하게 사과했기 때문이다. 그녀는 그에게 덥석 달려들어 식탁 자기 왼쪽 자리에 앉히고(오른쪽에는 아말리야 이바노브나가 앉아 있었다), 음식이 제대로 나와 골고루 돌아가게 하기 위해 자질구레하고 번잡스러운 일들을 끊임없이 신경쓰면서도, 또 최근 요 이틀간 특히 깊어진 듯 끊임없이 터져나오는 고통스러운 기침 때문에 숨도 제대로 못 쉬면서도, 반쯤 속삭이는 목소리로 라스콜니코프에게 쉴새없이 말을 걸며 마음속에 쌓인 온갖 감정과 성공적이지 못한 추도식에 대한 정당한 분노를 허겁지겁 쏟아냈다. 게다가 그 분노는 종종 아주 활달하고 주체할 수 없는 비웃음으로 변해 모인 손님들, 그중에서도 압도적으로 주인여자에게로 향했다.

"모든 게 저 뻐꾸기* 잘못이에요. 누구를 얘기하는지는 아시겠지요. 저 여자요, 저 여자!" 카테리나 이바노브나는 이렇게 말하고서 주인여자를 턱으로 가리켰다. "저 여자 좀 보세요. 우리가 자기 얘기하는 걸 눈치채고 눈을 휘둥그레 뜨긴 했는데, 무슨 내용인지 모르겠으니까 눈만 희번덕거리고 있네요. 저런 부엉이 같으니라고! 호호호!…… 콜록콜록콜록! 게다가 저런 모자로 뭘 과시하고 싶은 걸까요! 콜록콜록콜록! 자기가 뒤를 봐주고 참석해줘서 내 체면을 살렸다고 다들 생각해주길 저 여자가 얼마나 바라는지 눈치채셨나요. 저 여자가 제법 점잖은 사람이라 생각해서 좀 괜찮은 사람들을, 특히 죽은 남편과 아는 사람들을 초대해달라고 부탁했는데, 좀 보세요, 저 여자가 어떤 작자들을 끌고 왔는지. 무슨 어릿광대들 같아요! 더러운 작자들! 저 더러운 얼굴 좀 보세요. 두 발 달린 콧물 같죠! 저 폴란드인들은…… 호호호! 콜록콜록콜록! 여기서 저 사람들을 본 사람은 아무도, 아무도 없어요, 저도 한 번도 본 적이 없어요. 그런데 대체 왜 왔을까요, 당신께 여쭤도 될까요? 나란히 얌전히도 앉아 있네. 이봐요, 나리들!" 그녀는 느닷없이 그들 중 한 사람에게 소리쳤다. "블린 잡수셨수? 더 먹어요! 맥주, 맥주도 마셔요! 보드카는 싫어요? 보세요. 벌떡 일어나서 인사를 하네요, 좀 보세요, 봐요, 배를 곯을 대로 곯은 게 분명해요, 불쌍한 사람들! 괜찮

* 러시아어로 뻐꾸기를 뜻하는 단어에는 어리석고 모자란 여자라는 뜻도 있다.

아요, 먹으라죠, 뭐. 최소한 시끄럽게 굴지는 않으니까요, 다만…… 다만, 사실 전 집주인네 은숟가락이 걱정이에요!…… 아말리야 이바노브나!" 그녀가 갑자기 다 들리도록 주인여자에게 말을 걸었다. "만약 누가 당신 숟가락을 훔쳐간대도 난 책임 없어요, 미리 경고해두는 거예요! 호호호!" 그녀는 라스콜니코프 쪽으로 다시 몸을 돌리고는 또 집주인을 턱으로 가리키면서 자신의 돌출행동에 즐거워하며 웃음을 터뜨렸다. "알아듣질 못해요, 또 못 알아들었어요! 입을 헤 벌리고 앉은 꼴 하고는, 보세요. 완전 부엉이, 부엉이라니까요, 새 상장을 단 새끼 부엉이요, 호호호!"

이 대목에서 웃음은 다시 참을 수 없는 기침으로 변해 오 분이나 계속됐다. 손수건에 피가 조금 묻었고, 이마에는 땀방울이 배어나왔다. 그녀는 아무 말 없이 라스콜니코프에게 피를 보여주었고, 간신히 숨을 돌리자마자 뺨에 붉은 반점을 띄운 채 다시 완전히 원기를 차리고는 바로 그에게 속삭이기 시작했다.

"보세요, 제가 저 여자에게 그 부인과 딸을 초대해달라고, 정말 미묘하다 할 만한 부탁을 했는데 말이에요, 제가 누굴 말하는지 아시겠어요? 그런 경우엔 아주 섬세한 태도로 아주 능수능란하게 행동해야 하는데, 저 여자는, 시골에서 온 그 얼빠진 여편네, 그 방자한 것이, 그 별 볼 일 없는 시골뜨기가 말이에요, 왜 그렇게 부르냐면요, 저기 어디 소령의 과부인데 연금 생각에 여기 와서는 옷자락이 닳도록 부지런히 관청을 들락거리는 것만 봐도 그렇거든요, 쉰다섯이나 처먹고도 눈썹을 시커멓게 그리고 얼굴은 허옇게 분칠을 하고 입술은 시뻘겋게 바르고 다녀요(유명하다니까요)…… 그런 여편네한테 당연히 가봐야겠다 생각하게 하기는커녕, 심지어 못 오는데도 미안하다는 말조차 전하지 않게 만든 거예요, 그런 경우 보통 예의상 그렇게 해야 마땅한데도 말이죠! 표트르 페트로비치는 또 왜 안 왔는지 이해할 수가 없다니까요? 그런데 대체 소냐는 어디 있지? 어디로 사라졌어? 아, 저기 이제야 오는구나! 무슨 일이냐, 소냐, 어디 갔었니? 아버지 장례식에서까지 그렇게 칠칠치 못하니 이상도 하구나. 로디온 로마니치, 저애를 옆에 앉히시지요. 자, 여기가 네 자리다, 소네치카…… 뭐든 좀 먹거라. 잘리브노예*라도 먹으렴, 그게 좋겠구나. 곧 블린도 가져올 거야. 애들에겐 줬니? 폴레치카, 거기 너희가 먹을 건 다 있니? 콜록콜록콜록! 그래, 됐다. 똑똑하게 굴거라, 레냐, 그런데 콜랴, 다리 좀 까불지 말고. 그만 앉아, 귀족집 자제처럼 앉아 있어야지. 뭐라고 했니, 소네치카?"

소냐는 곧 모두가 들을 수 있도록 애써 목소리를 키워가며, 가장 정중한 표현을 고르고 심지어 표트르 페트로비치가 한 말인 것처럼 일부러 보태거나 더 꾸며서 그의 사과의 뜻을 서둘러 전했다. 그녀는 표트르 페트로비치가 단둘이 용건에 대해 이야기를 나누고, 무슨 일을 할 수 있을지, 앞으로 어떤 일에 착수해야 할지 등등을 의논해야 하니, 상황이 허락하는 대로 지체 없이 방문하겠다 전해달라고 특히 당부했다는 말을 덧붙였다.

이런 말이 카테리나 이바노브나를 진정시키고 달래주며, 무엇보다 으쓱할 정도로 그녀의 자존심을 충족시켜준다는 걸 소냐는 알고 있었다. 그녀는 라스콜니코프 옆에 앉으며 서둘러 인사를 하고는 언뜻 호기

* 고기나 생선을 야채와 함께 끓여 육수를 걸쭉하게 낸 다음 차갑게 식혀 푸딩처럼 만든 러시아 전통 음식.

심어린 눈길로 그를 쳐다보았다. 하지만 그 이후로는 내내 왠지 그를 쳐다보는 것도, 그와 이야기를 나누는 것도 피했다. 그녀는 카테리나 이바노브나의 기분을 맞춰주기 위해 그녀의 얼굴을 보고 있었지만, 어쩐지 다른 데 정신이 팔린 듯 보였다. 그녀도, 카테리나 이바노브나도 상복이 없었기에 입고 있지 않았다. 소냐는 좀 어두운 갈색 옷을 입었고, 카테리나 이바노브나는 그녀의 유일한 옷인 짙은색 줄무늬 사라사 드레스를 입고 있었다. 표트르 페트로비치에 대한 소식은 순조롭게 전해졌다. 소냐의 말을 엄숙하게 듣고 난 후 카테리나 이바노브나는 역시 똑같이 엄숙한 표정으로 표트르 페트로비치가 건강은 어떠신지 물었다. 그런 다음 즉시 라스콜니코프에게, 그녀 가족에게 아무리 헌신적이고 그녀 아버지와 아무리 오래 우정을 쌓았다 한들, 표트르 페트로비치처럼 존경스럽고 점잖은 양반이 이런 '별난 무리'에 섞여 있다면 정말 이상하지 않았겠느냐고 속삭였지만, 거의 다 들릴 정도였다.

"바로 이래서 제가 당신에게 특히 감사드리는 거예요, 로디온 로마니치, 이런 상황인데도 당신은 저희 초대를 꺼리지 않으셨잖아요." 그녀는 다 들리도록 덧붙여 말했다. "하지만 오로지 돌아가신 가엾은 우리 양반과 나누신 각별한 우정 때문에 약속을 지키신 거라고 전 굳게 믿고 있어요."

그런 다음 그녀는 다시 한번 당당하고 품위 있게 손님들을 둘러보더니 갑자기 탁자 너머 귀머거리 노인을 유난히 세심하게 살피며 큰 소리로 '더운 음식을 더 드시고 싶진 않은지, 리스본산 술은 대접받으셨는지' 물었다. 노인은 옆에 앉은 사람들이 장난치느라 자신을 쿡쿡 찌르는데도 아무 대답도 못하고, 무얼 묻는지도 한참 동안 이해하지 못했다. 그저 입을 헤 벌리고 주위를 이리저리 둘러볼 뿐이었고, 사람들은 한층 더 즐거워했다.

"저런 천치 같으니! 보세요, 좀 보세요! 뭐하러 저 사람을 데려왔을까요? 표트르 페트로비치라면, 전 그분에 대해 항상 확신을 가지고 있어요." 카테리나 이바노브나는 라스콜니코프에게 계속 말을 건넸다. "당연히 그분은 달라요……" 그녀는 단호하고 커다란 목소리로 말하며 아주 엄격한 표정으로 아말리야 이바노브나를 쳐다보았고, 그 때문에 상대는 겁을 먹기까지 했다. "그분은 요란하게 꾸미고 치마꼬리나 질질 끌고 다니는 당신네 여자들하고는 달라요, 우리 아버지 집에서라면 부엌데기로도 들이지 않았을걸요, 물론 죽은 우리 남편이라면 저 사람들을 받아들여 체면을 살려줬겠지만요, 그저 한없이 사람이 좋았으니까요."

"그래, 술 마시길 좋아했지. 술 마시길 좋아해서 툭하면 마셔댔어!" 퇴역한 군량담당관이 보드카를 열두 잔째 털어넣으며 느닷없이 소리질렀다.

"죽은 남편은 사실 그런 약점이 있었어요, 그건 모두들 알고 있지요." 카테리나 이바노브나가 갑자기 그의 말을 물고 늘어졌다. "하지만 그 양반은 착하고 고상하고, 자기 가족을 사랑하고 존중하는 사람이었어요. 한 가지 나쁜 점은 착해서 온갖 타락한 사람들 말을 지나치게 잘 믿었다는 점이죠, 정말이지 남편이랑 같이 술을 안 마신 사람이 없다니까요, 심지어 자기 발뒤꿈치도 못 쫓아올 사람들하고도 마셨으니까요, 상상해보세요, 로디온 로마노비치, 그 양반 주머니에서 수탉 모양의 당밀 과자를 찾아냈답니다. 떡이 되도록 마시고도 아이들을 잊지 않은 거죠."

"수-탉-이라고? 수-탉-이라고 하셨나?" 군량담당관이었던 남자가 소리쳤다.

카테리나 이바노브나는 그의 말에 대답하지 않았다. 그녀는 생각에 잠겨 한숨을 내쉬었다.

"다들 그러듯이 당신도 분명 제가 그 사람에게 너무 심했다고 생각하시겠지요." 그녀는 라스콜니코프를 향해 말을 이었다. "사실은 그렇지 않아요! 그 양반은 절 존중했어요, 절 아주, 아주 존중했답니다! 마음씨가 착한 사람이었죠! 때로는 그 사람이 정말 불쌍했어요! 구석에 앉아서 날 바라보곤 했는데, 그럼 어찌나 안됐던지 어루만져주고 싶었지요, 하지만 그러고 나면 '잘해주면 다시 퍼마실 거야' 하는 생각이 맘속에 드는 거예요, 엄격하게 굴어야 그나마 조금이라도 못하게 할 수 있었어요."

"맞아, 머리카락을 쥐어뜯곤 했어, 한두 번이 아니었지." 군량담당관이 다시 외치고는, 보드카 한 잔을 또 쭉 들이켰다.

"어떤 얼간이들은 머리카락을 쥐어뜯어놓는 정도가 아니라 아예 빗자루로 쓸어버리는 게 더 낫지. 지금 이 말은 죽은 남편 얘기가 아냐!" 카테리나 이바노브나는 군량담당관에게 거칠게 잘라 말했다.

그녀 뺨의 붉은 반점이 한층 더 심하게 붉어졌고, 가슴이 들먹거렸다. 벌써 잠시 후면 한바탕 소동이라도 일으킬 태세였다. 여러 사람이 히죽거렸는데, 대부분 이런 장면이 즐거운 모양이었다. 사람들이 군량담당관을 쿡쿡 찌르며 뭔가 쑥덕이기 시작했다. 분명 두 사람을 부추기려는 것이었다.

"조-오-옴 물어봅시다, 당신, 그거 누구 보고 하는 말이오." 군량담당관이 시작했다. "말인즉슨…… 고상한 사람한테…… 지금…… 뭐, 됐어! 시시하군! 과부니까! 과부잖아! 내가 용서하지…… 통과!" 그러고는 다시 보드카를 들이켰다.

라스콜니코프는 혐오감을 느끼며 아무 말 없이 앉아 듣고 있었다. 음식을 먹긴 했지만, 그저 쉴새없이 그의 접시에 음식을 놓아주는 카테리나 이바노브나를 봐서 그녀의 기분이 상하지 않도록 예의상 조금 건드리는 정도였다. 그는 소냐를 뚫어지게 보고 있었다. 하지만 소냐는 점점 더 불안하고 걱정스러워졌다. 그녀 역시 추도식이 평화롭게 끝나지 않으리라는 것을 예감하며, 갈수록 흥분하는 카테리나 이바노브나를 두려움에 휩싸인 채 살피고 있었다. 무엇보다 소냐는 시골에서 올라온 두 여자가 카테리나 이바노브나의 초대를 그렇게 경멸스러워하며 거절한 가장 큰 이유가 바로 자신이라는 것을 알고 있었다. 그녀는 그 어머니 되는 사람이 초대에 모욕감까지 느끼고, '어떻게 내가 내 딸을 그런 여자와 나란히 앉힐 수가 있겠어요?' 하고 물었다는 것을 아말리야 이바노브나에게 직접 들었다. 소냐는 이 말이 어떤 식으로든 카테리나 이바노브나 귀에도 이미 들어갔을 거라 예상했고, 카테리나 이바노브나에게 그녀, 즉 소냐에 대한 모욕은 자기에 대한 개인적 모욕이나 자기 아이들, 아버지에 대한 모욕을 넘어서는, 한마디로 치명적인 모욕을 의미하기에, '두 여자가 치마꼬리나 질질 끌고 다니는 치들이니 뭐니 등등을 증명하기 전까지'는 지금 카테리나 이바노브나가 결코 진정할 수 없는 상태라는 걸 알았다. 공교롭게도 식탁 반대편 끝에서 누군가가 흑빵으로 화살이 관통한 두 개의 하트 모양을 만들어서는 접시에 얹어 소냐에게 보냈다. 카테리나 이바노브나는 얼굴이 확 달아올라, 식탁 너머로 이런 걸 보낸 놈은 당연히 '술 취한 당나귀'나 다름없다고 커다란 목소리로 이내 질타했다. 마찬가지로 뭔가 좋지 않은 일이 벌어질 거라 예감한데다, 동시에 카테리나 이바노브나의 거만함에 마음 깊이 상처를 입은 아말리야 이바노브나는 모임의 험악한 분위기를 다른 쪽으로 바꿔보려고, 또 그 참에 자기 평판도 높여보려고, 난데없이 불쑥 이야기를 시작했는데, 자기가 알고 지내는 '약사 카를'이 밤중에 마차를 타고 가다가 '마부가 그를 죽이려고 하자 카를이 죽이지 말라고 몹쉬, 몹쉬 애원하며 울고불고 두 손을 모아 싹싹 빌다가 너무 놀라고 무서워 심장을 찔러버렸다'라는 내용이었다. 카테리나 이바노브나도 웃기는 했지만, 아말리야 이바노브나에게 러시아어로 우스운 얘기를 할 생각일랑 꿈도 꾸지 말라고 바로 지적했다. 상대는 더욱더 기분이 상해 자신의 '베를린 출신 파더는 몹쉬, 몹쉬 직책이 노픈 솨람이라 항상 두 손으로 주머니를 더듬으셨다'*고 반박했다. 웃음이 많은 카테리나 이바노브나는 참지 못하고는 배를 잡고 웃어댔고, 이에 아말리야 이바노브나는 이미 마지막 인내심을 잃어버릴 지경이 됐지만 간신히 참고 있었다.

"정말 새끼 부엉이라니까요!" 기분이 유쾌해진 카테리나 이바노브나가 라스콜니코프에게 바로 다시 속삭이기 시작했다. "'두 손을 주머니에 넣고 다녔다'라고 하려다가 그만 '주머니를 더듬어댔다'라고 해버렸어요, 콜록콜록! 그거 아세요, 로디온 로마노비치, 결단코 이 페테르부르크에 사는 외국인들, 다시 말해 주로 어디서 굴러먹다 왔는지도 모를 독일인들은 하나같이 우리보다 훨씬 멍청해요! 어때요, 동의하시죠, 그러니까 '약사 카를이 무서워 심장을 찔러버렸다'라는 표현이 가능하기

* 러시아어로 '주머니를 더듬다'라는 표현에는 '소매치기하다'라는 뜻도 있다. 독일 출신인 아말리아 이바노브나의 러시아어는 발음, 어휘, 문법에 실수가 많다.

나 한가요, 게다가 그자가(코흘리개 같으니!) 마부를 꽁꽁 묶는 대신 '두 손을 모아 싹싹 빌며 울고불고 몸쉬 애원했다'라니요. 아휴, 바보 같은 여자! 그런데도 자기 얘기가 아주 감동적이라 생각하고 자기가 얼마나 바보 같은지는 의심도 안 한다니까요! 제 생각엔 저 술 취한 군량담당관이 저 여자보다는 훨씬 더 똑똑해요. 주정뱅이에다 마지막 정신까지 놓아버린 것처럼 보이지만, 최소한 그래도 저렇게 점잖고 진지하니까요…… 보세요, 저 여자, 앉아서 눈만 부릅뜨고 있잖아요. 화가 났어요! 화가 났어! 호호호! 콜록콜록콜록!"

한껏 즐거워하던 카테리나 이바노브나는 금세 여러 가지 세세한 일에 정신을 팔더니, 연금을 받게 되면 반드시 고향인 T시에 내려가…… 귀족 집안 딸들을 위한 기숙학교를 운영할 거라는 얘기를 불쑥 꺼냈다. 카테리나 이바노브나는 아직 이 일에 대해 라스콜니코프에게 직접 말해준 적이 없었기 때문에, 무척이나 매혹적인 이 꿈을 자세히 얘기하는데 금세 몰두했다. 어떻게 된 일인지는 알 수 없으나 갑자기 그녀 손에 상장이 들려 있었는데, 고인이 된 마르멜라도프가 술집에서 라스콜니코프에게 자기 아내 카테리나 이바노브나가 학교를 졸업할 때 숄을 들고 '현지사와 기타 인사들 앞에서' 춤을 췄다는 얘기를 하면서 이미 말한 바 있는 바로 그 상장이었다. 분명 이제 이 상장은 카테리나 이바노브나가 직접 기숙학교를 운영할 자격이 있다는 증명서 역할을 할 게 틀림없었다. 하지만 이걸 미리 준비한 가장 중요한 목적은 '요란하게 꾸미고 치마꼬리나 질질 끌고 다니는 두 여자'가 추도식에 올 경우 그들의 콧대를 완전히 꺾어버리고, 또 카테리나 이바노브나가 정말로 고상한 집 출신이자 '심지어 귀족 가문이라 부를 수 있는 대령집 딸로, 최근 부쩍 늘어난 무슨 투기꾼 여자들보다야 분명 훨씬 나은 사람'이라는 사실을 확실히 보여주는 것이었다. 상장은 금세 취한 손님들의 손에서 손으로 건네졌고, 카테리나 이바노브나는 이를 제지하지 않았는데, 거기에 정말로 그녀가 7등문관이자 훈장을 받은 이의 딸이라는 것, 그러니까 실제로 거의 대령의 딸이나 다름없다는 사실이 *분명히* 명시되어 있었기 때문이다. 이에 고무된 카테리나 이바노브나는 곧장 장차 T시에서 보낼 아름답고 평온한 삶에 대해 장황하게 설명을 늘어놓았다…… 수업을 위해 기숙학교에 초청할 김나지움 교사 이야기였다. 카테리나 이바노브나가 아직 학생일 때 그녀에게 프랑스어를 가르쳐줬고, 지금도 여전히 T시에서 여생을 보내고 있으며, 봉급이 아무리 적어도 분명 그녀에게 와줄, 망고라고 불리는 존경스러운 프랑스 노인 이야기도 했다. 마침내 이야기가 '소냐가 카테리나 이바노브나와 함께 T시로 떠나…… 거기서 그녀의 온갖 일을 도와줄 것'이라는 데까지 이르렀다. 하지만 이때 갑자기 누군가 식탁 끝에서 피식 콧방귀를 뀌었다. 카테리나 이바노브나는 처음엔 식탁 끝에서 터진 이 비웃음을 못 들은 척 무시하려 애썼지만, 곧 일부러 목청을 돋워 자기를 도와줄 소피야 세묘노브나의 의심할 여지 없는 능력에 대해, '그녀의 온순함과 참을성, 자기헌신, 고상함과 교양'에 대해 열을 내며 말하기 시작했고, 여기에 한술 더 떠 소냐의 볼을 다정하게 두드린 다음 몸을 살짝 일으켜 두 번이나 열정적으로 그녀에게 입을 맞췄다. 소냐는 얼굴을 확 붉혔고, 카테리나 이바노브나는 자신은 '신경이 약하고 바보 같은 여자인데다 몸도 너무 안 좋으며, 음식도 벌써 다 떨어졌으니 끝낼 때도 되지 않았느냐, 그러니 차를 가져왔으면 좋겠다'고 말하고는 갑자기 울음을 터뜨렸다. 바로 이때 모든 대화에 조금도 끼지 못한데다 아무도 자기 말을 들어주지 않는 데 결정적으로 화가 난 아말리야 이바노브나가 갑자기 마지막 시도를 감행하기로 결심하고서는, 불쾌한 기분을 숨기고 감히 카테리나 이바노브나에게 몹시 진지하고도 심오하게 지적질을 하기 시작했는데, 미래의 기숙학교에서는 아가씨들의 속옷(디 베셰)이 깨끗한지 각별한 주의를 기울여야 하고, '속옷을 좔 감독하도록 귀부인(디 다메)을 반드쉬 한 명 도야' 하며, 둘째로는 '절믄 아가씨들이 밤마다 몰래 소설 같은 걸 보는 일이 없도록' 해야 한다는 것이었다. 정말로 상태가 안 좋고 몹시 지친데다 이미 추도식에 완전히 넌덜머리가 난 카테리나 이바노브나는 곧장 아무것도 모르는 주제에 '쓸데없는 말이나 지껄'인다며 아말리야 이바노브나의 말을 '거칠게 잘라버렸다'. 디 베셰 걱정은 빨래담당자의 몫이지 고상한 기숙학교 교장의 몫이 아니라고 말이다. 또 소설을 읽는 것과 관련해서는 정말 무례하기 짝이 없으니 그 입 좀 닥쳐줬으면 좋겠다고도 했다. 아말리야 이바노브나는 확열이 오르면서 악에 받쳐서, 자기는 그저 '잘되길 바랐다'고, '정말 몹쉬 잘되길 바랐다'고, '정말이지 오랫동안 겔트*도 안 내지 않았느냐'고 쏘아붙였다. 그러자 카테리나 이바노브나는 '잘되길 바랐다'는 건 거짓말이라고, 어제만 해도 시신이 아직 침상에 놓여 있는데도 방 문제를 가지고 자기를 괴롭혔다고 말해서 즉시 '그녀의 콧대를 납작하게 눌러버렸다'. 이 말을 듣고 아말리야 이바노브나는 아주 적절하게도, 자기는 '그 부인들을 초대했지만 그 부인들은 고상한 부인이라 안 고상한 부

* 독일어 gelt(돈)를 러시아어식으로 읽은 것.

인 집에는 올 수가 업서서 오지 않은 거라고' 지적했다. 카테리나 이바노브나는 즉각 그녀에게 자기가 더러운 여자라 어떤 게 진짜 고상한 건지 판단도 못한다며 '힘주어 말했다'. 아말리야 이바노브나는 참지 못하고 그 즉시 자신의 '베를린 출신 파더는 몹쉬, 몹쉬 직책이 높은 쏴람이라 두 손으로 주머니를 더듬으며 이렇게 항상 푸후! 푸후! 소리를 내셨다'고 밝히고는, 모든 세입자가 한바탕 싸움을 예상하고 아말리야 이바노브나를 짐짓 부추기고 들쑤시며 큰 소리로 웃고 있는 앞에서 정말로 자기 파더 흉내를 내겠다고 의자에서 벌떡 일어나 두 손을 주머니에 넣고 뺨을 부풀려 입으로 푸후-푸후 비슷한 알아듣지 못할 소리를 내기 시작했다. 하지만 카테리나 이바노브나는 그런 꼴을 더는 참지 못하고 즉시 모두에게 들리도록, 아말리야 이바노브나에게 그놈의 파더라는 건 한 번도 없었을 거라고, 아말리야 이바노브나는 그저 페테르부르크에 사는 주정뱅이 핀란드 여자로, 분명 전에 어디선가 식모를 살았거나, 어쩌면 그보다 더 형편없는 일을 했을지도 모른다고 '딱 잘라 말했다'. 아말리야 이바노브나는 얼굴이 새우처럼 새빨개져서, 카테리나 이바노브나야말로 '절대 파더가 업엇겠지만, 자기에게는 베를린 출신 파더가 개셔서 이렇게 긴 프록코트를 입고 늘 푸후, 푸후, 푸후! 하고 다니셨다'며 빽빽 소리를 질러댔다. 카테리나 이바노브나는 자신의 출신이야 모두가 알고 있고, 바로 저 상장에 자기 아버지가 대령이라고 활자로 박혀 있지 않느냐며 경멸스러운 표정으로 쏘아붙였다. 반면 아말리야 이바노브나의 아버지는 (그녀에게 아버지가 있기나 하다면) 분명 페테르부르크에 사는 핀란드인으로 우유나 팔러 다녔을 거라고 했다. 하지만 아직까지도 아말리야 이바노브나의 부칭이 이바노브나인지 류드비고브나인지 모르는 걸 보면 아버지가 아예 없었던 게 제일 확실하다고 주장했다. 이에 완전히 격분한 아말리야 이바노브나는 주먹으로 탁자를 탕 내리치며, 자기는 아말-이반이지 류드비고브나가 아니라고, 자기 파더는 '요한*이라 불리는 영지관리인이엇'지만, 카테리나 이바노브나의 파더는 '결코 한 번도 영지관리인이었던 적이 업엇다'고 빽빽 소리를 지르기 시작했다. 카테리나 이바노브나는 자리에서 일어나 겉으로 보기에는 침착한 목소리로 (비록 온통 하얗게 질려 가슴을 심하게 들먹거리고 있었지만) 만일 그녀가 감히 한 번만 더 '그녀의 허접한 파더 따위와 자기 아버지를 나란히 놓고 비교한다면, 카테리나 이바노브나 자신이 그녀의 모자를 벗겨내 발로 짓밟아버리겠노라'고 준엄하게 말했다. 이 말을 듣자 아말리야 이바노브나는 자기가 집주인이라고, 카테리나 이바노브나더러 '당장 이 집에서 나가라'고 고래고래 소리를 지르며 온 방을 뛰어다니기 시작했다. 그러더니 무슨 이유에서인지 식탁에 달려들어 은숟가락을 거둬들이기 시작했다. 왁자지껄하고 요란한 소리가 났다. 아이들이 울기 시작했다. 소냐는 카테리나 이바노브나를 진정시키러 달려갔다. 하지만 아말리야 이바노브나가 난데없이 노란 딱지가 어쩌고 하며 소리지르기 시작하자, 카테리나 이바노브나는 소냐를 밀쳐내고 자신이 모자에 대해 한 협박을 즉각 실행에 옮기기 위해 아말리야 이바노브나에게 덤벼들었다. 바로 그 순간 문이 열리고, 문턱에 느닷없이 표트르 페트로비치 루진이 나타났다. 그는 그 자리에 서서 엄격하고 신중한 눈길로 모인 사람 모두를 찬찬히 바라보았다. 카

* '이반'은 '요한'에서 나온 이름이다.

테리나 이바노브나가 그에게 달려들었다.

## 3

"표트르 페트로비치!" 그녀가 외쳤다. "당신이라도 절 보호해주세요! 불행에 빠진 고상한 부인을 감히 이렇게 대하면 안 된다고 저 멍청한 여편네에게 단단히 일러주세요, 이러면 재판 받는다고 말이에요…… 제가 현지사이신 장군께 직접 찾아갈 거예요…… 저 여자가 책임지게 되겠죠…… 제 아버지의 환대를 기억하셔서 고아들을 보호해주세요."

"잠깐만요, 부인…… 잠깐, 잠깐만요, 부인." 표트르 페트로비치는 그녀의 손을 뿌리쳤다. "당신도 아시다시피 전 당신 부친을 만나뵌 적이 결코 없습니다…… 잠깐만요, 부인! (누군가 크게 웃음을 터뜨렸다), 전 당신과 아말리야 이바노브나 사이의 끝도 없는 불화에 끼어들고 싶은 생각이 없어요…… 제 나름의 용무가 있어서…… 당신 의붓딸인 소피야…… 이바노브나였던가…… 그랬던 거 같은데? 그분과 당장 이야기를 나누고 싶습니다. 좀 비켜주시지요……"

그러고서 표트르 페트로비치는 몸을 약간 틀어서 카테리나 이바노브나의 옆을 지나쳐 소녀가 있는 반대편 구석으로 향했다.

카테리나 이바노브나는 벼락이라도 맞은 듯 그 자리에 우뚝 서 있었다. 어떻게 표트르 페트로비치가 자기 아버지의 환대를 부정할 수 있는지 그녀는 이해할 수가 없었다. 일단 그 환대를 꾸며내고 나니 그녀 스스로 이미 그것을 엄연한 사실로 믿어버리게 된 것이다. 표트르 페트로비치의 사무적이고 메마르며, 심지어 경멸 가득한 위협조의 말투도 그녀를 충격에 빠뜨렸다. 그가 나타나자 왠지 다들 차츰 조용해졌다. 게다가 이 '사무적이고 심각한' 사람은 모인 사람들 모두와 전혀 조화를 이루지 못했으며, 그게 아니라도 그가 뭔가 중요한 용무로 여기 왔고, 이런 사람들 속에 낀 데는 필시 뭔가 범상치 않은 이유가 있을 것이고, 따라서 곧 무슨 일이 벌어지리라는 것, 뭔가 사건이 터지리라는 것은 분명해 보였다. 소냐 근처에 서 있던 라스콜니코프는 그가 지나가도록 조금 옆으로 비켜났다. 표트르 페트로비치는 그를 전혀 알아보지 못하는 것 같았다. 잠시 후 레베자트니코프도 문간에 나타났다. 그는 방으로 들어오지는 않고, 놀라움에 가까운 특별한 호기심을 품고서 멈춰 서 있었다. 그는 이야기에 귀를 기울였지만 이게 무슨 상황인지 한참이나 이해하지 못하는 것 같았다.

"죄송합니다, 제가 모임을 방해했는지도 모르겠군요, 하지만 워낙 중대한 용무인지라." 표트르 페트로비치는 막연하게 딱히 누구에게랄 것 없이 말했다. "많은 분이 계시니 반갑기까지 합니다. 아말리야 이바노브나, 당신에게 삼가 부탁드리니, 집주인으로서 앞으로 제가 소피야 이바노브나와 나누게 될 대화에 주목해주시기 바랍니다. 소피야 이바노브나." 그는 너무 놀라 벌써 미리 잔뜩 겁을 집어먹은 소냐를 똑바로 바라보며 말을 이었다. "당신이 방문한 직후, 제 친구인 안드레이 세묘노비치 레베자트니코프의 방 제 탁자에서 국가에서 발행한 제 소유인 백 루블 상당의 지폐가 사라졌습니다. 어떤 방식으로든 지금 그 돈이 어디 있는지 저희에게 알려주신다면, 여기 계신 모두를 증인 삼아 확실히 단언컨대, 그것만으로 이 일은 마무리될 것입니다. 반대의 경우 아주 심각한 조치를 강구할 수밖에 없으며 그땐…… 이미 스스로를 탓해야 할 겁니다!"

완전한 침묵이 방안에 드리워졌다. 울던 아이들마저 숨을 죽였다. 소냐는 죽은 사람처럼 창백한 얼굴로 서서 루진을 바라볼 뿐 아무 대답도 하지 못했다. 아직 무슨 일인지조차 이해하지 못한 것 같았다. 몇 초가 흘렀다.

"자, 그러면 어쩌시겠습니까?" 루진이 그녀를 뚫어지게 쳐다보며 물었다.

"전 몰라요…… 전 아무것도 몰라요……" 마침내 소냐가 가냘픈 목소리로 말했다.

"아니라고요? 모른다고요?" 루진은 이렇게 되묻고는 다시 몇 초간 입을 다물었다. "생각해보세요, 마드무아젤." 엄격하긴 했지만 여전히 타이르는 듯한 말투로 그가 입을 열었다. "잘 판단해보세요, 당신에게 생각할 시간을 좀더 드려야겠지요. 보세요. 만일 그만한 확신이 없었다면, 당연히 경험 많은 제가 이렇게 직접적으로 당신을 범인이라 지목하는 위험을 무릅쓰지는 않았을 겁니다. 왜냐면 이렇게 직접적으로 공공연히 지목했다가 그게 거짓이거나 단지 실수였다는 게 드러나면, 어떤 의미에서는 저 자신이 책임을 져야 하니까요. 그 정도는 저도 알고 있습니다. 오늘 아침 저는 쓸 데가 있어서 액면가 3천 루블에 해당하는 5부 이자가 붙은 채권 몇 장을 바꾸어놓았습니다. 결제액은 기입해서 제 지갑 안에 넣어두었지요. 안드레이 세묘노비치가 증인입니다, 집에 와서 저는 돈을 세기 시작했고, 2천3백 루블까지 세고서 지갑에 넣은 다음 지갑은 프록코트 옆주머니에 넣어두었습니다. 탁자에는 지폐로 5백 루블가량이 남아 있었는데, 그중에 백 루블짜리가 석 장 있었고요. 그때 당신이 오셨습니다. (제가 불렀지요.) 이후 우리 방에 계시는 내내 당신은 극도로 당황한 모습이었어요, 심지어 대화 도중에 세 번이나 일어나 무슨 까닭인지 황급히 가려고 하셨지요, 대화가 아직 끝나지도 않았는데 말입니다. 안드레이 세묘노비치가 이 모든 일의 증인이 되어줄 겁니다. 마드무아젤, 제가 안드레이 세묘노비치를 통해 당신을 부른 것은 오로지 당신 가족인 카테리나 이바노브나(그분이 연 추도식에 참석할 수가 없었으니까요)의 고아나 다름없는 의지할 데 없는 처지와 관련해, 그분에게 이익이 될 만한 뭔가 유익한 일, 성금이라든가 복권이라든가 그 비슷한 뭐라도 도모해볼 수 없을까, 당신과 의논하기 위해서였습니다, 이 사실을 당신 스스로도 인정하고 밝혀주시는 걸 아마도 거부하지는 않으시겠지요. 당신은 제게 감사를 표했고, 눈물까지 보였어요 (전 전부 있었던 사실 그대로를 말씀드리고 있습니다, 첫째로는 당신이 기억하게 해드리기 위해서, 둘째로는 제가 사소한 점 하나까지도 잊지 않았다는 걸 당신에게 보여드리기 위해서입니다). 그다음에 저는 탁자에서 10루블짜리 지폐를 집어 당신 어머니를 위한 제 명의의 첫 원조금 격으로 당신에게 드렸고요. 이 모든 걸 안드레이 세묘노비치가 보았습니다. 당신은 여전히 안절부절못하시더군요. 그후 저는 당신을 문까지 배웅해드렸고 그다음 안드레이 세묘노비치와 둘이 남아 십 분가량 서로 얘기를 나눈 뒤, 안드레이 세묘노비치는 밖으로 나가고 전 다시 돈이 놓인 탁자로 돌아왔습니다, 그걸 마저 세어보고 전에 생각해둔 대로 따로 저금하려고요. 놀랍게도 남은 돈 중에 백 루블짜리 지폐 한 장이 보이지 않더군요. 그럼 이제 판단해보시죠. 정말이지 아무리 해도 안드레이 세묘노비치를 의심하지는 못하겠습니다. 그런 가정을 해보는 것만도 부끄러워요. 제가 계산을 잘못했다고도 할 수 없습니다, 왜냐면 당신이 오기 조금 전에 모든 계산을 끝내고 합이 맞다는 걸 확인했으니까요. 당신이 당황했던 것, 황급히 떠나려 했던 것, 손을 잠시 탁자에 올려놓았던 것이 떠올랐고, 결국 당신의 사회적 신분과 그와 관련된 습성들을 고려하여, 제가, 말하자면 공포스럽게도, 심지어 제 의지에 반해서, 물론 가혹하지만 온당한 혐의에 도달할 수밖에 없었다는 점을 인정해주시기 바랍니다! 하나 더 덧붙여 다시 말씀드리고 싶은 것은, 이 명백한 확신에도 불구하고 지금처럼 당신을 비난하는 일이 제게도 어느 정도 모험일 수 있다는 걸 여전히 안다는 것입니다. 하지만 보시다시피 저는 그냥 넘어가지 않았습니다. 분연히 떨쳐 일어났고, 왜 그랬는지 말씀드리지요. 아가씨, 그건 오로지 단 하나, 당신의 그 더럽기 짝이 없는 배은망덕함 때문입니다! 어떻게 이럴 수 있습니까? 전 불쌍하기 그지없는 당신 어머니를 위해 뵙자고 청했고, 힘이 닿는 대로 10루블을 희사했는데, 그런데도 당신은 거기서 곧바로 그런 행동으로 그 모든 걸 되갚아주는군요! 아니, 이건 정말 나쁜 짓입니다! 반드시 훈계가 필요합니다. 잘 생각해보세요. 뿐만 아니라 당신의 진실한 친구로서 부탁드리니 (지금 이 순간 당신에게 저보다 더 좋은 친구란 있을 수 없으니까요) 정신 좀 차리세요! 그러지 않으면 가차없이 처리하겠습니다! 자, 어쩌시겠습니까?"

"전 당신 방에서 아무것도 가져가지 않았어요." 소냐는 공포에 질려 속삭였다. "제게 10루블을 주셨지요, 자, 여기 가져가세요." 소냐는 주머니에서 손수건을 꺼내어 매듭을 찾아 풀고는 10루블 지폐를 꺼내 루진에게 내밀었다.

"그럼 나머지 백 루블 건은 여전히 인정하지 않겠다는 말인가요?" 그는 돈을 받지 않은 채 비난하듯 집요하게 말했다.

소냐는 주위를 둘러보았다. 모두들 그녀를 무시무시하고 엄격하고 증오와 비웃음으로 가득찬 얼굴로 노려보고 있었다. 그녀는 라스콜니코프를 쳐다보았다…… 그는 팔짱을 끼고 벽에 기대서서 타는 듯한 눈길로 그녀를 바라보고 있었다.

"오, 하느님!" 소냐의 입에서 탄식이 흘러나왔다.

"아말리야 이바노브나, 경찰에 알려야겠군요, 삼가 부탁드리니 일단 사람을 보내 수위를 불러주세요." 루진은 조용히, 심지어 다정하게 말했다.

"고트 데르 바름게르치게!* 저애가 도둑질할 줄 알았다니까!" 아말리야 이바노브나는 손뼉을 딱 쳤다.

"그럴 줄 아셨다고요?" 루진이 말을 받았다. "그러니까 이미 전에도 그렇게 결론 내릴 만한 어떤 근거가 있었다는 얘기군요? 존경하는 아말리야 이바노브나, 그 말씀, 더구나 증인들 앞에서 당신이 하신 그 말씀을 잘 기억해두시길 부탁드립니다."

갑자기 사방에서 웅성거리는 소리가 커져갔다. 모두들 술렁이기 시작했다.

"어-떻-게 이럴 수가!" 퍼뜩 정신을 차린 카테리나 이바노브나가 갑자기 고함을 지르고는, 루진에게 쏜살같이 덤벼들었다. "어떻게 이럴

---

* 독일어 Gott der barmherzige(자비로운 신이시여)를 러시아식으로 읽은 것.

수가! 당신이 저애한테 도둑 누명을 씌워? 우리 소냐한테? 아, 비열한 인간들, 비열한 인간들!" 그러고는 소냐에게 달려들어 바싹 여윈 팔로 그녀를 으스러지게 끌어안았다.

"소냐! 어떻게 저런 인간에게 10루블을 받을 생각을 했니! 오, 어리석은 것! 이리 내놔라! 당장 그 10루블을 다오, 어서!"

그러고서 카테리나 이바노브나는 소냐에게서 지폐를 낚아채 손으로 마구 구긴 다음, 세차게 팔을 휘둘러 루진의 얼굴에 정면으로 던져버렸다. 구겨진 돈은 그의 눈에 맞고 바닥에 데굴데굴 떨어졌다. 아말리야 이바노브나가 돈을 주우러 달려갔다. 표트르 페트로비치는 화가 났다.

"저 미친 여자 좀 말려주세요!" 그가 소리쳤다.

이때 문가에 선 레베쟈트니코프 옆으로 몇몇 사람의 얼굴이 더 나타났는데, 그들 중에는 시골에서 올라온 두 여자도 보였다.

"뭐라고! 미친 여자라고? 내가 미쳤다고? 얼-간-이 같으니!" 카테리나 이바노브나가 빽빽 소리를 질렀다. "얼빠진 건 바로 네놈이야, 법원 나부랭이 주제에, 비열한 인간! 소냐, 소냐가 네놈 돈을 훔쳤다고! 우리 소냐가 도둑이라고! 되레 네놈한테 돈을 줬으면 줬지, 이 멍청한 놈아!" 그러고 나서 카테리나 이바노브나는 히스테릭하게 깔깔대며 웃기 시작했다. "저렇게 멍청한 작자를 본 적 있어요?" 그녀는 모두에게 루진을 가리키며 사방팔방 몸을 내던졌다. "어떻게 이럴 수 있어! 너도 그랬지?" 그녀가 집주인을 발견했다. "너도 그랬지, 이 소시지 나부랭이나 만드는 여편네야.* 저애가 '훔쳤다'고 맞장구치다니, 이 치마 두른 비열

* 당시 러시아에서 '소시지를 만드는 여자'라는 말은 독일 여자를 멸시하는 표현으로도 쓰였다.

한 프로이센 닭다리 같은 여편네! 아, 여러분! 아, 여러분! 그래, 이 비열한 놈아, 네놈 방에서 돌아온 후 저애는 한 번도 이 방 밖으로 나가지 않았어, 여기 로디온 로마노비치 곁에 나란히 앉아 있었다고!…… 저애 몸을 뒤져봐! 아무데도 안 나갔으니 분명 돈이 저애 몸에 있겠지! 뒤져, 뒤지라고, 뒤져! 못 찾기만 해봐, 그럼 미안하지만, 이 양반아, 톡톡히 책임져야 할 거야! 폐하께, 폐하께, 차르 그분께 직접 달려갈 거야, 자비로운 그분 발 아래 몸을 던질 거라고, 오늘 당장! 난 고아나 다름없어! 날 들여보내줄 거야! 네놈은 안 들여보낼 거라고 생각하지? 웃기는 소리, 가고 말 거야! 갈 거야-아! 저애가 순해빠졌다고 이러는 거냐? 그래서 그런 거지? 하지만, 이놈아, 대신 내가 한 성깔 한다, 왜! 네놈 뜻대로는 안 될걸! 뒤져! 뒤지라고, 뒤져, 자, 뒤져보란 말이야!"

그러고는 카테리나 이바노브나는 미친 듯이 흥분해서 루진을 소냐 쪽으로 끌고 가려 잡아당겼다.

"전 준비가 되어 있고 책임질 겁니다…… 하지만 좀 진정하십시오, 부인, 진정하세요! 당신이 보통 성격이 아니라는 건 아주 잘 알고 있습니다!…… 참 나…… 이걸…… 이걸 어쩐다?" 루진이 중얼거렸다. "이런 일은 경찰서에서 해야 하는데…… 하긴 지금도 증인이 충분히 많긴 하지만…… 전 준비가 되어 있습니다…… 하지만 어쨌든 남자는 곤란하지요…… 성별이 다르니까요…… 아말리야 이바노브나가 도와주신다면야…… 그래도 일을 이렇게 처리하면 안 되긴 하지만…… 이걸 어쩐다?"

"아무나 시켜! 원하는 사람이 뒤져보라고!" 카테리나 이바노브나가 소리쳤다. "소냐, 저 인간들에게 주머니를 까 보여줘라! 자, 어서! 보라고, 이 악당 같으니, 비었잖아, 여기 손수건이 있고, 주머니는 텅 비었지, 보라고! 이제 다른 주머니다, 자, 여기! 봐! 보란 말이야!"

그러면서 카테리나 이바노브나는 주머니를 뒤집어 보여주는 정도가 아니라 양쪽 주머니를 하나씩 차례로 바깥쪽으로 잡아빼다시피 했다. 그런데 두번째로 뽑아낸 오른쪽 주머니에서 갑자기 종이 한 장이 팔랑 튀어나와 공중에 포물선을 그리며 루진의 발 아래로 툭 떨어졌다. 모두가 그 장면을 보았다. 많은 사람이 비명을 질렀다. 표트르 페트로비치는 몸을 굽혀 두 손가락으로 바닥에서 종이를 주워서는 모두에게 보이도록 들어올려 펼쳐보였다. 여덟 겹으로 접힌 백 루블짜리 지폐였다. 표트르 페트로비치는 모두에게 지폐를 보여주려 팔을 한 바퀴 빙그르르 돌렸다.

"도둑년! 이 집에서 당장 나가! 경찰, 경찰!" 아말리야 이바노브나가 고래고래 소리를 질렀다. "저런 것들은 시베리아로 쫓아버려야 해! 당장 나가!"

사방에서 탄식이 날아들었다. 라스콜니코프는 소냐에게서 눈을 떼지 않은 채 아무 말도 하지 않았고, 이따금 힐끗 루진을 쳐다볼 뿐이었다. 소냐는 넋이 나간 듯 그 자리에 서 있었다. 심지어 놀란 것 같지도 않았다. 갑자기 그녀의 얼굴이 확 붉어졌다. 그녀는 비명을 지르며 손으로 얼굴을 감쌌다.

"아니에요, 제가 아니에요! 전 가져가지 않았어요! 전 모르는 일이에요!" 그녀는 소리를 지르고는 심장이 잡아찢기듯 울부짖으며 카테리나 이바노브나에게 몸을 던졌다. 그녀는 소냐를 붙잡아 마치 자기 가슴으로 그녀를 모든 것에서 보호하겠다는 듯 꼭 안았다.

"소냐! 소냐! 난 믿지 않는다! 알지, 난 안 믿어!" (모든 것이 확실한 상황인데도) 카테리나 이바노브나는 그녀를 어린애처럼 자기 팔 안에서 토닥이고, 수없이 입을 맞추고, 그녀의 손을 잡아 꽉 쥐어 거기에도 입을 맞추며 외쳤다. "네가 훔쳤다고! 정말 어리석은 사람들이다! 오, 하느님! 어리석은 사람들이야, 어리석어." 그녀는 모두를 향해 외쳤다. "당신들은 전혀 몰라, 모른다고, 이애가 어떤 마음씨를 지녔는지, 이애가 어떤 아이인지! 얘가 훔쳤다고, 얘가! 당신들이 필요하다면 이애는 자기 마지막 옷마저도 벗어서 팔아줄 애야, 자기는 맨발로 다니면서도 다 내어줄 아이라고, 얘는 그런 애란 말이야! 이애가 노란 딱지를 받은 것도 내 새끼들이 굶주려 죽어가니까, 우리를 위해 자기 몸을 판 거라고!…… 아, 돌아가신 양반, 이 양반아! 아, 여보, 여보! 보고 있어요? 보고 있어요? 바로 이게 당신의 추도식이네요! 하느님! 이애를 보호해주세요, 왜 그렇게 모두 서 있기만 하나요! 로디온 로마노비치! 당신은 대체 왜 나서주지 않는 거죠? 설마 당신도 믿는 건가요? 당신들은 이 아이 새끼손가락만큼의 가치도 없는 인간이야, 모두, 모두, 모두, 모두가 말이야! 하느님! 보호해주소서, 제발!"

불쌍하고 의지할 데 없는 폐병 환자 카테리나 이바노브나의 통곡은 사람들에게 강렬한 인상을 불러일으킨 것 같았다. 고통으로 일그러진 바싹 마른 폐병 환자의 얼굴, 피가 말라붙은 까칠한 입술, 잔뜩 쉰 목소리로 어린애가 울듯이 목놓아 우는 통곡소리, 순진한 어린애처럼 보호해달라고 필사적으로 애원하는 모습은 너무나 불쌍하고 너무나 처절해서, 모든 사람이 이 불행한 여자를 동정하게 된 듯했다. 적어도 표트르 페트로비치는 즉시 동정을 표했다.

"부인! 부인!" 그는 힘을 주어가며 소리 높여 말했다. "이 사실은 당신하고는 아무 상관이 없습니다! 누구도 당신이 이 일을 꾸미거나 동조했다고 결코 비난하지 않을 겁니다, 더구나 주머니를 뒤집어 보여 모든 게 드러나게 하셨으니 더더욱 그렇고요. 그러니까 당신은 아무것도 예상 못했다는 거겠죠. 만일, 그러니까 극심한 가난이 소피야 세묘노브나에게 그런 짓을 하도록 부추긴 거라면, 전 정말, 정말로 동정할 만반의 자세가 되어 있습니다. 하지만 마드무아젤, 도대체 왜 당신은 인정하지 않으려 했지요? 치욕이 두려웠나요? 처음 한 일이라서요? 혹시 당황했습니까? 이해합니다. 충분히 이해할 수 있어요…… 하지만 그래도 대체 왜 그런 짓을 하려 했습니까! 여러분!" 그는 자리에 있는 모든 사람들을 향해 말했다. "여러분! 제가 받은 개인적인 모욕에도 불구하고, 지금 저는 가엾이 여기는 마음으로, 그러니까 동정하는 마음으로 용서할 준비가 되어 있습니다. 자, 마드무아젤, 지금의 이 수치가 미래를 위한 교훈이 될 겁니다." 그는 소냐를 향해 말했다. "앞으로 이 일은 문제삼지 않겠습니다, 그냥 이렇게 끝내도록 하지요. 충분합니다!"

표트르 페트로비치는 곁눈질로 라스콜니코프를 힐끔 보았다. 그들의 시선이 마주쳤다. 라스콜니코프의 활활 타는 눈길은 그를 태워 재로 만들어버릴 기세였다. 하지만 카테리나 이바노브나의 귀에는 더는 아무 말도 들리지 않는 것 같았다. 그녀는 미친 사람처럼 소냐를 안고 입을 맞췄다. 아이들 역시 작은 팔로 사방에서 소냐를 감싸안았고, 폴레치카는 무슨 일인지 제대로 이해하지 못하면서도 울어서 퉁퉁 부은 예쁜 얼굴을 소냐의 어깨에 파묻고 엉엉 울어 진이 빠진 채 온통 눈물범벅이 되어 있었다.

"이건 너무나 비열하군!" 갑자기 문가에서 커다란 목소리가 울렸다.

표트르 페트로비치는 황급히 주위를 둘러보았다.

"정말 비열해!" 레베자트니코프가 그의 눈을 뚫어져라 쳐다보며 다시 한번 말했다.

표트르 페트로비치는 심지어 흠칫 떠는 것 같았다. 모두 이 모습을 보았다. (나중에 모두 이 사실을 기억해냈다.) 레베자트니코프가 방안으로 성큼 들어섰다.

"그런데도 감히 날 증인으로 세웠단 말이지?" 그가 표트르 페트로비치에게 다가서며 말했다.

"그게 무슨 말이지, 안드레이 세묘노비치? 자네, 무슨 말을 하는 거야?" 루진이 중얼거렸다.

"그건 당신이…… 중상모략가라는 뜻입니다, 바로 그게 제 말의 의미라고요!" 레베자트니코프는 잘 보이지도 않는 작은 눈으로 그를 엄하게 노려보며 흥분해서 말했다. 그는 지독하게 화가 나 있었다. 라스콜니코프는 뚫어져라 그를 바라봤는데, 그의 말 한 마디 한 마디를 낚아채 헤아려보는 듯했다. 또다시 침묵이 드리워졌다. 표트르 페트로비치는 몹시 당황한 듯했고, 처음 얼마간은 특히 그랬다.

"자네 지금 날 보고……" 그가 더듬거리며 말을 시작했다. "대체 무슨 짓이야? 자네, 제정신인가?"

"전 말짱합니다, 당신은 정말…… 사기꾼이에요! 아, 정말 비열한 짓이야! 전 다 들었어요, 모든 걸 이해하기 위해서 일부러 끝까지 기다렸지요, 왜냐면 고백하건대 심지어 지금까지도 일이 다 논리적으로 이해되는 건 아니라서요…… 당신이 왜 이런 일을 저질렀는지 이해할 수가 없군요."

"대체 내가 뭘 어쨌다는 거야! 그런 말도 안 되는 추측일랑 그만둬! 아니면 자네, 혹시 술 마셨나?"

"당신같이 비열한 사람은 마실지 몰라도 전 아닙니다! 전 보드카조차 결코 한 번도 마신 적 없어요, 왜냐면 그건 제 신념에 어긋나니까요! 상상이나 하시겠습니까, 이 사람이, 이 사람이 직접, 자기 손으로 저 백루블짜리 지폐를 소피야 세묘노브나에게 줬습니다. 제가 봤어요, 제가 증인입니다. 맹세해요! 이 사람이 그랬어요, 이 사람이요!" 그는 모두에게, 한 사람, 한 사람을 향해 되풀이해 말했다.

"대체 정신이 나간 거야, 뭐야, 젖내 나는 애송이 주제에?" 루진이 쇳소리를 냈다. "저 아가씨가 직접 여기 이 자리에서, 자네 앞에서, 10루블 말고는 내게서 받은 게 아무것도 없다고 방금 여기서, 모두가 있는 데서 자기 입으로 확인했잖은가. 그런데도 어떻게 내가 저 아가씨에게 돈을 줬다는 거야?"

"제가 봤어요, 봤다고요!" 레베쟈트니코프는 이렇게 소리치며 반복해서 말했다. "비록 제 신념에 어긋나긴 하지만, 전 당장이라도 재판정에서 어떤 맹세든 할 각오가 되어 있습니다, 왜냐면 당신이 그녀 옷에 슬그머니 돈을 집어넣는 걸 봤으니까요! 바보같이 저는 그저 당신이 선행을 베푸느라 몰래 넣어주었다고만 여겼지요! 문가에서 헤어지면서 그녀가 몸을 돌릴 때, 당신이 한 손으로 그녀의 손을 잡고 다른 손으로, 왼손으로, 그녀 주머니에 몰래 지폐를 넣었어요. 제가 봤어요! 봤다니까요!"

루진의 얼굴에 핏기가 가셨다.

"무슨 말도 안 되는 소릴 지껄이는 거야!" 그는 난폭하게 고함을 질렀다. "아니, 자네는 창가에 서 있었으면서 그게 지폐인 줄 어떻게 분간할 수 있었단 거야? 그냥 그렇게 보인 거겠지…… 눈이 거의 보이지도 않으면서. 헛소리 좀 작작해!"

"아닙니다, 그렇게 보인 게 아니에요! 멀리 서 있었지만 전 전부, 모두 다 봤습니다, 사실 창문에서는 지폐를 분간하기 어렵지요, 그건 당신 말이 맞아요. 하지만 전 특별한 사정으로 그게 바로 백 루블짜리 지폐라는 걸 확실히 알 수 있었습니다, 왜냐면 당신이 소피야 세묘노브나에게 10루블을 주려 할 때, 그때 당신이 탁자에서 백 루블짜리 지폐도 집어들었으니까요(그땐 가까이 서 있었기 때문에 그걸 봤죠, 그리고 바로 그때 어떤 생각이 머릿속에 떠올랐기 때문에 당신 손에 지폐가 있다는 걸 잊지 않았던 겁니다). 제 눈으로 봤어요. 당신은 그걸 접어서 손에 꽉 쥐고 내내 들고 있었어요. 그후 그 사실을 다시 잊어버릴 뻔했는데, 당신이 일어서면서 오른손에 있던 돈을 왼손으로 옮겨 쥐다가 하마터면 떨어뜨릴 뻔했지요. 그래서 다시 기억하게 된 겁니다, 그때 또 똑같은 생각이 머릿속에 떠올랐기 때문에요. 그건 바로, 당신이 저 몰래 그녀에게 선행을 베풀려 한다는 생각이었죠. 다들 예상하셨겠지만 저는 유심히 살펴보기 시작했고요. 그렇게 해서 당신이 그녀 주머니에 돈을 집어넣는 걸 본 겁니다. 제가 봤어요, 봤단 말입니다, 맹세합니다!"

레베쟈트니코프는 숨이 막힌 듯 헐떡였다. 사방에서 다양한 탄식소리가 울려퍼지기 시작했고, 그중에는 놀라움의 탄식이 가장 많았다. 그러나 위협적인 느낌을 담은 탄식소리도 들렸다. 모두가 표트르 페트로비치에게로 웅성거리며 몰려들었다. 카테리나 이바노브나는 레베쟈트니코프에게 달려들었다.

"안드레이 세묘노비치! 제가 당신을 잘못 봤군요! 저애를 보호해주시다니요! 오직 당신만 저애 편이군요! 저애는 고아나 다름없었는데, 하느님이 당신을 보내셨어요! 안드레이 세묘노비치, 고마운 양반, 훌륭한 분!"

그러고는 카테리나 이바노브나는 자신이 뭘 하는지도 거의 의식하지 못한 채 그 앞에 몸을 던져 무릎을 꿇었다.

"헛소리야!" 루진이 광폭하게 격분해 고함을 질렀다. "계속 헛소리만 지껄여대는군. '잊었다, 기억했다가, 잊었다'라니, 대체 무슨 소리야! 그러니까 내가 저 여자에게 일부러 몰래 넣었다고? 왜? 뭣 때문에? 내가 저런 여자랑 무슨 상관이 있다고……"

"왜냐고요? 바로 그 점이 저도 이해가 안 갑니다만, 제가 오직 사실만 말씀드렸다는 건 확실해요! 착각한 게 아닙니다, 당신은 혐오스러운 범죄자예요, 제가 당신을 칭찬하며 당신 손을 잡았던 바로 그때, 바로 그 순간 제 머릿속에 그 문제에 대한 의문이 떠올랐고, 그걸 기억하고 있습니다. 당신은 대체 왜 그녀의 주머니에 몰래 돈을 넣었을까? 하는 의문이었지요. 그러니까, 대체 왜 몰래 그랬을까? 내가 자신과 상반된 신념을 가지고 있고, 근본적으로는 아무것도 개선할 수 없는 개인적 자선을 부정하는 걸 알고 있으니, 그저 내게 숨기고 싶었던 걸까? 그러다가 저는 당신이 제 앞에서 그런 거금을 주는 게 정말로 쑥스러운가 보다, 결론 내렸지요, 그 외에도 어쩌면 저 사람은 그녀에게 깜짝 선물을 하고 싶은가보다, 그녀가 자기 주머니에서 백 루블을 발견하고 깜짝 놀라게 하려고 그러나보다 하는 생각도 했고요. (왜냐면 어떤 자선가들은 자기 선행을 그런 식으로 색칠하길 아주 좋아한다는 걸 알거든요.) 나중에는 당신이 그녀를 시험해보고 싶은 건지도 모르겠다, 그런 생각도 들었어요, 즉 돈을 발견한 그녀가 감사하러 오나 안 오나 보자 하고요. 또 당신이 감사를 받는 걸 피하고 싶은가보다고도 생각했지요, 그러니까 그게, 거기서 이걸 뭐라고 하더라, 오른손이 모르게 하라나 뭐라나…… 한마디로 어쨌든 그렇게 하려나보다 하고요…… 뭐, 이렇게 그때 머릿속에 수많은 생각이 떠올라서 저는 모든 걸 나중에 곰곰이 생각해보기로 결정한 겁니다, 하지만 어쨌든 제가 비밀을 알고 있다는 걸 당신 앞에 드러내는 건 점잖지 못하다고 생각했지요. 그런데 바로 그때 또다른 생각이 떠올랐어요. 소피야 세묘노브나가 혹시 좋은 일을 눈치채기도 전에 돈을 잃어버리면 어쩌나 싶었죠. 바로 그것 때문에 여기 오기로 결정했던 겁니다, 그녀를 불러내서 주머니에 백 루블이 들어 있다는 걸 알려주려고요. 오는 길에 먼저 코빌랴트니코바 부인 댁에 들렀고요, 『실증적 방법의 보편적 추론』을 가져다주고, 특히 피데리트의 논문도 추천해주려고요(그리고 바그너의 논문도요). 그러고 나서 여기 와보니, 대체 이게 무슨 난리란 말입니까! 당신이 그녀 주머니에 백 루블을 집어넣는 걸 제가 실제로 보지 못했다면 이 모든 생각과 판단을 할 수 있었겠습니까, 그게 가능했겠냐고요?"

안드레이 세묘노비치는 이렇게 논리적인 추론으로 결론을 맺으면서 장황한 주장을 마쳤는데, 지독하게 피곤해하며 얼굴에서 땀까지 줄줄 흘렸다. 이런, 그는 자기 나라 말로도 정연하게 설명할 줄 모르는 사람인지라(하긴 다른 언어도 전혀 모르지만), 영웅적인 변론을 마친 후 단숨에 녹초가 되어버렸고, 살까지 쏙 빠진 것 같았다. 그럼에도 그의 연설은 극도의 효과를 불러일으켰다. 그가 그토록 흥분하고 그토록 확신에 차서 말해서인지 모두 그를 믿는 듯 보였다. 표트르 페트로비치는 상황이 좋지 않다고 느꼈다.

"자네 머리에 무슨 멍청한 의문들이 떠올랐든 나랑 무슨 상관인가." 그는 소리질렀다. "그건 증거가 될 수 없어! 다 자네가 꿈에서 본 건지도 모르지, 그뿐이야! 내 분명히 말하는데 자넨 거짓말을 하고 있어, 이 친구야! 나에게 악감정이 있어서 거짓말을 하고 비방을 하는 거야, 그리고 그건 내가 자네의 자유사상과 무신론적인 사회적 제안에 동의하지 않으니 화가 나서 그러는 거지, 바로 그 때문이야!"

하지만 이렇게 발뺌하는 것은 표트르 페트로비치에게 이롭지 못했다. 오히려 사방에서 불만에 가득찬 소리가 퍼졌다.

"아, 그런 식으로 꽁무니를 빼시겠다!" 레베쟈트니코프가 소리쳤다. "거짓말은 당신이 하고 있지! 경찰을 불러요, 내가 맹세할 테니! 단지 이해할 수 없는 게 하나 있어요. 뭣 때문에 저 사람은 이런 비열한 행동을 밀어붙인 걸까! 오, 불쌍하고 비열한 사람!"

"저 사람이 왜 이런 행동을 감행했는지 제가 설명할 수 있습니다, 그리고 필요하다면 저도 맹세하지요!" 마침내 라스콜니코프가 결연한 목소리로 말하며 앞으로 나섰다.

그는 단호하고 침착해 보였다. 모두들 왠지 그를 한번 쳐다보는 것만으로도, 문제가 어디 있는지 그가 제대로 알고 있으며, 사건 역시 대단원에 이르렀음을 분명히 알게 되었다.

"이제 제게는 모든 게 완전히 확실해졌습니다." 레베쟈트니코프를 똑바로 바라보며 라스콜니코프가 말을 이었다. "사건이 시작될 때부터 전 이미 여기에 어떤 더러운 간계가 숨어 있지 않나 의심하고 있었습니다. 오직 저 혼자만 아는 독특한 사정 때문에 의심하고 있었는데, 이제 그걸 모든 분께 설명드리려 합니다. 모든 문제가 거기에 있으니까요! 안드레이 세묘노비치, 결정적으로 당신의 귀중한 증언 덕택에 제게 모든 것이 분명해졌습니다. 모두, 모두 귀를 기울여주시기 바랍니다. 저 신사는 (그는 루진을 가리켰다) 얼마 전 한 아가씨에게 청혼을 했습니다, 바로 제 동생인 아브도티야 로마노브나 라스콜니코바지요. 하지만 그가 페테르부르크에 도착한 후, 그저께, 우리가 처음 만난 자리에서 저랑 다투었고, 전 제 방에서 저 사람을 쫓아냈는데, 거기엔 증인이 두 사람 있어요. 저 사람은 아주 나쁜 사람입니다…… 그저께까지만 해도 전 저 사람이 안드레이 세묘노비치, 여기 당신 집에 묵고 있는 줄 전혀 몰랐고, 따라서 우리가 싸운 바로 그날, 다시 말해 그저께 제가 고인이 된 마르멜라도프 씨의 친구로서 부인인 카테리나 이바노브나에게 장례식 비용으로 얼마간의 돈을 드린 것을 그가 봤다는 사실도 몰랐습니다. 저 사람은 곧장 제 어머니에게 쪽지를 써서, 제가 가진 돈 전부를 카테리나 이바노브나가 아니라 소피야 세묘노브나에게 주었다고 알려줬지요, 게다가 아주 비열한 표현을 써서…… 소피야 세묘노브나의 특성을 언급하면서요, 즉, 저와 소피야 세묘노브나가 어떤 특별한 관계인 양 넌지시 암시한 겁니다. 아시다시피 이 모든 건, 제가 어머니와 누이가 보태준 마지막 돈을 저급한 목적에 탕진했다고 암시함으로써 저와 가족들이 싸우게 하려는 목적이었습니다. 어제저녁 어머니와 동생, 또 저 사람도 있는 자리에서, 제가 장례식 비용으로 돈을 건

넨 사람은 소피야 세묘노브나가 아니라 카테리나 이바노브나였으며, 심지어 그저께까지만 해도 소피야 세묘노브나를 전혀 몰랐고 얼굴조차 본 적 없다고 밝힘으로써 진실을 회복시켰지요. 게다가 저 사람, 즉 표트르 페트로비치 루진이 가진 장점을 다 합쳐도, 그가 그렇게 나쁘게 평가하는 소피야 세묘노브나의 새끼손가락 하나만큼의 가치도 없다고 덧붙였습니다. 소피야 세묘노브나를 동생과 나란히 앉힐 수 있겠느냐는 저 사람의 질문에도 저는 그날 이미 그렇게 했노라 대답했지요. 자신의 비방에도 어머니와 누이가 저와 다투려 하지 않자, 악에 받친 저자는 두 사람에게 말끝마다 용서할 수 없을 정도로 난폭한 말을 해대기 시작했습니다. 결국 관계가 완전히 깨져버렸고, 그는 집에서 쫓겨났지요. 모두 어제저녁에 일어난 일입니다. 이제 특히 주목해주시기 바랍니다. 생각해보십시오, 만일 지금 그가 소피야 세묘노브나가 도둑이라는 걸 증명하는 데 성공한다면, 첫째로는 자기 의심이 거의 맞았다는 걸 제 어머니와 동생에게 증명하는 셈이 됩니다. 제가 동생과 소피야 세묘노브나를 동등하게 대한 데 자기가 화를 낸 게 정당했다고 말이죠. 저자가 저를 공격한 것이 제 동생, 즉 자기 약혼녀의 명예를 지키려고, 그러니까 그걸 사전에 보호하려고 한 일임을 증명하는 셈이 되지요. 한마디로 이 모든 걸 통해 저와 가족 사이에 불화를 다시 한번 조장하고, 물론 그렇게 해서 또다시 그들의 사랑을 받을 수 있기를 기대했던 겁니다. 개인적으로 제게 복수하려 했다는 점은 새삼 말할 필요도 없겠지요, 왜냐하면 저 사람은 소피야 세묘노브나의 명예와 행복이 제게 아주 소중하다고 가정할 만한 근거를 가지고 있거든요. 이게 그의 계획의 전모입니다! 전 이 일을 이렇게 이해하고 있습니다! 이게 이유의 전부이고, 다른 이유는 있을 수 없습니다!"

라스콜니코프는 이렇게, 혹은 거의 비슷하게 말을 마쳤고, 청중의 탄식소리에 이야기가 자주 끊기곤 했지만, 그래도 다들 아주 주의깊게 그의 말을 들었다. 말이 자주 중단되었음에도, 그는 단호하고 침착하고 정확하고 분명하며 확고하게 말했다. 그의 단호한 목소리, 확신에 찬 어조와 엄격한 표정은 모두에게 극도의 효과를 불러일으켰다.

"맞아요, 맞아, 바로 그겁니다!" 레베쟈트니코프는 미친 듯이 기뻐하며 맞장구를 쳤다. "분명 그래요, 왜냐면 소피야 세묘노브나가 우리 방에 들어오자마자 저 사람이 저한테, 거기 당신이 있느냐? 카테리나 이바노브나의 손님들 사이에서 당신을 보았느냐? 바로 그걸 물어봤거든요. 그걸 물어보려고 절 창 쪽으로 불러내더니 거기서 살짝 물어봤습니다. 그러니까 저 사람에게는 반드시 당신이 여기 있어야 했던 거예요! 맞아요, 다 맞는 말입니다!"

루진은 입을 다물고 경멸하듯 미소 지었다. 하지만 몹시 창백했다. 어떻게 빠져나가면 좋을지 생각하는 것 같았다. 아마 기꺼이 모든 것을 내팽개치고서 방을 확 나가버리고 싶었겠지만, 지금 이 순간에는 거의 불가능한 일이었다. 그렇게 한다면 그에게 씌워진 혐의가 타당하다는 것, 그가 정말로 소피야 세묘노브나를 모함했다는 것을 그대로 인정하는 셈이나 다름없었다. 게다가 그러지 않아도 이미 취한 군중은 지나치게 흥분해 있었다. 군량담당관은 상황을 제대로 이해하지 못했으면서도 누구보다 크게 소리를 지르며 루진에게 아주 불쾌할 어떤 조치를 제안했다. 하지만 취하지 않은 사람도 있었다. 모든 방에서 사람들이 나와 모여들었다. 폴란드인들은 세 명 모두 지독히 흥분해서 그에게

'파네 라이다크!'*라고 끊임없이 소리를 질러댔고, 여기에 더해 폴란드어로 협박처럼 들리는 말을 웅얼거렸다. 소냐는 긴장한 채 이야기를 듣고 있었지만, 기절했다 막 깨어난 사람처럼 역시 상황을 다 이해한 것 같지는 않았다. 그저 라스콜니코프만이 자신을 보호해줄 수 있다고 느끼며, 그에게서 눈을 떼지 않았다. 카테리나 이바노브나는 가르랑거리며 힘겹게 숨을 몰아쉬고 있었고, 완전히 기진맥진한 듯 보였다. 아말리야 이바노브나는 입을 딱 벌리고 아무것도 모르겠다는 듯 누구보다 얼빠진 얼굴로 서 있었다. 그녀는 그저 표트르 페트로비치가 뭔가 좋지 않은 상황에 빠졌다는 것만 이해할 수 있었다. 라스콜니코프가 다시 말할 수 있게 청해보려 했지만, 이미 사람들은 그가 말을 끝내도록 내버려두지 않았다. 모두들 소리를 지르고 욕설과 협박을 하며 루진을 둘러싸고 몰려들었다. 하지만 표트르 페트로비치는 겁먹지 않았다. 소냐에게 누명을 씌우는 일이 이미 완전히 실패했다는 것을 깨닫자 그는 대번에 뻔뻔스럽게 굴기 시작했다.

"잠깐만, 여러분, 잠깐만요. 밀지 마세요, 좀 지나갑시다!" 그는 사람들 사이를 헤치고 나가면서 말했다. "부탁입니다, 협박하지 마십시오. 제가 장담하지요, 아무 일도 없을 거고, 당신들은 아무것도 하지 못할 겁니다, 이런다고 겁먹을 저도 아니고요, 반대로 폭력으로 형사 사건을 덮어버린 데 대해 당신들이, 여러분이 책임져야 할 겁니다. 도둑의 정체가 충분히 밝혀졌으니 저는 계속 쫓을 겁니다. 재판정에서는 사람들이 저렇게 장님도 아니고…… 술에 취해 있지도 않으니까요, 게다가

---

* 폴란드어 pan łajdak(불한당)를 러시아식으로 읽은 것.

개인적 복수심으로 절 비난하는 악명 높은 두 명의 무신론자, 선동꾼, 자유사상가를 믿지도 않을 거고요, 그 점은 저자들 스스로 자백할 겁니다, 멍청하니까요…… 그러니 비켜주십시오!"

"꼴도 보기 싫으니 당장 제 방에서 나가주시죠, 그리고 우리 사이는 전부 끝났습니다! 저런 인간에게 설명해주느라 내가 그렇게 필사적으로 애를 썼다니…… 꼬박 2주 동안이나 말이야!……"

"안드레이 세묘노비치, 아까 자네가 더 있으라고 잡았을 때도 내가 먼저 나가겠다고 하지 않았나. 다만 이제 하나만 덧붙이지, 자네는 얼간이야. 그 머리와 장님 같은 눈이나 고쳤으면 하네. 실례합니다, 여러분!"

그는 사람들 사이를 헤치고 나갔다. 하지만 군량담당관은 욕설을 퍼붓는 것만으로 순순히 그를 보내주려 하지 않았다. 그는 식탁에서 컵을 집어들어서 팔을 크게 휘둘러 표트르 페트로비치에게 집어던졌다. 하지만 컵은 아말리야 이바노브나에게 정통으로 날아들었다. 그녀는 새된 비명을 질렀고, 군량담당관은 팔을 휘젓는 바람에 균형을 잃어 식탁 아래로 쿵 하고 쓰러졌다. 표트르 페트로비치는 자기 방으로 돌아갔고, 삼십 분 후에는 이미 그 집에 없었다. 천성적으로 겁이 많은 소냐는 전부터도 자신이 누구보다 쉽게 파멸할 수 있다는 걸, 누구든 벌조차 거의 받는 일 없이 자신을 모욕할 수 있다는 걸 알고 있었다. 하지만 그래도 방금 전까지만 해도, 한 사람 한 사람 모두에게 조심스럽고 온순하고 고분고분하게 굴기만 하면 어떻게든 불행을 피할 수 있을 거라고 생각했다. 그녀의 환멸은 너무나 고통스러운 것이었다. 물론 그녀는 참을성 있게, 거의 아무 불평 없이 모든 걸 견딜 수 있었고, 심지어 이 일도 마찬가지였다. 하지만 처음엔 정말 너무나 괴로웠다. 너무나 놀라 망연자실했던 최초의 순간이 지나가고, 모든 일을 분명히 이해하고 판단하게 되었을 때, 자기가 승리하고 결백이 입증되었음에도 불구하고, 의지할 데 없다는 느낌과 모욕감이 고통스럽게 심장을 죄어왔다. 히스테리가 시작되었다. 결국 그녀는 참지 못하고 방 밖으로 뛰쳐나가 자기 집으로 달려갔다. 루진이 떠난 것과 거의 동시였다. 아말리야 이바노브나 역시 컵에 맞은데다 자리에 있던 사람들이 커다랗게 웃어대자, 남의 일 때문에 이런 괴로움을 당하는 걸 더는 참을 수 없었다. 모든 것이 카테리나 이바노브나의 잘못이라고 여긴 그녀는 째지는 듯한 비명을 지르며 미친 사람처럼 그녀에게 달려들었다.

"이 집에서 나가! 당장! 꺼져버려!" 그녀는 이렇게 말하면서 카테리나 이바노브나의 물건을 손에 잡히는 대로 마구 바닥에 집어던지기 시작했다. 그렇지 않아도 거의 초주검이 된 채 기절하기 직전의 상태에 놓여 창백한 얼굴로 숨을 헐떡이던 카테리나 이바노브나는 침대에서 벌떡 일어나(너무 기진맥진해 거기 쓰러져 있었다) 아말리야 이바노브나에게 달려들었다. 하지만 상대도 안 되는 싸움이었다. 아말리야 이바노브나는 그녀를 깃털처럼 밀쳐버렸다.

"어떻게 이럴 수가! 이 여편네가 하늘 무서운 줄 모르고 중상모략을 한 것도 모자라서 나한테 덤비는구나! 어떻게 이럴 수가 있어! 남편 장례를 치른 날 집에서 쫓아내다니, 실컷 얻어먹고는 아비 없는 새끼들과 길거리로 몰아내다니! 대체 어디로 가란 말이냐!" 불쌍한 여인은 숨을 헐떡이고 통곡하며 울부짖었다. "하느님!" 그녀가 갑자기 눈을 번뜩이며 소리질렀다. "과연 정의는 없는 것입니까! 우리 같은 고아가 아니면 당신은 대체 누굴 지켜주시는 겁니까? 자, 두고 보라고! 세상에 심판과 진실은 있어, 있고 말고, 내가 찾아낼 거야! 지금 당장, 기다려, 이 하늘 무서운 줄 모르는 여편네야! 폴레치카, 동생들과 함께 있거라, 곧 돌아오마. 거리에서라도 날 기다리거라! 세상에 진실이 있는지 없는지 보게 될 거야."

그러더니 카테리나 이바노브나는 고인이 된 마르멜라도프가 얘기중에 언급한 적 있는 바로 그 녹색 모직 숄을 머리에 두르고, 여전히 어수선하게 방안에 모여 있는 술 취한 세입자들을 헤치면서 눈물을 흘리고 통곡하며 거리로 뛰쳐나갔다. 무슨 일이 있어도 지금 당장 어딘가에서 정의를 찾아내겠다는 막연한 목적을 가지고 말이다. 겁에 질린 폴레치카는 어린 두 동생을 껴안고 온몸을 바들바들 떨며 아이들과 구석 궤짝에 몸을 숨기고는 어머니가 돌아오기를 기다리기 시작했다. 아말리야 이바노브나는 방안을 휘젓고 돌아다니면서 비명을 지르고 흐느껴 울고 닥치는 대로 물건을 바닥에 내동댕이치며 난동을 부렸다. 세입자들은 각자 제멋대로 아우성을 쳤다. 어떤 사람들은 일어난 사건에 대해 자기가 아는 대로 살을 붙였다. 어떤 사람들은 서로 싸우며 욕을 해댔다. 또 어떤 사람들은 한 곡조 늘어지게 뽑기도 했다……

'이제 나도 가야겠군!' 라스콜니코프는 생각했다. '자, 소피야 세묘노브나, 당신이 이제 뭐라고 말하게 될지 한번 볼까!'

그리고 그는 소냐의 집을 향해 떠났다.

# 4

라스콜니코프는 자신 역시 그토록 두렵고 고통스러운 심정이었으면서도 루진에 맞서 소냐를 성실하고 힘차게 변호해주었다. 그러나 소냐를 변호해주고자 하는 그의 열망 속에 개인적이고 크나큰 진심이 담겨 있었음은 말할 것도 없지만, 아침에 겪은 커다란 괴로움 때문에 견딜 수 없을 만큼 힘들었던 기분을 전환할 기회가 반가웠는지도 모른다. 그뿐만 아니라 곧 소냐와 만날 걸 생각하니 문득문득 지독히도 불안해졌다. 그는 리자베타를 누가 죽였는지 반드시 그녀에게 밝혀야만 했기에, 무서운 고통을 예감하며, 이를 뿌리치려는 듯 손을 내저었다. 그러니까 카테리나 이바노브나의 집을 나서며 '자, 당신이 이제 뭐라고 말할까, 소피야 세묘노브나?'라고 읊조렸을 때, 그는 방금 전 루진에게 도전해서 승리한 덕에 아직 힘이 넘쳐 외적으로 어떤 흥분 상태에 있었음이 분명했다. 하지만 그랬던 그에게 이상한 일이 일어났다. 카페르나우모프의 집에 가까워지자 자기 안에서 갑작스러운 무력감과 공포를 느낀 것이다. 그는 '리자베타를 누가 죽였는지 꼭 말해야 하나?'라는 이상한 의문에 사로잡혀 문 앞에 망설이며 멈춰 섰다. 이 의문이 이상했던 이유는, 그와 동시에 말하지 않을 수 없을뿐더러 그 순간을 잠시나마 연기하는 일조차 불가능하다는 것을 불현듯 느꼈기 때문이다. 왜 불가능한지는 아직 알 수 없었다. 단지 그렇게 느꼈을 뿐이고, 해야 할 일을 앞에 두고서 자신의 무력함을 고통스럽게 의식했으며, 그런 상태가 그를 거의 짓누르다시피 했다. 그는 더는 생각하거나 고민하지 않으려고 재빨리 문을 열고는 문턱에서 소냐를 바라보았다. 그녀는 탁자에 팔을 괴고 두 손으로 얼굴을 가린 채 앉아 있다가, 라스콜니코프를 보고 황급히 일어나 기다렸다는 듯이 그를 향해 다가왔다.

"당신이 안 계셨더라면 전 어떻게 됐을까요!" 그녀는 방 가운데서 그와 마주하자 빠르게 말했다. 어서 빨리 이 말을 할 수 있기만 바랐던 것이 분명했다. 그러고는 가만히 기다렸다.

라스콜니코프는 탁자로 가서 방금 그녀가 일어난 의자에 앉았다. 그녀는 꼭 어제처럼 두 걸음 떨어져 그의 앞에 섰다.

"어때요, 소냐?" 그는 이렇게 말하며 문득 목소리가 떨리고 있음을 느꼈다. "정말로 모든 일은 '사회적 신분과 그와 관련된 습성'에 달려 있었지요. 아까 이 말을 이해했나요?"

그녀의 얼굴에 고통이 어렸다.

"그저 제게 어제처럼 말하지는 마세요!" 그녀가 그의 말을 중단시켰다. "제발, 정말이지 그러지 마세요. 고통은 이미 충분하니까요……"

그녀는 자신의 질책이 그의 마음에 들지 않을 수도 있다는 생각에 겁을 먹고 황급히 미소를 지어 보였다.

"거기서 도망치다니, 전 바보 같아요. 지금 거긴 어떤가요? 이제 가 보려고 했어요, 그런데 금방이라도…… 당신이 오실 거란 생각이 계속 들어서."

그는 그녀에게 아말리야 이바노브나가 그들을 집에서 쫓아냈고, 카테리나 이바노브나는 '진실을 찾으러' 어디론가 뛰쳐나갔다고 말해주었다.

"아, 세상에!" 소냐는 소리를 질렀다. "가요, 어서……"

그러고는 자신의 망토를 움켜쥐었다.

"항상 똑같아!" 라스콜니코프가 화를 내며 외쳤다. "당신 머릿속엔 그저 그들 생각밖에 없군요! 나와 함께 있어줘요."

"하지만…… 카테리나 이바노브나는요?"

"카테리나 이바노브나는 당연히 당신 집을 그냥 지나치지 않을 거예요, 집에서 뛰쳐나갔으니 그쪽에서 먼저 당신에게 오겠죠." 그는 불평하듯 덧붙였다. "만일 그분과 엇갈리면 그건 당신 잘못이고요……"

소냐는 고통스러운 듯 주저하며 의자에 앉았다. 라스콜니코프는 바닥을 바라보며 깊은 생각에 잠긴 채 아무 말이 없었다.

"루진이 지금은 마음을 접었다 쳐도," 소냐를 보지도 않은 채 그가 말을 시작했다. "만일 마음만 먹었다면, 아니면 어떻게든 해내고자 계획했다면, 그자는 정말 당신을 감옥에 처넣을 수도 있었어요, 마침 나와 레베쟈트니코프가 거기 있었으니 망정이지! 그렇지 않습니까?"

"네." 그녀가 가냘픈 목소리로 말했다. "맞아요!" 그녀는 넋이 나간 채 불안해하며 같은 말을 반복했다.

"난 정말 그 자리에 없을 수도 있었어요! 레베쟈트니코프, 그 사람도 완전히 우연히 나타난 거고요."

소냐는 말이 없었다.

"자, 만일 감옥에 갔다면 그땐 어떻게 됐을까요? 내가 어제 한 말 기억하나요?"

그녀는 역시 대답하지 않았다. 그는 잠시 기다렸다.

"난 당신이 또 '아, 말하지 마세요, 그만하세요!' 하고 소리칠 줄 알았는데요." 라스콜니코프는 웃었지만, 어쩐지 긴장한 모습이었다. "뭡니까, 또 침묵인가요?" 잠시 후 그가 물었다. "뭐라도 얘기해봐야 하지 않겠어요? 내가 정말 궁금한 건, 레베쟈트니코프 말마따나, 이제 당신이 한 가지 '문제'를 어떻게 해결할지입니다. (그는 혼란에 빠져드는 것 같았다.) 아니, 정말로 난 진지해요. 상상해보세요, 소냐, 당신이 루진의 계획을 전부 사전에 알았다 칩시다, 그로 인해 카테리나 이바노브나와, 그래요, 아이들까지 완전히 파멸할 거라는 걸 알았다고 쳐요(그러니까 확실히요). 그리고 당신도 덤으로 함께요(당신은 자신을 덤 이상으로는 생각하지 않으니까요). 폴레치카도요…… 그러니까 그애도 같은 길을 가게 되겠죠. 자, 봅시다. 만일 갑자기 이 모든 것이 이제 당신 결정에 달린 상황이 된다면요. 그러니까 이 세상에 그 사람이 살아남느냐 아니면 가족들이 살아남느냐, 다시 말해 루진이 살아남아 혐오스러운 짓을 계속 하느냐 아니면 카테리나 이바노브나가 죽느냐? 하는 문제 말입니다. 그럼 당신은 어떤 결정을 내렸을까요. 그들 중 누가 죽어야 합니까? 이걸 물어보고 싶군요."

소냐는 불안하게 그를 쳐다보았다. 이 불확실하고 멀리 빙 돌아 뭔가에 접근해가는 말에서 특별한 느낌을 받은 것이다.

"전 당신이 뭔가 그 비슷한 질문을 하실 거라고 이미 예감했어요." 그녀는 탐색하는 듯한 눈길로 그를 쳐다보며 말했다.

"좋아요, 그랬다 칩시다. 어쨌든 어떤 결정을 내렸을까요?"

"왜 불가능한 걸 물어보세요?" 소냐가 혐오스럽다는 듯이 말했다.

"그러니까 루진이 살아남아 나쁜 짓을 하는 게 낫다는 거군요! 당신은 그런 것 하나 결정할 용기도 없습니까?"

"제가 신의 섭리를 알 수는 없잖아요…… 그리고 당신은 어째서 물어선 안 되는 걸 물어보세요? 왜 그런 쓸데없는 질문을 하시는 거예요?

그런 일이 어떻게 제 결정에 달려 있을 수 있지요? 게다가 누가 살고 누가 살면 안 되고 하는 일에 누가 절 재판관으로 세운단 말이에요?"

"신의 섭리가 개입하는 순간, 여기서 할 수 있는 일이라곤 없는 법이지." 라스콜니코프는 음울하게 중얼거렸다.

"당신에게 필요한 게 뭔지 차라리 단도직입적으로 말해주세요!" 소냐는 괴로워하며 외쳤다. "또다시 뭔가로 유도하시는군요…… 정말이지 당신은 단지 절 괴롭히려고 오신 건가요!"

그녀는 견디지 못하고 갑자기 서럽게 울기 시작했다. 음울한 고통 속에서 그는 그녀를 바라보았다. 오 분 정도가 흘렀다.

"그래, 당신이 맞아, 소냐." 마침내 그가 조용히 말했다. 갑자기 그의 태도가 변했다. 꾸며낸 양 뻔뻔하고 무기력하면서도 도발적이던 말투가 사라졌다. 목소리까지 별안간 약해졌다. "어제 내가 당신에게 말했지, 용서를 구하러 오려는 게 아니라고, 하지만 이렇게 거의 용서를 비는 거나 다름없이 시작했군…… 루진이나 섭리에 대해 말한 건 나 자신을 위해서였어…… 난 그렇게 용서를 구한 거야, 소냐……"

그는 웃으려 했지만, 그 창백한 미소에는 무력하고 채 다하지 못한 것이 담겨 있었다. 그는 고개를 떨구고 두 손으로 얼굴을 감쌌다.

그러자 갑자기 예상치 못한 이상한 느낌이, 소냐를 향한 신랄한 증오 같은 것이 그의 마음을 스쳐갔다. 이런 감정에 스스로도 깜짝 놀란 듯 그는 불쑥 고개를 들어 그녀를 뚫어지게 쳐다보았다. 하지만 그가 마주친 것은 고통스러울 정도로 걱정하며 불안해하는 눈길이었다. 거기엔 사랑이 있었다. 증오가 환영처럼 사라졌다. 그게 아니었던 것이다. 그는 어떤 감정을 다른 감정과 혼동했다. 그건 단지 그 순간이 왔음을 의미할 뿐이었다.

그는 다시 두 손으로 얼굴을 감싸고 고개를 아래로 깊이 떨궜다. 갑자기 그는 창백해진 얼굴로 의자에서 일어나 소냐를 바라보더니, 아무 말도 하지 않고 기계적으로 그녀 침대로 자리를 옮겨 앉았다.

그의 감각 속에서 이 순간은, 이미 도끼를 고리에서 벗겨낸 채 노파 뒤에 서서 '더이상 한순간도 흘려보낼 수 없다'고 느꼈던 순간과 지독히도 닮아 있었다.

"왜 그러세요?" 소냐가 몹시 겁먹은 얼굴로 물었다.

그는 아무 말도 입 밖에 낼 수 없었다. 이렇게 밝히게 되리라고는 전혀, 전혀 생각지 못했으며, 지금 자기에게 일어난 일을 스스로도 이해할 수 없었다. 그녀는 조용히 그에게 다가와서 침대 옆자리에 나란히 앉아 그에게서 눈을 떼지 않으며 기다렸다. 그녀의 심장이 마구 고동쳐 그대로 멎을 것 같았다. 견딜 수가 없었다. 그는 죽은 사람처럼 창백한 얼굴을 그녀에게 돌렸다. 그의 입술이 뭔가 말하려 애쓰며 무력하게 일그러졌다. 공포가 소냐의 심장을 스쳐지나갔다.

"왜 그러세요?" 그에게서 조금 물러나 앉으며 그녀가 다시 말했다.

"아무것도 아니야, 소냐. 놀라지 마…… 다 허튼소리야! 그래, 생각해보면 별일 아니야." 그는 넋이 나가 자기가 뭘 하는지도 의식하지 못하는 사람처럼 중얼거렸다. "난 왜 와서 당신을 괴롭히기만 하는 걸까?" 그는 그녀를 바라보며 불쑥 이렇게 덧붙였다. "맞아. 왜 그러는 걸까? 스스로에게 계속 그걸 묻고 있어, 소냐……"

어쩌면 그는 십오 분 전에도 이 질문을 자신에게 던졌는지 모르지만, 완전한 무력감 속에 자신을 거의 의식하지도 못한 채 온몸이 끊임없이 떨리는 것을 느끼며 지금 또 이렇게 말하고 있었다.

"오, 이렇게 괴로워하시다니!" 그녀는 그의 눈을 들여다보며 고통스럽게 말했다.

"다 허튼소리야!…… 저기, 소냐, (무슨 이유에서인지 그는 갑자기 창백하고 무력하게 이 초 정도 웃었다.) 내가 어제 당신에게 무슨 말을 하려 했는지 기억해?"

소냐는 불안해하며 기다렸다.

"떠나면서 말했지, 어쩌면 당신과 영원히 이별하는 건지도 모른다고. 하지만 오늘 오게 되면 당신에게 말해주겠다고…… 리자베타를 누가 죽였는지 말이야."

그녀는 갑자기 온몸을 떨기 시작했다.

"자, 이렇게 말해주러 왔어."

"그럼 당신, 어제 그 말은 정말……" 그녀는 간신히 이렇게 속삭였다. "대체 당신이 어떻게 아세요?" 갑자기 정신을 차린 듯 그녀가 황급히 물었다.

소냐는 힘겹게 숨을 들이쉬기 시작했다. 얼굴이 갈수록 창백해졌다.

"알아."

그녀는 순간 침묵했다.

"그 사람이 잡혔나요, 그런가요?" 그녀가 겁먹은 채 물었다.

"아니, 잡힌 건 아니야."

"그런데 당신이 그 사람에 대해 어떻게 아세요?" 또 잠깐의 침묵이 흐른 후 다시 들릴 듯 말 듯 한 목소리로 그녀가 겨우 물었다.

그는 그녀 쪽으로 얼굴을 돌리고 그녀를 뚫어지게, 뚫어지게 쳐다보았다.

"알아맞혀봐." 그가 조금 전처럼 무력하고 일그러진 미소를 띠고는 말했다.

경련이 그녀의 온몸을 훑고 지나가는 듯했다.

"당신…… 저를…… 저를 왜 이렇게…… 놀라게 하세요?" 그녀가 아이처럼 웃으며 말했다.

"그러니까 내가 그 사람과 아주 친한 친구인가보지…… 내가 아는 걸 보면 말이야." 그는 눈을 뗄 수 없다는 듯 집요하게 계속 그녀의 얼굴을 쳐다보며 말했다. "그 사람은 리자베타를…… 죽일 생각은 없었어…… 그자는 그 여자를…… 우연히 죽이게 된 거야…… 그는 노파를 죽이려 했거든…… 노파가 혼자 있을 때…… 그래서 간 거야…… 그런데 그때 리자베타가 들어온 거지…… 그래서 그때…… 그 여자도 죽이고 말았어."

끔찍한 순간이 다시 흘러갔다. 두 사람은 계속 서로를 바라보았다.

"이래도 짐작이 안 되나?" 그는 종루 아래로 몸을 던지는 심정으로 불쑥 물었다.

"아-아니요." 소냐가 들릴 듯 말 듯 속삭였다.

"잘 생각해봐."

이렇게 말하자마자 예전에 경험한 낯익은 느낌 하나가 불현듯 다시 그의 영혼을 얼어붙게 했다. 그는 그녀를 바라보았고, 문득 그녀의 얼굴에서 리자베타의 얼굴을 본 것 같았다. 그는 자기가 도끼를 들고 리자베타에게 다가갔을 때 그녀가 지은 표정을 생생하게 기억하고 있었는데, 아이처럼 잔뜩 겁먹은 표정으로 손을 내밀면서 그를 피해 벽 쪽으로 물러나던 그녀의 모습은, 어린아이가 갑자기 겁을 집어먹고는 꼼짝도 못한 채 자기를 놀라게 한 대상을 불안하게 바라보면서, 손을 앞으로 내밀고 뒷걸음질치며 금방이라도 울음을 터뜨리려 하는 모습과 꼭 같았다. 거의 똑같은 모습이 지금 소냐에게도 나타났다. 똑같이 무력하게, 똑같이 소스라치게 놀란 표정으로 얼마 동안 그를 바라보다가, 갑자기 왼손을 앞으로 내밀어 손가락으로 그의 가슴을 살짝 밀고 조금씩 점점 그에게서 물러나면서 천천히 침대에서 몸을 일으켰는데, 그러는 동안 그녀의 시선은 미동도 없이 그에게 고정되어 있었다. 그녀의 공포가 문득 그에게도 전해졌다. 똑같은 놀라움이 그의 얼굴에도 나타나는가 싶더니, 똑같이 어린아이 같은 미소를 지었고, 똑같이 그렇게 그도 그녀를 바라보기 시작했다.

"알겠어?" 마침내 그가 속삭였다.

"맙소사!" 그녀의 가슴에서 끔찍한 탄식의 소리가 터져나왔다. 그녀는 얼굴을 베개에 대고 힘없이 침대에 쓰러졌다. 하지만 이내 벌떡 일어나 재빨리 그에게 다가가서 그의 두 손을 움켜쥐고 가느다란 손가락으로 으스러질 듯이 꽉 쥐고서는, 풀로 붙인 듯 미동도 없이 다시 그의 얼굴을 바라보기 시작했다. 이 필사적인 마지막 눈길로 마지막까지 어떤 희망이라도 찾아내 붙잡고 싶었던 것이다. 하지만 희망은 없었다. 의심의 여지가 없었다. 모든 게 그랬다! 나중에 시간이 흘러 이 순간이 떠오를 때면 그녀는 이상하고 기이하단 생각도 들었다. 어째서 그때 더는 의심의 여지가 없다는 사실을 그렇게 바로 깨달았을까? 사실 그녀가 가령 이 비슷한 뭔가를 예감했다고 말할 수는 없지 않은가? 그런데도 그녀는 방금 그가 그 말을 하자마자 문득 자신도 바로 그것을 실제로도 예감한 듯한 생각이 들었던 것이다.

"그만, 소냐, 충분해! 날 괴롭히지 마!" 그는 고통스러워하며 부탁했다.

그녀에게 털어놓게 되리라고는 전혀, 전혀 생각지도 못했는데 이렇게 되어버리고 말았다.

그녀는 넋이 나간 사람처럼 벌떡 일어나 손을 쥐어뜯으며 방 가운데로 걸어갔다. 하지만 재빨리 돌아와서는 서로 어깨가 닿을 정도로 가까이 다가가 다시 그의 옆에 앉았다. 갑자기 그녀는 뭔가에 찔린 사람처럼 몸을 떨며 비명을 지르더니 왜 그러는지 자신도 모르면서 그의 앞에 몸을 던져 무릎을 꿇었다.

"대체 당신은, 당신은 자신에게 무슨 짓을 저지른 건가요!" 그녀는 절망적으로 말하고는 무릎을 펴고 일어나 그의 목에 매달려 그를 끌어안고 두 팔로 세게 꼭 껴안았다.

라스콜니코프는 약간 물러나 서글프게 웃으며 그녀를 쳐다보았다.

"당신은 정말 이상한 사람이야, 소냐. 내가 그런 이야기를 해줬는데도 날 끌어안고 입을 맞추다니. 제정신이 아니야."

"아니, 지금 온 세상에서 당신보다 더 불행한 사람은 아무도 없어!" 그녀는 미친 듯이 흥분해 그의 말을 듣지도 않고 이렇게 탄식하더니, 갑자기 발작하듯 목놓아 울기 시작했다.

이미 오랫동안 느껴보지 못했던 감정이 파도처럼 밀려와 그의 마음을 단숨에 누그러뜨렸다. 그는 그 감정에 저항하지 않았다. 눈물이 두 방울 흘러나와 속눈썹에 맺혔다.

"그럼 날 버리지 않을 거야, 소냐?" 그는 일말의 희망을 품고 그녀를 바라보며 말했다.

"네, 그럼요. 언제까지나, 어디에서나!" 소냐가 외쳤다. "당신을 따라 갈 거야, 어디든 갈 거야! 오, 하느님!…… 오, 난 불행한 여자야!…… 어째서, 어째서 당신을 좀더 일찍 만나지 못했을까! 어째서 당신은 좀더 일찍 나를 찾아오지 않았을까? 오, 하느님!"

"그래서 이렇게 왔잖아."

"이제서야! 오, 이제 어떻게 해야 할까!…… 함께해요, 함께!" 그녀는 정신이 나간 사람처럼 같은 말을 반복하고는 다시 그를 끌어안았다. "유형도 함께 갈 거야!" 갑자기 그가 얼굴을 찡그리는 듯했고, 입술에는 조금 전처럼 증오에 찬 오만하기까지 한 미소가 비어져나왔다.

"나는 말이야, 소냐, 어쩌면 아직 유형까지 갈 마음은 없는지도 모르겠어." 그가 말했다.

소냐는 얼른 그를 쳐다보았다.

불행한 사람을 향한 격정적이고 고통스러운 첫 연민의 순간이 지나자, 살인에 대한 공포스러운 생각이 다시 그녀를 충격에 빠뜨렸다. 변해버린 그의 말투에서 그녀는 불현듯 살인자를 느꼈다. 그녀는 소스라치게 놀라 그를 쳐다보았다. 왜, 어떻게, 어쩌다 그런 일이 일어났는지 아직 아무것도 알지 못했다. 지금 그 모든 의문이 한꺼번에 그녀의 의식을 사로잡았다. 그리고 여전히 믿을 수 없었다. '이 사람이, 이 사람이 살인자라니! 정말 이게 가능한 일일까?'

"대체 어떻게 된 걸까! 대체 난 지금 어디 있는 거지!" 그녀는 아직 제정신을 차리지 못한 듯 깊은 의혹에 빠진 채 중얼거렸다. "어떻게 당신이, 당신 같은 분이…… 그런 짓을 결심할 수 있었나요?…… 대체 왜!"

"뭐, 돈을 뺏으려 그런 거지. 그만해, 소냐!" 그는 어쩐지 피곤해하며 심지어 짜증을 내듯 대답했다.

소냐는 아연한 듯 서 있다가 갑자기 소리를 질렀다.

"배가 고팠던 거야! 당신은…… 어머니를 도우려 한 거야, 그렇죠?"

"아니야, 소냐, 아니야." 그는 몸을 돌리고 고개를 떨군 채 중얼거렸다. "그렇게 배가 고프진 않았어…… 어머니를 돕고 싶었던 건 사실이야, 하지만…… 그래도 꼭 그런 건 아니야…… 날 괴롭히지 마, 소냐!"

소냐는 두 손을 꼭 쥐었다.

"그러니까 정말, 정말 이게 다 사실이란 말인가요! 세상에, 이게 어떻게 사실일 수 있어요! 대체 누가 이걸 믿을 수 있겠어요?…… 어떻게, 어떻게, 마지막 남은 것을 몸소 다 내어주시는 당신 같은 분이 돈을 뺏으려고 사람을 죽인단 말이에요! 아!……" 그녀가 갑자기 비명을 질렀다. "그럼 카테리나 이바노브나에게 주신 그 돈이…… 그 돈이…… 맙소사, 설마 그 돈도……"

"아니야, 소냐." 그는 황급히 소냐의 말을 가로막았다. "그 돈은 그 돈이 아니야, 안심해! 그 돈은 어머니가 어떤 상인을 통해 내게 보내주신 거야, 병이 났을 때 그 돈을 받았어, 바로 그날, 내가 돈을 준 날…… 라주미힌이 봤어…… 그 친구가 나 대신 돈을 받았으니까…… 그 돈은 내 돈이야, 내 소유인 진짜 내 돈."

소냐는 의혹에 싸인 채 그의 말을 들었고, 있는 힘을 다해 뭔가 생각하려고 애썼다.

"그 돈은…… 하긴 심지어 난 거기 돈이 있었는지도 잘 몰라." 그는 생각에 잠긴 듯 조용히 덧붙였다. "그때 노파 목에서 지갑을 벗겨냈지,

영양가죽으로 된 거였는데…… 꽉 차서 두둑한 그런 지갑이었어…… 안은 들여다보지도 않았어. 분명 그럴 여유가 없었던 거지…… 뭐, 물건들은, 전부 무슨 단추랑 목걸이 줄 같은 거였는데, 그다음날 아침에 그 물건들하고 지갑을 전부 V대로에 있는 어떤 모르는 사람 집 마당에, 돌 아래에 묻어버렸어…… 지금도 다 거기 있을 거야……"

소냐는 있는 힘을 다해 귀를 기울였다.

"하지만 그럼 대체 왜…… 방금 돈을 뺏으려고 그랬다고 하셨잖아요, 그런데 아무것도 손대지 않았다니요?" 그녀는 지푸라기라도 잡는 심정으로 황급히 물었다.

"모르겠어…… 그 돈을 가져야 할지 말아야 할지 미처 결정을 못했던 거지." 그는 다시 생각에 잠긴 채 말했다가, 갑자기 정신을 차리고 빠르고 짧게 웃었다. "휴, 내가 방금 무슨 쓸데없는 말을 지껄인 거지, 응?"

'미친 게 아닐까?' 하는 생각이 소냐를 스쳐지나갔다. 하지만 바로 그 생각을 버렸다. 아니, 여기엔 다른 무엇이 있다. 그러나 그녀는 아무것도, 아무것도 이해할 수 없었다!

"있잖아, 소냐." 그는 어떤 영감이 떠오른 듯 불쑥 말했다. "내가 하려는 얘기를 이해할 수 있을까. 만일 내가 단지 배가 고파서 사람을 죽인 거라면," 그는 한 마디 한 마디 힘을 주어가며 알 수 없는 표정으로, 그러나 진심어린 얼굴로 그녀를 바라보며 말을 계속했다. "그랬다면 난 지금…… 행복할 거야! 그것만은 알아줘!"

"하긴, 그게 당신에게, 그게 당신에게 무슨 상관이겠어," 잠시 후 그가 절망스러운 표정으로 외쳤다. "내가 지금 잘못했다고 고백한다 해도 그게 당신에게 무슨 상관이겠냐고? 그렇게 아무 의미 없이 날 이긴다 해서 그게 당신에게 무슨 상관이겠어? 아, 소냐, 내가 지금 이러려고 당신에게 온 걸까!"

소냐는 다시 뭔가 말하려다가 그냥 입을 다물었다.

"그래서 어제 당신에게 함께 가자고 한 거야, 내게 남은 건 당신 하나뿐이니까."

"어디로요?" 소냐는 겁먹은 얼굴로 물었다.

"훔치러 가자는 것도, 죽이러 가자는 것도 아니니까 걱정 마, 그런 일은 아니니까." 그는 씁쓸하게 웃었다. "우리는 서로 다른 부류의 인간이야…… 있잖아, 소냐, 어제 당신에게 어디로 가자고 한 건지 난 정말로 지금에야, 이제야 깨달았어. 어제 말했을 땐 나 자신도 어디로 가자는 건지 몰랐거든. 함께 가자고 한 것도, 여기 온 것도 단지 하나 때문이야. 날 버리지 마. 소냐, 버리지 않을 거지?"

그녀는 그의 손을 꼭 쥐었다.

"어쩌자고, 어쩌자고 이 여자에게 말했을까, 왜 털어놨을까!" 잠시 후 그는 무한한 고통 속에 그녀를 바라보며 절망에 빠져 탄식했다. "소냐, 당신은 내 설명을 기다리고 있군, 앉아서 기다리고 있어, 나도 알아. 하지만 내가 당신에게 무슨 말을 할 수 있을까? 당신은 이 일을 전혀 이해 못한 채 그저 온통 괴로움에 휩싸여 있어…… 나 때문에! 자, 봐, 울면서 또 날 안아주는군. 하지만 왜 날 안아주지? 내가 혼자 감당하지 못하고 '너도 괴로워해봐, 난 홀가분해질 테니!' 하며 다른 사람에게 짐을 지워서? 그런데도 이렇게 비열한 사람을 당신은 사랑할 수 있나?"

"당신 역시 고통받고 있잖아요?" 소냐가 외쳤다.

다시 한번 똑같은 감정이 파도처럼 밀려와서 다시 한번 그의 마음을 한순간에 누그러뜨렸다.

"소냐, 난 악한 마음을 가지고 있어, 당신은 그걸 알아야 해. 그건 많은 걸 설명해주지. 난 악한 사람이라 여기 온 거야. 오지 않을 사람들도 있잖아. 난 겁쟁이에…… 비열한 놈이야! 하지만…… 그러라지! 이게 아닌데…… 이제 말해야 하는데 어떻게 시작해야 할지 모르겠어……"

그는 말을 멈추고 생각에 잠겼다.

"휴, 우리는 서로 다른 인간이야!" 그가 다시 소리쳤다. "어울리지 않아. 그런데도 왜, 왜 내가 여기 왔을까! 이런 나 자신을 절대로 용서하지 않겠어!"

"아니, 아니에요, 오길 잘했어요!" 소냐는 절규했다. "내가 알았으니 더 잘된 거고요! 훨씬 더 잘됐어요!"

그는 고통스럽게 그녀를 바라보았다.

"일이 실제로 어떻게 된 거냐면!" 그는 결심이 선 듯 말했다. "실은 이랬던 거야! 그러니까 난 나폴레옹이 되고 싶었고, 그래서 죽였어…… 자, 이제 알겠어?"

"아-아니요." 소냐는 순진하고 소심하게 속삭였다. "그냥…… 말하세요, 말해요! 내가 이해할게요, 마음으로 다 이해해볼게요!" 그녀가 그에게 간청했다.

"이해해보겠다고? 그래, 좋아, 한번 보지!"

그는 입을 다물고 한동안 생각에 잠겼다.

"일은 이렇게 된 거야. 언젠가 나는 스스로에게 이런 질문을 던진 적이 있어. 예를 들어 나폴레옹이 내 입장이라면, 출세의 길을 열어줄 툴

롱도 이집트도 몽블랑 원정도 그에게 없었다면, 그 아름답고 기념비적인 것들 대신 웬 우스꽝스러운 14등문관의 과부인 노파밖에 없었다면, 게다가 궤짝에서 돈을 훔쳐내기 위해서는 노파를 죽일 수밖에 없었다면(출세를 위해서 말이야, 이해하겠어?), 그랬다면 그 사람은 그렇게 하기로 결심했을까? 다른 방법이 없었다면 말이야. 그 일이 결코 기념비적이지도 않고…… 더구나 죄가 되는 일이기 때문에 위축되지는 않았을까? 글쎄, 난 이렇게 말하고 싶어, 나는 이 '문제'로 끔찍이도 오랫동안 괴로워했고, 그래서 마침내 그가 이런 생각에 위축되지 않았을 뿐만 아니라, 심지어 기념비적이지 않다는 생각조차 하지 않았을 것이며…… 또 심지어 이 일에 위축될 게 뭐가 있지? 라며 전혀 이해조차 못했으리라는 걸 깨닫고는(갑자기 어쩌다보니 알게 됐어) 끔찍하게 부끄러워졌다고 말이야. 그에게 다른 길이 없었다면, 별 고민 없이 반항 한번 못하게 그냥 목을 졸라버렸을 거야!…… 그래서 나도…… 생각을 멈추고…… 숨통을 끊어놓은 거지…… 권위 있는 사람의 본보기를 따라서…… 바로 그렇게 된 거야! 우습지? 그래, 소냐, 여기서 무엇보다 우스운 건 일이 그렇게 됐다는 것, 바로 그 점일 거야……"

소냐는 조금도 우습지 않았다.

"그냥 단도직입적으로 얘기해주면 좋겠어요…… 예를 들지 말고." 그녀는 더욱 소심하게, 거의 들릴 듯 말 듯 한 목소리로 부탁했다.

그는 그녀에게로 몸을 돌려 슬픈 표정으로 바라보면서 그녀의 손을 잡았다.

"이번에도 당신이 옳아, 소냐. 이건 다 헛소리야, 그냥 쓸데없는 수다나 마찬가지지! 있잖아, 당신도 알지, 우리 어머니는 거의 아무것도 가진 게 없으셔. 누이는 우연찮게 교육을 좀 받아서 가정교사로 떠도는 신세고. 두 사람의 희망은 오로지 나 하나였어. 난 학생이었지만, 대학에 다닐 돈이 없어서, 잠시 학교를 그만둘 수밖에 없었지. 그렇게 십 년이나 십이 년쯤 질질 끌다보면(상황이 잘 풀린다고 치면), 그래도 천 루블 정도 봉급을 받는 선생이나 관리가 될 거라고 기대할 수는 있었겠지…… (그는 마치 외운 듯이 줄줄 읊어댔다.) 하지만 그때쯤 되면 어머니는 걱정과 슬픔으로 바싹 마르실 테고, 그런데도 여전히 난 어머니를 편안히 모실 수 없을 거야, 그리고 동생은…… 그래, 동생은 훨씬 더 나쁜 상황이 되었을지도 몰라!…… 그래, 뭐가 좋다고 평생 모든 걸 모른 척 지나치고, 모든 걸 외면하고, 어머니를 잊고, 이를테면 동생이 모욕받는 걸 점잖게 참아야 하지? 뭘 위해서? 두 사람의 초상을 치르고, 새로운 식구들, 아내와 자식을 만든 다음에, 또다시 그들을 돈 한푼, 빵 한 조각 없이 버려두려고? 그래…… 바로 그래서 결심하게 된 거야, 노파의 돈을 손에 넣어서 그 돈으로 당장 몇 년을 해결하려고, 어머니를 괴롭히는 일 없이 대학생활을 보장받고 졸업 후에 첫발을 내딛는 데 쓰려 한 거지, 완전히 새로운 출세의 길을 꾸려나가고, 새롭고 독립적인 길로 나서기 위해 그 모든 일을 대범하고 철저하게 해치우자 결심한 거야…… 그러니까…… 그러니까…… 그게 전부야…… 그래, 물론 노파를 죽인 건 잘못이야…… 자, 그러니 그만하지!"

그는 무력감 속에서 이야기를 간신히 마치고는 고개를 떨궜다.

"오, 그렇지 않아요, 그렇지 않아." 소냐는 슬픔에 빠져 탄식했다. "과연 그게 가능할까요…… 아니, 그렇지 않아요, 그렇지 않아!"

"그렇지 않다는 걸 당신도 아는군!…… 하지만 난 정말 진심으로 이야기한 거야, 진실을 말이야!"

"어떻게 그게 진실일 수 있어요! 오, 맙소사!"

"난 단지 이蝨를 죽였을 뿐이야, 소냐. 무익하고 혐오스럽고 해악을 끼치는 이 말이야."

"사람을 보고 이라니요!"

"이가 아니라는 건 나도 알아." 그는 그녀를 이상한 표정으로 쳐다보며 대답했다. "하긴, 난 거짓말을 하고 있어, 소냐." 그가 덧붙였다. "이미 오래전부터 거짓말을 하고 있지…… 이건 다 사실이 아니야. 당신 말이 맞아. 거기엔 완전히, 완전히, 완전히 다른 이유들이 있지!…… 난 오랫동안 누구와도 얘기를 나누지 못했어, 소냐…… 지금 머리가 너무 아파."

그의 눈이 오한으로 인한 열로 타올랐다. 그는 헛소리나 다름없는 말을 떠들기 시작했다. 불안한 미소가 입가에 어른거렸다. 잔뜩 흥분한 정신 사이로 이미 끔찍한 무력감이 엿보였다. 그가 얼마나 괴로운지 소냐는 이해할 수 있었다. 그녀 또한 머리가 빙빙 돌기 시작했다. 게다가 그의 말투는 아주 이상했다. 뭔가 이해할 수 있을 것도 같았다, 하지만…… '하지만 어떻게! 대체 어떻게 그럴 수가! 오 하느님!' 그녀는 절망하며 손을 쥐어뜯었다.

"아니야, 소냐, 그게 아냐!" 그는 갑작스러운 생각의 전환에 충격을 받아 다시 흥분한 듯 돌연 고개를 들어올리고 다시 말을 시작했다. "그게 아니야! 차라리…… 이렇게 가정해봐. (그래! 정말 이게 더 낫겠어!) 내가 자존심이 세고, 질투심이 강하고, 못되고, 혐오스럽고, 복수심에 불타는 사람이라고, 흠, 그래…… 게다가 어쩌면 미치기 쉬운 기질이라고 가정해봐. (이런 것들이 모두 한꺼번에 작용했다고 치자고! 진작부터 사람들은 내가 미쳤다고 했고, 나도 눈치채고 있었지!) 방금 당신에게 대학 다닐 돈이 없었다고 말했지. 하지만 알아? 난 다닐 수 있었는지도 몰라. 필요한 돈은 어머니가 보내주셨을 테고, 신발이나 옷, 빵을 살 돈은 내가 직접 벌 수도 있었어. 분명 그랬어! 과외 자리도 들어왔었어. 은화 반 루블씩을 제안했지. 라주미힌은 일을 하잖아! 근데 난 악에 받쳐서 하려 하지 않았어. 정말 악에 받쳤지! (좋은 단어야!) 그때 난 거미처럼 방구석에 몸을 숨겼어. 당신도 개집 같은 내 방에 와서 봤잖아…… 소냐, 낮은 천장과 비좁은 방이 마음과 생각을 억압한다는 걸 알 거야! 오, 내가 그 개집 같은 방을 얼마나 증오했는지! 하지만 그런데도 거기서 나가려 하지 않은 거야. 일부러 그랬어! 하루종일 나가지도 않고, 일하려고도 하지 않고, 심지어 먹으려고도 않고 계속 누워 있었어. 나스타시야가 먹을 걸 가져오면 먹고, 가져오지 않으면 그날은 그냥 지나가고. 악에 받쳐 일부러 물어보지도 않았어! 양촛값을 벌려고도 하지 않고, 밤이면 불도 없이 어둠 속에 누워 있었지. 공부를 해야 했지만 책들을 처분해버렸어. 지금 내 책상 위, 그리고 수첩과 공책 위에는 손가락 두께만큼이나 먼지가 쌓여 있지. 난 누워서 생각하는 게 더 좋았어. 그래서 계속 생각했지…… 그럼 줄곧 꿈이 보였어, 오만가지 이상한 꿈, 말할 거라곤 아무것도 없는 그런 꿈이! 하지만 그 생각이 들기 시작한 것도 바로 그때였어…… 아니야, 그렇지 않아! 또 사실이 아닌 걸 말하고 있군! 있잖아, 그때 난 계속 스스로에게 물어봤어. 난 왜 이렇게 어리석을까, 만일 다른 사람들이 어리석고, 그들이 어리석다는 걸 분명히 알고 있다면, 왜 나라도 더 똑똑해지려 하지 않을까? 하고 말이야. 그러고 나서 알았어, 소냐, 모두 똑똑해지길 기다리려면 너무 오래 걸린다는 걸…… 그다음에 또 알았지, 절대 그런 일은 일어나지조차 않을 것이고, 사람들은 바뀌지 않을 것이며, 누구도 그들을 개조할 수 없고, 그런 노력을 기울일 가치도 없다는 걸 말이야! 그래, 그런 거야! 이게 그들의 법칙이지…… 법칙 말이야, 소냐! 그런 거야!…… 그리고 이제 난 알아, 소냐, 이성과 정신이 튼튼하고 강건한 사람이야말로 사람들 위에 군림하는 주권자라는 것을! 많은 것을 감행하는 사람이 사람들 사이에서는 옳기도 하지. 더 많은 것에 침을 뱉을 줄 아는 사람이 그들의 입법자도 될 수 있고, 가장 많은 걸 해치워버릴 수 있는 사람이 누구보다 옳기도 하지! 지금까지 그래왔고 앞으로도 영원히 그럴 거야! 오직 눈먼 사람만이 그걸 알지 못할 뿐이지!"

라스콜니코프는 이렇게 말하면서 소냐를 바라보기는 했지만, 그녀가 이해하는지 아닌지는 더이상 신경쓰지 않았다. 열기가 완전히 그를 사로잡았다. 그는 어떤 음울한 희열에 빠져 있었다. (정말로 그는 지나치게 오랫동안 아무와도 이야기를 나누지 못한 것이다!) 소냐는 이 음울한 문답이 그의 믿음이자 법칙이 되었다는 걸 알게 되었다.

"그때 난 깨달았어, 소냐." 그는 열광적으로 말을 이어갔다. "권력이란 감히 몸을 숙여 그걸 주워올리는 사람에게만 주어진다는 걸 말이야. 여기서 중요한 건 과감히 감행한다는 것 하나, 단 하나뿐이지! 그때 평생 처음으로, 아직 나 이전에 다른 누구도 결코 생각해내지 못한 어떤 생각이 떠올랐어! 아무도 못한! 갑자기 이런 생각이 태양처럼 환하게 든 거야, 그 말도 안 되는 일을 다 겪으면서도 그냥 꼬리를 확 낚아채 악마에게 전부 내동댕이치는 일을 감행한 사람이 어떻게 지금까지 단한 명도 없었을까, 왜 지금도 없을까 하는 생각 말이야! 난…… 난 감행하고 싶었고, 그래서 죽였어…… 난 단지 감행해보고 싶었을 뿐이야, 소냐, 그게 이유의 전부야!"

"오, 아무 말 마세요, 아무 말도!" 소냐는 두 손을 맞잡으며 비명을 질렀다. "당신은 신에게서 멀어졌어요, 그래서 신이 당신을 벌해 악마에게 내어주신 거예요!……"

"그래서 말인데, 소냐, 어둠 속에 누워 있을 때 정말 악마가 날 혼란스럽게 하는 건 아닐까, 하는 생각이 계속 들었어. 그런 걸까?"

"아무 말 마세요! 비웃지 마세요, 당신은 신을 모독하고 있어요, 당신은 아무것도, 아무것도 이해하지 못해요! 오, 하느님! 이 사람은 아무것도, 아무것도 이해하지 못할 거예요!"

"아무 말도 하지 마, 소냐, 난 결코 비웃는 게 아냐, 내가 악마에게 끌린 건 스스로도 알고 있어. 아무 말 하지 마, 소냐, 아무 말도!" 그는 음울하고 고집스럽게 같은 말을 반복했다. "나도 다 알아. 죄다 이미 그때 어둠 속에 누워 곱씹으며 스스로에게 몇 번이나 속삭인 말들이야…… 그 모든 것에 대해 마지막 사소한 점 하나까지 나 자신과 논쟁을 벌여서 다 아는 거야, 그래서 다 알아, 다! 그래서 너무 지긋지긋했어, 그때 내겐 이 모든 쓸데없는 생각이 너무나 지긋지긋했어! 모든 걸 잊고 새롭게 시작하고 싶었어, 소냐, 말로만 지껄이는 걸 그만두고 싶었다고! 설마 내가 바보처럼 무턱대고 거기 갔다고 생각해? 난 생각할 줄 아는 사람으로 간 거야, 그리고 바로 그게 날 파멸시키기도 했지! 이를테면 하다못해 만일 내가 권력을 가질 자격이 있는지 없는지 스스로 묻고 심문하기 시작했다면, 바로 그랬기 때문에 이미 권력을 가질 자격이 없는 사람이라는 걸, 당신은 정말 내가 몰랐다고 생각해? 혹은 내가 인간은 이蝨인가 아닌가? 하는 질문을 제기했다면, 바로 그 자체로 이미 내게 인간은 이蝨가 아니라는 것, 그런 생각을 머릿속에 떠올리지도 않고 아무 의문 없이 그냥 죽이러 가는 사람에게나 인간이 이蝨라는 걸 내가 몰랐다고 생각하냐고…… 나폴레옹이라면 갔을까, 안 갔을까 하며 내가 며칠 동안이나 괴로워했다면, 바로 그런 방식으로 난 이미 내가 나폴레옹이 아니라는 걸 확실히 깨달은 셈이지…… 이 모든 쓸데없는 생각으로 인한 온갖, 온갖 고통을 견뎌내면서, 소냐, 난 내 어깨에서 그 모든 걸 가볍게 털어버리고 싶었어. 소냐, 난 궤변 없이 죽이고 싶었고, 나 자신을 위해, 나 하나만을 위해 죽이려 했어! 이 점에서는 나 자신에게조차 거짓말을 하고 싶지 않았어! 어머니를 돕기 위해서 죽인 게 아냐, 말도 안 되는 얘기지! 돈과 권력을 얻어 인류에게 선행을 베풀고 싶어서 죽인 것도 아니야. 말도 안 되는 얘기야! 난 그냥 죽였어. 자신을 위해서, 나 하나만을 위해서 죽인 거야. 거기 가서 내가 누군가의 은인이 되든, 아니면 평생 거미처럼 거미줄을 치고 모두를 잡아 산 채로 즙을 빨아먹든, 분명 그 순간엔 둘 다 마찬가지였어!…… 그리고 중요한 건, 소냐, 돈이 필요해서 살인을 저지른 건 아니라는 거야. 돈이 아니라 다른 게 필요했어…… 이제 모두 다 알겠어…… 날 이해해줘. 아마 같은 길을 간다 해도 다시는 절대로 살인 같은 짓을 저지르지는 않을 거야. 난 다른 걸 알아내야만 했어, 다른 것이 내 팔을 잡아끌었지. 그때 난 알아내야만 했던 거야, 내가 다른 사람들처럼 이蝨인지 아니면 인간인지, 한시라도 빨리 알아내야 했어. 내가 넘어설 수 있는가, 없는가! 내가 감히 몸을 숙여 권력을 주워올릴 수 있을까 없을까? 나는 떨고 있는 피조물에 불과한가, 아니면 권리를 가지고 있는가……"

"죽일 권리요? 죽일 권리를 가진다고요?" 소냐는 두 손을 맞잡았다.

"아, 소냐!" 그는 흥분해 소리를 지르고는 뭐라고 반박하려다가 경멸하듯 입을 다물어버렸다. "내 말을 가로막지 마, 소냐! 난 당신에게 단지 한 가지를 증명하려 했을 뿐이야. 그때 악마가 날 끌고 갔어, 그러고는 내가 거기 갈 자격이 없다고 설명해줬지, 왜냐면 나는 다른 모두와 똑같이 이蝨에 불과하니까! 악마가 날 비웃었어, 그래서 지금 이렇게 당신에게 온 거야! 손님을 받아들여줘! 만일 내가 이蝨가 아니었다면 당신에게 왔을까? 들어봐. 그때 내가 노파에게 간 건, 단지 시험해보러 들른 것뿐이야…… 그렇게만 알아둬!"

"그러고는 죽였잖아요! 죽였잖아요!"

"대체 뭐가 죽였다는 거야? 과연 다른 사람들도 그렇게들 죽이나? 그때 내가 갔던 것처럼 과연 그렇게들 가서 죽이냐고! 내가 어떻게 갔는지 언젠가 이야기해줄게…… 정말 내가 노파를 죽인 걸까? 난 나 자신을 죽인 거야, 노파가 아니라! 그것도 그렇게 단숨에 자신을 죽여버렸다고, 영원히!…… 그 노파는 악마가 죽였어, 내가 아니야…… 그만, 그만, 소냐, 그만해! 날 내버려둬." 그는 갑자기 경련이 일 정도로 비탄에 빠져 외쳤다. "날 내버려둬!"

그는 무릎에 팔꿈치를 괴고 집게처럼 손바닥으로 머리를 짓눌렀다.

"이렇게 괴로워하면서!" 고통스러운 탄식이 소냐에게서 터져나왔다.

"자, 이제 어떻게 해야 하지, 말해줘!" 갑자기 그는 고개를 들고 절망으로 흉하게 일그러진 얼굴로 그녀를 바라보며 물었다.

"어떻게 해야 하느냐고!" 갑자기 그녀가 자리에서 벌떡 일어나더니 소리 높여 외쳤고, 아직까지도 눈물로 그렁그렁하던 그녀의 눈이 문득 빛나기 시작했다. "일어나요! (그녀가 그의 어깨를 움켜잡았다. 그는 너무 놀라 그녀를 보며 몸을 조금 일으켰다.) 지금 가요, 당장요. 십자로에 서서 먼저 당신이 더럽힌 땅에 절을 하고 입을 맞춰요, 그러고는 온 세상에, 사방에 절하고 모두에게 소리내어 말해요. '제가 죽였습니다!'라고. 그럼 하느님이 당신에게 다시 삶을 내리실 거야. 갈 거죠? 갈 거죠?" 그녀는 그의 두 손을 잡아 자기 손으로 꽉 쥐고, 발작이 일어난 것처럼 온몸을 떨면서 타는 듯한 눈길로 그를 바라보며 거듭 물었다.

그녀가 갑자기 열광하자 그는 몹시 놀랐고 충격까지 받았다.

"유형을 말하는 거야, 소냐? 자수해야 한다고?" 그는 음울하게 물었다.

"고통을 받아들이고 속죄해요, 그래야 해요."

"아니! 난 놈들에게 가지 않을 거야, 소냐."

"그럼 어떻게 살려고, 어떻게 살려고? 뭘 바라며 산단 말이지?" 소냐가 탄식했다. "과연 그게 지금 가능할까? 그러니까 당신 어머니께는 어떻게 말하려고요? (오, 그분들은, 그분들은 이제 어떻게 될까!) 그리고 나는! 당신은 이미 어머니와 동생을 버렸어요. 이미 버렸어, 버렸다고요. 오, 하느님!" 그녀가 외쳤다. "이 사람은 이미 이 모든 걸 스스로 알고 있답니다! 그런데 대체 어떻게, 어떻게 사람 없이 살 수 있다는 걸까! 이제 당신은 어떻게 될까!"

"어린애처럼 굴지 마, 소냐." 그는 조용히 말했다. "내가 놈들에게 뭘 잘못했지? 왜 가야 해? 그자들에게 무슨 말을 하라고? 이 모든 건 단지 환영일 뿐이야…… 그자들이야말로 수백만의 사람들을 괴롭히고 있어, 그러면서도 은혜를 베푼다고 생각하지. 놈들은 사기꾼에 비열한이야, 소냐!…… 가지 않을 거야. 게다가 내가 무슨 말을 하겠어. 죽였는데 돈은 감히 갖지 못하고 돌 아래 숨겨놨다고?" 그는 신랄하게 비웃으며 덧붙였다. "그럼 오히려 놈들은 날 비웃으며 말하겠지. 돈도 훔치지 못한 얼간이라고 말이야. 겁쟁이, 바보라고! 놈들은 아무것도, 아무것도 이해하지 못할 거야, 소냐, 그리고 이해할 자격도 없어. 내가 왜 가? 안 갈 거야. 어린애처럼 굴지 마, 소냐……"

"너무 괴로울 거야, 괴로울 거라고요." 그녀는 간절히 애원하면서 그에게 손을 내밀고 되풀이해서 말했다.

"난 어쩌면 스스로를 너무 나쁘게 말했는지도 몰라." 그는 깊은 생각에 잠긴 듯 우울하게 말했다. "어쩌면 난 이蝨가 아니라 아직 인간인지도 모르지, 너무 서둘러 스스로를 비난했어…… 아직 더 싸워볼 거야."

오만한 냉소가 그의 입술에 비어져나왔다.

"그런 고통을 짊어지려 하다니! 그것도 평생을, 평생 동안!……"

"익숙해지겠지……" 그는 생각에 잠긴 채 침울하게 말했다. "있잖아." 잠시 후 그가 말하기 시작했다. "우는 건 그만하면 됐어, 이제 용건을 이야기하지. 난 놈들이 이제 날 찾아 체포할 거라는 말을 하러 온 거야……"

"아!" 소냐가 소스라치게 놀라 비명을 질렀다.

"아니, 왜 비명을 지르지! 내가 유형 가기를 바라더니 이제는 놀라는 거야? 하지만 나도 호락호락 넘어가지는 않을 거야. 난 놈들과 더 싸울 거고, 그자들은 아무 짓도 못할 거야. 놈들에겐 진짜 증거가 없거든. 어제 난 큰 위험에 빠졌고 이제 끝장이구나 생각했지. 그런데 오늘 일이 해결됐어. 놈들이 가진 증거는 모두 양날의 칼이지, 그러니까 놈들의 혐의를 내게 유리한 방향으로 돌려버릴 수도 있다는 거야, 이해하겠어? 그리고 난 그렇게 할 거야. 이제 방법을 터득했거든…… 하지만 분명 날 감옥에 처넣을 거야. 한 가지 사건이 아니었다면 분명 오늘이라도 처넣었을지 몰라, 어쩌면 아직, 오늘 남은 시간에 그럴 수도 있겠지…… 하지만 그건 그저 아무것도 아니야, 소냐. 잠시 앉아 있으면 내보내줄걸…… 놈들에겐 제대로 된 증거가 하나도 없고, 앞으로도 그럴 테니까, 장담해. 놈들이 가진 걸로는 사람을 처넣을 수 없어. 자, 그만하지…… 난 단지 당신이 알았으면 해서…… 동생과 어머니는 어떻게든 안심시키고 놀라게 하지 않으려고 해…… 하긴, 동생은 이제 걱정 없을 것 같아…… 그러니까 어머니도…… 자, 이게 다야. 그래도 조심하고. 내가 감옥에 가게 되면 와줄 거지?"

"오, 갈게요! 가고말고요!"

두 사람은 폭풍이 지나간 텅 빈 바닷가에 홀로 내버려진 사람들처럼 슬픔과 비탄에 잠겨 나란히 앉아 있었다. 그는 소냐를 바라보며 자신에 대한 그녀의 사랑이 얼마나 큰지 느낄 수 있었고, 그러자 이상하게도 사람들이 자신을 그토록 사랑한다는 사실이 갑자기 힘들고 아프게 느껴졌다. 그렇다, 이상하고 끔찍한 느낌이었다! 소냐에게 오면서 그는 모든 희망과 모든 출구가 그녀에게 있다고 느꼈다. 자기 고통의 일부라도 덜어보자 생각했는데, 이제 그녀의 온 마음이 그에게 향하자 문득 자신이 전과는 비교도 할 수 없을 만큼 불행해졌음을 느끼고 의식하게 된 것이다.

"소냐." 그가 말했다. "내가 감옥에 가도 안 오는 게 좋겠어."

소냐는 아무 대답 없이 울기만 했다. 몇 분이 지나갔다.

"십자가는 가지고 있나요?" 소냐가 문득 생각난 듯 예상치 못한 질문을 불쑥 던졌다.

처음에 그는 질문을 이해하지 못했다.

"없죠, 없는 거죠? 삼나무로 만든 건데 가져요. 내겐 청동으로 된 다른 게, 리자베타 게 남아 있으니까. 리자베타와 나는 서로 십자가를 바꿨어요, 그녀는 내게 자기 십자가를 주고, 나는 그녀에게 성상을 주고. 이제 난 리자베타 걸 지니고 다닐 테니 이건 당신이 가져요. 받아요, 내 거예요! 정말 내 거!" 그녀가 간청했다. "함께 고통을 구하러 가요, 함께 십자가를 지고!……"

"이리 줘!" 라스콜니코프가 말했다. 그녀를 슬프게 하고 싶지 않았다. 하지만 이내 십자가를 받으려고 내밀었던 손을 거두어들였다.

"지금 말고, 소냐. 다음이 좋겠어." 그는 그녀를 안심시키기 위해 이렇게 덧붙였다.

"그래요, 그래, 그게 좋겠어, 그게 더 좋겠어요." 그녀가 열중한 채 말을 받았다. "고통을 구하러 갈 때 그때 지녀요, 나한테 와요. 내가 걸어 줄게, 함께 기도하고 함께 가요."

그 순간 누군가 문을 세 번 두드렸다.

"소피야 세묘노브나, 들어가도 될까요?" 아주 익숙하면서 정중한 누군가의 목소리가 들렸다.

소냐는 소스라치게 놀라 문으로 달려갔다. 옅은 금발의 레베쟈트니코프 씨가 방을 힐끔 들여다보는 모습이 보였다.

## 5

레베쟈트니코프는 잔뜩 근심에 찬 모습이었다.

"소피야 세묘노브나, 당신을 만나러 왔어요. 죄송합니다…… 당신도 여기 계실 거라 생각했어요." 그는 갑자기 라스콜니코프에게 말을 걸었다. "그러니까 절대로…… 그런 쪽으로 생각한 건 아니고…… 그냥 꼭 그럴 거 같아서…… 저쪽 집에서는 카테리나 이바노브나가 미쳐버렸어요." 그는 라스콜니코프를 버려두고 불쑥 소냐에게 딱 잘라 말했다.

소냐가 비명을 질렀다.

"그러니까 그게, 최소한 그런 거 같다고요. 하지만…… 거기 우리는 도대체 뭘 해야 할지조차 모르겠어요! 부인이 돌아오긴 했는데 어디선가 쫓겨난 것 같아요, 어쩌면 맞은 것 같기도 하고요…… 최소한 그런 것 같습니다…… 세묜 자하리치의 상관에게 달려갔는데 집에서 만나질 못했답니다. 역시 무슨 장관이라는 사람 집에서 식사를 하고 있었다는군요…… 그러자 상상이 되십니까, 그분들이 식사하는 곳으로 한달음에 달려간 거예요…… 그 다른 장관네 집으로요, 그러고는, 상상이 되십니까, 마구 떼를 써서 세묜 자하리치의 상관을 불러냈다는군요, 아직 식사중이었을 텐데 말이죠. 거기서 무슨 일이 일어났을지 상상이 되십니까. 물론 쫓겨났지요. 그런데 부인은 자기가 그분께 욕을 퍼부어주고, 뭘 내던져버렸다고 하더군요. 그러고도 남을 분이에요…… 어떻게 체포가 안 됐는지 모르겠어요! 지금 부인이 모두에게 이야기하고 있는데요, 아말리야 이바노브나에게도요, 도무지 무슨 말인지 알 수가 없어요, 소리소리 지르고 몸부림치고…… 아, 그래요. 이제 모두 자기를 버렸으니까 아이들을 데리고 샤르만카를 지고서 거리로 나가겠다고, 아이들은 노래하고 춤출 거고 자기도 그럴 거라고, 그리고 돈을 모을 거라고, 매일매일 장관 집 창문 아래로 갈 거라면서 소리소리 지르고 있어요…… '관리를 아비로 두었던 귀족집 자식들이 거지가 되어 거리를 헤매는 꼴을 보게 해야 해!'라면서요. 아이들은 모두 얻어맞아 울고 있고요. 레나에게는 〈작은 시골 마을〉이라는 노래를 가르치고, 사내애에게는 춤을 가르치고, 폴리나 미하일로브나에게도 마찬가지고요, 옷을 갈기갈기 찢었습니다. 무슨 모자 같은 걸 만들어 씌워 광대처럼 만들었다니까요. 본인은 세숫대야를 들겠다고, 반주 대신 두드리겠다고…… 통 말을 듣질 않아요…… 어떤 상황인지 아시겠습니까? 도대체가 이래서는 안 되지요!"

레베자트니코프는 좀더 계속하려 했지만, 거의 숨도 못 쉬고 그의 말을 듣던 소냐가 갑자기 망토와 모자를 움켜쥐고 달리면서 몸에 걸치고는 방에서 뛰쳐나갔다. 라스콜니코프는 그녀의 뒤를 따라 나갔고, 레베자트니코프도 그 뒤를 따랐다.

"미친 게 분명해요!" 라스콜니코프와 함께 거리로 나서며 그가 말했다. "단지 소피야 세묘노브나를 놀라게 하고 싶지 않아서 '그런 것 같다'고 한 거지, 의심의 여지가 없어요. 결핵에 걸리면 무슨 혹이 뇌에 확 생긴다고 하더군요. 의학을 잘 모르는 게 유감이네요. 하여튼 부인을 설득하려고 해봤지만 통 말을 듣지 않습니다."

"부인에게 혹에 대해 말했나요?"

"그러니까 정확히 혹에 대해서 말한 건 아닙니다. 게다가 그분은 아무것도 이해 못했을걸요. 하지만 제가 하고 싶은 말은 이겁니다. 본질적으로 울 일이 아무것도 없다고 논리적으로 설득하면 사람은 울음을 멈춘다는 거지요. 확실해요. 당신은 울음을 멈추지 않을 거라 확신하십니까?"

"그럼 사는 게 너무 쉽겠지요." 라스콜니코프가 대답했다.

"잠깐, 잠깐만요. 물론 카테리나 이바노브나가 이해하기엔 충분히 어려운 문제지요. 하지만 이미 파리에서는 단지 논리적 설득 하나만으로 미친 사람을 치료할 가능성에 대해 진지한 실험이 이루어졌어요, 알고 계십니까? 거기 얼마 전 죽은 저명한 학자이자 교수 한 분이 그런 식의 치료가 가능하다고 생각했지요. 그분의 기본적인 생각은, 미친 사람은 유기체상으로는 특별한 장애가 없다, 그러니까 광기란 말하자면 논리적 오류이자 판단 착오이며, 사물에 대한 잘못된 시각이라는 거죠. 상상이 되십니까, 그분은 환자를 점진적으로 논박해 결국 성과를 얻어냈다고 하더군요! 하지만 여기에 샤워 요법도 병행했다고 하니, 그 치료 결과에는 물론 의심의 여지가 있지요…… 적어도 그렇게 보입니다……"

라스콜니코프는 이미 오래전부터 듣고 있지 않았다. 자기 집 앞에 이르자 그는 레베쟈트니코프에게 고개를 끄덕여 인사하고는 입구 쪽으로 몸을 돌렸다. 레베쟈트니코프는 정신을 차리고 주위를 둘러보더니 앞으로 뛰어갔다.

라스콜니코프는 자신의 골방으로 들어가 방 한가운데 섰다. '뭐하러 이리로 돌아왔을까?' 그는 누렇고 닳아빠진 벽지, 쌓인 먼지, 침대로 쓰는 소파를 둘러보았다…… 마당에서 뭔가 두드리는 날카로운 소리가 끊임없이 들려왔다. 어디선가 못 같은 것을 두들겨 박는 모양이다……

그는 창문으로 다가가 뒤꿈치를 들고 극도로 조심하는 모습으로 오랫동안 마당을 내다보며 서 있었다. 하지만 마당은 텅 비어 있었고, 뭔가를 두드리는 사람은 보이지 않았다. 왼쪽 곁채 어딘가 활짝 열린 창문이 보였다. 창턱에 제라늄이 듬성듬성 자란 화분이 놓여 있었다. 창문 너머에 빨래가 널려 있었다…… 이 모든 풍경을 그는 외우다시피 잘 알고 있었다. 그는 몸을 돌려 소파에 앉았다.

한 번도, 지금껏 단 한 번도 자신이 이토록 지독하게 외롭다고 느껴본 적이 없었다!

그렇다, 소냐를 더욱 불행하게 만든 바로 지금, 어쩌면 그녀를 정말로 증오하게 될지도 모르겠다는 느낌이 다시 한번 밀려왔다. '어째서 나는 그녀를 찾아가 울게 만들었을까? 어째서 나는 그녀의 삶을 이토록 괴롭혀야 하는가? 오, 비열한 짓이다!'

"혼자 남는 거야!" 돌연 그가 결연한 어조로 말했다. "소냐가 감옥에 오는 일도 없을 거야!"

오 분가량 흐른 후 그는 고개를 들고 묘하게 웃었다. 이상한 생각이 들었다. '어쩌면 정말 유형살이가 더 나을지 몰라.' 문득 이런 생각이 떠오른 것이다.

머릿속에 가득찬 알 수 없는 상념들에 휩싸인 채 얼마나 그렇게 자기 방에 앉아 있었는지 그는 기억하지 못했다. 갑자기 문이 열리더니 아브도티야 로마노브나가 방으로 들어왔다. 처음에는 잠깐 멈춰 서서 방금 전 그가 소냐에게 그랬던 것처럼 문지방에서 오빠를 바라보았다. 그러고는 방으로 들어와 그의 맞은편, 어제 자신이 앉았던 의자에 앉았다. 그는 아무 말 없이, 아무 생각도 없는 사람처럼 그녀를 쳐다보았다.

"화내지 마, 오빠, 잠깐만 있다 갈게." 두냐가 말했다. 생각에 잠긴 표정이었지만 딱딱하지는 않았다. 시선은 명료하고 고요했다. 그는 동생 역시 사랑하는 마음으로 자신에게 왔음을 알 수 있었다.

"오빠, 난 이제 다 알아, 모두. 드미트리 프로코피치가 전부 설명하고 얘기해줬어. 말도 안 되는 추악한 의심을 품고 오빠를 쫓아다니며 괴롭히고 있다면서…… 드미트리 프로코피치는 아무것도 위험할 게 없는데 오빠가 공연히 끔찍하게 받아들인다고 말했어. 하지만 난 그렇게 생각하지 않아, 오빠가 그 모든 일로 얼마나 격분했을지, 그리고 그 분노가 평생 흔적을 남길 수 있다는 것도 난 완전히 이해해. 난 그게 두려워. 오빠가 우리를 버렸다고 비난하지 않을 거야, 감히 비난 못해, 그리고 전에 오빠를 책망한 날 용서해줘. 나 스스로 돌아봐도, 만약 그런 크나큰 슬픔에 처했다면, 나 역시 모두를 떠났을 거야. 엄마한테는 그 일에 대해 아무 말도 안 할 생각이지만, 끊임없이 오빠 얘기를 해드리고 오빠가 오빠 입으로 조만간 찾아오겠다고 했다고 말씀드릴게. 그러니 엄마 생각으로 괴로워하지는 마, 오빠. 내가 엄마를 안심시켜드릴 테니까. 하지만 오빠도 엄마를 너무 힘들게는 하지 마. 한 번이라도 들러줘. 엄마가 엄마라는 걸 기억해! 지금 내가 여기 온 건 그저 오빠에게 말해주려고(두냐는 자리에서 일어서기 시작했다), 만일, 무슨 일로든 내가 오빠에게 필요하면…… 내 목숨이라도, 아니 뭐라도 필요해지면…… 날 불러줘, 꼭 올 거니까. 잘 있어!"

그녀는 급히 몸을 돌려 문 쪽으로 걸어갔다.

"두냐!" 라스콜니코프는 동생을 불러세우고 일어나 다가갔다. "그 라주미힌이란 친구, 드미트리 프로코피치는 아주 좋은 녀석이야."

두냐의 얼굴이 조금 붉어졌다.

"그래서?" 잠시 기다렸다가 그녀가 물었다.

"수완 좋고 부지런하고 정직하고 열심히 사랑할 줄도 아는 친구지…… 잘 가렴, 두냐."

두냐의 얼굴이 확 달아올랐고, 다음 순간 그녀는 갑자기 불안해졌다.

"뭐야, 오빠, 그런 유언 같은 말을 나한테 하면…… 우리가 정말 영원히 헤어지는 것 같잖아?"

"무슨 상관이겠니…… 잘 가……"

그는 동생에게서 몸을 돌려 창 쪽으로 걸어갔다. 그녀는 잠시 서서 불안하게 오빠를 바라보다가 근심에 싸인 채 방을 나갔다.

아니, 그는 동생에게 차갑게 대한 게 아니었다. 한순간 (특히 마지막에는) 동생을 꽉 끌어안고서 작별인사를 나누고, 심지어 다 말해버리고 싶은 생각이 간절했지만, 동생에게 손을 내미는 것조차 망설여졌다.

'훗날 내가 지금 자기를 껴안은 게 떠오르면 몸서리칠지도 몰라, 내가 자기 입술을 훔쳤다고 말하겠지!'

'저애가 견딜 수 있을까, 그러지 못할까?' 몇 분 후 그는 속으로 덧붙였다. '아니, 견디지 못할 거야. 저런 아이는 견디지 못해! 저런 아이는 절대 못 견디지……'

그리고 그는 소냐에 대해 생각했다.

창문으로 신선한 바람이 불어왔다. 바깥 햇빛은 이미 그리 환하지 않았다. 그는 불쑥 모자를 들고 밖으로 나갔다.

물론 그는 자신의 병적인 상태에 신경을 쓸 수도 없었고, 쓰고 싶지도 않았다. 하지만 이 모든 끝없는 불안과 이 모든 마음속 두려움이 아무 흔적도 남기지 않고 지나갈 수는 없었다. 그가 아직 진짜 열병에 걸려 몸져눕지 않은 것은, 그건 아마 이 끊임없는 내적 불안이 그가 두 다리로 버티고 서서 의식을 잃지 않도록 지탱해주었기 때문이겠지만, 어쨌든 부자연스럽고 일시적인 것이었다.

그는 목적 없이 거리를 헤맸다. 해가 지고 있었다. 최근 그에게는 독특한 우울함이 나타나기 시작했다. 특별히 자극적이거나 강렬한 것은 아니었다. 하지만 그는 그 속에서 영원히 변치 않을 뭔가를 느꼈고, 이 차갑고 죽을 것같이 우울한 날들에서 벗어나지 못하리라는 것을 예감했고, '1아르신의 공간'이 영원히 계속되리라는 것을 예감했다. 저물어가는 시간이면 늘 그랬듯이 이 느낌이 한층 강하게 그를 괴롭히기 시작했다.

"해가 진다고 해서 이렇게 멍청해지고 몸도 허약해지다니, 바보 같은 짓을 하지 않도록 자제해야겠군! 소냐에게 간다면서 두냐에게 가버리겠어!" 그는 증오스럽다는 듯 중얼거렸다.

누군가 큰 소리로 그를 불렀다. 그는 주위를 둘러보았다. 레베쟈트니코프가 그에게 달려왔다.

"당신 집에 갔었는데요, 있잖습니까, 당신을 찾던 중이에요. 상상이 되십니까, 부인이 자기 계획을 실행에 옮기고 있어요, 아이들을 끌고 나갔다고요! 소피야 세묘노브나와 제가 간신히 찾아냈어요. 직접 프라이팬을 두드리며 애들에게 노래하고 춤추라고 시키고 있더군요. 아이들은 울고 있고요. 십자로 상점 앞에 서서요. 얼간이 같은 작자들이 그 뒤를 졸졸 따라다니고 있고요. 가시죠."

"소냐는요?……" 라스콜니코프는 레베쟈트니코프를 황급히 뒤따르며 불안하게 물었다.

"완전히 광란 상태예요. 그러니까 소피야 세묘노브나가 아니라 카테리나 이바노브나가 광란에 빠졌다고요. 하긴, 소피야 세묘노브나도 잔뜩 흥분했지요. 카테리나 이바노브나는 완전히 광란 상태고요. 완전히 미쳤다고 말씀드릴 수 있습니다. 경찰서로 끌려가겠지요. 그럼 어떻게 될지 상상이나 되십니까…… 지금 ○○다리 근처 운하에 있어요, 소피야 세묘노브나 집에서 그리 멀지 않은 곳이죠. 가까워요."

다리에서 그리 멀지 않은, 소냐가 살고 있는 집에서 두 건물 못 미친 곳에 있는 운하 위에 사람들이 무리 지어 모여 있었다. 특히 사내아이들과 계집아이들이 잔뜩 모였다. 카테리나 이바노브나의 발작적인 쉰 목소리가 벌써 다리에서도 들렸다. 정말로 길거리 군중의 관심을 끌 만한 희한한 광경이었다. 카테리나 이바노브나는 늘 입던 낡은 드레스를 입고, 모직 숄을 두르고, 보기 흉하게 옆으로 삐딱하니 뭉쳐 찌그러진 밀짚모자를 쓰고 있었는데, 정말로 완전히 광란 상태였다. 그녀는 지쳐서 숨을 헐떡이고 있었다. 괴로움에 지친 폐병 환자의 얼굴은 그 어느 때보다 더 고통스러워 보였다. (게다가 길거리 햇빛 아래에서 보는 폐병 환자의 얼굴은 늘 집에서보다 더 아프고 흉해 보이기 마련이다.) 하지만 흥분 상태는 사그라들지 않았고, 그녀는 시간이 지날수록 더욱더 흥분했다. 그녀는 아이들에게 달려들어 소리를 지르기도 하고 어르기도 하면서, 사람들이 있는 바로 그 자리에서 어떤 춤을 추고 무슨 노래를 부를지 가르쳤으며, 왜 이런 일이 필요한지 아이들에게 설명하기 시작했고, 아이들이 이해하지 못하자 절망하여 애들을 때렸다…… 그러다가 하던 일을 채 끝내기도 전에 사람들에게 달려들었다. 조금이라도 잘 차려입은 사람이 구경하려고 멈춰 서는 게 눈에 띄면 즉시 달려들어, '심지어 귀족 집안 출신이라고까지 말할 수 있는 고상한 집안' 아이들이 어디까지 전락했는지 설명했다. 군중 속에서 웃음소리나 시비를 거는 말이라도 들리면, 곧장 그 무례한 사람에게 덤벼들어 욕하며 싸우기 시작했다. 실제로 비웃는 사람들도 있었고, 고개를 내젓는 사람들도 있었다. 겁에 질린 아이들을 거느린 미친 여자를 구경하는 일은 모두에게 대체로 흥미로운 일일 터였다. 레베쟈트니코프가 말한 프라이팬은 없었다. 최소한 라스콜니코프는 보지 못했다. 하지만 카테리나 이바노브나는 폴레치카에게 노래를 시키고 레냐와 콜랴에게 춤을 추라고 하고는, 프라이팬을 두드리는 대신 바싹 마른 손으로 손뼉을 치며 박자를 맞추기 시작했다. 심지어 직접 따라 부르기도 했는데, 고통스러운 기침 때문에 매번 두번째 음에서 멈추었고, 그럼 다시 절망에 빠져 기침을 저주하면서 엉엉 울기까지 했다. 무엇보다 그녀를 미치게 한 것은 콜랴와 레냐의 울음소리와 공포에 질린 모습이었다. 아이들을 진짜 거리의 남녀 가수처럼 치장하고 입히려 한 것 같았다. 소년에게는 터키인처럼 보이게 하려고 흰색이 섞인 붉은 천을 터번처럼 둘러놓았다. 레냐는 옷이 부족했던 모양이다. 고인이 된 세묜 자하리치의 붉은 털실 모자(아니, 실내모라고 하는 게 더 낫겠다)를 그냥 머리에 씌워놓았는데, 카테리나 이바노브나의 할머니 유품이고 지금까지 가보로 궤짝에 보관해왔던 흰색 타조깃털 조각이 모자에 꽂혀 있었다. 폴레치카는 평소에 입던 옷을 입고 있었다. 소녀는 어쩔 줄 몰라하며 겁먹은 눈길로 어머니를 살피면서도 그 곁을 떠나지 않았고, 어머니가 미쳤다는 것을 눈치채고는 눈물을 훔치며 불안하게 주위를 살피고 있었다. 거리와 모여든 사람들 때문에 소녀는 끔찍이도 놀란 상태였다. 소냐는 눈물을 흘리면서, 집으로 돌아가자고 끊임없이 애원하며 끈덕지게 그녀 뒤를 따라다녔다. 하지만 카테리나 이바노브나는 완강했다.

"그만해, 소냐, 그만하라니까!" 그녀는 숨을 헐떡이고 기침을 하며 다급한 어조로 빠르게 외쳤다. "넌 네가 뭘 부탁하는지도 모르는구나, 꼭 어린애 같다니까! 그 주정뱅이 독일 여자 집으로는 돌아가지 않겠다고 진작 말했지. 모두가, 페테르부르크 전체가 봐야 해, 평생을 신뢰와 진실로 봉사하다 순직한 거나 다름없는 고상한 아비의 자식들이 이렇게 구걸하는 모습을 말이야. (카테리나 이바노브나는 이미 그런 환상을 만들어내 맹목적으로 믿고 있었다.) 그 쓸모없는 장관이 봐야 해, 봐야 한다고. 게다가 넌 왜 이렇게 어리석니, 소냐. 이제 뭘로 먹고산다니, 말해보렴? 우리는 널 충분히 괴롭혔어, 더는 싫다! 아, 로디온 로마니치, 당신이구려!" 그녀는 라스콜니코프를 발견하고는 소리를 지르며 그에게 달려들었다. "이 바보 같은 아이한테 당신이 설명 좀 해주세요, 이보다 더 현명한 방법은 없다고요! 심지어 거리의 악사들도 돈을 버는데, 비록 거지로 전락한 가난하고 아비 없는 가족이지만, 우리가 좋은 집안 출신이라는 걸 모두들 금방 구별해내고 알아볼 거예요, 그럼 그 장관은 자리에서 쫓겨날 테고요, 두고 보세요! 우리는 매일 그 사람 집 창문 아래로 갈 거랍니다, 황제폐하가 지나가시면 전 무릎을 꿇고 이애들을 다 앞세워 손으로 가리키며 '보호하소서, 아버지!'라고 할 거예요. 그분은 고아들의 아버지시고 자비로우시니 보호해주실 거예요. 두고 보세요, 그럼 그 장관은…… 레냐! *몸을 똑바로 하거라!* 콜랴, 이제 다시 춤을 추거라. 왜 우는 거야? 또 우네! 대체 뭐가, 뭐가 무서워서, 바보 같은 녀석! 맙소사! 이런 애들을 데리고 뭘 하겠어요, 로디온 로마니치! 애들이 어찌나 말귀를 못 알아먹는지! 이것들을 데리고 대체 뭘 할 수 있을까!……"

그러고는 자신도 울먹이면서(하지만 멈추지 않고 쉴새없이 빠른 속도로 말하는 데 방해될 정도는 아니었다) 그에게 흐느끼는 아이들을 가리켜 보였다. 라스콜니코프는 집에 돌아가라고 그녀를 설득하려 했고, 심지어 자존심을 건드려볼 생각으로 귀족 아가씨 기숙학교의 교장이 될 준비를 하고 계시니 악사처럼 거리를 헤매고 다니는 것은 어울리지 않는다는 말까지 했다……

"기숙학교라고요, 호호호! 꿈같은 얘기예요!" 카테리나 이바노브나는 이렇게 외치고 웃어대다가 이내 기침을 터뜨렸다. "아니요, 로디온 로마니치, 꿈은 사라졌어요! 모두가 우리를 버렸어요!…… 그 장관은…… 아시다시피 로디온 로마니치, 제가 그 작자에게 잉크병을 날렸답니다. 거기, 하인 방에서요, 마침 책상 위 종이 옆에 있길래, 종이 위에 서명이 되어 있더군요, 그래서 저도 서명하고 던져버리고는 도망나왔죠. 오, 비열한 사람들, 비열한 사람들. 그래요, 침이나 뱉어주겠어요. 이제 저애들은 내가 직접 먹여 살릴 거예요, 아무에게도 고개 숙이지 않을 거라고요! 우린 저애를 충분히 괴롭혔어요! (그녀는 소냐를 가리켰다.) 폴레치카, 보자, 얼마나 모였니? 뭐야? 겨우 2코페이카야? 오, 더러운 놈들! 혀를 쑥 내밀고 우리 뒤를 쫓아다니기만 하고, 한푼도 안 주는구나! 저 멍청이는 대체 왜 웃어? (그녀는 군중 가운데 한 명을 가리켰다.) 다 저 콜카 녀석이 말귀를 너무 못 알아먹어서 그래. 성가셔 죽겠네! 폴레치카, 무슨 일이냐? 엄마랑 프랑스어로 말하자꾸나, *나랑* 프

*랑스어로 말하자.* 내가 가르쳐줬잖니, 몇 구절은 너도 알고 있겠지!…… 안 그러면 너희들이 좋은 집안에서 잘 교육받은 아이들이라 거리의 악사들하고는 영 다르다는 걸 사람들이 어떻게 구별하겠니. '페트루시카'* 말고 뭐 다른 걸 사람들에게 보여주자꾸나, 고상한 로망스를 불러볼까…… 그래, 그게 좋겠다! 그럼 뭘 부른다? 당신이 계속 제 말을 막는 바람에, 우리는…… 있잖아요, 로디온 로마니치, 우리는 뭘 부를지 고르느라 여기 서 있는 거예요. 콜랴도 춤을 출 수 있는 그런 노래요…… 그러니까, 아시겠지만, 우린 아직 다 준비가 안 됐답니다. 모두 다 완벽하게 연습을 하려면 손발을 맞춰봐야 해요, 그러고 나서 넵스키 거리로 갈 거예요, 거기엔 상류층 사람들이 훨씬 더 많으니까 우릴 금방 알아볼 테지요. 레냐는 〈작은 시골 마을〉을 알고 있지만…… 다들 그저 〈작은 시골 마을〉 〈작은 시골 마을〉만 주야장천 불러대니까요! 우린 뭔가 훨씬 더 고상한 걸 불러야 해요…… 자, 넌 어떤 걸 생각해냈니, 폴랴, 너라도 엄마를 좀 도와주렴! 기억력이, 기억력이 나빠졌어, 안 그러면 기억해냈을 텐데! 참, 〈경기병은 검에 몸을 기대고〉**는 사실 좀 그렇지? 아, 프랑스어로 〈*단돈 다섯 푼*〉***을 부르자꾸나! 너희들에게 가르쳐줬지, 가르쳐줬잖아. 중요한 건 프랑스어니까 너희들이 귀족의 자식이란 걸 금방 알아볼 거야, 그럼 훨씬 더 감동적일 거야…… 〈*말보로가 출정을 하려 하네*〉****도 괜찮겠지, 이 노래는 완전히 동요고, 모든

---

* 러시아 인형극의 가장 대표적인 캐릭터로, 대중적인 취향의 인형극을 통칭한다.

** 바튜시코프의 시 「작별」에 곡을 붙인 노래.

*** 프랑스 연극 〈신의 자비〉에 나오는 거지들의 합창.

**** 당시 프랑스에서 인기 있던 대중적인 노래.

귀족 가정에서 아이들을 재울 때 부르는 노래니까."

*말보로가 출정을 하려 하네,*
*언제 돌아올지는 아무도 모르지……*

그녀가 노래를 시작하려 했다…… "아니야, 〈*단돈 다섯 푼*〉이 더 낫겠어! 자, 콜랴, 팔을 옆구리에 대고, 어서, 그리고 레냐 너도 반대 방향으로 돌아라, 폴레치카와 나는 따라 부르며 손뼉을 칠 테니!"

*단돈 다섯 푼, 단돈 다섯 푼,*
*이걸로 살아가야 한다네……*

"콜록콜록콜록! (그리고 그녀는 기침을 터뜨렸다.) 옷을 똑바로 하거라, 폴레치카, 어깨가 흘러내렸구나." 그녀는 기침하는 사이사이 호흡이 돌아오면 이렇게 지적했다. "이제는 너희들이 귀족의 자제라는 걸 모두가 알게 특히 예의바르게 굴어야 한다, 얌전히 서서 말이다. 내가 그때 허리 부분을 더 길게 하고, 천을 두 겹 대야 한다고 하지 않았니. 한데 소냐, 네가 그때 충고를 한답시고 '더 짧게요, 더 짧게' 하는 바람에, 봐라, 애 꼴이 완전히 흉해졌구나…… 아니, 너희 또 우는 거냐! 대체 왜들 그러니, 바보 같은 것들! 자, 콜랴, 어서 시작해, 어서어서. 오, 정말 지긋지긋한 아이로구나!……"

*단돈 다섯 푼, 단돈 다섯 푼*

“또 군인이 나타났네! 네놈은 대체 뭐가 필요한데?”

정말로 사람들을 헤치고 순경이 다가오고 있었다. 그러나 그와 동시에 제복과 외투를 입고 목에 훈장을 단, 점잖은 관리처럼 보이는 쉰 살가량의 신사가(훈장을 단 것이 카테리나 이바노브나를 몹시 기쁘게 했고, 순경에게도 영향을 미쳤다) 다가와 아무 말 없이 카테리나 이바노브나에게 3루블짜리 녹색 지폐를 건네주었다. 그의 얼굴에 진심어린 연민이 비쳤다. 카테리나 이바노브나는 돈을 받고는 정중하게, 심지어 거드름까지 피우며 그에게 몸을 숙였다.

“감사합니다, 친절하신 나리.” 그녀가 거만한 말투로 이야기를 시작했다. “저희가 이 지경이 된 이유는…… 돈을 받거라, 폴레치카. 봐라, 불행에 빠진 가난한 귀부인을 기꺼이 도와주시는 고상하고 관대한 분들이 계시단다. 친절하신 나리, 아비를 잃은 귀한 집 자식들, 정말 귀족적인 연고를 가졌다고도 할 수 있는 아이들을 보십시오…… 그런데 그 장관은 들꿩이나 뜯고 앉아서는…… 제가 자기를 귀찮게 한다고 발을 굴러댔답니다…… 제가 말했지요, ‘각하, 고인이 된 세묜 자하리치를 아주 잘 아시니, 아비 잃은 자식들을 보호해주세요, 비열한 놈들 중에서도 가장 비열한 놈이 그 양반이 죽던 날 그의 친딸을 모함했습니다……’라고요. 저 군인이 또! 저희를 보호해주세요!” 그녀가 관리에게 소리질렀다. “저 군인은 왜 나를 귀찮게 졸졸 따라다니지? 메샨스카야 거리에서도 한 놈을 피해 이리로 도망왔는데…… 대체 용건이 뭐야, 바보 같은 놈!”

“거리에서 이런 행위는 금지되어 있습니다. 추태를 부리지 마십시오.”

"추태를 부리는 건 너야! 샤르만카를 들고 다니든 말든 네가 무슨 상관이냐?"

"샤르만카는 허가를 받으셔야 합니다, 더구나 멋대로 사람들을 모으고 있지 않습니까. 거주하는 곳이 어딥니까?"

"허가는 얼어죽을!" 카테리나 이바노브나는 울부짖었다. "난 오늘 남편 장례를 치렀어, 이런 마당에 허가는 무슨!"

"부인, 부인, 진정하세요." 관리가 말을 시작하려 했다. "갑시다, 제가 모셔다드리죠…… 이렇게 사람 많은 데서 점잖지 못하게…… 몸도 좋지 않으시면서……"

"친절하신 나리, 친절하신 나리, 나리는 아무것도 모르세요!" 카테리나 이바노브나가 소리쳤다. "우리는 넵스키 거리로 갈 거예요. 소냐, 소냐! 대체 얘가 어디 있지? 또 우는구나! 너희 다 왜 이러니!…… 콜랴, 레냐, 어딜 가는 거야?" 갑자기 그녀는 몹시 놀라 비명을 질렀다. "오, 어리석은 것들! 콜랴, 레냐, 쟤들이 대체 어딜 가는 거야!……"

거리의 사람들, 미쳐버린 어머니의 행동에 극도로 겁을 집어먹은 콜랴와 레냐가 결국, 자기들을 어딘가로 붙잡아 가려는 군인을 보고는 갑자기 약속이나 한 듯이 서로 손을 맞잡고 도망치려 내달린 것이다. 가엾은 카테리나 이바노브나는 아이들을 잡으려 울며불며 달려갔다. 숨을 헐떡이고 울면서 뛰어가는 그녀의 모습은 흉하고도 애처로웠다. 소냐와 폴레치카가 그 뒤를 따라 달렸다.

"저애들을 데려와, 데려오라고, 소냐! 오, 어리석고 배은망덕한 것들!…… 폴랴! 애들을 잡아와…… 난 너희를 위해서……"

그녀는 전속력으로 달리다 뭔가에 걸려 넘어졌다.

"다쳐서 피가 나요! 오, 맙소사!" 소냐가 그녀에게 몸을 숙이더니 비명을 질렀다.

모두 달려와 주위에서 서로 밀치며 웅성거렸다. 라스콜니코프와 레베쟈트니코프가 제일 먼저 달려왔다. 관리 역시 황급히 뛰어왔고, 순경도 일이 성가시게 되어간다는 것을 예감하고는 '이런, 제길!' 하고 투덜거리며 손을 내저으면서 그들 뒤를 따라왔다.

"가세요! 가요!" 그는 주위에 모여든 사람들을 쫓아냈다.

"죽어가고 있어!" 누군가 소리쳤다.

"미쳐버렸어!" 또다른 사람이 말했다.

"주여, 보호하소서!" 한 여인이 성호를 그으며 말했다. "계집아이와 사내애는 잡았나? 저기 데리고 오는구나, 큰애가 잡았네…… 어찌 저리들 천방지축인지!"

하지만 카테리나 이바노브나를 잘 살펴보니 소냐가 생각한 것처럼 돌에 걸려 넘어져 다친 게 전혀 아니었고, 도로를 물들인 피는 그녀 가슴에서 목을 따라 뿜어져나온 것이었다.

"이런 걸 압니다, 본 적이 있어요." 관리는 라스콜니코프와 레베쟈트니코프에게 중얼거렸다. "결핵이에요. 이렇게 피가 쏟아져 숨이 막히는 겁니다. 아주 최근에 보았는데 제 친척 중 한 명도 이렇게 피를 한 컵 반이나 쏟았지요…… 갑자기요…… 대체 어째야 하나, 곧 죽을 수도 있는데?"

"이쪽, 이쪽요, 저희 집으로요!" 소냐가 애원했다. "제가 바로 여기 살아요!…… 바로 저 건물, 여기서 두번째 건물요…… 저희 집으로, 어서, 빨리요!……" 그녀는 여기저기에 매달렸다. "의사를 부르게 사람을 보내주세요…… 오, 하느님!"

관리의 노력으로 일은 잘 처리되었고, 순경마저도 카테리나 이바노브나를 옮기는 것을 도왔다. 거의 죽은 상태나 다름없는 그녀를 소냐의 방으로 옮겨 침대에 눕혔다. 각혈은 여전했지만 차츰 정신이 돌아오는 모양이었다. 소냐 말고도 라스콜니코프, 레베쟈트니코프, 관리와 순경이 한꺼번에 방으로 들어왔고, 구경하던 사람들을 순경이 진작 쫓아냈는데도 몇 명은 바로 문 앞까지 따라왔다. 폴레치카가 벌벌 떨면서 우는 콜랴와 레냐의 손을 잡아 데려왔다. 카페르나우모프네 식구도 모여들었다. 다리를 절고 애꾸눈인데다 뻣뻣한 머리카락과 구레나룻이 위로 곧추선 기묘한 모습의 카페르나우모프 본인이 나타났다. 어쩐지 항상 겁에 질린 듯한 표정을 하고 있는 그의 아내와 끊임없이 놀라느라 아예 무감각하게 굳어버린 얼굴을 하고 입을 헤 벌린 자식 몇 명도 들어왔다. 이 온갖 사람들 사이로 갑자기 스비드리가일로프까지 나타났다. 라스콜니코프는 그가 어디서 나타났는지도 알 수 없고, 사람들 사이에서 그를 본 기억도 없어, 깜짝 놀라 그를 바라보았다.

의사와 신부에 대한 이야기가 오갔다. 관리는 라스콜니코프에게 이제는 의사가 와도 소용없을 것 같다고 속삭였지만, 그래도 사람을 보내도록 조치해놓았다. 카페르나우모프가 직접 달려갔다.

그러는 동안 카테리나 이바노브나의 호흡이 진정되고 피도 잠깐 멎었다. 그녀는 손수건으로 자기 이마의 땀을 닦아내며 부들부들 떠는 창백한 소냐를 고통스럽지만 집요하고 꿰뚫는 듯한 시선으로 바라보았다. 이윽고 그녀가 자기를 좀 일으켜달라고 청했다. 양쪽에서 그녀를 부축해 침대에 앉혔다.

"애들은 어디 있니?" 그녀가 가냘픈 목소리로 물었다. "네가 데려왔니, 폴랴? 오, 어리석은 것들!…… 대체 왜 도망간 거니…… 오!"

바싹 마른 입술은 여전히 피범벅이었다. 그녀는 눈을 돌려 주위를 살펴보았다.

"이렇게 사는구나, 소냐! 한 번도 네가 사는 델 와보질 못했구나…… 이렇게 와보게 되다니……"

그녀는 고통스럽게 소냐를 바라보았다.

"우리가 네 등골을 빨아먹었구나, 소냐…… 폴랴, 레냐, 콜랴, 이리 오너라…… 자, 여기, 소냐, 이애들을 맡아다오…… 내 손에서 네 손으로 넘겨주는 거야…… 난 끝났어!…… 무도회는 끝났어! 아!…… 날 눕혀줘요, 죽을 때만이라도 편하게 해주세요……"

사람들은 다시 그녀의 머리를 베개에 눕혔다.

"뭐라고? 신부님?…… 필요 없다…… 쓸데없이 그럴 돈이 어디 있다고 그러니?…… 난 죄지은 게 없다!…… 그러지 않아도 하느님은 용서하셔야 해…… 내가 얼마나 고통받았는지 아실 테니까!…… 용서 안 하신다면, 그럼 나도 필요 없다!……"

그녀의 상태가 점점 더 불안정해지고 정신도 혼미해졌다. 때로 몸을 떨다가, 주위로 시선을 돌렸다가, 잠깐 모두를 알아보기도 했다. 하지만 금세 다시 의식이 혼미해졌다. 목이 쉬어 힘겹게 숨을 들이쉬었고, 목에서는 그르릉그르릉 끓는 소리가 났다.

"난 그 사람에게 '각하!' 하고 말했어." 그녀는 한 마디 한 마디 할 때마다 호흡을 가다듬으며 소리를 내질렀다. "그 아말리야 류드비고브나는…… 아! 레냐, 콜랴! 손을 옆구리로, 어서어서, 글리세-글리세, 파-

드-바스크!* 발을 구르거라…… 기품 있는 아이가 되어야지.

*그대는 다이아몬드와 진주를 가졌지……***

그다음엔 어떻게 되더라? 부르고 싶은데……

*너무나 아름다운 그대 눈동자,*
*아가씨, 뭘 더 바라나요?*

그래, 어떻게 안 그렇겠어! *뭘 더 바라나*요라고 지어대기나 하고. 얼간이 같으니!……아, 그래, 또 있다.

한낮의 더위, 다게스탄의 계곡에서……***

아, 내가 얼마나 좋아했는지……난 이 로망스를 숭배할 정도로 좋아했단다, 폴레치카!…… 있잖니, 너희 아버지가 아직 약혼자였을 때 내게 불러주곤 했어…… 오, 그 시절이여!…… 자, 그러니 이 노래를 부르자꾸나! 근데 어떻게 부르더라, 어떻게…… 이런, 잊어버렸네…… 어떻게 부르는지 좀 기억나게 해주겠어요?" 그녀는 극도로 흥분해 몸을

---

* 발레에서 '파 글리세'는 미끄러지는 듯한 스텝, '파 드 바스크'는 미끄러지듯 양쪽을 왔다갔다하는 빠른 스텝을 말한다.

** 하이네의 「귀향」 중 한 시에 슈베르트가 곡을 붙인 노래.

*** 레르몬토프의 시 「꿈」에 곡을 붙인 노래.

일으키려고 애를 썼다. 마침내 그녀는 점점 더 놀란 표정을 짓고서 한 마디 한 마디마다 숨을 헐떡이면서, 쉬어버린 끔찍한 목소리로 소리소리 지르며 발작하듯이 노래를 부르기 시작했다.

한낮의 더위!…… 다게스탄의!…… 계곡에서!……
내 가슴에 탄알이 파고들어!……

"각하!" 갑자기 그녀가 찢어질 듯 통곡하고 눈물을 철철 흘리며 울부짖기 시작했다. "고아들을 보호하소서! 고인이 된 세묜 자하리치의 환대를 잘 아시면서요!…… 심지어 귀족이라고까지 할 수 있단 말입니다!…… 아!" 그녀는 갑자기 몸을 떨더니 정신을 차리고는 모두를 두려운 얼굴로 둘러보다가 이내 소냐를 알아보았다. "소냐, 소냐!" 그녀는 자기 앞에 소냐가 있는 걸 보고 놀란 듯 온화하고 다정하게 말했다. "우리 소냐, 너도 여기 있었구나?"

사람들이 다시 그녀를 일으켜 앉혀주었다.

"됐다!…… 시간이 됐어!…… 잘 있거라, 불쌍한 것!…… 여윈 말을 혹사시켰어!…… 녹초가 되었-구-나!" 그녀는 절망과 증오에 찬 비명을 지르더니 베개 위로 털썩 고개를 떨궜다.

그녀는 다시 정신을 잃었지만, 이 마지막 혼수상태는 오래 지속되지 않았다. 창백하고 누렇게 뜬 여윈 얼굴이 뒤로 젖혀졌고, 입이 벌어지고 두 다리는 경련을 일으키며 쭉 뻗었다. 그녀는 깊이, 깊이 숨을 들이쉬더니 숨을 거뒀다.

소냐는 시신 위로 쓰러져 두 팔로 감싸안고 고인의 바싹 마른 가슴에 얼굴을 묻은 채 거의 정신을 잃었다. 폴레치카는 목놓아 울며 어머니의 다리에 쓰러져 발에 입을 맞추었다. 콜랴와 레냐는 무슨 일이 일어났는지 아직 이해하지는 못했지만, 아주 무서운 일이라는 것만은 느끼고 두 손으로 서로의 어깨를 잡은 채 꼼짝도 않고 마주보다가, 갑자기 둘이 함께, 한꺼번에 입을 쩍 벌리고는 비명을 지르기 시작했다. 둘 다 좀전의 옷차림 그대로였다. 한 아이는 터번을 두르고, 다른 아이는 타조 깃털을 꽂은 둥근 모자를 쓰고 있었다.

그런데 어떻게 그 '상장'이 갑자기 침대 위 카테리나 이바노브나 옆에 나타났을까? 상장은 거기 베개 옆에 놓여 있었다. 라스콜니코프는 그것을 보았다.

그는 창 쪽으로 물러났다. 그에게 레베쟈트리코프가 뛰어왔다.

"죽었어요!" 레베쟈트니코프가 말했다.

"로디온 로마노비치, 당신에게 두 가지 전할 말이 있소." 스비드리가일로프가 다가왔다. 레베쟈트니코프는 바로 물러나 점잖게 자리를 피해주었다. 스비드리가일로프는 놀란 라스콜니코프를 좀더 멀리, 구석으로 데리고 갔다.

"번거로운 일들은 모두, 그러니까 장례식 등등의 일은 내가 맡지요. 아시다시피 돈만 있다면야 어려울 게 있나, 말씀드렸듯이 난 돈이 남아돌아요. 저 두 아이와 폴레치카는 내가 어디 괜찮은 고아원에라도 맡기겠소이다, 그리고 성년이 될 때까지 각각 1천5백 루블의 돈을 넣어두지요. 소피야 세묘노브나가 완전히 안심하도록 말이오. 그리고 그녀도 늪에서 끌어내야지요, 좋은 아가씨잖소, 그렇지 않소? 자, 그러니 아브도티야 로마노브나에게 그분의 만 루블을 내가 이렇게 썼다고 전해주시오.”

“무슨 목적으로 그렇게 마구 선심을 쓰십니까?” 라스콜니코프가 물었다.

“허! 의심도 많으시지!” 스비드리가일로프가 웃었다. “난 그 돈이 필요 없다고 말씀드리지 않았소. 그러니까 그저, 인간적인 차원에서 이러는 것도 용납 못하겠다 이거요? 저분이 (그는 고인이 누워 있는 구석을 손가락으로 가리켰다) 어떤 고리대금업자 노파처럼 ‘이蝨’였던 것도 아니지 않소. 자, 동의하시겠지만, 그러니까 ‘정말 루진이 살아남아 혐오스러운 짓을 계속하느냐, 아니면 그녀가 죽느냐?’지요. 그리고 내가 돕지 않으면 ‘이를테면 폴레치카 역시 그 길을, 똑같은 길을 걷게 되겠지요……’”

그는 라스콜니코프에게서 시선을 떼지 않고 어쩐지 눈을 깜빡이며 명랑하고 교활한 표정으로 말했다. 라스콜니코프는 자신이 소냐에게 직접 했던 말을 듣자 얼굴이 하얗게 질렸고 등줄기가 오싹해졌다. 그는 급히 물러나면서 놀란 얼굴로 스비드리가일로프를 바라보았다.

“어-어떻게…… 알고 있는 겁니까?” 그는 거의 숨도 못 쉬면서 속삭였다.

“바로 저기, 벽 너머, 레슬리흐 부인 댁에 내가 묵고 있으니까요. 여기는 카페르나우모프 집이고, 저기는 내 오래된 충실한 벗인 레슬리흐 부인 집이오. 이웃인 셈이지.”

“당신이요?”

“내가요.” 몸을 흔들어대고 웃으며 스비드리가일로프가 말을 이었다. “내 명예를 걸고 보증할 수 있소이다, 친애하는 로디온 로마노비치, 당신이 놀라울 정도로 내 흥미를 끌었다는 사실을 말이오. 우리가 친해질 거라고 내가 말하지 않았소, 당신에게 그렇게 예언했지요. 자, 이제 이렇게 친해졌군요. 그리고 내가 얼마나 원만한 사람인지 알게 될 거요. 나와 제법 잘 지낼 수 있다는 것도 알게 될 테고 말이오……"

# 제6부

# 1

라스콜니코프에게 이상한 시기가 닥쳐왔다. 갑자기 눈앞에 안개가 드리워져 빠져나갈 길 없는 고통스러운 고독 속에 유폐된 것 같았다. 훗날, 오랜 시간이 흐른 뒤 이 시절을 떠올릴 때면, 이따금 의식이 흐려지는 것 같은 상태가 얼마간의 간격을 두고 마지막 파국에 이르기 직전까지 지속되었음을 깨닫곤 했다. 자신이 그때 많은 것을, 예를 들어 어떤 사건이 일어난 기간이나 시간을 혼동했다는 확신이 굳게 들었다. 적어도 나중에 뭔가 기억해내고 기억난 것을 자신에게 분명히 납득시키려 애쓰는 과정에서, 그는 오히려 주위 사람들에게 얻은 정보로 자신에 대해 많은 걸 알게 되었다. 이를테면 그는 어떤 사건을 다른 사건과 혼동했다. 또 어떤 사건을 단지 그의 상상 속에만 존재하는 사건의 결과로 여기기도 했다. 때로는 병적이고 고통스러운 불안이 그를 사로잡아 공황 상태에 가까운 공포로까지 변질되곤 했다. 하지만 이런 공포와 정반대되는 완전한 냉담함에 사로잡혔던 순간, 시간, 어쩌면 그런 날들도 있었다는 것 역시 기억하고 있었다. 그런 냉담함은 일부 죽어가는 사람들에게 나타나는 병적인 무관심의 상태와 비슷했다. 대체로 최근 며칠 동안 그 자신도 스스로의 상태를 명료하고 완벽하게 이해하기를 피하려 애쓰는 것 같았다. 즉각적인 해명을 요구하는 몇 가지 긴요한 사실들이 특히 그를 괴롭혔다. 그런 걱정에서 도망쳐 자유로워진다면 얼마나 기뻤을까마는, 그의 처지에서 그것들을 잊는다면 피할 수 없이 완전한 파멸을 초래할 터였다.

그를 특히 불안하게 한 것은 스비드리가일로프였다. 그의 생각은 스비드리가일로프에 멈춰 있다고 해도 좋을 정도였다. 카테리나 이바노브나가 죽던 날 소냐의 방에서 스비드리가일로프가 아주 분명한 어조로 그에게 아주 위협적인 말을 한 그 순간부터, 일상적인 생각의 흐름이 파괴된 것만 같았다. 하지만 이 새로운 사실에 극도로 불안해졌으면서도, 라스콜니코프는 왠지 서둘러 일을 해명하려 하지 않았다. 때로는 외지고 인적 드문 도시 한구석, 초라한 선술집 탁자 앞에 앉아 혼자 생각에 잠겨 있는 자신을 문득 발견하곤 했는데, 어떻게 이리로 오게 되었는지 거의 기억도 못하는 와중에도 불쑥 스비드리가일로프를 떠올렸다. 문득 가능한 한 빨리 이 사람과 이야기를 나눠서 가능한 한 확실히 일을 결론지어야 한다는 사실을 아주 선명하면서도 불안하게 의식했다. 한번은 도시 관문 밖을 헤매다가, 자신이 여기서 스비드리가일로프를 기다리는 중이며 여기서 만나기로 약속했다는 망상에 빠진 일까지 있었다. 또 한번은 동이 트기 전 어떤 관목숲 땅바닥에서 눈을 떴는데 어쩌다 여기 와 있는지 이해할 수 없었던 적도 있었다. 하지만 사실 그는 카테리나 이바노브나가 죽은 후 요 이삼일 동안 대개의 경우 별 목적 없이, 또 대개의 경우 잠깐동안 소냐의 집에 들렀다가 이미 두 번쯤 스비드리가일로프를 만난 적이 있었다. 그들은 늘 짤막한 말을 주고받았을 뿐 중요한 지점에 대해서는 한 번도 말을 꺼내지 않았는데, 마치 그들 사이에 당분간 거기에 대해서는 침묵하기로 저절로 약속이라도 된 것 같았다. 카테리나 이바노브나의 시신은 아직 관에 놓여 있었다. 스비드리가일로프는 장례식 일을 처리하며 분주하게 돌아다녔다. 소냐 역시 몹시 바빴다. 마지막으로 만났을 때 스비드리가일로프는 카테리나 이바노브나의 아이들 일이 잘 마무리되어 끝났다고 라스콜니코프에게 설명했다. 그는 연줄을 동원해 고아 세 명 모두 아주 적당한 시설에 바로 들어갈 수 있게 도와줄 사람을 찾아냈다고 말했다. 아이들에게 떼어놓은 돈 역시 많은 점에서 도움이 되었는데, 돈이 있는 고아가 무일푼인 고아보다 훨씬 맡기기 쉽기 때문이라고 했다. 그는 소냐에 대해서도 뭐라고 말하면서, 아무튼 조만간 라스콜니코프에게 들르겠다고 약속했으며, '조언을 듣기를 바란다'고 했다. '몹시 이야기를 나누고 싶고, 그럴 만한 일이 있노라……'는 것이었다. 현관 계단 옆에서 이런 대화가 오고갔다. 스비드리가일로프는 라스콜니코프의 눈을 물끄러미 쳐다보다 갑자기 잠시 입을 다물더니 목소리를 낮추고는 이렇게 물었다.

"무슨 일인가요, 로디온 로마니치, 제정신이 아닌 것 같군요? 그래요! 듣기도 하고 보기도 하지만, 전혀 알아듣는 것 같지 않소이다. 기운을 내시오. 이야기를 좀 나누자고요. 단지 남의 일도 그렇고, 내 일도 그렇고, 일이 많아서 유감이로군…… 휴, 로디온 로마니치." 그가 불쑥 덧붙였다. "사람은 누구나 공기가 필요한 법이지요, 공기, 공기가…… 그 무엇보다 말이오!"

그는 계단으로 들어선 신부와 보좌신부가 지나가도록 급히 옆으로 비켜섰다. 그들은 추도 미사를 드리러 오는 길이었다. 스비드리가일로프가 조치한 대로 하루에 두 번씩 어김없이 추도 미사를 올렸다. 스비드리가일로프는 제 갈 길을 갔다. 라스콜니코프는 잠깐 서서 생각하다가 신부의 뒤를 따라 소냐의 방으로 들어갔다.

그는 문가에 섰다. 격식에 맞게 미사가 조용하고 서글프게 시작되었다. 아주 어릴 적부터 죽음을 의식하고 죽음의 존재를 느낄 때면 늘 어떤 고통과 신비스러운 공포가 거기 함께 자리했다. 게다가 벌써 오랫동안 추도 미사를 듣지 못했다. 거기에 더해 여기엔 뭔가 다른 것, 몹시 끔찍하고 불안한 무언가가 있었다. 그는 아이들을 바라보았다. 모두들 관 옆에 무릎을 꿇고 있었고, 폴레치카는 울고 있었다. 아이들 뒤편에서 소냐가 겁먹은 듯 소리 죽여 울며 기도를 올리고 있었다. '요즘엔 날 아예 쳐다보지도 않고, 말 한마디 건네는 일도 없구나.' 라스콜니코프는 문득 이런 생각을 했다. 해가 환하게 방을 비추고 있었다. 향 연기가 자욱하게 피어올랐다. 신부는 「주여, 영원한 안식을 주소서」를 읽고 있었다. 라스콜니코프는 미사가 다 끝날 때까지 서 있었다. 축복의 말을 하고 작별인사를 하면서 신부는 어쩐지 이상하다는 듯이 주위를 둘러보았다. 미사가 끝난 후 라스콜니코프는 소냐에게 다가갔다. 그녀는 불쑥 그의 두 손을 잡고, 그의 어깨에 머리를 기댔다. 이 친밀한 동작을 이해할 수 없어 라스콜니코프는 충격까지 받았다. 이상하기조차 했다.

어떻게 이럴 수가 있을까? 그녀의 손길엔 그에 대한 조금의 반감도, 조금의 혐오감도, 조금의 떨림도 없었다! 그야말로 무한히 자신을 낮추는 행위와 같았다. 최소한 그는 그렇게 이해했다. 소냐는 아무 말도 하지 않았다. 라스콜니코프는 그녀의 손을 잡아주고 밖으로 나왔다. 마음이 지독히도 무거워졌다. 지금 이 순간 어딘가로 떠나 완전히 홀로 남을 수 있다면, 그렇게 평생을 살아야 한대도 행복할 것 같았다. 하지만 문제는 최근 그가 거의 항상 혼자였음에도, 도저히 혼자라고 느낄 수 없다는 데 있었다. 교외로 나가거나 대로변으로 나서본 적도 있고, 숲으로 간 적도 있었다. 하지만 인적이 드문 곳일수록 누군가 가까이 있는 것 같은 불안한 느낌이 더 강하게 들었고, 그게 두렵다기보다 어쩐지 몹시 화가 나서, 황급히 도시로 돌아와 사람들 틈에 섞여 음식점이나 선술집으로 들어가거나 톨쿠치 시장이나 센나야 광장으로 가곤 했다. 그런 곳에 있으면 오히려 마음이 더 편해지는 것 같았고, 더 혼자가 된 것 같은 느낌도 들었다. 저녁 무렵, 한 음식점에서 사람들이 노래를 부르고 있었다. 그는 한 시간 내내 노래를 들으며 앉아 있었고, 심지어 기분이 몹시 좋았던 걸로 기억한다. 하지만 결국 문득 다시 불안해졌다. 양심의 가책 같은 것이 갑자기 그를 괴롭히기 시작한 것이다. '이렇게 앉아서 노래나 듣고 있다니, 과연 내가 이래도 되는 걸까!' 그런 생각이 들었던 것 같다. 하지만 그러면서도 자신을 괴롭히는 게 단지 이것만이 아니라는 건 알았다. 당장 해결해야 할 뭔가가 있었지만 그게 뭔지 알 수 없었고, 말로 전달할 수도 없었다. 모든 게 실타래처럼 얽혀 있었다. '아니, 차라리 누구하고라도 싸우는 게 낫겠어! 다시 포르피리하고든…… 스비드리가일로프하고든…… 어서 다시 누군가 도전이라도, 공격이라도 해준다면……그래! 맞아!' 하고 생각했다. 그는 음식점에서 나와 뛰다시피 내달렸다. 문득 두냐와 어머니에 대한 생각이 그를 공황 상태에 가까운 공포로 몰아갔다. 그날 밤 동트기 전, 그는 크레스톱스키섬의 관목숲에서 고열로 온몸을 덜덜 떨며 잠에서 깨어났다. 그는 집을 향해 걸었고, 이른아침이 돼서야 집에 도착했다. 몇 시간 눈을 붙이자 오한은 사라졌고, 눈을 떴을 때는 이미 늦은 시간이었다. 오후 두시였다.

그는 이날 카테리나 이바노브나의 장례식이 예정되어 있었던 게 기억났고, 참석하지 않을 수 있어서 기뻤다. 나스타시야가 먹을 것을 가져왔다. 그는 엄청난 식욕을 느끼고는 게걸스러울 정도로 먹고 마셨다. 머리가 맑아졌고 최근 사흘간의 그 어느 때보다 차분해졌다. 얼마 전 공황 상태에 가까운 공포가 밀려왔었다는 것이 문득 이상하게 여겨지기까지 했다. 문이 열리고 라주미힌이 들어왔다.

"어라! 먹는 걸 보니 아프진 않은 모양이군!" 라주미힌은 이렇게 말하고는 의자를 들어다가 탁자를 사이에 두고 라스콜니코프와 마주앉았다. 그는 근심에 싸인 얼굴이었고 그것을 숨기려 하지 않았다. 말하는 걸로 봐선 화가 난 것 같았지만, 서두르지도 않았고 특별히 언성을 높이지도 않았다. 그는 내심 어떤 독특하고도 각별한 의도를 품고 온 것 같았다. "들어봐," 그가 결연한 어조로 말을 시작했다. "네가 뭘 어쩌든 다 내 알 바 아니야, 내가 아무것도 이해할 수 없다는 걸 이제 알았으니까, 확실히 말이야. 내가 심문하러 왔다고 생각하지는 마라. 관심 없어! 그러고 싶지도 않고! 지금 네가 모든 비밀을 다 털어놓는다 해도, 어쩌면 난 들으려고도 않고 침을 퉤 뱉고 나가버릴지도 몰라. 난 단지 개인적으로 확실히 알고 싶어서 온 거야. 첫째로는 네가 정말 미친 걸까? 하는 점이야. 알다시피 네가 미친 거 같다고, 그게 아니라도 그럴 경향이 아주 농후하다고 확신하는 사람들이 있어(하여튼 어딘가에 있단 얘기야). 고백하자면 나 자신도 그런 의견을 지지하는 쪽으로 많이 기울었는데, 첫째로는 어리석고 어느 정도 혐오스럽기도 한 네 행동을 보건대 그런 거고(뭘로도 설명이 안 되니까), 둘째로는 최근에 네가 어머니와 누이에게 한 행동을 보건대 그래. 만일 미친 게 아니라면 냉혈한이나 비열한만이 그분들에게 너처럼 행동할 수 있지. 그러니까 넌 미친 거야……"

"두 사람을 만난 지 오래됐어?"

"방금 뵙고 오는 길이야. 넌 그때 이후로 안 만났지? 어딜 싸돌아다니는 거야, 말 좀 해봐, 내가 벌써 너한테 세 번이나 왔다 갔단 말이다. 어머니가 어제부터 심하게 편찮으셔. 네게 가려고 하셨지. 아브도티야 로마노브나가 설득했어. 하지만 통 말을 들으려 하지 않으셔. '만일 그 애가 아프다면, 머리가 어떻게 된 거라면, 어미 아니고 누가 그앨 도와주겠니?'라고 하시더라고. 어머니 혼자 가시게 내버려둘 수가 없어서 우리 모두 여기에 왔지. 네 방문 바로 앞에 올 때까지도 진정하시라고 몇 번이나 당부를 드렸어. 들어와보니 네가 없는 거야. 어머니는 바로 여기 앉아 계셨지. 십 분 동안 앉아 계셨고, 우리는 아무 말 없이 그분 앞에 서 있었어. 일어나시더니 이렇게 말씀하시더라. '밖에 나간 걸 보니 건강한 게로구나, 그런데 어미는 잊은 거야, 어미가 되어 문턱에 서서 동냥을 바라듯 애정을 구걸하다니 점잖지 못하고 부끄러운 일이다.' 집에 돌아가셔서는 몸져누우셨지. 지금은 열도 심하셔. '자기 여자에게는 쓸 시간이 있나보다'라고 하시더군. 어머니는 그 자기 여자를 소피야 세묘노브나라고 생각하셔, 그 여자가 네 약혼녀인지 정부인지는 나도 모르겠다만. 난 바로 소피야 세묘노브나에게 갔지, 모든 걸 알아내고 싶었거든, 친구. 가보니 관이 놓여 있고, 아이들은 울고 있더군. 소피야 세묘노브나가 그애들에게 상복을 입혀보고 있더라. 넌 없었고. 그걸 보고는 죄송하다고 말하고 나와서 아브도티야 로마노브나에게 그렇게 알려줬어. 그러니까 그건 다 말도 안 되는 얘기고, 네게 자기 여자 따윈 없다고, 그러니까 미친 게 확실하다고 말이야. 그런데 이렇게 사흘은 굶은 사람처럼 삶은 소고기를 우물거리며 앉아 있다니. 하긴 미친 사람도 먹기는 하지, 하지만 나에게 아무 말 안 했다 한들 넌…… 미치지 않았어! 그렇다고 장담할 수 있어! 절대로 미친 게 아니야. 그러니 네 일에 아예 상관하지 않겠어, 뭔가 숨기는 게, 비밀이 있는 거니까. 네 비밀로 골머리를 썩고 싶진 않아. 그저 그냥 욕이나 퍼부어주려고 들렀어." 그는 일어서며 결론을 말했다. "속이나 후련해지려고, 하지만 이제 난 뭘 해야 할지 알겠다!"

"그래서 지금 뭘 하려고?"

"내가 지금 뭘 하든 네가 무슨 상관이야?"

"보아하니 술을 퍼마시겠군!"

"뭐라고…… 그걸 어떻게 알았지?"

"당연한 거 아냐!"

라주미힌은 잠시 침묵했다.

"넌 항상 아주 생각이 깊은 놈이었지, 한 번도, 한 번도 정신을 놓은 적이 없었어." 갑자기 그가 열을 내며 말했다. "그래, 맞아. 난 퍼마실 거야! 잘 있어라!" 그러고는 가려고 몸을 움직였다.

"그저께인가 동생하고 네 얘기를 했어, 라주미힌."

"내 얘기라고! 그래…… 대체 그저께 어디서 그분을 만날 수 있었지?" 라주미힌이 갑자기 멈춰 섰고, 얼굴까지 조금 창백해졌다. 그의 가슴속 심장이 긴장으로 서서히 고동치기 시작하는 걸 짐작할 수 있었다.

"그애가 여기 왔었어, 혼자서, 여기 앉아서 나랑 이야기를 나눴지."

"그분이!"

"그래, 그애가."

"대체 무슨 말을 했는데…… 내 얘기를 뭐라고 했는데?"

"내가 그랬어, 넌 굉장히 좋은 사람이고, 정직하고 부지런한 사람이라고. 네가 그앨 사랑한다고는 하지 않았어, 왜냐면 본인도 알고 있을 테니까."

"본인도 안다고?"

"뭐, 당연하지! 내가 어딘가로 떠나거나 내게 무슨 일이 생기면, 네가 두 사람의 보호자로 남아줘. 그러니까 난 그 두 사람을 네게 맡기는 거야, 라주미힌. 네가 그앨 얼마나 사랑하는지 아주 잘 아니까, 또 네 마음이 얼마나 깨끗한지 확신하니까 말이야. 그애도 널 사랑하게 되리라는 걸 알아, 어쩌면 이미 그런지도 모르지. 이제 어느 편이 더 나을지, 네가 결정해, 퍼마셔야겠는지 아닌지."

"로디카…… 있잖아…… 그러니까…… 아, 제기랄! 근데 어딜 떠난다는 거야? 봐봐, 모두 다 비밀이라면 그렇게 해! 하지만 나는…… 난 비밀을 알아낼 테다…… 분명 뭔가 엉터리 같은 일, 끔찍하게 말도 안 되는 일이고, 다 너 혼자 생각해낸 거라고 확신해. 하지만 넌 정말 멋진 놈이야! 정말 멋진 놈이고말고!……"

"꼭 덧붙이고 싶은 말이 있었는데, 네가 말을 가로막았잖아, 그건 아까 네가 내 비밀과 감춰진 것들을 알아내지 않겠다고 판단한 건 아주 잘한 일이라는 거야. 당분간 내버려둬, 걱정하지 말고. 때가 되면 모든 걸 알게 될 거야, 그래야 할 때가 오면 말이야. 어제 어떤 사람이 사람에게는 공기가 필요하다고 하더군, 공기가, 공기 말이야! 난 지금 그 사람에게 가서 그 말이 무슨 뜻인지 알아보려고 해."

라주미힌은 흥분한 채 생각에 잠긴 얼굴로 뭔가를 헤아리며 서 있었다.

'이 녀석은 비밀 정치조직의 일원이야! 확실해! 그리고 뭔가 결정적인 행보를 앞두고 있는 거야, 틀림없어! 그렇지 않고서야, 그리고…… 두냐도 아는 거야……' 불쑥 그는 속으로 이런 생각을 했다.

"그러니까 아브도티야 로마노브나가 네게 들르곤 한다는 말이로구나." 그는 한 단어, 한 단어 또박또박 발음해가며 말했다. "그리고 너는 공기가, 공기가 더 필요하다고 말한 사람을 만나려 하는 거고…… 그러니까 그 편지도…… 그것도 역시 같은 사람에게서 온 거로군." 그는 혼잣말하듯 결론지었다.

"무슨 편지?"

"그분이 오늘 편지를 한 통 받았어, 그것 때문에 굉장히 불안해하더군. 굉장히 말이야. 심하다 싶을 정도였지. 내가 네 얘기를 꺼내자 아무 말도 말아달라고 했어. 그러더니…… 그러더니 어쩌면 우리가 곧 헤어질지도 모르겠다고 하면서 무슨 일인지 나에게 열렬히 감사를 표하더군. 그러곤 자기 방으로 들어가 틀어박혀버렸지."

"그애가 편지를 받았다고?" 라스콜니코프는 생각에 잠겨 되물었다.

"그래, 편지. 몰랐어? 흠."

두 사람 모두 침묵했다.

"잘 있어, 로디온. 난, 친구…… 한때는…… 어쨌든 잘 있어, 이봐, 한때는…… 아니, 잘 있어! 나도 가봐야 해. 술은 마시지 않을 거야. 이젠 그럴 필요가 없거든…… 헛소리만 하는군!"

그는 서둘렀다. 하지만 이미 밖으로 나가 자기 뒤로 문을 거의 다 닫았다가 갑자기 다시 열고는 다른 쪽을 바라보며 이렇게 말했다.

"기왕 온 김에 말하자! 그 살인 사건 기억해? 포르피리가 맡은 노파 살인 사건 말이야. 뭐, 그냥 알아두라고, 그 살인범이 잡혔어, 직접 자백하고 증거도 다 내놓았지. 그 일꾼들, 칠장이들 중 한 명이야, 상상이 되냐, 내가 여기서 그놈들을 옹호했던 거 기억나지? 수위하고 증인 두 명이 올라갈 때 계단에서 그놈이 자기 동료와 싸우고 웃고 하던 그 모든 장면이 관심을 다른 데로 돌리려고 일부러 꾸며낸 거라니, 믿어지냐. 그런 풋내기에게 그런 교활함과 침착함이 있었다니! 믿기 어려운 일이지. 하지만 본인이 다 설명했고, 모든 걸 털어놓았어! 정말이지 내가 바보짓을 한 셈이야! 어쩌겠어, 내 생각에 그놈은 정말 위장과 계략의 귀재인데다, 법망을 피하는 데도 천재야. 그러니 딱히 놀랄 것도 없지! 그런 사람이 없으란 법도 없잖아? 그놈이 자기 성질을 이기질 못하고 자백을 했으니 더더욱 믿을 수밖에. 더 그럴듯하거든…… 하지만 난, 난 그때 정말 바보짓을 한 거야! 그런 놈을 위해 미친 듯이 싸우다니!"

"말해봐, 부탁이야, 그걸 어디서 알았어, 그리고 왜 그렇게 그 일에 관심이 많은 거지?" 라스콜니코프가 눈에 띄게 흥분해 물었다.

"당연한 거 아냐! 왜 관심을 갖느냐니! 질문 하고는!…… 포르피리 형한테서 들었어, 다른 사람한테서도 들었고. 하지만 대개는 다 형을 통해 알았지."

"포르피리에게서?"

"그래."

"뭐라고…… 대체 그 사람이 뭐라고 했는데?" 라스콜니코프는 소스라치게 놀라서 물었다.

"형이 내게 그 일을 멋지게 설명해줬지. 심리학적으로, 자기 나름의 방식으로 말이야."

"그 사람이 설명해줬다고? 네게 직접 설명해주기까지 했다고?"

"자기가, 직접 설명해줬어. 그럼 난 갈게! 나중에 좀더 이야기해주지, 하지만 지금은 일이 있어. 저기…… 한때는 나도 그렇게 생각했었어…… 아니, 뭐. 다음에 하자!…… 이제는 마실 필요가 없어. 네가 나를 술 없이도 취하게 만들었거든. 난 완전히 취해버렸어, 로디카! 지금 술도 안 마시고 취했단 말이야, 그럼 잘 있어. 또 올게. 아주 빠른 시일 내로."

그는 나갔다.

'저놈은, 저놈은 비밀 정치조직의 일원이야, 그게 틀림없어, 틀림없어!' 라주미힌은 천천히 계단을 내려가며 속으로 완전히 결론지었다. '그리고 동생도 끌어들인 거야. 아브도티야 로마노브나 같은 성격이라면 충분히, 충분히 그럴 수 있지. 둘이 만나온 거야…… 하긴 그분도 내게 암시를 줬잖아. 그분이 한 많은 말들…… 말들…… 그리고 암시들, 이 모든 게 바로 그렇다는 결론이 나와! 그래, 이 모든 혼란을 어떻게 달리 설명할 수 있겠어? 흠! 그런데도 그런 생각을 했었다니…… 오, 맙소사, 내가 무슨 생각을 하려 했던 걸까. 그래, 잠시 머리가 어떻게 됐던 거야, 난 저 친구에게 죄를 지었어! 그때 복도 불빛 아래서 저 친구가 내 정신을 잠깐 나가게 한 거야. 빌어먹을! 내 편에서 그런 추악하고 조잡하고 비열한 생각을 품다니! 미콜카가 자백을 했으니 망정이지…… 그러고 나니 앞서 있던 일들이 이제 모두 설명이 되는구나! 그때 녀석이 병이 난 것도, 이상했던 행동도 다, 심지어 그전에, 그전에 아직 대학에 다닐 때도 저 친구는 항상 몹시 우울하고 침울했지…… 그런데 오늘 그 편지는 대체 무얼 뜻하는 걸까? 아마 역시 거기에도 뭔가가 있겠지. 그 편지는 누가 보냈을까? 의심스러운걸…… 흠. 아니, 내가 모든 걸 알아내야겠다.'

두네치카에 대한 것을 전부 다 떠올리며 생각해보자 심장이 멎을 것 같았다. 그는 땅을 박차고 달리기 시작했다.

라스콜니코프는 라주미힌이 나가자마자 자리에서 일어나 창문 쪽으로 몸을 돌리고, 자기 골방이 좁다는 것도 잊은 듯 이 구석 저 구석 서성이다가…… 소파에 다시 앉았다. 그는 완전히 생기를 되찾은 것 같았다. 다시 싸움이 시작되려는데, 말하자면 출구를 찾은 것이다!

'그래, 출구를 찾았어! 온통 숨이 막히고 갑갑하고 너무나 고통스럽게 짓눌려 마비될 지경이었는데. 포르피리 방에 미콜카가 등장한 순간부터 출구 없는 답답함에 질식할 것만 같았어. 미콜카가 나타나고 바로 그날, 소냐의 방에서 그런 장면이 연출됐지. 예전에 상상했던 것과는 완전히, 완전히 다른 방식으로 나는 그 장면을 연출해 끝내버렸어…… 말하자면 순간적으로 급격히 마음이 약해졌던 거야! 한순간에! 그래서 그때 소냐 말에 동의한 거야, 그런 일을 마음에 품고 혼자 살아갈 수는 없다고 스스로, 마음으로 동의했지! 그렇다면 스비드리가일로프는? 스비드리가일로프는 수수께끼야…… 스비드리가일로프 때문에 불안한 건 사실이지만, 꼭 그쪽만은 아냐. 어쩌면 스비드리가일로프와도 더 싸워야 할지 모른다. 어쩌면 스비드리가일로프 자체가 출구일지 몰라. 하지만 포르피리라면 문제가 다르지.

그러니까 포르피리가 직접 라주미힌에게 설명까지 해줬단 말이지, 심리학적으로 그에게 설명해줬다고! 다시 한번 그 빌어먹을 심리학을 끌어대기 시작했단 말이지! 포르피리가 정말로? 미콜카가 나타나기 전까지 우리가 서로 눈을 맞대고 한 가지 해석 말고는 다른 마땅한 것을 찾아낼 수 없는 그런 장면을 연출한 마당에, 포르피리가 단 한 순간이라도 미콜카가 범인이라고 믿으려 했다고? (이즈음 라스콜니코프에게는 포르피리와 있었던 그 장면 전체가 가끔 조각조각 어슴푸레 떠올랐다. 통째로 떠올랐다면 견딜 수 없었을 것이다.) 그때 우리 사이에 그런 말이 오가고, 그런 행동과 몸짓을 하고, 그런 시선을 교환하고, 그런 목소리로 말하고, 그렇게 마지막 선까지 갔는데, 그런 일이 있은 후 미콜카(포르피리가 말 한마디, 행동 하나로도 이미 빤히 꿰뚫어볼 수 있는), 미콜카가 그의 신념을 뿌리째 흔들어놓았을 리 없지 않은가.

그런데 어찌된 일인가! 라주미힌조차 의심하기 시작했었다! 그때 복도 불빛 아래서의 장면은 그냥 일어난 게 아니다. 그래서 포르피리에게 달려간 것이다…… 하지만 무슨 까닭으로 그자는 라주미힌을 속이려 한 걸까? 무슨 목적으로 라주미힌의 시선을 미콜카에게 돌려버린 걸까? 분명 뭔가 생각이 있는 것이다. 여기엔 어떤 의도가 있는 게 틀림

없어, 하지만 그게 뭘까? 사실 그날 아침 이후 많은 시간이, 너무, 너무 많은 시간이 흘렀어, 하지만 포르피리에 대해서는 어떤 소문도 듣지 못했고, 냄새조차 맡을 수 없었다. 대체 뭘까, 물론 더 안 좋은 거겠지……' 라스콜니코프는 모자를 들고 생각에 잠긴 채 방을 나섰다. 요즘 들어서 처음으로 자신이 최소한 정상적인 사고를 하고는 있다는 느낌이 들었다. '스비드리가일로프하고 끝을 봐야겠군.' 그는 생각했다. '어떻게든 가능한 한 빨리 그래야겠어. 그 사람도 내가 먼저 와주기를 기다리고 있는지 몰라.' 그러자 바로 그 순간 불현듯 그의 고단한 마음속에 스비드리가일로프든 포르피리든, 두 사람 중 누구라도 죽일 수 있을 정도로 증오심이 끓어올랐다. 최소한 지금이 아니라면 나중에라도 그럴 수 있을 것 같은 느낌이 들었다. '두고 보자, 두고 보자고.' 그는 마음속으로 되풀이했다.

하지만 현관으로 향한 문을 열자마자, 난데없이 바로 그 포르피리와 맞닥뜨렸다. 그는 라스콜니코프 방에 들어오려던 참이었다. 라스콜니코프는 순간 우뚝 멈춰 섰다. 하지만 이상하게도 포르피리의 출현은 그렇게 놀랍지도, 그다지 두렵지도 않았다. 그는 단지 몸을 흠칫 떨었을 뿐, 순식간에 재빨리 대응할 태세를 갖췄다. '어쩌면 결말이 다가온 거야! 하지만 이 사람은 어떻게 이렇게 고양이처럼 소리 없이 다가왔을까, 난 아무것도 듣지 못했는데? 혹시 엿듣고 있던 건 아닐까?'

"손님이 올 줄 모르셨군요, 로디온 로마니치." 포르피리 페트로비치가 웃으며 외쳤다. "오래전부터 들러봐야지 했는데, 지나다가 생각이 나서요. 오 분 정도야 들러도 되겠지, 하고 말이죠. 어디 가시려던 참이었군요? 오래 붙들지는 않겠습니다. 허락하신다면 딱 담배 한 대만 피우고 일어나지요."

"네, 앉으시죠, 포르피리 페트로비치, 앉으세요." 라스콜니코프는 겉으로는 아주 흔연하고 다정한 태도로 손님을 앉혔는데, 사실 그가 그런 자신을 볼 수 있었다면 스스로도 놀랐을 것이다. 마지막 앙금과 찌꺼기를 말끔히 치워버린 것이다! 가끔 이렇게 사람은 강도를 만나 죽음의 공포를 반시간이나 견디다가도, 막상 목에 칼이 들어오면 공포마저 사라지는 법이다. 그는 포르피리 바로 앞에 앉아 눈도 깜빡이지 않고 그를 바라보았다. 포르피리는 눈을 가늘게 뜨고 궐련을 태우기 시작했다.

'자, 말해, 말해보란 말이야.' 라스콜니코프의 가슴에서 이런 말이 튀어나올 것 같았다. '자, 대체 왜, 왜 말이 없는 거냐?'

## 2

"이 담배라는 게 그렇습니다!" 담배를 태우고 잠시 숨을 돌린 후 포르피리가 마침내 말을 시작했다. "해롭지요. 아주 해로워요, 그런데도 끊을 수가 없단 말입니다! 기침을 하고, 목구멍이 근질거리기 시작하고, 숨이 차는데도요. 아실지 모르겠지만 난 겁이 많아서 최근에 B에게 갔습니다, 환자 한 명을 *최소한* 삼십 분씩 진찰하는 사람이지요. 날 보고 한바탕 웃더군요. 두드려보고 들어보고 하더니, 당신에겐 무엇보다 담배가 맞지 않습니다, 하더군요. 폐가 부풀었다고요. 뭐, 하지만 이걸 어떻게 끊겠습니까? 뭘로 대신하나요? 난 술도 안 마시거든요, 그래서 큰 낭패지요, 헤헤헤, 마시질 않으니 낭패 아니겠습니까! 모든 건 정말 상대적이에요, 로디온 로마니치, 다 상대적이라고요!"

'대체 뭐야, 이 사람, 전에 쓰던 틀에 박힌 수법을 다시 쓰겠다는 거야, 뭐야!' 라스콜니코프는 혐오감을 느꼈다. 갑자기 얼마 전 그들이 마지막으로 만나던 날의 장면이 전부 떠오르면서, 그때 느꼈던 감정이 파도처럼 가슴에 밀려들었다.

"이미 그저께 저녁에 당신에게 한번 들렀어요. 모르셨나요?" 포르피리 페트로비치가 방을 둘러보며 말을 계속했다. "방에, 이 방에 들어왔지요. 마찬가지로 오늘처럼 지나다가 들렀어요. 한번 방문해볼까 하는 생각으로요. 와보니 문이 활짝 열려 있더군요. 둘러보고 잠시 기다리다가 당신 하녀에게는 알리지 않고 나갔습니다. 문을 잠그지 않으시나봅니다?"

라스콜니코프의 얼굴이 점점 더 어두워졌다. 포르피리는 그의 생각을 알아차린 것 같았다.

"해명하러 왔어요, 친애하는 로디온 로마니치, 해명하러요! 난 당신에게 해명을 해야 합니다, 그럴 의무가 있어요." 그는 미소를 지으며 말을 이어나갔고, 라스콜니코프의 무릎을 손바닥으로 살짝 치기까지 했지만, 거의 동시에 그의 얼굴에는 돌연 심각하고 걱정스러운 표정이 나타났다. 심지어 슬퍼 보이기까지 해서 라스콜니코프는 깜짝 놀랐다. 그런 모습은 아직 한 번도 본 적이 없었고, 이 사람이 이런 표정을 지을 수 있다고 생각해본 적조차 없었다. "마지막으로 만났을 때 우리 사이에 이상한 장면이 연출됐지요, 로디온 로마니치. 어쩌면 우리가 처음 만났을 때도 마찬가지로 이상한 광경이 벌어졌는지도 모르고요. 하지만 그때는…… 뭐, 이제 와서는 다 그게 그거지만요! 문제는 이런 겁니다. 어쩌면 난 당신에게 아주 큰 잘못을 저질렀는지도 모르겠습니다. 그런 느낌이 들어요. 정말이지 우리가 어떻게 헤어졌는지 기억해보십시오. 당신은 신경이 곤두서서 무릎 안쪽을 덜덜 떨었고, 나도 신경이 곤두서서 무릎 안쪽을 덜덜 떨었지요. 그러니까, 아시겠습니까, 그때 우리 사이에 벌어진 일은 점잖지 못하다고도 할 수 있어요, 신사답지 못했지요. 하지만 그래도 우리는 신사 아닙니까. 그러니까 무슨 일이 있어도 무엇보다 우린 신사란 말입니다. 그걸 이해할 필요가 있어요. 우리가 어디까지 갔는지 기억해보십시오…… 정말이지 몹시 무례하기까지 했지요."

'이 사람이 대체 왜 이러지, 날 뭘로 보고?' 라스콜니코프는 고개를 조금 들고는 몹시 놀라 휘둥그레진 눈으로 포르피리를 바라보며 자문했다.

"이제는 서로 솔직하게 행동하는 게 좋겠다고 판단했습니다." 포르피리 페트로비치는 고개를 약간 뒤로 젖히고 눈을 내리깐 채 말을 이어나갔는데, 그 모습은 마치 더는 자신의 눈길로 예전의 희생자를 곤혹스럽게 하고 싶지 않으며, 또 자신의 예전 방식이나 책략 따윈 무시하겠다는 듯한 모습이었다. "그래요, 그런 의심이나 그런 장면이 오랫동안 지속될 순 없지요. 그때 미콜카가 우리 문제를 해결해주었으니 망정이지, 안 그랬다면 우리 사이가 어디까지 갔을지 난 짐작도 못하겠습니다. 그때 그 빌어먹을 소시민이 내 방 칸막이 뒤에 죽 앉아 있었어요. 상상이 됩니까? 물론 이미 알고 계시지요. 그 사람이 그후에 당신에게 다녀간 건 나도 알고 있어요. 하지만 당신이 그때 생각한 그런 일은 없었습니다. 난 누굴 부르러 사람을 보내지도 않았고, 그땐 아직 아무런 조치도 취해놓지 않았어요. 왜 아무런 조치도 취하지 않았느냐고 물으실 테지요? 어떻게 말씀드리면 좋을지 모르겠습니다만, 그때 난 정말 한 방 맞은 것 같았습니다. 고작 수위들을 불러오도록 지시해놓았을 뿐이에요. (아마 지나가면서 수위들을 보셨겠지요.) 그때 어떤 생각이 번개처럼 빠르게 스쳐갔습니다. 그때 굳게 확신했지요, 로디온 로마니치. 이런 생각이었어요, 하나를 잠시 놓치더라도 대신 다른 하나의 꼬리를 잡자고요. 적어도 내가 노린 것만은, 내가 노린 것만은 놓치지 말자고요. 로디온 로마니치, 당신은 천성적으로 정말 쉽게 흥분하는 사람입니다. 내가 어느 정도 파악해냈다고 자부할 수 있는 당신 성격과 성정의 다른 모든 기본적인 특성으로 미루어볼 때 심지어 지나칠 정도로 말이지요. 뭐, 물론 그때도 난, 사람이 벌떡 일어나 온갖 비밀을 지껄여대는 그런 일이 늘 일어나는 건 아니라고 생각했습니다. 그래도 일어나긴 하지요, 특히 사람이 마지막 남은 인내심마저 잃으면 말이죠, 하지만 어쨌든 드문 일이에요. 나도 그 정도 판단은 할 수 있었습니다. 아니, 난 그저 작은 단서라도 잡았으면 했어요! 아주 작은 단서라도, 단지 하나라도 말입니다, 그저 달랑 심리 하나가 아니라, 정말로 손으로 잡을 수 있는 그런 것 말입니다. 그래서 이렇게 생각해봤지요, 만일 사람이 죄를 지었다면 어떤 경우든 당연히 그 사람한테서 뭔가 중요한 게 나오리라 기대해봄직하다는 거죠. 심지어 아주 뜻밖의 결과를 기대할 수도 있는 겁니다. 그때 난 당신 성격에 기대를 걸고 있었어요, 로디온 로마니치, 무엇보다 당신 성격에요! 그때는 당신에게 많은 희망을 걸고 있었습니다."

"그렇다면…… 대체 왜 지금 이렇게 다 말해주는 겁니까?" 마침내 라스콜니코프가 제대로 묻는 건지 생각해보지도 않은 채 중얼거렸다. '이

사람이 무슨 말을 하는 걸까.' 그는 내심 당황했다. '과연 정말로 내가 범인이 아니라고 여기는 걸까?'

"왜 이렇게 말해주느냐고요? 해명하러 왔다니까요, 그러니까 그걸 신성한 의무로 생각하고 있어요. 당신에게 모든 걸 남김없이 설명하고 싶군요, 있던 일 전부, 그때 그, 말하자면 우울한 일들 모두, 그 모든 사연을 말입니다. 당신을 내가 많이 괴롭혔지요, 로디온 로마니치. 하지만 나도 악당은 아닙니다. 주눅들어 있지만 자존심 강하고 권위적이고 참을성이 없는 사람이 그 모든 걸 감당한다는 게 어떤 일인지 사실 나도 이해합니다, 특히 참을성 없는 사람이 말이에요! 비록 당신의 모든 신념에 동의하는 건 아니지만, 어쨌든 난 당신을 아주 고결한 분이라고 생각합니다, 심지어 너그러울 수도 있는 분이라고요, 그 점에 대해선 미리, 솔직하게, 완전히 진실하게 밝히는 게 의무라고 생각합니다, 무엇보다 당신을 속이고 싶지 않으니까요. 당신을 알게 된 후 당신에게 애착을 느끼게 됐습니다. 아마도 이런 내 말을 비웃겠지요? 그럴 자격이 있어요. 처음 본 순간부터 당신이 날 좋아하지 않았다는 건 압니다, 사실 좋아할 만한 구석도 없으니까요. 마음대로 생각하세요, 하지만 지금 나로서는 온갖 수단을 동원해 나에 대한 인상을 지우고, 나도 감정과 양심이 있는 사람이란 걸 증명하고 싶군요. 진심으로 말씀드리는 겁니다."

포르피리 페트로비치는 품위 있는 태도로 말을 멈췄다. 라스콜니코프는 어떤 놀라움이 새롭게 밀려오는 것을 느꼈다. 포르피리가 자신을 범인이 아니라고 여긴다 생각하자 문득 겁이 덜컥 난 것이다.

"그때 그 일이 갑자기 어떻게 시작된 건지 순서대로 다 말씀드릴 필요가 있을지는 모르겠습니다." 포르피리 페트로비치는 말을 이어갔다.

"쓸데없는 일이라는 생각도 듭니다. 게다가 잘 전달할 수도 없을 거 같고요. 그러니까 그걸 어떻게 세세히 설명하겠습니까? 처음엔 소문이 들렸지요. 어떤 소문이었는지, 누가, 언제 퍼뜨렸는지…… 또 대체 어떤 연유로 당신이 일에 연루되었는지 말하는 것도 쓸데없다고 봅니다. 개인적으로 내겐 우연히 시작된 일이었어요, 그야말로 있을 수도 있고 없을 수도 있는, 완전히 우연한 한 사건으로부터요. 그게 뭐냐고요? 흠, 이것 역시 말할 필요는 없을 거 같군요. 그 모든 게, 소문과 우연한 사건이 당시 내게는 하나의 생각으로 겹쳐졌지요. 이렇게 모든 것을 고백하게 된 마당에 솔직히 털어놓자면, 그때 당신을 처음으로 지목한 것도 납니다. 가령 물건 위에 노파가 적어놓은 것 따위나 그 외 기타 등등, 그런 것들이야 다 아무것도 아니지요. 그런 건 수백 개도 헤아릴 수 있어요. 그때 당시 경찰서에서 벌어진 사건에 대해 자세히 알아볼 기회도 있었습니다, 역시 우연히요, 그것도 지나가는 말로 들은 게 아니라 특별하고 중요한 사람으로부터 들었는데, 정작 그 사람은 잘 알지도 못하면서 그 사건을 놀랄 정도로 줄줄 꿰고 있더군요. 사실 이 모든 게 하나씩 하나씩 쌓여간 거죠, 친애하는 로디온 로마니치! 자, 이러니 어떻게 생각이 특정 방향으로 향하지 않을 수 있었겠습니까? 백 마리 토끼가 말馬이 될 수 없고, 백 가지 의심이 증거가 될 수 없다는 영국 속담도 있지만, 그거야 분별이 있을 때 얘기지, 욕망이 있을 때, 해결하고자 하는 욕망이 있을 때는 다르잖습니까, 예심판사도 사람이니까요. 그러다 보니 잡지에 실린 당신 논문도 떠오르더군요, 당신이 처음 방문했을 때 그 논문에 대해 상세히 얘기했던 거, 기억하시죠. 당시 난 당신을 슬슬 놀렸는데, 그건 차후 당신을 도발하기 위해서였습니다. 다시 한번 말씀드리지만, 로디온 로마니치, 당신은 아주 참을성이 없고 병적인 사람이에요. 당신이 과감하고 불손하고 진지하고, 그리고…… 많은 걸 느꼈으리라는 걸, 그랬으리라는 걸, 그 모든 걸 난 오래전부터 이미 알고 있었어요. 내겐 그 모든 느낌이 낯익습니다, 당신 논문도 낯설지 않게 읽었어요. 그 논문은 잠 못 드는 밤, 극심한 흥분 상태에서 구상되었겠지요, 터질 듯 고동치는 심장과 억눌린 열정 속에서요. 젊은이들의 그 억눌린 오만한 열정은 위험한 것이지요! 그땐 비웃었지만, 지금은 이렇게 말씀드릴 수 있어요, 대체로 난 젊은이의 열정적인 첫 작을 지독하게 좋아한다고, 그러니까 애호가라고 말입니다. 자욱한 연기와 안개, 안개 속에서 현이 울립니다. 당신 논문은 서툴고 공상적이지만, 그 속엔 어떤 진실성이 어른거리고 젊은이의 매수되지 않은 자존심이, 절망적인 대담함이 있어요. 음울한 논문이지만, 그래서 좋습니다. 논문을 다 읽고 따로 간직해놓았죠, 그리고…… 그때 간직해두면서 생각했습니다. '흠, 이 사람은 그냥 넘어갈 사람이 아니로구나!' 자, 그러니 그런 일이 앞에 있었는데 어떻게 다음 차례에 몰두하지 않을 수 있는지 한번 말해보시겠습니까! 오, 맙소사! 하지만 그래서 뭐가 어떻다는 말입니까? 과연 지금 내가 뭔가 주장하고나 있나요? 그때 난 그저 유념해두었을 뿐입니다. 대체 이게 뭐지? 하고 생각한 거죠. 그건 아무것도 아닙니다, 즉 아무것도 아닌 거나 마찬가지고, 어쩌면 정말로 아무것도 아닌 겁니다. 그런데도 그렇게 몰두하는 건 예심판사인 내게는 아주 점잖지 못한 일이기도 합니다. 지금 내 손아귀엔 미콜카가 있고, 이미 증거들도 있어요. 뭘 원하든 증거가 있다 이겁니다! 게다가 미콜카 역시 자기 나름대로 심리학을 끌어다 대고 있지요. 놈을 잘 조사해볼 필요가 있어요.

생사가 달린 문제니까요. 뭐하러 내가 지금 당신에게 이 모든 걸 설명하는 걸까요? 그건 당신이 다 이해해서 머리로든 가슴으로든 그때 내 악의적인 행동 때문에 날 비난하지 않았으면 해서입니다. 솔직히 말해서 악의적이진 않았어요, 헤헤! 어떻게 생각하세요. 내가 그때 당신 집을 수색하지 않았을까요? 왔습니다, 왔고말고요, 헤헤, 당신이 아파서 바로 여기 침대에 누워 있을 때 왔지요. 공식적인 것도 개인적인 것도 아니었지만, 아무튼 왔습니다. 당신 방, 머리카락 하나까지 샅샅이 살폈지요, 최초의 흔적을 찾아서요. 하지만 *허사였죠!* 그래서 생각했어요. 이제 이 사람이 찾아올 거다, 제 발로 올 거다, 그것도 아주 빠른 시일 내에. 죄를 지었다면 분명히 찾아올 거야. 다른 사람은 안 와도 이 사람은 온다. 라주미힌이 어쩌다 당신에게 이상한 소리를 하게 됐는지 기억하십니까? 당신을 흥분시키려고 우리가 일을 그렇게 꾸민 겁니다, 라주미힌이 이상한 소리를 하도록 일부러 소문을 흘렸지요, 그 녀석은 그런 사람이니까요, 화를 참지 못하죠. 당신의 분노는 제일 먼저 자메토프 씨를 향했고, 당신의 노골적인 대담성이 눈에 확 들어온 겁니다. 아니, 어떻게 술집에서 느닷없이 '내가 죽였다!'라고 지껄여댈 수 있는지. 지나치게 대담하고 지나치게 과감한 거죠, 그래서 생각했지요, 만일 이 사람이 범인이라면 무서운 적수로구나! 그땐 이렇게도 생각했어요. 기다리자! 죽을힘을 다해 기다리는데, 그때 당신이 자메토프를 그냥 완전히 눌러버렸지요, 그리고…… 바로 거기에도 문제가 있었던 겁니다, 그놈의 빌어먹을 심리학이란 전부 양날의 칼이니까요! 뭐, 그렇게 당신을 기다리는데, 하느님이 인도하셨는지 당신이 걸어오는 게 보이더라 이겁니다! 심장이 쿵 하고 내려앉기까지 했어요. 나, 참! 대체 그때 왜 올 생각을 한 겁니까? 그때 들어올 때 당신의 웃음, 그 웃음 말입니다, 기억하십니까, 난 그때 마치 유리를 통해 보듯 모든 걸 알아차렸지요, 당신을 그렇게 각별하게 기다리지 않았다면 당신의 웃음 속에서 아무것도 눈치채지 못했을 겁니다. 마음의 준비가 되어 있다는 게 바로 그런 거지요. 그리고 그때 라주미힌이, 아! 그 돌, 그 돌 말입니다, 기억하십니까, 그 돌 아래 물건을 숨겨놓았댔나요? 뭐, 거기 어딘가 텃밭의 돌을 꼭 눈으로 보는 것만 같습니다. 텃밭에 있다고 당신이 자메토프에게 말했고, 나중에 내 방에서 두번째로 말씀하셨지요? 우리가 당시 어떻게 당신 논문을 조목조목 따지기 시작했는지, 당신이 어떻게 설명하기 시작했는지 기억하십니까. 당신의 말 한 마디 한 마디는 이중적인 의미로 받아들일 수 있었지요, 하나의 말 아래 다른 말이 숨어 있는 듯 말입니다! 자, 로디온 로마니치, 그렇게, 바로 그렇게 난 마지막 기둥에 이르러 이마를 쿵 부딪치고 나서야 정신을 차렸지요. 아니, 내가 뭐하는 거지! 하고 말입니다. 원한다면 이 모든 것을 마지막 한 점까지 다른 방향으로 설명할 수 있으며, 심지어 그게 더 자연스러울 거란 생각이 들었어요. 괴로웠습니다! '아니야, 차라리 작은 단서라도 잡는 게 낫겠다!……' 하고 생각했지요. 그러다 그때 그 종 얘기를 듣고는 정말 온통 정신이 아찔해졌고 전율에 사로잡히기까지 했습니다. '그래, 바로 이게 단서이기도 해! 바로 이거야!'라고 생각한 겁니다. 그때 난 아무 판단도 할 수 없었어요, 그냥 하고 싶지 않았습니다. 그때 그 소시민이 당신 면전에 대고 '살인자'라고 말한 후에, 당신이 그자와 백 걸음을 나란히 걸으면서도 백 걸음을 걷는 내내 감히 아무것도 묻지 못하는 모습을 내 눈으로 볼 수만 있었다면, 난 내 돈 천 루블이라도 줘버렸을 겁니다!…… 그래, 등골이 오싹하던가요? 종을 그렇게 울려댄 것은 병이 나서, 반쯤 정신이 나가서였나요? 그러니 로디온 로마니치, 그런 일이 있은 후에 내가 그때 당신에게 그런 농담을 했다고 대체 놀랄 게 뭐가 있겠습니까? 그리고 왜 당신은 하필 바로 그런 때 제 발로 걸어온 겁니까? 누가 당신을 떼밀기라도 했나보군요, 맹세컨대 만일 미콜카가 우릴 떼어놓지 않았다면, 그땐…… 그때 그 미콜카를 기억하십니까? 잘 기억하시겠죠? 정말 벼락 같았지요! 먹구름 사이로 천둥이 치면서 벼락이, 벼락이 화살처럼 떨어졌어요! 자, 그런데 내가 그 녀석을 어떻게 맞았지요? 난 그 화살을 조금도 믿지 않았습니다, 직접 보셨지요! 어딜 감히! 나중에 당신이 가고 나서 녀석이 대단히, 대단히 조리 있게 여러 가지 지점에 대해 대답하기 시작했을 때는 나 자신도 좀 놀랐지만, 그후에도 녀석을 털끝만큼도 믿지 않았고요! 그건 내 마음이 금강석처럼 확고하다는 걸 의미합니다. 아니, 모르겐 프리!* 미콜카라니 가당키나 한가! 이렇게 생각했지요."

"방금 라주미힌이 당신도 이제 니콜라이에게 혐의를 두고 있다고, 자기에게 직접 그렇게 단언했다고 하던데요……"

숨이 턱 막혀 그는 말을 채 끝내지 못했다. 그는 형언할 수 없이 흥분한 채, 자신을 속속들이 아는 사람이 스스로가 한 말을 부인하는 것을 듣고 있었다. 믿기 두려웠고, 믿지도 않았다. 그는 여전히 이중적인 의미를 담은 말들 속에서 더 정확하고 결정적인 뭔가를 포착하기 위해 탐욕스럽게 헤맸다.

---

* 독일어 morgen früh(이른 아침)을 러시아어식으로 읽은 것. 도스토옙스키는 놀랍거나 어이없는 상황을 묘사할 때 이 표현을 즐겨 썼다.

"라주미힌 말입니까!" 계속 침묵하던 라스콜니코프가 질문을 하자 반가운 듯 포르피리 페트로비치가 소리쳤다. "헤헤헤! 라주미힌은 그렇게 멀리 유인할 필요가 있었습니다. 두 사람이면 됐지, 삼자가 나설 일이 아니니까요. 라주미힌은 그런 사람도 아니고, 게다가 아무 상관없는 사람이지 않습니까, 온통 하얗게 질려서 내게 달려왔더군요…… 뭐, 그쪽은 놔두지요, 그 친구를 여기 끌어들일 필요가 뭐 있습니까! 미콜카와 관련해서 이야기가 어떻게 된 건지, 다시 말해 내가 그 녀석을 어떻게 이해하고 있는지 알고 싶으신가요? 무엇보다 그 녀석은 아직 성년도 되지 않은 어린애고, 겁이 많다기보다는 어딘가 예술가 같은 데가 있어요. 정말입니다, 그 녀석을 이렇게 설명한다고 웃지는 마세요. 순진하고, 모든 것에 감수성이 예민해요. 감정이 풍부하고요. 공상가지요. 노래도 곧잘 부르고 춤도 추고, 또 다른 동네에서도 들으러 올 정도로 그렇게 얘기를 잘한다는군요. 학교도 다니고, 손가락만 내밀어도 쓰러질 정도로 웃고, 정신을 잃을 만큼 술을 퍼마시기도 하는데, 방탕해서 그런 건 아니고, 이따금 애들처럼 장난으로 퍼먹이면 그렇게 된다는군요. 그때 물건을 훔쳤던 건데, 정작 자신은 그걸 몰라요. 그러니까 '땅에 있는 걸 주운 건데 그게 왜 훔친 거예요?'라는 식이죠. 아시는지 모르겠지만, 그 녀석은 분리파* 교도입니다, 아니, 꼭 분리파 교도라기보다 그냥 무슨 종파에 속해 있지요. 집안에 베군파**가 있었다는데, 본인도 얼마 전 시골 어떤 수도사에게서 이 년 내내 영적인 가르침을 받았

* 17세기 교회개혁에 반대해 공식 정교회로부터 갈라져 나온 분파. 개혁 이전의 러시아 정교 전통을 따르고자 했기에 '구교도파'라고도 불린다.

** 분리파의 한 종파.

다는군요. 이 모든 건 다 미콜카나 그 자라이스키 사람들에게서 알아낸 겁니다. 그것만이 아니에요! 정말 황야로 가려고 했다는군요! 열성이 넘쳐서 밤마다 신에게 기도를 올리고, 오래된 '진리'의 책을 읽고 또 읽어 넋이 빠질 정도였다네요. 그런데 페테르부르크가 그 녀석에게 강한 영향을 미친 겁니다. 특히 여자가요, 뭐, 술도 그렇고요. 감수성이 예민하니 수도사고 뭐고 다 잊었지요. 내가 알기로 여기 사는 한 예술가가 녀석을 몹시 좋아해서 그 집에 오가기 시작했는데, 바로 그때 일이 터진 거지요! 그러니 겁을 집어먹고 목을 매려 한 겁니다! 도망을 치고요! 우리 사법제도와 관련해 사람들 사이에 퍼진 인식을 대체 어쩌면 좋을까요! 어떤 사람은 '재판한다'라는 말만 들어도 정말 끔찍하게 무서워하거든요. 누구 잘못일까요! 새로운 사법제도가 뭔가 답을 주겠지요. 오, 제발 그래야 할 텐데! 어쨌든 요즘 감옥에 있다보니 그 정직한 수도사가 떠올랐나봅디다. 성경도 다시 등장하고요. 로디온 로마니치, 그런 사람들 중 어떤 사람에게 '고통을 겪는다'는 게 무엇을 의미하는지 아십니까? 그건 누군가를 위한 거라기보다 그저 단지 '고통이 필요한 것'입니다. 그래서 고통을 받아들이는 겁니다, 하물며 권력이 부여하는 고통이라면 더더욱 그렇지요. 내가 한창때 아주 온순한 죄수 하나가 일 년 내내 감옥에 있었어요, 밤마다 페치카 위에서 열심히 성경을 읽더군요, 그러니까 지나치게 열심히 읽은 거죠, 지나치게요, 그러더니 그야말로 밑도 끝도 없이 벽돌을 움켜쥐고 간수에게 던진 겁니다. 그 사람이 무슨 모욕을 준 적도 없는데요. 그런데 어떻게 던졌느냐. 아무런 해도 주지 않으려고 일부러 1아르신 떨어진 곳을 겨냥했어요! 자, 무기를 들고 감독권에 덤벼든 죄수에게 어떤 결말이 있었을지야 뻔하지요. '즉, 고통을 받아들인 겁니다.' 난 지금 미콜카가 바로 그렇게 '고통을 받아들이기'를 원한 것이거나 혹은 그 비슷한 게 아닌가 의심하고 있습니다. 아니, 확실히 알고 있어요, 심지어 사실에 입각해서 말이죠. 단지 내가 안다는 걸 녀석이 모를 뿐입니다. 자, 어떻습니까, 이런 족속 중에 공상적인 사람들이 출현한다는 걸 인정하지 않으시렵니까? 게다가 도처에 널려 있습니다! 수도사가 이제 다시 녀석에게 영향을 미치기 시작한 겁니다, 목을 맨 뒤로 특히 생각났겠지요. 하지만 곧 녀석이 직접 내게 와서 모든 걸 말해줄 겁니다. 당신은 그 녀석이 버틸 수 있을 거라고 생각하나요? 기다려보십시오, 곧 진술을 번복할 겁니다! 나는 녀석이 진술을 부인하러 오기를 이제나저제나 기다리고 있어요. 난 미콜카를 아주 좋아하게 됐고, 그 녀석을 속속들이 연구하고 있답니다. 당신이라면 어떻게 생각하겠습니까! 헤헤! 녀석은 어떤 대목에 대해서는 아주 조리 있게 대답을 하더군요, 분명 필요한 정보를 얻어서 빈틈없이 준비한 거지요. 그런데 또 어떤 대목에서는 웅덩이에 풍덩 빠진 것처럼 정말 아무것도 몰라요, 전혀 모른단 말입니다, 게다가 자기가 모른다는 것조차 모른다니까요! 아니요, 노형, 이건 미콜카가 아닙니다, 로디온 로마니치! 이건 공상적이고 음울한 사건이자 현대적인 사건이며, 인간의 마음이 혼탁해지고, '혈액순환을 활발하게 한다'*라는 구절이 인용되고, 안락만이 삶의 전부라 선전되는 우리 시대의 사건

* 1865년, 한 러시아 신문에 실린 기사에 따르면 나폴레옹이 끊임없이 전쟁을 일으킨 것은 영토를 정복하기 위해서가 아니라 '혈액순환을 활발하게' 하기 위해서였다. 평소에는 혈액순환이 비정상적으로 느렸으나 전쟁중에는 흥분으로 혈액의 흐름과 맥박이 모두 정상이 되었기 때문이라는 것이다.

입니다. 여기엔 책에서 얻은 몽상이, 여기엔 이론적으로 자극된 감정이 있습니다. 여기엔 처음 저지르는 자의 결연함이 보입니다, 하지만 독특한 종류의 결연함이지요. 산에서 뛰어내리거나 종루에서 몸을 날리듯이 결단을 내린 겁니다, 하지만 범죄를 저지를 때는 제정신이 아니었던 것 같아요. 자기 뒤로 문을 잠그는 것도 잊었으니까요, 그래도 죽였어요, 두 명을 죽였지요, 이론에 따라서 말입니다. 죽이고는 감히 돈을 챙길 생각도 못했어요, 어찌어찌 가져오긴 했는데 돌 밑에 처넣은 겁니다. 사람들이 문을 부서질 듯 두들기고 종을 울려댈 때 문 뒤에 처박혀 겪은 고통으로는 부족했던지, 그래요, 나중에 정신이 반쯤 나간 상태로 그 종소리를 떠올리기 위해 텅 빈 집에 갑니다, 등골이 오싹해지는 걸 다시 한번 느껴보려 한 거지요…… 뭐, 그건 병 때문에 그랬다 칩시다, 하지만 이건 어떤지요. 사람을 죽이고도 자신을 정직한 사람이라 여기고 사람들을 경멸하며 창백한 천사처럼 돌아다니다니요. 아닙니다, 이게 어떻게 미콜카란 말입니까, 친애하는 로디온 로마니치, 이건 미콜카가 아닙니다!"

앞서 한 말이 모두 스스로의 말을 부정하는 듯했기에 이 마지막 말은 전혀 예상치 못한 것이었다. 라스콜니코프는 뭔가에 찔린 것처럼 온몸을 떨었다.

"그럼…… 대체 누가…… 죽인 거지요?……" 그가 참지 못하고 헐떡이는 목소리로 물었다. 포르피리 페트로비치가 예상치 못한 질문에 몹시 놀랐다는 듯, 의자에 등을 기대며 물러앉았다.

"누가 죽였냐니요?……" 그는 자신의 귀를 못 믿겠다는 듯 되물었다. "그야 당신이 죽였지요, 로디온 로마니치! 당신이 죽였잖아요……" 그가 속삭이듯이, 완전히 확신에 찬 목소리로 덧붙였다.

라스콜니코프는 소파에서 벌떡 일어나 잠시 서 있다가 아무 말도 못 하고 다시 앉았다. 문득 미세한 경련이 얼굴 전체를 스치고 지나갔다.

"그때처럼 다시 입술이 떨리는군요." 포르피리 페트로비치는 심지어 동정하듯 중얼거렸다. "로디온 로마니치, 당신은 날 잘못 이해하신 것 같습니다." 잠시 침묵했다가 그가 덧붙였다. "그렇게 놀라는 걸 보니 말이죠. 난 모든 걸 말씀드리고 툭 터놓고 일을 진행하려고 이렇게 온 겁니다."

"제가 죽인 게 아닙니다." 라스콜니코프는 범죄 현장에서 잡혀 잔뜩 겁에 질린 아이처럼 속삭였다.

"아니요, 당신이에요, 로디온 로마니치, 당신입니다, 달리 누가 있겠습니까." 엄격하고 확고하게 포르피리가 속삭였다.

두 사람 모두 침묵했고, 침묵은 이상할 정도로 오래, 십 분가량 지속됐다. 라스콜니코프는 탁자에 팔을 괴고서 아무 말 없이 손가락으로 머리카락을 헝클어뜨렸다. 포르피리 페트로비치는 조용히 앉아 기다리고 있었다. 갑자기 라스콜니코프가 포르피리를 경멸하듯 쳐다보았다.

"또 그 낡은 수법을 쓰는군요, 포르피리 페트로비치! 계속 똑같은 수법을 쓰고 있어요. 정말이지 싫증나지도 않습니까, 대체?"

"에이, 그만두세요, 지금 내게 수법이 다 뭡니까! 여기 증인이라도 있다면 모를까. 하지만 우린 단둘이서 속닥이고 있지 않습니까. 아시다시피 난 토끼처럼 당신을 몰아서 잡으려고 여기 온 게 아니에요. 지금 내게는 당신이 인정하든 안 하든 마찬가지입니다. 당신이 인정하지 않아도 속으로 그렇게 확신하고 있으니까요."

“그렇다면 왜 왔습니까?” 라스콜니코프가 흥분해서 물었다. “예전에 드렸던 질문을 다시 드리죠. 만일 날 범인이라 여긴다면 왜 감옥에 처넣지 않는 거요?”

“아, 그 문제로군요! 조목조목 대답해드리지요. 첫째로, 당신을 그렇게 바로 체포해봤자 내게 유리할 게 없습니다.”

“유리할 게 없다니요! 확신한다면 그렇게 해야지요……”

“허참, 뭐라고요, 내가 확신한다고요? 이 모든 건 아직 나의 몽상에 불과합니다. 게다가 왜 내가 당신을 거기 편히 앉혀둬야 하지요? 직접 청하고 계시니 스스로도 잘 아시겠지요. 예를 들어 당신 정체를 폭로하기 위해 내가 그 소시민을 데려오면, 당신은 이렇게 말하겠지요. ‘당신 취해 있지 않았소? 내가 당신이랑 있는 걸 본 사람이 누구요? 내 눈엔 그냥 당신이 취한 것 같았고, 사실 취해 있기도 했잖소.’ 그럼 그땐 거기다 대고 내가 뭐라고 할까요, 더구나 당신 쪽이 그 사람보다 훨씬 더 그럴듯한데요, 왜냐면 그 사람 진술엔 심증밖에 없으니까요, 심지어 그놈 낯짝에 어울리지도 않고요. 당신은 정곡을 찔렀고요, 왜냐면 그 더러운 자식은 지독하게 술을 퍼마시는 걸로 아주 유명하니까요. 게다가 나 역시 이미 여러 번 당신에게 솔직하게 인정했듯이, 그 심리라는 것은 양날의 칼인데다, 두번째 칼날이 더, 훨씬 더 그럴듯할 수도 있고, 또 그게 아니라도 내겐 당신에게 불리한 증거가 아직 아무것도 없어요. 그래도 난 당신을 감옥에 집어넣을 겁니다, 그래서 미리 모든 걸 알려주려고 이렇게 직접 당신에게 오기까지 한 거지요(보통은 절대 이러지 않지요), 하지만 이래봤자 내게 유리할 게 없다고 솔직하게 말하고 있고요(마찬가지로 보통은 이러지 않아요). 자, 내가 온 두번째 이유는……”

"그래요, 두번째는요?" (라스콜니코프는 여전히 숨을 헐떡이고 있었다.)

"좀전에 이미 알려드린 것처럼, 당신에게 설명하는 게 내 의무라고 생각하기 때문이죠. 당신이 날 악당이라고 생각하기를 원치 않고, 당신이 믿든 안 믿든 당신에게 진심으로 호의를 가지고 있으니 더더욱이나 그렇습니다. 그 결과, 세번째로, 당신에게 솔직하고 단도직입적으로 제안을 하려고 왔습니다. 자수하십시오. 그렇게 하는 게 당신에게 헤아릴 수 없이 유리할 겁니다, 내게도 마찬가지로 더 유리하고요. 그렇게 어깨에서 짐을 내려놓으세요. 자, 어떻습니까, 나로서는 솔직한 거 아닌가요, 네?"

라스콜니코프는 잠시 생각했다.

"이보세요, 포르피리 페트로비치, 당신은 심증뿐이라고 자기 입으로 말하면서도 수학적으로 나가시는군요. 자, 만일 지금 당신이 실수하신 거라면 어쩌시겠습니까?"

"아니요, 로디온 로마니치, 실수가 아닙니다. 작은 단서를 가지고 있거든요. 그 단서는 이미 그때 발견했지요. 신이 보내신 겁니다!"

"무슨 단서 말입니까?"

"무엇인지는 말하지 않겠습니다, 로디온 로마니치. 게다가 여하튼 내게는 이제 더 미룰 권한도 없습니다. 당신을 감옥에 넣을 거예요. 그러니 직접 판단하시지요. 난 이제 어찌되든 상관없어요, 따라서 오직 당신만을 위해서 말씀드리는 겁니다. 맹세하지요, 그게 더 좋을 겁니다, 로디온 로마니치!"

라스콜니코프는 악의에 찬 미소를 지었다.

"이건 우스꽝스러울 뿐만 아니라, 정말 파렴치하기까지 하군요. 뭐, 제가 심지어 범인이라 쳐도(그렇다고 시인한 적은 절대 없습니다만), 내가 감옥에서 편히 지낼 거라고 당신 입으로 말씀하시면서 대체 무슨 이유로 제가 당신에게 자수하러 가야 하지요?"

"아이고, 로디온 로마니치, 말을 너무 곧이곧대로 믿지 마세요. 그렇게 편안하지도 않을 겁니다! 그건 단지 이론일 뿐이에요, 그것도 내 이론이니 그게 당신에게 무슨 권위를 가지겠습니까? 어쩌면 나 역시, 심지어 지금도 당신에게 뭔가 숨기고 있는지도 모르겠군요. 내가 당신에게 모든 걸 다 털어놓을 필요는 없지 않습니까, 헤헤! 두번째는 무슨 이익이 있을까? 하는 점입니다. 자수할 경우 어떤 감형이 뒤따르는지 알고 계십니까? 사실 당신이 자수하러 나타나는 때가 어떤 순간입니까? 이 점을 꼭 생각해보세요! 다른 사람이 이미 자진해서 죄를 뒤집어쓰고 모든 걸 뒤죽박죽으로 만들어놓은 때 아닙니까? 신에게 맹세하지요, 내가 '저쪽에서' 물밑 작업을 해서 당신의 출석을 전혀 예상치 못했던 것으로 만들어놓겠습니다. 그 모든 심증은 완전히 없애버리고, 당신에 대한 혐의도 다 아무것도 아닌 걸로 돌려버리고, 뭔가에 정신이 흐려져서 저지른 범죄처럼 보이게 말입니다, 솔직히 말하자면 실제로도 그렇고요. 난 정직한 사람입니다, 로디온 로마니치, 약속은 꼭 지키지요."

라스콜니코프는 슬픈 얼굴로 입을 다물고 고개를 떨궜다. 그는 오랫동안 생각에 잠겨 있다가 이윽고 다시 미소를 지었지만, 그 미소는 이미 온순하고 슬펐다.

"아니, 됐습니다!" 그는 포르피리에게 이미 더이상 숨길 게 없다는 듯 말했다. "그럴 필요 없습니다! 당신네 감형 따위는 전혀 필요 없어요."

"나도 바로 그게 두려웠습니다!" 포르피리가 자기도 모르게 흥분해서 탄식했다. "바로 그걸 두려워했던 겁니다, 당신이 감형이 필요 없다고 할까봐서요."

라스콜니코프는 서글프면서도 단호한 표정으로 그를 바라보았다.

"저런, 인생을 혐오하지 마세요!" 포르피리가 계속했다. "앞으로도 살 날은 여전히 많습니다. 감형이 필요 없다니요, 왜 필요 없다는 겁니까! 정말로 참을성이 없는 사람이군요!"

"앞으로 뭐가 많을 거라는 겁니까?"

"삶이요! 당신이 예언자라도 됩니까, 그렇게 많이 아세요? 구하여라, 받을 것이다, 라지 않습니까. 어쩌면 하느님은 그걸 위해 당신을 기다리셨는지도 모릅니다. 게다가 영원하지도 않아요, 사슬에 묶여 있는 거 말입니다……"

"감형이 있을 거라고요……" 라스콜니코프가 웃었다.

"뭡니까, 부르주아적인 수치에 깜짝 놀라기라도 했나요? 어쩌면 놀랐는지도 모르겠군요, 그러고도 본인은 그걸 모르다니. 그래서 젊다는 겁니다! 그렇더라도 자수하는 걸 두려워하거나 부끄러워해서는 안 됩니다."

"휴-우, 침이나 뱉어주라지!" 라스콜니코프는 더는 말하기도 싫다는 듯 경멸과 혐오감을 담아 속삭였다. 그는 어딘가 가려는 사람처럼 또 일어서려 했지만, 눈에 띄게 절망한 표정으로 다시 주저앉았다.

"침이나 뱉어주라니요! 사람에 대해 신뢰를 잃어서, 내가 당신에게 천박하게 아첨이나 한다고 생각하는 건가요. 당신이 그렇게 오래 살았나요? 그렇게 많이 압니까? 이론을 고안해냈는데 실패해서, 전혀 독창

적이지 못한 결과가 나와서 부끄러워졌군요! 비열한 결과가 나왔지요, 사실 그래요, 그래도 당신은 가망 없이 비열한 인간은 아니에요. 그 정도로 비열한 인간은 결코 아닙니다! 최소한 자신을 오래도록 속이지 못하고 단숨에 마지막 기둥에 이르렀지요. 내가 당신을 어떤 사람으로 생각할까요? 창자가 꺼내어져 찢겨도 가만히 서서 미소를 띠고 박해자를 바라볼 사람 중 하나라 여깁니다. 믿음이나 신을 찾아내기만 한다면요. 그러니 찾아내세요, 그러면 살게 될 겁니다. 우선 벌써 진작에 공기를 바꿔야 했어요. 어떻습니까, 고통 역시 좋은 것입니다. 고통을 받아들이세요. 어쩌면 고통을 원하는 미콜카가 옳을지도 모르겠군요. 믿을 수 없다는 건 압니다만, 교활하게 머리를 굴리지는 마세요. 생각하지 말고 그냥 삶에 몸을 던지세요. 걱정할 필요 없어요. 금방 해안가에 이르러 두 발로 서게 될 겁니다. 어떤 해안가냐고요? 그걸 내가 어떻게 알겠어요? 난 단지 당신에게 삶이 아직 많이 남아 있다는 걸 믿을 뿐입니다. 지금 내 말을 줄줄 외운 지루한 설교로 받아들이고 있다는 건 압니다. 그래요, 하지만 나중에 기억이 나서 언젠가 도움이 될지 모르잖아요. 그때를 위해 말하는 것이기도 합니다. 당신이 노파만 죽인 것 역시 다행이에요. 다른 이론을 생각해냈다면 억만 배는 더 추악한 일을 했을지도 모르잖습니까! 역시 하느님께 감사할 일이겠지요. 어떻게 알겠어요. 어쩌면 하느님이 뭔가를 위해 당신을 보호하고 계신지도 모르잖아요. 마음을 크게 먹고 두려움을 이겨내보세요. 해내야 할 위대한 일을 앞두고 겁을 먹은 건가요? 아니, 지금은 오히려 겁먹는 게 부끄러운 겁니다. 그렇게 한 발짝을 내디뎠으면 강해져야지요. 그게 정의지요. 정의가 요구하는 일을 하세요. 당신이 믿지 않는 건 알지만, 맹세컨대 삶이 당신을 이끌어줄 겁니다. 나중엔 스스로도 좋아질 거라니까요. 지금 당신에겐 오로지 공기가 필요할 뿐입니다, 공기, 공기가!"

라스콜니코프는 떨기까지 했다.

"당신은 대체 누굽니까." 그가 외쳤다. "당신이 무슨 예언자라도 됩니까? 평온하고 장엄한 저 높은 곳에서 내려다보며 가장 지혜로운 척 예언의 말이라도 전하는 거냐고요?"

"내가 누구냐고요? 난 이미 끝난 사람입니다, 그 이상 아무것도 아니에요. 어쩌면 느낄 줄도 알고 공감할 줄도 알고 어쩌면 뭔가 알기도 하지만, 이미 완전히 끝난 사람이죠. 하지만 당신은 다릅니다. 당신에게는 신이 준비해주신 삶이 있어요. (어쩌면 당신 삶도 연기처럼 사라져 아무것도 남지 않을지 누가 알겠습니까만.) 자, 당신이 다른 부류의 사람들 편으로 옮겨간다 한들 대체 뭐가 어떻겠습니까? 당신이 진심으로 아쉬워하는 건 안락이 아니지 않습니까? 어쩌면 아주 오래도록 아무도 당신을 못 본다 한들 그게 어때서요? 문제는 시간이 아니라 당신 자신에게 있는 겁니다. 태양이 되세요, 그럼 모두가 당신을 보게 될 겁니다. 태양은 무엇보다 태양이어야 합니다. 왜 또 웃나요. 내가 실러라도 되느냐고요? 그럼 내기할까요, 내가 지금 당신에게 아첨한다고 생각한다는 데 걸지요! 그럼 어때서요, 어쩌면 실제로 아첨하고 있는지도 모르지요, 헤헤헤! 로디온 로마니치, 부디 내 말 때문에 날 믿지 마세요, 부디 절대 완전히는 믿지 마세요. 이건 버릇 같은 겁니다, 인정하지요. 단지 덧붙이고 싶은 말은, 내가 얼마나 비열한 사람이고 얼마나 정직한 사람인지는 당신 스스로 판단할 수 있을 거라는 얘기입니다!"

"언제 날 체포할 생각인가요?"

"하루 하고 반나절, 아니면 이틀 정도 더 산책할 시간을 드릴 수 있겠군요. 잘 생각하세요, 친구, 하느님께 기도도 드리고요. 그래요, 더 유리할 겁니다, 맹세하건대, 더 유리해요."

"내가 도망친다면 어쩔 겁니까?" 라스콜니코프는 어쩐지 이상하게 웃으며 물었다.

"아니, 당신은 도망치지 않습니다. 무지렁뱅이는 도망치지요, 유행을 따르는 종파교도는 도망을 쳐요. 남의 생각을 추종하니까요. 그런 사람은 해군 소위 디르카처럼* 손가락 끝만 보여줘도 뭐든 평생 믿지요. 하지만 당신은 이미 자신의 이론조차 더는 믿지 않아요. 그런데 대체 뭘 가지고 도망가겠습니까? 게다가 뭐하러 도망을 가나요? 도망은 추악하고 고단한 일이지만, 당신에겐 무엇보다 삶과 일정한 지위, 그에 상응하는 공기가 필요합니다. 자, 그곳에 당신에게 맞는 공기가 있을까요? 도망쳐도 스스로 돌아올 겁니다. 당신은 우리 없이는 안 되니까요. 내가 당신을 감옥에 가두면, 당신은 한 달, 두 달, 석 달쯤 앉아 있다가 갑자기 거기서 내 말을 떠올리고 알아서 자수할 겁니다, 어쩌면 자신도 전혀 예상 못할 수도 있어요. 한 시간 전만 하더라도 자백하러 오리라고는 자신도 모를 겁니다. 심지어 난 당신이 '고통을 받아들이기로 결심하리라'는 것까지도 확신합니다. 지금은 내 말을 믿지 않지만, 스스로 곰곰 생각하게 될걸요. 고통은 말입니다, 로디온 로마니치, 위대한 것이니까요. 내가 뚱뚱하다고 그렇게 쳐다보지 마십시오, 그럴 필요 없어요, 안 그래도 알아요. 비웃지 마세요, 고통 속에는 사상이 있습니다.

---

* 고골의 희곡 『결혼』의 등장인물. 그러나 본문의 묘사와 맞는 인물은 같은 작품에 등장하는 해군 소위 페투호프다. 작가의 착각으로 보인다.

미콜카가 옳아요. 아니, 당신은 도망가지 않습니다, 로디온 로마니치."

라스콜니코프는 자리에서 일어나 모자를 집어들었다. 포르피리 페트로비치도 일어났다.

"산책하러 가시려고요? 좋은 저녁일 것 같군요, 그저 소나기만 내리지 않으면 좋으련만. 하긴 더 좋을지도 모르겠네요, 공기가 신선해지니까요……"

그 역시 모자를 들었다.

"포르피리 페트로비치, 부디 자만하지 마십시오." 라스콜니코프는 엄격하고 고집스러운 표정으로 말했다. "내가 오늘 당신에게 자백한 줄로 안다든가 말입니다. 당신은 이상한 사람이에요, 내가 당신 말에 귀를 기울인 건 단지 호기심 때문입니다. 난 당신에게 어떤 자백도 하지 않았어요…… 이 점을 기억해두세요."

"그럼요, 잘 압니다, 기억해두지요. 저런, 떠는 것 좀 보시게. 걱정 마세요, 친구. 당신 뜻대로 될 겁니다. 산책이나 좀 하시지요. 단지 너무 오래는 안 됩니다. 만일에 대비해서 청이 하나 더 있습니다." 그가 목소리를 낮추고 덧붙여 말했다. "좀 예민한 문제지만 중요한 겁니다. 만일, 그러니까 만일에 대비해서(그럴 거라고 믿지도 않고, 당신이 그럴 수 있는 사람이라고는 절대 생각하지 않습니다만), 만약에, 뭐, 그냥 만사에 대비해서요, 당신이 이 사오십 시간 동안 일을 어떻게든 다른 식으로, 뭔가 환상적인 방식으로 끝내고 싶은 마음이 든다면, 그러니까 자기 몸에 손을 대려는 생각이 들면 말입니다(터무니없는 가정이지만, 뭐, 그 점은 그냥 용서해주세요), 짧더라도 정확한 메모를 남겨주세요. 그냥 두 줄, 딱 두 줄이면 됩니다, 그리고 돌에 대해서도 언급해주시면 더 감사하고요. 자, 그럼 또 보지요…… 잘 생각하시고 좋은 출발 하시기 바랍니다!"

포르피리는 몸을 움츠리고 어쩐지 라스콜니코프를 바라보길 피하는 듯한 모습으로 방을 나갔다. 라스콜니코프는 창으로 다가가 성마르고 초조하게 시간을 가늠해가며 그가 거리로 나가 더 멀리 사라질 때까지 기다렸다. 그런 다음 자신도 서둘러 방을 나섰다.

## 3

그는 서둘러 스비드리가일로프에게로 향했다. 그 사람에게 뭘 기대할 수 있는지 자신도 알지 못했다. 하지만 그 사람에게는 라스콜니코프를 지배하는 어떤 힘이 숨어 있었다. 일단 그 사실을 의식하자 더이상 마음을 놓을 수 없었고, 게다가 이제 그럴 때도 된 것이다.

길을 가는 동안 하나의 의문이 유독 그를 괴롭혔다. 스비드리가일로프가 포르피리에게 갔을까?

그가 판단할 수 있는 한, 아니, 가지 않았다! 하고 맹세라도 할 수 있었다. 그는 생각에 생각을 거듭했고, 포르피리가 왔을 때를 전부 다 떠올려 판단해보았다. 아니, 가지 않았다, 당연히 가지 않았다!

하지만 아직 안 갔다면, 앞으로 그자는 포르피리에게 갈까, 안 갈까?

현재로는 안 갈 것 같았다. 왜? 이유를 설명할 수도 없겠지만, 설명할 수 있다 해도 지금 그 문제에 특별히 골몰하지는 않았을 것이다. 그 모든 일이 그를 괴롭혔지만, 동시에 왠지 거기까지는 여유가 없었다.

누구도 믿을 수 없을 정도로 이상한 일이지만, 어쩐지 그는 방심한 듯 현재 급박하게 돌아가는 자신의 운명에 크게 마음을 쓰지 않았다. 그를 괴롭힌 것은 다른 것, 훨씬 더 중요하고 특별한 것이었다. 다른 누구에 대한 것이 아니라 자기 자신에 대한 것이었지만, 색다르고 중요한 것이었다. 게다가 오늘 아침에는 그의 이성이 최근 그 어느 때보다 더 활발하게 작동하는데도, 그는 정신적으로 한없는 피로를 느꼈다.

더구나 온갖 일을 겪은 지금, 그런 새롭고 보잘것없는 어려움을 모두 이겨보겠노라 애쓸 가치가 과연 있을까? 이를테면 스비드리가일로프가 포르피리에게 가지 않게 애써 일을 꾸밀 필요가 있을까. 스비드리가일로프가 어떤 인물인지 연구하고 알아보며 시간을 허비할 가치가 있단 말인가!

오, 이 모든 일이 얼마나 지긋지긋한지!

그럼에도 그는 여전히 스비드리가일로프에게로 걸음을 재촉했다. 그자에게서 뭔가 새로운 지침이나 출구를 기대한 건 아닐까? 지푸라기라도 잡는 심정으로 말이다! 운명이, 어떤 본능이 그들을 한자리로 모으는 걸까? 어쩌면 단지 피로와 절망감 때문이었는지도 모른다. 어쩌면 스비드리가일로프가 아닌 다른 누군가가 필요했는데, 단지 스비드리가일로프가 그때 나타났을 뿐인지도 모른다. 소냐일까? 하지만 왜 지금 소냐에게 가야 한단 말인가? 다시 한번 그녀의 눈물을 청하러? 그는 소냐가 무섭기도 했다. 소냐는 가차없는 판결, 번복할 수 없는 결정을 의미했다. 그녀의 길이 있거나 그의 길이 있거나인 것이다. 특히나 지금은 그녀를 만날 만한 상태가 아니었다. 아니, 대체 어떤 작자인지 스비드리가일로프를 시험해보는 것이 더 낫지 않을까? 그러자 그는 왠지 실제로도 그 사람이 이미 오래전부터 자신에게 필요한 존재처럼 느껴지는 것을 내심 인정하지 않을 수 없었다.

하지만 대체 그들 사이에 무슨 공통점이 있을 수 있는가? 그들은 심지어 저지른 악행조차 같을 수가 없었다. 더구나 그자는 매우 불쾌한 사람인데다 분명 극도로 타락한 인간이고, 교활한 사기꾼이 틀림없으며, 어쩌면 아주 사악한 자인지도 모른다. 그에 대해 그런 이야기가 돌아다닌다. 그가 카테리나 이바노브나의 아이들을 보살펴준 것은 사실이다. 하지만 왜 그랬는지, 그게 무슨 의미인지 누가 알겠는가? 그 사람에겐 늘 어떤 속셈과 계획이 있다.

요즘 들어 라스콜니코프의 머릿속에는 또 한 가지 생각이 아무리 떨쳐버리려 애써도 끊임없이 떠올라 그를 끔찍이도 불안하게 만들었고, 그는 그 생각 때문에 몹시 괴로워했다! 때로 이런 생각이 들곤 했던 것이다. 스비드리가일로프는 계속 그의 주변을 맴돌았고 지금도 맴돌고 있다. 스비드리가일로프는 그의 비밀을 알게 되었다. 스비드리가일로프는 두냐에게 나쁜 속셈을 품어왔다. 지금도 그런 속셈을 품고 있다면? 그렇다고 거의 확실하게 말할 수 있다. 그자가 비밀을 알게 되어 그를 지배할 힘을 얻게 되었으니 이제 그걸 두냐에 대한 무기로 사용하려 한다면?

이런 생각이 이따금 꿈에서까지 그를 괴롭혔지만, 스비드리가일로프에게 가고 있는 지금처럼 이렇게 뚜렷이 의식한 것은 처음이었다. 이런 생각만으로도 그는 벌써 어둡고 광폭한 분노에 휩싸였다. 첫째로, 그렇게 되면 이미 모든 게, 그의 개인적인 상황마저 변할 것이다. 곧바로 두네치카에게 비밀을 털어놓아야 한다. 어쩌면 두네치카가 무슨 경솔한 행동이라도 하지 않도록 자수해야 할지도 모른다. 그 편지는? 오늘 아침 두냐가 누군가의 편지를 받았다고 했지! 페테르부르크에서 그 애한테 편지를 보낼 사람이 누가 있을까? (혹시 루진이?) 라주미힌이 거기서 지켜주고 있는 건 사실이다. 하지만 라주미힌은 아무것도 모른다. 어쩌면 라주미힌에게도 털어놓아야 할까? 라스콜니코프는 극도의 혐오감을 느끼며 이런 생각을 했다.

'어떤 경우든 가능한 한 빨리 스비드리가일로프를 만나야 한다.' 그는 마음속으로 최종적인 결론을 내렸다. '다행인 건 구구절절 늘어놓을 필요 없이 본론으로 들어갈 수 있다는 점이다. 하지만 만약, 만약 그자가 그런 짓을 할 수 있는 인간이라면, 만일 스비드리가일로프가 두냐를 두고 뭔가 음모를 꾸미고 있다면, 그렇다면……'

라스콜니코프는 이즈음 계속, 이번달 내내 몹시 지쳐 있어서, 이제 이와 비슷한 문제들은 더이상 단 한 가지 결정 말고 다른 방식으로는 해결할 수가 없었다. 그는 싸늘한 절망감에 휩싸인 채 '그렇게 되면 죽여버리겠어' 하고 생각했다. 고통스러운 감정이 심장을 짓눌렀다. 그는 거리 한복판에 멈춰 서서 주위를 둘러보기 시작했다. 어떤 길로 가고 있고 어디로 들어선 걸까? 그는 방금 지나친 센나야 광장에서 삼사십 걸음쯤 떨어진 ○○거리에 서 있었다. 왼쪽 건물 2층 전체에 술집이 들어서 있었다. 창문은 모두 활짝 열려 있었다. 창에 어른거리는 모습들로 미루어 술집은 입추의 여지도 없이 꽉 찬 것 같았다. 홀에서 노랫소리가 흘러넘쳤고, 클라리넷과 바이올린 소리가 울렸으며, 터키 북이 쿵쿵거렸다. 여자들의 새된 목소리가 들렸다. 그는 자신이 왜 ○○거리로 접어들었는지 이해하지 못한 채 오던 길로 되돌아가려다가, 문득 술집

맨 끝 활짝 열린 창문 너머로 파이프를 입에 물고 창문 바로 옆 다탁에 앉아 있는 스비드리가일로프를 발견했다. 그는 공포까지 느낄 정도로 지독하게 놀랐다. 스비드리가일로프는 아무 말 없이 그를 관찰하며 살피고 있었는데, 그가 자기를 못 본 사이 몰래 일어나 도망가려는 것처럼 보여서 라스콜니코프는 또 한번 몹시 놀랐다. 라스콜니코프는 즉시 자기도 그를 못 본 척, 생각에 잠겨 다른 곳을 쳐다보는 시늉을 하며 곁눈으로 계속 그를 관찰했다. 심장이 불안하게 두근거렸다. 역시 그랬다. 분명 스비드리가일로프는 그가 자신을 발견하길 원치 않았던 것이다. 입에서 파이프를 빼고 진즉에 몸을 숨기려던 참이었다. 하지만 일어나 의자를 밀어낸 후, 라스콜니코프가 이미 자신을 발견하고 관찰하고 있다는 사실을 문득 깨달은 모양이었다. 자는 척 누워 있던 라스콜니코프의 방에서 그들이 처음 만났을 때와 비슷한 장면이 두 사람 사이에 벌어졌다. 교활한 미소가 스비드리가일로프의 얼굴에 떠오르더니 차츰 얼굴 전체로 퍼졌다. 서로 보며 관찰하고 있다는 것을 그도, 상대방도 알게 된 것이다. 마침내 스비드리가일로프가 큰 소리로 웃음을 터뜨렸다.

"자, 자! 괜찮으시면 들어오시오. 나 여기 있소이다!" 그가 창문으로 소리를 질렀다.

라스콜니코프는 술집으로 올라갔다.

그는 커다란 홀과 맞닿아 있고 창이 하나 있는 아주 작은 뒷방에서 스비드리가일로프를 찾아냈는데, 작은 탁자가 스무 개 남짓 놓인 홀에서는 가수들의 필사적인 합창이 비명처럼 울려퍼지는 가운데 상인들, 관리들, 가지각색 많은 사람들이 차를 마시고 있었다. 어디선가 당구공치는 소리가 날아들었다. 스비드리가일로프 앞에 놓인 탁자 위에는 새로 딴 샴페인 병과 술이 반쯤 담긴 잔이 놓여 있었다. 거기에다 방에는 작은 샤르만카를 든 소년 악사와, 줄무늬 치마를 접어 허리띠에 끼우고 리본 달린 티롤풍 모자를 쓴 열여덟 살가량의 건강하고 뺨이 붉은 가수 아가씨가 있었는데, 그녀는 다른 방에서 들리는 합창소리에도 아랑곳하지 않고 샤르만카 반주에 맞춰 제법 쉰 저음으로 어떤 저속한 노래를 부르고 있었다……

"자, 이제 그만!" 라스콜니코프가 들어오자 스비드리가일로프가 노래를 중단시켰다.

아가씨는 즉시 노래를 그치고 공손하게 기다렸다. 운을 맞춘 저속한 노래를 부를 때 지었던 것과 같은 진지하고 공손한 표정이었다.

"어이, 필립, 잔을 가져와!" 스비드리가일로프가 소리쳤다.

"술은 안 마실 겁니다." 라스콜니코프가 말햇다.

"좋으실 대로, 당신을 위해 가져오란 게 아니오. 마셔, 카탸! 오늘은 더이상 필요 없으니 나가봐!" 그는 그녀에게 한 잔 가득 술을 따라주고 누르스름한 지폐를 내주었다. 카탸는 여자들이 술을 마실 때 그러듯 단숨에, 즉, 입을 떼지 않고 스무 모금쯤 마셔 잔을 비운 다음, 지폐를 받아들고는 스비드리가일로프가 아주 진지한 얼굴로 내민 손에 입을 맞추고 나서 방을 나갔고, 그 뒤를 따라 샤르만카를 든 소년이 천천히 따라나갔다. 둘 다 거리에서 데려온 사람들이었다. 스비드리가일로프가 페테르부르크에서 산 지 일주일도 안 됐는데도 이미 그 주변엔 온통 어떤 가부장적인 관계가 형성되어 있었다. 술집 하인인 필립 역시 벌써 '잘 아는 사이'가 되어 그에게 굽실거렸다. 홀로 통하는 문이 닫혔다.

스비드리가일로프는 마치 자기 집인 양 이 방에서 며칠을 보낸 모양이다. 술집은 더럽고 허름했으며, 중간 수준에도 못 미쳤다.

"당신에게 가던 길이었습니다, 당신을 찾고 있었지요." 라스콜니코프가 입을 열었다. "하지만 어째서 갑자기 센나야 광장에서 이 ○○거리로 접어들었을까요! 난 한 번도 이쪽 방향으로 돌아온 적도, 들러본 적도 없어요. 보통은 센나야 광장에서 오른편으로 돌지요. 게다가 당신 집으로 가는 길도 이쪽이 아니고요. 그런데 돌자마자 바로 당신이 있다니! 이상한 일이군요!"

"어째서 솔직히 말하지 않으시오, 이건 기적이야! 하고요?"

"왜냐면 아마 그저 우연일 테니까요."

"정말이지 여기 사람들 사고방식이란 죄다!" 스비드리가일로프가 껄껄대고 웃기 시작했다. "심지어 속으로는 기적을 믿으면서도 인정하려 들질 않아요! 당신도 '아마' 그저 우연일 거라고 말했지요. 여기 사람들이 자기 견해와 관련해서 얼마나 겁쟁이인지 상상도 못할 거요, 로디온 로마니치! 당신이 그렇다는 건 아니오. 당신은 자기 생각을 가지고 있고 그러길 겁내지 않았소. 그래서 내 호기심을 끄는 것이기도 하지."

"다른 이유는 더 없습니까?"

"뭐, 그거면 충분하지 않소."

스비드리가일로프는 분명 흥분해 있는 것 같았지만, 아주 약간 그런 정도였다. 술도 고작 반 잔 마셨을 뿐이다.

"당신이 내게 온 건, 당신이 자기 생각이라 부르는 걸 가질 만한 능력이 내게 있다는 걸 알기 전인 것 같은데요." 라스콜니코프가 지적했다.

"뭐, 그땐 다른 볼일이 있었으니까요. 각자 자신의 길이 있는 법이오.

기적 얘기를 좀 하자면, 당신은 최근 이삼일 동안 지나치게 잔 것 같군요. 내가 직접 이 술집을 지목했으니, 당신이 곧장 이리로 왔다고 해서 기적이랄 건 없지요. 오는 길도 직접 다 설명해주고, 술집이 어디 있는지, 몇시에 오면 여기서 날 만날 수 있는지도 얘기했으니까 말이오. 기억나시오?"

"기억에 없습니다." 라스콜니코프가 놀라서 대답했다.

"그렇겠지. 두 번이나 얘기했소. 그러니 주소가 저절로 기억에 새겨졌을 테고. 당신은 아무 생각 없이 이쪽으로 돌았겠지만, 사실 자기도 모르는 새 정확히 주소에 따라 그리 한 거요. 그때 말하면서도 당신이 내 말을 알아들었으리라고 기대하지는 않았소. 당신은 자신을 아예 내놓고 다니는 사람이오, 로디온 로마니치. 그리고 한 가지 더. 확신하건대 페테르부르크에는 혼잣말을 하며 돌아다니는 사람이 많아요. 이곳은 반쯤 미친 자들의 도시더군요. 우리에게 학문이란 게 있다면, 의사, 법률가, 철학자 들이 각자 전공을 살려 페테르부르크에 대해 아주 귀중한 연구를 할 수 있을걸요. 페테르부르크만큼 사람의 영혼에 음울하고 강렬하고 기괴한 영향을 미치는 곳도 드물 거요. 기후가 주는 영향 하나만 봐도 그렇지요! 무엇보다 이곳은 전全 러시아의 행정 중심지니, 그 성격이 모든 것에 반영될 수밖에요. 하지만 지금 중요한 건 그게 아니라, 내가 벌써 여러 번 옆에서 당신을 살펴봤다는 점이오. 당신은 집을 나설 때만 해도 고개를 바로 하고 있지요. 스무 걸음쯤 가면 벌써 고개를 숙이고 뒷짐을 집니다. 보고는 있지만, 분명 앞도 옆도, 더는 아무것도 보고 있지 않아요. 이윽고 입술을 움직여 자기 자신과 대화하기 시작하오, 게다가 가끔은 뒷짐을 풀고 연설을 하기도 하고, 그러다 결국 길 한복판에 한참을 서 있기도 하고요. 그건 아주 좋지 않아요. 어쩌면 나 말고 다른 누군가가 당신을 지켜보고 있을 수도 있는데, 그럼 정말 좋을 게 없소이다. 사실 난 상관없어요, 내가 당신을 고쳐줄 것도 아니고, 하지만 물론 내 말을 이해하겠지요."

"내 뒤를 쫓고 있다는 걸 아는 겁니까?" 라스콜니코프가 탐색하는 듯한 눈길로 그를 보며 물었다.

"아니, 그건 전혀 모르는 일이오만." 놀란 듯 스비드리가일로프가 대답했다.

"뭐, 내가 그러든 말든 내버려두십시오." 라스콜니코프는 얼굴을 찌푸리며 중얼거렸다.

"좋소, 내버려두지요."

"차라리 이 얘기나 해보시죠, 만일 당신이 술을 마시러 여기 자주 오고, 두 번이나 직접 이리 오라고 내게 정해줬다면, 방금 전 내가 거리에서 창문을 들여다봤을 때는 왜 몸을 숨기고 도망가려 한 겁니까? 내가 똑똑히 봤어요."

"하하! 그럼 당신은 내가 그때 당신 방문턱에 서 있었을 때, 소파에 눈을 감고 누워 자지도 않으면서 왜 자는 척한 거요? 나도 똑똑히 보았소."

"내겐…… 그럴 만한 이유가 있었겠죠…… 아시잖습니까."

"나도 나름의 이유가 있었겠지, 비록 당신은 그게 뭔지 모르겠지만."

라스콜니코프는 오른쪽 팔꿈치를 탁자에 올리고 오른손 손가락으로 턱을 괴고는 스비드리가일로프를 뚫어져라 쳐다보았다. 그는 전부터 늘 자신을 몹시 놀라게 했던 상대의 얼굴을 잠시 찬찬히 살펴보았다.

가면과도 비슷한, 어쩐지 묘한 얼굴이었다. 하얗고 홍조 띤 얼굴에 연지를 바른 듯 붉은 입술, 밝은 금색 턱수염과 여전히 숱이 꽤 많은 금색 머리카락. 눈은 어쩐지 지나치게 파랗고, 시선은 어쩐지 지나치게 무거운데다 움직임이 없었다. 나이에 비해 극도로 젊어 보이는 이 아름다운 얼굴에는 지독히도 기분 나쁜 무언가가 있었다. 스비드리가일로프는 세련되고 가벼운 여름옷을 입고, 특히 셔츠로 멋을 내고 있었다. 손가락에는 값비싼 보석이 박힌 커다란 반지를 끼고 있었다.

"과연 내가 당신까지 또 상대해줘야 할지 모르겠습니다." 갑자기 라스콜니코프가 초조해하며 조급하게 곧장 터놓고 말했다. "당신이 해를 끼치고자 한다면야 가장 위험한 사람일 수도 있겠지만, 난 더는 자신을 괴롭히고 싶지 않군요. 어쩌면 당신이 생각하는 것만큼 내가 자신을 그다지 소중히 여기는 사람이 아니라는 사실을 바로 보여드리지요. 알아두십시오, 내가 당신에게 온 건 단도직입적으로 말하기 위해서입니다, 만일 내 누이에게 예전에 품었던 속셈을 여전히 가지고 있다면, 그리고 그걸 위해 최근에 밝혀진 뭔가를 이용할 생각이라면, 당신이 날 감옥에 처넣기 전에 내가 먼저 당신을 죽일 거요. 빈말 아닙니다. 내가 말을 지킬 사람이라는 건 아시겠지요. 두번째로, 뭔가 내게 할말이 있다면, 요즘 계속 내게 뭔가 하고 싶은 말이 있는 것 같았으니까요, 어서 말씀하세요, 시간이 아까우니까요, 게다가 어쩌면 머잖아 이미 늦을 수도 있고요."

"대체 어디로 그렇게 서두르시오?" 스비드리가일로프가 호기심에 찬 눈길로 그를 살피며 물었다.

"각자 자신의 길이 있는 법이니까요." 라스콜니코프는 음울하고 초조한 어투로 말했다.

"자기 입으로 방금 솔직하자고 해놓고는 첫 질문에도 대답하길 거부하는구려." 스비드리가일로프가 웃으며 지적했다. "당신은 계속 내게 무슨 목적이 있다고 여기는군요, 그러니 날 의심스럽게 보는 거고요. 뭐, 당신 입장은 전적으로 이해할 만하오. 하지만 내가 당신과 아무리 친해지고 싶다 해도, 그렇지 않다고 의심을 풀어주는 수고까지 짊어지진 않겠소. 맹세컨대 노력에 비해 성과가 적을 테니까, 게다가 당신과 그런 특별한 일에 대해 말할 생각도 없소이다."

"그럼 그때는 내가 왜 그렇게 필요했던 겁니까? 대체 왜 내 꽁무니를 졸졸 쫓아다녔지요?"

"그냥 호기심을 끄는 관찰대상이었던 거지요. 당신이 처한 기괴한 상황이 내 마음에 들었소. 그뿐이오! 게다가 내가 그토록 끌렸던 특별한 여인의 오빠고, 마지막으로 한때 바로 그 여인에게서 참으로 많이, 여러 번, 당신 이야기를 들었으니까요, 그래서 당신이 그이에게 커다란 영향력을 가지고 있다고 결론 내렸지요. 혹시 이걸로는 부족한 거요? 하하하! 하긴, 당신 질문이 내겐 몹시 복잡하다고 인정해야겠군, 그래서 답해드리기 어렵구먼. 자, 그런데 가령, 지금 그 일 때문만이 아니라 뭔가 새로운 걸 얻으러 내게 온 거 아니오? 맞지요? 그런 거지요?" 스비드리가일로프는 교활한 미소를 띠고서 집요하게 물었다. "자, 그러니 상상해봐요, 나 역시 이리로 오는 기차 안에서 당신에게 기대를 품었거든요, 당신이 내게 뭔가 새로운 걸 말해주지 않을까, 잘하면 당신에게 뭔가 빌릴 수 있지 않을까 하면서 말이오! 우리는 얼마나 가진 게 많은지!"

"뭘 빌린다는 말입니까?"

"그래, 이걸 어떻게 말한다? 그게 뭔지 내가 알고나 있을까? 보다시피, 난 줄곧 술집에 죽치고 앉아 있고 그거면 충분한 사람이오, 다시 말해 충분하다기보다 그저 어디든 앉아는 있어야 하니까요. 글쎄, 저 가엾은 카탸만 해도 말이지요. 아까 봤죠?…… 그러니까, 이를테면, 내가 대식가나 클럽을 돌아다니는 미식가라면 모를까, 바로 이런 것도 먹을 줄 안다 이거요! (그는 손가락으로 구석을 가리켰는데, 작은 탁자 위, 양철로 된 접시에 먹다 남긴 형편없는 비프스테이크와 감자가 있었다.) 그건 그렇고 식사는 하셨소? 난 조금 먹었더니 더는 생각이 없군요. 가령 술은 전혀 마시지 않는다오. 샴페인 말고는 아무것도, 샴페인도 저녁 내내 한 잔 정도, 그래도 머리가 아프지. 지금은 기운을 좀 내보려고 가져오라고 했소, 어딜 좀 가야 하거든요, 당신은 내가 특별한 기분일 때 날 본 거요. 방금 전에도 그래서 숨었소. 어린 학생처럼 말이오, 당신이 방해가 될 거라 생각했거든. 하지만 (그는 시계를 꺼냈다) 한 시간 정도 같이 있을 수는 있겠군요. 지금이 네시 반이니까. 믿을지 모르겠지만 일이라도 있었으면 좋겠소. 뭐, 지주가 된다거나 아버지가 된다거나, 뭐, 군인이나 사진사나 기자라도…… 아-아무것도, 어떤 직업도 없으니! 가끔 너무 무료하구려. 사실 당신이 내게 뭔가 새로운 얘기를 해줄 거라 생각했소."

"대체 당신은 어떤 사람이고, 여긴 왜 왔습니까?"

"내가 어떤 사람이냐고요? 아시잖소. 귀족에, 이 년간 기병대에서 복무했고, 그다음엔 여기 페테르부르크에서 그냥 어슬렁거리다 마르파 페트로브나와 결혼해서 시골에서 살았지요. 그게 내 인생이오!"

"도박꾼 같은데요?"

"아니, 도박꾼이라니 무슨. 사기로 도박하는 사람은 도박꾼이 아니오."

"그럼 사기도박을 해본 적이 있다고요?"

"그럼, 있지요."

"그럼 맞아본 적은요?"

"그런 일도 있었지요. 그런데 왜요?"

"뭐, 그럼 결투 신청을 받아본 적도 있겠고…… 대략 그런 일들로 활력을 찾으시는군."

"당신 말에 반박하지는 않겠소, 게다가 난 철학의 대가도 아니니까. 고백하자면 내가 서둘러 여기 온 건 무엇보다 여자 때문이라오."

"마르파 페트로브나의 장례를 치르자마자요?"

"뭐, 그렇지요." 사람을 압도하는 솔직함을 내보이며 그가 미소 지었다. "그래서 뭐가 어쨌다는 거요? 내가 여자에 대해 이렇게 말하는 게 나쁘게 보이나보군요?"

"그러니까 타락을 나쁘게 보느냐, 아니냐 이 얘기입니까?"

"타락이라니! 그게 무슨 비약이오! 하지만 먼저 차례대로 여자에 대해 대략 대답해드리지요. 알다시피 뭔가 지껄이고 싶은 기분이거든요. 내가 왜 자신을 억제해야 하는지 말해보시겠소? 여자를 좋아하는데 대체 왜 그걸 포기해야 하지요? 최소한 그건 일이란 말이오."

"그럼 당신이 여기서 기대하는 건 오직 타락 하나뿐입니까?"

"글쎄, 그래서 어쨌다는 거요, 타락을 바란다고 치지요! 타락이란 말이 무척이나 마음에 드는 모양인데. 하긴, 적어도 솔직하게 물으니 좋긴 하군. 적어도 그 타락이란 것 속에는 변하지 않는 어떤 것이, 심지어 본성에 뿌리내린, 공상에 물들지 않은 그런 게 있어요. 항상 벌겋게 달아오른 석탄으로 핏속에 머물며 영원히 불을 지르는, 여전히 오래도록, 어쩌면 해가 가도 쉽게 꺼지지 않을 그런 게 있단 말이오. 그게 일종의 일이라는 데는 당신도 동의하지요?"

"거기에 대체 즐거울 게 뭐가 있단 말입니까? 그건 병입니다, 그것도 위험한 병이죠."

"아, 거참, 비약은! 정도를 넘어서는 모든 것이 그렇듯 그게 병이라는 데 동의해요. 그런데 그런 일은 반드시 정도를 넘기 마련이라오. 하지만 사실 그런 일은, 첫째로는 이 사람에겐 이래도 저 사람에겐 저런 법이고, 둘째로는 물론 모든 일에 정도를 지키고 비열하더라도 계산을 해야 맞겠지만, 그래도 어쩌겠소? 이게 아니면 그냥 권총 자살이라도 해야 할 것 같은데. 맞아요, 점잖은 사람이라면 권태로워도 어쩔 수 없다 생각하겠지요, 하지만 정말이지……"

"그럼 자살할 수도 있겠군요?"

"이것 보시오!" 스비드리가일로프가 혐오스럽다는 듯이 반박했다. "제발 부탁이니 그런 말은 하지 마시오." 그가 이렇게 황급히 덧붙였는데, 방금 전까지 말끝마다 드러나던 온갖 허세마저 사라져 있었다. 안색조차 변한 것 같았다. "그게 용서할 수 없는 내 약점이라는 건 인정하겠소만, 어쩌겠소. 난 죽음이 두렵고, 거기에 대해 사람들이 말하는 것도 싫소이다. 내가 어느 정도 신비주의자라는 건 아시잖소?"

"아! 마르파 페트로브나의 유령 말이군요! 그래, 계속 찾아옵니까?"

"글쎄, 그건 언급하지 말라니까요. 페테르부르크에선 더이상은 없었소. 빌어먹을!" 그는 어딘가 신경질적인 모습으로 외쳤다. "아니, 차라리 이 얘길 할까요…… 그런데…… 흠! 이런, 시간이 없군, 당신과 오래 있을 수가 없으니 안타깝군요! 알려주고 싶은 게 있는데."

"무슨 일인데요, 여자 문제인가요?"

"그렇소, 여자요, 그냥 뜻하지 않게 우연히 일이 하나…… 아니, 그런 뜻은 아니고요."

"대체 당신은 그 모든 혐오스러운 상황에도 더는 영향을 받지 않는 겁니까? 이미 멈출 힘을 잃은 건가요?"

"당신이 힘까지 주장하는 거요? 하하하! 그렇게 될 줄 미리 알고는 있었소만, 로디온 로마니치, 당신은 방금 나를 놀라게 했소. 당신이 내게 타락과 미학에 대해 논하다니! 당신은 실러요, 당신은 이상주의자예요! 물론 그 모든 게 마땅히 그래야 하고, 그렇지 않다면 놀랍겠지만, 그래도 여전히 현실에선 이상하게 여겨지는구려…… 아, 시간이 없어서 안타깝군요, 당신은 정말 흥미로운 사람이오! 그건 그렇고 실러를 좋아하시오? 난 지독하게 좋아해요."

"여전히 그렇게 허세를 부리십니까!" 라스콜니코프는 일종의 혐오감을 느끼며 말했다.

"저런, 맹세코 그게 아니오!" 껄껄대며 스비드리가일로프가 대답했다. "하지만 논쟁할 생각은 없소, 허세라 해두지요. 모욕을 주는 게 아니라면 허세를 부리지 않을 이유도 없지 않소. 칠 년을 마르파 페트로브나의 시골에서 살았으니 지금 당신처럼 똑똑한 사람, 똑똑하고 극도로 흥미로운 사람에게 달려들어 지껄이는 게 마냥 기쁜 거지요, 그래요, 게다가 이렇게 술을 반잔 걸치니 벌써 머리가 좀 어지럽군요. 중요한 사실은 나를 몹시 흥분시키는 일이 하나 있다는 거요, 하지만 거기에 대해선…… 입을 다물겠소. 아니, 어디 가시오?" 스비드리가일로프가 갑자기 깜짝 놀라며 물었다.

라스콜니코프가 자리에서 일어서려 한 것이다. 그는 힘들고 답답했고, 여기 온 것이 왠지 거북해졌다. 그는 스비드리가일로프에게서 이 세상에서 가장 무가치하고 하찮은 악한을 확인했다.

"에-에이, 좀 앉아요, 있어보세요." 스비드리가일로프가 간곡히 청했다. "차라도 가져오라고 시키지요. 자, 앉아요, 뭐, 더는 쓸데없는 말을 지껄이지 않겠소, 그러니까 나에 대해서 말이오. 당신에게 뭔가 얘기해드리지요. 자, 원한다면, 어떻게 여자가 나를, 당신 표현에 따르면 '구원했는지' 말해볼까요? 이건 당신이 처음 한 질문에 대한 대답이기도 해요, 왜냐면 그 여인이 바로 당신 동생이니까. 이야기해도 되겠소? 시간도 때울 겸 말이오."

"말씀해보세요, 하지만 부디 당신이……"

"오, 걱정마시오! 게다가 아브도티야 로마노브나는 심지어 나처럼 추악하고 하찮은 인간에게도 오로지 아주 깊은 존경심만 불러일으키는 분이니까."

## 4

"어쩌면 아실지도 모르겠지만(하긴 내가 직접 얘기했군요)," 스비드리가일로프가 이야기를 시작했다. "난 엄청난 빚을 지고 갚을 도리가 당최 없어 이곳 채무자감옥에 갇혀 있었소. 그때 마르파 페트로브나가 어떻게 내 빚을 대신 갚고 날 꺼내줬는지는 자세히 얘기할 필요 없겠지요. 때로 여자가 어느 정도까지 정신을 잃고 사랑에 빠질 수 있는지 아시오? 그 여자는 솔직하고 꽤 영리한 여자였어요(물론 교육은 전혀 받지 못했지만). 상상해보시오, 이 여자가, 질투심 많고 솔직한 여자가 미친 듯이 흥분해서 비난을 퍼붓기를 수차례 반복하고 나서, 한발 물러나 나와 일종의 계약 같은 걸 맺기로 결단을 내린 거요, 그 여자는 그 계약을 우리 결혼 기간 내내 지켰소. 문제는 그 여자가 나보다 훨씬 나이가 많았고, 게다가 늘 입에 무슨 정향인가를 물고 있었다는 점이오.* 난 성질이 더럽기도 하거니와, 나름 솔직한 데가 있어서 그 여자에게 완전히 성실할 수는 없다고 단도직입적으로 선언했지요. 이 고백에 그 여자는 극도로 흥분했지만, 어떤 의미에서는 내 난폭한 솔직함이 마음에 든 것 같았소. '그렇게 미리 선언하는 걸 보니 속일 마음은 없는 게로군요'라면서요. 뭐, 질투심 많은 여자에겐 그게 먼저지. 오래도록 그 여자가 눈물로 호소한 끝에 우리 사이엔 다음과 같은 계약이 구두로 이루어졌소. 첫째, 절대로 마르파 페트로브나를 버리지 않고 영원히 그녀의 남편으로 남는다. 둘째, 그녀의 허락 없이는 절대 집을 비우지 않는다. 셋째, 고정된 정부를 절대 두지 않는다. 넷째, 가끔 몸종을 찾는 건 허락하겠지만, 그녀의 암묵적인 허락 없이는 안 된다. 다섯째, 같은 계층의 여자를 사랑하는 건 당치도 않다. 여섯째, 만일 그런 당치 않은 경우가 생겨 어떤 격렬하고도 진지한 열정이 생기면 마르파 페트로브

* 당시 입냄새가 심한 사람들은 정향처럼 향이 강한 식물을 씹곤 했다.

나에게 반드시 털어놓는다. 하긴, 마지막 항목과 관련해서는 마르파 페트로브나는 사는 내내 별로 불안해하지 않았어요. 똑똑한 여자라서, 나를 진지하게 누군가를 사랑할 줄 모르는 방탕꾼이나 바람둥이 이상으로는 여기지 않았기 때문이오. 하지만 여자가 똑똑한 것과 질투심이 많은 건 전혀 별개의 문제고, 바로 이게 곤란한 점이기도 하지요. 하나 어떤 사람들에 대해 편견 없이 판단하기 위해서는, 우선 선입견에 사로잡힌 시선이나 일상적으로 우리를 둘러싸고 있는 사람과 사물에 대한 흔해빠진 습관부터 버려야 하는 법이지. 그러니 다른 누구보다 당신의 판단에 기대를 걸 만하다고 보는 거요. 아마 당신은 마르파 페트로브나에 대해 우스꽝스럽고 터무니없는 얘기들을 진즉에 아주 많이 들었을 게요. 사실 그 여자에겐 아주 우스꽝스러운 습관이 여럿 있었소이다. 하지만 솔직히 말해서 난 그 여자가 나 때문에 겪은 헤아릴 수 없이 많은 슬픔을 진심으로 안타깝게 생각하고 있어요. 제법 다정한 남편이 제법 다정한 부인에게 바치는 몹시도 정중한 *애도의 말*은 뭐, 이 정도면 충분한 것 같군요. 우리가 싸울 때 대부분 난 입을 다물고서 흥분하지 않았고, 그런 신사적인 행동은 거의 항상 목적을 이뤘소. 그게 그 여자에게 영향을 미쳤고, 그걸 좋아하기까지 했으니 말이오. 심지어 날 자랑스러워하는 경우도 종종 있었지. 하지만 그래도 당신 동생 문제는 참지를 못합디다. 어쩌다 감히 그런 절세미인을 가정교사로 집에 들일 생각을 하게 됐는지 모르겠소! 마르파 페트로브나는 열정적이고 감수성이 예민한 여자요, 그러니 자기가 먼저 당신 누이에게 그야말로 빠져버린 거라고, 말 그대로 반해버렸다고 설명할 수밖에요. 그래요, 아브도티야 로마노브나는 그런 사람이지! 난 첫눈에, 이거 좋지 않은데, 하고 단번에 알아버렸고, 그이에게 눈길도 주지 않으리라 결심했어요. 어떻게 생각하시오? 하지만 처음 먼저 다가온 쪽이 아브도티야 로마노브나라면 믿으시겠소? 또 처음엔 마르파 페트로브나 역시 내가 당신 누이에 대해 늘 아무 말도 않는다고, 아브도티야 로마노브나에게 푹 빠져 줄곧 칭찬해대면서 거기에 무관심하다고 내게 화까지 낼 정도였다면 믿으시겠소? 그이가 뭘 원한 건지 나도 잘 모르겠어요! 뭐, 물론 마르파 페트로브나는 아브도티야 로마노브나에게 나에 대한 비밀을 속속들이 말해줬지요. 그 여자에겐 고약한 점이 하나 있었는데, 결정적으로 그건 모든 사람에게 우리 가정의 비밀을 모조리 털어놓고, 모두에게 끊임없이 나에 대한 불평을 늘어놓는 거였소. 그러니 이 새로 생긴 아름다운 친구를 어떻게 그냥 내버려둘 수 있었겠소? 두 사람 사이엔 내 얘기 말고는 별다른 화제도 없었을 테고요, 틀림없지, 그러니 내가 한 짓이라고 소문난 그 음울하고 비밀스러운 이야기들을 아브도티야 로마노브나가 죄다 알게 됐을 거요…… 분명 당신도 이미 그런 얘기를 다 들었겠지요?"

"들었습니다. 루진이란 사람은 심지어 당신이 어떤 아이가 죽은 일의 원인이 되었다고 비난하더군요. 사실입니까?"

"제발 부탁이오, 그 모든 저속한 이야기는 내버려둬요." 스비드리가일로프는 혐오스럽다는 듯 불평하며 대답을 피했다. "만일 그 모든 말도 안 되는 얘기를 당신이 꼭 알아야겠다면 언젠가 따로 얘기하지요, 하지만 지금은……"

"당신네 시골집 하인에 대한 말도 있었습니다, 마찬가지로 당신이 원인이었던 것 같다고요."

“제발 부탁이오, 그만해요!” 스비드리가일로프가 눈에 띄게 초조해하며 다시 말을 가로막았다.

“죽은 다음에 당신 파이프를 채워주러 나타났다던 그 하인 아닌가요…… 전에 직접 말했잖습니까?” 라스콜니코프는 점점 더 흥분했다.

스비드리가일로프는 라스콜니코프를 유심히 바라보았고, 라스콜니코프는 그 시선 속에서 악의적인 비웃음이 한순간 번개처럼 번뜩인 듯한 느낌을 받았지만, 스비드리가일로프는 자신을 누르고 아주 정중하게 대답했다.

“바로 그 사람이오. 보아하니 당신 역시 그 모든 일에 몹시 흥미를 느끼나본데, 다음에 적당할 때 조목조목 당신의 호기심을 모두 채워드리지. 빌어먹을! 사실 내가 누군가에게는 소설 속 인물처럼 보일 수 있다는 건 알아요. 그러니 고인이 된 마르파 페트로브나가 당신 누이에게 나에 대한 비밀스럽고 흥미로운 일들을 그렇게 떠벌린 데에 내가 얼마나 감사할 수밖에 없는지 생각해보시구려. 그녀가 어떤 인상을 받았는지야 감히 내가 판단할 수는 없지요. 하지만 어쨌든 내게 유리했어요. 당연히 내게 엄청난 혐오감을 가질 수밖에 없었는데도, 또 내가 늘 어둡고 혐오스러운 꼴을 하고 있었는데도, 아브도티야 로마노브나는 결국 나를 불쌍히 여기게 된 거요, 도저히 가망 없는 인간이 불쌍해진 거지. 처녀의 마음에 불쌍하단 생각이 들기 시작하면, 그건 말할 것도 없이 그 무엇보다 위험한 일이오. 그러면 틀림없이 '구원해주고' 싶어지거든, 타이르고, 새사람이 되게 하고, 보다 고결한 목표를 품도록 호소하고, 새로운 삶과 행동으로 거듭나게 하고 싶어지지요. 뭐, 그런 종류의 공상에 잠길 수 있다는 건 뻔한 일이잖소. 난 작은 새가 제 발로 그

물로 날아드는 걸 바로 알아차리고, 이번엔 내 쪽에서 준비를 갖췄지요. 얼굴을 찌푸리는 것 같군요, 로디온 로마니치? 그럴 거 없어요, 아시다시피 별일 없었으니까. (제길, 내가 술을 얼마나 마시는 게야!) 아시다시피 난 처음부터 그 점이 늘 안타까웠소이다, 운명이 당신 누이를 서기 2세기나 3세기, 저 어느 나라 공후나 통치자 또는 소아시아 총독의 딸로 태어나게 하지 않은 점 말이오. 틀림없이 그녀는 박해를 견뎌내고, 불에 달군 집게로 가슴을 지져도 기꺼이 웃음 지을 그런 사람 중 하나였을 텐데. 일부러라도 직접 그런 일을 자청했을 테고, 4세기나 5세기였다면 이집트 사막으로 떠나 거기서 삼십 년 동안 풀뿌리로 연명하면서도 환희를 느끼고 계시를 보았을 거요.* 스스로 오로지 그것만 갈망하면서, 누군가를 위해 어떤 고통도 달게 받아들이길 요구했을 테고, 만일 그런 고통을 주지 않는다면 창문으로 뛰어내리기라도 했을 테죠. 라주미힌 씨인가 하는 사람 얘기를 들었소. 듣자 하니 그는 젊고 사려 깊다던데(그의 성도 말해주고 있지요,** 신학생이 분명해요), 뭐, 그렇게 당신 동생을 지켜주라고 하세요. 한마디로 난 그이를 어느 정도 안다고 생각하고, 그걸 명예롭게 여기고 있소. 하지만 그때는, 그러니까 처음 알게 될 때는, 아시다시피, 항상 더 경솔하고 어리석기 마련이라 잘못 보기도 하고 엉뚱한 것을 보기도 하지요. 빌어먹을, 대체 그녀는 왜 그렇게 아름다운 거요? 내 잘못이 아니오! 한마디로 내 경우엔 억제할 수 없는 욕정의 충동으로 시작됐소. 아브도티야 로마노브나는 지독하게, 들어본 적도 본 적도 없을 만큼 순결해요. (기억해두시오, 난

* 기독교 성인 중 한 명인 이집트의 마리아가 택한 고행이다.

** 러시아어로 '라줌'은 이성이라는 뜻이다.

당신 누이동생에 대해 사실을 알려주는 거니까. 그녀는 그 폭넓은 지성에도 불구하고 어쩌면 병적일 정도로 순결한데, 그건 그녀에게 해가 될 거요.) 그때 우리집에 파라샤라는 처녀애가 나타났는데, 검은 눈동자의 파라샤를 다른 시골에서 막 데려온 참이었소, 몸종이었는데 그런 아이는 한 번도 본 적이 없어요. 아주 예쁘지만 믿을 수 없을 정도로 어리석었지. 울면서 온 마당이 떠나가라 소리를 질러 소동이 일어났다니까요. 한번은 식사 후에 아브도티야 로마노브나가 정원 오솔길에 홀로 있는 나를 일부러 찾아와서는 눈을 빛내며 가엾은 파라샤를 내버려두라고 요구하더군요. 그게 우리 단둘이 나눈 거의 최초의 대화였소. 물론 나는 그분의 바람을 만족시키는 걸 명예로 여겼기에, 깜짝 놀라고 당황한 것처럼 보이려 애를 썼지요, 뭐, 한마디로 역할을 나쁘지 않게 해낸 거요. 그렇게 관계가 시작됐소, 비밀스러운 대화, 훈계, 설교, 간청, 애원, 눈물까지, 믿어지시오, 심지어 눈물까지 말이오. 설득하려는 욕망이 무척이나 강한 아가씨들이 더러 있지요! 물론 난 모든 걸 내 운명 탓으로 돌리면서 광명을 갈구하고 갈망하는 척했고, 마침내 여자의 마음을 사로잡는 데 가장 위대하고 확실한 방법을, 절대 누구에게도 어긋남 없이, 어떤 예외도 없이 모든 여자에게 한결같이 작용하는 방법을 개시했지요. 잘 알려진 그 방법은 바로 아첨이오. 세상에 정직보다 어려운 것은 없고, 아첨보다 쉬운 것도 없소이다. 만일 정직함 속에 다만 백 분의 일이라도 거짓의 음조가 섞여 있으면, 당장 불화가 일어나고 소동이 뒤따르기 마련이지. 반면 아첨은 설사 마지막 음조 하나까지 다 거짓이라 해도 기분좋고 들을 때마다 만족스럽소. 저속한 만족이라도 만족은 만족이지요. 또 아첨이 아무리 저속하다 해도, 최소한 그중 절반은 분명 진실처럼 여겨지게 마련이거든. 게다가 지적 발달 정도와 사회계층에 상관없이 모두에게 적용된다오. 아첨으로는 심지어 신을 섬기는 처녀도 유혹할 수 있어요. 그러니 평범한 사람은 말할 것도 없지. 한번은 남편, 아이들 그리고 정절에 몸을 바친 어떤 부인을 유혹한 일이 있었는데, 그 과정을 떠올리면 웃지 않을 수가 없소. 얼마나 즐겁고, 얼마나 손쉬운 일이었는지! 그 부인은 정말로 정숙했소, 적어도 자기 나름으로는 말이지. 내 전술이란 그저 매 순간 그녀의 순결 앞에 압도되어 납작 엎드려 있는 것뿐이었소. 난 뻔뻔스러울 정도로 아첨을 했고, 그저 손을 잡거나 눈길이라도 얻게 되면, 자신을 질책하면서 내가 강제로 뺏은 것이다, 당신은 저항했다, 내가 이렇게 나쁜 놈이 아니라면 아마 절대로 얻어낼 수 없었을 정도로 저항했다, 하고 말해줬지요. 당신은 순결하기 때문에 이런 교활함을 예상하지 못하고 자기도 모르게 어쩌다 우연히 넘어간 거다, 등등의 말을 해줬을 뿐이오. 한마디로 난 원하던 모든 것을 얻었고, 반면 우리 그 부인은 여전히 자기는 죄가 없고 순결하며 모든 의무와 본분을 지켰고 그저 어쩌다 무너진 거라고 완전히 확신했지요. 마지막에 가서 내가, 솔직히 확신컨대 당신 역시 나처럼 쾌락을 추구했던 거라고 말하자 얼마나 화를 내던지요. 가엾은 마르파 페트로브나 역시 참으로 아첨에 약해서, 만일 내가 원하기만 했다면, 당연히 그 여자 살아생전에 모든 영지를 내 앞으로 돌리는 유언장을 쓰게 만들 수도 있었을 거요. (그런데 내가 지독하게 많이도 마시면서 지껄여대는군요.) 바라건대, 지금 내가 똑같은 효과가 아브도티야 로마노브나에게도 나타나기 시작했다고 말한다 해도 화를 내지는 마시오. 그런데 내가 어리석고 성급하게 구는 바람에 모든 일을 망치고 만 거요. 아브도티야 로마노브나는 예전에도 이미 몇 번인가 (한 번은 특히) 내 눈의 표정을 지독히 싫어했어요, 이게 믿기오? 한마디로 내 눈 속에서 어떤 불길이 갈수록 강렬하고도 부주의하게 타올랐고, 그게 그이를 놀라게 하고 급기야 증오까지 느끼게 한 거요. 자세히 말할 것도 없이 우리 관계가 어긋난 거지. 여기서 내가 다시 어리석은 짓을 저질렀어요. 그 모든 설득과 호소를 너무나 거칠게 조롱하기 시작한 거요. 파라샤가 다시 무대에 등장했고, 그애 하나만이 아니었소. 한마디로 소동이 시작된 거지요. 오, 로디온 로마니치, 당신이 평생 한 번만이라도 당신 누이의 눈동자가 때로 어떻게 빛나는지 봤다면! 내가 지금 취했고 이미 술 한 잔을 다 마셔서 하는 말이 아니라, 진실을 말하고 있소이다. 심지어 그 눈길이 꿈에도 나타나더군요. 마침내 난 그녀의 옷자락이 사각거리는 소리마저 더는 견딜 수 없게 됐소. 정말이지 간질 발작이 일어날 것만 같았지. 그 정도로 열광하게 되리라고는 상상도 해본 적이 없었다니까요. 한마디로 타협을 해야만 했던 거요. 하지만 그건 이미 불가능했소. 그래서 그때 내가 어떤 짓을 했는지 상상이나 할 수 있겠소? 사람이 미치면 어디까지 아둔해질 수 있는지! 미칠 것 같을 때는 절대로 그 어떤 일도 착수하지 마시오, 로디온 로마니치. 아브도티야 로마노브나가 사실 거지나 다름없다는 걸 고려해서(아, 미안하군요, 그러려고 그런 건 아니고…… 하지만 같은 의미라면 표현이야 사실 다 고만고만한 거 아니겠소?), 한마디로 자기 힘으로 먹고살면서 어머니도, 당신도 부양해야 하는 걸 염두에 두고(아, 이런, 또 인상을 쓰시네……), 내 전 재산을 줄 테니(그때도 3만 루블 정도는 어떻게 해볼 수 있었거든요) 나와 함께, 하다못해 여기 페테르부르크로라도 도망가자고 하기로 결심했소. 물론 그때 영원한 사랑과 행복 등등도 맹세했겠지요. 믿을지 모르지만 난 그때 완전히 정신이 나가서, 만일 그녀가 내게 마르파 페트로브나를 칼로 찌르거나 독살하고 결혼하자고 했다면 즉시 그렇게 했을 거요! 하지만 이미 아시다시피 모든 건 파국으로 끝났고, 당시 마르파 페트로브나가 그 루진이라는 비열하기 짝이 없는 관리를 구해와 혼담을 거의 성사시켜 놓았다는 걸 알고서 내가 얼마나 광분했을지는 직접 판단하실 수 있을 거요. 그 결혼은 본질적으로 내가 제안한 것과 다를 게 없잖소이까. 그렇지 않소? 그렇지 않아요? 정말 그렇지요? 보아하니 무언가 아주 주의깊게 듣기 시작했군요…… 재미있는 젊은이야……"

스비드리가일로프는 초조함에 주먹으로 탁자를 쾅 내리쳤다. 얼굴도 시뻘게졌다. 모르는 사이 홀짝홀짝 한 모금씩 마신 한 잔, 또는 한 잔 반의 샴페인이 그에게 병적인 영향을 미쳤다는 걸 라스콜니코프는 분명히 알 수 있었다. 그는 기회를 이용하기로 결심했다. 스비드리가일로프가 몹시 의심스러웠기 때문이다.

"뭐, 이야기를 듣고 보니 당신이 내 누이를 염두에 두고 여기 왔다는 걸 완전히 확신하게 되는군요." 라스콜니코프는 스비드리가일로프를 한층 더 자극하기 위해 숨기지 않고 단도직입적으로 말했다.

"휴, 그만두시오." 스비드리가일로프는 갑자기 정신을 차린 듯했다. "이미 말했잖소…… 그리고 그게 아니라도 당신 동생분은 날 참을 수 없어해요."

"그렇다는 건 나도 확신하지만, 지금 문제는 그게 아니지요."

"참을 수 없어한다고 확신한다고요? (스비드리가일로프는 눈을 가늘게 뜨고 비웃듯 미소 지었다.) 당신 말이 맞아요, 그녀는 날 사랑하지 않지. 하지만 남편과 부인 사이, 연인 사이에 일어나는 일에 대해서는 절대 장담하지 마시오. 거기엔 항상, 항상 세상 누구도 모르는, 단지 두 사람만이 아는 구석이 있기 마련이거든. 아브도티야 로마노브나가 날 혐오스러워했다고 장담하시오?"

"얘기중에 나온 몇 가지 단어와 말로 미루어 당신이 지금도 두냐에게 나름의 생각과 지체할 수 없는 계획을 가지고 있다는 건 알겠군요, 물론 비열한 것이겠지."

"뭐라고! 내게서 그런 단어와 말들이 튀어나왔단 말이오?" 자신의 계획에 대해 라스콜니코프가 부여한 수식어에는 전혀 아랑곳하지 않고, 갑자기 스비드리가일로프는 무척이나 천진하게 놀란 표정을 지었다.

"뭐, 지금도 튀어나오고 있고요. 예를 들어 뭐가 그렇게 두려운 겁니까? 이 마당에 뭘 그렇게 깜짝 놀라십니까?"

"내가 두려워하고 놀란다고요? 당신 때문에 놀란다고? 오히려 당신이 날 두려워해야지요, *사랑스러운 친구*. 대체 무슨 그런 잠꼬대 같은 소리를…… 그건 그렇고, 내가 취한 거 같군요. 하마터면 또 말실수를 할 뻔했네. 빌어먹을 술이라니! 어이, 물 좀 가져와!"

그는 술병을 잡고 아무 거리낌 없이 창밖으로 내던졌다. 필립이 물을 가져왔다.

"다 쓸데없는 얘기요." 스비드리가일로프는 수건을 물에 적셔 머리에 가져다대며 말했다. "난 단 한 마디로 당신 콧대를 꺾어버리고, 당신의 의심을 깡그리 없애버릴 수 있어요. 이를테면 내가 결혼한다는 건 알고 계시오?"

"전에도 이미 말씀하셨지요."

"얘기했소? 깜박했군. 하지만 그땐 확실하게 말할 수 없었지, 아직 약혼녀를 보지도 못했던 때니까. 그래볼까 생각만 했을 뿐이지. 뭐, 지금은 약혼녀도 있고 일도 성사되었소, 만일 미룰 수 없는 일만 아니라면 분명 당신을 붙잡아 당장 그 사람들에게 데려갔을 텐데. 당신 조언을 듣고 싶거든요. 에이, 빌어먹을! 고작 십 분 남았군. 여기, 시계를 좀 보시오. 그래도 말해드리지, 왜냐면 내 결혼은, 그러니까, 나름 재미있는 일이니까 말이오. 어디 가시오? 또 가려는 거요?"

"아니, 이제 절대 가지 않을 겁니다."

"절대 가지 않으신다? 어디 두고 볼까요! 당신을 거기 데려가서 약혼녀를 보여드리지, 정말이오, 단지 지금은 말고요, 지금은 당신도 곧 가봐야 하잖소. 당신은 오른쪽, 난 왼쪽으로 말이오. 레슬리흐란 여자를 아시오? 지금 내가 살고 있는 집의 주인인 바로 그 레슬리흐 말이오. 네? 듣고 있소? 아니, 무슨 생각을 하는 거요, 겨울에 물에서 뭘 어쨌다느니 한 그 소녀랑 관계있는 여자 말이오. 자, 듣고 있나요? 듣고 있소? 뭐, 그게 다 그 여자가 엮어준 일이오. 그렇게 지루하시면 기분전환이나 해보세요, 그러면서 말이오. 난 음울하고 따분한 사람이지요. 내가 쾌활하다고 생각하시오? 아니, 음울한 사람이에요. 해를 주지는 않지만 구석에 처박혀 있지. 어떤 때는 사흘 동안 아무 얘기도 안 해요. 그 레슬리흐란 여자는 사기꾼이오, 그 여자가 무슨 꿍꿍이로 그러는지 말해드리지. 내가 지겨워져서 신부를 버리고 떠나면, 신부는 그 여자 차지가 되고, 그럼 신부를 또 돌리는 거요. 우리 계층, 그러니까 더 상류층으로요. 그 여자 말로는 약혼녀에게 관리였다가 은퇴한 몹시 쇠약한 아버지가 있다는데, 휠체어에 앉아 삼 년 동안 두 다리를 움직인 적이 없다더군요. 어머니도 있는데, 사려 깊은 부인이자 어머니라고 하고. 아들은 어느 관청에선가 근무를 하는데 도움이 되질 않는다나. 딸 하나는 시집가서 들여다보지도 않는다고 하고, (자기 애들로는 부족했던지) 어린 조카 둘을 맡은데다가 자기네 막내딸은 김나지움 과정을 채 끝내기도 전에 데려왔다는데, 그애가 한 달 있으면 막 열여섯 살이 되니 한 달 후면 시집도 보낼 수 있다는 거요. 그 딸을 내게 시집 보내겠다는 거지요. 한번 같이 가봤소. 집에 갔더니 어찌나 우습던지. 내 소개를 했지요. 지주고 유명한 가문에 연줄도 있고 돈도 있는 홀아비라고 말이오. 내가 쉰이고, 그애가 열여섯도 안 됐다 해서 뭐가 어쨌다는 거요? 누가 그런 걸 보기나 합니까? 정말 유혹적이지요, 그렇잖소? 정말 유혹적이란 말이오, 하하! 내가 그 아버지, 어머니와 어떻게 대화를 나눴는지 당신이 봤어야 했는데! 그때 내 모습을 본 것만으로도 돈을 내야 할 거요. 소녀가 나와서 무릎을 살짝 굽혀 인사를 하는데, 자, 상상이 되시오, 아직도 짧은 치마를 입은, 미처 활짝 피지도 않은 꽃봉오리가 발그레 노을처럼 얼굴을 붉히더군요(물론 미리 말을 해놓았던 거지요). 당신이 여자의 얼굴에 대해 어떻게 생각하는지는 모르지만, 내 생각에 이 열여섯이란 나이는, 아직 어린애 같은 그 눈, 그 겁먹은 모습, 부끄러워 맺히는 눈물은, 내 생각엔 아름다움 그 이상이오, 게다가 소녀는 그림 그 자체더군요. 양털처럼 곱슬곱슬하고 잘게 말린 밝은 빛깔의 고수머리, 포동포동하고 빨간 입술, 작은 발, 정말 매혹적이지요!…… 자, 그렇게 서로 인사를 하고서 난 집안 사정으로 결혼을 서두르고 싶다는 의사를 밝혔고, 그래서 그다음날에, 그러니까 그제 승낙도 받았소. 그때부터 그곳에 가면 난 곧장 소녀를 무릎에 앉히고 놓아주질 않지요…… 뭐, 소녀는 노을처럼 얼굴을 붉히고, 난 쉴새없이 키스를 퍼붓는다오. 물론 어머니가 이분은 네 남편이니 그래야 한다고 가르친 거지, 한마디로 멋지지 않소이까! 게다가 약혼자로 지내는 현재의 이 상태가 사실 어쩌면 남편보다 나을 거요. 여기엔 소위 말하는 *자연과 진실*이라는 게 있지요! 하하! 두 번 정도 소녀와 잠깐 이야기를 나눠보았소. 결코 어리석지 않은 소녀더군요. 한번은 몰래 날 훔쳐봅디다. 태워버릴 듯이 말이오. 거, 있잖소, 얼굴은 라파엘로의 마돈나를 닮았어요. 〈시스티나의 마돈나〉의 환상적인 얼굴, 슬픔에 잠긴 유로지비의 얼굴 말이오, 당신 눈에는 그게 확 들어오지 않던가요? 그러니까 그런 종류의 얼굴이란 말이오. 허락을 받자마자 그다음날 1천5백 루블에 상당하는 물건을 가져갔지요. 다이아몬드 장신구 하나, 진주로 된 다른 장신구 하나, 그리고 갖가지 것이 들어 있는 이만한 크기의 부인용 은제 화장함이었소, 그러자 소녀의 얼굴이, 그 마돈나 같은 얼굴이 확 붉어지더군. 어제는 내가 소녀를 무릎에 앉혀놓고 분명 너무 허물없이 굴었던 모양이오. 얼굴이 새빨개지고 눈물을 뿌리며 허락하지 않으려 하면서도 확 달아오르더군요. 다들 잠시 나가 우리 둘만 남아 있었는데, 갑자기 내 목에 달려들어(먼저 그런 건 처음이었소), 두 팔로 날 안고 입을 맞추며 내게 순종하는 정숙하고 착한 아내가 되겠다고, 날 행복하게 해주겠다고, 온 삶과 생의 모든 순간을 바쳐 모든 것에, 모든 것에 헌신하겠다고 맹세하는 거요, 그 모든 대가로 내게 원하는 건 오직 존중뿐이고, 더는 '아무것도, 아무것도, 어떤 선물도 필요 없어요!' 하고 말하더군요. 당신도 동의하겠지요, 비단 레이스 치마를 입고 곱슬거리는 고수머리에다 소녀의 부끄러움으로 얼굴이 발갛게 되어 열광적으로 눈물을 글썽거리는 그런 열여섯 살 천사와 단둘이 앉아 그런 고백을 듣는 건, 당신도 동의하겠지만, 충분히 유혹적인 일이오. 정말 유혹적이지요? 뭐든 해줄 가치가 있어요, 그렇지요? 어때요, 그럴 가치가 있지요? 자…… 자, 들어봐요…… 그래, 내 약혼녀에게 가보자고요…… 다만 지금은 말고요!"

"한마디로, 그런 터무니없는 나이 차와 지적 발달의 차이도 당신에겐 욕정만 불러일으키는군요! 설마 정말 그런 결혼을 할 작정입니까?"

"뭐가 어때서요? 반드시 할 거요. 각자 자기 식대로 사는 거고, 자신을 가장 잘 속일 줄 아는 사람이 누구보다 즐겁게 사는 법이오. 하하! 대체 왜 그렇게 도덕으로 돌진해 들어가는 거요? 용서하시오, 친구, 내가 죄 많은 사람이 돼놔서요. 하하하!"

"그러고 보니 당신, 카테리나 이바노브나의 아이들에게 갈 곳을 마련해주었지요. 하긴…… 하긴, 그렇게 한 데엔 나름의 속셈이 있었군요…… 이제야 모두 이해가 갑니다."

"대체로 난 아이들을 좋아해요, 아이들을 아주 좋아하지요." 스비드리가일로프가 껄껄대며 웃기 시작했다. "그와 관련해서 지금까지도 계속되는 아주 흥미로운 얘기를 하나 해드릴 수도 있겠군요. 여기 온 첫날, 난 여기저기 타락의 소굴을 돌아다녔소, 뭐, 칠 년 만에 닥치는 대로 가본 거지. 아마 짐작하겠지만 난 동료나 예전 친구, 지인들을 서둘러 만날 맘은 없소. 그래, 뭐, 가능한 한 오래도록 그네들 없이 지내보려 미루고 있지요. 마르파 페트로브나의 시골에서 지내는 동안 그 모든 비밀스러운 장소, 아는 사람이라면 많은 걸 찾아낼 수 있는 그런 장소들이 기억나서 내가 죽도록 괴로워했다는 걸 알지 모르겠소. 빌어먹을! 사람들은 취해 있고, 교육받은 젊은이는 하는 일 없이 실현 불가능한 꿈과 몽상으로 소진된 채 이론에 취한 불구가 되지요. 어디선가 유대인이 몰려와 돈을 챙기고, 남은 자들은 모두 타락에 물들어요. 그렇게 이 도시는 처음 순간부터 내게 익숙한 냄새를 풍겼지요. 소위 야회라 불리는 어느 무도회에 가게 되었소. 끔찍하게 타락한 곳이었고(난 딱 그렇게 시궁창처럼 더러운 곳을 좋아한다오), 뭐, 물론 캉캉을 추고들 있었는데 못 보던 춤이었어요, 나 때는 그런 게 없었거든요. 그래요, 이런 게 진보라는 거요. 문득 아주 사랑스럽게 차려입은 열세 살 정도 되는 소녀가 춤꾼과 춤을 추는 게 보이더군요. 또다른 춤꾼은 소녀 앞에 마주서 있었고요. 벽 쪽 의자에 그애 엄마가 앉아 있었소. 자, 어떤 캉캉일지 상상할 수 있겠소! 소녀는 당황해서 얼굴을 붉히다 결국 모욕감에 울기 시작했다오. 춤꾼은 소녀를 잡아 돌리고 그애 앞에서 갖가지 몸짓을 하기 시작했고, 주위에선 사람들이 한바탕 웃음을 터뜨렸지요. 난 그런 순간의 우리네 군중이 좋아요, 비록 캉캉 따위를 구경하고 있다 해도요. 사람들이 웃음을 터뜨리고 소리를 지릅디다. '그래, 그래야지! 애들을 데려오면 쓰나!'라면서. 뭐, 난 관심 없어요, 상관도 없고. 그들이 즐기는 방식이 논리적이든, 논리적이지 않든 말이오! 곧장 소녀의 엄마 곁에 자리를 정하고 앉아, 나 역시 다른 데서 온 사람인데 여기 사람들은 모두 어찌나 교양이 없는지, 진정한 가치를 알아볼 줄도, 마땅한 존경을 품을 줄도 모른다고 말을 시작했지요. 내게 돈이 많다는 것도 슬쩍 알려줬소. 내 마차로 집까지 데려다주겠다고 청했고요. 집에 데려다주고 서로 인사를 나눴다오. (이제 막 여기에 도착해서 비좁은 방에 세

들어 살고 있더군요.) 나와 알게 된 게 자기도, 딸도 영광이나 다름없다고 하더군. 그들이 빈털터리고 어떤 관청에 뭔가 청하러 왔다는 걸 알게 됐소. 도움과 돈을 제안했지요. 정말로 거기서 춤을 배울 수 있을 거라 생각하고 실수로 무도회에 가게 된 거라 하더군요. 내 쪽에서 어린 아가씨의 양육을, 프랑스어와 춤을 배우는 걸 돕겠다고 제안했소. 뛸듯이 기뻐하고 영광으로 여긴다며 제안을 받아들여서, 그때부터 알고 지내고 있지요…… 원한다면 함께 가보지요. 다만 지금은 말고요."

"그만하세요, 비열하고 저속한 이야길랑 그만하시라고요, 당신은 타락하고 천박하고 음탕한 사람입니다!"

"실러로군요, 우리의 실러, 실러여! *선행이 어디에선들 둥지를 틀지 못하리?** 아시오, 난 당신의 고함소리를 듣기 위해서라면 일부러라도 이런 얘기를 할 거요. 즐겁군요!"

"어련하시겠어요, 이 순간 나라고 내가 우습지 않은 줄 아십니까?" 라스콜니코프는 적의에 차서 중얼거렸다.

스비드리가일로프는 목청껏 껄껄 웃었다. 이윽고 필립을 소리쳐 불러 계산을 하고는 일어서려 했다.

"자, 취했으니 *떠드는 건 그만두죠!*" 그가 말했다. "즐거웠소이다!"

"당연히 즐거웠겠지요." 라스콜니코프가 따라 일어서며 소리쳤다. "타락해 닳고 닳은 사람이 그런 터무니없는 계획을 품고서 그런 편력을 이야기하니 즐겁지 않을 수가 있겠습니까, 더구나 이런 상황에서, 나 같은 사람에게요…… 신이 나시겠지."

* 프랑스의 극작가 몰리에르가 거지에게 실수로 금화를 적선하자 거지가 그에게 그 사실을 알려줬고, 감탄한 몰리에르가 이와 같이 말했다고 한다.

"글쎄, 만일 그렇다면." 스비드리가일로프는 조금 놀란 듯 라스콜니코프를 찬찬히 바라보며 대답했다. "그렇게 말하는 걸 보면 당신도 꽤 냉소주의자군요. 최소한 그렇게 될 자질이 상당해요. 많은 걸 인식할 줄 아는구려, 많은 걸…… 그래요, 많은 걸 해낼 수도 있겠소. 하지만, 자, 그만하지요. 많은 얘기를 나누지 못해 진심으로 유감이지만, 당신은 내게서 떠날 수 없을 거요…… 그러니 조금만 기다려봐요……"

스비드리가일로프는 술집 밖으로 나갔다. 라스콜니코프는 그 뒤를 따랐다. 하지만 스비드리가일로프는 그렇게 많이 취하지는 않았다. 잠깐 머리가 어지러웠을 뿐, 취기는 차츰 사라졌다. 그는 뭔가 대단히 중요한 일로 무척 걱정되는 듯 얼굴을 찌푸렸다. 어떤 기대로 동요하고 불안해하는 듯 보였다. 라스콜니코프를 대할 때도 마지막 얼마간에는 어쩐지 갑자기 돌변해 갈수록 거칠고 냉소적으로 굴었다. 라스콜니코프도 이 모든 걸 눈치채고 마찬가지로 불안해졌다. 스비드리가일로프가 몹시 의심스러워졌다. 그는 뒤를 쫓기로 결심했다.

두 사람은 인도로 내려갔다.

"당신은 오른쪽, 나는 왼쪽, 아니 어쩌면 반대인지도 모르겠소만. *안녕, 나의 기쁨이여*, 다음에 반갑게 만나지요!"

그리고 그는 오른편 센나야 광장 쪽으로 걸어갔다.

## 5

라스콜니코프는 그의 뒤를 쫓았다.

"이게 뭐하는 짓이오!" 스비드리가일로프가 뒤를 돌아보며 외쳤다. "내가 분명 말한 것 같은데……"

"이건 이제 당신 곁에서 떨어지지 않을 거란 뜻입니다."

"뭐-라-고요?"

두 사람은 걸음을 멈추고, 겨루듯이 잠시 서로를 노려보았다.

"당신이 반쯤 취해 늘어놓은 그 모든 얘기로," 라스콜니코프가 단호하게 잘라 말했다. "난 확실한 결론을 내렸어요, 당신이 내 누이에 대한 비열하기 짝이 없는 속셈을 버리지 않았을 뿐만 아니라, 심지어 그 어느 때보다 더 거기에 열중하고 있다고 말입니다. 오늘 아침 내 누이가 누군가로부터 편지를 받았다는 것도 압니다. 당신은 내내 안절부절못했죠…… 당신이 길을 가다 무슨 신붓감을 찾아냈다 칩시다. 하지만 그건 아무 의미도 없습니다. 내가 직접 확인해야겠어요……"

라스콜니코프는 자기가 지금 원하는 게 뭔지, 직접 확인하고자 하는 게 대체 뭔지 스스로도 뚜렷이 정의할 수 없었다.

"이런! 당장 경찰이라도 부르길 바라는 거요?"

"부르시지요!"

그들은 다시 서로 마주보고 잠시 서 있었다. 이윽고 스비드리가일로프의 표정이 싹 변했다. 그는 라스콜니코프가 위협에 겁먹을 사람이 아니란 걸 확인하고는 돌연 아주 쾌활하고 다정한 태도를 취했다.

"이런 양반 하고는! 일부러 당신 일에 대한 얘기를 안 꺼낸 거요, 물론 호기심이 날 괴롭히기는 했지만 말이오. 기괴한 일이니까요. 다음번으로 미루려 했던 건데, 그래요, 정말 당신은 죽은 사람도 화나게 하는 재주가 있군요…… 자, 가지요, 단 미리 말해두는데, 난 지금 돈을 챙기러 잠깐 집에 들를 거요. 그러고 나서는 방문을 잠그고 마차를 잡아타 섬으로 가서 저녁 내내 머물 거고요. 자, 어디까지 따라올 생각이오?"

"일단 그 집에 갈 겁니다, 당신 말고 소피야 세묘노브나에게요, 장례식에 못 가서 미안하다고 하려고요."

"그거야 당신 맘이지만, 소피야 세묘노브나는 집에 없소. 동생들을 모두 데리고 어떤 부인, 지체 높은 어떤 노부인 댁에 갔거든, 내가 예전부터 오래 알고 지낸 분인데 무슨 고아원 시설을 운영하고 있지요. 카테리나 이바노브나의 세 마리 아기새 앞으로 다 돈을 넣어주면서 내가 그 부인의 넋을 빼놓았다오, 그 돈 말고도 시설에 돈을 더 헌납했고요. 막판에는 아무것도 숨기지 않고 온갖 구색을 갖춰가며 가진 걸 다 동원해 부인에게 소피야 세묘노브나의 사연을 이야기해줬소이다. 말로 표현 못할 만큼의 효과를 거뒀지요. 그래서 소피야 세묘노브나가 오늘 찾아가기로 약속했소, 그 귀부인이 별장에서 돌아와 잠시 머물고 있는 ○○호텔로 직접 가기로요."

"소용없대도 난 갈 겁니다."

"맘대로 하시오, 단, 난 당신과 동행이 아니오. 그러니 나와 아무 상관 없는 일이고! 자, 이제 집에 왔군요. 아무래도 내가 너무 점잖아서, 지금까지 이것저것 캐물어 당신을 괴롭히지 않으니까 당신이 나를 의심쩍게 본다는 확신이 드는데, 어떻게 생각하시오…… 무슨 말인지 아시겠소? 당신에겐 그게 범상치 않은 일로 여겨졌겠지요. 그렇다는 데 내기라도 걸겠소! 그러니 당신도 점잖게 행동하시지요."

"그러셔서 문 뒤에서 엿듣기나 하는군요!"

"아, 그 얘기로군요!" 스비드리가일로프가 웃었다. "그래요, 이렇게까지 됐는데도 당신이 아무 말 없이 지나갔다면 나도 놀랐을 거요. 하하! 당신이 그때…… 거기서…… 일을 저지른 후 소피야 세묘노브나에게 직접 해준 이야기로 내가 뭔가 알았을지도 모르지만, 대체 그게 뭐란 말이오? 내가 완전히 뒤처진 사람이라 아무것도 이해 못했을 수도 있잖소. 제발 설명해주시오, 친구! 최신 사상으로 깨우쳐줘봐요."

"아무것도 못 들었으면서, 계속 거짓말만 하고 있군요!"

"그 말이 아니오, 그 말이 아니에요(하긴 내가 뭔가 듣긴 했지만). 아니, 내 말은 당신이 왜 이렇게 계속 한숨만 푹푹 쉬냐는 얘기요! 당신 안의 실러가 끊임없이 혼란을 느끼고 있군요, 이젠 문가에서 엿듣지도 말라고 하고. 그럴 거면 경찰에 출두해서 밝히시오, 자, 이러저러하여 내게 비상사태가 발생했다, 이론상 작은 실수가 생겼다고 말이오. 문가에서 엿듣는 건 안 되고, 아무거나 손에 잡히는 걸로 내키는 대로 노파를 쪼개버리는 건 된다고 확신할 양이면, 어디 미국으로라도 서둘러 떠나요! 도망가라고요, 젊은이! 어쩌면 아직 시간이 있을걸요. 진심에서 하는 말이오. 돈이 없는 거요? 여비야 내드리지."

"그런 생각은 아예 하지도 않습니다." 라스콜니코프는 혐오스러워하며 말을 자르려 했다.

"알아요. (하지만 자신을 힘들게 하지 마시오. 괜찮다면, 말도 많이 하지 말고요.) 지금 당신에게 뭐가 문제인지 알고 있소. 도덕적인 거지요? 시민과 인간의 문제지요? 하지만 그런 것들일랑 옆으로 치워버려요. 그것들이 지금 당신에게 다 뭐란 말이오? 하하! 여전히 시민이고 인간이기 때문에? 그런 거라면 그렇게 주제넘게 나서지 말았어야지. 내 일도 아닌데 상관할 게 뭐요. 그냥 총으로 자살해버려요. 왜요, 내키지 않으시오?"

"지금 날 곁에서 떼어내려고 일부러 약올리려는 것처럼 보이는군요……"

"이런 별난 사람을 봤나, 자, 다 왔소, 계단으로 가시지요. 자, 여기가 소피야 세묘노브나 집 문이오, 봐요, 아무도 없지요! 못 믿겠소? 카페르나우모프에게 물어보시오. 그 아가씨는 그 집에 열쇠를 맡기니까. 마침 저기 카페르나우모프 부인이 오시는군, 네? 뭐라고요? (부인은 귀가 조금 먹었어요.) 나갔다고요? 어디로요? 자, 이제 들었지요? 아가씨는 집에 없고, 아마 저녁 늦게까지 돌아오지 않을 거요. 자, 이제 내 방으로 가죠. 내 방에도 가고 싶어했잖소? 자, 여기가 내 방이오. 레슬리흐 부인은 집에 없군. 그 여자는 항상 바빠요, 하지만 좋은 여자요, 보증하지…… 당신이 조금만 더 신중했더라면, 어쩌면 그 여자가 당신에게 쓸모가 있었을지도 모르는데. 자, 보시오. 책상에서 5부 이자가 붙은 이 채권을 꺼냈소(봐요, 난 이런 게 아직도 많고도 많아요!), 이걸 들고 오늘 환전상에게 갈 거요. 자, 봤지요? 더는 허비할 시간이 없어요. 책상을 잠그고 방을 잠그고 우리는 다시 계단에 왔군요. 자, 원하신다면 함께 마부를 찾아보지요! 난 섬으로 갈 거요. 타고 좀 돌까요? 난 이 마차를 타고 옐라긴으로 갈 거요, 왜요? 거절하는 거요? 못 견디겠소? 타고 좀 돌지요, 괜찮아요. 비가 올 거 같지만 상관없소, 덮개를 내리지요, 뭐……"

스비드리가일로프는 이미 마차에 앉아 있었다. 라스콜니코프는 적어도 이 순간만큼은 그를 의심하는 게 옳지 못하다는 생각이 들었다. 그는 아무 대답도 하지 않고 몸을 돌려 센나야 광장을 향해 왔던 길을 돌아갔다. 만일 도중에 한 번이라도 뒤를 돌아보았다면 백 걸음도 가기 전에 스비드리가일로프가 마찻삯을 치르고 인도에 내려서는 모습을 볼 수 있었을 것이다. 하지만 그는 더는 아무것도 보지 못한 채 벌써 골목으로 접어들어버렸다. 깊은 혐오감이 그를 스비드리가일로프로부터 멀리 끌고 간 것이다. "내가 저 저속한 악당에게, 저 음탕하고 타락한 비열한에게 잠깐이나마 뭘 기대한 걸까!" 자기도 모르게 이런 외침이 터져나왔다. 사실 라스콜니코프가 자신의 판단을 입 밖에 낸 것은 지나치게 성급하고 경솔했다. 스비드리가일로프를 둘러싼 모든 상황에는 신비로움까지는 아닐지라도, 최소한 독특하다는 느낌을 줄 만한 뭔가가 있었기 때문이다. 어쨌거나 이 모든 것 중 동생에 관해서만은, 스비드리가일로프가 동생을 가만히 내버려두지 않을 거라고 라스콜니코프는 절대 확신했다. 하지만 이 모든 것에 대해 생각하고 또 생각하는 일이 너무나 힘들어 더는 견딜 수 없었다!

혼자 남겨지자 그는 평소 버릇대로 스무 걸음쯤부터 깊은 생각에 빠져들었다. 다리에 오른 다음 그는 난간에 멈춰 서서 강물을 바라보기 시작했다. 그런데 그런 그를 아브도티야 로마노브나가 지켜보며 서 있었다.

그는 다리 입구에서 동생과 마주쳤지만 알아보지 못하고 그냥 지나갔다. 두네치카는 그런 모습으로 거리를 나다니는 오빠를 아직 한 번도 본 적이 없었기 때문에 경악에 가까운 충격을 받았다. 그녀는 멈춰 섰지만, 오빠를 불러야 할지 말지 알 수 없었다. 그러다 문득 센나야 광장 쪽에서 서둘러 다가오는 스비드리가일로프를 발견했다.

하지만 그는 눈에 띄지 않도록 조심스럽게 다가오는 것 같았다. 그는 라스콜니코프가 자기를 보지 못하도록 갖은 애를 쓰며, 다리로 올라오지 않고 인도 옆쪽에 멈춰 섰다. 이미 오래전에 두냐를 발견하고서 손짓을 하기 시작했다. 그 손짓은 오빠를 부르지 말고 내버려두고서 자기에게 오라고 간곡히 부탁하는 것 같았다.

두냐는 그렇게 했다. 그녀는 가만히 오빠를 피해 스비드리가일로프에게 다가갔다.

"어서 가지요." 스비드리가일로프가 그녀에게 속삭였다. "난 우리 만남을 로디온 로마니치가 모르길 바라오. 미리 말씀드리지만 난 여기서 멀지 않은 술집에서 오빠와 앉아 있었소, 그리로 직접 날 찾아왔더군, 당신 오빠를 억지로 떼어냈지요. 어찌된 영문인지 내가 당신에게 편지를 보낸 걸 알고 있고, 뭔가 의심하고 있더군요. 뭐, 물론 당신이 알려준 건 아니겠지요? 당신이 아니라면 대체 누가 그랬을까?"

"자, 이제 모퉁이를 돌았어요." 두냐가 말을 가로막았다. "이제 오빠는 우리를 못 봐요. 분명히 말씀드리는데, 난 당신하고 더는 가지 않을 거예요. 여기서 전부 말씀하세요. 거리에서도 다 말씀하실 수 있을 테니까요."

"첫째로, 이건 길거리에서는 절대 말할 수 없는 일이오. 둘째로, 당신은 소피야 세묘노브나의 말도 들어봐야 해요. 셋째로, 당신에게 보여줄 서류도 좀 있고요…… 마지막으로, 그러니 당신이 내 방으로 가는 데 동의하지 않는다면, 난 모든 해명을 거부하고 당장 떠날 거요. 더불어 당신이 사랑하는 오빠의 아주 흥미진진한 비밀이 완전히 내 손아귀에 있다는 사실을 부디 잊지 않기를 바라오."

두냐는 망설이며 그 자리에 선 채, 꿰뚫을 듯한 시선으로 스비드리가일로프를 쏘아보았다.

"뭘 두려워하는 거요!" 그는 침착하게 지적했다. "도시는 시골이 아니오. 시골에서도 내가 당신에게 저지른 것보다 당신이 내게 더 큰 해를 끼쳤지요, 그러니 여기서는……"

"소피야 세묘노브나에게 미리 말씀해두셨나요?"

"아니, 그 아가씨에게는 한 마디도 하지 않았고, 심지어 지금 그 아가씨가 집에 있는지도 확실히 모르오. 하지만 아마 있을 게요. 오늘 자기 계모 장례를 치렀으니까. 손님을 잡으러 다닐 만한 날은 아니잖소. 난 때가 될 때까지 누구에게도 이 말을 하고 싶지 않고, 심지어 당신에게 알린 것도 어느 정도는 후회하고 있어요. 아주 작은 부주의 하나만으로도 이미 밀고나 마찬가지가 될 수 있는 일이니까요. 난 여기 살아요, 바로 여기 이 집이에요, 자, 거의 다 왔군요. 저 사람이 우리 건물 수위요. 수위는 날 아주 잘 알지요. 저 사람이 인사하는군요. 내가 여자하고 가는 걸 봤으니 자연히 벌써 당신 얼굴을 기억해뒀을 거요, 만일 당신이 내가 몹시 두렵고 의심스럽다면 이 사실이 당신에게 도움이 되겠지요. 너무 거칠게 말해서 미안하오. 나는 세입자에게 세들어 살고 있어요. 소피야 세묘노브나는 나와 벽을 사이에 두고 살지요, 마찬가지로 세입자에게 방을 얻었고요. 층 전체가 세들어 사는 사람들이에요. 아이처럼 대체 뭘 그렇게 두려워하지요? 아니면 내가 그렇게 무서운 거요?"

스비드리가일로프는 너그러운 미소를 지어 보이려 얼굴을 일그러뜨렸다. 하지만 그는 이미 웃을 여유가 없었다. 심장이 뛰고 숨이 가슴에서부터 막혀왔다. 점점 더 커져가는 흥분을 숨기기 위해 그는 일부러 더 크게 말했다. 하지만 두냐는 이 특별한 흥분을 알아차릴 수 없었다.

아이처럼 그를 두려워한다는 말과 자기가 그렇게 무서우냐는 말이 그녀를 심하게 자극했다.

"당신이…… 부끄러움을 모르는 사람이라는 건 나도 알지만, 난 당신이 조금도 두렵지 않아요. 앞장서세요." 겉으로는 침착하게 말했지만, 그녀의 얼굴은 몹시 창백했다.

스비드리가일로프는 소냐의 방 앞에서 발을 멈췄다.

"집에 있는지 확인해보시지요. 없군요. 낭패로군! 하지만 내가 알기로는 아주 금방 돌아올 거요. 만약 나갔다 해도 고아가 된 동생들 문제로 어떤 부인에게 갔을 게 뻔하니까요. 그애들 어머니가 돌아가셨으니까요. 나 역시 그 일에 엮여 이런저런 조치를 취해줬지요. 만일 소피야 세묘노브나가 십 분이 지나도 돌아오지 않으면, 내가 직접 당신 집으로 그녀를 보내겠소, 원하신다면 오늘이라도요. 자, 여기가 내가 사는 곳이오. 방이 두 개지요. 저 문 뒤에는 우리 집주인인 레슬리흐 부인이 살고 있어요. 이제 여기를 좀 보세요, 중요한 서류들을 보여드리지요. 여기 내 침실에 난 이 문은 세를 내놓은, 비어 있는 방 두 개로 통해요. 바로 저 방들이지요…… 여길 좀더 주의깊게 보셔야 할 거요……"

스비드리가일로프는 가구가 딸린 꽤 넓은 방 두 개를 빌려 살고 있었다. 두네치카는 의심스럽게 주위를 살펴보았지만, 방의 장식이나 배치에서 어떤 특이한 점도 발견하지 못했고, 주목할 만한 게 있다면, 가령 스비드리가일로프의 거처가 사람이 살지 않는 듯한 두 집 사이에 있다는 정도였다. 그의 방 입구에서는 복도로 바로 나갈 수 없고, 거의 텅 비어 있는 주인집 방 두 개를 지나야 했다. 스비드리가일로프는 침실 쪽에서 잠긴 문을 열쇠로 열고, 역시 텅 비어서 세를 내놓은 방을 두네치카에게 보여주었다. 두네치카가 왜 그걸 보라고 하는지 이해하지 못한 채 문턱에 서 있자, 스비드리가일로프가 서둘러 해명했다.

"자, 여길 좀 보세요, 이 두번째 큰 방 말이오. 이 문을 눈여겨봐요, 문은 열쇠로 잠겨 있소. 문 근처에 의자가 놓여 있지요, 이 두 방을 통틀어 의자는 오직 이것 하나뿐이오. 내가 좀더 편하게 들으려고 내 방에서 가져다놓은 거요. 저 문 바로 뒤에는 소피야 세묘노브나의 탁자가 놓여 있어요. 그 아가씨가 거기 앉아서 로디온 로마니치와 이야기를 나눴지요. 난 여기 이 의자에 앉아서 엿들었고요, 이틀 밤 연속으로, 두 번 다 두 시간 정도요. 물론 그래서 뭔가를 알아낼 수 있었고요, 어떻게 생각하시오?"

"엿들었다고요?"

"그래요, 엿들었소. 이제 내 방으로 가지요. 여긴 앉을 데도 없구려."

그는 아브도티야 로마노브나를 거실로 쓰는 자신의 첫번째 방으로 다시 데려와 의자에 앉기를 권했다. 자신은 그녀와 적어도 1사젠쯤 거리를 두고 탁자 정반대편에 앉긴 했지만, 이미 그의 눈에는 분명 언젠가 두네치카를 그토록 놀라게 했던 바로 그 불꽃이 번쩍이고 있었다. 그녀는 흠칫 몸을 떨면서, 다시 한번 의심스럽게 주위를 둘러보았다. 본능적인 행동이었다. 그녀는 자신이 의심하고 있다는 사실이 드러나길 원치 않는 것 같았다. 하지만 스비드리가일로프의 거처가 너무 외진 곳에 있다는 사실에 결국 충격을 받고 말았다. 최소한 집주인이라도 집에 있는지 묻고 싶었지만, 묻지 않았다…… 자존심 때문이었다. 게다가 또다른, 자기 자신에 대한 염려와는 비교할 수도 없을 정도로 큰 괴로움이 마음속에 자리잡고 있었다. 그녀는 견딜 수 없이 고통스러웠다.

"여기 당신 편지가 있어요." 그녀는 편지를 탁자에 놓으며 말문을 열었다. "당신이 쓴 내용이 과연 가능한 일일까요? 당신은 오빠가 범죄를 저지른 것처럼 암시하고 있어요. 너무나 명백하게 암시해서 이제 와서 아니라고 발뺌도 못할 거예요. 당신에게 듣기 전에도 그 터무니없는 얘기를 벌써 들은 적이 있지만, 한 마디도 믿지 않는다는 걸 알아두세요. 추악하고 우스꽝스러운 의심이에요. 난 그 사연과 어쩌다, 왜 그런 얘기가 생겨났는지도 알고 있어요. 당신에겐 어떤 증거도 있을 수 없어요. 증명해 보이겠다고 약속했지요. 어디 말해보시죠! 하지만 내가 당신을 믿지 않는다는 건 미리 알아두세요! 믿지 않는다고요!……"

두네치카는 빠른 어조로 서둘러 말했고, 순간 얼굴이 확 붉어졌다.

"만일 믿지 않는다면 이렇게 위험을 무릅쓰고 혼자 내게 올 수 있었을까요? 그렇다면 대체 왜 온 거요? 단지 호기심 때문에?"

"괴롭히지 말고, 말하세요, 말하라고요!"

"당신이 용감한 아가씨라는 건 말할 필요도 없겠군. 맹세컨대 난 당신이 라주미힌 씨에게 여기 함께 와달라 부탁할 줄 알았소. 하지만 함께 오지도 않았고, 살펴보니 당신 주위에도 없더군. 용감한 행동이오, 그러니까 당신은 로디온 로마니치를 다치게 하고 싶지 않았던 거지요. 하긴 당신 안의 모든 것은 성스러우니…… 당신 오빠와 관련해서 무슨 말을 해드린다? 당신도 방금 오빠를 직접 보셨잖소. 어떻던가요?"

"단지 그것 때문에 이러는 게 아니잖아요?"

"아니지요, 그게 아니라, 오빠가 직접 한 말에 근거한 거요. 바로 여기에, 이틀 밤 연속으로 그는 소피야 세묘노브나를 찾아왔어요. 두 사람이 어디 앉아 있었는지는 보여드렸지요. 오빠는 그 아가씨에게 다 고백했소. 당신 오빠는 살인자요. 자신이 물건을 맡겼던, 관리의 미망인이자 고리대금업자 노파를 죽였소. 또 언니가 살해됐을 때 우연히 방에 들어온 노파의 동생을, 리자베타라는 이름의 장사꾼도 죽였고요. 두 사람 모두 자기가 가져간 도끼로 살해했소. 돈을 뺏기 위해 그들을 죽였고, 훔쳤지요. 돈과 물건 몇 개를 가지고 나왔고…… 당신 오빠가 직접 이 모든 걸 소피야 세묘노브나에게 자세히 말해주었고, 그 아가씨가 유일하게 비밀을 알고 있지만 살인에는 말로도, 행동으로도 가담한 적이 없으며, 오히려 지금 당신처럼 끔찍해했소이다. 걱정 마시오, 그 아가씨는 오빠의 비밀을 누설하지 않을 거요."

"그럴 리 없어요!" 두네치카가 죽은 사람처럼 핏기가 가신 입술로 중얼거렸다. 그녀는 숨을 헐떡였다. "있을 수 없는 일이에요, 그럴 만한 아주 작은 이유도, 어떤 동기도 없어요…… 거짓말이야! 거짓말!"

"오빠는 돈을 빼앗았고, 그게 이유의 전부요. 돈과 물건을 훔쳤지요. 사실 오빠가 직접 고백한 것에 따르면 돈도, 물건도 사용하지 않고, 어디 돌 아래다 묻어두었는데, 지금도 거기 있다는구려. 하지만 그건 당신 오빠가 감히 그걸 쓸 용기가 없었기 때문이지요."

"오빠가 훔치고 강도짓을 한다는 게 대체 있을 법이나 한가요? 그런 걸 오빠가 생각이라도 할 수 있겠느냐고요?" 두냐는 고함을 치며 의자에서 벌떡 일어났다. "당신도 오빠를 아시잖아요, 보셨잖아요? 과연 오빠가 도둑질을 할 수 있는 사람이던가요?"

그녀는 스비드리가일로프에게 애원하는 것 같았다. 자신의 공포는 완전히 잊어버렸다.

"아브도티야 로마노브나, 이런 일엔 수천, 수백만의 조합과 분류가 존재해요. 도둑은 도둑질을 하지만, 대신 자기가 파렴치한이라는 걸 내심 알기도 하지요. 난 어떤 귀족 출신 남자가 우체국을 털었단 얘기를 들은 적이 있어요. 누가 알겠소만, 어쩌면 그자는 정말 자기가 대단한 일을 해치웠다고 생각할지 모르지요. 물론 제삼자에게 전해들었다면 당신처럼 나도 믿지 못했을 거요. 하지만 내 귀를 의심할 수는 없지요. 오빠가 소피야 세묘노브나에게 이유도 다 설명했어요. 처음엔 그 아가씨도 자기 귀를 의심하더니, 결국 눈은, 자기 눈은 믿더군요. 오빠가 직접 그 아가씨에게 말해주었으니까요."

"대체 어떤…… 이유가!"

"긴 이야기지요, 아브도티야 로마노브나. 당신에게 그걸 어떻게 표현해야 할지 모르겠소만, 여기엔 일종의 이론 같은 게 존재하는데, 그에 따르면 가령 주목적이 훌륭하다면 한 가지 악행 정도는 허용될 수 있다는 것과 똑같은 이치요. 한 가지 악행과 백 가지 선행! 과도한 긍지와 자부심을 가진 청년이, 가령 3천 루블 정도만 있으면, 살면서 목표로 하는 모든 출셋길과 모든 미래를 지금과 다르게 꾸려볼 수도 있는데, 그 3천 루블이 없다는 사실을 깨닫는 건 물론 모욕적이겠지요. 여기에 굶주림, 좁아터진 방, 누더기 같은 옷, 자신의 사회적 위치와 더불어 동생과 어머니의 처지를 선명히 자각할 때 느껴지는 분노까지 더해보세요. 무엇보다 중요한 건 허영, 자존심과 허영심인데, 하긴 누가 알겠소, 성품이 좋아도 그런 짓을 저지를 수야 있지만…… 난 오빠를 비난하는 게 아니니 부디 그렇게 생각하지는 마시오. 게다가 내가 상관할 일도 아니고. 여기엔 고유한 이론이 하나 더 있었어요, 그저 그런 이론이긴 하지만, 그에 따르면 사람은 재료가 되는 사람과 특별한 사람으로 나뉘는데, 다시 말해 이 특별한 사람들은 우월한 위치에 있기에 법에 적용받지 않고, 반대로 재료에 해당하는, 먼지처럼 하잘것없는 나머지 사람들에게 직접 법을 만들어주는 사람들을 말해요. 별거 없어요, 그저 그런 이론이지요. *다른 것들과 다를 게 없는 이론이오*. 오빠는 나폴레옹에 지독하게 심취했더군요, 다시 말해, 아주 많은 천재적인 사람들이 개개의 악에 아랑곳하지도, 깊이 생각해보지도 않고 그걸 넘어섰다는 사실이 오빠를 특히 매료시킨 거요. 오빠는 자기도 천재적인 사람이라 상상했던 것 같아요. 그러니까 한때 그렇게 확신했던 거지요. 하지만 자기가 이론은 만들어낼 줄 알지만, 아무 생각 없이 선을 넘어설 수 있는 사람은 아니라는 생각에, 따라서 천재적인 사람이 아니라는 생각에 몹시 괴로워했고, 지금도 괴로워하고 있소. 뭐, 자부심을 가진 청년에겐 정말 굴욕적일 수 있지요, 우리 시대에는 특히나……"

"그럼 양심의 가책은요? 당신은 그러니까 오빠 마음속의 모든 도덕적 감정은 부정하는 건가요? 과연 오빠가 그런 사람일까요?"

"아, 아브도티야 로마노브나, 지금은 모든 게 흐릿해요, 그러니까, 하긴 그다지 제대로 된 적도 없었지만요. 러시아인들은 대체로 대범한 사람들이지요, 아브도티야 로마노브나, 우리네 땅처럼 광대하고 공상적이고 무질서한 것에 극도로 치우쳐 있어요. 하지만 특별한 천재성 없이 대범하기만 한 건 재앙이에요. 기억하시오, 저녁이면 매번 식사를 마치고 정원을 향해 난 테라스에 단둘이 앉아 이런 종류, 이런 주제로 우리가 얼마나 많은 대화를 나눴는지 말이오. 당신 역시 바로 그 대범함 때문에 나를 비난했지요. 어쩌면 그가 여기 누워 자기 생각에 골몰해 있던 바로 그 시간에 우리가 그런 얘기를 나눴을지 누가 알겠소이까. 우리 나라의 교육받은 계층에게는 특별히 성스러운 전통이라 할 만한 게 사실 없어요, 아브도티야 로마노브나. 책에 따라서 뭔가 만들어내거나…… 아니면 연대기에서 뭔가 끄집어내지요. 하지만 대부분 학자인 이 사람들은, 아시다시피 모두 다 제각기 바보라 심지어 사교계 사람이 보기에도 꼴불견이에요. 하긴, 내 생각이야 당신도 대략 알고 있겠지. 난 누구도 결코 비난하지 않소. 나 자신이 놀고먹는 백수고 그런 방식을 고수하고 있으니까. 여기에 대해서도 우린 이미 여러 번 이야기를 나눴지요. 내 견해로 당신의 관심을 끌 수 있어서 행복하기까지 했고…… 아브도티야 로마노브나, 몹시 창백하군요!"

"오빠의 그 이론은 나도 알고 있어요. 모든 것이 허용되는 사람에 대한 오빠의 논문을 잡지에서 읽었어요…… 라주미힌이 가져다줬거든요……"

"라주미힌 씨가요? 당신 오빠의 논문을요? 잡지에 실렸다고요? 그런 논문이 있었나요? 몰랐소. 분명 흥미롭겠군! 그런데 어디 가시죠, 아브도티야 로마노브나?"

"소피야 세묘노브나를 만나보고 싶어요." 두네치카가 힘없는 목소리로 말했다. "그분 방은 어떻게 가야 하나요? 어쩌면 돌아왔을지도 모르잖아요. 지금 꼭 만나야겠어요. 그분이라면……"

아브도티야 로마노브나는 말을 다 맺지 못했다. 호흡이 말 그대로 탁 끊겨버린 것이다.

"소피야 세묘노브나는 밤까지 돌아오지 않을 거예요. 그럴 거요. 벌써 진작에 돌아왔어야 했는데, 그러지 않는 걸 보니 아주 늦겠군요……"

"아, 그러니까 거짓말을 한 거로군! 난 알아…… 당신 말은 거짓말이야…… 다 거짓말이야!…… 난 당신을 믿지 않아! 믿지 않아! 믿지 않는다고!" 두네치카가 완전히 제정신을 잃고 극도로 흥분해서 소리질렀다.

그녀는 거의 기절하듯, 스비드리가일로프가 서둘러 받쳐준 의자에 쓰러졌다.

"아브도티야 로마노브나, 왜 이러시오, 정신 차리세요! 여기 물이에요. 한 모금 마셔보세요……"

그는 그녀에게 물을 뿌렸다. 두네치카는 흠칫 몸을 떨더니 정신을 차렸다.

"충격을 심하게 받았군!" 스비드리가일로프는 얼굴을 찌푸리며 혼잣말로 중얼거렸다. "아브도티야 로마노브나, 진정하세요! 오빠에겐 친구들이 있다는 걸 생각하세요. 우리가 오빠를 구합시다, 구해주자고요. 원한다면, 내가 오빠를 외국으로 데려갈까요? 내겐 돈이 있소. 사흘이면 표를 구할 수 있어요. 사람을 죽인 건, 앞으로 좋은 일을 많이 하면 다 없던 일이 될 거요. 그러니 진정해요. 위대한 사람이 될 수도 있어요. 자, 어떤가요? 기분은 좀 어때요?"

"나쁜 사람! 여전히 날 조롱하고 있어. 놔주세요……"

"어디로 가려고요? 대체 어디로?"

"오빠에게 갈 거예요. 오빠는 어디 있나요? 당신은 알죠? 이 문이 왜 잠긴 거지요? 여기 이 문으로 들어왔는데 지금은 열쇠로 잠겨 있어. 어느 틈에 열쇠로 잠근 거죠?"

"우리가 여기서 나눈 얘기를 집집마다 다 들리도록 소리쳐서야 되겠소. 절대 조롱하는 게 아니오. 이런 말을 하는 것도 정말 지겹군요. 아니, 그런 상태로 어딜 가겠다는 거요? 아니면 오빠를 넘겨줄 작정인가요? 당신이 오빠를 미칠 지경까지 몰아가면, 자수하겠지요. 벌써 오빠 뒤를 쫓고 있다는 걸, 이미 냄새를 맡았다는 걸 알아둬요. 당신이 그러면 오빠를 넘겨주는 꼴이 될 뿐이란 얘기요. 기다려봐요. 내가 방금 오빠를 만나 이야기를 나눴어요. 아직은 오빠를 구할 수 있어요. 좀 앉아서 기다리며 함께 생각을 짜내봐요. 그래서 당신을 부른 거요, 단둘이 얘기해보고 좋은 생각을 내보자고요. 제발 좀 앉으세요!"

"어떻게 당신이 오빠를 구할 수 있다는 거죠? 정말 구할 수 있나요?"

두냐는 앉았다. 스비드리가일로프가 그녀 옆에 앉았다.

"모든 건 당신에게 달렸소, 당신에게, 오로지 당신에게 말이오." 그는 눈을 빛내며 속삭이는 듯한 목소리로 두서없이, 어떤 단어는 흥분으로 제대로 발음조차 못하며 말하기 시작했다.

두냐는 너무 놀라 그에게서 멀리 떨어졌다. 그 역시 온몸을 떨고 있었다.

"당신…… 당신 말 한마디면 오빠는 구원받아요! 내가…… 내가 그를 구하겠소. 내겐 돈과 친구들이 있어요. 당장 오빠를 떠나게 해주고, 직접 여권도, 여권 두 개를 만들어주지요. 하나는 오빠 것, 다른 하나는 내 것으로 말이오. 내겐 친구들이 있어요. 실무에 능한 사람들이…… 어떻소? 당신 여권도 준비하겠소…… 당신 어머니 것도요…… 당신에게 라주미힌이 왜 필요하지요? 나도 당신을 사랑하는데…… 난 당신을 한없이 사랑해요. 당신 옷자락에라도 입맞추게 해줘요, 어서! 어서요! 당신 옷자락이 사각거리는 소리조차 가만히 듣고 있을 수가 없군요. 말만 하세요. 하라고 하면 하겠소! 모든 걸 해낼 거요. 불가능한 것도 해치우겠소. 당신이 믿는 건 나도 믿을 거요. 모든 걸, 모든 걸 하겠소! 날 그렇게 보지 마요, 그렇게 보지 말아줘요! 당신이 얼마나 날 죽도록 애태우는지 알기나 해요……"

그는 헛소리까지 하기 시작했다. 갑자기 머리를 세게 얻어맞기라도 한 양, 불현듯 그에게 무슨 일인가가 일어났다. 두냐는 벌떡 일어나 문으로 몸을 던졌다.

"열어주세요! 열어주세요!" 그녀는 사람을 부르고 문을 두 손으로 잡아 흔들면서 문틈으로 소리를 질렀다. "제발 열어주세요! 정말 아무도 없어요?"

스비드리가일로프는 몸을 일으키면서 정신을 차렸다. 악의에 찬 비웃음이 아직도 떨리는 입술 사이로 서서히 비어져나왔다.

"저쪽 집에는 아무도 없소." 그가 조용히 띄엄띄엄 말했다. "집주인은 나가고 없으니, 그렇게 소리친들 헛일이에요. 쓸데없이 자신을 흥분시킬 뿐이지."

"열쇠 어디 있어? 당장 문 열어, 당장, 비열한 인간!"

"열쇠를 잃어버려서 찾을 수가 없군."

"아! 그럼 폭력을 쓰시겠다!" 두냐는 이렇게 소리치고는 죽은 사람처럼 창백해진 채 구석으로 몸을 던져 마침 손에 닿은 탁자 뒤로 황급히 몸을 피했다. 비명은 지르지 않았다. 하지만 자신의 박해자를 집어삼킬 듯 노려보며, 그의 행동 하나하나를 주의깊게 살폈다. 스비드리가일로프 역시 자리에서 꼼짝도 하지 않고, 방 맞은편 끝에서 그녀를 마주보고 서 있었다. 그는 적어도 겉으로 보기에는 자신을 통제하는 듯했다. 하지만 얼굴은 좀전처럼 창백했다. 비웃는 듯한 미소도 여전했다.

"방금 '폭력'이라고 하셨소, 아브도티야 로마노브나. 만약 폭력이라면, 내가 조치를 취해놓은 것도 아시겠군. 소피야 세묘노브나는 집에 없어요. 카페르나우모프의 집은 아주 멀지, 잠긴 방 다섯 개를 지나야 하니까. 마지막으로 난 당신보다 적어도 두 배는 힘이 세고, 게다가 난 두려울 게 없어요, 왜냐면 당신은 나중에라도 이 일을 호소할 수 없을 테니까. 정말로 당신 오빠를 넘겨주길 원하는 건 아니겠지요? 게다가 아무도 당신을 믿지 않을 거요. 대체 무슨 연유로 아가씨 혼자서 혼자 사는 남자 집에 왔을까? 그러니 심지어 오빠를 희생시킨다 해도 당신은 아무것도 증명할 수 없는 거요. 폭력을 증명하는 건 아주 어려운 일이지요, 아브도티야 로마노브나."

"비열한 인간!" 격분한 두냐가 속삭였다.

"맘대로 생각해요, 하지만 난 단지 가정을 말했을 뿐이라는 걸 기억해두시오. 내 개인적인 신념으로도 당신이 전적으로 옳아요. 폭력은 혐오스러운 것이지. 단지 내가 그렇게 말한 것은, 심지어…… 심지어 당신이 자발적으로 방금 내가 제안한 방식으로 오빠를 구하고자 했다 하더라도, 당신 양심엔 아무것도 거리낄 게 없다고 얘기하려던 거요. 말하자면 당신은 그저 상황에, 이 말 말고는 안 된다면, 결국은 폭력에 굴복한 것뿐이니까. 이 점을 기억해두시오. 당신 오빠와 어머니의 운명이 당신 손에 달렸다는 걸 말이오. 난 당신의 노예가 되겠소…… 평생…… 자, 여기서 기다리지요……"

스비드리가일로프는 두냐로부터 여덟 발짝 정도 떨어진 소파에 앉았다. 그의 결심이 확고부동하다는 건 이미 조금도 의심의 여지가 없었다. 더구나 그녀는 그를 잘 알고 있었다……

갑자기 그녀가 주머니에서 권총을 꺼내 공이치기를 당긴 다음, 권총을 든 손을 탁자 위에 내려놓았다. 스비드리가일로프는 자리에서 벌떡 일어났다.

"아하! 그런 거로군!" 그는 놀라기는 했지만, 여전히 적의에 찬 미소를 지은 채 외쳤다. "자, 이쯤 되면 일의 진행이 완전히 뒤바뀌는걸! 아브도티야 로마노브나, 당신이 직접 내 일을 극도로 수월하게 해주는군! 대체 그 총은 어디서 난 거요? 라주미힌 씨가 준 건 아니겠지? 이런! 내 총이로군! 오래되고 익숙한 놈이지! 그때 그걸 얼마나 찾았던지!…… 영광스럽게도 시골에서 당신에게 사격 수업을 해준 게 영 헛수고는 아니었군."

"당신 총이 아니야, 당신이 죽인 마르파 페트로브나 거지, 악당 같으니! 부인 집에 당신 거라곤 아무것도 없었어. 당신이 무슨 짓을 할지 몰라 가져온 거야. 한 발짝이라도 움직이기만 해봐, 맹세코, 당신을 죽여버리겠어!"

두냐는 극도로 흥분했다. 그녀는 언제라도 쏠 태세로 권총을 쥐고 있었다.

"글쎄, 그럼 오빠는? 그냥 궁금해서 물어보는 거요." 스비드리가일로프는 여전히 그 자리에 선 채 물었다.

"원한다면 고발해! 꼼짝 마! 움직이지 마! 쏠 거야! 당신은 부인을 독살했어, 난 알아, 당신이야말로 살인자란 걸!……"

"내가 마르파 페트로브나를 독살했다고 그렇게 확신하오?"

"당신이야! 당신이 직접 내게 암시했어. 독 얘기를 했지…… 그걸 구하러 다녀왔다는 걸 난 알아…… 당신은 준비해두고 있었어…… 분명 당신이 한 짓이야…… 비열한 인간!"

"심지어 그게 사실이라 해도 그건 당신 때문이야…… 어쨌든 당신이 원인이었던 거지."

"거짓말! 난 당신을 항상, 항상 증오했어……"

"어허, 아브도티야 로마노브나! 보아하니 열심히 설교하는 데 푹 빠져 기뻐하던 일은 까맣게 잊은 모양이로군…… 난 당신 눈을 보고 알아차렸는데. 기억나시오, 저녁, 달빛 아래, 꾀꼬리가 아직 울던 그때가?"

"거짓말! (두냐의 눈에 광기가 번득였다.) 거짓말이야, 중상모략꾼!"

"거짓말이라고? 그래, 어쩌면 거짓말인지도 모르지. 그래, 내가 거짓말을 했어. 여자에게는 그런 일을 언급하면 안 되는 법이지. (그가 피식 웃었다.) 당신이 쏠 거라는 걸 알아, 아름다운 맹수여. 자, 쏴보시지!"

죽은 사람처럼 창백한 얼굴과 하얗게 질려 파르르 떨리는 아랫입술, 불꽃처럼 번뜩이는 커다랗고 검은 눈으로, 두냐는 총을 들고 결심한 듯 그를 겨냥하고 그가 먼저 움직이기를 기다리며 노려보고 있었다. 이토록 아름다운 그녀를 그는 결코 본 적이 없었다. 권총을 들어올리는 순간 그녀 눈에서 반짝이던 불꽃이 그를 태워버릴 것 같았고, 그의 심장은 고통으로 죄어들었다. 그가 한 발짝 내디뎠고, 총성이 울려퍼졌다. 총알이 그의 머리카락을 스치고 지나가 뒤쪽 벽에 맞았다. 그는 멈춰서서 조용히 웃었다.

"벌에 쏘였군! 바로 머리를 겨냥하다니…… 뭐야? 피가 나네!" 그는 오른쪽 관자놀이를 따라 가늘게 흘러내리는 피를 닦기 위해 손수건을 꺼냈다. 아마 총알이 두피를 살짝 스친 모양이다. 두냐는 권총을 내렸고, 두려워서라기보다는 놀라서 어찌할 바를 모르며 스비드리가일로프를 바라보았다. 자기가 무슨 짓을 했는지, 어쩌다 그렇게 됐는지 스스로도 도저히 이해할 수 없는 듯했다!

"어쩌나, 빗나갔군! 한 번 더 쏴보시지, 내 기다리지요." 스비드리가일로프는 여전히 빈정대기는 했지만, 어쩐지 침울한 모습으로 조용히 말했다. "그래서야 당신이 공이치기를 당기기도 전에 내가 먼저 당신을 잡겠군!"

두네치카는 흠칫 몸을 떨더니, 재빨리 공이치기를 당기고 다시 한번 권총을 들어올렸다.

"날 내버려둬요!" 그녀가 절망적으로 말했다. "맹세하는데 다시 쏠 거예요…… 내가…… 죽여버릴 거야!……"

"자, 뭐…… 세 발짝 거리면 못 죽이지는 않겠지. 하지만 죽이지 못하면…… 그땐……" 그는 눈을 번뜩이며 두 걸음 더 내디뎠다.

두네치카는 총을 쏘았지만, 불발이었다!

"장전을 잘못했군. 괜찮아요! 거기 총의 뇌관이 더 있으니까. 제대로 해봐요, 기다리지."

그는 두 발짝 앞에 서서 기다리며, 야성적인 결연함과 정념으로 타버릴 듯한 고통스러운 눈길로 그녀를 바라보았다. 그가 자기를 놓아주느니 차라리 죽음을 선택하리라는 걸 두냐는 알 수 있었다. '그러니…… 그러니 물론 지금 저자를 죽일 거야, 두 발짝밖에 떨어져 있지 않아!……'

갑자기 그녀가 권총을 내던졌다.

"총을 버렸군!" 스비드리가일로프가 놀라서 이렇게 말하고는 깊이 숨을 들이마셨다. 뭔가가 그의 심장에서 한 번에 떨어져나간 것 같았고, 아마도 그것은 죽음의 공포로 인한 중압감만은 아닌 듯했다. 그가 이 순간 그런 걸 느꼈을 리 없다. 아무리 애를 써도 스스로 정의할 수 없을, 더 슬프고 음울한 다른 감정에서 해방된 것이다.

그는 두냐에게 다가가 한 팔로 가만히 허리를 안았다. 그녀는 저항하지는 않았지만, 사시나무처럼 온몸을 떨며 애원하는 눈길로 그를 바라보았다. 그는 뭔가 말하려 했지만, 입술만 일그러질 뿐 아무 소리도 내지 못했다.

"날 놔줘!" 두냐가 애원했다.

스비드리가일로프는 몸을 떨었다. 이 반말은 이미 아까와는 느낌이 달랐다.

"그렇게 내가 싫은가?" 그가 조용히 물었다.

두냐는 고갯짓으로 그렇다고 답했다.

"그럼…… 사랑하게 되는 일도 없을까?…… 절대로?" 그가 절망적으로 속삭였다.

"절대로!" 두냐가 속삭였다.

순간 스비드리가일로프의 마음속에 무언의 격렬한 싸움이 일어났다. 뭐라 표현할 수 없는 눈길로 그는 그녀를 바라보았다. 갑자기 그는 팔을 거두고는 몸을 돌려 빠른 걸음으로 창 쪽으로 물러나 그 앞에 섰다.

다시 한번 잠깐의 시간이 흘러갔다.

"여기 열쇠가 있소! (그는 외투 왼쪽 주머니에서 열쇠를 꺼내 두냐를 쳐다보지도, 그쪽으로 고개를 돌리지도 않은 채 자기 뒤로 탁자에 내려놓았다.) 가져가요. 어서 나가요!……"

그는 완강히 창문만 바라보고 있었다.

두냐는 열쇠를 가지러 탁자로 다가갔다.

"어서! 어서!" 스비드리가일로프는 여전히 움직이지도, 돌아보지도 않은 채 되풀이해서 말했다. 하지만 이 '어서'라는 말속에는 분명 어떤 끔찍한 느낌이 서려 있었다.

두냐는 그걸 이해했고, 열쇠를 움켜쥐고는 문 쪽으로 몸을 던져 황급히 열쇠로 문을 열고 방에서 뛰쳐나갔다. 잠시 후 그녀는 미친 여자처럼 정신없이 운하로 달려나가 ○○다리 쪽으로 뛰기 시작했다.

스비드리가일로프는 그대로 창문 옆에 삼 분 정도 서 있었다. 마침내 천천히 몸을 돌려 주위를 둘러보더니, 손바닥으로 가만히 이마를 쓸어내렸다. 이상한 미소가, 가련하고 슬프고 희미한 미소, 절망의 미소가 그의 얼굴을 일그러뜨렸다. 이미 마르기 시작한 피가 손바닥에 묻어났다. 그는 피를 매섭게 노려보았다. 그러고 나서 수건을 적셔 관자놀이를 닦아냈다. 문득 두냐가 내던진 총이 날아가 문가에 떨어져 있는 것이 눈에 들어왔다. 그는 총을 집어올려 살펴보았다. 구형의 포켓용 소형 3연발 권총이었다. 아직 탄약 두 발과 뇌관 하나가 남아 있었다. 한 번은 더 쏠 수 있었다. 그는 잠시 뭔가 생각하다가 권총을 주머니에 넣고는 모자를 집어들고 밖으로 나갔다.

## 6

그날 저녁 내내, 밤 열시까지 그는 여러 술집과 지저분한 유흥가를 전전하며 시간을 보냈다. 어딘가에서 카탸를 찾아내, 그녀가 다시 또다른 저속한 노래를 불러주었는데, 어느 '비열한 폭군'이

카탸에게 키스하기 시작했다.

라는 내용이었다.

스비드리가일로프는 카탸와 악사, 가수들, 하인들 그리고 어떤 서기 두 명에게 술을 샀다. 이 서기들과 엮인 건 사실 두 사람 모두 코가 휘었기 때문이다. 한 사람은 코가 오른쪽으로 휘었고, 다른 사람은 왼쪽으로 휘어 있었다. 그걸 보고 스비드리가일로프는 몹시 놀랐다. 마침내 그들이 그를 어떤 공원 유원지로 끌고 갔고, 거기서 그는 그들 몫의 비용과 입장료를 냈다. 공원에는 삼 년 된 호리호리한 전나무 한 그루와 작은 관목 세 그루가 있었다. 그 외에도 '식당'*이 지어져 있었는데, 사실 술을 파는 곳이었지만 차를 마실 수도 있었고, 그외 초록색 탁자와 의자 몇 개도 놓여 있었다. 서투른 가수들의 합창과 어릿광대처럼 코가 빨갰지만 왠지 표정은 아주 음침한, 술 취한 뮌헨 출신 독일인이 모여든 사람들을 즐겁게 해주고 있었다. 서기들은 어떤 다른 서기들과 싸움을 벌였고 주먹다짐까지 할 뻔했다. 스비드리가일로프가 심판으로 뽑혔다. 그는 벌써 십오 분가량 중재에 나섰지만, 그들이 계속 소리를 질러대는 통에 해결의 기미는 도통 보이지 않았다. 제일 그럴듯했던 얘기는 그들 중 한 명이 뭔가를 훔친데다가 그걸 우연히 만난 한 유대인에

* 원문 ваксал은 вокзал의 오기로 보인다. вокзал은 '역'을 의미하는 단어지만, 당시에는 '공공유원지' '식당'을 가리키는 말로도 쓰였다.

게 팔아치우는 데 성공했다는 것이다. 하지만 팔아서 번 돈을 자기 동료들과 나누려 하지 않은 모양이다. 이윽고 팔아치운 물건이 식당 소유의 찻숟가락이었음이 밝혀졌다. 식당측에서 그걸 알아챘고 일은 귀찮게 번져갔다. 스비드리가일로프는 숟가락값을 물어주고 일어나 공원을 나왔다. 열시 가까운 시각이었다. 그동안 내내 정작 그는 술 한 방울 마시지 않았고, 식당에서도 고작 차를 주문해 마셨을 뿐이며, 그것도 그냥 예의상 주문한 것이었다. 그러는 사이 무덥고 어두운 밤이 되었다. 열시경 지독한 먹구름이 사방에서 몰려왔다. 천둥이 치고 비가 폭포처럼 쏟아졌다. 빗물은 방울져 내리는 것이 아니라 완전히 물줄기를 이루며 땅을 내리쳤다. 번개가 쉴새없이 번쩍거렸고, 한 번 칠 때마다 다섯까지 셀 수 있을 정도로 계속되었다. 그는 완전히 흠뻑 젖은 채 집으로 돌아와 문을 잠근 뒤, 책상을 열어 돈을 모두 꺼내고 서류 두세 장을 찢어버렸다. 그다음에 돈을 주머니에 넣고 옷을 갈아입으려다가, 창문을 바라보며 천둥과 빗소리에 귀를 기울이는가 싶더니 손을 한번 내젓고는 모자를 집어들고 방을 잠그지도 않은 채 밖으로 나갔다. 그는 곧장 소냐에게 갔다. 그녀는 집에 있었다.

그녀는 혼자가 아니었다. 카페르나우모프의 아이들 네 명이 그녀를 둘러싸고 있었다. 소피야 세묘노브나는 아이들에게 차를 먹이고 있었다. 그녀는 아무 말 없이 공손하게 스비드리가일로프를 맞았고, 그의 흠뻑 젖은 옷을 보고 놀랐지만 아무 말도 하지 않았다. 설명할 수 없는 두려움을 느낀 아이들은 즉시 모두 달아났다.

스비드리가일로프는 탁자 앞에 앉아 소냐에게 옆에 앉으라고 청했다. 소냐는 쭈뼛거리며 그의 말을 들을 준비를 했다.

"소피야 세묘노브나, 난 어쩌면 미국으로 떠날지도 모르겠소." 스비드리가일로프가 말했다. "그러니 당신과 만나는 것이 어쩌면 마지막이 될 수도 있어 처리할 일이 좀 있어서 왔어요. 자, 오늘 그 부인은 만나보셨소? 당신에게 무슨 말을 했을지 알고 있으니 전해줄 필요는 없어요. (소냐는 자세를 잡으려다가 얼굴을 붉혔다.) 그런 사람들 방식이야 뻔하지. 당신 여동생들이나 남동생과 관련해서는 아주 적당한 곳이 정해졌고, 그애들에게 지불돼야 할 돈은 각자의 명의로 마땅한 절차에 따라 믿을 만한 사람에게 영수증을 받고 맡겨두었소. 어쨌든 이 영수증들은 당신이 가지고 있어요, 그저 만일을 대비해서요. 여기, 받아요! 자, 이제 이건 끝났고. 여기 5부 이자가 붙은 채권 석 장이 있소, 다 해서 3천 루블이오. 이건 당신 몫으로 받아두고, 아무도 모르게, 당신이 무슨 구설을 듣지 않게 우리 둘만 아는 일로 해두지요. 그 돈이 당신에게 필요할 거요, 소피야 세묘노브나, 왜냐면 예전처럼 사는 건 추악한 일인데다 더는 그럴 필요도 없으니까 말이오."

"전 당신께 너무나 큰 은혜를 입었어요, 고아가 된 동생들도 그렇고, 돌아가신 어머니도 그렇고." 소냐가 서둘러 말했다. "지금까지 제가 당신께 감사드리는 데 인색했다면, 그건……그렇게 생각하지는 말아주세요……"

"에이, 됐소이다, 됐어요."

"하지만 이 돈은, 아르카디 이바노비치, 무척이나 감사하지만 이제 전 돈이 필요하지 않아요. 저 하나야 얼마든지 먹고살 수 있어요, 은혜를 모른다고는 생각하지 말아주세요. 만일 정 베풀어주고 싶으시다면, 이 돈은……"

"당신에게, 당신에게 주고 싶소, 소피야 세묘노브나, 그러니 부디 아무 말 말고 받아주시오, 난 시간이 없어요. 필요하게 될 거요. 로디온 로마노비치에게는 두 가지 길이 있소. 이마에 총알을 박아넣거나, 아니면 블라디미르카*를 따라가는 거지. (소냐는 깜짝 놀라 그를 바라보고 몸을 떨기 시작했다.) 걱정 마시오, 그에게 직접 들어 다 알고 있소만, 난 입이 가벼운 사람이 아니오. 아무에게도 말하지 않겠소. 그때 당신이 자수하라고 깨우쳐준 건 잘한 일이오. 그편이 훨씬 더 유리할 테니까. 자, 블라디미르카 쪽으로 결론 나면 어쩔 거요? 그가 그 길을 가면, 당신은 그 뒤를 따르겠지요? 그렇지요? 맞지요? 자, 그렇다면 돈이 필요하게 된다는 뜻이지. 그 사람을 위해서 필요한 거요, 아시겠소? 당신에게 드리지만 그에게 주는 거나 마찬가지요. 게다가 당신은 아말리야 이바노브나에게도 빚을 갚겠다고 약속했더군. 그렇게 들었소이다. 대체 뭔가요, 소피야 세묘노브나, 잘 생각해보지도 않고 그런 계약과 의무를 다 짊어지다니? 그 독일 여자에게 빚을 진 건 카테리나 이바노브나지 당신이 아니니, 독일 여자 따윈 그냥 모른 척했어야지요. 그래 가지고 세상을 어떻게 살아가겠소. 그건 그렇고, 누군가 나에 대해, 내 얘기를 묻거든(분명 당신에게 물을 거요), 내일이든 모레든 말이오, 지금 내가 다녀갔단 말은 꺼내지도 마요, 그리고 돈도 절대로 보여주지 말고, 내가 줬단 말도 아무에게도 하지 마시오. 자, 그럼 이만. (그는 의자에서 일어났다.) 로디온 로마니치에게 안부 전해주시오. 참, 당분간 돈은 라주미힌 씨에게라도 맡겨놓으시지요. 라주미힌 씨를 아나요? 물론

* 모스크바 인근 도시 블라디미르를 가로지르는 국도로, 시베리아 유형지로 가기 위해서는 반드시 거쳐야 하는 길이다.

알겠지요. 그럭저럭 괜찮은 젊은이더군요. 내일 그 사람에게 돈을 가지고 가세요, 아니면…… 때가 되면 그러시든지. 그때까지는 깊이 숨겨두고요."

소냐 역시 의자에서 벌떡 일어나 몹시 놀라 그를 쳐다보았다. 뭔가 무척 말하고 싶고 묻고 싶었지만, 처음엔 감히 그러지 못했고 또 어떻게 말을 시작해야 할지도 몰랐다.

"어떻게…… 어떻게, 이렇게 비가 오는데 지금 가시려고요?"

"이런, 미국에 가려는 사람이 비를 두려워하다니요, 허허! 잘 있어요, 소피야 세묘노브나, 정다운 사람! 오래오래 사시오. 당신은 다른 사람들에게 꼭 필요한 사람이 될 거요. 참…… 라주미힌 씨에게 내가 안부 전하더라고 말해주시오. 아르카디 이바노비치 스비드리가일로프가 인사드린다, 이렇게 말이오. 꼭입니다."

그는 놀라움과 경악과 알 수 없는 고통스러운 의혹 속에 소냐를 남겨둔 채 방을 나갔다.

이날 밤 열한시가 넘은 시각에 그가 아주 별난 뜻밖의 방문을 하나 더 했다는 사실이 나중에 밝혀졌다. 비는 여전히 그치지 않았다. 그는 흠뻑 젖은 채로 열한시 이십분경 바실리엡스키섬 말리 대로 3번가에 있는, 약혼녀의 부모가 사는 비좁은 집으로 들어섰다. 안에 들일 때까지 문을 마구 두드려대는 바람에 처음엔 그가 커다란 소동을 벌일 줄로만 알았다. 하지만 아르카디 이바노비치는 마음만 먹으면 아주 매력적으로 행동할 줄 아는 사람이어서, 약혼녀의 분별 있는 부모가 처음에 추측한 것, 즉 아르카디 이바노비치가 어디선가 술을 퍼마셔 제정신이 아닐 거라는 의심은 (아주 예리한 것이긴 하지만) 자연히 금방 사라졌다. 인정 많고 사려 깊은 약혼녀의 어머니가 쇠약한 아버지를 휠체어에 태워 아르카디 이바노비치에게 데려왔고, 즉시 평소 하던 대로 에둘러 뭔가 질문하기 시작했다. (이 여인은 한 번도 직접 묻는 법 없이 늘 처음엔 웃음을 흘리며 손을 비비는 걸로 시작했고, 그다음에, 가령 아르카디 이바노비치 생각엔 언제 결혼식을 하면 좋을지 같은 뭔가 꼭 정확히 알아내야 할 일이 있을 때는, 파리와 그곳 궁정생활에 대한 아주 흥미롭고 거의 탐욕스러울 정도의 질문을 퍼부은 다음, 순서에 따라 차츰 바실리옙스키섬 3번가에 도달하는 식이었다.) 다른 때라면 이 모든 게 물론 많은 존경심을 불러일으켰겠지만, 이번 경우에는 아르카디 이바노비치는 왠지 몹시 초조해했고, 처음 도착했을 때 약혼녀가 이미 잠자리에 들었다고 진작 말해줬음에도 불구하고, 약혼녀를 만나게 해달라고 단호하게 요청했다. 물론 약혼녀는 나타났다. 아르카디 이바노비치는 자신이 몹시 중요한 사정이 있어 당분간 페테르부르크를 떠나야 하며, 그래서 1만 5천 루블에 상응하는 은화와 각종 채권을 가지고 왔다고 단도직입적으로 그녀에게 말했고, 얼마 안 되지만 결혼식 전에 이 돈을 주려고 오래전부터 생각해왔으니 선물이라 여기고 받아달라고 부탁했다. 출발을 지체할 수 없어 비를 뚫고 한밤중에 꼭 와야만 했던 것이 선물과 어떤 특별한 논리적 연관이 있는지는 물론 이 설명으로 조금도 밝혀지지 않았지만, 어쨌든 일은 아주 원만하게 흘러갔다. 심지어 이런 경우 당연히 등장하는 '오!'나 '아!' 같은 한숨, 쓸데없는 질문과 감탄도 갑자기 대단히 절도 있게 절제되었다. 대신 무척이나 열렬한 감사의 마음이 표현되고, 매우 사려 깊은 어머니의 눈물까지 더해졌다. 아르카디 이바노비치는 자리에서 일어나 웃으며 약혼녀에게 입을 맞추고 그녀의 뺨을 다정하게 두드리며 곧 돌아오마고 말해주었고, 그녀 눈동자에서 비록 어린애다운 호기심이기도 하지만 그와 동시에 아주 진지한 무언의 의문을 발견하고는 잠시 생각하더니 그녀에게 한 번 더 입을 맞췄는데, 그의 선물이 몹시도 사려 깊은 어머니에게 직행해 나물쇠 아래 고이 모셔질 걸 생각하니 진심으로 마음 깊이 화가 났다. 모두를 대단한 흥분 상태에 남겨둔 채 그는 밖으로 나갔다. 하지만 인정 많은 어머니가 반쯤 속삭이는 빠른 말투로, 아르카디 이바노비치는 대단한 사람이고 많은 일과 연줄을 가진 사람이며 부자이니, 그의 머릿속에 무엇이 들었는지 누가 알겠으며, 갑자기 생각나서 떠나고 갑자기 생각나서 돈을 준다 한들 놀랄 게 없다고 말해서 가장 중대한 의혹 몇 가지를 바로 풀어주었다. 물론 비에 홀딱 젖은 건 이상하지만, 가령 영국인들은 그보다 더 별나며, 상류층 사람들은 다들 다른 사람들이 자신에 대해 뭐라고 하든 아랑곳하지 않으며 격식을 차리지도 않는다는 것이다. 어쩌면 자기가 아무도 두려워하지 않는다는 걸 보여주려고 일부러 그렇게 다녀갔는지도 모를 일이다. 중요한 건 여기에 대해서 누구에게도, 한 마디도 해서는 안 되는데, 이 일로 무슨 일이 더 벌어질지 모르기 때문이며, 그러니 돈을 어서 자물쇠로 잠가둬야 하고, 물론, 페도시야가 죽 부엌에 있었다는 것이 무엇보다 다행이며, 중요한 것은 절대로, 절대로, 절대로, 그 교활한 레슬리흐에게 아무것도 말해서는 안 된다 등등이었다. 그들은 그렇게 속닥이며 두시가 될 때까지 앉아 있었다. 하지만 약혼녀는 놀란 듯 조금 슬픈 모습으로 훨씬 일찍 잠자리에 들었다.

그러는 사이 자정 정각에 스비드리가일로프는 페테르부르크 구역을 향해 ○○다리를 건너고 있었다. 비는 그쳤지만 바람이 윙윙거렸다. 그는 몸을 떨기 시작했고, 특별한 호기심과 어떤 의문까지 느끼며 말라야 네바 강의 검은 물을 잠시 바라보았다. 하지만 강물을 내려다보며 서 있자니 이내 너무 추워졌다. 그는 몸을 돌려 ○○대로로 걸어갔다. 한없이 뻗어나간 ○○대로를 따라 그는 아주 오래, 거의 반시간가량 걸었고, 나무 포장도로 위로 깔린 어둠 속에서 여러 번 발을 헛디뎌 비틀거리면서도 호기심어린 눈길로 거리 오른편을 따라 끊임없이 뭔가를 찾았다. 얼마 전 마차를 타고 지나가면서 저기, 거리가 끝나는 곳 어딘가에서 호텔 하나를 눈여겨본 적이 있는데, 나무로 지어졌지만 규모가 컸고, 그가 기억하는 한 아드리아노폴인가 그 비슷한 이름이었다. 그의 추측은 틀리지 않았다. 아주 외진 곳에 위치한 그 호텔은 어둠 속에서도 금방 찾을 수 있을 정도로 눈에 띄었다. 거무스름하고 기다란 목조 건물이었는데, 늦은 시간임에도 아직 불빛이 환하고 활기가 느껴졌다. 그는 안으로 들어가 복도에서 마주친 허름한 차림의 종업원에게 방이 있는지 물어보았다. 허름한 차림의 종업원은 스비드리가일로프를 쓱 쳐다보고는 몸을 한번 부르르 털더니 복도 제일 끝, 계단 아래 뚝 떨어진 구석에 자리잡은 후덥지근하고 좁은 방으로 즉시 안내해주었다. 다른 방은 없었다. 손님이 다 찬 것이다. 허름한 종업원은 분부를 기다리는 표정으로 그를 쳐다보았다.

"차 되나?" 스비드리가일로프가 물었다.

"됩니다요."

"먹을 만한 건 또 뭐가 있지?"

"송아지고기하고 보드카하고 안주가 있습죠."

"송아지고기하고 차를 가져다주게."

"더 필요하신 건 없으시고요?" 조금 망설이면서 허름한 종업원이 물었다.

"아니, 됐어!"

허름한 종업원이 완전히 실망한 표정으로 물러났다.

'좋은 장소가 틀림없어.' 스비드리가일로프는 생각했다. '어떻게 여길 몰랐을까. 아마 나도 어디 카페 샹탕*에서 집으로 돌아가다가 도중에 사고라도 당한 사람처럼 보이겠지. 그런데 궁금하군, 여기는 대체 어떤 사람이 머무르고 묵는 걸까?'

그는 초를 켜고 방을 좀더 찬찬히 둘러보았다. 방은 창고처럼 작고, 스비드리가일로프 키에 거의 닿을 정도로 낮았으며, 창도 하나였다. 침대는 몹시 더러웠고, 칠을 한 평범한 탁자와 의자 하나가 공간을 거의 다 차지하고 있었다. 판자를 끼워맞춘 듯한 벽에 해진 벽지가 발려 있었는데, 벽지는 너무 먼지가 쌓이고 너덜너덜해서 아직 색만 겨우 짐작할 수 있을 뿐(노란색이었다) 무늬는 이미 거의 알아볼 수 없을 지경이었다. 다락방이 보통 그렇듯이 벽과 천장의 한쪽 면이 비스듬히 잘려 있었고, 그 경사면 위로 계단이 지나고 있었다. 스비드리가일로프는 초를 세워놓고 침대에 앉아 생각에 잠겼다. 하지만 옆방에서 끊임없이 들리는, 가끔은 비명에 가까울 정도로 높아지곤 하는 이상한 속삭임이 마침내 그의 관심을 끌었다. 이 속삭임은 그가 들어온 순간부터 끊이지 않고 있었다. 그는 귀를 기울였다. 누군가 욕을 해대며 거의 울먹이는

* 연주와 춤 공연 등이 열리던 카페.

목소리로 다른 사람을 비난하고 있었지만, 들리는 건 한 사람의 목소리뿐이었다. 스비드리가일로프가 일어나 한 손으로 초를 가리자 이내 벽의 작은 틈에서 불빛이 새어나왔다. 그는 그 틈으로 다가가 엿보기 시작했다. 그의 방보다 약간 더 큰 방에 투숙객 두 명이 있었다. 그중 심한 곱슬머리에 얼굴이 벌겋게 상기된 사람이 코트를 벗은 채 균형을 잡기 위해 다리를 벌리고, 손으로 자기 가슴을 치며 연설하는 듯한 자세로 서서, 비장한 어조로 다른 사람을 비난하고 있었는데, 들어보니, 거지나 다름없고 관등조차 없는 너를 내가 진창에서 꺼내줬으니 맘만 먹으면 널 내쫓을 수도 있고, 이 모든 걸 오직 하느님만은 알고 계신다는 내용이었다. 비난받는 친구는 재채기가 나올 것 같아 죽겠는데 아무리 해도 안 나오는 사람처럼 의자에 앉아 있었다. 그는 이따금 양처럼 온순하고 흐리멍덩한 눈으로 일장연설을 늘어놓는 사람을 쳐다보았지만 무슨 말인지 하나도 이해하지 못하는 게 분명했고, 심지어 듣고 있는 것 같지도 않았다. 탁자에는 다 타버린 초가 있었고, 거의 빈 보드카병과 술잔, 빵, 물컵과 오이, 이미 오래전에 다 마셔버린 찻잔이 놓여 있었다. 이 광경을 유심히 살펴보던 스비드리가일로프는 곧 흥미를 잃고 틈에서 떨어져 다시 침대로 돌아가 앉았다.

차와 송아지고기를 들고 돌아온 허름한 종업원은 참지 못하고 '뭐 더 필요한 건 없으신지' 다시 한번 물었고, 역시 필요 없다는 대답을 듣고는 완전히 물러났다. 스비드리가일로프는 몸을 덥히기 위해 차로 허겁지겁 달려들어 한 잔 마셨지만, 식욕을 완전히 잃어 고기는 한 조각도 먹지 못했다. 몸속에서 오한이 시작되는 것 같았다. 그는 외투와 양복저고리를 벗은 다음 담요로 몸을 감싸고 침대에 누웠다. 화가 났다.

'이럴 때 건강했으면 훨씬 더 좋았잖아.' 그는 이런 생각을 하며 쓴웃음을 지었다. 방은 무덥고, 초는 어슴푸레 타올랐으며, 마당에서는 바람이 윙윙거리고, 구석 어딘가에서 쥐가 사각사각 갉는 소리가 들리고, 방 전체에서 쥐냄새와 무슨 가죽냄새가 나는 것 같았다. 자리에 눕자 의식이 가물가물해지는 듯했다. 생각이 꼬리를 물었다. 상상으로라도 어딘가에 마구 매달리고 싶었던 것 같다. '이 창 아래 정원이 있는 게 분명해.' 그는 생각했다. '나무들이 웅성거리고 있어. 폭풍이 몰아치는 밤, 어둠 속에서 나무들이 웅성거리는 소리가 너무나 싫다, 기분 나쁜 느낌이야!' 그러자 방금 전 페트롭스키 공원을 지나면서도 그 생각이 떠올라 얼마나 혐오스러웠는지 기억났다. 때마침 ㅇㅇ다리, 말라야 네바도 함께 떠올랐고, 그러자 방금 전 강물을 내려다보며 서 있을 때처럼 다시 추워지는 것 같았다. '살면서 한 번도 물을 좋아해본 적이 없어, 심지어 풍경화 속의 물조차도.' 그는 다시 이런 생각을 하다가 갑자기 이상한 생각을 하나 떠올리며 또 한번 쓴웃음을 지었다. '이것 봐, 이제 이런 미학이나 안락 따위는 모두 상관없어야 하는데, 여전히 이렇게 까다롭게 굴고 있어, 이럴 때…… 꼭 자기 자리를 가리는 짐승처럼 말이지. 아까 바로 페트롭스키 공원으로 돌았어야 했는데! 분명 어둡고 추웠겠지, 허허! 아마 쾌적한 느낌이 필요했던 모양이군!…… 그건 그렇고 내가 왜 촛불을 안 끄고 있지? (그는 촛불을 불어서 껐다.) 옆방도 누웠나보네.' 방금 전 틈새로 보이던 불빛이 보이지 않자 그는 생각했다. '자, 마르파 페트로브나, 이제 당신이 나타날 때도 됐는데, 어둡고, 장소도 적당하고, 시간도 색다르고 말이야. 정작 이럴 땐 나타나지도 않는군……'

아까 두냐에 대한 계획을 실행에 옮기기 한 시간 전, 자기가 그녀를 라주미힌의 보호 아래 맡기라고 라스콜니코프에게 권한 것이 왠지 문득 떠올랐다. '사실 라스콜니코프도 짐작했겠지만, 어쩌면 그때 난 누구보다 나 자신을 괴롭히려고 그런 말을 했는지 몰라. 한데 그 라스콜니코프도 꽤나 악당이야! 많은 걸 겪어냈어. 쓸데없는 생각을 버리면 머지않아 굉장한 악당이 될 수도 있겠어, 하지만 지금은 너무나 살고 싶겠지! 그런 점에서 보자면 그런 족속들은 비열한 인간이야. 뭐, 그자가 뭘 원하든 내가 알 게 뭐냐.'

여전히 잠이 오지 않았다. 차츰 방금 전 두네치카의 모습이 눈앞에 어른거리기 시작했고, 갑자기 전율이 온몸을 훑고 지나갔다. '안 돼, 이제 그 생각은 버려야 해.' 정신을 차리며 그가 생각했다. '뭔가 다른 걸 생각하자. 이상하고 우스운 일이야. 난 한 번도 누구를 크게 증오해본 적도, 딱히 복수하고 싶었던 적도 없었어, 이건 정말 나쁜 징조야, 나쁜 징조! 논쟁도 싫어했고 열낸 적도 없었지. 역시 나쁜 징조야! 그런 내가 방금 전 그녀에게 얼마나 많은 약속을 했던가. 휴, 빌어먹을! 하지만 그녀라면 날 어떻게든 변화시켰을지 모르지……' 그는 다시 입을 다물고 이를 악물었다. 다시 두네치카의 모습이, 첫번째로 총을 쏜 후 너무 놀라 총을 내리고는 죽은 사람처럼 창백한 얼굴로 그를 바라보던 바로 그 모습이 눈앞에 떠올랐는데, 그렇게 그는 그녀를 두 번이나 안을 기회가 있었고, 만일 그가 직접 일깨워주지 않았다면 그녀는 손을 들어 자신을 보호할 생각조차 못했을 것이다. 그 순간 마치 심장이 짓눌리듯 그녀가 가엾어졌던 것이 기억났다…… '이런! 빌어먹을! 다시 그 생각이군, 다 던져버려야 해, 던져버려야 해!……'

그는 어느새 선잠에 빠져들었다. 열 때문에 생긴 오한은 누그러들었다. 갑자기 담요 아래서 뭔가가 팔과 다리를 타고 달려간 듯했다. 그는 몸을 떨었다. '휴, 제길, 쥐가 있나보군!' 그는 생각했다. '송아지고기를 탁자에 남겨놓아서 그래……' 담요를 젖히고 일어나 추위를 느끼고 싶은 마음 따위는 전혀 없었지만, 갑자기 다시 또 뭔가가 그의 발치에서 기분 나쁘게 바스락거렸다. 그는 담요를 젖히고 초를 켰다. 열 때문에 오한으로 떨면서 그는 몸을 숙여 침대를 살펴보았다. 아무것도 없었다. 하지만 담요를 털자 갑자기 쥐 한 마리가 시트 위로 떨어졌다. 그는 쥐를 잡으려고 덤벼들었다. 하지만 쥐는 침대에서 뛰어내리지 않고 갈지자로 사방을 잽싸게 내달리다가 그의 손가락 사이로 빠져나가 팔을 타고 달려가서는 갑자기 베개 밑으로 쏙 숨어버렸다. 베개를 집어던졌지만, 순간 뭔가가 그의 품으로 뛰어들어 몸을 타고 벌써 등 뒤 셔츠 속으로 가서는 바스락거렸다. 그는 신경질적으로 몸을 떨며 잠에서 깨어났다. 방은 어두웠고, 그는 좀전처럼 담요로 몸을 감싸고 침대에 누워 있었고, 창문 아래로 바람이 울부짖었다. '정말 기분 나쁜 꿈이야!' 그는 화를 내며 생각했다.

그는 일어나 창을 등지고 침대 끝에 앉았다. '아예 안 자는 게 낫겠군' 하고 결정을 내렸다. 하지만 창문에서 축축한 냉기가 끼쳐왔다. 그는 자리에서 일어나지 않은 채 담요를 끌어당겨 몸을 감쌌다. 초는 켜지 않았다. 아무것도 생각하지 않았고, 생각하고 싶지도 않았다. 하지만 꿈 같은 몽상이 꼬리를 물고 이어졌고, 두서없는 생각의 단편들이 밑도 끝도 없이 어른거리며 나타났다. 그는 반쯤 비몽사몽인 상태로 빠져든 것 같았다. 추위인지 어둠인지 습기인지 창 아래서 울부짖으며 나무를 흔드는 바람인지 모를 것이 그의 마음속에 집요하고 환상적인 갈망과 바람을 불러일으켰다. 그러자 눈앞에 온통 꽃들이 보이기 시작했다. 매혹적인 풍경이 그의 상상 속에 펼쳐졌다. 밝고 따뜻하고 무덥기도 한 성령강림제 축일날이었다. 부유하고 화려한 영국풍의 시골 오두막집 주위로 심어둔 향기로운 꽃이 온통 무리를 이루며 자라 집 전체를 에워싸고 길게 늘어서 있다. 넝쿨식물이 휘감아 타오르고 장미가 띠를 이루며 가득 핀 현관이 보인다. 환하고 서늘한 계단에는 호사스러운 양탄자가 깔려 있고, 진기한 꽃을 꽂아둔 중국 항아리들이 놓여 있다. 창가, 물이 담긴 항아리 속에서 강한 향기를 풍기며 무성하고 긴 진녹색 줄기 위로 살짝 고개를 숙이고 있는 희고 나긋한 수선화 다발에 유독 눈길이 갔다. 그걸 지나치고 싶지는 않았지만, 그는 계단을 따라 올라갔고 커다랗고 천장이 높은 홀로 들어갔는데, 여기도 역시 도처에, 창문, 테라스 쪽으로 활짝 열린 문과 테라스까지 도처에 꽃이 널려 있었다. 바닥에는 방금 베어온 향기로운 풀이 뿌려져 있었고, 창문이 활짝 열려 신선하고 가볍고 선선한 공기가 방으로 흘러들어왔으며, 새들이 창 아래서 지저귀고 있었고, 홀 한가운데, 흰색 공단을 씌운 탁자 위에 관이 놓여 있었다. 이 관에는 얇은 흰색 비단이 씌워져 있었는데, 테두리에 흰색 주름이 무성하게 잡혀 있었다. 줄지어 놓인 꽃다발들이 사방에서 관을 에워싸고 있었다. 관 속에는 레이스가 달린 흰색 비단 드레스를 입고 대리석으로 빚은 듯한 팔을 가슴에 모아 쥔 소녀가 온통 꽃에 파묻혀 누워 있었다. 하지만 풀어헤친 소녀의 머리카락, 밝은 금발 머리카락은 젖어 있었다. 소녀는 장미 화관을 머리에 썼다. 이미 딱딱하게 굳어버린 그녀의 옆모습 또한 대리석으로 빚은 듯했지만, 창백한 입술에 어린 미소는 어린아이답지 않게 한없는 비애와 크나큰 원망을 가득 담고 있었다. 스비드리가일로프는 이 소녀를 알고 있었다. 관 주위에는 성상도, 불을 밝힐 양초도 없었고, 기도 소리도 들리지 않았다. 이 소녀는 물에 몸을 던져 자살했다. 겨우 열네 살이었지만, 이미 마음을 크게 다쳐 스스로를 파멸시켰는데, 모욕으로 상처받고 위협당해 놀란 어리고 천진한 마음, 아무 이유 없이 수치심을 느껴야 했던 천사같이 순결한 영혼은 파렴치한 욕설 탓에 들어주는 사람 하나 없는 마지막 절망의 비명을 지르면서, 바람이 울부짖는 어두운 밤, 암흑과 추위 속에서, 얼음이 녹기 시작하는 축축한 강물 속으로 몸을 던진 것이다……

스비드리가일로프는 정신을 차리고 침대에서 일어나 창 쪽으로 걸음을 옮겼다. 손으로 더듬어 빗장을 찾아 창문을 열어젖혔다. 바람이 맹렬하게 좁은 방으로 쏟아져들어와, 얼음장 같은 서릿발처럼 그의 얼굴과 달랑 셔츠 한 장만 걸친 가슴에 달라붙었다. 창문 아래에는 정말로 정원 같은 것이 있는 듯했고, 마찬가지로 유흥장으로 쓰는 곳 같았다. 아마 이곳에서도 낮에는 가수들이 노래를 부르고, 탁자로 차를 나를 것이었다. 반면 지금은 나무와 관목숲에서 가는 물방울만 창문으로 날아들 뿐, 지하실처럼 어두워서 거무스름한 점들로만 사물의 윤곽을 간신히 구별할 수 있었다. 스비드리가일로프는 몸을 굽히고 창턱에 팔꿈치를 괸 채 벌써 오 분째 눈을 떼지 않고 이 어둠을 바라보고 있었다. 밤의 암흑을 뚫고 대포 소리가 울리더니 뒤를 이어 한 번 더 울렸다.

'아, 경보로구나! 강물이 붇고 있나보다.' 그는 생각했다. '아침이면 저쪽 저지대에 있는 거리로 물이 쏟아져들어와 지하실과 창고가 잠기고 지하실 쥐들이 떠다니고, 비바람 속에서 사람들이 욕을 해대며 젖은 몸으로 잡동사니를 위층으로 끌어올릴 테지…… 그런데 지금 몇시지?' 이 생각을 하자마자 어딘가 가까이에서 벽시계가 전속력으로 달려가듯 재깍거리며 세 번 울렸다. '이런, 한 시간 후면 벌써 날이 밝겠구나! 뭘 기다리는 거야? 당장 나가서 곧장 페트롭스키 공원으로 가자. 거기서 온통 비에 젖은 커다란 관목을 골라보자, 그럼 어깨로 툭 치기만 해도 수백만 개의 물방울이 머리로 흠뻑 쏟아지겠지……' 그는 물러나 창문을 잠그고 초를 켜고 나서 조끼와 외투를 걸치고 모자를 쓴 다음 초를 들고 복도로 나가, 어딘가 좁은 골방, 온갖 잡동사니와 타다 남은 양초토막 사이에서 자고 있을 허름한 종업원을 찾아 방값을 지불하고 호텔을 나가려 했다. '더없이 좋은 때야, 더 좋은 순간을 택하는 건 불가능해!'

그가 길고 좁은 복도를 한참이나 다 돌아다니고도 아무도 찾지 못해 큰 소리로 사람을 부르려는 순간, 갑자기 어두운 구석, 낡은 장롱과 문 사이에서 살아 있는 것 같은 이상한 물체가 보였다. 초를 들고 몸을 굽혀 살펴보니 어린아이였다. 다섯 살 정도 된, 그보다 더 들어 보이지는 않는 여자아이가 흠뻑 젖은 걸레 같은 옷을 입고 몸을 떨며 울고 있었다. 아이는 스비드리가일로프를 보고도 겁을 먹지 않은 듯했지만, 놀라움이 흐릿하게 담긴 크고 검은 눈동자로 그를 바라보며 이따금 훌쩍거렸는데, 마치 오랫동안 울다가 이미 울음을 그치고 진정하기는 했지만 그러다가도 다시 불쑥 훌쩍거리는 아이 같은 모습이었다. 아이의 얼굴은 창백하고 지쳐 보였다. 아이는 추위로 얼어 있어서, '대체 얘는 어쩌다 이런 데 있게 됐을까? 여기 숨어 밤새 자지 않았다는 얘기인데' 하는 생각이 들었다. 그는 아이에게 이것저것 묻기 시작했다. 아이는 갑자기 생기를 되찾고 어린애 특유의 혀 짧은 소리로 뭔가 아주 빠르게 말하기 시작했다. '엄마'가 어쩌고라고도 하고, '엄마가 때려쪄요'라고도 하고, 무슨 찻잔인가를 '내가 깨뜨려쪄요(깨뜨렸어요)'라고도 했다. 아이는 쉬지 않고 말했다. 그 모든 이야기로 미루어볼 때 이 천덕꾸러기 아이의 엄마는 아마도 이 호텔 주방에서 일하는 듯했고, 늘 취해서는 아이를 몹시 때리고 겁을 준다는 걸 짐작할 수 있었다. 아이는 엄마의 찻잔을 깨뜨리고는 그것 때문에 겁을 집어먹고 아까 저녁때부터 도망친 것이다. 아마도 마당 어딘가에서 비를 맞으며 오래도록 숨어 있다가 결국 이리로 숨어들어 장롱 뒤에 몸을 숨기고는, 습기와 어둠, 그런 짓을 했으니 이제 호되게 맞을 거라는 두려움에 떨며 이 구석에서 밤새 울며 앉아 있었던 것이다. 그는 아이를 팔에 안고 자기 방으로 데려가 침대에 앉힌 다음 옷을 벗기기 시작했다. 맨발에 신고 있던 구멍난 단화는 밤새 웅덩이에라도 잠겨 있던 것처럼 푹 젖어 있었다. 옷을 벗긴 후 그는 아이를 침대에 눕히고 머리까지 담요로 푹 덮어 감싸주었다. 아이는 금세 잠이 들었다. 모든 일을 마치자 그는 다시 음울한 생각에 빠져들었다.

'또 이렇게 남의 일에 끼어들 생각을 하다니!' 그는 괴로움과 적의에 찬 심정으로 문득 생각했다. '정말 말도 안 되는 짓이야!' 화가 난 그는 가서 어떻게든 허름한 종업원을 찾아 한시바삐 여기를 떠나려고 초를 집어들었다. '휴, 저 꼬마 때문에!' 그는 이미 문을 열며 탓하듯이 이런 생각을 했지만, 아이가 자고 있는지, 자는 모습은 어떤지 보려고 다시 돌아갔다. 그는 조심스럽게 담요를 살짝 들어올렸다. 아이는 깊고 행복한 잠에 빠져 있었다. 담요 아래서 몸이 따뜻해져 창백한 볼이 이미 발갛게 물들어 있었다. 하지만 이상한 일이다. 그 홍조는 보통 아이들에게 나타나는 것보다 더 선명하고 강렬한 것 같았다. '열이 나서 빨개진 거로구나.' 스비드리가일로프는 이렇게 생각했지만, 그것은 아이에게 한 잔 가득 먹인 듯 흡사 술 때문에 빨개진 것 같은 홍조였다. 입술은 타는 듯이 빨갰다. 그런데 이게 어찌된 일인가? 문득 아이의 길고 검은 속눈썹이 파르르 떨리며 깜빡이는 것 같더니, 살짝 들어올려진 속눈썹 사이로 교활하고 날카롭고 어린애답지 않게 한쪽 눈을 깜박거리는 듯했고, 아이는 자는 게 아니라 자는 척하는 것처럼 보였다. 그렇다, 사실이었다. 아이의 입술이 웃음 짓느라 오물거린다. 아직은 참는 듯 입술 끝이 파르르 떨린다. 하지만 아이는 더는 참지 않았다. 웃는 게, 웃는 게 분명하다. 전혀 어린애답지 않은 그 얼굴에서 뻔뻔스럽고 도발적인 뭔가가 빛나고 있다. 그건 음탕함이고, 바람기 있는 여자의 얼굴이고, 프랑스 창녀의 뻔뻔스러운 얼굴이다. 이제 아이는 더이상 숨기려고도 하지 않고 두 눈을 반짝 뜬다. 그 눈은 부끄러움을 모르는 타는 듯한 눈길로 그를 어루만지고 그를 부르며 웃는다…… 그 웃음과 그 눈, 아이의 얼굴에 나타난 그 모든 혐오스러운 것 속에는 한없이 추악하고 모욕적인 것이 있었다. '어떻게 이럴 수가! 겨우 다섯 살짜리가!' 생생한 공포를 느끼며 스비드리가일로프가 속삭였다. '이게…… 이게 대체 무슨 일이란 말인가?' 하지만 이미 아이는 활활 타는 얼굴을 그에게 완전히 돌리고서 손을 내밀고 있다…… '아, 저주받을 계집애 같으니!' 아이 위로 팔을 치켜들며 스비드리가일로프가 공포에 휩싸여 소리를 질렀다…… 하지만 바로 그 순간 잠에서 깨어났다.

그는 같은 침대에 누워 아까처럼 담요로 몸을 감싸고 있었다. 촛불은 켜져 있지 않았고, 벌써 창밖으로 날이 뿌옇게 밝아오고 있었다.

'밤새도록 악몽이라니!' 그는 온몸을 두들겨맞은 듯, 불쾌한 심정으로 몸을 일으켰다. 뼈마디가 쑤셨다. 밖은 짙은 안개로 완전히 뒤덮여 아무것도 분간할 수 없었다. 다섯시가 되어가고 있었다. 너무 잔 것이다! 그는 일어나 아직도 축축한 양복 상의와 외투를 입었다. 주머니에서 권총을 더듬어 꺼낸 다음 뇌관을 바로잡았다. 그러고는 자리에 앉아 주머니에서 수첩을 꺼내 겉장 제일 눈에 잘 띄는 곳에 큼직하게 몇 줄인가 적어넣었다. 다시 읽어본 후 그는 탁자에 팔꿈치를 괴고 생각에 잠겼다. 권총과 수첩은 팔꿈치 바로 옆에 놓여 있었다. 잠에서 깬 파리들이 손도 대지 않고 탁자 위에 놓아둔 송아지 고기에 달라붙어 있었다. 그는 한참 동안 그것들을 바라보다가 이윽고 자유로운 오른팔로 파리 한 마리를 잡으려 했다. 오랫동안 애를 썼지만 아무리 해도 잡을 수 없었다. 마침내 그는 이 재미있는 일에 몰두해 있던 자신을 발견하고 정신을 차린 다음 흠칫 몸을 떨고는 자리에서 일어나 결연한 자세로 방을 나섰다. 잠시 후 그는 거리에 있었다.

우윳빛 짙은 안개가 도시에 드리웠다. 스비드리가일로프는 미끄럽고 더러운 나무 포장도로를 따라 말라야 네바 강 쪽으로 걸어갔다. 밤새 높이 불어난 말라야 네바 강물, 페트롭스키섬, 젖은 길, 젖은 풀밭, 젖은 나무들과 관목들, 그리고 마침내 바로 그 관목이 눈에 들어왔다…… 그는 뭔가 다른 것을 생각하기 위해 짜증스럽게 건물들을 살피기 시작했다. 거리를 따라 걷는 동안 행인도, 마차도 마주치지 않았다. 덧문이 닫힌 촌스러운 노란색 목조건물들이 음침하고 더러워 보였다. 추위와 습기가 온몸을 사로잡아 오한이 나기 시작했다. 이따금 구멍가게와 야채

가게 간판과 우연히 마주칠 때면 매번 꼼꼼히 읽어보았다. 이제 나무 포장도로가 끝났다. 이미 그는 커다란 석조건물과 나란히 서 있었다. 추위에 꽁꽁 얼어버린 더러운 개 한 마리가 꼬리를 말고 그의 앞을 가로질러 길을 건너갔다. 외투를 입은 어떤 사내가 고주망태가 되어 인도를 가로막고 엎어져 있었다. 그는 사내를 힐끔 보고는 더 걸어갔다. 높이 솟은 소방서 망루가 왼편에 어슴푸레 보였다. '아!' 그는 생각했다. '그래, 바로 저기야, 페트롭스키섬까지 갈 게 뭐 있나? 적어도 공식적인 증인이 있는 데서……' 이 새로운 생각에 그는 하마터면 웃을 뻔했고, ○○거리로 접어들었다. 망루가 달린 커다란 소방서 건물이 거기 있었다. 닫힌 커다란 정문에는 키가 크지 않은 한 남자가 회색 군인 외투로 몸을 감싸고 아킬레우스식 구리 철모를 쓴 채 문에 어깨를 기대고 서 있었다. 그는 잠에 취한 눈으로 자기에게 다가오는 스비드리가일로프를 차갑게 곁눈질했다. 모든 유대 종족의 얼굴에 예외 없이 쓰라리게 새겨진, 불만에 가득찬 영원한 비애가 그의 얼굴에서 엿보였다. 그들 두 사람, 스비드리가일로프와 아킬레우스는 잠시 아무 말 없이 서로를 살폈다. 마침내 아킬레우스는 취하지도 않은 사람이 세 걸음 앞에 버티고 서서 집요하게 쳐다보며 아무 말도 하지 않는 것을 심상치 않게 여겼다.

"어이, 여서 모-하-시-오?"* 여전히 움직이지도, 자세를 바꾸지도 않고 그가 말했다.

"뭐, 별일 아닐세, 친구, 안녕하신가!" 스비드리가일로프가 대답했다.

"여서 이러면 안 돼요."

---

* 유대인 출신 보초는 부정확한 러시아어를 구사한다.

"친구, 난 외국으로 간다네."

"외국이라구요?"

"미국으로 간다네."

"미국요?"

스비드리가일로프는 권총을 꺼내 공이치기를 당겼다. 아킬레우스가 눈썹을 곤두세웠다.

"아니, 모하는 거요, 여서 그런 장란(장난) 치면 안 돼요!"

"대체 왜 안 된다는 거지?"

"왜냐면 여서 그러면 안 되니깐요."

"뭐, 친구, 상관없어. 좋은 곳인걸. 누군가 자네에게 묻거든 그렇게 대답하게, 미국으로 떠났다고 말일세."

그는 권총을 자신의 오른쪽 관자놀이에 가져다댔다.

"아니, 여서는 안 돼요, 여서 그러면 안 된다니깐!" 아킬레우스가 눈을 더 휘둥그레 뜨며 몸을 부르르 떨었다.

스비드리가일로프는 방아쇠를 당겼다.

## 7

같은 날, 그러나 이미 저녁 여섯시가 넘은 무렵, 라스콜니코프는 어머니와 동생이 사는 집 근처에 와 있었다. 라주미힌이 마련해준, 바칼레예프 건물에 있는 바로 그 집이었다. 거리에서 바로 계단으로 올라가는 문이 나 있었다. 라스콜니코프는 들어갈지 말지 망설여지는 듯 여전히 걸음을 늦추며 근처에서 서성이고 있었다. 하지만 무슨 일이 있어도 돌아가지는 않을 터였다. 이미 결정을 내렸으니까. '게다가 상관없어, 두 사람은 아직 아무것도 모르니까.' 그는 생각했다. '이미 날 괴팍한 사람으로 여기는 데도 익숙해졌으니……' 그의 차림새는 끔찍했다. 밤새 비를 맞아 무척 더러웠고 누더기처럼 너덜너덜했다. 얼굴은 피로와 나쁜 날씨, 육체적 고단함과 거의 스물네 시간 계속된 자신과의 싸움으로 보기 흉한 지경이었다. 그 밤 내내 그는 혼자 있었고, 어디에 있었는지는 아무도 몰랐다. 하지만 적어도 마음의 결정은 내렸다.

그는 문을 두드렸다. 어머니가 문을 열어주었다. 두네치카는 집에 없었다. 하녀조차 마침 집을 비웠다. 풀헤리야 알렉산드로브나는 너무 기쁘고 놀라서 처음엔 아무 말도 하지 못했다. 그러다가 아들의 손을 움켜쥐고 방으로 데려갔다.

"이렇게 네가 왔구나!" 그녀는 기쁨으로 말을 더듬으며 입을 열었다. "로쟈, 내가 이렇게 바보같이 눈물바람으로 널 맞는다고 화를 내지는 말거라. 웃는 거지, 우는 게 아니란다. 내가 운다고 생각하니? 아니야, 기뻐서 이러는 거란다, 바보같이 눈물을 흘리는 버릇이 있어서 말이다. 네 아버지가 가신 다음부터 걸핏하면 이렇게 우는구나. 앉으려무나, 아가, 분명 피곤한 게로구나, 그래 보인다. 아, 어쩜 이렇게 더러워졌니."

"어제 비를 맞았어요, 어머니……" 라스콜니코프가 말을 시작하려 했다.

"아니, 아니다!" 풀헤리야 알렉산드로브나가 아들의 말을 가로막으며 외쳤다. "내가 지금 예전 버릇대로 여편네같이 꼬치꼬치 캐묻기 시작한다고 생각했구나, 걱정 마라. 난 정말로 이해한단다, 다 이해해, 이제 여기 방식을 깨우쳤거든, 그리고 사실 내가 봐도 그게 더 현명하더라. 단박에 알아버렸지. 내가 어떻게 감히 네 생각을 이해할 수 있으며 어떻게 감히 네게 설명을 요구하겠니? 아마 네 머릿속엔 누구도 짐작 못할 일이나 계획이 진행되고 있겠지, 아니면 뭔가 새로운 생각이 싹트고 있거나. 그러니 네가 무슨 생각을 하고 있는지 채근하지 않으마. 난 말이다…… 아, 맙소사! 대체 내가 왜 이렇게 정신 나간 여편네처럼 이리저리 갈피를 못 잡고 헤매는지…… 난 말이다, 로쟈, 잡지에 실린 네 논문을 벌써 세번째 읽고 있단다, 드미트리 프로코피치가 가져다주었거든. 읽고는 내가 얼마나 바보 같은지 깨닫고 한숨만 나오더라, 이 아이는 이런 일에 전념하고 있구나, 이게 수수께끼의 해답이구나! 속으로 생각했지. 어쩌면 그때도 머릿속에 새로운 생각이 싹트고 있었는데, 그래서 거기 골몰하고 있었는데 내가 괴롭고 혼란스럽게 만들었구나, 하고 말이야. 물론, 얘야, 읽어도 난 많이 이해하지는 못한단다. 하긴 그게 당연하지. 내가 어딜 감히?"

"보여주세요, 어머니."

라스콜니코프는 잡지를 들고 자기 논문을 얼른 훑어보았다. 비록 그의 처지나 상황에 모순된 일이긴 하지만, 그는 작가가 자기 글이 처음으로 인쇄된 걸 보았을 때 경험하기 마련인 짜릿하면서도 달콤한 묘한 감정을 느꼈고, 여기에는 스물세 살이라는 나이도 한몫했다. 하지만 한순간이었다. 몇 줄 읽고 나서 그는 얼굴을 찌푸렸고, 지독한 우울함이 심장을 짓눌렀다. 최근 몇 달간 겪은 마음의 고투가 전부 한꺼번에 되살아났다. 그는 혐오감과 노여움에 휩싸여 논문을 탁자에 내던졌다.

"하지만 로쟈, 이 어미가 아무리 어리석어도, 네가 곧 최고의 사람들 중 하나가 되리라는 것만은 판단할 수 있단다. 우리 나라 학계에서 제일 최고는 아니더라도 말이다. 그런데도 사람들이 감히 네가 미쳤다고 생각하다니. 호호호! 사람들이 정말 그렇게 생각했던 거 모르지! 아, 열등한 벌레들 같으니, 지성이라는 게 뭔지 그 작자들이 어떻게 이해하겠니! 정말이지 두네치카마저도 거의 믿을 뻔했다니까. 어떻게 그럴 수가 있는지! 돌아가신 네 아버지도 잡지에 두 번 글을 보내신 적이 있어. 처음엔 시를(내가 그 노트를 간직하고 있거든, 언젠가 보여주마), 그 다음엔 중편소설을 완성해 보냈지(정서하게 해달라고 내가 먼저 졸랐단다), 그러고는 받아줬으면 하고 우리 둘이서 얼마나 기도했는지 모른다. 하지만 안 받아줬지! 난 말이다, 로쟈, 예니레 전쯤 네 입성 하며 네가 어떻게 사는지, 뭘 먹고 뭘 신고 다니는지 보고 몹시 상심했단다. 하지만 역시 또 내가 어리석었다는 걸 이제 알겠구나, 지금이라도 마음만 먹으면 너는 지성과 재능으로 모든 걸 단번에 얻을 수 있는데 말이다. 그러니까 넌 지금 당분간은 그런 걸 원치 않는 거야, 훨씬 더 중요한 일에 전념하고 있으니까……"

"두냐는 집에 없나요, 어머니?"

"그래, 로쟈. 나를 혼자 내버려두고 굉장히 자주 집을 비우더라. 드미트리 프로코피치가 고맙게도 자주 와서 나와 마주앉아 너에 대해 전부 다 이야기해주시지. 얘야. 그분은 널 사랑하고 존경해, 네 동생 말인데, 그애가 날 아주 홀대한다는 건 아니야. 진짜로 불평하는 게 아니란다. 그애도 나름대로 성격이 있고, 나도 그러니까. 그애에게 무슨 비밀이 생긴 모양이야. 난 너희에게 숨기는 게 아무것도 없는데. 물론 두냐가 아주 똑똑한데다 나와 널 사랑한다는 건 굳게 믿지만…… 하지만 이 모든 일이 어떻게 될지 난 정말 모르겠구나. 로쟈, 이렇게 들러주니 네 덕분에 행복하다, 그런데 그앤 어딜 이렇게 싸돌아다니는지. 그애가 오면, 너 없을 때 오빠가 왔다 갔다, 근데 넌 어디서 어슬렁거리다 왔니, 하고 말해줘야겠다. 로쟈, 나한테 너무 신경쓰지 말거라. 올 수 있으면 오고, 아니면 아무것도 안 해도 돼, 그냥 내가 좀 기다리마. 여전히 네가 날 사랑한다는 걸 알고 있으니 그걸로 족하고말고. 네가 쓴 글을 읽고, 모두에게서 너에 대해 듣고, 그게 아니더라도 네가 직접 보러 올 테니 그보다 좋은 게 대체 뭐가 있겠니? 정말이지 지금도 이렇게 어미를 위로하러 들러주지 않았니, 다 알아……"

이 대목에서 풀헤리야 알렉산드로브나가 갑자기 울음을 터뜨렸다.

"내가 또 이러는구나! 바보 같은 어미를 보지 말거라! 아, 세상에, 이렇게 앉아만 있다니." 그녀는 자리에서 벌떡 일어나며 외쳤다. "커피가 있는데 먹일 생각도 안 하고! 이게 진짜 늙은이의 이기심이지 뭐겠니. 금방, 금방 가져다주마!"

"어머니, 그냥 두세요, 곧 가야 해요. 그래서 온 게 아니에요. 자, 제 말을 들어보세요."

풀헤리야 알렉산드로브나는 겁먹은 얼굴로 아들에게 다가갔다.

"어머니, 무슨 일이 있더라도, 저에 대해 무슨 말을 들으시든, 사람들이 저에 대해 뭐라고 하든 어머니는 지금처럼 절 사랑하실 거죠?" 그는 자기가 무슨 말을 하는지 생각하지도, 헤아려보지도 않은 채 진심을 가득 담아 불쑥 물었다.

"로쟈, 로쟈, 무슨 일이니? 아니, 어떻게 그런 걸 물어볼 수 있니! 대체 너에 대해 누가 무슨 말을 한다는 게냐? 그래, 난 누구도 믿지 않으마, 누가 오든 그냥 쫓아버리마."

"제가 온 건, 제가 언제나 어머니를 사랑했다고 확실히 말씀드리기 위해서예요, 지금 우리 둘만 있어서 기뻐요, 심지어 두냐가 집에 없어서 기쁘기까지 한걸요." 그는 조금 전 그랬듯이 격정에 휩싸여 말을 이어갔다. "어머니께 직접 말씀드리고 싶어서 왔어요, 어머니가 불행하다 느끼시게 되더라도, 그래도 지금 당신 아들이 자신보다 당신을 더 사랑한다는 걸 생각하시라고요, 그리고 제가 야박하고 어머니를 사랑하지 않는다고 생각하셨던 건 다, 다 사실이 아니에요. 어머니를 사랑하는 걸 절대 멈추지 않을 거예요…… 자, 이제 됐어요. 이렇게 해야 한다, 이렇게 시작해야 한다는 생각이 들었어요……"

풀헤리야 알렉산드로브나는 아무 말 없이 아들을 껴안아 품에 꼭 안고 조용히 눈물을 흘렸다.

"로쟈, 네게 무슨 일이 있는 건지 모르겠구나." 이윽고 그녀가 말했다. "요즘 들어 내내 난 네가 우리를 그저 지겹게만 여긴다고 생각했단다, 하지만 이제 모든 걸 미루어보니 네게 크나큰 슬픔이 닥쳐오고 있다는 걸 알겠구나, 그래서 괴로운 게야. 오래전부터 이미 난 그걸 예감하고 있었지, 로쟈. 이런 말을 해서 미안하다. 내내 그 생각을 하느라 밤마다 잠도 못 이뤄. 어젯밤엔 네 누이도 밤새 누워 헛소리를 하는데, 온통 네 얘기뿐이었단다. 듣긴 했지만 아무것도 알아듣지 못하겠더구나. 아침에도 내내 사형장에 끌려갈 사람처럼 이리저리 서성이며 뭔가 예감하며 기다렸는데, 이렇게 올 것이 온 거지! 로쟈, 로쟈, 대체 어디로 가려는 거야? 어딘가로 떠나는 거니, 그러니?"

"네, 떠나요."

"그럴 줄 알았다! 네가 필요하다면 나도 같이 갈 수 있는데. 두냐도. 그애는 널 사랑해, 널 무척 사랑해, 그리고 필요하다면 소피야 세묘노브나도 함께 가자꾸나. 얘야, 난 기꺼이 그 아가씨를 딸 삼아 데려갈 수도 있단다. 드미트리 프로코피치가 함께 떠날 수 있도록 도와줄 거야…… 하지만…… 대체 어디로…… 가는 거니?"

"안녕히 계세요, 어머니."

"뭐라고! 오늘 당장 말이냐!" 그녀는 아들을 영원히 잃기라도 하듯 비명을 질렀다.

"안 돼요, 가야 해요, 꼭 해야 할 일이……"

"나도 같이 가면 안 되겠니?"

"안 돼요, 어머니는 저를 위해 하느님께 무릎 꿇고 기도해주세요. 어머니 기도라면 아마 거기 닿을 거예요."

"네게 성호를 긋고 축복하게 해다오! 자, 이렇게, 이렇게. 오, 하느님, 이게 무슨 일이란 말입니까!"

그랬다, 그는 기뻤다, 아무도 없이 어머니와 단둘이 있을 수 있어서 아주 기뻤다. 그 모든 끔찍했던 시간들로 힘들었던 마음이 단번에 누그러드는 것 같았다. 그는 어머니 앞에 쓰러져 발에 입을 맞췄고, 두 사람은 서로 부둥켜안고서 눈물을 흘렸다. 이번에는 그녀 역시 놀라지도, 캐묻지도 않았다. 그녀는 이미 오래전부터 아들에게 뭔가 끔찍한 일이 일어나고 있다는 걸 알았고, 이제 그에게 그 무서운 순간이 닥친 것이다.

"로쟈, 사랑스러운 아들, 내 맏아들." 그녀가 흐느끼며 말했다. "이제야 꼭 어릴 때의 너 같구나, 그때랑 똑같이 와서 날 안고 입을 맞추고 있어. 아직 아버지가 살아 계셨을 때 우린 가난했지만, 네가 함께 있다는 것 하나만으로 위로가 됐단다, 네 아버지를 묻고 나서 아버지 무덤가에 앉아 지금처럼 이렇게 서로 부둥켜안고 우리가 얼마나 많이 울었니. 내가 오래전부터 눈물을 보인 건 이 어미의 마음이 재앙을 예감한 탓이야. 그날 저녁 처음 널 보자마자, 기억나니, 우리가 여기 막 도착한 날 말이다, 네 눈길 하나로 모든 걸 짐작했고, 그때도 내 심장은 이렇게 뛰었지, 오늘도 네게 문을 열어주고 널 본 순간, 그래, 필시 운명의 시간이 왔구나 생각했단다. 로쟈, 로쟈, 정말 당장 떠나는 건 아니지?"

"아니에요."

"또 올 거지?"

"네…… 올게요."

"로쟈, 화내지는 마라, 감히 캐물으려는 게 아니야. 감히 그래선 안 된다는 건 나도 알지만, 그저 두어 마디만 해다오, 어디 멀리 가는 거니?"

"아주 멀리요."

"대체 거긴 왜, 무슨 일이나 출셋길이라도 있는 거니?"

"하느님이 인도하시는 대로…… 그냥 절 위해 기도해주세요……"

라스콜니코프가 문으로 걸어가자, 그녀는 그 뒤에 매달려 절망적인 눈길로 아들의 눈을 바라보았다. 그녀의 얼굴이 공포로 일그러졌다.

"그만하세요, 어머니." 여기 오기로 마음먹은 걸 깊이 후회하며 라스콜니코프가 말했다.

"아주 가는 건 아니지? 설마 아직은 아주 가는 건 아니지? 진짜 올 거지, 내일 올 거지?"

"올게요, 올 거예요, 들어가세요."

결국 그는 뿌리치듯 도망나왔다.

신선하고 따뜻하고 맑은 저녁이었다. 날씨는 이미 아침부터 개어 있었다. 라스콜니코프는 집으로 걸어갔다. 걸음을 재촉했다. 모든 걸 해가 지기 전에 끝내고 싶었다. 그때까지는 누구도 만나고 싶지 않았다. 자신의 방으로 올라가면서 나스타시야가 사모바르를 내려놓고 뚫어져라 자기 뒤를 눈으로 좇는 걸 알아차렸다. '설마 내 방에 누가 있는 건 아니겠지?' 그는 생각했다. 혐오스럽게도 포르피리의 모습이 눈앞에 어른거렸다. 하지만 방에 도착해 문을 여니 두네치카의 모습이 보였다. 그녀는 깊은 생각에 잠겨 홀로 앉아 있었는데, 이미 오래전부터 그를 기다린 것 같았다. 그는 문지방에 멈춰 섰다. 그녀는 소스라치게 놀라 소파에서 벌떡 일어나서 그 앞에 우뚝 섰다. 미동도 없이 그에게 고정된 눈길은 두려움과 달랠 길 없는 슬픔을 담고 있었다. 이미 그 눈길 하나만으로도 그녀가 모든 걸 알고 있다는 걸 단번에 알아차릴 수 있었다.

"어떻게, 나 들어갈까 말까?" 그는 동생의 마음을 알 수 없어 이렇게 물었다.

"하루종일 소피야 세묘노브나 집에 있었어. 우리 둘이서 오빠를 기다렸어. 오빠가 분명 거기 들를 거라고 생각했으니까."

라스콜니코프는 방으로 들어가 기진맥진한 모습으로 의자에 앉았다.

"어쩐지 힘이 없구나, 두냐. 너무 피곤해. 이 순간만이라도 나 자신을 완전히 통제할 수 있으면 좋으련만."

그는 잘 모르겠다는 듯 동생을 올려다보았다.

"대체 밤새 어디 있었던 거야?"

"잘 기억이 안 나. 저기, 두냐, 난 마지막 결정을 내리고 싶어서 네바강 근처를 수없이 서성였어. 그건 기억이 나. 거기서 끝내고 싶었어, 하지만…… 마음을 정하지 못하고……" 여전히 잘 모르겠다는 듯 두냐를 쳐다보며 그가 속삭였다.

"다행이야! 우리가, 나와 소피야 세묘노브나가 두려워했던 것도 바로 그거였어! 그러니까 오빠는 아직 삶을 믿고 있는 거야. 다행이야, 다행이야!"

라스콜니코프는 씁쓸하게 웃었다.

"난 삶을 믿지 않았지만 방금 어머니와 부둥켜안고 울었어. 신을 믿지도 않으면서 어머니에게 날 위해 기도해달라고 부탁했고. 어떻게 될지는 하느님만 아시겠지, 두네치카, 나는 아무것도 모르겠어."

"엄마한테 갔었어? 그 얘기도 한 거야?" 두냐가 두려움에 질려 비명을 질렀다. "설마, 작정하고 말해버린 거야?"

"아니, 안 했어…… 말은 안 했어. 하지만 어머니는 많은 걸 알고 계셔. 네가 밤에 헛소리하는 걸 들으셨다더라. 분명 이미 반은 알고 계실 거야. 어쩌면 거기 간 게 잘못인지도 모르겠다. 심지어 내가 왜 갔는지도 모르겠어. 난 비열한 인간이야, 두냐."

"비열한 사람이라도 기꺼이 고통을 짊어지러 가려 하잖아! 정말 갈 거지?"

"갈 거야. 지금. 그래, 그런 수치를 피하려고 강물에 몸을 던지고도 싶었지, 한데 두냐, 강물을 굽어보며 서 있으려니 벌써 그런 생각이 들더라, 만일 내가 지금까지 자신을 강하다고 생각했다면, 이제 그런 수치도 두려워하지 말아야 한다고 말이야." 먼저 앞서나가며 그가 말했다. "이건 자존심일까, 두냐?"

"자존심이야, 로쟈 오빠."

그의 흐릿한 두 눈에 불꽃이 반짝하는 것 같았다. 자신에게 아직 자존심이 남아 있다는 사실이 기분좋게 느껴진 듯했다.

"내가 그저 물이 겁나서 그랬을 거라는 생각은 안 드니, 동생아?" 그가 비웃음으로 흉하게 얼굴을 일그러뜨린 채 그녀의 얼굴을 힐끔 쳐다보며 물었다.

"오, 로쟈 오빠, 그만해!" 두냐가 슬프게 탄식했다.

이 분 정도 침묵이 이어졌다. 그는 고개를 떨구고 자리에 앉아 바닥을 내려다보았다. 두네치카는 탁자 맞은편 끝에 서서 고통스럽게 오빠를 바라보았다. 갑자기 그가 일어났다.

"늦었다, 가야겠어. 이제 자수하러 가야지. 하지만 내가 왜 자수하러 가는지 모르겠다."

굵은 눈물방울이 그녀의 뺨을 따라 흘러내렸다.

"우는구나, 누이야, 내게 손을 내어줄 수 있겠니?"

"그럼 그걸 의심한단 말이야?"

그녀는 그를 꽉 끌어안았다.

"고통을 짊어지러 가는 걸로 저지른 죄의 반은 이미 씻기는 게 아닐까?" 그녀가 오빠를 꽉 안고 입을 맞추며 외쳤다.

"죄라고? 무슨 죄?" 갑작스러운 광기에 휩싸여 그가 갑자기 소리를 질렀다. "혐오스럽고 해를 끼치는 이蝨, 누구에게도 쓸모없고 오히려 죽여서 마흔 가지의 죄목이 용서되는, 가난한 사람들의 피를 빨아먹는 고리대금업자 노파를 죽인 게 그게 죄라고? 난 그렇게 생각하지 않아, 또 죄를 씻을 생각도 없어. 그런데도 사방에서 모두들 내게 '범죄야, 범죄!'라고 손가락질을 하다니. 그저 지금에 와서야, 이 불필요한 수치를 감당하러 가기로 결심한 지금에 와서야 내 소심함이 얼마나 어리석은지 확실히 알겠구나! 난 단지 내 비열함과 무능함 때문에 그렇게 결심한 것뿐이야, 더구나 어쩌면 그게 더 이로울 테니까, 그…… 포르피리가 제안했듯이 말이야!……"

"오빠, 오빠, 그게 무슨 말이야! 오빠는 피를 흘렸잖아!" 두냐가 절망적으로 외쳤다.

"그건 모두들 흘리는 거지." 극도로 흥분해서 그가 말을 받았다. "늘 폭포처럼 세상에 뿌려지고 있고 뿌려져온 거야, 샴페인처럼 피를 흩뿌리면 그 대가로 카피톨리누스 신전에서 월계관이 씌워지고 훗날 인류의 은인으로 불리게 되지.* 네가 조금만 더 주의깊게 보면 발견할 수 있어! 난 사람들에게 선을 베풀고 싶었고, 그 한 가지 어리석음을 대신해 수백, 수천의 선행을 하고 싶었어, 아니 어리석은 것도 아니야, 그저 좀 거북한 거지, 왜냐면 실패한 지금 느껴지는 것만큼 그 모든 생각이 결코 그렇게 어리석은 게 아니니까…… (실패했을 때는 모든 게 어리석게 느껴지는 법이야!) 난 단지 그 어리석음으로 나 자신을 독립적인 위치에 세우고, 첫걸음을 내딛고, 수단을 얻고 싶었어, 그러면 그땐 모든 잘못이, 상대적으로 말해, 헤아릴 수 없을 만큼의 이로움으로 씻길 테니까…… 하지만 난, 난 첫걸음조차 견뎌내질 못했어, 왜냐면 비열한

* 카이사르는 페르가몬에서 해적을 무자비하게 처형했고, 로마로 돌아온 후 카피톨리누스 신전에서 군 사령관으로 임명되었다.

인간이니까! 모든 문제는 바로 여기 있는 거야! 그래도 여전히 난 너처럼 이 일을 바라보게 되지는 않을 거야. 내가 성공했다면 내게 월계관을 씌워줬겠지, 하지만 지금은 덫에 빠진 거야!"

"그렇지 않아, 절대 그렇지 않아! 오빠, 오빠는 대체 무슨 소리를 하는 거야!"

"아! 그런 형식이 아니라는 거지, 미학적으로 그렇게 아름다운 형식이 아니란 거지! 하지만 난 도저히 이해 못하겠다. 어째서 사람들을 포탄으로, 포위공격으로 날려버리는 게 더 존중할 만한 형식이라는 거지? 미학에 대한 두려움은 무력함의 첫번째 징후야!…… 이걸 지금만큼 선명하게 자각한 적은 한 번도, 한 번도 없었고, 난 그 어느 때보다 더 나의 죄를 이해할 수 없어! 지금보다 더 강하고 확신에 차 있던 적은 한 번도, 한 번도 없었어!……"

그의 창백하고 지친 얼굴에 홍조까지 번졌다. 하지만 마지막 절규를 토해낸 후 돌연 두냐의 눈길과 마주쳤고, 자기 때문에 그 눈길에 얼마나, 얼마나 많은 고통이 담겼는지 맞닥뜨리고서야 자기도 모르게 정신이 번쩍 들었다. 어쨌든 자신이 이 가엾은 두 여인을 불행하게 만들었음을 느꼈다. 어쨌든 그가 원인인 것이다……

"사랑하는 두냐! 내가 죄를 지었다면 용서해줘. (죄를 지었다면 용서할 수도 없겠지만 말이야.) 잘 있어! 싸우지 말자! 가야 해, 정말 가야 해. 날 따라오지 마, 제발 부탁이다, 한 군데 더 들러야 할 곳이 있어…… 지금 당장 가서 어머니 옆에 앉아 있어. 부탁이다! 이게 네게 마지막으로 청하는 가장 큰 부탁이야. 항상 어머니 곁에 있어다오. 불안해하시는 어머니를 남겨두고 왔어, 어머니는 못 견디실 거야. 돌아가시든가 미쳐버리시겠지. 어머니 곁에 있어줘! 라주미힌이 두 사람 곁에 있어줄 거야. 내가 말해뒀거든…… 나 때문에 울지는 마. 살인자라 할지라도 평생 용기 있고 정직하게 살려고 노력할게. 어쩌면 언젠가 내 이름을 듣게 될지도 몰라. 두 사람 이름을 더럽히는 일은 하지 않을 테니 지켜봐다오. 내가 더 증명해보일게…… 이제 그만 헤어지자." 그의 마지막 말과 약속을 듣고 있는 두냐의 눈에 또다시 이상한 표정이 나타나는 걸 보고서 그는 서둘러 이야기를 끝맺었다. "왜 그렇게 우니? 울지 마라, 울지 마. 아주 헤어지는 것도 아니잖아!…… 아, 그래! 잠깐, 잊은 게 있구나!……"

그는 책상으로 다가가 먼지 쌓인 두꺼운 책을 집어들어 펼치고, 책갈피에 끼워둔, 상아판 위에 수채로 그린 작은 초상화를 꺼냈다. 예전에 그와 약혼했다 열병으로 죽은 집주인의 딸, 수도원에 가고 싶어했다는 아주 이상한 그 아가씨의 초상화였다. 그는 표정이 풍부하고 병적인 그 얼굴을 잠시 들여다보더니 초상화에 입을 맞춘 다음 두네치카에게 건네주었다.

"이 여자하고 거기에 대해서 많은 얘기를 나눴어, 이 여자하고만." 그는 생각에 잠긴 채 말했다. "나중에 그렇게 추악하게 실현된 그 일에 대해 그녀에게 많은 걸 말해주었지. 걱정하지 마." 그는 두냐를 향해 말했다. "그녀도 너처럼 동의하지 않았어, 그녀가 이미 세상에 없어서 기쁘구나. 중요한 건, 중요한 건 이제 모든 게 새롭게 시작될 거라는 사실, 두 동강 날 거라는 사실이야." 그는 다시 한번 좀전의 우울한 상태로 돌아가 불쑥 이렇게 외쳤다. "모든 게, 모든 게 그래, 하지만 난 그럴 준비가 된 걸까? 스스로 그걸 원하고 있는 걸까? 사람들은 나의 시련에 그게 필요하다고 말하지! 그 의미 없는 시련들이 다 도대체 왜, 왜 필요한 거지? 왜 내가 이십 년의 징역을 마치고 고통에 짓눌려 백치가 되고 늙어 힘이 빠진 그때 깨닫는 게 지금 깨닫는 것보다 더 낫다는 거지, 그때 난 왜 살아야 하지? 지금 난 왜 그렇게 사는 데 동의하는 거냐고? 오, 오늘 새벽 여명 속에서 네바강을 굽어보며 난 내가 비열한 인간이라는 걸 알았어!"

두 사람은 마침내 밖으로 나왔다. 두냐는 힘들었지만, 오빠를 사랑했다! 그녀는 걸어가다가 쉰 걸음쯤 가서 몸을 돌려 다시 한번 오빠를 바라보았다. 아직 그의 모습이 보였다. 골목에 이르러 그도 몸을 돌렸다. 마지막으로 두 사람의 눈이 마주쳤다. 하지만 동생이 자기를 쳐다보는 것을 알고, 그는 심지어 화를 내듯 초조하게 가라고 손을 내젓고는 먼저 단호하게 몸을 돌려 골목으로 접어들었다.

'난 나쁜 놈이야, 나도 알아.' 그는 이내 두냐에게 화를 내며 손을 내저은 일을 부끄러워하며 속으로 생각했다. '하지만 저들은 도대체 왜 나를 이렇게 사랑하는 걸까, 그럴 가치가 없는데! 오, 내가 혼자고 아무도 날 사랑하지 않았다면, 나 역시 결코 누구도 사랑하지 않았다면! 그럼 이 모든 일도 없었을 텐데! 그런데 궁금하다, 정말 십오 년이나 이십 년이 흐르면 내 영혼이 온화해져 말끝마다 자신을 강도라 불러가며 사람들 앞에서 공손하게 흐느껴 울게 될까? 그래, 바로 그거야, 그거! 그렇게 만들려고 그놈들은 지금 날 유형 보내는 거야, 놈들에겐 바로 그게 필요한 거야…… 그놈들 다 이렇게 앞뒤로 거리를 쏘다니지만, 본성은 하나같이 벌써 비열한에 강도야. 아니, 그보다 더 나쁜 천치다! 내가 유형을 피해가기라도 하면 다들 고귀한 분노로 광분하겠지! 오, 놈

들 모두가 너무나 증오스럽다!'

그는 깊은 생각에 잠겼다. '과연 어떤 과정을 거쳐야 마침내 내가 저들 모두 앞에 아무 생각 없이 굴복해 맹목적으로 순종하게 되는 걸까! 하긴, 그러지 말란 법도 없지 않은가? 물론, 당연히 그렇게 될 것이다. 이십 년간 끊임없이 압박하면 마침내는 목적을 달성하지 않겠는가? 물이 돌을 뚫는 법이다. 그렇다면 도대체 왜, 왜 살아야 하며, 모든 게 책에 쓰인 것처럼, 그야말로 그대로 되리라는 걸 뻔히 알면서도 난 지금 왜 가고 있을까!'

그는 어제저녁부터 이미 백 번은 족히 자신에게 이런 질문을 던지고 있었지만, 그럼에도 가고 있었다.

## 8

그가 소냐 방에 들어섰을 때는 이미 땅거미가 지고 있었다. 소냐는 하루종일 끔찍하게 흥분한 상태로 그를 기다렸다. 그녀는 두냐와 함께 기다렸다. 어제 스비드리가일로프가 소냐가 '이 일을 알고 있다'라고 말한 것을 기억하고, 두냐가 아침부터 그녀를 찾아온 것이다. 두 여인이 나눈 대화와 흘린 눈물, 그리고 두 사람이 서로 얼마나 가까워졌는지에 대해서는 상세히 전하지 말기로 하자. 적어도 두냐는 이 만남을 통해 오빠가 혼자가 아닐 거라는 한 가지 위안을 얻었다. 그는 고백하기 위해 그녀를, 소냐를 맨 처음으로 찾았다. 그에게 사람이 필요했을 때, 그녀에게서 사람을 찾았다. 그녀도 운명이 이끄는 대로 그의 뒤를 따를 것이다. 묻지는 않았지만 두냐는 그렇게 되리라는 걸 알았다. 그녀는 심지어 어떤 존경심까지 품고서 소냐를 바라보았고, 처음에 소냐는 자신을 대하는 이 존경어린 감정에 어쩔 줄 몰랐다. 하마터면 울음까지 터뜨릴 뻔했다. 오히려 그녀는 자신이 두냐를 쳐다볼 자격조차 없다고 여겼다. 라스콜니코프의 방에서 처음 만났을 때, 배려와 존중의 마음을 담아 자신에게 고개를 숙이던 두냐의 아름다운 모습은 그때부터 소냐의 생애에서 가장 아름답고 범접할 수 없는 모습 중 하나로 영원히 마음속에 남았던 것이다.

두네치카는 견디다 못해 결국 오빠 방에서 기다리기 위해 소냐를 남겨두고 나왔다. 오빠가 그리로 먼저 올 거라는 생각이 자꾸 든 것이다. 혼자 남겨지자마자 소냐는 어쩌면 정말로 그가 자살로 생을 마감할지도 모른다는 생각에 두렵고 괴로워졌다. 두냐도 바로 그걸 염려했다. 하지만 그들 두 사람은 하루종일 경쟁하듯 온갖 이유를 가져다대며 그럴 리 없다고 서로를 설득했기에, 함께 있는 동안만은 안심할 수 있었다. 하지만 헤어지기가 무섭게 이제 이쪽저쪽 모두 오로지 그 생각만 하게 된 것이다. 소냐는 어제 스비드리가일로프가 라스콜니코프에게 두 가지 길이 있다고 말한 것이 기억났다. 블라디미르카로 가든가 아니면…… 게다가 그녀는 그의 허영, 오만함, 자존심을, 그리고 그가 신을 믿지 않는다는 사실을 알고 있었다. '과연 소심함과 죽음에 대한 두려움만이 그를 살릴 수 있을까?' 결국 그녀는 절망에 싸여 이렇게 생각했다. 그러는 사이 벌써 해가 저물었다. 그녀는 슬픈 마음으로 창문 앞에 서서 물끄러미 창밖을 바라보았다. 하지만 창문으로는 아직 색이 바래지 않은 거대한 이웃집 벽만 보일 뿐이었다. 결국 그녀가 불행한 남자의 죽음을 완전히 확신하게 되었을 때, 그가 그녀의 방으로 들어선 것이다.

기쁨의 탄성이 그녀의 가슴에서 터져나왔다. 하지만 그녀는 그의 얼굴을 뚫어지게 바라보다가 갑자기 얼굴이 하얗게 질렸다.

"뭐, 그래!" 라스콜니코프가 조용히 웃으며 말했다. "당신 십자가를 가지러 왔어, 소냐. 당신이 먼저 나보고 십자로로 가라고 했잖아. 그런데 왜, 이제 때가 되니 겁을 먹은 건가?"

소냐는 너무 놀라 그를 쳐다보았다. 그의 말투가 이상하게 느껴졌기 때문이다. 차가운 전율이 몸을 스쳐지나갔고, 잠시 후 그녀는 그 어조, 그 말이 모두 꾸며낸 것임을 짐작할 수 있었다. 그는 그녀와 대화하면서도 왠지 구석을 바라보며 그녀의 얼굴을 똑바로 보지 않으려 하는 것 같았다.

"저기, 소냐, 난 어쩌면 그러는 게 더 이로울지도 모른다고 판단했어. 거기엔 그럴 만한 상황이 있어…… 뭐, 이야기하자면 길고, 그럴 필요도 없지. 다만 화가 나는 게 뭔지 알아? 내가 화가 나는 건, 그 멍청하고 짐승 같은 낯짝들이 이제 다 날 에워싸고, 대놓고 내게 눈을 부라리며 멍청한 질문들을 퍼부을 거라는 사실이야, 난 대답해야겠지. 그럼 손가락질을 할 테고…… 빌어먹을! 저기, 난 포르피리에게는 가지 않을 거야. 그자라면 넌덜머리가 나. 내 친구인 화약중위에게 가는 게 더 낫겠어, 얼마나 놀랄까, 일종의 효과를 달성할 수 있겠지. 더 냉정해질 필요가 있어. 최근 난 지나치게 신경질적이 됐거든. 방금 동생이 날 마지막으로 보려고 돌아봤다는 이유만으로 내가 그앨 주먹으로 위협하다시피 했다면, 당신은 믿을까. 돼지처럼 비열한 짓이야. 그런 상태인 거지!

휴, 난 어디까지 간 걸까! 뭐, 어쨌든 십자가는 어디 있지?"

그는 제정신이 아닌 것 같았다. 한순간도 제자리에 가만히 있질 못했고, 하나의 대상에 주의를 집중하지도 못했다. 생각이 하나에서 다른 하나로 널뛰듯 했고, 종잡을 수 없는 말을 해댔다. 손이 가볍게 떨리고 있었다.

소냐는 아무 말 없이 서랍에서 삼나무와 청동 십자가 두 개를 꺼내 성호를 긋고 그에게도 성호를 그어준 후 그의 가슴에 삼나무 십자가를 걸어주었다.

"이건 말하자면 십자가를 스스로 짊어지겠다는 상징이로군, 하하! 사실 그때 이후로 별 고생을 안 했지! 삼나무로 된 것이니 말하자면 평범한 민중의 것이로군. 리자베타의 청동 십자가는 당신이 지니겠다고 했지. 보여주겠어? 그 여자가 그걸 그렇게 걸고 있던 건가…… 그때? 나도 이 비슷한 십자가를 두 개 알고 있어, 은으로 된 것과 성상이 달린 거야. 그때 그것들을 노파 가슴에 던져버렸지. 사실 그 십자가들이야말로 지금 상황에 딱일 텐데, 그걸 걸었으면 좋았을 걸 그랬어…… 그나저나 이렇게 헛소리만 해대다가 해야 할 일을 잊겠군. 왜 이렇게 산만한지!…… 이봐, 소냐. 난 당신에게 미리 알려주려고, 당신이 알았으면 해서 이렇게 온 거야…… 그게 다야…… 단지 그래서 온 거야. (흠, 하긴 할말이 더 많을 거라고 생각하긴 했어.) 사실 당신도 내가 가길 바랐잖아, 자, 이제 난 감옥에 가게 될 거야, 그러니 당신 바람도 이루어지는 거지. 그런데 왜 울어? 당신도 우는 거야? 그만, 됐어. 아, 이 모든 게 너무 힘들다!"

하지만 그의 마음속에 어떤 감정이 일었다. 그녀를 바라보고 있자니 가슴이 죄어들었다. '이 여자는, 이 여자는 뭘까?' 그는 속으로 생각했다. '난 이 여자한테 무엇일까? 이 여자는 왜 우는 건가, 왜 어머니나 두냐처럼 날 챙기는 걸까? 내 유모라도 되려는 건가!'

"성호를 긋고, 한 번만이라도 기도를 올려요." 소냐가 겁먹은 듯 떨리는 목소리로 부탁했다.

"오, 당신이 원한다면 얼마든지! 그것도 깨끗한 마음으로, 소냐, 깨끗한 마음으로……"

하지만 그는 뭔가 다른 말을 하고 싶었다.

그는 몇 번이나 성호를 그었다. 소냐는 숄을 집어들어 머리에 둘렀다. 녹색 모직 숄이었는데, 예전에 마르멜라도프가 말한 바로 그 '가족용' 숄 같았다. 그런 생각이 어른거렸지만 라스콜니코프는 물어보지는 않았다. 사실 자신이 지독히도 정신이 산란하고 보기 흉할 정도로 불안해한다는 걸 이미 스스로 느끼기 시작했다. 그는 이 사실에 몹시 놀랐다. 소냐가 함께 가려 한다는 사실 역시 돌연 그를 아연하게 만들었다.

"뭐하는 거야! 어딜 가려고? 여기 있어, 있으라고! 난 혼자 갈 거야." 그는 소심하게 짜증을 내며 외치고는 거의 화를 내다시피 하며 문 쪽으로 걸어갔다. "뭐하러 수행원을 줄줄 거느리고 거길 가느냔 말이야!" 방을 나서며 그가 중얼거렸다.

소냐는 방 한가운데 남았다. 그는 심지어 그녀와 작별인사도 나누지 않았고, 그녀의 존재를 이미 잊어버렸다. 마음속에는 반항하듯 가시 돋친 의심만이 들끓었다.

'과연 그런 걸까, 정말 그래야 하나?' 계단을 내려오며 그는 다시 생각했다. '정말 이대로 멈춰서 모든 걸 다시 바로잡을 수는 없을까……

가지 않으면 안 될까?'

하지만 그는 여전히 가고 있었다. 자신에게 그런 질문을 던질 필요조차 없음을 갑자기 확실하게 느꼈다. 거리로 나와서야, 소냐와 인사도 나누지 않았으며, 자신이 소리치자 그녀가 감히 움직일 생각도 못하고서 그 녹색 숄을 두른 채 방 한가운데 우두커니 서 있던 것이 떠올라 순간 멈춰 섰다. 바로 이 순간, 그에게 결정적인 충격을 안겨주려고 기다리기나 한 것처럼, 갑자기 어떤 생각이 떠올라 머릿속이 환해졌다.

'대체 무엇 때문에, 대체 왜 방금 그녀에게 갔을까? 볼일이 있어서라고 말했지. 하지만 무슨 볼일이란 말인가? 전혀 아무 볼일도 없었다! 내가 간다는 걸 알려주려고? 그래서 뭘 어쩌려고? 대단한 용무로군! 내가 그녀를 사랑하는 건 아닐까? 절대 아니다, 아니지 않은가? 방금 난 그녀를 개처럼 쫓아내지 않았나. 정말로 그녀에게 십자가를 받아야만 했을까? 오, 난 얼마나 바닥까지 떨어졌는지! 아니, 내겐 그녀의 눈물이 필요했던 거야, 그녀가 놀라는 걸, 그녀 마음이 아파 찢어지는 걸 봐야 했던 거야! 무엇이라도 매달려 시간을 끌어야 했던 거고, 사람을 봐야 했던 거야! 그런데도 감히 그렇게 자신에게 희망을 걸고, 그렇게 자신에 대해 꿈꿀 수 있었다니, 난 거지 같고 형편없고 비열한 인간이다, 비열한 인간이야!'

그는 강변 운하를 따라 걸었고, 갈 길은 얼마 남지 않았다. 하지만 다리에 이르자 그는 멈춰 섰다가 갑자기 다리 옆쪽으로 방향을 틀어 센나야 광장으로 향했다.

그는 탐욕스럽게 오른쪽, 왼쪽을 자세히 살폈고, 긴장한 채 모든 사물을 열심히 들여다보았지만, 어디에도 집중할 수 없었다. 모든 게 미끄러져 나갔다. '일주일 후나 한 달 후면 죄수 호송 마차에 실려 이 다리를 따라 어딘가로 끌려가겠지, 그때 난 저 운하를 어떻게 바라볼까. 저걸 기억이나 할까?' 머릿속에 이런 생각이 어른거렸다. '저기 저 간판에 적힌 저 철자를 그때 난 어떻게 읽게 될까? 저기 '자합таварищество' 이라고 쓰여 있구나, 저 a를, a라는 철자를 기억해두었다가, 한 달 후에 저 간판, 저 똑같은 a를 보게 되면 그땐 어떤 생각이 들까?* 그땐 무엇을 느끼고 생각하게 될까?…… 맙소사, 정말이지 이 모든 게 얼마나 저급한지, 지금 이 모든 나의…… 걱정들이! 물론 이 모든 걸 궁금해하는 건 당연하다…… 나름대로는 말이지…… (하하하! 내가 무슨 생각을 하는 거냐!) 난 어린애처럼 굴고 있어, 자기 자신에게 허세를 부리는 거야. 아니, 왜 내가 자신을 부끄러워하지? 휴, 왜들 이렇게 밀쳐대는지! 이 뚱뚱한 사람은 독일인이 분명한데, 열심히도 밀어대는군. 참내, 자기가 누굴 밀친 건지 알기나 할까? 아낙이 아이를 데리고 구걸을 하고 있네, 저 여자가 내가 자기보다 더 행복하다고 여길지 궁금하다. 뭐, 심심한데 적선이나 해볼까. 이런, 5코페이카가 아직도 주머니에 남아 있었네, 어디서 난 거지? 자, 자…… 아주머니, 받아요!'

"신의 가호가 있기를!" 거지의 울먹이는 목소리가 들렸다.

그는 센나야 광장으로 들어갔다. 사람들과 이리저리 부딪쳐 불쾌했지만, 몹시 불쾌했지만, 그런데도 사람들이 더 많아 보이는 곳으로만 걸어갔다. 혼자 남을 수만 있다면 세상 모든 걸 주었을 것이다. 하지만 한순간도 혼자일 수 없다는 걸 스스로도 느꼈다. 사람들 속에서 술 취

* '조합'을 뜻하는 단어 'товарищество'가 'таварищество'로 잘못 표기되어 있다.

한 사람 하나가 추태를 부리고 있었다. 그는 계속 춤을 추려 했지만 계속 옆으로 넘어지기만 했다. 사람들이 그를 에워쌌다. 라스콜니코프는 사람들을 비집고 들어가 잠시 취한 사람을 구경하다가 갑자기 짧고 단속적으로 웃음을 터뜨렸다. 잠시 후 그는 이미 취한 사람의 존재를 잊었고, 심지어 그를 계속 보고 있으면서도 눈에 아무것도 보이지 않는 것 같았다. 이윽고 자기가 어디에 있는지 의식조차 못한 채 그는 발걸음을 돌렸다. 하지만 광장 한복판에 이르렀을 때, 갑자기 마음에 어떤 움직임이 일었고, 어떤 느낌이 순식간에 그를 지배해 그의 전부를, 몸과 마음을 사로잡았다.

그는 문득 소냐의 말을 떠올렸다. '십자로로 가서 사람들에게 절을 하고 땅에 입을 맞춰요, 왜냐면 당신은 그 앞에 죄를 저질렀으니까요, 그리고 온 세상에 소리내어 말해요. '제가 죽였습니다!'라고요.' 그는 이 말을 떠올리며 온몸을 떨기 시작했다. 그 모든 시간, 특히 마지막 몇 시간 동안 출구 없는 번민과 불안으로 질식할 지경이었기에, 그는 이 완전하고 새롭고 충만한 느낌이 주는 가능성으로 돌진했다. 그 느낌은 발작처럼 갑작스럽게 다가왔다. 마치 불꽃처럼 갑작스레 마음속에서 하나의 불길로 타올라 모든 것을 사로잡은 것이다. 단번에 그의 마음이 누그러지면서 눈물이 쏟아져내렸다. 서 있던 모습 그대로 그는 땅에 쓰러졌다……

그는 광장 한가운데 무릎을 꿇고 땅에 닿도록 절을 하면서 쾌감과 행복에 젖어 그 더러운 땅에 입을 맞췄다. 그는 일어나 다시 한번 절을 했다.

"어이쿠, 술에 떡이 됐군!" 근처에 있던 한 청년이 말했다.

웃음소리가 울려퍼졌다.

"여보게들, 저 사람이 예루살렘에 가겠다고 아이들과 고향에 작별을 고하고, 온 세상에 절을 하고, 수도 상트페테르부르크와 그 땅에 입을 맞추고 있네그려." 술 취한 소시민 하나가 덧붙였다.

"아직 새파랗게 젊구먼!" 세번째 사람이 끼어들었다.

"귀족 출신인가보군!" 누군가 점잖은 목소리로 언급했다.

"요즘에야 누가 귀족이고 누가 아닌지 분간이 돼야 말이지."

이 모든 반응과 대화가 라스콜니코프를 제지하는 바람에, 혀 끝에서 맴돌던 '제가 죽였습니다'라는 말도 입속에서 얼어붙어버린 것 같았다. 하지만 그는 침착하게 그 모든 왁자함을 견뎌내고는 뒤도 돌아보지 않고 곧장 모퉁이를 지나 경찰서를 향해 걸어갔다. 가는 도중 어떤 모습 하나가 눈앞에 어른거렸지만 놀라지 않았다. 반드시 그럴 거라고 이미 예감했었다. 센나야 광장에서 두번째로 땅에 절을 하고 왼쪽으로 몸을 틀었을 때, 그는 오십 걸음쯤 떨어진 곳에서 소냐를 발견했다. 그녀는 그를 피해 광장에 세워진 목조 가건물 뒤에 몸을 숨기고 있었는데, 그러니까 그의 슬픈 여정에 쭉 동행했던 것이다! 그 순간 라스콜니코프는 이제 소냐가 영원히 그와 함께할 것이며, 운명이 이끄는 대로 세상 끝까지라도 그를 뒤따를 것임을 단번에 느끼고 이해했다. 심장이 온통 뒤집어졌다…… 하지만 그는 이미 운명적인 장소에 도달했다……

그는 제법 힘찬 걸음으로 경찰서 마당에 들어섰다. 3층으로 올라가야 했다. '올라가는 동안은 시간이 있어' 하고 그는 생각했다. 대체로, 운명의 순간까지는 아직 멀었고, 아직 많은 시간이 남아 있으며, 아직은 많은 걸 다시 생각할 수 있다고 그는 여겼다.

역시 그때처럼 쓰레기와 계란껍데기가 나선형 계단에 쌓여 있고, 역시 그때처럼 셋집들 문은 활짝 열려 있었으며, 역시 그때처럼 부엌에서는 탄내와 악취가 풍겼다. 라스콜니코프는 그때 이후로 여기 와본 적이 없었다. 다리가 감각을 잃어 휘청거렸지만, 그래도 걸었다. 그는 숨을 고르고 옷매무새를 고치고, 사람 꼴로 들어가기 위해 잠깐 멈춰 섰다. '하지만 뭐하러? 왜?' 방금 자신이 한 동작을 이해하려 애쓰며 그는 불쑥 생각했다. '이 잔을 마셔야 한다면, 어차피 모든 게 마찬가지 아닐까? 추할수록 더 좋다.' 그 순간 상상 속에 화약중위 일리야 페트로비치의 모습이 어른거렸다. '과연 정말로 그 사람에게 가야 하나? 다른 사람에게 가면 안 될까? 니코딤 포미치는 어떨까? 당장 몸을 돌려 곧장 경찰서장 방으로 가는 건? 그럼 적어도 가족처럼 대해줄지 몰라…… 아니, 아니야! 화약중위에게, 화약중위에게 가자! 마시자, 그렇게 단숨에 마셔버리자……'

그는 냉정을 되찾고 간신히 정신을 추스르며 경찰서 문을 열었다. 이번엔 사람이 별로 없었고, 어떤 수위와 평민처럼 보이는 사람이 한 명 있을 뿐이었다. 경비는 칸막이 안에서 내다보지도 않았다. 라스콜니코프는 다음 방으로 갔다. '어쩌면 아직 말하지 않아도 될지 몰라.' 얼핏 그런 생각이 들었다. 방에서는 사복을 입은 서기 중 한 명이 사무용 책상에 대고 뭔가 쓰고 있었다. 구석에는 서기가 하나 더 앉아 있었다. 자메토프는 없었다. 니코딤 포미치 역시 물론 없었다.

"아무도 없습니까?" 사무용 책상 앞에 앉은 사람에게 라스콜니코프가 물어보려 했다.

"누굴 찾으십니까?"

"아-아-아! 본 적도 들은 적도 없는데,* 러시아인의 냄새가…… 라고 무슨 옛날얘기에 나오던데…… 잊어버렸네. 여-어 오랜-만입니다!" 갑자기 낯익은 목소리가 외쳤다.

라스콜니코프는 몸을 부르르 떨었다. 그 앞에 화약중위가 서 있었다. 세번째 방에서 갑자기 나온 것이다. '이런 게 바로 운명일까.' 라스콜니코프는 생각했다. '왜 이 사람이 여기 있을까?'

"우리에게 오셨습니까? 무슨 일이시죠?" 일리야 페트로비치가 탄성을 질렀다. (그는 기분이 아주 좋아 보였고 심지어 약간 흥분한 것 같기도 했다.) "일 때문이라면 너무 일찍 오셨군요. 나도 우연히 온 건데…… 하지만 뭐든 도와드리죠. 고백하자면…… 그런데 성함이 어떻게? 어떻게 되시죠? 죄송하네요……"

"라스콜니코프입니다."

"그래요, 라스콜니코프! 내가 진짜로 잊어버렸다고 생각하신 건 아니겠지요! 부디, 날 그런 사람으로 여기지는 마십쇼…… 로디온 로…… 로…… 로디오니치인가요, 그랬던 건 같은데?"

"로디온 로마니치입니다."

"그래요, 맞아요, 맞아! 로디온 로마니치, 로디온 로마니치! 나도 바로 그 이름을 알아내려 했어요. 여러 번 문의까지 했다니까요. 고백하자면 그때 이후로 진심으로 슬펐거든요, 그때 당신하고 그렇게…… 나중에 설명을 듣고 알게 됐지요. 당신이 젊은 문학도에다 학자이기까지 하단 걸…… 그러니까 말하자면 막 첫발을 내디뎠다고요…… 오, 세상

* 아무것도 아는 것이 없는 상황을 가리키는 러시아 속담이다.

에! 문학도와 학자 중에 독창적인 첫걸음을 내딛지 않은 사람이 대체 어디 있겠습니까! 나와 내 아내, 우리 둘 다 문학을 존경합니다. 아내는 열렬하다고 할 정도지요!…… 문학과 예술성에 말입니다! 사람이 고결하기만 하면, 나머지는 다 재능과 지식, 이성과 천재성으로 얻을 수 있거든요! 모자, 자, 가령, 모자란 무엇을 의미할까요? 모자는 빵 같은 거죠, 난 치머만 상점에서 사고요. 하지만 모자 아래 간직된, 모자로 가려진 그건 살 수 없잖습니까!…… 고백하건대 난 당신에게 해명하러 가려고까지 했어요, 그런데 생각했지요, 어쩌면 당신이…… 하지만 여쭙지 않으렵니다. 정말 무슨 볼일이십니까? 가족분들이 오셨다면서요?"

"네, 어머니와 동생이 왔습니다."

"당신 동생분을 만나는 영광과 행복까지 누렸습니다. 교양 있고 매력적인 여성이더군요. 고백하건대 그때 당신과 그렇게 열을 냈던 걸 후회했습니다. 굉장한 사건이었지요! 그때 당신이 기절하는 바람에 당신을 모종의 시선으로 바라보았지만, 나중에 아주 찬란하게 해명되었지요! 광신과 맹목이었어요! 당신이 격분하신 것도 이해합니다. 혹시 가족이 오셔서 거처를 옮기시나요?"

"아-아닙니다, 전 그저…… 제가 들른 건 뭘 좀 여쭤보려고…… 여기서 자메토프를 만날 수 있을 거라 생각했거든요."

"아, 그래요! 친구가 되셨다면서요. 들었습니다. 하지만 자메토프는 여기 없어요. 그래서 못 만난 겁니다. 그래요, 우린 알렉산드르 그리고리예비치를 잃었지요! 어제부터 여기 없어요. 다른 곳으로 옮겼거든요…… 근데, 옮겨가면서 모두와 욕을 하며 싸우기까지 했다니까요…… 아주 무례하게도요…… 경박한 젊은이 그 이상이 아닌 겁니다.

심지어 촉망받기까지 했는데 말입니다. 우리네 멋들어진 젊은이도 별 수 없습디다! 무슨 시험인가 뭔가를 치고 싶다던데, 우리 나라야 말 좀 내세우고 허세나 좀 부리면 그걸로 시험은 끝 아닙니까. 그 친구는 이를테면 당신이나 거기 당신 친구 라주미힌 씨 같지가 않아요! 당신의 길은 학문 분야니, 실패가 당신을 거꾸러뜨릴 일은 이미 없으니까요! 당신에겐 삶의 그 모든 아름다움이 *아무것도 아니다*라고 말할 수 있겠지요, 금욕자에 수도승, 은둔자시니까!…… 당신에겐 책과 귀에 꽂은 펜과 학문적 연구가 있어요. 바로 거기서 당신의 혼이 비상하는 겁니다! 나도 어느 정도는…… 리빙스턴*의 수기를 읽어보셨나요?"

"아니요."

"난 읽어봤거든요. 그런데 요즘엔 허무주의자들이 아주 널리 퍼졌더군요. 뭐, 사실 이해할 만도 합니다. 시대가 그러니까요, 그렇지 않습니까? 하지만 당신과 나는…… 그런데 당신은 물론 허무주의자는 아니시겠지요! 솔직히 대답해주세요, 솔직히!"

"아-아닙니다……"

"아니, 아시다시피 내게는 솔직하셔도 됩니다, 혼자 있을 때처럼 괘념치 마시라고요! 업무와는 별개지요, 별개고 말고요…… 내가 우정이라 말하려 했다고 생각하신 겁니까,** 아니에요, 잘못 짚으셨습니다! 우정이 아니라 시민과 인간으로서의 감정, 인도적인 감정, 신에 대한 사랑의 감정을 말하려 했어요. 난 공무원에다 직책도 있지만, 내적으로는

---

* 영국 탐험가이자 선교사, 유럽인 최초로 아프리카를 탐험했다.

** 러시아어로 업무(슬루즈바)와 우정(드루즈바)의 발음이 비슷하다는 점을 이용한 말장난이다.

항상 스스로를 시민과 인간으로 느끼고 이해하는 게 도리라고 생각합니다…… 방금 자메토프 얘기를 하셨지요. 자메토프 그놈은 점잖지 못한 곳에서 샴페인이나 돈 지방 술 한잔에 취해 프랑스식으로 추태를 부릴 인간입니다. 당신의 자메토프는 바로 그런 사람이지요! 하지만 나로 말씀드리자면 어쩌면 헌신과 고귀한 감정에 불타고 있으며, 그것 말고도 중요한 관직을 가지고 있고 버젓한 지위를 차지하고 있단 말입니다! 결혼도 했고, 자식들도 있고요. 난 이렇게 시민과 인간의 의무를 다하고 있는데, 감히 여쭙자면, 그자는 대체 뭡니까? 난 당신을 교양 있고 고상한 사람으로 대하고 있지요. 게다가 그런 산파들까지 극도로 많이 늘었더군요."

라스콜니코프는 의아하다는 듯이 눈썹을 추켜올렸다. 분명 이제 막 식사를 하고 온 듯한 일리야 페트로비치의 말은 그의 귀를 건드렸을 뿐 대부분 무의미한 소리로 흩어졌다. 하지만 그래도 일부분은 그냥저냥 이해할 수 있었다. 그는 의아하다는 듯 쳐다보았고, 이 모든 게 어떻게 끝날지 종잡을 수가 없었다.

"머리를 짧게 친 그 아가씨들 말입니다." 수다스러운 일리야 페트로비치가 말을 계속했다. "내가 직접 그런 여자들에게 산파라는 별명을 지어주었는데, 더할 나위 없이 딱이라고 생각합니다. 하하! 그런 여자들이 학교로 기어들어가 해부학을 배우지요.* 자, 내가 병이 나면 글쎄 치료해달라고 그런 아가씨를 불러야 할까요? 말씀해보시지요, 하하!"

일리야 페트로비치는 자신의 재치에 완전히 만족해서 너털웃음을

* 1860년대 러시아에서 여성 교육은 산파와 교사, 두 직업에 한해 제한적으로 이루어졌다.

터뜨렸다.

"그거야, 계몽에 대한 갈망이 지나친 거라 칩시다. 하지만 사실 계몽이 됐으면, 그걸로 충분해요. 한데 왜 악용하려 하지요? 그 불한당 같은 자메토프처럼 대체 왜 고결한 인격을 모욕하는 겁니까? 당신에게 묻고 싶군요, 자메토프는 왜 날 모욕했을까요? 게다가 또 그 자살이란 건 얼마나 늘어났는지요. 어느 정도인지 상상도 못하실 겁니다. 마지막 돈을 다 탕진하고는 스스로 목숨을 끊는단 말입니다. 젊은 여자, 젊은 남자, 나이든 사람까지…… 오늘 아침만 해도 여기 온 지 얼마 안 된 신사에 대해 보고가 들어왔어요. 닐 파블리치, 닐 파블리치! 아까 들어온 보고 말이야, 페테르부르크스카야 구역에서 권총으로 자살했다는 그 신사 양반 이름이 뭐지?"

"스비드리가일로프요." 누군가 다른 방에서 쉰 목소리로 무심하게 대답했다.

라스콜니코프가 몸을 부르르 떨었다.

"스비드리가일로프라고요! 스비드리가일로프가 권총 자살을 했단 말입니까!" 그가 소리쳤다.

"맙소사! 스비드리가일로프를 아십니까?"

"네…… 압니다…… 얼마 전 여기 왔지요……"

"그래, 맞아요, 얼마 전에 도착했지요, 부인을 여읜 행실이 방탕한 남자인데 갑자기 총으로 자살한 겁니다, 그것도 상상도 못할 정도로 해괴망측하게요…… 수첩에 몇 마디 남겨놓았다는군요, 멀쩡한 정신으로 죽는 것이니 자기 죽음에 대해 누구도 탓하지 말라고요. 돈도 꽤 있었다던데. 그런데 그 사람은 어떻게 아십니까?"

"저와…… 아는 사이입니다…… 제 동생이 그 사람 집에 가정교사로 있었거든요……"

"아니, 저런, 저런…… 그럼 아마도 우리에게 그 사람에 대해 뭔가 알려주실 수도 있겠군요. 근데 무슨 수상한 낌새라도 없었나요?"

"어제 만났는데…… 그 사람은…… 술을 마셨고…… 아무 낌새도 못 느꼈습니다."

라스콜니코프는 뭔가가 위로 쿵 떨어져 자신을 짓누르는 것 같았다.

"어째 또 창백해지신 것 같군요. 여기 공기가 너무 탁하지요……"

"네, 그만 가봐야겠어요." 라스콜니코프가 중얼거렸다. "폐를 끼쳐 죄송합니다……"

"오, 무슨 말씀을, 얼마든지요! 덕분에 즐거웠어요, 해명할 수 있어서 기쁘고요……"

일리야 페트로비치는 손을 내밀기까지 했다.

"전 단지…… 자메토프에게……"

"압니다, 알아요, 덕분에 즐거웠습니다."

"저도…… 아주 반가웠습니다…… 또 뵙겠습니다……" 라스콜니코프가 미소 지었다.

그는 방을 나갔다. 몸이 휘청거렸다. 머리가 빙빙 돌았다. 자신이 두 다리로 서 있는지조차 느낄 수 없었다. 오른손으로 벽을 짚고 계단을 내려가기 시작했다. 손에 장부를 든 어떤 수위가 맞은편에서 경찰서를 향해 올라오다가 그를 밀친 것 같았다. 아래층 어딘가에서 떠돌이 개 한 마리가 크게 짖기 시작했고, 한 여자가 개에게 방망이를 집어던지며 고함을 치는 것 같았다. 그는 아래로 내려와 마당으로 나갔다. 마당, 입구에서 멀지 않은 그곳에 소냐가 죽은 사람처럼 창백하게 질린 채 서 있다가, 깜짝 놀라 이상한 눈으로 그를 쳐다보았다. 그는 그녀 앞에 멈춰 섰다. 아프고 괴로움에 지친 절망적인 표정이 그녀의 얼굴에 나타났다. 그녀가 손을 꼭 맞잡았다. 어찌할 바를 모르는 볼품없는 미소가 그의 입가로 비어져나왔다. 그는 잠깐 서서 가만히 웃고는 몸을 돌려 다시 경찰서로 올라갔다.

일리야 페트로비치는 자리에 앉아 서류를 뒤적이고 있었다. 방금 계단을 올라가며 라스콜니코프를 밀친 바로 그 사내가 앞에 서 있었다.

"어-어-어라? 다시 오셨네! 뭘 두고 가셨나요?…… 그런데 왜 그러십니까?"

라스콜니코프는 입술이 하얗게 질린 채 시선을 고정시키고 그에게 조용히 다가갔고, 책상 바로 앞에 이르러 한 손으로 짚고는 뭔가 말하려 했지만, 하지 못했다. 두서없이 웅얼거리는 소리만 들릴 뿐이었다.

"몸이 안 좋으시군요, 의자를 가져와! 자, 여기 의자에 앉으세요, 좀 앉아요! 물을 가져와!"

라스콜니코프는 의자에 털썩 주저앉았지만, 유쾌하지 못한 일로 너무 놀란 일리야 페트로비치의 얼굴에서 눈을 떼지 않았다. 두 사람은 잠시 서로를 바라보며 기다렸다. 물이 도착했다.

"바로 제가……" 라스콜니코프가 말을 하려 했다.

"물 좀 드세요."

라스콜니코프는 한 손으로 물을 물리치고, 조용히, 띄엄띄엄, 그러나 분명하게 말했다.

"바로 제가 그때 관리 미망인 노파와 그 동생 리자베타를 도끼로 살해하고

금품을 훔쳤습니다."

일리야 페트로비치가 입을 떡 벌렸다. 사방에서 사람들이 급히 몰려 들었다.

라스콜니코프는 자신의 진술을 되풀이했다…………………………
……………………………………………………………………………

# 에필로그

## 1

시베리아. 광활하고 황량한 강가에 러시아의 행정 중심지 중 한 곳인 도시가 있다. 도시에는 요새가 있고, 요새 안에는 감옥이 있다.* 감옥에는 제2등급 유형 징역수인 로디온 라스콜니코프가 벌써 아홉 달째 수감되어 있었다. 그가 범죄를 저지른 날로부터 거의 일 년 반이 흘렀다.

그의 사건 재판은 큰 어려움 없이 진행되었다. 범인은 상황을 혼동하거나, 자신에게 이롭도록 완화시키거나, 사실을 왜곡하거나, 아주 작고 세세한 것까지도 잊어버리는 일 없이 확고하고 정확하고 분명하게 자신의 진술을 견지했다. 그는 살인의 전 과정을 마지막 하나까지 진술했다. 살해당한 노파가 손에 쥐고 있던 전당품의 비밀(금속판을 덧댄

---

* 이르티시 강변에 위치한 옴스크 감옥. 도스토옙스키는 페트라솁스키 사건으로 여기에서 사 년을 보냈다.

나무판)을 밝혔다. 피해자에게서 어떻게 열쇠를 챙겼는지 자세히 설명했고, 이 열쇠들이 어떻게 생겼는지 묘사했으며, 궤짝과 거기 들어 있던 것들을 설명했다. 심지어 그 속에 들어 있던 물건 중 몇 개를 나열하기까지 했다. 리자베타 살해와 관련된 수수께끼도 풀어주었다. 코흐, 그뒤를 이어 대학생이 어떻게 와서 문을 두드렸는지, 그들 사이에서 무슨 대화가 오갔는지 모두 전하며 설명했다. 그다음에 범인인 그가 계단을 내려가다가 미콜카와 미티카의 외침 소리를 들은 일도 얘기했다. 어떻게 비어 있는 셋집에 숨었다가 집으로 왔는지 말해주었으며, 마지막으로 보즈네센스키 대로, 어떤 정문 근처 마당에 있는 돌의 위치를 알려주었고, 그 아래서 물건과 지갑이 발견되었다. 한마디로 사건은 분명해진 것이다. 예심판사와 판사들은 그가 지갑과 물건들을 사용하지 않고 돌 아래 숨겨두었다는 점에 무엇보다 놀랐고, 자기가 직접 훔쳤는데도 그가 그 물건들을 전부 자세히 기억하지 못할뿐더러, 심지어 개수마저 잘못 알고 있다는 점에 더욱 놀랐다. 그가 지갑을 한 번도 열어보지 않은 것 하며, 그 안에 대체 돈이 얼마나 들어 있는지조차 모른다는 상황 자체가 있을 수 없는 일로 여겨진 것이다. (지갑에는 은화 단위*로 317루블의 지폐와 20코페이카짜리 은화 세 개가 들어 있었다. 오랫동안 돌 아래 깔려 있어서 위쪽에 놓인 고액권 지폐 몇 장은 몹시 훼손되어 있었다.) 그들은 왜 피의자가 다른 모든 것은 자발적으로 개연성 있게 자백하면서, 이 한 가지 정황에 대해서만큼은 거짓말을 하는지 알아내기 위해 오랫동안 고심했다. 결국 몇 사람(특히 심리학자들)이 실제

* 당시 러시아에는 은화 루블과 지폐 루블 두 종류의 화폐 단위가 공존했다. 지폐를 대량발행하면서 가치가 폭락해, 은화 루블의 가치가 지폐보다 서너 배 높았다.

로도 그가 지갑을 들여다보지 않아서, 그러니까 그 안에 뭐가 있는지도 몰랐고, 그렇게 모르는 상태로 돌 아래 숨겼을 가능성을 인정했으며, 이로 인해 범죄 자체가 어떤 일시적인 정신착란 상태에서, 말하자면 차후에 이익을 보고자 하는 목적이나 의도 없이 강도 살인에 대한 병적인 편집증 상태에서 일어난 것으로 볼 수밖에 없다는 결론이 내려졌다. 여기에는 마침 유행하던 일시적 정신착란에 대한 최신 이론이 도움이 되었는데, 당시 이 이론을 다른 범죄자에게도 적용하려 꽤 여러 차례 시도하던 차였다. 게다가 라스콜니코프가 오래도록 우울증에 빠져 있었다고 많은 증인, 즉 의사 조시모프, 그의 예전 동료들, 집주인과 하녀가 정확히 진술했다. 이 모든 것이 라스콜니코프가 일반적인 살인자나 강도, 절도범과 그리 유사하지 않으며, 뭔가 다른 점이 있다는 결론에 이르는 데 강력한 영향을 미쳤다. 이런 견해를 옹호하는 사람들에게는 대단히 유감스럽게도 정작 범인은 자신을 거의 변호하려 하지 않았다. 대체 왜 살인을 저지르고 강도짓을 하게 됐느냐는 결정적인 질문에 그는 아주 분명하고, 난폭하다 싶을 정도로 정확하게, 자신의 열악한 상황, 지독한 가난, 의지할 곳 없는 처지 탓이었으며, 피해자에게서 적어도 3천 루블은 발견할 수 있을 거라 여겼고, 그 돈을 밑천으로 삼아 출세를 위한 인생의 첫걸음을 확고히 내딛고자 한 것이 이유의 전부라고 대답했다. 한편 살해를 결심한 건 원래 경솔하고 소심한 성격인데다 궁핍과 불운으로 화가 난 탓이라고 말했다. 한편 왜 자수하게 됐느냐는 질문에는 진심으로 후회해서라고 단도직입적으로 대답했다. 이 모든 과정은 이미 거의 난폭하다 여겨질 정도였다……

하지만 저지른 범죄로 미루어 예상되었던 것보다는 관대한 판결이

내려졌는데, 아마도 이는 범인이 자신을 정당화하려 들지 않았을 뿐만 아니라, 심지어 오히려 자신이 스스로를 한층 더 비난하고 싶어하는 듯했기 때문일 것이다. 사건을 둘러싼 기이하고 특이한 모든 정황이 다 고려 대상이 되었다. 범죄를 저지르기 전 범인이 병적이고 궁색한 상황이었다는 점은 조금도 의심의 여지가 없었다. 그가 훔친 물건을 사용하지 않은 것은 부분적으로는 후회하는 마음이 일어났기 때문이고, 부분적으로는 범죄를 저지르는 동안 지적 능력이 온전치 못했기 때문인 것으로 참작되었다. 리자베타를 우연히 살해하게 된 정황조차 후자의 가정을 뒷받침해주는 예로 작용했다. 사람을 두 명이나 죽이면서 문이 열려 있다는 것도 잊다니! 마지막으로 의기소침한 광신자(니콜라이)의 거짓 자백으로 사건이 완전히 미궁에 빠진 바로 그 순간 자수를 한 것, 게다가 진짜 범인에 대해 확실한 증거는커녕 혐의조차 둘 수 없던 상황에서 자수를 한 것(포르피리 페트로비치는 약속을 철저히 지켰다), 이 모든 일이 피고의 운명을 완화시키는 데 결정적으로 일조했다.

이외에도 전혀 예상치 못했던 다른 정황들이 나타나 피고에게 매우 유리하게 작용했다. 대학생이었던 라주미힌이 어디선가 정보를 캐내와, 범인 라스콜니코프가 대학 시절, 남은 돈을 탈탈 털어 결핵에 걸린 가난한 대학 친구를 도왔고, 거의 반년 동안 그를 돌보았다는 증거를 제출했다. 또 그가 죽자, 홀로 남게 된 죽은 친구의 늙고 쇠약한 아버지를 찾아갔고(그 친구는 거의 열세 살 때부터 자기 힘으로 아버지를 부양하고 먹여 살렸다고 한다), 결국 병원으로 모셨으며, 그 노인마저 죽자 장례를 치러주었다는 것이다. 이 모든 정보는 라스콜니코프의 운명이 결정되는 데 어느 정도 유리한 영향을 미쳤다. 라스콜니코프의 지금은 세상을 떠난 약혼녀의 어머니이자 예전 집주인인 과부 자르니치나 역시, 아직 그들이 파티 우글로프에 있는 다른 집에 살았을 때, 밤에 불이 나자 라스콜니코프가 이미 불이 번진 한 셋집에서 두 아이를 구해냈고, 그 와중에 화상을 입었다고 증언했다. 이 사실은 면밀한 조사 과정에서 많은 증인을 통해 꽤 훌륭하게 입증되었다. 한마디로, 자수한 일을 비롯해 감형할 만한 몇 가지 정황이 참작되어, 범인에게 고작 도합 팔 년의 제2급 징역형이 선고되는 것으로 사건은 종결되었다.

재판이 시작될 즈음 라스콜니코프의 어머니는 몸져누웠다. 두냐와 라주미힌은 재판이 진행되는 내내 어머니를 페테르부르크에서 다른 곳으로 모셔갈 방법을 찾았다. 라주미힌은 재판 과정의 모든 상황을 정기적으로 살필 수 있도록, 동시에 가능한 한 자주 아브도티야 로마노브나와 만날 수 있도록 페테르부르크에서 가까운 철로변 도시를 택했다. 풀헤리야 알렉산드로브나의 병은 좀 이상한 신경성 질환으로, 완전히는 아니더라도 적어도 부분적으로는 정신착란 비슷한 증상을 동반했다. 오빠와 마지막으로 만나고 나서 두냐가 집에 돌아왔을 때, 어머니는 이미 완전히 병이 나 열이 올라서는 헛소리를 하고 있었다. 그날 저녁 그녀는 라주미힌과 함께 머리를 맞대고 어머니가 오빠에 대해 캐물으면 뭐라고 대답해야 할지 의논했고, 라스콜니코프가 어떤 개인적인 임무를 띠고 러시아 국경 너머로 멀리 떠났으며, 그 일이 마침내 그에게 돈도 명성도 다 가져다줄 거라는 한 편의 이야기를 어머니를 위해 꾸며내기까지 했다. 하지만 충격적이게도 정작 풀헤리야 알렉산드로브나는 그에 대해 그때도, 그 이후로도 전혀 캐묻지 않았다. 오히려 정작 그녀 쪽에서 아들의 급작스러운 출발과 관련한 한 편의 이야기를 마련해놓은 것이 드러났다. 그녀는 눈물을 흘리며 어떻게 아들이 자기에게 작별을 고하러 다녀갔는지를 이야기해주었다. 더불어 그녀는 대단히 중요하고 비밀스러운 많은 사정을 오로지 자기 혼자만 알고 있으며, 로쟈에게는 아주 강력한 적이 많아서 몸을 숨겨야 했던 거라고 암시하기도 했다. 한편 아들의 이후 출셋길은 몇 가지 적대적인 상황이 지나가면 의심할 바 없이 찬란하게 펼쳐질 거라고도 여겼다. 라주미힌에게는 자기 아들이 장차 심지어 국가적 인물이 될 것이며, 그의 논문과 찬란한 문학적 재능이 이를 증명한다고 장담했다. 그녀는 그 논문을 끊임없이 읽었고 가끔은 소리내어 읽기까지 했으며 논문을 끼고 잠들다시피 했지만, 자기하고는 로쟈가 지금 어디 있는지 이야기하기를 피한다는 사실 하나만으로도 이미 의심해볼 수 있는데도, 정작 거기에 대해서는 거의 묻지 않았다. 마침내 그들은 몇 가지 대목에서는 이상하게도 침묵을 지키는 풀헤리야 알렉산드로브나를 걱정하기 시작했다. 예를 들어, 예전 고향 소도시에 살 때는 오로지 사랑하는 로쟈에게서 곧 편지를 받을 수 있다는 희망과 기대 하나로 살았던 것과 달리, 지금 그녀는 아들에게서 편지 한 통 없는데도 불평조차 하지 않았다. 이 마지막 상황이 전혀 설명되지 않아 두냐는 극심한 불안에 휩싸였다. 어쩌면 어머니가 아들의 운명에 뭔가 끔찍한 일이 일어난 것을 예감하고, 훨씬 더 끔찍한 뭔가를 알고 싶지 않아 자세히 묻는 걸 겁내고 있는 게 아닐까 하는 생각이 든 것이다. 어떤 경우든 두냐에게 풀헤리야 알렉산드로브나가 온전한 정신 상태가 아니라는 건 확실해 보였다.

그래도 두어 번쯤은 로쟈가 지금 어디 있는지 언급하지 않고는 대답을 할 수 없도록 그녀가 먼저 대화를 유도한 적이 있었다. 하지만 어쩔 수 없이 불만족스럽고 의심스러운 대답이 나올 수밖에 없었고, 그럴 때면 그녀는 갑자기 너무나 슬퍼하며 침울해져 말을 잃고는 꽤 오래도록 그런 상태로 있었다. 결국 두냐는 거짓말을 하거나 꾸며대기 어렵다는 것을 깨달았고, 특정 부분과 관련해서는 차라리 아예 입을 다무는 게 낫다는 최종 결론에 이르렀다. 하지만 가엾은 어머니가 뭔가 끔찍한 일이 일어난 게 아닐까 의심하고 있다는 것은 점점 더 확실하고 분명해졌다. 무엇보다 두냐는 그 운명적인 마지막날의 전야, 스비드리가일로프와의 사건이 있은 후 자기가 자면서 헛소리하는 걸 어머니가 들었다는 오빠의 말을 떠올렸다. 그때 뭔가 들으신 건 아닐까? 이따금 환자는 며칠, 때로는 몇 주까지도 우울하고 침통한 얼굴로 입을 꾹 다문 채 조용히 눈물만 흘리며 지내다가, 갑자기 히스테릭하게 생기를 되찾고는 아들과 자신의 희망, 미래에 대해 거의 쉴새없이 큰 소리로 떠들어대곤 했다…… 그녀의 환상은 종종 아주 이상했다. 그녀를 위로하고, 맞장구쳐주어도(아마 단지 위로하기 위해 맞장구를 쳐준다는 걸 자신도 분명히 알았을 것이다) 그녀는 여전히 같은 말을 계속했다……

범인이 자수한 지 다섯 달이 지나고 선고가 내려졌다. 라주미힌은 틈만 나면 감옥에 있는 그를 면회했다. 소냐도 마찬가지였다. 마침내 이별의 순간이 왔다. 두냐는 이 이별은 영원한 게 아니라고 오빠에게 다짐했다. 라주미힌도 그랬다. 라주미힌의 젊고 뜨거운 머릿속에, 향후 삼사 년 안에 가능한 한 미래를 위한 기반이라도 마련하고 다만 얼마라도 돈을 모아, 모든 면에서 토양은 비옥하지만 일꾼과 사람, 자본은 부족한 시베리아로 이주할 계획이 확고히 마련되었다. 로쟈가 살 바로 그

도시에 정착하고, 그리고…… 거기서 모두 함께 새로운 삶을 시작하자는 것이다. 헤어지며 모두가 울었다. 라스콜니코프는 최근 며칠간 아주 깊은 생각에 잠겨 어머니에 대해 많은 것을 캐물으며 끊임없이 어머니를 걱정했다. 그는 두냐가 걱정할 정도로 어머니 때문에 몹시 괴로워했다. 어머니의 병적인 상태를 자세히 알게 된 후 그는 몹시 침울해졌다. 소냐와는 어째서인지 내내 특별히 말이 없었다. 소냐는 스비드리가일로프가 남겨준 돈 덕분에 이미 오래전에 채비를 마치고 라스콜니코프를 포함한 죄수 일행이 출발하면 따라갈 준비를 했다. 이 일은 그녀와 라스콜니코프 사이에서 한 번도, 한 마디도 언급된 적이 없었다. 하지만 두 사람 다 그렇게 되리라는 걸 알았다. 마지막 작별의 순간, 징역살이를 마치고 나오면 함께 행복해질 거라고 열을 내며 장담하는 누이와 라주미힌을 향해 묘하게 웃으며, 그는 어머니의 병적인 상태가 조만간 불행으로 마감될 거라고 예언했다. 마침내 그와 소냐가 떠났다.

두 달 후 두네치카는 라주미힌과 결혼했다. 결혼식은 슬프고 조용했다. 초대된 사람들 중에는 그래도 포르피리 페트로비치와 조시모프가 있었다. 최근 들어 라주미힌은 확고하게 결단을 내린 사람 특유의 모습을 보였다. 두냐는 그가 자신의 모든 계획을 실현하리라고 맹목적으로 믿었고, 믿지 않을 수도 없었다. 그에게서는 강철 같은 의지가 엿보였다. 무엇보다 그는 학업을 마치기 위해 다시 대학 강의를 듣기 시작했다. 두 사람은 끊임없이 미래에 대한 계획을 세웠다. 두 사람 다 오 년 후 분명 시베리아로 이주하게 될 거라고 믿어 의심치 않았다. 그때까지는 그곳에 있는 소냐에게 희망을 걸었다……

풀헤리야 알렉산드로브나는 라주미힌과 결혼하는 딸을 기쁘게 축복해주었다. 하지만 이 결혼 후 그녀는 한층 더 슬픔과 걱정에 휩싸인 것 같았다. 라주미힌은 어머니를 즐겁게 해주려고, 여러 가지 이야기 가운데 대학생과 그의 노쇠한 아버지 이야기와 작년에 로쟈가 두 아이를 죽음에서 구해낸 후 화상을 입어 앓아눕기까지 했다는 이야기를 들려주었다. 두 가지 이야기는 그렇지 않아도 정신이 헝클어진 풀헤리야 알렉산드로브나를 거의 광적인 희열 상태로 몰고 갔다. 그녀는 쉴새없이 그 얘기를 했고, 거리에서도 그걸 화제로 삼았다. (두냐가 늘 함께 다녔는데도 말이다.) 그녀는 공용마차나 상점에서 누구라도 들어줄 사람을 찾아내, 자기 아들과 아들이 쓴 논문 얘기, 아들이 어떻게 대학생을 도왔고, 어떻게 화재로 화상을 입었는지 등으로 대화를 이끌어갔다. 두네치카도 어떻게 어머니를 말려야 할지 모를 정도였다. 그런 광적인 희열과 병적인 기분에 위험이 내재되어 있을 뿐만 아니라, 누군가 예전 재판 때문에 라스콜니코프의 이름을 기억하고 그 일에 대해 언급하는 불행한 사태가 일어날 수도 있었다. 심지어 풀헤리야 알렉산드로브나는 화재에서 구조된 두 아이의 어머니 주소를 알아내 꼭 거기에 가보고 싶다고까지 했다. 마침내 그녀의 불안정한 상태가 극에 다다랐다. 그녀는 가끔 느닷없이 울기 시작했고, 자주 몸져누웠으며, 고열 속에 헛소리를 하곤 했다. 어느 날 아침엔가는 자기 계산에 따르면 틀림없이 로쟈가 곧 당도할 거라고, 자기 기억으로는 헤어지면서 아홉 달 후면 만날 수 있다고 직접 말했다고 대뜸 선언했다. 그러고는 만남에 대비해 모든 세간을 정리하기 시작했고, 아들 방으로 정한 곳(바로 그녀의 방이었다)을 꾸미고 가구를 닦고 커튼을 빨아 새로 다는 등 일을 벌였다. 두냐는 걱정스러웠지만 아무 말도 하지 않았고, 오빠를 맞기 위해 방을 꾸미는 일을 돕기까지 했다. 끊임없는 공상과 기쁨에 찬 몽상, 눈물 속에 불안한 하루를 보낸 그날 밤 그녀는 병이 났고, 아침에는 이미 열에 들떠 헛소리를 해댔다. 열병이 시작된 것이다. 2주 후 그녀는 숨을 거뒀다. 헛소리를 하면서 튀어나온 말들로 미루어볼 때, 그녀가 아들의 운명에 대해 그들이 추측한 것보다 훨씬 더 끔찍한 의심을 품고 있었다고 결론 내릴 수 있었다.

라스콜니코프가 시베리아에 정착하자마자 진즉에 페테르부르크와 서신 왕래가 시작되었지만, 어머니의 죽음에 대해서는 한동안 알지 못했다. 서신 왕래는 소냐를 통해 이루어졌는데, 그녀는 매달 정확하게 페테르부르크의 라주미힌 앞으로 편지를 썼고, 매달 정확하게 페테르부르크에서 답장을 받았다. 두냐와 라주미힌에게는 처음엔 소냐의 편지가 왠지 무미건조하고 불충분하게 여겨졌다. 하지만 나중에 가서는 편지를 이보다 더 잘 쓰기도 불가능하다는 걸 두 사람 다 깨달았는데, 어쨌든 결과적으로 이 편지를 통해 불행한 오빠의 운명을 가장 완전하고 가장 정확히 이해할 수 있었기 때문이다. 소냐의 편지는 아주 일상적인 현실, 라스콜니코프가 보내는 징역생활의 제반 상황에 대한 아주 평범하고 명료한 묘사로 가득 채워져 있었다. 편지엔 그녀 자신의 희망이나 미래에 대한 추측을 늘어놓거나, 개인적인 감정을 피력하는 내용은 전혀 없었다. 그의 기분이나 내면적 삶 전반에 대해 해석하려 하기보다는 오직 사실만, 즉, 그가 직접 한 말, 그의 건강 상태에 대한 자세한 소식, 만났을 때 그가 원하고 요청한 것과 그녀에게 부탁한 사항 등이 쓰여 있었다. 이 모든 소식이 극도로 상세하게 전해졌다. 편지 말미에 이르면 불행한 오빠의 모습이 저절로 떠오르면서 정확하고 확실한 그림이 그려졌다. 거기엔 실수가 있을 수 없었는데, 모든 게 정확한 사실이었기 때문이다.

하지만 이 소식들에는 두냐와 그녀의 남편에게 위안이 될 만한 거리가 별로 없었고, 처음에는 특히 그랬다. 소냐가 끊임없이 알려온 바에 따르면, 그는 늘 침울하고 말이 없으며, 심지어 그녀가 편지를 받을 때마다 알려주는 소식에도 전혀 관심이 없다시피 하다는 것이다. 가끔 어머니에 대해 묻는다고 했다. 게다가 그가 이미 진상을 짐작하고 있음을 알고 결국 소냐가 어머니의 죽음을 알려주었는데, 놀랍게도 그는 그 소식에조차 그리 큰 영향을 받지 않은 것 같았고, 적어도 겉으로 보기에는 그랬다는 것이다. 그녀는 무엇보다 그가 그렇게 자기 안으로 파고들어가 모든 것에서 유폐된 듯 보이고는 있지만, 자신의 새로운 삶에는 아주 솔직하고 단순한 태도를 보인다고 알려왔다. 그는 자신의 처지를 확실히 이해하고 있고, 더 좋아질 거라고는 그 비슷하게도 기대하지 않으며, 어떤 경솔한 희망도 품지 않고(그의 처지에서는 그게 당연하지만), 예전과 닮은 게 별로 없는 새로운 환경 속에서도 어떤 것에든 좀처럼 놀라지 않는다고 전해주었다. 그의 건강 상태는 만족할 만하다고 그녀는 전했다. 노역을 나가는데 그 일을 기피하지도 않지만 자청하지도 않는다고 했다. 먹는 것엔 거의 관심 없지만, 이 음식이란 것이 일요일과 축일을 제외하면 너무 형편없어서, 결국엔 그도 매일 마실 차를 마련하기 위해 그녀, 소냐에게 얼마의 돈을 기꺼이 받았다고 했다. 나머지 모든 것에서는 자신에 대한 그 모든 염려가 자신을 화나게 할 뿐이라고 단호히 말하며 소냐에게 걱정하지 말라고 부탁했다는 것이다. 계속해서 소냐는 감옥 안 그의 거처는 모두와 함께 쓰는 곳이라 전했다. 숙사 내부를 보지는 못했지만, 좁고 추악하고 비위생적이라고 단언할 수 있다고도 적었다. 그는 판자로 된 침상 위에서 펠트천을 깔고 자는데 다른 것을 더 갖추어두려 하지 않는다고 했다. 하지만 그렇게 거칠고 궁핍하게 사는 건 어떤 편견에 사로잡힌 계획이나 의도 때문이라기보다, 대체로 그저 자기 운명에 소홀하고 표면적으로 무관심해서라고 그녀는 전했다. 그는, 특히 처음에는, 그녀의 방문에 관심이 없었을 뿐만 아니라, 심지어 화를 내다시피 했고, 아무 말도 하고 싶어하지 않았으며 거칠게 대하기까지 했지만, 나중에는 이 만남이 습관이 되고 거의 필수적인 것으로 변해서, 그녀가 병이 나 며칠 동안 찾아가지 못했을 때는 몹시 우울해하기까지 했다고 소냐는 솔직하게 썼다. 휴일에는 감옥 정문이나 초소에서 호출받아 나온 그와 몇 분 정도 본다고 한다. 반면 평일에는 그가 일하는 작업장이나 벽돌 공장, 이르티시 강변에 있는 창고 같은 노역장으로 그녀가 찾아가 만난다고 했다. 소냐 자신에 대해서는 도시에서 몇몇 사람을 알게 되었고 도움도 받았다고 알려줬다. 삯바느질을 하는데 도시에 재봉사가 거의 없어서 많은 집에서 그녀를 필요로 한다는 것이다. 다만 그녀 덕에 라스콜니코프도 위에서 편의를 봐줘서 노역이 편해졌다는 이야기 같은 건 언급하지 않았다. 마지막으로 (두냐는 소냐의 최근 편지에서 특별한 흥분과 불안을 감지할 수 있었다) 그가 모두를 멀리하고 감옥의 죄수들도 그를 좋아하지 않는다는 소식이 도착했다. 며칠씩 말도 안 하고 얼굴도 아주 창백하다는 것이다. 가장 최근 편지에서 소냐는 불쑥 그가 아주 심하게 아파 병원 죄수병동에 누워 있다는 소식을 전했다.

## 2

그는 이미 오래전부터 아팠다. 하지만 그를 쓰러뜨린 것은 지독한 징역생활이나, 노역, 음식, 깎인 머리, 누더기 같은 옷이 아니었다. 오! 그 모든 고통과 고문이 그에게 무엇이란 말인가! 오히려 그는 노역이 기쁘기까지 했다. 노역 때문에 육체적으로 기진맥진해지면 최소한 몇 시간이라도 편안히 잘 수 있었다. 또 음식이, 바퀴벌레가 들어간 멀건 양배추수프가 그에게 무슨 의미가 있단 말인가? 예전에 대학생일 때는 그런 것조차 못 먹은 적도 많았다. 옷은 따뜻했고, 그의 삶의 모습과도 어울렸다. 족쇄를 차고 있다는 것조차 느끼지 못했다. 그가 자신의 깎인 머리와 줄무늬 죄수복이 부끄러웠겠는가? 그렇다면 누구 앞에서? 소냐 앞에서? 소냐가 그를 두려워하는데 그가 그녀 앞에서 부끄러움을 느꼈겠는가?

그럼 대체 무엇이란 말인가? 그는 소냐 앞에서조차 부끄러웠고, 그랬기 때문에 오히려 경멸 섞인 거친 태도로 그녀를 괴롭혔다. 하지만 깎인 머리와 족쇄가 부끄러운 건 아니었다. 그의 자존심이 심하게 상처를 입은 것이다. 병이 난 것도 상처 입은 자존심 때문이었다. 오, 스스로 자신의 죄를 인정할 수 있었다면 얼마나 행복했을까! 그랬다면 모든 걸, 수치와 치욕까지도 견뎌냈을 것이다. 하지만 자신을 엄중히 심판해봐도, 그의 엄격해진 양심은 자신의 과거에서 누구나 저지를 수 있는 평범한 실수 외에는 특별히 끔찍하다 할 만한 어떤 잘못도 찾을 수 없었다. 그가 부끄러워한 것은, 자신이, 라스콜니코프가, 눈먼 운명의 선고로 이렇게 맹목적이고 절망적이며 가망 없이 어리석게 파멸했으며, 조금이라도 마음의 평안을 얻기 위해서는 판결의 '무의미함' 앞에 굴복하고 순종해야만 한다는 바로 그 점이었다.

현재에는 대상도 목적도 없는 불안이, 미래에는 아무것도 얻을 수 없을 끝없는 희생만이, 이 세상 그의 앞에 버티고 서 있는 것이었다. 게다가 팔 년 후 그가 고작 서른두 살이고 여전히 다시 삶을 시작할 수 있다는 것이 무슨 의미가 있는가! 왜 살아야 하나? 무얼 염두에 두어야 하나? 무엇을 향해 가야 하나? 그저 존재하기 위해 살아야 하나? 하지만 전에도 그는 이념을 위해, 희망을 위해, 심지어 공상이라 한들 그것을 위해서라면 자기 존재를 천 번이라도 기꺼이 바칠 준비가 되어 있었다. 존재하는 것만으로는 늘 부족했다. 그는 늘 그 이상을 원했다. 어쩌면 당시 그는 그렇게 강렬하게 원한다는 사실 하나만으로 자신을 다른 사람보다 더 많은 것이 허용된 사람이라 여겼는지도 모른다.

운명이 그를 참회하게 해줬다면, 심장을 찢고 잠을 몰아내는 타는 듯한 뉘우침, 뉘우침으로 인한 끔찍한 고통으로 올가미와 심연이 어른거리는 그런 참회를 하게 해줬다면! 오, 그랬다면 그는 기뻤을 것이다! 고통과 눈물, 그것 역시 삶이니까. 하지만 그는 자신의 범죄를 뉘우치지 않았다.

최소한 자신을 감옥에 이르게 한 추악하고 어리석기 짝이 없는 자기 행동에 분통을 터뜨렸던 예전처럼, 스스로의 어리석음에 화라도 낼 수 있었다면 좋았을 것이다. 하지만 이미 감옥에 갇혀 자유로워진 지금, 그는 자신의 예전 행동을 전부 새로 헤아리고 곱씹어보았고, 예전 그 운명적인 시간에 느꼈던 것처럼 그 행동들이 어리석거나 추악하다는 생각은 전혀 들지 않았다.

'어떤 점에서, 어떤 점에서,' 그는 생각했다. '이 세상이 존재한 이래 세상에 우글거리며 서로 부딪치는 다른 생각이나 이론보다 내 생각이 더 어리석다는 거지? 완전히 독립적이고 대범하며 진부한 영향에서 해방된 시선으로 사태를 바라보기만 한다면, 당연히 내 생각은 전혀 그렇게…… 이상히 여겨지지 않을 것이다. 오, 5코페이카 은화 한 닢의 값어치밖에 없는 부정론자들과 현자들이여, 어째서 그대들은 중도에 멈추어 서는가!

자, 어째서 내 행동이 저들에게 그렇게 추악하게 여겨지는가?' 그가 스스로에게 말했다. '악행이라서? '악행'이란 단어는 무엇을 의미하는가? 내 양심은 평온하다. 물론 형사상의 범죄를 저질렀다. 물론 법조항을 위반했고 피를 흘렸다, 자, 그러니 법조항 대신 내 목을 가져가란 말이다…… 그걸로 충분하지 않은가! 그렇다면 당연히 권력을 물려받지 않고 스스로 쟁취한 많은 인류의 은인들조차 첫걸음을 내딛자마자 처형당했어야 마땅하다. 하지만 그 사람들은 자신의 걸음을 견뎌냈고, 그래서 그들은 옳다, 하지만 난 견뎌내지 못했고, 그래서 그 걸음을 자신에게 허용할 자격이 없었던 것이다.'

바로 이것이 그가 인정한 유일한 자신의 죄였다. 첫걸음을 견뎌내지 못하고 자수했다는 것, 그뿐이었다.

그는 또 이런 생각으로도 괴로워했다. 어째서 그때 자살하지 않았을까? 어째서 그때 강물을 굽어보며 자수를 선택했을까? 살고자 하는 욕망이 너무 강해 극복하기 힘들었던 걸까? 죽음을 두려워하던 스비드리가일로프도 극복하지 않았던가?

그는 고통스러워하며 이런 질문을 자신에게 던졌지만, 어쩌면 강물을 굽어보며 서 있던 그때 이미 자신과 자신의 신념 속에 숨은 깊은 거짓을 예감했는지도 모른다는 사실을 깨닫지는 못했다. 그 예감이 그의 삶에 일어날 미래의 변혁, 미래의 부활과 미래의 새로운 인생관의 전조일 수 있다는 것을 이해하지 못했던 것이다.

오히려 그는 여기서 오로지 (나약함과 하찮음으로 인해) 떨쳐낼 수도, 다시 넘어설 수도 없는 둔탁한 본능의 무게만을 인정했다. 그는 동료 죄수들을 보고 놀랐다. 그들 모두 마찬가지로 얼마나 삶을 사랑하고, 얼마나 소중히 여기는지! 그들은 자유의 몸일 때보다 감옥에서 한층 더 삶을 사랑하고 존중하며 더 소중히 여기는 것처럼 보였다. 그들 중 어떤 사람들, 가령 부랑자들은 어떤 끔찍한 고통이나 고문도 견뎌내지 않았던가! 한줄기 햇빛, 울창한 숲, 이름 모를 벽지 어딘가의 차가운 샘물이 그들에게 얼마나 많은 의미를 지니는가, 부랑자는 이미 재작년에 샘물을 점찍어두고 마치 애인이라도 만나듯 샘물을 보길 꿈꾸며, 꿈에서도 샘물과 샘물 주위에 펼쳐진 푸른 풀밭, 관목숲에서 지저귀는 새를 보지 않던가? 가만히 들여다보면 볼수록 훨씬 더 설명하기 힘든 예들을 발견할 수 있었다.

물론 그는 감옥이라는 주변 환경 속에서 많은 걸 살펴보지는 못했고, 그러기를 결코 원하지도 않았다. 그는 어쩐지 눈을 내리깔고 살았다. 바라보기가 역겹고 견디기 힘들었다. 하지만 결국에 가서는 많은 것에 놀라게 되어, 예전엔 의심조차 하지 않았던 것에 자기도 모르게 주목하기 시작했다. 대체로 그에게 가장 놀라웠던 것은 그와 이 모든 무리 사이에 놓인 건널 수 없는 무서운 심연이었다. 그와 그들은 서로 다른 종족 같았다. 그와 그들은 서로를 의심이 담긴 적대적인 시선으로 바라보았다. 그는 그런 분열의 대략적인 원인을 알고 이해했다. 하지만 전에는 그 원인들이 실제로 이렇게 깊고 강력할 거라고는 한 번도 생각해본 적이 없었다. 감옥에는 폴란드인 유형수들, 정치범들도 있었다. 그자들은 이 모든 무리를 그저 무지렁이 노예 취급하며 깔보고 경멸했다. 하지만 라스콜니코프는 그렇게 생각할 수 없었다. 많은 점에서 그 무지렁이들이 정작 그 폴란드인들보다 훨씬 더 현명하다는 것을 확실히 알고 있었기 때문이다. 감옥에는 마찬가지로 이 무리를 몹시 경멸하는 러시아인들도 있었다. 전직 장교 한 명과 신학생 두 명이 그랬다. 라스콜니코프는 그들도 잘못 생각하고 있다고 확신했다.

반면 정작 모든 사람이 그를 싫어하고 피했다. 나중엔 그를 증오하기까지 했다. 왜일까? 그는 이유를 알 수 없었다. 모두들 그를 경멸하고 비웃었으며, 그보다 훨씬 더 죄가 무거운 사람들도 그의 죄를 조롱했다.

"귀족 나리!" 그에게 이렇게 말하곤 했다. "도끼를 들고 어슬렁거렸다지. 귀족이란 작자가 할 짓은 영 아니잖아."

사순절 두번째 주에 감옥 동료들과 함께 재계齋戒를 지킬 순번이 되었다. 그는 다른 사람들과 함께 기도하러 성당에 다녔다. 무엇 때문이었는지 그 자신도 알 수 없었지만, 어느 날 싸움이 일어났다. 모두들 격분해서 한꺼번에 그에게 달려들었다.

"넌 불신자야! 신을 믿지 않아!" 그에게 고함을 쳐댔다. "너 같은 건 죽여버려야 해."

그들과 신에 대해서, 신앙에 대해서 한 번도 이야기해본 적이 없는데도, 그들은 그가 신을 믿지 않는다며 죽이려 들었다. 그는 입을 다물고 반박하지 않았다. 죄수 하나가 완전히 광분해서 그에게 덤벼들려 했다. 라스콜니코프는 침착하게 아무 말 없이 기다렸다. 그는 눈썹 하나 까딱하지 않았고, 얼굴 표정 하나 흐트러뜨리지 않았다. 때마침 보초가 그와 그를 죽이려는 사람 사이를 가로막았다. 그러지 않았다면 피를 봤을 것이다.

그에게는 해결되지 않는 의문이 하나 더 있었다. 어째서 그들 모두 소냐를 그렇게 사랑하는 걸까? 그녀가 그들의 환심을 사려 하는 것도 아니었다. 그들이 그녀를 만날 기회는 드물었고, 가끔 그녀가 그를 만나러 잠깐 작업장에 다녀갈 때가 다였다. 그런데도 모두 이미 그녀를 잘 알았고, 그녀가 그의 뒤를 따라왔다는 것도 알았으며, 그녀가 어떻게 사는지, 어디 사는지도 알았다. 그녀는 그들에게 돈을 주지도, 특별히 베풀어주지도 않았다. 다만 성탄절에 한 번 감옥 전체에 선물을 돌렸을 뿐이다. 피로그와 흰 빵이었다. 그런데도 그들과 소냐 사이는 조금씩 점점 더 친밀해졌다. 그녀는 그들이 가족에게 보내는 편지를 대신 써주었고, 우체국에서 부쳐주었다. 도시를 방문한 그들의 가족이나 친척들은 그들의 지시에 따라 준비한 물건과 심지어 돈까지 소냐의 손에 맡겼다. 그들의 부인과 연인도 그녀를 알고 찾아왔다. 그녀가 라스콜니코프를 만나러 작업장에 나타나거나 작업장으로 가는 죄수 일행과 마주치면, 모두들 모자를 벗고 고개 숙여 인사를 했다. '어머니, 소피야 세묘노브나, 당신은 우리의 상냥하고 불쌍한 어머니예요!'라며 범죄자의 낙인이 찍힌 거친 유형수들이 그 작고 여윈 존재에게 말하는 것이다. 그녀는 미소를 지으며 인사했고, 그녀가 그들에게 웃어주면 모두들 무척이나 좋아했다. 그들은 그녀의 걸음걸이까지 좋아해서, 그녀가 어떻게 걷는지 보려고 몸을 돌리고는 뒷모습마저 칭찬했다. 심지어 그녀가 그렇게 작다는 것까지도 칭찬하며, 무엇을 더 칭찬해야 할지 모를 지경이었다. 심지어 그녀에게 치료를 받으러 가기도 했다.

그는 사순절이 끝날 무렵부터 부활절 내내 병원에 누워 있었다. 이미 회복되고 난 후 그는 아직 고열로 헛소리를 하며 누워 있을 때 꾸었던 꿈을 떠올렸다. 병중에 그는 들어본 적도, 본 적도 없는 무서운 전염병이 아시아 깊숙한 곳에서 유럽으로 퍼져 전 세계가 희생될 운명에 처한 꿈을 꾸었다. 선택받은 아주 소수의 몇몇 사람을 제외하고 모두가 죽을 수밖에 없었다. 어떤 새로운 선모충, 사람의 몸에 뿌리를 내리고 사는 미생물이 출현했다. 그런데 이 생물체는 지능과 의지가 부여된 영적인 존재였다. 그걸 몸에 받아들인 사람들은 바로 귀신이 들린 듯 미쳐버렸다. 하지만 전염된 사람들은 결코 한 번도 본 적이 없을 정도로 자신을 대단히 똑똑하고 진리를 흔들림 없이 따르는 사람이라고 여겼다. 자신의 판단, 학문적 결론, 도덕적 신념과 믿음을 그 누구보다 더 확고부동하게 여긴 것이다. 마을 전체, 도시 전체와 사람들이 전염되어 미쳐버렸다. 모두들 불안에 떨며 서로를 이해하지 못했고, 다들 진리가 오로지 자기에게만 있다고 생각했으며, 다른 이들을 바라보며 괴로워했고, 자기 가슴을 치면서 울고 손을 쥐어뜯었다. 누구를 어떻게 판단해야 할지 알지 못했고, 어떤 걸 악으로, 어떤 걸 선으로 여겨야 할지 합의할 수 없었다. 누구에게 죄가 있고 누구에게 죄가 없다고 해야 할지 알지 못했다. 사람들은 무분별한 적의 속에 서로 죽여댔다. 서로를 향해 온전한 군대로 뭉쳤지만, 이미 출정한 군대가 갑자기 자기 편을 죽이기 시작했고, 대열이 무너지면서 군인들은 서로에게 덤벼들어 찌르고 베고 물어뜯고 잡아먹었다. 도시에서는 온종일 경보를 울려댔다.

모두를 불러모으려는 것이었지만, 누가 왜 부르는지 아무도 알지 못해 모두 불안에 떨었다. 각자 자신의 생각, 자신의 처방만을 주장해 합의를 보지 못했기 때문에 가장 일상적인 생업마저 내팽개쳐졌다. 농사도 짓지 않았다. 어디선가는 사람들이 무리 지어 몰려들어 뭐든 함께하는 데 동의하고 헤어지지 않기로 맹세했다. 하지만 금세 방금 결심한 것과 완전히 다른 짓을 벌여서 서로를 비방하기 시작하더니 주먹다짐과 칼부림이 일어났다. 화재가 일어나고 기근이 시작되었다. 모두가, 모든 것이 파멸했다. 전염병은 기세를 떨치며 멀리, 더 멀리 퍼져갔다. 전 세계에서 단지 몇 사람만이 살아남을 수 있었는데, 그들은 순결하고 선택된 사람들로, 새로운 인류를 낳고 새로운 삶을 시작하고 땅을 새롭게 정화하도록 예정된 사람들이었지만, 누구도 어디서도 그런 사람들을 보지 못했고, 누구도 그들의 말과 목소리를 듣지 못했다.

이 무의미한 환각이 기억 속에 너무나 슬프고 고통스러운 느낌으로 남았고, 열병으로 인한 이 몽상이 남긴 인상이 너무나 오래도록 사라지지 않아 라스콜니코프는 괴로워했다. 부활절이 끝나고 벌써 두번째 주에 접어들었다. 따뜻하고 청명한 봄날이 이어졌다. 죄수병동의 창문(격자 창살 아래로 보초병이 오가고 있었다)은 활짝 열려 있었다. 그가 앓는 동안 소냐는 겨우 두 번 병실을 방문할 수 있었다. 매번 허가를 얻어야 했는데, 쉽지 않은 일이었다. 하지만 그녀는 병원 마당 창문 아래로 자주, 특히 저녁 무렵에 찾아왔고, 가끔은 와서 그저 잠시동안 마당에 서서 멀리 병실 창문을 바라보곤 했다. 어느 날 저녁 무렵, 이미 거의 완전히 건강을 회복한 라스콜니코프는 잠깐 잠이 들었다. 잠에서 깬 그는 우연히 창가에 다가갔다가 불현듯 저멀리 병원 정문 옆에 소냐가

서 있는 것을 발견했다. 그녀는 서서 뭔가를 기다리는 것 같았다. 그 순간 무언가가 심장을 관통하는 듯했다. 그는 몸을 떨며 얼른 창에서 물러났다. 다음날 소냐는 오지 않았고, 그다음날도 마찬가지였다. 그는 자신이 그녀를 걱정하며 기다리고 있음을 깨달았다. 마침내 그는 퇴원했다. 감옥에 돌아와 죄수들로부터 소피야 세묘노브나가 병이 나서 집에 누워 있으며, 아무데도 못 나간다는 말을 들었다.

그는 몹시 걱정이 되어 그녀의 상태를 알아보러 사람을 보냈다. 곧 그녀의 상태가 그리 위중하지는 않다는 것을 알게 되었다. 이번에는 거꾸로 그가 그녀를 무척 그리워하며 걱정한다는 걸 알고서, 소냐는 연필로 쪽지를 써서, 훨씬 좋아졌고, 별거 아닌 가벼운 감기일 뿐이며, 금방, 아주 금방 그를 만나러 작업장에 갈 거라고 알렸다. 그 쪽지를 읽자 그의 심장이 아플 정도로 세차게 뛰었다.

그날도 맑고 따뜻했다. 이른아침 여섯시경, 그는 강변에 있는 작업장으로 향했는데, 그곳 창고에는 설화석고를 굽기 위한 가마가 설치되어 있었고, 거기서 석고를 빻기도 했다. 전부 세 명의 일꾼이 그리로 파견되었다. 죄수 중 한 명이 연장을 가지러 보초와 함께 요새로 갔다. 다른 한 명은 장작을 패 가마에 가득 쌓기 시작했다. 라스콜니코프는 창고에서 강변 쪽으로 나가 창고 옆에 쌓인 통나무 위에 앉아서는 광활하고 황량한 강물을 바라보기 시작했다. 지대가 높은 강변 주위로 탁 트인 광경이 펼쳐졌다. 강변 맞은편 멀리서 들릴 듯 말 듯 한 노랫소리가 실려왔다. 거기 햇살 가득한 아득한 초원에 유목민들의 천막이 가물가물 점처럼 거무스름하게 보였다. 거기는 자유가 있고, 여기 사람들과 전혀 닮지 않은 다른 사람들이 살고 있으며, 거기에서는 시간 자체가 멈춰 아브라함과 그 무리의 시대가 아직 지나지 않은 것 같았다. 라스콜니코프는 앉아서 눈을 떼지 않고 미동도 없이 바라보았다. 그의 생각이 몽상으로, 명상으로 변해갔다. 아무 생각도 하지 않았지만, 어떤 슬픔이 그를 뒤흔들어 고통스럽게 했다.

갑자기 그의 옆에 소냐가 나타났다. 그녀는 거의 소리도 내지 않고 다가와 그와 나란히 앉았다. 아직 아주 이른 시간이었고, 아침의 냉기는 여전히 수그러들지 않은 채였다. 그녀는 초라하고 낡은 외투를 입고 녹색 숄을 두르고 있었다. 얼굴은 아직 병색이 가시지 않아 핼쑥하고 창백하고 야위어 있었다. 그녀는 상냥하고 기쁘게 미소 지었지만, 평소처럼 겁먹은 모습으로 그에게 손을 내밀었다.

그녀는 늘 겁먹은 채로 그에게 손을 내밀었고, 가끔은 그가 손을 밀쳐낼까 겁이 나는 듯 아예 손을 내밀지도 않았다. 그는 늘 혐오스럽다는 듯 그녀의 손을 잡았고, 늘 화난 것처럼 그녀를 맞았으며, 가끔은 그녀가 방문한 내내 고집스럽게 입을 다물고 있었다. 그녀는 그런 그가 두려워 깊은 슬픔에 젖어 돌아가곤 했다. 하지만 지금 그들의 손은 떨어지지 않았다. 그는 힐끗 그녀를 재빨리 쳐다보았다가 아무 말도 입밖에 내지 않은 채 눈을 땅에 떨구었다. 단둘이었고, 아무도 그들을 보지 않았다. 보초도 그땐 한눈을 팔고 있었다.

어떻게 그런 일이 일어났는지 스스로도 알 수 없었지만, 갑자기 무언가가 그의 몸을 붙잡아 그녀의 발아래 던진 것 같았다. 그는 울며 그녀의 무릎을 끌어안았다. 첫 순간 그녀는 지독하게 놀라 죽은 사람처럼 얼굴이 온통 창백해졌다. 그녀는 자리에서 벌떡 일어나 몸을 떨면서 그를 바라보았다. 하지만 바로 그때, 바로 그 순간 모든 걸 이해했다. 그녀의 눈동자에 한없는 행복이 반짝이기 시작했다. 그가 사랑한다는 것, 그가 그녀를 한없이 사랑한다는 것, 그리고 마침내 이런 순간이 왔다는 것을 이해했고, 더는 의심하지 않았다……

그들은 말하고 싶었지만 그러지 못했다. 그들의 눈에 눈물이 고여 있었다. 두 사람 모두 창백하고 초췌했다. 하지만 이 병들고 창백한 얼굴에는 새로워진 미래, 새로운 삶을 향한 완전한 부활의 여명이 이미 빛나고 있었다. 사랑이 그들을 부활시켰고, 한 사람의 마음은 다른 한 사람의 마음을 위한 무한한 생명의 원천을 간직하고 있었다.

그들은 기다리며 참기로 했다. 그들에겐 아직 칠 년이 남았다. 그때까지 견딜 수 없는 고통이 얼마나 많을 것이며, 무한한 행복이 얼마나 많을 것인가! 하지만 그는 부활했고, 그 사실을 알았고, 새로워진 자신의 온 존재로 그걸 온전히 느꼈으며, 그녀는, 그녀야말로 오로지 그의 삶 하나만으로 살지 않았던가!

그날 저녁, 이미 숙사 문이 잠긴 후 라스콜니코프는 판자로 된 침상에 누워 그녀를 생각했다. 이날 그는 예전에 그의 적이었던 모든 죄수가 벌써 그를 다르게 보는 것처럼 느껴지기까지 했다. 심지어 그가 먼저 그들에게 이야기를 걸었고, 그들은 상냥하게 대답해주었다. 이제야 그런 생각이 들었지만, 사실 진작 그랬어야 했다. 이제는 정말로 모든 것이 변해야 하지 않을까?

그는 그녀를 생각했다. 자신이 내내 얼마나 그녀를 괴롭히고 그녀의 마음을 찢어놓았는지 떠올렸다. 그녀의 창백하고 여윈 얼굴이 떠올랐지만, 이제 그런 기억들도 그리 괴롭지 않았다. 이제 그녀의 모든 고통에 자신이 얼마나 무한한 사랑으로 보답해야 하는지 알았기 때문이다.

게다가 과거의 그 모든, 모든 고통이 대체 무엇이란 말인가! 최초의 격정에 휩싸인 지금의 그에게는 모든 것이, 심지어 그의 범죄마저, 판결과 유형마저 피상적이고 기이하게 여겨졌고, 심지어 그에게 일어난 사실이 아닌 듯싶기도 했다. 하지만 이날 저녁, 그는 뭔가를 오래도록 계속 생각하거나, 어떤 것에 생각을 집중할 수가 없었다. 아니, 지금은 의식적으로 해결할 수 있는 건 아무것도 없었다. 그는 그저 느낄 뿐이었다. 변증법 대신 삶이 찾아왔으니, 의식에도 뭔가 완전히 다른 것이 생겨나야 했다.

베개 아래 복음서가 놓여 있었다. 그는 무의식적으로 책을 집어들었다. 이 책은 그녀의 것이었고, 그녀가 그에게 나사로의 부활에 대해 읽어준 바로 그 책이었다. 유형생활 초기에 그는 그녀가 자신을 종교로 괴롭히고, 복음서 이야기를 하며 책을 강요할 거라고 생각했다. 하지만 너무나 놀랍게도 그녀는 한 번도 그런 말을 꺼내지 않았고, 복음서를 권한 일조차 한 번도 없었다. 병이 나기 얼마 전 그가 먼저 부탁했고, 그녀는 아무 말 없이 책을 가져다주었다. 지금까지 그는 그것을 펼쳐보지도 않았다.

지금도 그것을 펼쳐보지는 않았지만, 한 가지 생각이 어렴풋이 떠올랐다. '이제 그녀의 신념이 나의 신념이 될 수도 있지 않을까? 적어도 그녀의 감정, 그녀의 갈망이……'

그녀 역시 이날 온종일 흥분했고, 밤이 되자 다시 앓기까지 했다. 하지만 그녀는 너무나 행복해서, 자신의 행복에 겁이 날 지경이었다. 칠 년, 겨우 칠 년이다! 행복이 시작된 순간에도, 또다른 순간에도 그들 두 사람은 이 칠 년을 칠 일처럼 여길 준비가 되어 있었다. 그는 새로운 삶이 그에게 거저 주어지지는 않을 것이며, 그것을 위해 여전히 값비싼 대가를 치러야 하고, 미래의 위대한 업적으로 거기 보답해야 한다는 사실조차 알지 못했다……

하지만 여기에서 이미 새로운 이야기가, 한 인간이 점차 새로워지는 이야기가, 하나의 세계에서 다른 세계로 점차 옮겨가고 지금까지 전혀 알지 못했던 새로운 현실을 알아가며 점차 다시 태어나는 그의 이야기가 시작된다. 이것은 새로운 이야기의 주제가 될 수 있겠지만, 지금 우리의 이야기는 이것으로 끝을 맺는다.

# 『죄와 벌』,
# 가엾은 살인자와 순결한 창녀의 기이한 만남

## 1. 인간 도스토옙스키

『죄와 벌』은 『백치』 『악령』 『미성년』 『카라마조프가의 형제들』과 더불어 도스토옙스키의 5대 걸작 중 하나이자, 그 포문을 여는 작품이다. 1845년, 스물네 살의 청년 도스토옙스키는 첫 작 『가난한 사람들』로 대성공을 거뒀다. 당대 러시아 최고 비평가였던 벨린스키는 "자네가 쓴 것이 어떤 물건인지 이해하겠나? 하긴, 이십대의 자네 나이론 도저히 알 수 없겠지"라고 그에게 말했다. 도스토옙스키에게 '정말 내가 그렇게 위대한 작가인가?'라는 황홀경을 안겨준 이 성공은, 하지만 오래 가지 못했다. 뒤이은 작품들의 연이은 실패, 갑작스러운 체포와 팔 년의 시베리아 유형으로 도스토옙스키는 문단에서 잊혔다. 이 시베리아 유형 생활을 다룬 『죽음의 집의 기록』으로 다시 문단의 주목을 받은 도스토옙스키를 확고부동한 대작가의 반열에 올려놓은 작품이 바로 『죄와 벌』이다.

『죄와 벌』을 시작으로 이후 네 편의 대작이 대략 2~4년 간격으로 줄줄이 쏟아져나오고, 이 놀라운 성취는 『카라마조프가의 형제들』로 정점을 찍는다. 도스토옙스키의 작품 중 『카라마조프가의 형제들』이 가장 위대한 작품으로 평가된다면, 『죄와 벌』은 대중적으로 가장 사랑받은 작품, 가장 많이 읽힌 작품으로 꼽힌다. 도스토옙스키가 마지막 작품인 『카라마조프가의 형제들』을 완성한 것은 1881년 60세의 나이로 사망하기 2개월여 전. 그는 명성과 인기의 정점에서 숨을 거뒀고, 그를 애도하는 추모행렬은 끝이 없었다.

하지만 크게 보아 그의 삶은 궁핍하고 불안하고 외로웠다. 도스토옙스키의 주요인물 중에는 정상적인 사람이 별로 없다. 병적이고 예민하고 침울하고, 조증과 울증, 자기애와 자기비하 사이를 극단적으로 오락가락하며 스스로 만들어낸 아슬아슬한 파국으로 끊임없이 자신을 몰아세우는, 오로지 자의식만 비정상적으로 발달한 사람들…… 그가 만들어낸 사람들은 그를 비춘다.

평균보다 작은 키, 유난히 어깨만 발달한 왜소한 체격, 얼굴의 거의 절반을 차지하는 넓게 벗어진 이마, 한쪽 동공이 완전히 풀려버린 짝눈, 억센 광대뼈와 움푹 팬 뺨, 여기에 작가답지 않게 어딘가 '없어 보이는' 인상과 병적인 느낌. 이것이 도스토옙스키를 직접 본 사람들이 공통적으로 묘사하는 그의 외모다. 도스토옙스키도 스스로를 노트르담의 꼽추 '카지모도'에 자주 비유하곤 했다. 그를 거의 숭배했던 두번째 부인 안나도 그를 처음 만났을 땐 "도스토옙스키의 집을 나서며 난 너무 슬픈 심정이었다. 그는 내 맘에 들지 않았고, 불쾌한 인상이었다" 라고 말했다.

그의 이런 인상은 내성적이고 완고한 성격, 그러면서도 충동적이고 의지박약한 기질, 이 모두를 곁눈으로 살피는 비대한 자의식과 잘 어울렸다. 에드워드 카에 따르면 도스토옙스키는 "바보짓을 하는 순간에도 그 행위의 근저를 눈치채고, 어리석은 행위와 동시에 후회를 하는 그런 불행한 사람들 중 하나"였다. 도스토옙스키의 오랜 친구이자 그의 공식 전기를 쓴 스트라호프는 톨스토이에게 보낸 편지에서 "도스토옙스키는 악하고 질투심 강하고 방탕한 사람"이며, 그의 전기를 쓰는 동안 끓어오르는 혐오감과 줄곧 싸워야 했다고 토로했다. 반면 부인 안나에게 도스토옙스키는 더없이 다정하고, 어린애처럼 천진하고, "지혜롭고 선하지만, 모든 이에게 버림받은 것 같은 불쌍한 사람"이었다. 작가 도스토옙스키는 한 인간의 내면에서 벌어지는 천사와 악마의 사투, 감추고 싶은 그 어두운 심연을 잔인할 정도로 집요하게 그려낸 것으로 유명하다. 인간 도스토옙스키 역시 진실은 스트라호프와 안나의 증언, 둘 사이 어딘가에 있을 것이다.

도스토옙스키의 인상과 성격은 그의 굴곡진 인생의 원인이자 결과다. 신산하기 짝이 없는 그의 삶은 아쉬울 것 하나 없는 귀족이었던 푸시킨, 투르게네프, 톨스토이 같은 동료 작가들과 천지차이다. 평균적인 관점에서도 어떻게 한 사람의 인생에 그렇게 많은 고苦가 겹칠 수 있는지 어이가 없을 지경이다.

살해당한 아버지, 죽음(사형)의 간접 체험과 혹독한 징역살이, 여기에 평생을 따라다닌 가난과 간질(뇌전증), 도박벽. 보통 사람이라면 이 중 하나만으로도 삶이 쉽게 감당되지 않았을 것이다. '예술적 승화' 같은 표현을 동원하지 않더라도, 인간이라는 존재, 선과 악, 윤리와 미학, 신과 구원에 대한 질문을 극단까지 밀어붙인 그의 작품이 한계상황에 자주 내몰렸던 그의 개인사와 무관할 수는 없을 것이다. "어디서든, 무얼 하든, 평생 난 선을 넘나들었다"라는 그의 고백은 과장이 아니다. 당연히 그의 극한 체험은 『죄와 벌』에도 큰 영향을 미쳤다. 수려한 외모만 빼면 라스콜니코프는 인간 도스토옙스키와 가장 닮은 인물이다.

도스토옙스키의 삶의 궤적은 제법 알려졌지만, 이 작품으로 그와 처음 만날 독자가 더 많을 것이기에 위에 열거한 다섯 가지 요소에 대해 간략히 밝히기로 한다.

## 2. 도스토옙스키의 삶: 다섯 가지 이야기

### 1) 아버지의 죽음과 부친 살해의 모티프

도스토옙스키가 호감형 인간이 아니었다 해도, 자기 아버지 미하일만큼 비호감은 아니었다. 명목만 귀족이었을 뿐, 미하일은 자기 몸뚱이 하나로 일곱 남매를 건사해야 했던 모스크바 빈민구제병원 의사였다. 그만큼 엄격하고 인색했을 뿐 아니라, 난폭하고 침울하고 의심이 많았다. 그의 아내, 즉 도스토옙스키의 어머니인 마리야의 다정한 성격도 극도로 가부장적인 집안 분위기를 완화시키지는 못했다.

도스토옙스키가 열여섯 살이던 1837년 2월 마리야가 병사했고, 충격을 받은 미하일은 시골 영지로 물러나 은둔생활을 하다 1839년 6월 변사체로 발견된다. 뇌출혈 발작으로 인한 자연사였다는 설도 있지만, 그의 잔혹한 학대에 대한 농노들의 보복이라는 설이 유력하다. 도스토옙스키의 동생 니콜라이, 둘째 딸 류보피의 회고록이 그 근거다. 어떤 경우든, 더운 여름 죽은 지 이틀이 넘도록 길가에 방치돼 먼지에 뒤덮인 참혹한 모습으로 발견됐다는 점은 부인할 수 없는 사실이다.

당시 페테르부르크에서 유학중이던 열여덟 살의 도스토옙스키는 이 사건으로 큰 충격을 받았다. 가까운 이에게 내밀한 이야기를 즐겨했던 그가 이 일에 대해서만은 일절 함구했다는 사실이 이를 잘 보여준다. 하지만 그의 가장 위대한, 그리고 마지막 작품인 『카라마조프가의 형제들』은 부친 살해라는 일대 사건에 직면한 세 아들에 대한 이야기다. 실제로 도스토옙스키는 이 작품에 착수한 1877년, 사십여 년 만에 처음으로 아버지가 살해된 다로보예 영지를 찾았다. 프로이트의 지적처럼, 소포클레스의 『오이디푸스』, 셰익스피어의 『햄릿』과 더불어, '부친 살해'를 다룬 세계 3대 걸작에 도스토옙스키의 『카라마조프가의 형제들』이 포함된 것은 이런 전기적 사실과 무관할 수 없다.

### 2) 체포와 시베리아 유형: 차르의 사형 놀이

아버지가 죽고 정확히 십 년이 지난 후, 스물여덟 살의 도스토옙스키는 이번엔 자신의 죽음을 경험한다. 1849년 4월 23일 이른아침, 그는 반역 혐의로 경찰에 체포되었다. 그가 이 년여 참여해온 사회주의 계열의 '페트라솁스키 모임', 구체적으로는 그가 체포 일주일 전 벨린스키의 '고골에게 보내는 편지'를 모임에서 낭독한 것이 문제가 되었다. 벨린스키의 편지는 차르 체제와 정교회를 옹호한 고골을 신랄하게 비판하는 내용으로, 당시 소지와 배포가 엄격히 금지된 문서였다. 체포된 도스토옙스키는 정치범 감옥으로 유명한 페트로파블롭스카야 요새 독방에 8개월 간 구금돼 조사를 받았다. 같은 해 11월 13일 군법회의는 그에게 총살형을 선고했고, 12월 22일 세묘놉스키 광장에서 공개 처형식이 열렸다.

하지만 사실 선고는 이미 내부회의에서 팔 년의 징역형으로, 뒤이은 황제의 명으로 '사 년의 징역과 사 년의 사병 복무'로 감형된 상태였다. 그럼에도 가짜 처형식이 강행된 것은 프랑스의 1848년 혁명으로 잔뜩 예민했던 차르 니콜라이 1세가 경고성 퍼포먼스를 연출한 탓이었다. 사형집행은 평소와 같은 순서로 이뤄졌고, 덕분에 아무것도 모르던 사형수들은 진짜 선고문이 낭독된 마지막 순간까지 임박한 죽음의 공포 아래 놓여 있었다. 사형집행 첫줄에 세워진 탓에 눈이 가려진 채 기둥에 묶여 총이 발사되기를 기다리다 '느닷없이' 감형을 선고받은 한 청년은, 미쳐버렸다. 도스토옙스키는 두번째 줄에 서 있었다.

이 잔혹하고 비인간적인 장난은 당연히 도스토옙스키의 기억에 평생 각인됐고, 그의 최초의 간질 발작이 가짜 처형식 직후 이송된 시베리아 감옥에서 일어난 것도 우연이 아니다. 1850~1854년까지 시베리아 옴스크 감옥에서, 1854년부터 세미팔라친스크 시베리아 보병대대에서 복무하다 1859년 12월 마침내 자유의 몸으로 페테르부르크로 귀환하기까지 이 기억은 그를 끈질기게 따라다녔고, 여러 작품에 반영됐다.

사형이 끔찍한 것은 어쩌면 살 수도 있다는 희망을 말살한다는 데 있다. 이런 이유로 도스토옙스키는 선고에 의한 사형이 범죄자에 의한 살인보다 훨씬 더 끔찍하다고 말했다. 하물며 가짜 사형이라니. 그는 『백치』 미시킨 공작의 입을 빌려 말한다. "어쩌면, 사형선고를 받고 고통을 당하다가 '가라, 너를 용서하마' 이런 말을 들은 사람이 있을지도 모르지요…… 정말이지, 사람에게 그러면 안 되는 겁니다!"

### 3) 가난과 빚, 그리하여 선불 인생

십대에 조실부모한데다 청년기의 대부분을 유형지에서 보낸 도스토옙스키는 평생 돈에 쪼들렸다. 당시 투르게네프가 장당 5백 루블의 원고료를 받은데 비해 도스토옙스키가 그 절반도 안 되는 1~2백 루블에 만족해야 했던 것도 그 때문이다. 늘 급전이 필요해 아직 쓰지도 않은 작품을 걸고 선불을 받아썼던 그가 제대로 된 흥정을 한다는 건 애당초 불가능한 일이었다. 그의 궁핍은 과시적인 낭비벽, 경제관념과 담을 쌓은 성격 때문이기도 했지만, 사실 그에겐 챙겨야 할 군식구가 너무 많았다.

도스토옙스키의 첫번째 부인 마리야는 그와 처음 만났을 때 이미 결혼한 상태였고, 아들도 하나 있었다. 그녀의 남편이 알코올중독으로 사망한 후 도스토옙스키의 열렬한 구애로 두 사람의 결혼이 성사됐지만, 칠 년 후 마리야 역시 폐병으로 세상을 떠난다. 그녀가 남긴 아들 파벨은 평생 무위도식하며 의붓아버지에 빌붙어 살았고, 도스토옙스키도 이를 당연한 의무로 여겼다. 마리야가 죽던 해, 도스토옙스키의 형 미하일도 세상을 떠났다. 우애가 각별했던 형제는 『시대』 『세기』 같은 잡지를 함께 펴내기도 했다. 형이 죽은 후 도스토옙스키는 형이 하던 담배공장, 출판사 등의 부채를 모두 떠안았고, 형수와 조카 넷의 생계를 책임졌다. 도스토옙스키의 남동생 니콜라이도 매달 형에게 생활비를 타 쓰며 틈만 나면 형의 집을 기웃거렸다. 이런 정황들로 도스토옙스키가 빚에서 완전히 해방된 것은 죽기 고작 일 년 전이었다.

선불과 빚에 발목 잡혀 늘 다급하게 글을 써야 했던 환경은 작품에도 큰 영향을 미쳤다. 그는 줄거리를 살피고, 문체를 가다듬고, 실수를 교정할 겨를이 없었다. 또 더 많은 돈을 받기 위해 가능한 한 길게 써야 했다. 그의 난삽한 문장, 기우뚱한 구조, 지저분한 군더더기, 이름이나 날짜, 장소 등 기본적인 사실관계의 불일치 등도 이와 관련이 깊다. 역주에서 확인할 수 있듯이, 실제 『죄와 벌』에도 결정적인 디테일과 관련해 작중인물 간 진술이 일치하지 않는 지점들이 존재한다. 특히 라스콜니코프의 급작스러운 참회가 이뤄진 에필로그는 전체 구조와 어우러지지 않아 생뚱맞고 작위적인 인상을 준다. 실제 도스토옙스키는 형 미하일의 빚을 갚기 위해 미리 받은 3천 루블 때문에 장편소설 『도박꾼』을 단 26일 만에 써냈다. 이 '미션 임파서블'을 위해 고용한 속기사가 바로 그를 빚에서 구원한 두번째 부인 안나다.

스물한 살의 어린 나이로 스물다섯 살 연상인 도스토옙스키와 결혼해 그가 죽을 때까지 십사 년을 함께 산 안나의 회고록에는 변제일에 대한 공포, 채무자들의 성화와 협박, 전당포를 제 집처럼 드나들던 기억, 간질 발작 직후에도 벌벌 떨리는 손으로 펜을 들어야 했던 남편에 대한 연민, 그럼에도 감사할 줄 모르던 친척들에 대한 원망이 도처에 담겨 있다. 안나가 결혼 직후 도스토옙스키를 설득해 유럽으로 떠나 사 년 넘게 러시아로 돌아오지 않은 것도 친척들에게서 벗어나기 위함이

켰다. 하지만 유럽에서도 부부는 궁핍했고, 여기에는 도스토옙스키의 고질적인 도박벽이 한몫했다.

### 4) 룰렛, 희열과 고통

도스토옙스키는 어릴 적부터 카드놀이를 좋아했고, 유산으로 받은 천 루블을 내기당구로 하룻밤에 날린 적도 있었다. 그런 그가 본격적인 도박, 특히 룰렛(권총으로 하는 러시안 룰렛이 아닌, 구슬로 하는 프랑스식 룰렛)에 빠지게 된 것은 1863년, 첫 부인 마리야와의 불행한 결혼 생활중 폴리나 수슬로바라는 아가씨와 떠난 두번째 유럽여행에서였다. 그는 비스바덴, 바덴바덴, 함부르크 등의 도박장을 떠돌며 '조금 따고, 왕창 잃고, 뼈아픈 후회를 하다가, 저당 잡혀 얻은 푼돈을 거머쥐고 다시 도박장으로 달려가는' 생활을 반복했다. 판돈을 위해 시계와 외투는 물론, 단벌바지까지 전당포에 맡겼고, 게르첸, 투르게네프 등에게 송금을 구걸하는 비참하고 절박한 편지를 썼다.

『죄와 벌』의 초고가 탄생한 것도 바로 이 무렵이다. 도스토옙스키는 1865년 8월 비스바덴의 도박장에서 닷새 만에 가진 것을 모두 잃었다. 숙박비도 낼 수 없는 처지가 되었고, 호텔은 음식과 차를 포함해, 모든 서비스 제공을 중단했다. 그는 돈도, 음식도, 심지어 촛불도 없는 좁은 호텔방에서 허기질까 작은 움직임조차 삼가며 『죄와 벌』의 처음 몇 페이지를 썼다. 스스로 '한 범죄에 대한 심리학적 보고서'라 칭한 이 소설을 내세워 그는 편집장 카트코프에게 3백 루블만 보내달라는 편지를 또 쓴다. 그의 도박 행진은 1867년 두번째 부인 안나와 떠난 유럽여행에서도 마찬가지였다. 그가 도박을 멈춘 것은 안나와 여행중이던

1871년, 마찬가지로 비스바덴, 안나의 결혼 패물까지 다 날린 후였다. 지금도 비스바덴 카지노에는 '도스토옙스키 홀'과 흉상이 있다.

도스토옙스키의 도박은 다분히 '생계형'이었지만, 모든 중독이 그러하듯이 그 속에는 운명의 도발, 위험에 대한 충동, 타락에의 욕구가 함께한다. 구슬이 룰렛을 따라 돌다가 멈추는 그 짧은 순간이 선사하는 비정상적인 흥분은 도스토옙스키를 다른 세계로 이끈다. 도스토옙스키가 가장 생산적이었던 때는 도박으로 모든 것을 잃은 후였다. 『죄와 벌』의 탄생도 그러했다. 안나와의 4년 3개월의 유럽여행, 도박의 희열과 고통으로 점철됐던 그 여정을 마치고 러시아로 돌아오던 도스토옙스키의 손에는 『백치』와 『악령』이 들려 있었다. 이런 점에서 그의 도박벽은 지병이었던 간질과 일맥상통한다.

### 5) 간질, 영원과의 접신

도스토옙스키는 '시베리아 유형 시절, 어느 부활절 밤' 최초의 간질 발작이 있었다는 다분히 '시적인' 술회를 남겼다. 어릴 때부터 신경증적 기질이 농후했고, 마흔 살 이후로 본격적인 발작이 주기적으로 일어났으며, 도스토옙스키는 그때마다 이를 기록했다. 1860년 이후 이십 년간 총 102회의 발작이 있었다. 첫번째 부인 마리야는 신혼여행에서 돌아오던 날, 두번째 부인 안나는 결혼식 피로연에서 짐승처럼 울부짖으며 거품을 물고 바닥을 뒹구는 남편을 지켜봐야 했다.

하지만 정작 도스토옙스키는 간질에 대해 한탄하지도, 숨기려고도 하지 않았다. 안나에게 간질을 고백한 것도 두 사람이 처음 만난 날이었다. 도스토옙스키는 소피야 코발렙스카야에게 다음과 같이 말했다.

"당신네 건강한 사람들은 우리 간질병자들이 발작 직전에 어떤 행복을 경험하는지 믿지 못할 겁니다…… 난 삶이 주는 어떤 기쁨도 그 행복과 절대 바꾸지 않을 겁니다."

말 그대로 '죽었다 깨어나는' 순간의 황홀, 죽음과 부활의 반복적 체험은 경계를 넘나드는 통찰을 허락한다. 육체와 영혼이 극단적으로 분열하면서 삶과 죽음이 하나로 결합되는 간질은 아주 불길하면서도 예언자적인 질병으로 간주돼왔다. '뇌 속의 유령'을 불러내는 발작은 강렬한 종교적 체험을 선사한다. 마호메트와 사도 바울도 간질을 앓았다. 『백치』의 미시킨 공작, 『악령』의 키릴로프, 『카라마조프가의 형제들』의 스메르자코프처럼 도스토옙스키의 주요인물 중 많은 이가 간질병자다. 우리의 라스콜니코프 역시 발작 일보 직전의 상태에서 아슬아슬하게 버티다가 하필이면 경찰서에서 기절해버린다.

이들만이 아니다. 도스토옙스키의 세계는 발작, 광기, 파국, 분열, 극단, 몽상, 몰아의 기호로 가득하고, 간질병자, 광인, 알코올중독자, 살인자, 창녀, 백치, 거지 - 현자가 그 속을 활보한다. 그들은 각자의 방식으로, 이런저런 정도로, 모두 '선을 넘은' 사람들이다. 온갖 극한 체험들로 '평생 선을 넘나들었던' 도스토옙스키가 이 인물들의 기원을 이룬다. 따라서 그의 작품을 읽는 일은 선을 넘은 사람들의 고통과 수난을, 그 대가로 그들이 당겨온 진실 한 자락을 마주하는 일에 다름 아니다. 『죄와 벌』도 마찬가지다.

## 3. 선을 넘은 사람들 : 살인자 라스콜니코프와 창녀 소냐

### 1) 『죄와 벌』, 현대성의 음울한 징후

도스토옙스키가 1865년 8월 집필에 착수한 『죄와 벌』은 1866년 1월부터 『러시아통보』에 8회에 걸쳐 연재되었고, 1867년 단행본으로 출판되었다. 살인사건을 다루고 있다는 점에서 범죄소설로, 살인을 전후로 한 범죄자의 심리를 치밀하게 묘사하고 있다는 점에서 심리소설로, 살인의 배경이 된 사회악을 고발한다는 점에서 사회소설로, 나폴레옹 사상, 공리주의, 허무주의, 사회주의를 두루 다루고 있다는 점에서 철학소설로 다양하게 조명돼왔다. 여섯 개의 부와 에필로그로 이뤄진 900쪽에 가까운 이 방대한 소설이 그만큼 다양한 인물과 주제와 기법을 아우른다는 뜻이다.

도스토옙스키 스스로도 이 소설이 '한 범죄에 대한 심리학적 보고서'인 동시에, '현재를 배경으로 한 지극히 현대적인 사건'임을 강조했다. 소설은 1865년 1월 모스크바에서 실제 벌어진 사건, 즉 게라심 치스토프라는 스물일곱 살의 청년이 두 명의 중년여성을 도끼로 살해하고 돈과 귀중품을 훔친 사건에서 착상을 얻었다. 소설이 발표되기 직전인 1866년 1월에도 다닐로프라는 대학생이 고리대금업자를 살해하는 사건이 벌어졌는데, 때마침 들어온 하녀도 같이 살해됐다. 얼마 지나지 않아 『죄와 벌』이 발표된 후 작품과 이 실제 사건 사이의 놀라운 유사성이 인구에 회자됐지만, 도스토옙스키는 이를 우연의 일치가 아닌, 현대성의 음울한 징후로 보았다. 그는 말했다. "아주 최근에 있었던 몇 가지 사건들로 나는 내 이야기가 전혀 기괴한 것이 아니라고 믿게 됐어요…… 한마디로 내 이야기가 현대성을 입증한다고 확신합니다." 그의 치밀한 심리분석은 예민한 사회적 감수성과 분리되지 않는다.

작품은 19세기 중반 급속히 자본주의화 되던 러시아, 그중에서도 수도 페테르부르크를 배경으로 한다. 페테르부르크는 제국의 수도이자 자본주의 러시아의 '파사주'였지만, 1861년 농노해방 후 농민에서 노동자로 대거 전환한 도시빈민이 넘쳐나는 곳이기도 했다. 전자는 넓고 반듯한 넵스키 거리가, 후자는 잡다한 인간 군상이 밀집한 센나야 광장이 대표한다. 살인, 절도, 매춘, 알코올중독 등 각종 사회악의 온상이자, 악취와 소음이 넘쳐나는 이 센나야 광장과 주변 뒷골목이 바로 『죄와 벌』의 사건이 벌어지는 주요 공간이다. 미친 사람처럼 혼잣말을 중얼거리며 배회하는 라스콜니코프, 대낮부터 술에 취해 비틀거리는 마르멜라도프, 노란 딱지를 품고 몸을 파는 소냐, 가능한 한 가장 저열한 쾌락을 찾아 떠도는 스비드리가일로프, 오직 출세만을 위해 여기저기 기웃거리는 루진은 모두 그곳에서 만난다.

2) 분신, 분열된 자아의 육화

서로 다른 성격과 전사를 가졌지만, 이들은 서로 분신관계다. 분신은 도스토옙스키 시학의 본질을 이룬다. 존재는 하나의 최종적인 정의로 완결될 수 없고, 한 인간 속에 분열된 자아들이 분신으로 육화한다. 라스콜니코프라는 이름의 어원인 '라스콜раскол'은 '분열'이라는 뜻이고, '라스콜니키раскольники'는 '분리파 교도'를 뜻한다. 분열된 몸들은 서로를 논박하고 부정하고 외면하지만, 끊임없이 연루되며 공존한다. 라스콜니코프가 가장 혐오하고 두려워했던 스비드리가일로프조차 완전한 타인이 아니다.

라스콜니코프가 선악의 경계를 넘어 모든 것이 허용된 자이고자 했다면, 스비드리가일로프는 갖가지 패륜으로 그 경계를 이미 훌쩍 넘은 사람이다. 라스콜니코프는 자의식의 과잉과 그로 인한 소외로, 스비드리가일로프는 육체의 과잉과 그로 인한 권태로 사회로부터 고립된다. 두 사람에게는 잔혹과 자비가 공존한다. 라스콜니코프는 자신의 이념을 위해 무자비하게 도끼를 휘두르고, 두 사람이나 죽이고도 끝내 반성하지 않았다. 하지만 우연히 만난 주정뱅이 마르멜라도프와 그의 가족을 위해 마지막 가진 것을 내어준다.

스비드리가일로프는 자신을 채무자감옥에서 구원해준 부인을 살해하고, 어린 소녀를 능욕해 강물에 뛰어들게 하고, 하인을 괴롭혀 자살하게 만든다. 하지만 『죄와 벌』 속 많은 인물의 실질적인 구원은 정작 그의 도움으로 이뤄진다. 그는 마르멜라도프의 부인이자 소냐의 계모인 카테리나의 장례식을 도맡았고, 남은 고아들의 장래를 금전적으로 책임졌다. 두냐와 소냐에게 그가 전달한 각 3천 루블의 거금은 두냐가 루진에게서 벗어나 라주미힌과 미래를 설계하도록, 소냐가 매춘에서 벗어나 라스콜니코프를 따라 시베리아로 떠날 수 있도록 해주었다. 결정적으로, 선을 넘고자 했던 라스콜니코프가 타인을 살해했다면, 스비드리가일로프는 자신을 살해함으로써 이를 실현했다.

스비드리가일로프가 라스콜니코프의 타락한 거울이라면, 소냐는 그의 구원을 비추는 거울이다. 그녀는 『백치』의 미시킨 공작, 『카라마조프가의 형제들』의 알료샤와 더불어, 도스토옙스키가 그리스도를 닮은 '지극히 아름다운 인간'으로 그려낸 인물이다.

라스콜니코프와 소냐는 여러모로 다르다. 라스콜니코프는 끊임없이 자신의 살인이 죄가 아니라고 강변하지만, 소냐는 자신을 더러운 여자고 크나큰 죄인이라 여긴다. 주정뱅이 아버지, 폐병에 걸린 계모와 피 한 방울 섞이지 않은 동생들을 거두기 위해 어쩔 수 없이 몸을 팔지만, 소냐는 자기희생과 연민의 마음으로 가득하다. 라스콜니코프는 이론과 원칙을 내세우며 장광설을 늘어놓지만, 소냐는 끊임없이 더듬거릴 뿐 자신의 말을 가지고 있지 않다. 라스콜니코프의 병적인 자의식이 소냐에게는 전혀 없다. 그녀는 그저 느낄 뿐이다.

하지만 라스콜니코프가 선을 넘기 위해 노파를 죽인 것처럼, 소냐는 자기 몸을 내어 팖으로써 선을 넘었다. 선을 넘은 자들의 공감과 동류의식이 서로를 향하게 한다. 그렇게 세상에서 가장 낮은 존재인 살인자와 창녀가 만나 초라한 방 꺼져가는 불빛 아래 영원의 책을 함께 읽는 모습은 『죄와 벌』에서 가장 아름답고 계시적인 장면으로 꼽힌다.

### 3) 라스콜니코프의 '죄와 벌', 그리고 '미학적 수치'

통상적인 범죄추리소설과 달리 『죄와 벌』은 범인이 누군지를 두고 독자와 겨루지 않는다. 첫 장부터 누가, 누구를, 왜, 언제, 어떻게 죽였는지 범죄행각이 소상히 밝혀진다. 그렇다면 남은 것은 작품의 제목이 시사하듯, 무엇이 죄고 무엇이 벌인지, 그리고 그 '죄와 벌'의 이후가 무엇인지다.

러시아어로 '죄'에 해당하는 대표적인 단어로 грех와 преступление가 있다. 『블라디미르 달 사전』에 따르면, 전자는 '신의 섭리에 반하는 행동', 후자는 '기존 제도에 반하거나 현존 법질서를 위반하는 사회적으로 위험한 행동'으로 정의된다. 전자는 보다 보편적인 종교적, 윤리적 차원의 죄를, 후자는 실정법 위반과 관련된 보다 좁은 의미의 죄, 즉 '범죄'를 뜻한다. 영어로 옮기면 전자는 sin, 후자는 crime에 해당할 것이다. 도스토옙스키는 제목 '죄와 벌'의 '죄'로 후자의 단어를 사용했지만, 작품 속에서 죄와 범죄의 의미는 엄밀히 구별되지 않는다. 라스콜니코프의 고통은 이 죄와 범죄 사이의 균열에서 발생한다.

죄 преступление는 '넘다'라는 동사 преступить에서 파생된 명사다. '선을 넘는 것'이 죄인 것이다. 그런데 라스콜니코프는 '선을 넘는 것'이 죄가 아니라고 주장한다. 이것이 그의 첫번째 죄다. 그는 태고로부터 솔론, 마호메트, 나폴레옹으로 이어지는 위대한 입법자들은 모두 선을 넘은 사람들이며, '새로운 말'을 발화하는 이들에게는 살인과 파괴의 권리가 허락된다고 주장한다. 따라서 모든 창조자, 모든 입법자는 '위대한 범죄자'일 수밖에 없다. 하지만 그들의 범죄는 범죄도, 죄도 아니다. 그 행위가 새로운 세계를 위한 필연이고, 인류를 구원하는 은총이기 때문이다. 강물처럼 흐르는 피를 담대히 넘어서는 그들은 '위대한 슬픔'을 느낄지언정 양심의 가책은 받지 않는다. 그들의 양심은 물처럼 고요하며, 그 형식은 아름답다.

라스콜니코프는 자신이 이 선택받은 소수의 '비범한' 사람들에 속하는지 알고 싶었다. 그가 살인을 저지른 것은 어머니와 동생을 구원하기 위해서도, 한 가지 악으로 만 가지 선을 갈음하기 위해서도 아니었다. 그는 자신이 '선을 넘을 수 있는 사람인지 아닌지' '벌벌 떠는 피조물인지, 죽일 권리를 가진 사람인지' 알고 싶었다. 그래서 노파와 리자베타에게 도끼를 휘둘렀고, 그렇게 선을 넘었지만 첫걸음을 견뎌내지 못했다. 담대히 피와 시체를 넘어서기는커녕, 열병에 시달리고, 기절해서 쓰러지고, 현장을 다시 찾아 미친 듯이 종을 울리고, 포르피리를 먼저 찾아가 숨막히는 심리전을 벌이고, 가엾은 여인들, 소냐, 두냐, 어머니를 끔찍이도 괴롭히다, 결국 자수한다. '죽일 줄만 알았지, 넘어서는 것을 넘어서지 못하고, 여전히 이쪽 편에 남은 것'이다. 이것이 그의 두번째 죄이자, 팔 년의 2급 징역형과 함께 그가 받은 벌이다.

라스콜니코프는 두번째만을 자신의 죄로 인정했다. 그가 유일하게 인정한 죄는 '첫걸음을 견디지 못하고 자수했다는 것', 그뿐이었다. 더구나 죄에 대한 그의 자각은 난데없이 '미학'을 불러들인다. 그가 자신의 죄를 인정한 결정적 이유는 법적 반성도, 윤리적 참회도 아닌 '미학적 수치' 때문이었다. '미학이 방해할 것이다. 나폴레옹이 '노파'의 침대 밑으로 기어들어간다고! 아, 정말 쓰레기 같다!……'

"아름다움이 세계를 구원할 것이다"라는 미시킨 공작의 말은 도스토옙스키의 세계를 한마디로 요약한다. 도스토옙스키에게 최고의 가치는 아름다움이었다. 물론 이때의 아름다움은 외적인 형식만이 아니라, 선善에 복무하는 아름다움, 선과 결합된 아름다움이라고 도스토옙스키는 주장한다. 하지만 그의 작품은 자주 그의 생각을 넘어선다. 도스토옙스키 작품의 숱한 팜파탈의 존재가 이를 입증한다.

선하며 아름답고, 아름답고 선할 수 있지만, 선하다고 아름다운 것은 아니며, 아름답다고 선한 것도 아니다. 선에 절대적으로 대립할 수도 있는 아름다움, 그러나 저항할 수 없는 그 힘, 때로는 이것이야말로 삶의 진실인 것이다. 규범적으로 정당화될 수 없는 것을 단숨에 정당화해버리는 힘 중 대표적인 것이 바로 아름다움이다. 따라서 라스콜니코프의 미학적 수치는 그의 완전한 파산을 의미한다. 아름답지도 않았던 것이다. 형식조차 아름다울 수 없었던 것이다. 비루하고 추했던 것이다. 이것이 그의 가장 큰 죄이자, 그가 자각한 가장 고통스러운 형벌이었다.

#### 4) '죄와 벌' 이후

포르피리도, 스비드리가일로프도, 또 라스콜니코프 자신도 그를 살인에 이르게 한 이론이 '흔하디흔한, 그렇고 그런' 것이라고 말한다. 절친한 친구 라주미힌은 라스콜니코프의 이론에서 유일하게 독창적인 것은 '양심에 따라' 유혈을 허용한다는 것이고, 그것은 '합법적으로' 유혈을 허용하는 것보다 훨씬 더 끔찍하다고 고개를 내젓는다. 기실, 입법자들의 위대함을 함부로 자신에 대입하고, 법에 따른 유혈을 양심에 따른 유혈로 대치한 것은 도착적인 반복일 뿐이다.

하지만 만일 라스콜니코프가 위대한 입법자들에 기대어 노파에게 도끼를 휘두르는 것이 아니라, 그 입법자들을 향해, 그들이 합법화한 유혈과 폭력을 겨냥해 도끼를 휘둘렀다면, 그의 말은 새로운 첫 마디가 될 수도 있었을 것이다. 톨스토이가 그랬고, 벤야민이 그랬다.

도스토옙스키가 죽음을 맞이한 1881년, 톨스토이는 저 유명한 『참회록』에 몰두하고 있었다. 참회는 톨스토이 자신만을 향하지 않았다. 그는 국가를 만악의 근원으로 여기고, 그것이 휘두르는 '폭력의 합법성'에 대한 미망에서 깨어날 것을 대중에게 강력히 요구했다. 톨스토이가 『국가라는 미신』을 발표한 지 십여 년 후 벤야민은 『폭력 비판을 위하여』라는 에세이를 통해 법과 폭력이 얼마나 긴밀하게 연루되어 있는지를 밝힌다. 국가는 법을 내세워 어떤 것이 폭력이고 어떤 것이 폭력이 아닌지, 어떤 것이 범죄고 어떤 것이 범죄가 아닌지를 정의한다. 그리고 이 정의定義에 기반해 모든 정의正義를 독점하고 모든 개인에게서 폭력을 몰수한다. 벤야민은 법과 폭력과 정의의 이런 결탁이야말로 가장 거대한 폭력이라 주장하며, 그 정당성의 신화를 겨냥해 반역을 제안한다. 톨스토이와 벤야민의 이론은 이제는 상식이 된 '구조적 폭력론'의 원류를 이룬다.

라스콜니코프의 문제는 그가 오로지 입법자에게만 허락된 행위를 하려 했다는 데 있다. 즉, 그는 자신의 행동이 범죄인지 아닌지 감히 정의 내리려 했다. 이는 법제도에 대한 가장 불길한 도전이며, 따라서 그의 몽상과 좌절의 본질은 사회와 구조에 있지 개인에 있지 않다. 그의 도끼는 애꿎은 노파가 아닌 입법자를 향했어야 했다. 하지만 그는 그러지 못했다. 이후 그의 모든 고통은 구조의 문제를 양심의 문제로, 그 거대한 질문을 실존적 결단의 문제로 한없이 응축시키거나, 사회적 범죄의 문제를 윤리적이고 종교적인 죄의 문제로 한없이 확장해 홀로 감당해야 했던 데 있다. 도스토옙스키는 말했다. "내 소설의 범죄자는 입법자의 예상과 달리 법적 처벌을 그다지 두려워하지 않아요. 그 스스로 도덕적 처벌을 요구하기 때문이지요."

이는 라스콜니코프에게만 해당하지 않는다. 그에 앞서, 그와 함께, 그 이후에도 허다한 이들이 비슷한 고통과 수난을 나눠왔다. 톨스토이의 각성과 벤야민의 도전은 무수한 라스콜니코프들의 고통으로 가능했다. '흔하디흔하고' '그렇고 그런' 라스콜니코프의 생각은 인류가 함께 나눠온 고통, 그 보편의 다른 이름인 것이다. 따라서 고통은 있을지언정 그의 진정한 참회와 반성은 불가능하고 불필요하다.

5) 에필로그에 대하여

역시나 라스콜니코프는 끝까지 반성하지 않았다. 그저 다시 태어난다. 소냐의 사랑 때문이었다. 새로운 삶으로의 완전한 부활이, 변증법 대신 삶이 도래한다. 하지만 900쪽에 가까운 소설 중 단 몇 쪽이 할애된 이 급작스러운 변화, 발작처럼 일어나 서둘러 마감된 이 갱생에 큰 의미를 부여하기는 힘들다. 실제로 많은 비평가들이 『죄와 벌』의 에필로그가 소설의 가장 약한 고리이자 커다란 오점이라 비판한 것도 이 변화의 작위성 때문이다. 도스토옙스키 전문가인 모출스키는 말했다. "소설은 주인공의 갱생에 대한 흐릿한 예언으로 끝난다. 약속은 하지만 보여주지는 않는다. 이 '신성한 거짓말'을 믿기에는 우리는 라스콜니코프를 너무 잘 안다."

도스토옙스키가 또 시간에 쫓겼을지도, 그냥 지겨워졌을지도, 어서 끝내고 안나와 결혼하고 싶었을지도 모를 일이다. 하지만 그렇지 않았다 해도 도스토옙스키는 바람직한 갱생의 후기를 결코 쓰지 못했을 것이다. 부활을 그리는 건 톨스토이의 영역이지, 그의 몫이 아니다. 도스토옙스키에게 완성된 부활이란 그 자체로 부도덕한 것이기 때문이다. 부활은 계속되어야 하고, 영원히 미래로 유예되는 완성, 그것이 부활의 본질이다. 라스콜니코프에게 갱생이나 부활은 어울리지 않는다. 그의 고통만으로, 그 과정의 윤리만으로 우리에게는 이미 충분하다.

* * *

『죄와 벌』 번역은 러시아 문학 전공자에게 크나큰 영예지만, 동시에 겁나고 부담스러운 일이기도 했다. 번역, 특히 문학작품의 번역은 삼십여 년 러시아어를 읽고 써온 사람에게 아주 사소하고 너무나 익숙한 단어를 다시 사전에서 일일이 찾아보는 고단한 작업을 하게 했다. 또 번역하는 사람이라면 누구나 직면하는 문제, 즉 원문을 살리는 것과 가독성을 높이는 것 사이에서 끊임없이 선택이나 타협을 해야 했다.

나는 가급적 원문에 충실해 도스토옙스키식 표현과 러시아어의 맥락을 잘 전달하는 것을 원칙으로 삼았다. 그러면서 가독성도 살리는 건 말처럼 쉽지 않은 작업이었다. 이 긴 소설을 여는 첫 문장부터 덜컥 걸렸다.

첫 문장을 직역하면 "7월 초 몹시 무더운 저녁 무렵, 한 청년이 S골목 거주자에게 빌려 살고 있는 골방에서 거리로 나와 망설이듯 천천히 K다리로 향했다"가 된다. 문제는 'S골목 거주자에게 빌려 살고 있는 골방'의 번역이다. 가독성을 고려하면, 'S골목 거주자에게 빌려 산다'와 '골방'의 의미를 합쳐 'S골목의 좁디좁은 셋방'으로 간결하게 번역하는 것이 가장 좋았을 것이다. 실제 영어나 일어 번역에는 그렇게 한 경우도 있었다.

하지만 '거주자'에 해당하는 러시아어 жилец는 '세입자'라는 뜻으로 더 많이 쓰는 단어인데다, 당시 페테르부르크에는 이중임대, 즉 집주인이 아닌 세입자가 자신이 빌린 집이나 방의 일부를 다시 세놓는 일이 성행했다. 당시 사회상에 예민했던 도스토옙스키가 굳이 '세입자'라는 단어를 쓴 것이, 집주인도 아닌 세입자에게 또 세를 얻을 정도로 열악한 라스콜니코프의 처지를 강조하고자 함은 아니었을까, 고민이 되었다. 라스콜니코프뿐만 아니라, 마르멜라도프 가족도, 소냐도 같은 처지라는 점을 고려해야 했다. 현재의 문장은 그러한 고민의 결과다.

도스토옙스키 고유의 문체를 잘 읽히는 한국어로 전달하는 작업도 쉽지 않았다. 앞서 밝힌 것처럼 선불에 발목잡혀 늘 마감에 쫓겼던 그는 문장을 가다듬을 여력이 없었다. 그의 문장은 난삽하고 장황하기로 유명하고, 때로 문어체와 구어체의 극단을 넘나든다. 한 문장이 우리말로 다섯 줄을 넘어가는 경우도 다반사고, 단락 나누기도 되지 않은 채 몇 페이지가 연달아 이어지기도 한다. 그렇다고 아무데나 마침표를 찍을 수는 없는 노릇이었다. 도스토옙스키의 문체를 살리면서 가독성도 담보하기 위해 많은 대목에서 적지 않은 시간 고민했다.

도처에서 비슷한 이유로 머뭇거리고 뒤적거리고 작은 결단들을 무수히 내려야 했다. 고민을 하다보면 지나친 고민이 번역을 망치지 않을까 하는 두려움이 또다른 고민거리가 됐다. 그러다 보니 그동안 내가 생각 없이 읽어재낀 번역서들, 그 역자들에게 진심으로 감사한 마음을 갖게 됐다. 제대로 된 번역은 어쭙잖은 논문이나 저서보다 훨씬 소중하다. 왜 학계에서 번역을 정당한 업적으로 평가해주지 않는지, 진심으로 의문이다.

번역을 하며 러시아어판 도스토옙스키 전집에 포함된 『죄와 벌』 공식 주석집을 참조해 많은 역주를 달았다. 하지만 이 책에는 최소한의 각주만 남겼다. 지나치게 많은 주석이 오히려 독자의 작품 감상에 방해가 될 수 있다는 출판사의 조언을 받아들였기 때문이다. 처음에 나는 상세한 설명주는 미주로 분리해 처리하면 어떨지 제안했다. 공을 들인 것이 아깝기도 했고, 전문적인 해설이 궁금한 독자도 있을 수 있다는 생각에서였다. 하지만 글을 읽다가 뒤로 갔다가 다시 돌아오는 게 내게도 성가셨던 경험을 떠올렸다. 더구나 논문도 아니고 소설이다. 언젠가 여건이 된다면, 또 원하는 독자가 있다면, 『죄와 벌』의 주석집을 따로 내는 것도 생각해보고 싶다.

번역 기간이 길었던 만큼 그 과정에서 많은 러시아인의 도움을 받았다. 민스크 국립언어대학 동양어학과의 타티야나 모졸 교수, 서울대에서 만난 크세니야, 각기 다른 두 명의 나스차, 표도르, 그리고 한국인보다 한국어를 더 잘하는 한림대의 바딤이 그들이다. 단어나 표현의 뉘앙스를 이해하기 힘들 때, 관용어, 속담 등 까다로운 대목과 만났을 때 그들의 조언이 큰 도움이 됐다. 깊은 감사를 전한다.

2020년 4월

이문영

## 표도르 미하일로비치 도스토옙스키 연보

1821년 10월 30일(현재의 그레고리우스력으로는 11월 11일), 모스크바의 마린스키 빈민병원 사택에서 의사 미하일 안드레예비치 도스토옙스키(1789~1839)와 마리야 표도로브나 네차예바(1800~1837)의 칠남매 중 둘째로 태어남. 아버지는 영락한 귀족, 어머니는 상인계급 출신이었고, 형 미하일(1820년 출생)이 있었음. 11월 4일 러시아정교 의식에 따라 세례를 받음.

1822년 여동생 바르바라 출생.

1825년 남동생 안드레이 출생.

1829년 쌍둥이 여동생 출생. 그중 베라만 살아남음.

1831년 아버지가 툴라현의 다로보예 영지를 사들임. 12월, 남동생 니콜라이 출생.

1832년 4월, 어머니가 세 아들을 다로보예 영지로 데리고 감. 이후 매년 여름을 다로보예 마을에서 지내며 러시아 농민의 삶을 알게 됨. 6월, 아버지가 다로보예와 이웃한 체르모시냐 영지를 사들임.

1834년 형 미하일과 함께 모스크바의 명문 체르마크 기숙학교에 입학. 1837년까지 수학.

1835년 여동생 알렉산드라 출생.

1837년 1월, 푸시킨 사망. 2월, 어머니가 폐병으로 사망. 두 죽음에 큰 충격을 받음. 5월, 아버지, 형과 함께 페테르부르크로 감. 형제는 대학 입시를 위해 페테르부르크의 코스토마로프 기숙학교 입학. 이후로 아버지를 더이상 보지 못함. 7월, 아버지가 병원을 그만두고 시골 영지에 칩거. 9월, 형제는 문학에 종사하고 싶었지만, 아버지 뜻에 따라 페테르부르크 중앙공병학교 입학시험에 응시, 도스토옙스키만 합격.

1838년 1월, 중앙공병학교 입학. 습작을 계속하며 푸시킨, 레르몬토프, 고골, 호머, 셰익스피어, 바이런, 디킨스, 발자크, 코르네유, 상드, 위고, 호프만, 괴테, 실러의 작품을 읽음.

1839년 6월 6일, 아버지 사망. 뇌출혈 발작에 따른 급사설과 농노들에 의한 피살설 존재.

1840~1842년 드라마 「마리야 스튜아르트Мария Стюарт」 「보리스 고두노프Борис Годунов」를 씀. 이 작품들은 전해지지 않음.

1843년 8월, 중앙공병학교 졸업. 소위 임관 후 페테르부르크 공병단 제도국에서 근무. 발자크, 조르주 상드 작품 번역.

1844년 10월, 작품 활동에 매진하기 위해 제대. 중편소설 『가난한 사람들Бедные люди』 집필.

1845년 3월, 『가난한 사람들』 완성. 5월, 『가난한 사람들』을 친구 그리고로비치에게 읽어줌. 감동한 그리고로비치가 소설을 네크라소프에게 전했고, 네크라소프는 "새로운 고골이 나타났다"라는 말과 함께 작품을 벨린스키에게 전함. 벨린스키의 극찬을 받음. 여름에 중편소설 『분신Двойник』 집필 시작. 11월, 『아홉 통의 편지로 된 소설Роман в девяти письмах』을 하룻밤 만에 씀.

1846년 1월, 『가난한 사람들』을 네크라소프가 발행하던 『페테르부르크 선집Петербургский сборник』에 발표, 대성공을 거둠. 2월, 『분신』을 『조국 수기Отечественные записки』에 발표. 벨린스키의 혹평. 푸리에 유의 공상적 사회주의에 심취한 페트라솁스키를 알게 됨. 10월, 장편소설 『네토치카 네즈바노바Неточка Незванова』, 중편소설 『여주인Хозяйка』 작업. 단편 「프로하르친 씨Господин Прохарчин」가 『조국 수기』에 실림.

1847년 1월, 『아홉 통의 편지로 된 소설』을 『동시대인Современник』에 발표. 벨린스키의 혹평. 벨린스키와 절교. 1월 말부터 페트라솁스키의 '금요모임'에 나가기 시작. 4~6월, 『페테르부르크 연대기Петербургская летопись』를 신문에 연재. 가을, 『가난한 사람들』 단행본 출간. 10~12월, 『여주인』을 『조국 수기』 에 발표.

1848년 「남의 아내Чужая жена」, 「약한 마음Слабое сердце」, 「닳고 닳은 남자 이야기Рассказы бывалого человека」, 「크리스마스 트리와 결혼식Елка и свадьба」, 「질투심 많은 남편Ревнивый муж」, 『백야Белые ночи』를 『조국 수기』에 발표. (이후, 「남의 아내」와 「질투심 많은 남편」을 합쳐 「남의 아내와 침대 밑의 남편Чужая жена и муж под кроватью」으로 개작. 「닳고 닳은 남자 이야기」도 일부를 삭제하고 「정직한 도둑Честный вор」으로 개작.) 12월, 단편소설 「폴준코프Ползунков」를 파나예프와 네크라소프가 발행한 『삽화 문집Иллюстрированный альманмх』에 싣기 위해 집필, 문집 폐간으로 불발.

1849년 1~2월, 『네토치카 네즈바노바』의 일부를 『조국 수기』에 게재. 4월 23일 페트라솁스키의 금요모임에서 당시 금서였던 벨린스키의 「고골에게 보내는 편지」를 낭독한 혐의로 체포됨. 정치범 감옥인 페트로파블롭스크 요새에 8개월간 구금. 감옥에서 「꼬마 영웅Маленький герой」 집필. 11월 13일 군법회의에서 사형선고가 내려졌으나, 11월 19일 팔 년의 징역형으로 감형, 11월 말 차르 니콜라이 I세의 명으로 다시

'사 년의 징역과 사 년의 사병 복무'로 감형됨. 그러나 감형 사실이 통보되지 않은 채 12월 22일 세묘놉스키 광장에서 가짜 처형식이 강행됨. 도스토옙스키와 사형수들은 식의 마지막에서야 감형 사실을 알게 됨. 12월 24일, 유형지인 시베리아 옴스크로 출발.

1850년 1월, 옴스크로 가는 도중 토볼스크에 도착, 그곳에서 '12월 당원(데카브리스트)' 아내들을 만남. 그중 하나인 폰비지나로부터 20루블을 표지에 숨긴 복음서를 건네받음. (이후 사 년의 수형 생활 동안 그는 이 복음서를 닳도록 읽었고, 세계관이 크게 변화함. 평생 간직한 이 복음서를 죽기 직전 아들 표도르에게 물려줌.) 1월 23일, 옴스크 도착. 감옥에서 최초의 간질 발작. 수형 생활 중 심각한 발작을 여러 번 경험.

1854년 1월 23일, 출옥. 건강상의 이유로 옴스크에 잔류. 2월 말, 세미팔라친스크로 출발, 제7시베리아보병대대에 사병으로 배치. 봄에 세무관 이사예프와 알게 되고, 그의 부인 마리야 드미트리예브나 이사예바에게 반함.

1855년 2월 18일, 니콜라이 1세 사망. 『죽음의 집의 기록Записки из Мертвого дома』 구상. 8월, 이사예프 사망.

1857년 2월 6일, 마리야 드미트리예브나와 결혼. 4월 17일, 사면으로 귀족 신분을 되찾음. 「꼬마 영웅」을 『조국 수기』에 M이라는 이니셜로 발표.

1858년 6월, 형 미하일이 시사월간지 『시대Время』의 출판 허가 신청. 10월, 허가 받음.

1859년 3월, 『아저씨의 꿈Дядюшкин сон』이 『러시아 말Русское слово』에 실림. 7월, 세미팔라친스크를 떠나 8월부터 트베리에 거주. 페테르부르크 거주 허가를 받기 위해 동분서주함. 12월 20일, 십 년 만에 페테르부르크로 귀환, 그러나 1870년대 중반까지 비밀경찰의 감시를 받음. 스트라호프와 만나 친구가 됨. 11~12월, 『스테판치코보 마을 사람들Село Степанчиково и его обитатели』이 『조국 수기』에 실림.

1860년 9월, 『러시아 세계Русский мир』에 『죽음의 집의 기록』 연재 시작. 그동안의 작품들이 두 권의 선집으로 출간됨.

1861년 1월, 형 미하일과 함께 잡지 『시대』 창간. 『시대』에 『학대받은 사람들Униженные и оскорбленные』 연재, 이후 단행본으로 출간. 4월, 『러시아 세계』에 연재하던 『죽음의 집의 기록』을 『시대』에 연재. 9월, 『시대』에 단편소설을 기고한 신여성 아폴리나리야 수슬로바와 처음 알게 됨. 이후 유럽여행을 함께 하고 여러 차례 구혼을 하는 등 1865년까지 그녀와 친밀한 관계를 유지함.

1862년 『죽음의 집의 기록』 단행본 출간. 6월 7일, 첫 유럽 여행을 홀로 떠남(베를린, 드레스덴, 프랑크푸르트, 쾰른, 파리, 런던, 제네바). 런던에서 게르첸, 바쿠닌과 만남. 세계박람회 관람. 12월, 『시대』에 「추악한 이야기Скверный анекдот」 발표.

1863년 2~3월, 「여름 인상의 겨울 메모Зимние заметки о летних впечатлениях」를 『시대』에 연재. 5월, 스트라호프의 정치적 기고문 때문에 『시대』 발행 정지. 8월, 두번째 유럽 여행(비스바덴, 바덴바덴, 파리, 이탈리아). 수슬로바와 일부 동행. 비스바덴 등 도박장에서 많은 돈을 잃음. 여행지에서 투르게네프, 게르첸과 만남. 소설 『도박꾼Игрок』과 『지하로부터의 수기Записки из подполья』 구상. 10월 말, 러시아로 돌아옴.

1864년 3월, 형 미하일과 함께 새로운 잡지 『세기Эпоха』 창간. 3~4월, 『지하로부터의 수기』를 『세기』에 연재. 4월 15일, 아내 마리야 폐병으로 사망. 7월 10일, 형 미하일 사망. 9월 25일, 친구 아폴론 그리고리예프 사망. 가까운 이들의 잇따른 죽음으로 큰 충격을 받음. 형 미하일의 빚을 물려받음.

1865년 2월, 안나 바실리예브나 코르빈 크루콥스카야(천재 수학자 소피야 코발렙스카야의 언니)와 알게 됨. 이후 청혼하나 거절당함. 자매와의 우정은 지속됨. 『세기』에 「악어Крокодил」 게재. 4월, 재정난으로 『세기』 발행 중단. 7월 2일, 출판업자 스텔롭스키와 노예계약 체결. 3천 루블에 전집 세 권 발행 약속. 여기에는 1866년 11월 1일까지 일정 분량의 새 소설을 넘긴다는 조건도 포함되며, 이를 어길 시 향후 모든 작품의 저작권을 양도하기로 함. 7월, 세번째 유럽여행. 8월, 비스바덴에서 룰렛으로 가진 돈을 다 잃음. 『죄와 벌Преступление и наказание』의 처음 몇 장을 1인칭 시점으로 집필. 카트코프에게 『죄와 벌』의 구상을 알리고 돈을 보내달라는 편지를 씀. 투르게네프, 밀류코프 등에게도 송금을 간청하는 편지를 보냄. 10월 15일, 페테르부르크로 돌아옴. 11월 초, 수슬로바에게 다시 청혼하나 거절당함. 11월 말, 『죄와 벌』의 초고를 모두 태워버리고 새로 쓰기 시작. 스텔롭스키 출판사, 두 권의 『도스토옙스키 전집』 발간.

1866년 1월, 『러시아통보Русский вестник』에 『죄와 벌』 연재 시작, 12월까지 8회 연재. 10월 3일, 스텔롭스키에게 약속한 소설을 제때 끝내기 위해 속기사 안나 그리고리예브나 스니트키나 고용, 26일 만에 소설 『도박꾼』 완성. 11월 1일, 『도박꾼』을 스텔롭스키에게 무사히 넘김. 스텔롭스키 출판사에서 발간된 『전집』 제3권에 『도박꾼』 수록. 11월 8일, 안나 그리고리예브나에게 청혼, 허락을 얻음.

1867년 2월 15일, 안나 그리고리예브나와 결혼. 3월, 『죄와 벌』 단행본 출간. 4월, 채무자와 친척을 피해 아내와 함께 유럽 여행을 떠남. 4년 3개월 동안 베를린, 드레스덴, 함부르크, 비스바덴, 바덴바덴, 바젤, 제네바, 피렌체 등 체류. 이 시기에도 도박을 멈추지 못함. 드레스덴 미술관에서 라파엘로의 〈시스티나의 성모〉, 바젤 미술관에서 한스 홀바인의 〈무덤 속의 그리스도 주검〉을 보고 감명과 충격을 받음. 가을 『백치 Идиот』 집필 시작.

1868년 『백치』를 『러시아통보』에 연재. 2월 22일, 큰딸 소피야 출생, 석 달 만에 폐렴으로 사망. 9~10월, 밀라노를 거쳐 피렌체로 감.

1869년 프라하, 베네치아, 볼로냐, 드레스덴 여행. 9월 14일, 둘째 딸 류보피 출생. 11월, 모스크바에서 혁명지도자 네차예프와 그의 추종자들이 조직에서 탈퇴하려는 대학생 이바노프를 살해한 '네차예프 사건' 발생, 『악령Бесы』의 소재가 됨.

1870년 1~2월, 스트라호프가 창간한 잡지 『여명Заря』에 『영원한 남편Вечный муж』 발표. 2월, 『악령』 작업에 본격적 착수.

1871년 1~11월, 『악령』을 『러시아통보』에 7회 연재. 4월, 비스바덴에서 룰렛으로 돈을 크게 잃고 다시는 도박을 하지 않겠다고 아내에게 약속함. 이를 죽을 때까지 지킴. 7월, 네차예프 재판, 재판 내용을 『악령』에 반영. 7월 5일, 페테르부르크로 귀환. 7월 16일, 첫째 아들 표도르 출생. 『영원한 남편』 단행본 출간.

1872년 11~12월, 『악령』의 『러시아통보』 연재 완결. 가족과 함께 페테르부르크 근교의 스타라야 루사에서 여름을 보냄. 5월, 트레티야코프 공작의 주문으로 페로프가 그의 초상화를 그림. 후에 대표 초상화가 됨. 12월, 시사 주간지 『시민Гражданин』의 편집장이 됨.

1873년 1~8월, 『시민』에 「작가 일기」라는 코너를 마련해 시사평론, 에세이, 단편소설 등을 발표. 2월, 『시민』 제6호에 단편 「콩알Бобок」 발표. 2월, 부인 안나가 『악령』 단행본을 직접 출판, 판매 시작. 블라지미르 솔로비요프와 우정을 나눔.

1874년 1월, 『백치』 단행본 출간. 2월, 『미성년Подросток』 집필 시작. 3월, 『시민』에 기고한 글로 잡지는 경고를 받고, 도스토옙스키는 출판법 위반으로 체포돼 3월 21~22일 이틀간 구금됐다 풀려남. 4월, 발행인과의 불화와 건강상의 이유로 『시민』 편집장 사임. 6월, 폐기종 악화로 온천요법을 받기 위해 독일의 엠스로 떠남(1875, 1876, 1879년 여름에도 요양). 제네바를 거쳐 8월 스타라야 루사로 돌아옴.

1875년 1~12월, 『조국 수기』에 『미성년』 7회 연재. 8월 10일, 둘째 아들 알렉세이 출생. 『죽음의 집의 기록』 개정판 출간. 12월 31일, 일인 잡지 『작가 일기』의 발행이 사전 검열을 전제로 허가됨.

1876년 1월부터 『작가 일기』를 매월 발행해 젊은이 사이에서 큰 인기를 얻음. 1월호에는 단편 「그리스도의 크리스마스 트리에 초대받은 아이Мальчик у Христа на елке」, 2월호에는 「농부 마레이Мужик Марей」, 3호에는 「백 살의 노파Столетняя」, 11월호에는 「온순한 여자Кроткая」가 게재됨. 『미성년』 단행본 출간.

1877년 봄, 안나의 동생 명의로 집 구입. 『작가 일기』 4월호에 「우스운 인간의 꿈Сон смешного человека」 게재. 7월, 다로보에 여행. 12월 2일, 러시아과학아카데미 러시아어문학분과 객원위원으로 선출. 12월 27일, 네크라소프 사망, 추모연설을 함.

1878년 봄, 『카라마조프가의 형제들Братья Карамазовы』 구상에 몰두. 5월 16일, 아들 알렉세이, 간질 발작으로 사망. 큰 충격에 빠진 그는 솔로비요프와 옵티나 수도원을 방문해 암브로시 장로와 대화를 나눔. 『카라마조프가의 형제들』에 큰 영향, 특히 조시마 장로의 형상에 반영됨.

1879년 1~11월, 『카라마조프가의 형제들』을 『러시아통보』에 연재.

1880년 1~11월, 『카라마조프가의 형제들』 연재 계속, 11월 완결. 모스크바에서 열린 푸시킨 동상 제막식(6월 6일)에 참석해 6월 8일 기념연설을 함. 슬라브주의자와 서구주의자의 단합을 호소한 이 연설은 열광적인 반응을 얻어냄. 12월, 『카라마조프가의 형제들』 단행본 출간, 며칠 만에 초판 매진.

1881년 1월 26일, 상속 문제로 찾아온 여동생과 언쟁 후 각혈. 1월 28일(그레고리우스력 2월 9일) 아침 7시, 아내에게 자신이 오늘 죽을 것이라 말함. 같은 날 저녁 8시 38분 사망. 사인은 폐동맥 파열. 1월 31일, 『작가 일기』 1월호 사후 출간. 같은 날 5~6만에 달하는 인파가 운구행렬을 따르며 그의 죽음을 애도함. 2월 1일, 페테르부르크의 알렉산드르 넵스키 대수도원 묘지에 묻힘.

## 문학동네 세계문학전집 발간에 부쳐

세계문학은 국민문학 혹은 지역문학을 떠나 존재하는 문학이 아니지만 그것들의 총합도 아니다. 세계문학이라는 용어에는 그 나름의 언어와 전통을 갖고 있는 국민문학이나 지역문학의 존재를 인정하면서 그것을 넘어서는 문학의 보편적 질서에 대한 관념이 새겨져 있다. 그 용어를 처음 고안한 19세기 유럽인들은 유럽문학을 중심으로 그 질서를 구축했지만 풍부한 국민문학의 전통을 가지고 있는 현대의 문학 강국들은 나름의 방식으로 세계문학을 이해하면서 정전(正典)의 목록을 작성하고 또 수정한다.

한국에서도 세계문학 관념은 우리 사회와 문화의 변화 속에서 거듭 수정돼왔다. 어느 시기에는 제국 일본의 교양주의를 반영한 세계문학 관념이, 어느 시기에는 제3세계 민족주의에 동조한 세계문학 관념이 출현했고, 그러한 관념을 실천한 전집물이 출판됐다. 21세기 한국에 새로운 세계문학전집이 필요하다는 것은 명백하다. 우리의 지성과 감성의 기준에 부합하는 세계문학을 다시 구상할 때가 되었다.

문학동네 세계문학전집은 범세계적으로 통용되는 고전에 대한 상식을 존중하면서도 지난 반세기 동안 해외 주요 언어권에서 창작과 연구의 진전에 따라 일어난 정전의 변동을 고려하여 편성되었다. 그래서 불멸의 명작은 물론 동시대 세계의 중요한 정치·문화적 실천에 영감을 준 새로운 작품들을 두루 포함시켰다.

창립 이후 지금까지 한국문학 및 번역문학 출판에서 가장 전문적이고 생산적인 그룹을 대표해온 문학동네가 그간 축적한 문학 출판 경험을 바탕으로 새로운 세계문학전집을 펴낸다. 인류가 무지와 몽매의 어둠 속을 방황하면서도 끝내 길을 잃지 않은 것은 세계문학사의 하늘에 떠 있는 빛나는 별들이 길잡이가 되어주었기 때문이다. 우리가 자부심과 사명감 속에서 그리게 될 이 새로운 별자리가 독자들의 관심과 애정에 힘입어 우리 모두의 뿌듯한 자산이 되기를 소망한다.

문학동네 세계문학전집 편집위원

민은경, 박유하, 변현태, 송병선, 이재룡, 홍길표, 남진우, 황종연

세계문학전집 189
죄와 벌 2

1판 1쇄 2020년 5월 20일
1판 5쇄 2024년 2월 20일

지은이 표도르 도스토옙스키 | 옮긴이 이문영

책임편집 박신양 | 편집 이희연 김경은 | 독자모니터 조혜영 송윤경
디자인 김마리 최미영 | 저작권 박지영 형소진 최은진 서연주 오서영
마케팅 정민호 서지화 한민아 이민경 안남영 왕지경 정경주 김수인 김혜원 김하연 김예진
브랜딩 함유지 함근아 고보미 박민재 김희숙 박다솔 조다현 정승민 배진성
제작 강신은 김동욱 이순호 | 제작처 영신사

펴낸곳 (주)문학동네 | 펴낸이 김소영
출판등록 1993년 10월 22일 제2003-000045호
주소 10881 경기도 파주시 회동길 210
전자우편 editor@munhak.com | 대표전화 031)955-8888 | 팩스 031)955-8855
문의전화 031)955-1927(마케팅), 031)955-3560(편집)
문학동네카페 http://cafe.naver.com/mhdn
인스타그램 @munhakdongne | 트위터 @munhakdongne
북클럽문학동네 http://bookclubmunhak.com

ISBN 978-89-546-7178-1 04890
978-89-546-0901-2 (세트)

잘못된 책은 구입하신 서점에서 교환해드립니다.
기타 교환 문의 031) 955-2661, 3580

www.munhak.com

1, 2, 3 안나 카레니나 레프 톨스토이 | 박형규 옮김
4 판탈레온과 특별봉사대 마리오 바르가스 요사 | 송병선 옮김
5 황금 물고기 르 클레지오 | 최수철 옮김
6 템페스트 윌리엄 셰익스피어 | 이경식 옮김
7 위대한 개츠비 F. 스콧 피츠제럴드 | 김영하 옮김
8 아름다운 애너벨 리 싸늘하게 죽다 오에 겐자부로 | 박유하 옮김
9, 10 파우스트 요한 볼프강 폰 괴테 | 이인웅 옮김
11 가면의 고백 미시마 유키오 | 양윤옥 옮김
12 킴 러디어드 키플링 | 하창수 옮김
13 나귀 가죽 오노레 드 발자크 | 이철의 옮김
14 피아노 치는 여자 엘프리데 옐리네크 | 이병애 옮김
15 1984 조지 오웰 | 김기혁 옮김
16 벤야멘타 하인학교-야콥 폰 군텐 이야기 로베르트 발저 | 홍길표 옮김
17, 18 적과 흑 스탕달 | 이규식 옮김
19, 20 휴먼 스테인 필립 로스 | 박범수 옮김
21 체스 이야기 · 낯선 여인의 편지 슈테판 츠바이크 | 김연수 옮김
22 왼손잡이 니콜라이 레스코프 | 이상훈 옮김
23 소송 프란츠 카프카 | 권혁준 옮김
24 마크롤 가비에로의 모험 알바로 무티스 | 송병선 옮김
25 파계 시마자키 도손 | 노영희 옮김
26 내 생명 앗아가주오 앙헬레스 마스트레타 | 강성식 옮김
27 여명 시도니가브리엘 콜레트 | 송기정 옮김
28 한때 흑인이었던 남자의 자서전 제임스 웰든 존슨 | 천승걸 옮김
29 슬픈 짐승 모니카 마론 | 김미선 옮김
30 피로 물든 방 앤절라 카터 | 이귀우 옮김
31 숨그네 헤르타 뮐러 | 박경희 옮김
32 우리 시대의 영웅 미하일 레르몬토프 | 김연경 옮김
33, 34 실낙원 존 밀턴 | 조신권 옮김
35 복낙원 존 밀턴 | 조신권 옮김
36 포로기 오오카 쇼헤이 | 허호 옮김
37 동물농장 · 파리와 런던의 따라지 인생 조지 오웰 | 김기혁 옮김
38 루이 랑베르 오노레 드 발자크 | 송기정 옮김
39 코틀로반 안드레이 플라토노프 | 김철균 옮김
40 어두운 상점들의 거리 파트릭 모디아노 | 김화영 옮김
41 순교자 김은국 | 도정일 옮김
42 젊은 베르테르의 슬픔 요한 볼프강 폰 괴테 | 안장혁 옮김
43 더블린 사람들 제임스 조이스 | 진선주 옮김
44 설득 제인 오스틴 | 원영선, 전신화 옮김
45 인공호흡 리카르도 피글리아 | 엄지영 옮김
46 정글북 러디어드 키플링 | 손향숙 옮김
47 외로운 남자 외젠 이오네스코 | 이재룡 옮김
48 에피 브리스트 테오도어 폰타네 | 한미희 옮김
49 둔황 이노우에 야스시 | 임용택 옮김
50 미크로메가스 · 캉디드 혹은 낙관주의 볼테르 | 이병애 옮김

51, 52 염소의 축제 마리오 바르가스 요사 | 송병선 옮김
53 고야산 스님·초롱불 노래 이즈미 교카 | 임태균 옮김
54 다니엘서 E. L. 닥터로 | 정상준 옮김
55 이날을 위한 우산 빌헬름 게나치노 | 박교진 옮김
56 톰 소여의 모험 마크 트웨인 | 강미경 옮김
57 카사노바의 귀향·꿈의 노벨레 아르투어 슈니츨러 | 모명숙 옮김
58 바보들을 위한 학교 사샤 소콜로프 | 권정임 옮김
59 어느 어릿광대의 견해 하인리히 뵐 | 신동도 옮김
60 웃는 늑대 쓰시마 유코 | 김훈아 옮김
61 팔코너 존 치버 | 박영원 옮김
62 한눈팔기 나쓰메 소세키 | 조영석 옮김
63, 64 톰 아저씨의 오두막 해리엇 비처 스토 | 이종인 옮김
65 아버지와 아들 이반 투르게네프 | 이항재 옮김
66 베니스의 상인 윌리엄 셰익스피어 | 이경식 옮김
67 해부학자 페데리코 안다아시 | 조구호 옮김
68 긴 이별을 위한 짧은 편지 페터 한트케 | 안장혁 옮김
69 호텔 뒤락 애니타 브루크너 | 김정 옮김
70 잔해 쥘리앵 그린 | 김종우 옮김
71 절망 블라디미르 나보코프 | 최종술 옮김
72 더버빌가의 테스 토머스 하디 | 유명숙 옮김
73 감상소설 미하일 조셴코 | 백용식 옮김
74 빙하와 어둠의 공포 크리스토프 란스마이어 | 진일상 옮김
75 쓰가루·석별·옛날이야기 다자이 오사무 | 서재곤 옮김
76 이인 알베르 카뮈 | 이기언 옮김
77 달려라, 토끼 존 업다이크 | 정영목 옮김
78 몰락하는 자 토마스 베른하르트 | 박인원 옮김
79, 80 한밤의 아이들 살만 루슈디 | 김진준 옮김
81 죽은 군대의 장군 이스마일 카다레 | 이창실 옮김
82 페레이라가 주장하다 안토니오 타부키 | 이승수 옮김
83, 84 목로주점 에밀 졸라 | 박명숙 옮김
85 아베 일족 모리 오가이 | 권태민 옮김
86 폭풍의 언덕 에밀리 브론테 | 김정아 옮김
87, 88 늦여름 아달베르트 슈티프터 | 박종대 옮김
89 클레브 공작부인 라파예트 부인 | 류재화 옮김
90 P세대 빅토르 펠레빈 | 박혜경 옮김
91 노인과 바다 어니스트 헤밍웨이 | 이인규 옮김
92 물방울 메도루마 슌 | 유은경 옮김
93 도깨비불 피에르 드리외라로셸 | 이재룡 옮김
94 프랑켄슈타인 메리 셸리 | 김선형 옮김
95 래그타임 E. L. 닥터로 | 최용준 옮김
96 캔터빌의 유령 오스카 와일드 | 김미나 옮김
97 만(卍)·시게모토 소장의 어머니 다니자키 준이치로 | 김춘미, 이호철 옮김
98 맨해튼 트랜스퍼 존 더스패서스 | 박경희 옮김
99 단순한 열정 아니 에르노 | 최정수 옮김

100 열세 걸음 모옌 | 임홍빈 옮김
101 데미안 헤르만 헤세 | 안인희 옮김
102 수레바퀴 아래서 헤르만 헤세 | 한미희 옮김
103 소리와 분노 윌리엄 포크너 | 공진호 옮김
104 곰 윌리엄 포크너 | 민은영 옮김
105 롤리타 블라디미르 나보코프 | 김진준 옮김
106, 107 부활 레프 톨스토이 | 박형규 옮김
108, 109 모래그릇 마쓰모토 세이초 | 이병진 옮김
110 은둔자 막심 고리키 | 이강은 옮김
111 불타버린 지도 아베 고보 | 이영미 옮김
112 말라볼리아가의 사람들 조반니 베르가 | 김운찬 옮김
113 디어 라이프 앨리스 먼로 | 정연희 옮김
114 돈 카를로스 프리드리히 실러 | 안인희 옮김
115 인간 짐승 에밀 졸라 | 이철의 옮김
116 빌러비드 토니 모리슨 | 최인자 옮김
117, 118 미국의 목가 필립 로스 | 정영목 옮김
119 대성당 레이먼드 카버 | 김연수 옮김
120 나나 에밀 졸라 | 김치수 옮김
121, 122 제르미날 에밀 졸라 | 박명숙 옮김
123 현기증. 감정들 W. G. 제발트 | 배수아 옮김
124 강 동쪽의 기담 나가이 가후 | 정병호 옮김
125 붉은 밤의 도시들 윌리엄 버로스 | 박인찬 옮김
126 수고양이 무어의 인생관 E. T. A. 호프만 | 박은경 옮김
127 맘브루 R. H. 모레노 두란 | 송병선 옮김
128 익사 오에 겐자부로 | 박유하 옮김
129 땅의 혜택 크누트 함순 | 안미란 옮김
130 불안의 책 페르난두 페소아 | 오진영 옮김
131, 132 사랑과 어둠의 이야기 아모스 오즈 | 최창모 옮김
133 페스트 알베르 카뮈 | 유호식 옮김
134 다마세누 몬테이루의 잃어버린 머리 안토니오 타부키 | 이현경 옮김
135 작은 것들의 신 아룬다티 로이 | 박찬원 옮김
136 시스터 캐리 시어도어 드라이저 | 송은주 옮김
137 고독한 산책자의 몽상 장자크 루소 | 문경자 옮김
138 용의자의 야간열차 다와다 요코 | 이영미 옮김
139 세기아의 고백 알프레드 드 뮈세 | 김미성 옮김
140 햄릿 윌리엄 셰익스피어 | 이경식 옮김
141 카산드라 크리스타 볼프 | 한미희 옮김
142 이 글을 읽는 사람에게 영원한 저주를 마누엘 푸익 | 송병선 옮김
143 마음 나쓰메 소세키 | 유은경 옮김
144 바다 존 밴빌 | 정영목 옮김
145, 146, 147, 148 전쟁과 평화 레프 톨스토이 | 박형규 옮김
149 세 가지 이야기 귀스타브 플로베르 | 고봉만 옮김
150 제5도살장 커트 보니것 | 정영목 옮김
151 알렉시 · 은총의 일격 마르그리트 유르스나르 | 윤진 옮김

152 말라 온다 알베르토 푸겟 | 엄지영 옮김
153 아르세니예프의 인생 이반 부닌 | 이항재 옮김
154 오만과 편견 제인 오스틴 | 류경희 옮김
155 돈 에밀 졸라 | 유기환 옮김
156 젊은 예술가의 초상 제임스 조이스 | 진선주 옮김
157, 158, 159 카라마조프가의 형제들 표도르 도스토옙스키 | 김희숙 옮김
160 진 브로디 선생의 전성기 뮤리얼 스파크 | 서정은 옮김
161 13인당 이야기 오노레 드 발자크 | 송기정 옮김
162 하지 무라트 레프 톨스토이 | 박형규 옮김
163 희망 앙드레 말로 | 김웅권 옮김
164 임멘 호수 · 백마의 기사 · 프시케 테오도어 슈토름 | 배정희 옮김
165 밤은 부드러워라 F. 스콧 피츠제럴드 | 정영목 옮김
166 야간비행 앙투안 드 생텍쥐페리 | 용경식 옮김
167 나이트우드 주나 반스 | 이예원 옮김
168 소년들 앙리 드 몽테를랑 | 유정애 옮김
169, 170 독립기념일 리처드 포드 | 박영원 옮김
171, 172 닥터 지바고 보리스 파스테르나크 | 박형규 옮김
173 싯다르타 헤르만 헤세 | 권혁준 옮김
174 야만인을 기다리며 J. M. 쿳시 | 왕은철 옮김
175 철학편지 볼테르 | 이봉지 옮김
176 거지 소녀 앨리스 먼로 | 민은영 옮김
177 창백한 불꽃 블라디미르 나보코프 | 김윤하 옮김
178 슈틸러 막스 프리슈 | 김인순 옮김
179 시핑 뉴스 애니 프루 | 민승남 옮김
180 이 세상의 왕국 알레호 카르펜티에르 | 조구호 옮김
181 철의 시대 J. M. 쿳시 | 왕은철 옮김
182 카시지 조이스 캐럴 오츠 | 공경희 옮김
183, 184 모비 딕 허먼 멜빌 | 황유원 옮김
185 솔로몬의 노래 토니 모리슨 | 김선형 옮김
186 무기여 잘 있거라 어니스트 헤밍웨이 | 권진아 옮김
187 컬러 퍼플 앨리스 워커 | 고정아 옮김
188, 189 죄와 벌 표도르 도스토옙스키 | 이문영 옮김
190 사랑 광기 그리고 죽음의 이야기 오라시오 키로가 | 엄지영 옮김
191 빅 슬립 레이먼드 챈들러 | 김진준 옮김
192 시간은 밤 류드밀라 페트루솁스카야 | 김혜란 옮김
193 타타르인의 사막 디노 부차티 | 한리나 옮김
194 고양이와 쥐 귄터 그라스 | 박경희 옮김
195 펠리시아의 여정 윌리엄 트레버 | 박찬원 옮김
196 마이클 K의 삶과 시대 J. M. 쿳시 | 왕은철 옮김
197, 198 오스카와 루신다 피터 케리 | 김시현 옮김
199 패싱 넬라 라슨 | 박경희 옮김
200 마담 보바리 귀스타브 플로베르 | 김남주 옮김
201 패주 에밀 졸라 | 유기환 옮김
202 도시와 개들 마리오 바르가스 요사 | 송병선 옮김

203 루시 저메이카 킨케이드 | 정소영 옮김
204 대지 에밀 졸라 | 조성애 옮김
205, 206 백치 표도르 도스토옙스키 | 김희숙 옮김
207 백야 표도르 도스토옙스키 | 박은정 옮김
208 순수의 시대 이디스 워턴 | 손영미 옮김
209 단순한 이야기 엘리자베스 인치볼드 | 이혜수 옮김
210 바닷가에서 압둘라자크 구르나 | 황유원 옮김
211 낙원 압둘라자크 구르나 | 왕은철 옮김
212 피라미드 이스마일 카다레 | 이창실 옮김
213 애니 존 저메이카 킨케이드 | 정소영 옮김
214 지고 말 것을 가와바타 야스나리 | 박혜성 옮김
215 부서진 사월 이스마일 카다레 | 유정희 옮김
216 사람은 무엇으로 사는가 레프 톨스토이 | 이항재 옮김
217, 218 악마의 시 살만 루슈디 | 김진준 옮김
219 오늘을 잡아라 솔 벨로 | 김진준 옮김
220 배반 압둘라자크 구르나 | 황가한 옮김
221 어두운 밤 나는 적막한 집을 나섰다 페터 한트케 | 윤시향 옮김
222 무어의 마지막 한숨 살만 루슈디 | 김진준 옮김
223 속죄 이언 매큐언 | 한정아 옮김
224 암스테르담 이언 매큐언 | 박경희 옮김
225, 226, 227 특성 없는 남자 로베르트 무질 | 박종대 옮김
228 앨프리드와 에밀리 도리스 레싱 | 민은영 옮김
229 북과 남 엘리자베스 개스켈 | 민승남 옮김
230 마지막 이야기들 윌리엄 트레버 | 민승남 옮김
231 벤저민 프랭클린 자서전 벤저민 프랭클린 | 이종인 옮김
232 만년양식집 오에 겐자부로 | 박유하 옮김
233 이상한 나라의 앨리스 루이스 캐럴 | 존 테니얼 그림 | 김희진 옮김
234 소네치카 · 스페이드의 여왕 류드밀라 울리츠카야 | 박종소 옮김
235 메데야와 그녀의 아이들 류드밀라 울리츠카야 | 최종술 옮김
236 실종자 프란츠 카프카 | 이재황 옮김
237 진 알랭 로브그리예 | 성귀수 옮김
238 말테의 수기 라이너 마리아 릴케 | 홍사현 옮김
239, 240 율리시스 제임스 조이스 | 이종일 옮김
241 지도와 영토 미셸 우엘벡 | 장소미 옮김
242 사막 르 클레지오 | 홍상희 옮김

● 문학동네 세계문학전집은 계속 출간됩니다